COLLECTION
L'IMAGINAIRE

Thomas Mann

Lotte
à Weimar

*Traduit de l'allemand
par Louise Servicen*

Gallimard

Titre original :

LOTTE IN WEIMAR

© *Éditions Gallimard, 1945, pour la traduction française.*

A la mémoire de ma Mère,
Mme Astiné Servicen,
mon incomparable Collaboratrice,

la traductrice L.S.

*« Parmi le bruit et le fracas
des Transoxains,
Notre chant s'enhardit
à suivre tes traces.
Nous n'avons souci de rien,
nous vivons en toi.
Que ta vie dure longtemps,
ton empire, toujours ! »*
   Gœthe
  Divan Oriental-Occidental.

I

Un jour encore presque estival de la seconde moitié de septembre 1816, le maître d'hôtel de l'Eléphant à Weimar, Mager, qui avait des lettres, vécut une aventure émouvante. Il en ressentit une surprise si joyeuse que bien que l'événement n'eût rien de surnaturel, il crut un instant rêver.

Ce matin-là, peu après huit heures, trois femmes arrivèrent par la diligence ordinaire de Gotha, qui mirent pied à terre place du Marché, devant le fameux hôtel. A première vue, et même à seconde, elles n'offraient rien de particulier. Leurs rapports respectifs étaient faciles à déterminer : mère, fille, camériste. Mager qui se tenait sous le porche d'entrée, prêt aux courbettes d'accueil, regardait le garçon de l'hôtel qui aidait les deux premières à descendre du marchepied sur le pavé, tandis que la camériste, nommée Clairette, prenait congé du postillon à côté duquel elle était assise et dont la compagnie semblait l'avoir fort divertie. L'homme l'observait de biais, en souriant, sans doute au souvenir du dialecte étranger qu'avait employé la voyageuse, et il la suivit encore des yeux, d'un air de songerie narquoise, tandis qu'elle glissait de son siège élevé avec un déploiement maniéré de contorsions et de grâces. Puis il tira par sa courroie la trompe qu'il portait en bandoulière et se mit à corner avec beaucoup de sentiment, à la joie des gamins et des passants matinaux qui avaient assisté à l'arrivée de la chaise de poste.

Le dos tourné à l'hôtel, les dames s'attardaient auprès de

la diligence à surveiller le débarquement de leur bagage, d'ailleurs modeste. Mager guetta le moment où, tranquillisées, elles se dirigeaient vers l'entrée, pour s'avancer aussitôt au-devant d'elles, en parfait diplomate, avec un sourire à la fois aimable et un peu réservé sur son visage pâle encadré de favoris roux, le frac boutonné, un foulard délavé émergeant du col-châle évasé, les jambes prises dans un pantalon collant qui descendait sur ses pieds qu'il avait très grands.

« Bonjour, mon ami », dit celle des deux dames qui paraissait la mère, une matrone assez mûre, pour le moins proche de la soixantaine. Elle était un peu grasse, vêtue d'une robe blanche à mante noire, gantée de mitaines de filoselle, et sa haute capote laissait voir des cheveux frisés d'un gris cendré, jadis blonds. « Il nous faudrait un logement pour trois personnes, une chambre à deux lits pour moi et mon enfant (l'enfant non plus n'était pas de première jeunesse, elle pouvait avoir trente ans, et son nez reproduisait le nez finement arqué de sa mère, en plus pointu, en un peu plus dur) et une chambre point trop éloignée pour ma camériste. Auriez-vous cela ?»

Par-dessus Mager, les yeux bleus de la dame, d'une langueur distinguée, regardèrent la façade de l'hôtel. Au milieu de ses joues que l'âge alourdissait de plis de graisse, sa petite bouche avait une mobilité singulièrement agréable. Sans doute dans sa jeunesse avait-elle été plus séduisante que ne l'était sa fille aujourd'hui. Ce qui frappait en elle, c'était le branlement de sa tête, qui pouvait d'ailleurs passer pour une façon de renforcer ce qu'elle disait ou de quêter une prompte approbation, en sorte qu'il semblait moins un indice de débilité physique que de vivacité, à la rigueur des deux.

« Parfaitement », répondit le maître d'hôtel, et il conduisit la mère et la fille vers l'entrée, tandis que la camériste suivait en balançant un carton à chapeaux. « Nous sommes, il est vrai, débordés comme toujours, et pourrions facilement nous trouver dans le cas d'avoir à refuser du monde, fût-ce des personnes de qualité ; toutefois, nous ferons de notre mieux pour donner satisfaction à ces dames.

— Très bien, répliqua l'étrangère en échangeant avec sa

fille un regard de considération amusée pour ce langage fleuri, teinté d'un fort accent thuringeois.
 – Je vous prie... s'il vous plaît ? » dit Mager, et il leur fit un salut en pénétrant dans le vestibule. « La réception est à droite. Mme Elmenreich, la patronne, se fera un plaisir... Permettez, mesdames... »

Le chignon traversé d'une flèche, le buste sanglé dans une haute ceinture et garanti par une jaquette en tricot contre les courants d'air soufflant de la porte d'entrée, Mme Elmenreich trônait parmi un assortiment de plumes, de sable à sécher et une machine à calculer, derrière une manière de comptoir qui séparait du palier la niche où s'insérait son bureau. Un employé avait quitté son pupitre et, à côté d'elle, il s'entretenait en anglais avec un monsieur vêtu d'un manteau à col, sans doute le propriétaire des malles empilées près de la porte.

L'hôtesse jeta un regard placide aux nouvelles arrivantes plutôt qu'elle ne les examina. Elle rendit son salut à la plus âgée, répondit d'une digne inclinaison de tête à l'ébauche de révérence de la plus jeune et écouta la demande que, de leur part, lui transmit Mager ; puis elle prit le plan de l'hôtel fixé à un bâton et y promena un instant la pointe de son crayon.

« Le vingt-sept, décréta-t-elle, penchée vers le valet à tablier vert qui attendait, chargé des bagages de ces dames. Il ne me reste plus de chambre à un lit, mam'zelle devra partager celle de la cameriste de la comtesse Larisch, d'Erfurt. Nous avons en ce moment beaucoup de voyageurs accompagnés de leurs gens. »

La mine de Clairette s'allongea derrière le dos de sa maîtresse, mais celle-ci avait déjà souscrit à l'arrangement. « Elles tâcheront de s'entendre mutuellement », déclara-t-elle, et déjà détournée pour s'éloigner, elle pria qu'on la conduisît à sa chambre et qu'on y fît porter les valises.

« Tout de suite, madame, dit le maître d'hôtel. Il n'y a plus qu'une formalité à remplir. Une affaire de vie et de mort, il nous faut quelques lignes de votre main. Cette tracasserie tatillonne vous est imposée non par nous mais par la police qui ne peut se décider à rien changer. Ses lois et coutumes se perpétuent comme une éternelle maladie[1]. Auriez-vous la bonté, la complaisance de... ? »

La dame se mit à rire en lançant un nouveau coup d'œil à sa fille et secoua la tête, à la fois surprise et égayée.

« Mais oui. fit-elle. j'oubliais. Respectons les formes. Du reste, il est. je vois, un homme avisé, qui a de la lecture et sait placer ses citations. » Elle faisait usage, en parlant, de la troisième personne du singulier, habitude sans doute encore courante dans sa jeunesse. « Donnez. » Elle retourna à la table. saisit de sa fine main gantée à moitié seulement, la craie suspendue à un cordon, et toujours riant se pencha sur le tableau des voyageurs où quelques noms s'étalaient déjà.

Elle écrivait lentement en se retenant de rire, et ne manifestant plus sa gaieté contenue que par quelques petits sons et exclamations exhalés comme des soupirs. Sa position incommode accentuait le tremblement de sa nuque.

On l'observait. D'un côté, la jeune fille regardait par-dessus son épaule, l'arc régulier des beaux sourcils qu'elle tenait de la mère remonté au front, la bouche serrée et ironiquement pincée ; de l'autre côté, Mager la surveillait, un peu pour s'assurer qu'elle ne confondait pas les diverses rubriques soulignées d'un trait rouge, un peu aussi par curiosité de provincial satisfait de se dire, non sans malice, que le moment est arrivé pour l'étranger de renoncer aux agréments de l'incognito et d'avoir à se nommer au maître d'hôtel. Pour on ne sait quelle raison, l'employé du bureau et le voyageur britannique avaient interrompu leur conversation, attentifs à cette femme au chef branlant qui formait ses lettres avec un soin presque puéril.

Mager lut en clignant des yeux : Conseillère aulique veuve Charlotte Kestner. née Buff, de Hanovre ; dernière résidence, Goslar : née le 11 janvier 1753 à Wetzlar ; accompagnée de sa fille et de sa servante.

« Cela suffit-il ? » demanda la conseillère. Aucune réponse ne venant, elle s'écria : cela doit suffire, et comme elle avait oublié que la craie était retenue par un cordon, elle vou-

1. *Faust* (N.D.L.T.)

lut la poser sur la table, mais son mouvement fut si énergique que le lien rompit.

« Quelle maladresse ! » fit-elle en rougissant, et elle coula un rapide regard vers sa fille qui tenait les yeux baissés et les lèvres toujours ironiquement pincées. « Ma foi, le mal sera facile à réparer, voilà ! Gagnons enfin notre chambre ! » Et avec une certaine précipitation, elle se disposa à partir.

La jeune fille, la camériste, Mager et le garçon chauve chargé des cartons et des valises la suivirent vers l'escalier, de l'autre côté du vestibule. Le clignotement de Mager n'avait pas cessé ; même, il s'était accentué de telle façon que, par intervalles, le maître d'hôtel baissait rapidement les paupières à trois ou quatre reprises avant de regarder de ses yeux chassieux, fixement, devant lui, en ouvrant la bouche d'une façon qu'on eût dite non point stupide, mais étudiée.

Le premier palier atteint, il obligea le groupe à s'arrêter.

« Je vous demande pardon, fit-il, je vous demande bien pardon si ma question... Ce n'est pas une curiosité vulgaire ni déplacée qui... mais serait-ce que nous avons l'avantage d'avoir chez nous madame la conseillère aulique Kestner, Mme Charlotte Kestner, née Buff, de Wetzlar ?...

– C'est bien moi, affirma la vieille dame en souriant.

– Je veux dire... Parfaitement, certes, mais je veux dire... il ne s'agit tout de même pas de Charlotte, par abréviation Lotte, Kestner, née Buff, de la Maison de l'Ordre Teutonique, de Wetzlar, celle d'autrefois ?...

– Précisément, mon ami, mais je ne suis pas du tout d'autrefois, je suis très actuelle et voudrais bien voir la chambre qui m'est attribuée...

– Tout de suite ! s'écria Mager, et il courba le front comme s'il allait continuer de marcher ; mais il s'arrêta de nouveau, enraciné au sol, les mains jointes.

– Miséricorde ! fit-il avec une vive émotion. Miséricorde ! Madame la conseillère aulique ! Que madame la conseillère aulique me pardonne si mes pensées ne s'ajustent pas immédiatement à l'identité de la personne ici présente et des perspectives qui s'ouvrent... C'est comme si, tout à coup, dans un ciel serein... Ainsi, la maison aurait l'honneur, l'inestimable privilège d'abriter la véritable et l'authentique, le prototype, si j'ose dire, de... bref, la chance m'est accordée de me trouver devant la Lotte de Werther...

– Cela m'en a tout l'air, mon ami, répliqua la conseillère aulique avec une paisible dignité, en jetant un regard de réprimande à sa suivante qui pouffait. Et je me réjouirais si l'on pouvait y voir un motif de plus pour conduire sans tarder, à leur chambre, les voyageuses fatiguées que nous sommes.

– A l'instant, s'écria Mager, qui s'empressa de repartir au pas accéléré. Le vingt-sept, mon Dieu, il y a deux étages à monter. Nos escaliers ne sont pas durs, madame la conseillère aulique l'aura constaté, mais si nous avions pu pressentir... Nous aurions certainement, malgré l'affluence... Néanmoins, la pièce est agréable, elle donne sur la place du Marché et n'a rien de déplaisant. Récemment encore, elle fut occupée par M. le major et Mme la majoresse d'Egloffstein, de Halle, quand ils sont venus séjourner ici pour rendre visite à madame leur tante, l'épouse du premier chambellan du même nom. En octobre 13, un adjudant général de Son Altesse Impériale le Grand-Duc Constantin y a logé également. C'est là, jusqu'à un certain point, un souvenir historique ; mais mon Dieu, me voilà à parler de souvenirs historiques qui, pour un cœur sensible, ne sauraient soutenir la moindre comparaison avec... Encore quelques pas, madame la conseillère aulique. De l'escalier où nous sommes, il n'y a plus que quelques pas à faire le long du corridor. Tout est fraîchement recrépi, comme le voit madame la conseillère. Vers la fin de 1813, après le départ des Cosaques du Don, il a fallu tout remettre à neuf, les escaliers, les chambres, les couloirs, les salons de conversation, travaux qui, sans cela, n'auraient vraisemblablement pas été effectués de longtemps. Nous y avons donc été contraints par les événements, par leurs impérieuses exigences, d'où il y aurait à tirer cette moralité que la vie, pour se renouveler requiert peut-être l'adjuvant de la violence ?... Mais je ne veux pas attribuer aux Cosaques seuls le mérite de nos réfections : nous avons eu, en outre, les Prussiens et les hussards hongrois, sans parler des Français qui les précédèrent. Nous voici arrivés. Je prie madame la conseillère aulique... »

Il ouvrit toute grande une porte et s'effaça en suivant le mouvement du battant pour les laisser entrer dans la chambre. Les femmes inspectèrent rapidement les rideaux de mousseline empesée des deux fenêtres, la console surmontée d'une glace à cadre doré, ternie par endroits, qui séparait deux lits à baldaquin commun recouverts de courtes-pointes blanches, les autres commodités. Au mur une gravure en taille-douce représentait un paysage avec un temple antique. Le plancher brillait, astiqué de frais.

« Très gentil, dit la conseillère.

– Nous serions heureux si ces dames ne se trouvaient pas trop mal ici ! Au cas où elles auraient besoin de quelque chose... voici la sonnette. Je veillerai bien entendu, à ce qu'on leur apporte l'eau chaude. Nous serions infiniment heureux de satisfaire madame la conseillère aulique...

– Mais oui, mais oui, mon ami. Nous sommes des personnes simples et peu exigeantes. Merci, brave homme, dit-elle au valet de chambre qui, ayant posé ses fardeaux sur la banquette et le carreau, s'en allait. Je vous remercie aussi, mon ami, dit-elle au maître d'hôtel en le congédiant d'un signe de tête. Nous avons tout ce qu'il nous faut et n'aspirons qu'à un peu de... »

Mais Mager restait immobile, les doigts noués les uns aux autres, ses yeux chassieux perdus dans la contemplation des traits de la vieille dame.

« Grands dieux, dit-il, madame la conseillère aulique, quel événement digne de figurer dans les livres ! Madame la conseillère aulique ne se doute peut-être pas des sentiments que peut éprouver l'homme de cœur à qui une chose inespérée, impossible à présager, riche en perspectives émouvantes... Madame la conseillère aulique est pour ainsi dire blasée sur sa situation, sur son identité qui nous est à tous sacrée, elle prend cela à la légère, sans doute, et ne conçoit pas très bien ce qui agite une âme sensible, dès son jeune âge imprégnée de littérature, et qui ne s'attendait point à connaître, à rencontrer, si j'ose m'exprimer ainsi, une personnalité nimbée de poésie, en quelque sorte portée aux nues sur les bras de feu de l'éternelle gloire...

– Mon bon ami ! » répliqua Mme Kestner avec un sourire de dénégation, bien que le tremblement de sa tête, qui s'était accentué aux paroles du sommelier, pût passer pour un acquiescement. Derrière elle, la soubrette regardait d'un air de curiosité amusée le bonhomme presque prêt aux larmes, tandis que tout au fond de la pièce, la jeune fille, avec une indifférence ostensible, s'affairait auprès des bagages. « Mon brave ami, je suis tout bonnement une vieille femme sans prétentions, une personne comme beaucoup d'autres. Mais vous avez une façon de vous exprimer si peu commune, si élevée...

– Je me nomme Mager », fit le maître d'hôtel comme en guise d'explication. Il prononçait « Mahher », à sa façon d'Allemand du Centre, qui adoucissait les consonnes et leur prêtait quelque chose d'implorant et de touchant. « Je suis dans cette maison, sans me vanter, le factotum, comme qui dirait le bras droit de Mme Elmenreich, la propriétaire de l'hôtel, restée veuve depuis dix ans, M. Elmenreich ayant malheureusement été victime, en 1806, de la tourmente qui a bouleversé le monde, dans des circonstances tragiques dont ce n'est pas le lieu de parler. Dans ma situation, madame la conseillère aulique, et dans les temps troublés qu'a vécus notre ville, on se trouve en contact avec diverses gens, on voit parfois défiler des voyageurs distingués, distingués soit par la naissance, soit par le mérite, et il vous vient nécessairement un peu de satiété à coudoyer tant de personnages engagés dans les événements de ce monde et parés de noms qui commandent le respect et stimulent l'imagination. C'est ainsi, madame la conseillère aulique. Pourtant, cette accoutumance de privilégié, cet endurcissement professionnel, que sont-ils à cet instant ? De ma vie, qu'il me soit permis de l'avouer, je n'ai reçu ni servi personne dont la vue m'ait bouleversé le cœur et l'esprit comme la rencontre d'aujourd'hui, réellement digne de figurer dans un livre. Comme tout le monde, je savais que la femme vénérée, l'archétype de certaine figure parée de grâces éternelles, résidait parmi les vivants, et dans la ville de Hanovre, je m'aperçois à pré-

sent que je le savais. Toutefois, ce savoir n'avait pas de consistance pour moi et jamais je n'avais envisagé la possibilité de me trouver en présence de cette créature sacrée. Je ne l'aurais pas rêvé. En m'éveillant ce matin, il y a quelques heures à peine, j'étais persuadé que ma journée serait semblable à tant d'autres, une journée médiocre, remplie par les obligations usuelles et courantes de mon emploi près de la porte d'entrée et à table. Ma femme – je suis marié, madame la conseillère aulique, Mme Mager occupe une charge importante à la cuisine, – ma femme pourrait témoigner que par aucun signe je n'ai manifesté que je pressentais un événement extraordinaire. Je pensais que, ce soir, en me couchant, je serais le même homme qu'à mon réveil. Et maintenant !
" Ce que l'on n'espère pas, souvent arrive à grands pas. " Combien ce simple dicton a raison ! Madame la conseillère aulique me pardonnera mon émotion et ma loquacité peut-être incongrue. Quand le cœur est plein, la bouche déborde, dit la voix populaire à sa façon pas très littéraire mais expressive ! Si madame la conseillère aulique savait l'amour et le respect que je nourris, en quelque sorte depuis l'enfance, pour le prince des poètes, le grand Goethe, et combien, en qualité de citoyen de Weimar, je suis fier que nous puissions appeler " nôtre " cet homme insigne... Si elle savait que les *Souffrances du jeune Werther*, notamment, ont de tout temps eu dans ce cœur... Mais je me tais, madame la conseillère aulique, je sais que, venant de moi, l'hommage est déplacé, bien qu'à la vérité une œuvre aussi sentimentale appartienne à l'humanité et dispense les plus profondes émotions aux petits comme aux grands, alors que seules les classes supérieures seraient peut-être fondées à revendiquer des ouvrages tels qu'*Iphigénie* et *La Fille naturelle*. Quand je pense combien de fois Mme Mager et moi, tous deux, le soir, à la chandelle, nous nous sommes penchés, l'âme noyée de tristesse, sur ces pages célestes, et qu'à cet instant-ci, l'héroïne immortelle et universellement célèbre de ces mêmes pages m'apparaît en chair et en os, un être humain comme moi !... Miséricorde ! madame la conseillère aulique ! s'écria-t-il et, de la main, il se frappa le front. Je bavarde, je

bavarde et voilà qu'une pensée brûlante me traverse l'esprit : je n'ai même pas demandé si madame la conseillère a déjà pris son café ?

— Merci, mon ami, répondit la vieille dame dont les lèvres tremblaient légèrement et qui, pendant les épanchements du brave homme, avait évité de le regarder. Nous avons déjeuné en temps voulu. D'ailleurs, mon cher monsieur Mager, vous allez trop loin avec vos comparaisons, vous exagérez énormément, en me confondant, moi ou simplement la jeune fille que je fus, avec l'héroïne de ce petit livre dont on a tant parlé. Vous n'êtes pas le premier à qui je dois le rappeler. Au contraire, je le proclame depuis quarante-quatre ans. Cette figure romanesque vit, il est vrai, d'une vie si universelle, elle a acquis une réalité si nette et si fêtée, qu'on pourrait soutenir que, de nous deux, c'est elle la véritable et l'authentique, ce qu'au surplus je ne saurais admettre ; néanmoins, cette jeune fille diffère beaucoup de mon moi de jadis, sans parler de mon moi actuel. Ainsi, tout le monde peut constater que j'ai les yeux bleus, alors que la Lotte de *Werther*, on le sait, les a noirs.

— Une licence poétique ! s'écria Mager. Il faudrait ne pas savoir ce que c'est, une licence poétique ! Et qui du reste, madame la conseillère aulique, ne change absolument rien à la personnalité prédominante ! Peut-être le poète l'a-t-il utilisée pour jouer à cache-cache, afin de brouiller un peu la piste...

— Non, dit la conseillère aulique en protestant d'un hochement de tête, les yeux noirs viennent d'ailleurs.

— Et quand cela serait ? insista Mager. Admettons que quelques infimes variantes dissimulent un peu cette identité...

— Il en est de plus importantes, interrompit la conseillère avec force.

— ... l'autre, qui s'y superpose et ne peut en être séparée, n'en est pas moins irrécusable, l'identité avec vous, je veux dire avec cette personne également légendaire dont le grand homme, récemment encore, a tracé dans ses Souvenirs une délicate image ; et si madame la conseillère aulique n'est pas trait pour trait la Lotte de *Werther*, elle n'en reste pas moins, exactement, et sans réserve aucune, la Lotte de Goe...

– Mon brave homme ! dit la conseillère, lui coupant la parole. Vous vous êtes attardé un peu avant que d'avoir l'obligeance de nous indiquer nos chambres. Vous ne vous apercevez évidemment pas qu'à présent vous nous empêchez d'en prendre possession.
– Madame la conseillère aulique ! supplia le maître d'hôtel de l'Eléphant, les mains jointes, pardonnez-moi ! Pardonnez à un homme qui... ma conduite est impardonnable, je le sais, et pourtant j'implore votre absolution. Je vais, en m'éloignant immédiatement... du reste, je me sens entraîné, je me sens de toute façon entraîné loin d'ici, poussé à courir là-bas, – indépendamment de la question d'égards et de bienséance, – je songe qu'à cette minute Mme Elmenreich ne se doute certainement de rien encore, que, jusqu'à présent, elle a jeté à peine un regard sur le tableau des voyageurs et que, peut-être, même après ce regard, son esprit simple n'a pas... Et Mme Mager, madame la conseillère aulique ! Je brûle de courir à la cuisine pour lui servir, toute chaude, la grande nouvelle locale et littéraire !... Néanmoins, madame la conseillère, et précisément pour compléter l'émouvante nouvelle, j'oserai, tout en sollicitant votre pardon, vous poser une dernière question... Quarante-quatre ans ! Et durant ces quarante-quatre ans madame la conseillère aulique n'a pas revu le conseiller intime ?
– En effet, mon ami, répondit-elle. J'ai connu le jeune juriste surnuméraire, le docteur Goethe, de la Gewandsgasse à Wetzlar. Quant au ministre d'Etat de Weimar, le grand poète de l'Allemagne, je ne l'ai jamais vu de mes yeux.
– On en reste saisi, souffla Mager. Il y a de quoi rester saisi, madame la conseillère aulique ! Et alors, madame la conseillère serait venue à Weimar pour...
– Je suis, interrompit la vieille dame avec quelque hauteur, venue à Weimar pour revoir, après de longues années de séparation, ma sœur, Mme Ridel, la conseillère à la chambre des Finances, et lui présenter ma fille Charlotte qui est fixée en Alsace et qui, se trouvant en visite chez moi, m'accompagne dans mon voyage. Avec ma cameriste, nous sommes trois. Ma sœur a de la famille et nous ne voudrions pas la dé-

ranger en descendant chez elle. Il nous a donc fallu loger à l'hôtel, mais l'heure du déjeuner nous trouvera tous réunis chez les chers nôtres. Là, êtes-vous satisfait ?

— Et comment, madame la conseillère aulique, et comment ! Mais alors, on ne verra donc pas ces dames à la table d'hôte, elles ne ?... M. le conseiller à la chambre des Finances Ridel, et Mme, à l'Esplanade, ...oh, je sais, madame la conseillère à la chambre des Finances est également née... mais je le savais ! Je connaissais les circonstances et les rapports, seulement je ne les avais pas présents à la... Bonté du ciel, madame la conseillère à la chambre des Finances aussi faisait partie de la troupe d'enfants qui se pressaient autour de madame la conseillère aulique, dans le vestibule du pavillon de chasse, quand Werther y pénétra pour la première fois, et qui tendaient leurs petites mains vers les tartines que madame la conseillère aulique ?...

— Mon ami », Charlotte lui coupa de nouveau la parole. « Il n'y avait point de conseillère aulique dans le pavillon de chasse. Mais avant que vous n'ayez l'obligeance d'indiquer sa chambre à notre Clairette, qui attend, veuillez plutôt nous dire s'il y a loin d'ici à l'Esplanade ?

— Du tout, madame la conseillère aulique. Un bout de chemin de rien du tout. Chez nous, à Weimar, les distances ne sont pas grandes. Notre grandeur s'affirme dans le domaine de l'esprit. Je m'offre avec joie à conduire ces dames jusqu'à la maison de madame la conseillère à la chambre des Finances, si toutefois elles ne préfèrent pas prendre une voiture de louage ou une chaise à porteurs ; il n'en manque point dans la ville... Mais encore une question, madame la conseillère aulique, la toute dernière ! N'est-ce pas, bien que madame la conseillère soit venue à Weimar principalement pour rendre visite à madame sa sœur, elle saisira sans nul doute l'occasion de faire aussi, au Frauenplan...

— C'est à voir, mon ami, c'est à voir ! Et maintenant, occupez-vous d'installer mam'zelle, j'aurai besoin d'elle tout à l'heure.

— Oui, et chemin faisant, gazouilla la petite, vous me direz l'adresse de l'auteur de l'admirable *Rinaldo*, un palpitant roman que j'ai bien dévoré cinq fois, et si, avec un peu de chance on peut le rencontrer dans la rue ?

– Ce sera fait, mam'zelle, ce sera fait », répondit Mager distraitement, en se dirigeant avec elle vers la porte. Mais là, il s'arrêta encore et se cala en appuyant avec force un pied par terre, l'autre maintenu en l'air, pour conserver l'équilibre.

« Encore un mot, madame la conseillère aulique, suppliat-il. Un dernier petit mot auquel la réponse sera vite donnée ! Madame la conseillère doit comprendre... On se trouve, sans avoir osé l'espérer, devant le modèle... Il nous est accordé d'être à la source même... Il faut en profiter, on ne saurait laisser échapper... Madame la conseillère aulique, n'est-ce pas, le suprême entretien, avant le départ de Werther, la déchirante scène à trois, où il est parlé de la défunte mère, et la mortelle séparation où Werther tient la main de Lotte et s'écrie : " Nous nous reverrons, nous nous retrouverons, et entre tous les êtres nous nous reconnaîtrons ", n'est-ce pas, elle a un fond de vérité, M. le conseiller intime ne l'a pas inventée, cela s'est vraiment passé ainsi ?

– Oui et non, mon ami, oui et non, dit avec bonté la femme, embarrassée. Allez à présent. Allez. »

Mager tout agité s'éclipsa vivement avec Clairette, la jeune soubrette.

Charlotte ôta son chapeau et poussa un profond soupir. La jeune fille qui, durant tout l'entretien, s'était occupée à accrocher dans la penderie ses vêtements et ceux de sa mère, à disposer le contenu de son nécessaire sur la table de toilette et sur les tablettes du lavabo, lui jeta à travers la chambre un regard moqueur.

« Voilà, dit-elle, tu as dévoilé ton étoile ; comme effet, ce n'était pas mal.

– Ah, mon enfant, répliqua la mère, mon étoile comme tu l'appelles, ou plutôt ma croix, de toute manière, un insigne, apparaît même sans que je m'en mêle ; je n'y peux rien et ne saurais la dissimuler.

– Elle aurait pu, en tout cas, rester cachée un peu plus longtemps, ma chère maman, sinon pendant la durée entière de ce séjour assez extravagant, si seulement nous avions logé chez tante Amélie et non dans un lieu public.

– Tu sais très bien, Petite-Lotte, que cela ne se pouvait pas. Ton oncle, ta tante et tes cousines ne sont pas trop au large, bien que... ou plutôt parce qu'ils habitent un quartier élégant. Il était impossible de tomber à trois chez eux, fût-ce pour quelques jours, et de les obliger à se serrer de façon gênante. Ton oncle Ridel a de quoi vivre, étant fonctionnaire, mais il a essuyé de rudes traverses, il a tout perdu, il n'est point riche et nous commettrions une inconvenance en lui étant à charge. Et si, d'autre part, j'ai envie de serrer enfin, une fois encore, dans mes bras ma plus jeune sœur, notre Mélie, et de me réjouir du bonheur qu'elle goûte aux côtés de son excellent mari, qui m'en fera un grief ? N'oublie pas que je pourrai peut-être me rendre très utile à ces chers parents. Ton oncle postule la charge de directeur de la trésorerie du grand-duc ; il se pourrait que mes relations et mes anciennes amitiés me permettent d'intervenir efficacement en sa faveur, ici, sur place. Et n'est-ce pas quand tu te retrouves avec moi, mon enfant, après une séparation de dix années, et en mesure de m'accompagner, que cette visite est tout indiquée ? Faut-il que le singulier destin qui fut mon lot, m'empêche de suivre les plus légitimes impulsions de mon cœur ?

– Certes non, maman, certes non.

– Qui, d'ailleurs, pouvait penser, continua la conseillère, qu'à peine arrivées nous tomberions sur un enthousiaste comme ce Ganymède à favoris ? Dans ses mémoires, Goethe se plaint que les curieux le harcèlent pour savoir qui est la véritable Lotte, où elle habite, et qu'aucun incognito n'ait jamais pu le mettre à l'abri de ces importunités ; il les appelle, je crois, une vraie pénitence et il estime que s'il commit un péché en écrivant son petit livre, il l'a durement expié depuis, et bien au-delà. Mais à ce trait on reconnaît que les hommes, les poètes surtout, ne pensent qu'à eux ; il n'a pas réfléchi que tout comme lui, nous aussi fûmes la proie des curieux, sans parler de tous les ennuis qu'il nous causa, à feu ton bon père et à moi, avec son fatal mélange de poésie et de vérité...

— D'yeux noirs et d'yeux bleus.

— Les vaincus prêtent à la raillerie, en particulier à celle de leur petite Lotte. Il fallait bien que je rembarre ce fou qui me prenait avec désinvolture, telle que me voilà, pour la Lotte de *Werther*.

— Il a eu l'impertinence de te consoler des variantes introduites par l'auteur, en te nommant la Lotte de Goethe.

— Là aussi, je l'ai arrêté, je crois, et vertement tancé, sans celer mon mécontentement. Il faudrait que je ne te connaisse pas, mon enfant, pour ne pas sentir que selon tes idées, plus strictes que les miennes, j'aurais dû, dès le début, tenir la bride haute à cet homme. Mais dis-moi comment ? En me reniant moi-même ? En lui signifiant que je ne voulais rien savoir de moi et des circonstances de ma vie ? Ai-je seulement le droit de disposer de ces circonstances qui, à présent, appartiennent au monde ? Toi, mon enfant, tu as une nature très différente de la mienne,— laisse-moi ajouter que ma tendresse pour toi n'en est en rien diminuée. Tu manques de ce qu'on appelle la bienveillance, laquelle diffère beaucoup du dévouement, de l'abnégation. Il m'a même souvent semblé qu'une vie de sacrifice et de dévouement comporte une certaine aigreur ; oui, disons sans parti pris de louange ou de critique, ou plutôt avec plus de louange que de critique : comporte une certaine dureté, peu compatible avec la bienveillance. Tu ne saurais, mon enfant, douter de l'estime que m'inspire ton caractère, non plus que de mon amour. Depuis dix ans, tu es, en Alsace, le bon ange de ton pauvre cher frère Charles, qui perdit sa jeune femme, et une jambe — un malheur ne venant jamais seul. Que serait-il devenu sans toi, mon malheureux petit, si éprouvé ? Tu es son infirmière, son aide, sa ménagère et la mère de ses orphelins. Ta vie toute de travail et de services dévoués, comment ne serait-elle pas marquée d'une gravité qui, pour soi, comme pour les autres, répudie toute émotivité oisive ? Tu tiens davantage à ce qui est authentique qu'à ce qui est intéressant, et comme tu as raison ! Le commerce avec le grand univers des passions et du bel esprit, qui sont devenus notre lot...

— Notre ?... Je n'entretiens point un commerce de ce genre.

– Mon enfant, ils resteront notre apanage et s'attacheront à notre nom jusqu'à la troisième et la quatrième génération, que nous nous en accommodions ou non. Et si des fervents nous sollicitent à leur propos, des enthousiastes ou des curieux, car où commence la limite ? avons-nous le droit d'être avares de nous-mêmes et de repousser dédaigneusement leurs instances ? Voilà la différence entre nos deux natures, vois-tu ? Ma vie aussi fut grave, elle aussi comporta des renoncements. J'ai été, je crois, une bonne épouse pour ton cher et inoubliable père ; je lui ai donné onze enfants, et, pour ne pas parler des deux que j'ai perdus, j'en ai élevé neuf dans le sentiment de l'honneur. Moi aussi je me suis sacrifiée, soit quand j'agissais, soit quand je souffrais. Mais mon affabilité, mon excessive bienveillance, comme il te plaira de la qualifier sévèrement, n'en a pas reçu d'atteinte, la dureté de la vie ne m'a pas endurcie, et je suis incapable de tourner le dos à un Mager en lui disant : " Imbécile ! Qu'on me laisse tranquille ! "
– Tu parles exactement, ma chère maman, dit la plus jeune des deux Lotte, comme si je t'avais adressé un reproche, et m'étais fait valoir en te manquant de respect filial. Je n'ai pourtant pas ouvert la bouche. Je suis irritée quand les gens soumettent ta bonté et ta patience à une épreuve aussi pénible que celle de tantôt et te fatiguent de leur agitation ; me tiendras-tu rigueur de ma contrariété ? Ce vêtement, dit-elle, et elle souleva une robe qu'elle venait de retirer du bagage de sa mère, une toilette blanche, ornée de nœuds d'un rose pâle, ne faudrait-il pas le repasser un peu avant que tu ne le mettes ? Il est terriblement chiffonné. »

La conseillère rougit, d'une rougeur qui l'embellit et la rendit touchante, en la rajeunissant singulièrement et en prêtant à son visage transfiguré une grâce juvénile. Ce fut soudain comme si on la voyait telle qu'elle avait été à vingt ans : les yeux bleus au tendre regard, sous l'arc régulier des sourcils, le petit nez finement recourbé, la bouche menue, agréable, reprirent pendant quelques instants leur expression ravissante de jadis. La vaillante fillette du bailli de l'Ordre Teutonique, la mère de ses petits, la fée du bal de Volpertshausen reparut une fois encore, de façon surprenante, sous cette rougeur de vieille dame.

Mme Kestner avait ôté son manteau noir et se montrait vêtue d'une robe blanche comme celle qu'on lui exhibait et qui d'ailleurs, était plutôt une tenue de cérémonie. Dans la saison chaude (et la température était encore estivale) elle s'habillait toujours de blanc, par goût. Mais la toilette que sa fille tenait à la main s'ornait de nœuds d'un rose pâle.

Involontairement, toutes deux s'étaient détournées, la plus âgée, sembla-t-il, à la vue de la robe, et la plus jeune devant la coloration qui avait envahi les joues de sa mère, dont l'expression suave et rajeunie lui fut pénible.

« Mais non, voyons, répondit la conseillère aulique à la suggestion de Charlotte. Ne faisons pas d'embarras ! Ce genre de crêpe se défripe très vite une fois pendu dans l'armoire. Qui sait, d'ailleurs, si j'aurai l'occasion de porter cette vieillerie...

– Pourquoi pas, dit sa fille, et sinon, pourquoi l'aurais-tu apportée ? Précisément parce que tu te proposes de la mettre dans telle ou telle circonstance. Laisse-moi seulement, ma chère maman, te poser de nouveau une humble question : ne te décideras-tu pas à remplacer les nœuds un peu clairs du corsage et des manches par des nœuds plus foncés, par exemple d'un beau lilas ?... Ce serait vite fait...

– Oh, finis donc, Petite-Lotte ! répliqua la conseillère aulique avec quelque impatience. Tu ne comprends pas la plaisanterie, mon enfant. Je voudrais savoir pourquoi tu veux m'interdire la petite malice ingénieuse, la délicate allusion, l'attention que j'ai imaginée. Laisse-moi te le dire, je connais peu de personnes aussi dépourvues que toi du sens de l'humour.

– On ne devrait jamais, repartit la fille, présupposer l'existence de ce sens chez quelqu'un qu'on ne connaît pas ou qu'on ne connaît plus. »

L'aînée des deux Charlotte voulut rétorquer quelque chose mais l'entretien fut interrompu par le retour de Clairette qui apportait l'eau chaude ; elle annonça gaiement que la camériste de Mme la comtesse Larisch, là-haut, était une personne point désagréable avec qui elle entendait être en bons termes ; et en outre, ce drôle de M. Mager lui avait solennellement promis qu'elle verrait sans faute le bibliothécaire Vulpius, auteur du merveilleux *Rinaldo* – et, par surcroît, beau-frère de M. de Goethe – à l'heure où il allait à son bureau ; même, on lui montrerait son petit garçon qui s'appelait Rinaldo, comme le héros du célèbre roman, quand il passerait pour se rendre à l'école.

« Fort bien, dit la conseillère aulique, mais il est grand temps que toutes deux – toi, Lotte, escortée de Clairette, – vous alliez à l'Esplanade, chez ta tante Amélie, pour lui annoncer notre arrivée. Elle ne s'en doute probablement pas et ne nous attend pas avant l'après-midi ou le soir, pensant que nous nous serons arrêtées à Gotha, chez les Liebenau, alors que cette fois nous avons renoncé à y séjourner. Va, mon enfant, laisse à Clairette le soin de s'informer du chemin, embrasse par avance ta chère tante de ma part et fais amitié avec tes cousines. Pour moi, vieille femme, j'ai absolument besoin de m'étendre une heure ou deux sur mon lit ; aussitôt reposée, je vous rejoindrai. »

Elle embrassa sa fille comme en signe de réconciliation, remercia d'un geste la soubrette qui lui adressait une petite révérence d'adieu et se trouva seule. Sur la table de toilette il y avait de l'encre et des plumes. Elle s'assit, prit une feuille de papier, trempa la plume dans l'encrier, et d'une main pressée, la tête légèrement tremblante, écrivit les mots qu'elle avait préparés :

« Ami honoré, venue avec ma fille Charlotte rendre visite à ma sœur, et devant passer quelques jours dans votre ville, je désirerais vous présenter mon enfant et serais heureuse de revoir une figure qui, – tandis que tous deux, chacun à sa mesure, nous subissions l'épreuve de la vie, – a pris aux yeux du monde une importance aussi considérable.

« Weimar, hôtel de l'Eléphant, le 22 septembre 16,

« Charlotte Kestner, née Buff. »

Elle répandit sur les lignes humides le contenu du sablier, plia le feuillet en insérant adroitement l'une des extrémités dans l'autre, et écrivit l'adresse. Puis elle sonna.

II

Charlotte fut longue à trouver le repos qu'au surplus elle ne cherchait pas sincèrement. Elle s'était, il est vrai, à moitié déshabillée, couverte d'un plaid et étendue sur l'un des lits, sous le petit ciel de mousseline, en garantissant avec un mouchoir ses yeux fermés contre la clarté qui ruisselait des fenêtres dépourvues de rideaux foncés. Mais elle était plus occupée des pensées qui faisaient palpiter son cœur que du désir raisonnable de s'endormir. Cette inconséquence lui sembla l'indice d'un renouveau, la preuve qu'à travers les années son moi intime était demeuré indestructible, immuable, et avec un sourire secret elle s'y complut. Ce que jadis, dans un billet d'adieu, quelqu'un lui avait écrit : « Et moi, chère Lotte, je suis heureux de lire dans vos yeux la certitude que jamais je ne changerai », est une croyance de notre jeunesse, impossible à perdre. Mais qu'elle se trouve justifiée, que nous restions toujours identiques, que le vieillissement soit un simple signe physiologique externe, impuissant à entamer l'intégrité de notre être intime, de ce moi insensé, vivace à travers les années, voilà une constatation agréable quand on avance dans la vie, voilà le secret à la fois gêné et malicieux qui se dissimule sous la digne apparence de notre vieillesse. On était une soi-disant vieille femme, on se désignait soi-même ainsi avec ironie, et l'on voyageait en compagnie d'une fille de vingt-sept ans, laquelle, par surcroît, se trouvait être le neuvième enfant qu'on avait donné à son mari. Tout cela n'empêchait pas d'être étendue ici, le cœur battant comme une pensionnaire sur le point de commettre une folie. Charlotte imagina des spectateurs qui auraient jugé la chose charmante.

Celle qu'il valait mieux ne pas imaginer spectatrice de ces mouvements du cœur, c'était Petite-Lotte. En dépit du baiser de paix, sa mère lui gardait rancune de ses critiques « dépourvues d'humour » au sujet de la robe, des nœuds, et au fond, de tout ce voyage si respectable, si simple à motiver, et que pourtant la jeune fille jugeait « extravagant ». Il est désagréable d'être accompagnée d'une personne au regard trop aigu, trop clairvoyant pour admettre qu'on voyage à cause d'elle, et qui considère qu'elle sert de prétexte. Clairvoyance agaçante, blessante, – plutôt une façon de vous regarder de travers. Dans les mobiles complexes d'un acte, elle distingue ceux qu'on passait délicatement sous silence ; elle raille les autres, les présentables, les avouables, si dignes soient-ils, et les travestit en faux-fuyants. Charlotte ressentait avec irritation le caractère offensant d'une semblable prospection de son âme – peut-être de toute âme – et c'est à cela qu'elle songeait quand elle avait reproché à sa fille son manque de bienveillance.

Alors, se dit-elle, les perspicaces, eux n'ont donc rien à redouter ? Et si, intervertissant les rôles, on mettait au jour les raisons de leur flair, peut-être pas exclusivement inspiré par l'amour de la vérité ? La froideur réservée de Lotte, elle aussi, un regard aigu, malicieux, pouvait la percer, elle aussi laissait entrevoir des échappées point très belles. Des événements comme ceux qu'avait vécus sa mère, cette estimable enfant n'en avait pas connu, et jamais ils ne lui écherraient en partage, étant donné son tempérament. Par exemple la célèbre aventure à trois commencée dans la joie, dans la sérénité et qui, par la folie d'une des parties, avait abouti au tourment, à l'égarement et induit en tentation – loyalement surmontée – un cœur bien né. Un jour, ô terreur orgueilleuse ! divulguée à la terre entière, haussée jusqu'au surnaturel, elle avait acquis une vie transcendante, agité et bouleversé les hommes comme jadis un cœur de jeune fille, et jeté le

monde dans un ravissement souvent dénoncé comme funeste.
Les enfants, songea Charlotte, jugent avec dureté et intolérance la vie privée de leur mère ; leur piété égoïste, prohibitive, est capable, par tendresse, de faire le vide de la tendresse, et n'en devient pas plus louable s'il s'y mêle un élément de simple jalousie féminine, – jalousie de l'aventure sentimentale de la mère, sous le couvert d'une aversion gouailleuse pour ses vastes et glorieuses répercussions. Non, l'austère Petite-Lotte n'avait jamais rien vécu d'aussi beau, d'une douceur aussi mortelle et aussi coupable, que sa mère, ce soir où le futur mari voyageait pour affaires. Il était venu, bien qu'on ne l'attendît que pour Noël. Après avoir vainement envoyé quérir des amies elle était restée seule avec lui. Il lui avait lu Ossian, et devant la douleur des héros, il avait été submergé par sa propre détresse. Quand le cher désespéré était tombé à ses pieds en pressant les mains de l'aimée contre ses yeux, contre son pauvre front, une pitié profonde l'avait déchirée, et dans la rafale de baisers dont Sa bouche avait soudain brûlé des lèvres qui se défendaient en balbutiant, ils avaient oublié l'univers...
Elle s'avisa qu'elle non plus n'avait pas vécu cette heure. C'était la grande réalité que sous son mouchoir elle confondait avec la réalité mineure, dans laquelle les choses ne s'étaient point passées aussi orageusement... A elle, l'impétueux jeune homme n'avait dérobé qu'un unique baiser, ou, si le terme « dérober » n'était pas celui qui pouvait convenir à leurs sentiments respectifs, il l'avait embrassée, du fond du cœur, avec un mélange d'emportement et de mélancolie, le jour de la cueillette des framboises, en pleine lumière, embrassée vite, avec une fougue frémissante et une tendre convoitise, et elle s'était laissé faire. Mais ensuite, elle s'était comportée ici-bas aussi exemplairement que là-haut sur le plan du sublime, – oui, voilà pourquoi elle avait le droit d'y figurer, douloureusement belle à jamais, parce qu'elle avait su observer une attitude propre à satisfaire les exigences de la plus stricte sévérité filiale. Car en dépit de toute sa cordialité, ç'avait été un baiser trouble et insensé, défendu, inquiétant, un baiser venu d'un autre monde, semblait-il,

un baiser de prince et de vagabond, pour lequel elle était à la fois trop et trop peu ; et quoique le pauvre prince vagabond eût ensuite, comme elle, les larmes aux yeux, elle lui avait dit, avec une indignation et une probité irréprochables : « Fi ! Vous n'avez pas honte ! Ne vous y risquez pas une autre fois, sinon ce serait la rupture. Ceci, d'ailleurs, ne restera pas entre nous, sachez-le. Ce soir même, je le dirai à Kestner. » Il avait eu beau la prier de se taire, elle s'était loyalement empressée de tout rapporter au brave garçon, parce qu'il fallait qu'il sût, non seulement ce qu'avait fait l'Autre, mais aussi qu'elle l'avait laissé faire ; de quoi Albert s'était montré péniblement ému. Ils avaient donc pris une décision : appelés à s'appartenir dans une union indissoluble fondée sur la raison, il convenait de serrer un peu la bride au cher tiers, et de le rappeler carrément aux réalités de la situation.

Sous ses paupières, aujourd'hui encore, après tant d'années, elle revoyait avec une étonnante netteté Son air devant l'accueil fort sec des fiancés, le lendemain du baiser et, en particulier le surlendemain, quand, à dix heures du soir, alors qu'ils étaient assis ensemble devant la maison, il était arrivé avec des fleurs, si distraitement acceptées qu'il les avait jetées au loin et s'était mis à pérorer, débitant force étrangetés, et s'exprimant en tropes. Il avait la mine remarquablement allongée sous ses cheveux poudrés, roulés au-dessus des oreilles, avec son grand nez triste, son menton mou, sa mince moustache ombrant une petite bouche féminine, et ses yeux bruns, douloureux et suppliants, petits en comparaison du nez mais surmontés de sourcils noirs et soyeux, – d'une beauté saisissante.

Tel il lui était apparu, le troisième jour après le baiser, quand, selon la décision prise, elle avait froidement notifié, pour sa gouverne, qu'il devait perdre pour toujours l'espoir de rien obtenir d'elle, sinon une bonne amitié. Ne le savait-il pas, qu'en entendant l'arrêt ses joues s'étaient creusées et il était devenu si pâle que dans cette pâleur les yeux et les sourcils soyeux avaient pris un relief obscurci ? Sous son mouchoir, la voyageuse réprima un sourire attendri en évoquant l'expression chagrine, absurdement déçue. Le tableau qu'elle en fit à Kestner les avaient déterminés à envoyer au cher fou, à l'occasion de leur double anniversaire (celui de Goethe et celui de Kestner, le 28 août, date à jamais mémorable) en même temps qu'une édition de poche d'*Homère*, un nœud, le nœud de son corsage, afin qu'il eût aussi sa part.

Charlotte rougit sous son mouchoir, et de nouveau son cœur de pensionnaire sexagénaire battit plus fort, plus rapidement. Petite-Lotte, la plus jeune des deux, ignorait que sa mère avait poussé si loin l'ingéniosité, que le corsage de la robe préparée, – copie de celle d'autrefois – avait un nœud en moins. Sa place restait vide, le nœud manquait puisqu'il était la propriété de l'Autre, du frustré. D'accord avec son fiancé, elle le lui avait fait tenir en guise de consolation et il avait couvert ce souvenir charitable de mille baisers extasiés... Libre à la fraternelle infirmière de Charles d'abaisser les coins de sa bouche dans un rictus sarcastique, quand elle découvrirait cette petite particularité imaginée par sa mère, pour honorer la mémoire de son père, de l'homme bon et fidèle qui, jadis, avait non seulement approuvé le présent mais en avait pris l'initiative et, malgré tout ce qu'il avait souffert par la faute du prince indompté, avait pleuré avec sa Lotte quand Il était parti, Lui, presque le larron de son bien le plus cher.

« Il est parti » s'étaient-ils dit l'un à l'autre, en lisant le billet griffonné la nuit jusqu'à l'aube : « Je vous laisse heureux et ne quitte pas vos cœurs... Adieu, mille fois adieu. » « Il est parti », dirent-ils tour à tour, et les enfants de la maison errèrent à sa recherche, répétant tristement : « Il est parti ! » Lotte avait versé des larmes en lisant le billet ; elle avait pu pleurer tout à son aise sans rien dissimuler à son bon fiancé car lui aussi avait les yeux humides, et de tout le jour il n'avait parlé que de leur ami, rappelant le garçon remarquable qu'il était, parfois baroque et peu agréable par certains côtés, mais génial et d'une originalité singulièrement saisissante qui vous inspirait la pitié, l'inquiétude et un étonnement sympathique.

Ainsi s'était exprimé l'excellent homme. Et quel élan de reconnaissance l'avait jetée à lui, attachée à lui plus fortement que jamais, parce qu'il tenait ce langage et trouvait naturel qu'elle pleurât l'absent ! Le même sentiment de gratitude réchauffa le cœur inquiet de la voyageuse étendue, les yeux protégés par son mouchoir ; son corps frémit comme si elle se serrait contre une poitrine fidèle et ses lèvres répétèrent les mots de jadis. Elle était contente, avait-elle murmuré, qu'il fût parti, le tiers venu du dehors, du moment qu'elle n'aurait pu lui donner ce qu'il attendait d'elle. Son Albert l'écoutait avec plaisir : avec autant de force qu'elle, il percevait la précellence et l'éclatante supériorité du disparu. Il en était venu à douter de leur futur bonheur, si raisonnable, tendu vers un but précis, au point qu'un jour, dans un billet, il avait voulu lui rendre sa parole pour qu'elle pût choisir librement entre l'Autre, plus brillant, et lui. Une fois de plus, c'était lui qu'elle avait choisi – choisi ! – lui, si peu compliqué, son égal par la simplicité de la naissance, à elle destiné, fait pour elle, son Hans Christian, non seulement parce que l'amour et la fidélité avaient triomphé de la tentation, mais aussi à cause de l'effroi qu'au fond lui inspirait le mystère de l'Autre avec tout l'irréel et l'instable de sa nature, on ne sait quoi qu'elle n'aurait su ni osé formuler et dont plus tard seulement elle avait trouvé la définition dans une plainte qui était un aveu : « L'inhumain sans but ni trêve[1] !... » Singularité d'un inhumain si aimable, si droit, si brave garçon, que les enfants lancés à sa recherche se lamentaient : « Il est parti ! »

Sous le mouchoir, les visions de ces journées d'été défilèrent en foule dans son cerveau, s'animèrent, parlantes, ensoleillées, puis s'éteignirent, – les scènes à trois, quand Kestner, libéré de son travail, s'associait aux promenades sur la crête de la colline, d'où ils contemplaient le fleuve qui sinuait entre les prairies, la vallée avec ses coteaux, les villages riants, le château et le donjon, les ruines du cloître et du Burg. L'Autre, visiblement ravi de goûter la suave plénitude du monde, dissertait de sujets élevés tout en faisant mille pitreries. Si bien qu'à force de rire, les fiancés avaient peine à continuer leur chemin. Charlotte revécut les heures de lecture, soit dans la pièce familiale, soit sur le gazon ; il leur

[1]. *Faust*, 1ʳᵉ partie

lisait des passages de son cher *Homère* ou le *Chant de Fingal*, et pris soudain d'une sorte de fureur enthousiaste, les larmes aux yeux, jetait le livre, le labourait d'un coup de poing, puis, devant leur consternation, partait d'un éclat de rire joyeux et sain... Les scènes à deux, entre lui et elle, quand il l'aidait au ménage, au potager, épluchant les haricots avec elle ou faisant la cueillette des fruits dans le jardin de l'Ordre Teutonique, – un garçon excellent et un gentil camarade, facile à rembarrer d'un regard ou d'un mot de réprimande lorsqu'il voulait poser au martyr. Elle revoyait et entendait tout cela, elle, lui, leurs attitudes, leurs jeux de physionomie, les appels, les injonctions, les récits, les plaisanteries, « Lotte ! » et « Chère petite Lotte ! » et « Assez de dérobades ! Grimpez plutôt là-haut et jetez les fruits dans ma corbeille ! » Mais par un phénomène curieux, toutes ces images, tous ces souvenirs ne tenaient pas de première main, – si l'on peut dire – leur extraordinaire précision, leur intensité lumineuse et l'abondance de leurs particularités. A l'origine, sa mémoire n'en avait pas été frappée au point de les enregistrer par le menu ; plus tard seulement elle les avait tirés de ses profondeurs, reconstitués fragment par fragment, mot par mot. Ils avaient été mis au jour, reconstruits, restitués minutieusement avec tout ce qui s'y rattachait, polis à nouveau, en quelque sorte exposés sous des réflecteurs, du fait de la signification qu'ils avaient acquise après coup, contre toute attente.

Ces visions rétrospectives d'un voyage au royaume de la jeunesse se brouillèrent parmi les battements de cœur, se muèrent en un fatras de rêve et finirent par sombrer dans un assoupissement qui, suivant un lever trop matinal et un trajet fatigant, tint la sexagénaire endormie deux heures environ.

Tandis qu'elle sommeillait, totalement oublieuse de sa situation, de la chambre d'hôtel étrangère où elle se trouvait, – relais prosaïque au cours de son incursion dans le passé, – dix heures, puis dix heures et demie sonnèrent à l'église Saint-Jacques. Charlotte continuait de dormir. Elle s'éveilla toute seule, avant que quelqu'un s'en chargeât, sans doute sous la mystérieuse influence d'une intrusion imminente au-devant de laquelle elle se portait avec un secret empressement qui eût été moins impatient et moins vif si, joyeuse et oppressée, elle n'avait pressenti que cette invite au réveil ne venait point de sa sœur, et présageait une sollicitation plus excitante pour son esprit.

Elle s'assit sur son lit, consulta sa montre, s'effraya de l'heure avancée, et ne pensa qu'à se mettre en route pour rejoindre au plus tôt les siens. A peine commençait-elle de réparer le désordre de sa toilette, qu'on frappa à la porte.

« Qu'y a-t-il ? demanda-t-elle tout contre le vantail, d'un ton un peu agacé et plaintif. On n'entre pas.

— Ce n'est que moi, madame la conseillère aulique, dit une voix du dehors, simplement Mager. Madame la conseillère aulique me pardonnera de la déranger, mais il y a ici, une dame, miss Cuzzle, du 19, une dame anglaise, une voyageuse de chez nous.

— Eh bien, après ?

— Je n'ose, dit Mager derrière la porte, importuner madame la conseillère aulique, mais miss Cuzzle ayant appris sa présence en notre ville et sous notre toit, implore avec instance la faveur de lui rendre une très courte visite.

— Dites à cette dame, répondit Charlotte en entrebâillant la porte, que je ne suis pas habillée, que je dois sortir sitôt prête et que je regrette vivement. »

En contradiction avec ses paroles, elle endossa son peignoir à poudre avec la volonté arrêtée de ne pas se laisser forcer la main, mais néanmoins désireuse de ne pas être tout à fait prise au dépourvu, même s'il lui fallait éconduire l'intruse.

« Je n'ai rien à répéter à miss Cuzzle, répondit Mager du couloir. Elle entend toute seule, car elle est à côté de moi. Voici de quoi il s'agit : il est fort urgent pour miss Cuzzle de présenter ses respects à madame la conseillère aulique, ne fût-ce qu'un instant.

— Mais je ne connais pas cette dame, s'écria Charlotte, un peu indignée.

— Justement, répliqua le maître d'hôtel. Miss Cuzzle estime

qu'il est extrêmement important pour elle de faire la connaissance de madame la conseillère aulique, dût-elle ne la retenir qu'un instant, s'il le faut. She wants to have just a look at you, if you please », dit-il avec une habile contorsion des lèvres, comme si, pendant qu'il parlait, il incarnait la personnalité de la solliciteuse. Cette dernière y vit sans doute le signal d'avoir à décharger l'intermédiaire du soin de son affaire, pour la conduire elle-même ; car aussitôt sa voix aiguë, puérile, retentit en un claironnement ému qui semblait intarissable et jaillissait avec des « most interesting » et des « highest importance » proclamés très haut. Charlotte, assiégée dans sa chambre, se dit que le plus rapide moyen d'abréger la séance consisterait à exaucer l'opiniâtre visiteuse en se montrant. Elle n'avait pas l'intention de lui faciliter par d'aimables paroles d'accueil le gaspillage de son temps. Toutefois elle était assez allemande pour colorer sa capitulation d'un « Well, come in, please », à moitié badin ; et ne put s'empêcher de rire du « thank you very much » de Mager, lequel, à son habitude, se glissa dans la chambre à la faveur du battant de la porte, en s'effaçant avec une courbette devant miss Cuzzle.

« Oh dear, oh dear ! dit la petite personne, d'apparence originale et réjouie. You kept me waiting, vous m'avez fait attendre, but that is as it should be. Il m'a fallu parfois beaucoup plus de patience pour arriver à mes fins. I am Rose Cuzzle. So glad to see you. » La femme de chambre, déclarat-elle, venait de l'informer que Mrs Kestner était depuis le matin en cette ville, en cet hôtel, à quelques chambres seulement de la sienne, et sans cérémonie, elle accourait. Elle savait (I realize) l'importance du rôle de Mrs Kestner « in german literature and philosophy ». « Vous êtes une femme célèbre, a celebrity and that is my hobby, you know, the reason I travel. » Dear Mrs Kestner serait-elle assez aimable pour lui permettre d'esquisser rapidement ses traits ravissants dans un album de croquis ?

Elle tenait l'album sous le bras : grand format, reliure de toile. Des boucles rousses lui couvraient la tête ; son visage aussi était empourpré, avec un nez retroussé tavelé de points roux, des lèvres épaisses mais sympathiquement proéminentes (dans l'ouverture desquelles les dents brillaient, blanches et saines), des yeux d'un bleu-vert, qui parfois louchaient de façon également sympathique. Elle avait roulé d'un bras le fouillis superflu de sa robe à ramages, ramassée sur sa jambe ; du haut corselet généreusement décolleté à la mode ancienne, un sein semé de taches de son comme le nez semblait prêt à jaillir gaiement. Un voile couvrait ses épaules. Charlotte lui donna vingt-cinq ans.

« Ma chère enfant, dit-elle, un peu choquée dans son sens bourgeois, par la fringante excentricité de l'apparition, toutefois disposée à faire preuve d'une indulgence de femme du monde, ma chère enfant, j'apprécie l'intérêt que vous inspire ma modeste personne. Laissez-moi ajouter que votre esprit de décision me plaît beaucoup. Mais vous voyez combien je suis peu préparée à recevoir une visite, encore moins à poser pour un portrait. Je m'apprête à sortir, car des parents très chers m'attendent avec impatience. Je me réjouis d'avoir fait votre connaissance, au cours d'une entrevue dont vous avez vous-même admis qu'elle serait brève et j'ai le regret de devoir insister sur cette brièveté. Nous nous sommes vues, – le reste serait contraire à nos conventions : ainsi donc, permettez-moi de vous souhaiter la bienvenue et de vous dire, en même temps, adieu. »

Miss Rose avait-elle seulement compris ses paroles ? On en pouvait douter. Toujours est-il qu'elle ne fit point mine d'en tenir compte. Tout en continuant d'appeler Charlotte « dear », elle bavardait intarissablement avec ses drôles de lèvres lippues, dans son langage humoristique, plein d'aisance, lui expliquant le sens, la nécessité de sa visite et lui décrivant une vie tout entière vouée à une chasse définie, sa passion de collectionneuse.

A vrai dire, elle était irlandaise. Elle voyageait le crayon à la main, et il n'était point facile de distinguer entre son but et ses moyens. Peut-être son talent n'était-il pas assez grand pour se passer du soutien que lui conférait l'importance sensationnelle de l'objet ; peut-être aussi avait-elle trop de vivacité et d'activité pratique pour se complaire à de paisibles études artistiques. Aussi la voyait-on toujours à la recherche des grandes vedettes de l'histoire contemporaine et des lieux historiques fameux, qu'elle fixait sur les pages de son album, souvent dans les conditions les plus incommodes et, lorsque cela se pouvait, avec la signature du modèle, comme garantie d'authenticité. Charlotte écoutait, ébahie de la quantité d'endroits que cette jeune fille avait connus. Son fusain avait reproduit le pont d'Arcole, l'Acropole d'Athènes et la maison natale de Kant à Königsberg. Dans une yole louée cinquante livres, au balancement des vagues, elle avait portraituré en rade de Plymouth l'empereur Napoléon à bord du *Bellérophon* quand, après dîner, il était monté sur le pont pour prendre une prise, appuyé à la lisse. L'effigie n'était pas bonne, elle-même en convenait : autour d'elle, la multitude confuse des barques débordantes d'hommes, de femmes et d'enfants qui criaient hourrah ! la houle, et aussi la brièveté de l'apparition impériale l'avaient fort gênée dans son travail, en sorte que le héros, – chapeau de travers, gilet bedonnant, basques bouffantes, – semblait vu dans un miroir déformant et risiblement étiré en largeur. Malgré tout, par l'entremise d'un officier qu'elle connaissait à bord du vaisseau fatidique, elle avait réussi à obtenir sa signature, ou plutôt le hâtif griffonnage qui pouvait passer pour tel. Le duc de Wellington n'avait pas manqué d'accorder la sienne. Le congrès de Vienne avait fourni un brillant butin, l'extrême célérité avec laquelle opérait miss Rose permettant à l'homme le plus occupé d'exaucer son vœu. Le prince de Metternich, M. de Talleyrand, lord Castlereagh, M. de Hardenberg, plusieurs autres négociateurs européens, s'étaient également soumis. Le tsar Alexandre avait attesté la ressemblance de son visage à favoris orné d'un nez risible, par une signature octroyée sans doute uniquement parce que l'artiste s'était entendue à donner aux cheveux qui cernaient sa calvitie l'apparence d'une couronne de lauriers. Les portraits de madame Rahel de Varnhagen, du professeur Shelling et du prince Blücher de Wahlstatt prouvaient qu'à Berlin non plus elle n'avait pas perdu son temps.

Elle l'avait mis partout à profit. La couverture de toile de son album abritait encore d'autres trophées qu'elle montra à Charlotte interdite, en les commentant avec vivacité. A présent elle était à Weimar, attirée par le renom de la ville, « this nice little place », centre de la culture allemande fameuse par le monde ; c'était, pour elle, la foire où défilaient les célébrités à pourchasser. Elle déplora d'y être arrivée trop tard : le vieux Wieland, Herder qu'elle appelait un great preacher, et aussi « the man who wrote the *Brigands* », lui avaient échappé par le trépas. Toutefois, à consulter ses notes, il y avait encore quelques écrivains du cru qui méritaient d'être traqués, tels MM. Falke et Schutze. Elle avait déjà, dans son album, la veuve de Schiller, ainsi que Mme Schopenhauer et deux ou trois actrices assez réputées du théâtre de la Cour, Mlles Engels et Lortzing. Elle n'était pas encore parvenue jusqu'à Mme de Heigendorf, de son vrai nom Jagemann, mais elle poursuivait ce but avec ardeur, espérant, par la belle favorite, conquérir la cour ; espoir d'autant plus fondé qu'elle avait déjà posé des jalons pour parvenir jusqu'à la grande-duchesse héritière. Quant à Goethe, dont elle prononçait le nom – comme d'ailleurs la plupart des autres – si effroyablement que Charlotte fut longtemps à comprendre de qui elle parlait, elle était déjà sur sa piste, sans avoir toutefois réussi à le joindre. La nouvelle que le fameux modèle de l'héroïne qui avait inspiré son célèbre roman de jeunesse se trouvait depuis le matin à Weimar, à l'hôtel, dans une chambre presque voisine, l'avait électrisée, non seulement en raison de la personne elle-même, mais parce qu'elle espérait, grâce à cette nouvelle connaissance (elle s'en expliqua très franchement) faire d'une pierre deux coups, voire trois : la Lotte de *Werther* lui frayerait sans doute le chemin jusqu'à l'auteur de *Faust* ; celui-ci n'aurait qu'un mot à dire pour lui ouvrir la porte de Mme Charlotte de Stein ; quant aux affinités qui existaient entre cette dame et la figure d'Iphigénie, le petit aide-mémoire de miss Rose mentionnait, à la rubrique « german literature and philosophy », certaines particularités qu'elle narra avec la plus grande ingénuité, à la consœur présente de Mme de Stein, son homonyme au royaume des prototypes.

Il arriva donc que Charlotte, telle qu'elle était là, dans son peignoir à poudre blanc, passa avec la dénommée Rose Cuzzle non point les quelques instants prévus, mais bel et bien trois quarts d'heure, amusée et gagnée par le charme naïf et l'activité enjouée de la petite personne, impressionnée par toute la grandeur qu'elle avait su s'annexer et dont elle produisait des témoignages, incertaine au sujet de savoir s'il fallait trouver un peu absurde ce sport artistique, ainsi qu'elle y inclinait, mais néanmoins fortifiée dans sa bonne volonté de fermer les yeux par la conscience flatteuse de faire elle-même partie de ce grand monde dont une bouffée venait jusqu'à elle, soufflée par le carnet de chasse de miss Cuzzle, et de se voir admise dans la ronde glorieuse de ses feuillets. Bref, victime de son affabilité, elle était assise dans un des deux fauteuils recouverts de cretonne, à écouter en souriant le bavardage de l'artiste nomade installée dans l'autre siège, qui faisait son portrait.

Elle dessinait à grands traits tumultueux de virtuose dénotant parfois moins l'exactitude que la désinvolture, et que, d'ailleurs, elle effaçait souvent, sans ombre de nervosité, au moyen d'une grosse gomme élastique. Le léger strabisme de ses yeux qui restaient étrangers à ce qu'elle disait, était agréable ; tout comme était réjouissante et saine la vue de sa poitrine ronde et de ses grosses lèvres d'enfant qui racontaient les pays lointains, les rencontres avec des gens célèbres, tandis que les jolies dents d'une blancheur d'émail brillaient dans l'ouverture de la bouche.

La situation semblait aussi inoffensive qu'intéressante, ce qui permit à Charlotte d'oublier assez longtemps à quel point elle s'attardait. A supposer que Petite-Lotte eût marqué une contrariété de cette visite, elle n'aurait pu en tout cas arguer de son souci pour le repos de sa mère. De la part de cette petite Anglo-Saxonne, aucune indiscrétion à redouter, elle n'irait pas jusque-là. Voilà qui rassurait et donnait à sa société quelque chose de séduisant. C'était elle qui parlait et Charlotte l'écoutait gaiement. Elle riait de tout son cœur du babillage volubile de Rose qui, tout en travaillant, racontait comment elle avait réussi à capter, pour sa galerie de portraits, un capitaine de brigands nommé Boccarossa, chef de bande redouté pour son courage et sa cruauté : très sensible à l'attention de l'artiste et plein d'une joie enfantine à se voir si fière mine en effigie, il avait ordonné à ses gens de tirer une salve de tromblons en l'honneur de miss Rose et l'avait fait reconduire, sous bonne escorte, hors du champ de ses opérations. Charlotte s'amusa beaucoup au récit de la chevalerie sauvage et, lui sembla-t-il, un peu vaniteuse, de ce compagnon d'album. Elle riait tellement et elle était si distraite qu'elle n'éprouva aucune surprise à la soudaine apparition de Mager debout devant elle, au milieu de la chambre. La conversation et les rires avaient fait que les coups frappés à la porte étaient passés inaperçus.

« Beg your pardon, dit-il. Je m'excuse d'interrompre. Mais M. le docteur Riemer sollicite la faveur de présenter ses respectueux hommages à madame la conseillère aulique. »

III

Charlotte se leva précipitamment.
« C'est vous, Mager ? demanda-t-elle troublée. Qu'y a-t-il ? M. le docteur Riemer ? Qui est ce docteur Riemer ? Annoncez-vous une nouvelle visite ? A quoi songez-vous ? C'est tout à fait impossible ! Quelle heure est-il ? Une heure très tardive ! Ma chère enfant », elle se tourna vers miss Rose, « il faut que nous mettions fin à notre aimable entrevue. Comment suis-je faite ? Je dois m'habiller et sortir. Car on m'attend ! Au revoir ! Et vous, Mager, dites à ce monsieur que je ne suis pas en mesure de le recevoir, que je suis déjà partie...

– Fort bien, répondit le maître d'hôtel, cependant que miss Cuzzle continuait paisiblement à couvrir de hachures son papier. Fort bien, madame la conseillère aulique. Toutefois je ne voudrais pas exécuter l'ordre de madame la conseillère aulique sans être certain qu'elle n'ignore pas l'identité du monsieur annoncé...

– Eh bien, quoi, son identité ? s'écria Charlotte irritée. Voulez-vous me laisser tranquille avec son identité ? Je n'ai pas de temps à perdre en identités. Dites à votre docteur...

– Certainement, répondit Mager avec docilité. Néanmoins, je considère comme de mon devoir d'informer madame la conseillère aulique qu'il s'agit de M. le docteur Riemer, Frédéric Guillaume Riemer, le secrétaire, le compagnon de voyage et l'homme de confiance de Son Excellence M. le conseiller intime. Il n'est pas tout à fait exclu que M. le docteur soit chargé d'un message... »

Charlotte interdite le dévisagea, une rougeur aux joues, la tête secouée d'un tremblement visible.

« Ah, vraiment, dit-elle, vaincue. Mais peu importe, je ne puis recevoir ce monsieur, je ne puis recevoir personne et je voudrais savoir, Mager, à quoi vous pensez, et comment vous imaginez que je peux recevoir M. le docteur ? Vous avez subrepticement introduit chez moi miss Cuzzle, voulez-vous que j'accueille aussi le docteur Riemer en négligé, dans le désordre de cette chambre d'hôtel ?

— Cela n'est point nécessaire, répliqua Mager. Nous disposons d'un salon, un " parlour-room ", au premier. Pour peu que madame la conseillère aulique m'y autorise, je prierai M. le docteur de patienter dans cette pièce, en attendant que madame la conseillère aulique ait achevé sa toilette, et je demanderai ensuite à madame la conseillère aulique la permission de l'y conduire pour quelques instants ?

— J'espère, dit Charlotte, que ces instants-là n'auront pas la durée de ceux que j'ai consacrés à cette aimable personne. Ma chère enfant, fit-elle, tournée vers miss Cuzzle, vous êtes là à crayonner... Vous voyez combien je suis pressée. Je vous remercie sincèrement pour l'agréable intermède de notre rencontre, mais s'il manque quelque chose à votre dessin, il vous faudra absolument compléter de mémoire... »

La recommandation était superflue. Miss Rose déclara en riant de toutes ses dents qu'elle avait fini.

« I am quite ready, dit-elle, tendant son œuvre devant elle à bout de bras et la considérant, les paupières plissées. I think, I did it well. Voulez-vous voir ? »

Ce fut plutôt Mager qui le voulait et qui s'avança avec empressement.

« Que voilà une image extrêmement précieuse, prononça-t-il en se donnant une mine de connaisseur. Et un document d'une signification durable. »

Charlotte, pressée, s'affairait à sa garde-robe et jeta à peine un regard au croquis.

« Oui, oui, très joli, dit-elle. C'est *moi*, cela ? Ah mais oui, il

y a évidemment un certain air de famille. Ma signature ?
Tenez, voici, mais dépêchons. »

Et avec le fusain, elle apposa, debout, une signature dont les traits cursifs ne le cédaient en rien à ceux de Napoléon. D'un hochement de tête hâtif, elle répondit au compliment d'adieu de l'Irlandaise, et chargea Mager d'engager le docteur Riemer à patienter quelques instants au salon.

Quand elle quitta sa chambre, ostensiblement habillée pour sortir, – toilette de rue, chapeau, mantille, réticule et ombrelle, – elle trouva le maître d'hôtel qui l'attendait dans le corridor. Il l'escorta jusqu'au bas de l'escalier et l'introduisit, en s'effaçant devant elle, selon son habitude, au salon de l'étage inférieur. A sa vue, le visiteur se leva de sa chaise auprès de laquelle il avait posé son haut-de-forme.

Le docteur Riemer était un homme de taille moyenne qui avait dépassé la quarantaine ; sa chevelure brune, encore touffue, à peine touchée de blanc, formait des mèches sur les tempes. Il avait les yeux très écartés, à fleur de tête, même légèrement exorbités, le nez droit, charnu, la bouche molle, cernée d'un trait un peu maussade, comme boudeur. Il portait un pardessus brun dont le col épais remontait sur sa nuque ; par-devant, un gilet de piqué laissait apparaître son foulard croisé. Sa main blanche, dont l'index s'ornait d'une bague à cachet, pressait le manche en ivoire d'une canne à dragonne de cuir. Il tenait la tête un peu de biais.

« Serviteur, madame la conseillère aulique, dit-il d'une voix sonore et palatiale, en s'inclinant. Je me reproche d'avoir, par mon intrusion, gravement contrevenu aux règles de la patience et de la discrétion. Le manque de maîtrise de soi est assurément le défaut qu'on pardonne le moins à un éducateur de la jeunesse. Pourtant, j'en ai pris mon parti, le poète en moi joue parfois un tour au pédagogue en cédant à ses élans ; et la nouvelle de votre arrivée, qui court la ville, a éveillé en moi l'irrésistible désir de présenter sans retard mes hommages et mes souhaits de bienvenue dans nos murs à une femme dont le nom est si intimement lié à l'histoire spirituelle de notre pays, – j'oserai dire : à la formation de nos cœurs.

– Monsieur le docteur, répondit Charlotte en lui rendant son salut non sans cérémonie, les prévenances d'un homme de votre mérite ne sauraient manquer de nous être agréables. »

Le fait que ce mérite lui demeurât assez obscur lui inspirait quelque inquiétude d'ordre mondain. Elle se réjouit de l'entendre dire qu'il était professeur et d'apprendre qu'il était également poète ; mais en même temps, ces allusions l'étonnèrent et l'agacèrent un peu ; elles lui semblèrent porter atteinte à la principale, ou du moins la plus remarquable qualité de cet homme, à savoir la noble fonction qu'il remplissait auprès de *lui*. Elle pressentit immédiatement qu'il tenait à ce que, pour les autres, sa valeur personnelle ne se résumât pas en ce seul titre, prétention qui, d'ailleurs, lui fit l'effet d'une absurdité. Il aurait dû comprendre que pour elle, du moins, il n'offrait d'intérêt qu'à un unique point de vue : était-il, oui ou non, porteur d'un message de *là-bas* ? Décidée à maintenir l'entretien sur ce terrain positif, l'éclaircissement de cette question, elle fut contente que sa toilette ne laissât aucun doute sur ses intentions de sortie et continua :

« Je vous remercie de ce que vous appelez votre impatience et que j'appelle, moi, l'impulsion d'un esprit chevaleresque. Certes, je m'étonne qu'un incident d'un caractère aussi privé que mon arrivée à Weimar vous soit déjà venu aux oreilles, et je me demande de qui vous tenez la nouvelle, – peut-être de ma sœur, la conseillère à la chambre des Finances, ajouta-t-elle avec une certaine précipitation, chez qui je me rends de ce pas et qui me pardonnera d'autant plus volontiers mon retard que je le mettrai au compte d'une visite aussi flatteuse. Je pourrai ajouter, à ma décharge, qu'une autre, moins importante bien que fort divertissante, avait précédé la vôtre : celle d'une voyageuse, une virtuose du crayon, qui a tenu à faire le rapide portrait d'une vieille femme et qui, d'ailleurs, autant que j'en ai pu juger, n'y a réussi qu'assez approximativement. Mais si nous nous asseyions ?

– Ah, répondit Riemer, la main appuyée au dossier d'une chaise, il semble, madame, que vous ayez eu affaire à une de ces personnes dont les efforts ne sont pas à la hauteur de leurs aspirations, et qui prétendent en quelques traits, exécuter une œuvre dépassant leurs moyens.

" Dans ce qu'aujourd'hui j'entreprends il n'y a matière qu'à esquisses ! " déclama-t-il en souriant, mais je vois que je ne suis pas entré le premier dans la place, et si je me sens un peu excusé de mon impatience en constatant que je la partage avec d'autres, je n'en conçois que davantage la nécessité d'user avec modération de la faveur qui m'échoit à cet instant. Pour nous, humains, le prix d'un bien grandit, il est vrai, à proportion de la difficulté que nous eûmes à l'obtenir ; et j'avoue qu'il me serait d'autant plus pénible de renoncer tout de suite au privilège d'être en votre présence, madame, qu'il est malaisé de se frayer un chemin jusqu'à vous.

– Malaisé ? » Elle s'étonna. « Il me semble que celui qui a reçu ici pouvoir de lier et délier, notre M. Mager, n'a pas la mine d'un cerbère.

– Pas précisément, répliqua Riemer. Mais que madame la conseillère aulique se convainque par elle-même ! »

Il la conduisit à la fenêtre qui donnait, comme celles de Charlotte, sur la place du Marché, et souleva le rideau empesé.

Déserte à l'heure matinale de son arrivée, la place grouillait à présent de gens qui levaient les yeux vers les fenêtres de l'Eléphant. A l'entrée de l'auberge, l'affluence était particulièrement grande, – une cohue populaire, sous la surveillance de deux sergents de ville qui s'efforçaient de maintenir le passage libre. Elle se composait d'artisans, de jeunes boutiquiers des deux sexes, de femmes portant leurs enfants dans leurs bras, et de respectables bourgeois. Des gamins accourus de partout ne cessaient de grossir la foule.

« Pour l'amour du ciel ! dit Charlotte, dont la tête trembla fortement en regardant au-dehors, en l'honneur de qui, ce rassemblement ?

– Qui, sinon vous ? répondit le docteur. Le bruit de votre arrivée s'est répandu comme une traînée de poudre. Je puis l'affirmer, – et madame s'en rend compte, – la ville est comme une fourmilière en effervescence. C'est à qui espère capter au vol un reflet de votre personne. Ces gens devant la porte guettent votre sortie. »

Charlotte éprouva le besoin de s'asseoir.

« Mon Dieu, dit-elle, c'est ce malencontreux enthousiaste, ce Mager, et nul autre, qui me vaut cela ! Il a dû claironner partout notre arrivée ! Et il a fallu aussi que cette barbouilleuse vagabonde m'empêche de partir quand la sortie était libre encore ! Ces gens-là, en bas, monsieur le docteur, n'ont-ils pas d'autre occupation que d'assiéger le logis d'une vieille femme aussi peu faite que moi pour jouer les bêtes curieuses, et qui voudrait bien vaquer tranquillement à ses affaires privées ?

– Ne leur en veuillez pas, dit Riemer. Ce rassemblement dénote malgré tout un sentiment plus élevé que la vulgaire curiosité. Il marque le naïf attachement de nos concitoyens aux intérêts supérieurs de la nation ; il atteste la popularité de l'esprit et conserve un caractère touchant et réjouissant, même si certaines visées intéressées, d'ordre matériel, n'y sont pas étrangères. Ne devons-nous pas nous réjouir, continua-t-il en revenant au fond de la pièce avec Charlotte troublée, lorsque la foule, dédaigneuse, comme elle est, des valeurs spirituelles, de par sa grossièreté originelle, est obligée de révérer l'esprit sous la seule forme qui lui soit accessible, c'est-à-dire la forme utilitaire ? Cette petite ville très fréquentée par les visiteurs tire maint avantage tangible du prestige qu'exerce dans le monde le génie allemand concentré entre ses murs – et, notons-le, presque exclusivement incarné en une personne définie. Rien d'étonnant si la brave population se croit tenue de respecter ce qui, sans cela, lui ferait l'effet de niaiseries, et si elle considère les belles-lettres et tout ce qui s'y rattache, comme son affaire propre. Bien entendu, les œuvres de l'esprit lui demeurant inaccessibles comme à toutes les masses, elle s'attache surtout aux personnes représentatives par lesquelles et grâce auxquelles ces œuvres virent le jour.

– Il me paraît, répliqua Charlotte, que d'une main vous retirez à cette humanité ce que vous lui avez concédé de l'autre. Vous voulez expliquer une curiosité importune en lui prêtant des mobiles nobles et spirituels, mais, d'autre part, vous avez une façon de ramener ces sentiments à une échelle vulgaire et matérielle qui m'ôte tout le plaisir que j'y aurais pris ; et pour tout dire, je me sens un peu froissée.

– Très honorée dame, dit-il, il n'est guère possible de parler d'un être aussi ambigu que l'homme autrement qu'avec ambiguïté ; ma façon ne doit point être considérée comme offensante pour l'humanité, j'estime que nous faisons preuve, à l'égard de la vie, non d'un pessimisme chagrin, mais de bienveillance, en reconnaissant ce qu'elle offre de bon et de satisfaisant, sans pour cela ignorer l'envers de la trame où quelques nœuds rugueux et quelques fils décolorés ont pu rester pris. Au surplus, j'ai toutes les raisons de défendre ces badauds contre votre agacement, car seul mon rang relativement élevé dans la société me différencie d'eux ; et si le hasard ne m'avait conféré l'enviable privilège d'être ici, en haut, devant vous, je serais là-bas, mêlé aux bonnes gens, à donner de la tablature aux gardiens de l'ordre. Cet élan qui les a rassemblés, c'est lui qui provoqua mon impulsion, – sous une forme certes plus policée et plus affinée, – quand, il y a une heure, mon barbier, pendant qu'il me barbouillait de mousse de savon, m'annonça la grande nouvelle : Charlotte Kestner est arrivée en notre ville, à huit heures, par la diligence, et descendue à l'Eléphant. Comme lui, comme tout Weimar, je fus pénétré d'émotion en comprenant de qui il s'agissait, la signification de ce nom, et je n'ai pu supporter de rester entre mes quatre murs. Plus tôt donc que je n'en avais l'intention, je me suis habillé et me suis hâté vers ces lieux pour vous présenter mon hommage, l'hommage d'un étranger qui vous est apparenté par son destin, un frère dont l'existence, sur le plan masculin, se confond également avec l'illustre vie qui fait l'émerveillement du monde, – je vous apporte le salut fraternel d'un homme dont la postérité citera le nom comme celui d'un ami et d'un collaborateur, chaque fois qu'il sera question des travaux d'Hercule du grand écrivain. »

Charlotte, assez mal impressionnée, crut remarquer qu'en prononçant ces paroles ambitieuses, le trait de mortification figé autour de la bouche du docteur s'accentuait, comme s'il doutait que son appel péremptoire à la postérité dût jamais être entendu.

« Tiens, tiens, fit-elle, en considérant la rasure luisante de l'érudit, c'est votre barbier qui a bavardé ? Après tout, cela fait partie de son métier. Et, il ne s'est passé qu'une heure depuis ? Mais alors, il semble, monsieur le docteur, que j'ai sous les yeux quelqu'un qui ne dédaigne pas de faire la grasse matinée ?

— Je l'avoue », répondit-il avec un sourire un peu penaud.

Ils s'étaient assis sur des sièges à dossier incurvé, devant un guéridon, au-dessous d'un portrait représentant le grand-duc encore jeune, en bottes à l'écuyère, la poitrine barrée d'un grand cordon, et appuyé à un antique piédestal couvert d'emblèmes guerriers. Une Flore de plâtre drapée ornait la pièce sommairement meublée mais pourvue de jolis trumeaux à sujets mythologiques. Dans une autre niche, un poêle blanc en forme de colonne, autour duquel des génies tressaient une ronde, faisait pendant à la déesse.

« J'avoue, reprit Riemer, mon faible pour le sommeil matinal. Si l'on pouvait dire que l'on *tient* à une faiblesse, j'emploierais ce terme. Ne pas devoir s'arracher à son édredon au premier chant du coq, voilà bien la caractéristique de l'homme libre et jouissant d'une situation privilégiée. J'ai toujours préservé cette liberté, et même à l'époque où je logeais au Frauenplan, le Maître dut s'en accommoder, encore que, pour sa part, en vertu du culte minutieux, pour ne pas dire pédant, qu'il rend au temps, il commençât sa journée plusieurs heures avant la mienne. La diversité est propre aux humains. L'un se fait gloire de devancer ses congénères et de se mettre au travail quand ils dorment encore ; tel autre se complaît, en grand seigneur, dans les bras de Morphée, alors que, déjà, le besogneux trime. L'essentiel est que l'on se tolère réciproquement, et le Maître, il faut en convenir, est grand dans la tolérance, bien que sa tolérance vous mette parfois un peu mal à l'aise.

— Mal à l'aise ?... questionna-t-elle, inquiète.

— Ai-je dit mal à l'aise ? répliqua-t-il, et le regard de ses yeux légèrement écartés, exorbités, qui avait erré distraitement autour de la pièce, se riva sur elle, comme aimanté. Au contraire, on se sent fort à l'aise près de lui : sinon, comment un homme comme moi, pétri de sensibilité, aurait-il supporté de vivre environ neuf ans, presque sans interruption, à ses côtés ? Très, très à l'aise. Certaines propositions demandent à être d'abord poussées jusqu'au bout, pour être ensuite ramenées en deçà, avec la même netteté : les extrêmes englobent leur contraire. La vérité, très honorée dame, ne se satisfait pas toujours uniquement de logique ; pour la serrer de près, il convient parfois de la contredire. Je formule ma remarque en disciple de celui qui fait l'objet de mon discours, car il lui arrive fréquemment d'émettre des opinions contradictoires, soit par amour de la vérité, soit par une sorte de versatilité, de gaminerie, à la manière de Till l'Espiègle ; je ne saurais être affirmatif à cet égard. Je voudrais opter pour la première des deux hypothèses, puisque lui-même déclare qu'il est plus difficile et plus honnête de contenter les hommes que de les étourdir... mais je craindrais de m'écarter de mon sujet. Pour ma part, je sers la vérité en constatant l'extraordinaire euphorie que l'on ressent auprès de lui ; pourtant, on est obligé, en même temps, de faire l'angoissante constatation du sentiment opposé, un malaise si grand qu'on ne peut tenir en place et que l'on est tenté de fuir. Bien chère madame la conseillère aulique, des contradictions de ce genre vous retiennent, elles vous retiennent neuf ans, treize ans, parce qu'elles s'abolissent dans un amour et une admiration, qui, comme il est dit dans l'Ecriture, surpassent toute raison... »

Il avala sa salive. Charlotte se taisait, désireuse de le laisser parler encore, et occupée à confronter avec ses lointains souvenirs les assertions coupées de réticences, à la fois troublantes et troublées de son interlocuteur.

« Quant à sa tolérance, reprit-il, pour ne pas l'appeler négligence... vous voyez, mes idées sont en ordre, je ne suis pas près de perdre le fil, il convient d'établir une distinction entre la tolérance qui découle de la mansuétude, c'est-à-dire du sentiment chrétien de notre faillibilité (chrétien étant pris dans l'acception la plus large du mot), de notre propre besoin d'indulgence, ou même pas cela, j'entends au fond : une tolérance dérivée de la tendresse, et une autre, issue de l'indifférence, du dédain, plus dure, qui agit plus durement que la rigueur et la malédiction... oui, qui serait intolérable, et destructrice, à moins d'être envoyée par Dieu même, auquel cas, du reste, elle ne saurait, selon nos conceptions, être dépourvue d'amour... peut-être, d'ailleurs, la tolérance du grand homme n'est-elle pas méprisante ; peut-être en effet, l'amour et le mépris y fusionnent-ils en un alliage qui, pour le moins, fait penser au divin, d'où il résulte que, non seulement on la supporte, mais on s'y abandonne docilement sa vie durant... Je disais ?... Voulez-vous me rappeler comment nous en sommes venus à aborder ce sujet ? J'avoue que, pour l'instant, j'ai, malgré tout, perdu le fil. »

Charlotte le regarda ; elle vit ses mains d'intellectuel croisées sur le pommeau de sa canne, le regard appliqué de ses yeux bovins perdu dans le vide, et soudain, nettement, elle comprit qu'il n'était point venu pour elle, mais pour avoir l'occasion de parler de l'Autre, son seigneur et maître, et de découvrir la solution d'un vieux problème qui, peut-être, dominait sa vie. Voilà que, tout à coup, elle se trouvait incarner le rôle de Petite-Lotte qui perçait à jour les faux-semblants et les subterfuges et haussait les épaules devant les pieuses illusions dont on se leurre. Elle fit mentalement amende honorable à sa fille et se dit que les opinions imposées semblent inadmissibles et rebutent. Le sentiment qu'elle servait de simple prétexte n'était pas flatteur non plus ; elle reconnut pourtant qu'elle n'avait rien à reprocher à cet homme : elle ne le recevait pas plus pour son mérite personnel qu'il ne lui rendait visite pour elle-même. Elle aussi, c'était l'inquiétude qui l'avait poussée en ces lieux, le trouble projeté sur sa vie par un passé resté sans dénouement et qui, imprévisiblement, avait pris une place immense, l'irrésistible désir de le ressusciter et de le rattacher au présent, de façon « extravagante ». Jusqu'à un certain point, ils étaient complices, son visiteur et elle, tacitement unis par un élément torturant et joyeux en tiers parmi eux, qui les maintenait tous deux dans un état de tension douloureuse et que chacun d'eux aiderait l'autre à comprendre, afin, si possible, de résoudre le problème.

Elle se força à sourire et dit :

« Quoi d'étonnant, cher monsieur le docteur, si vous perdez le fil ; vous vous laissez entraîner à rattacher un menu fait, aussi inoffensif que le repos prolongé au lit, à des réflexions et des discriminations morales de vaste envergure ? C'est un tour du savant qui est en vous. Mais à présent ? Vous avez pu vous passer cette faiblesse, comme vous dites, je l'appelle, moi, une habitude comme une autre, durant les neuf années où vous avez occupé votre précédent emploi, mais si j'ai bien compris, vous avez aujourd'hui une situation de professeur officiel ; vous êtes, si je ne me trompe, chargé d'un cours au gymnase ? Ce penchant pour la grasse matinée auquel vous semblez tenir, est-il conciliable avec votre état actuel ?

– Certes, répliqua-t-il, en croisant ses jambes et en posant dessus, de biais, sa canne qu'il tenait par les deux bouts. Certes, eu égard à mes précédentes fonctions que, du reste, je continue à assumer concurremment avec les nouvelles, et qui sont trop notoires pour ne pas me valoir quelques privilèges. Madame la conseillère aulique a bien raison », dit-il, et il rectifia son attitude, celle qu'il avait adoptée lui semblant inconvenante à la longue. Il ne s'y était d'ailleurs laissé aller un instant que pour s'être complu à évoquer les attentions dont il était l'objet. « Il y a quatre ans, reprit-il, j'ai été nommé au gymnase de la ville et j'ai mon domicile particulier. Ce changement d'existence était inévitable ; en dépit des agréments intellectuels et matériels, et des joies que je goûtais auprès du grand homme, c'était devenu en quelque sorte pour moi, à trente-neuf ans, un point d'honneur, – il s'agit d'un point d'honneur masculin, sourcilleux, très honorée dame, – d'assurer mon indépendance d'une façon ou d'une autre. Je dis : d'une façon ou d'une autre, car mes désirs, mes rêves, visaient plus haut que cet état moyen de pédagogue (je n'ai pas encore atteint à la résignation totale), ils aspiraient à l'enseignement supérieur, une activité universitaire calquée sur le modèle de mon vénéré maître, le célèbre philologue classique Wolf, de Halle. Cela ne s'est pas fait, cela ne s'est pas trouvé jusqu'à présent. On serait fondé à s'en étonner, n'est-ce pas ? On pourrait penser qu'une longue et illustre collaboration aurait dû me servir de tremplin pour parvenir

rapidement à mon but ; on pourrait se dire que pour une amitié, un patronage aussi influents, c'eût été un simple jeu de me procurer, dans une université allemande, la chaire que j'ambitionnais. Je crois lire ces interrogations dans vos yeux. Je n'ai rien à répondre. Je me bornerai à dire : cet encouragement, cette protection, ce mot tout-puissant qui m'eût récompensé, ils ne me sont pas venus ; contre toute attente et tout calcul humain, ils n'ont pas été mon lot. A quoi bon récriminer avec amertume ? Certes, on ne peut s'en défendre parfois ; à certaines heures du jour ou de la nuit, on rumine ce problème, mais cela ne mène et ne peut mener à rien. Les grands hommes ont en tête autre chose que la vie et le bonheur privé du tâcheron, ce dernier se fût-il acquis quelque mérite au service de leur personne et de leur œuvre. Avant tout, il leur faut évidemment penser à eux-mêmes ; et s'ils mettent en balance l'importance de nos bons offices avec nos intérêts personnels, et décident que nous leur sommes indispensables, à eux et à leur travail de créateur, nous en sommes trop honorés, trop flattés pour que notre volonté ne s'accorde pas à la leur et que nous n'acceptions pas leur sentence avec une sorte de joie amère et orgueilleuse. Ainsi, après mûre réflexion, me suis-je vu obligé de refuser une chaire à l'Université de Rostock.
– Refuser ? Pourquoi ?
– Parce que je voulais rester à Weimar.
– Mais, monsieur le docteur, pardonnez-moi, en ce cas vous n'avez pas lieu de vous plaindre.
– Me suis-je donc plaint ? demanda-t-il du même air de surprise que tantôt. Je n'en avais pas la moindre intention. J'ai dû me faire mal entendre. Tout au plus me suis-je laissé aller à méditer sur les antinomies de la vie et du cœur, et j'apprécie l'avantage d'en disserter avec une femme d'esprit. Me séparer de Weimar ? Oh que non ! Je l'aime trop, j'y tiens, depuis treize ans mon civisme s'est incorporé à sa vie publique ; je suis venu ici à l'âge de trente ans, j'arrivais directement de Rome où j'étais précepteur des enfants de M. de Humboldt, le ministre. C'est à sa recommandation que je suis redevable de mon établissement à Weimar. Des défauts,

des ombres ? Weimar a les défauts et les ombres de tout ce qui est humain, en particulier, les travers d'une petite ville. Il se peut que ce trou soit borné et infesté de potins de cour, arrogant par le haut, obtus du bas, et pour une âme bien née, la vie y est difficile comme partout ailleurs, peut-être même un peu plus. On y trouve – en haut – des fripons et des fainéants, comme il se doit, peut-être même dans des proportions plus grandes. Toutefois, c'est une brave petite ville, productive. Depuis longtemps je serais embarrassé d'en citer une où je voudrais et pourrais vivre plus volontiers. Avez-vous déjà entrevu quelques-unes des curiosités de l'endroit ? Le château ? La place d'Armes ? Notre théâtre ? Les belles plantations du parc ? Mais vous les verrez. Vous trouverez que la plupart de nos rues vont de guingois. L'étranger qui visite la ville ne doit jamais oublier que nos curiosités ne sont pas remarquables en soi, mais uniquement par le fait qu'elles sont les curiosités de Weimar. Du point de vue purement architectonique, le château n'est pas grand-chose ; et qui n'a pas encore vu le théâtre l'imagine plus imposant ; en outre, la place d'Armes est une imbécillité. Il est inconcevable qu'un homme comme moi se sente contraint d'évoluer, sa vie durant, parmi ces portants et ces décors, qu'il y soit attaché au point de refuser une nomination qui correspond si bien aux rêves et aux aspirations de sa jeunesse. J'en reviens à Rostock, ayant cru remarquer, madame, que mon attitude en l'occurrence vous avait déconcertée. Eh bien, cette attitude, je l'ai adoptée sous la pression des circonstances. Il me fut interdit de répondre à l'appel, – j'emploie à dessein cette tournure impersonnelle ; il y a des choses que personne n'a besoin de vous interdire parce qu'elles s'interdisent d'elles-mêmes, – interdiction qui, d'ailleurs, peut s'exprimer par un regard, un certain air auquel on est suspendu. Tout un chacun, très honorée dame, n'est pas né pour suivre son propre chemin et vivre sa propre vie, ni forger son propre bonheur, ou plutôt, plus d'un qui, au début ne s'en doutait guère et se figurait nourrir des projets et des espoirs personnels, apprend par expérience que sa vie et son bonheur le plus personnel consistent à y renoncer, qu'ils résident paradoxalement dans l'abnégation, le dévouement à une cause qui n'est pas la sienne, qui n'est pas lui, et ne saurait au demeurant l'être, ne serait-ce que parce que cette cause est plutôt une entité vivante ; aussi les services qu'on lui rend peuvent-ils être d'ordre assez subalterne, quasi machinal, particularité que, d'ailleurs, compense et abolit, aux yeux de nos contemporains, comme de la postérité, l'honneur immense de collaborer à cette chose merveilleuse. L'honneur insigne. On pourrait objecter que l'honneur de l'homme consiste à vivre sa vie propre et à prendre soin de sa propre cause, si modestes soient-elles ; mais le destin m'a enseigné qu'il existe un honneur amer et un honneur suave ; et j'ai virilement choisi l'amer, pour autant que l'homme peut choisir, n'est-ce pas ? et que la fatalité ne décide pas à sa place, sans lui laisser le choix. Assurément, il faut un grand tact dans la vie pour s'accommoder de ces dispositions du destin, pour pactiser en quelque sorte avec lui, si j'ose m'exprimer ainsi, et s'en tenir à un compromis entre l'honneur amer et le suave, auquel notre nostalgie et notre ambition aspirent sans cesse. La sensibilité de l'homme l'y incite, et ce fut elle qui provoqua les désagréments, les inévitables sujets de contrariété qui mirent fin à mon long séjour dans la maison où je m'étais tout d'abord établi, et me décidèrent à accepter cet enseignement secondaire pour lequel je ne me suis jamais senti de goût. Voilà le compromis de ma vie, et qui d'ailleurs, est également considéré comme tel dans les sphères supérieures, au point que l'horaire de mes cours de grec et de latin, je vous l'ai dit, tient compte de mes fonctions honorifiques en dehors du gymnase, et me permet, quand mes services ne sont pas requis *là-bas*, comme aujourd'hui, par exemple, de faire la grasse matinée, selon la prérogative des mondains. Même, j'ai assuré encore mieux la transition entre l'honneur amer et l'honneur suave, qu'on pourrait appeler, tout uniment, l'honneur viril, en fondant un foyer. Eh oui, depuis deux ans, je suis marié. Mais voyez, très honorée, l'étrange compromis qui, dans ma vie, se manifeste de façon singulièrement saisissante. L'acte qui se proposait d'affirmer mon indépendance, de servir mon amour-propre masculin et m'émanciper de la maison de l'honneur amer, m'y a, tout au contraire, rivé encore davantage, ou plutôt, pour parler plus exactement, il apparut évident, comme une chose allant de soi, que par lui je ne m'éloignais en rien de la susdite maison, en sorte qu'on ne saurait parler d'un " acte " au sens propre du mot. En effet, Caroline, mon épouse, Caroline Ulrich de son nom de jeune fille, est l'enfant de cette maison, une jeune orpheline recueillie il y a quelques années pour être la demoiselle de compagnie de la conseillère intime (récemment défunte) et la suivre en voyage. Que je fusse choisi pour assurer son établissement, ce souhait général me fut impossible à méconnaître, je pus le lire dans le regard et l'expression de certain visage ; il se conciliait d'autant mieux avec mon besoin d'indépendance, que l'orpheline m'était vraiment sympathique... Mais votre bonté et votre longanimité, chère madame, m'induisent à parler beaucoup trop de moi...

— Mais non, je vous en prie, répondit Charlotte. J'écoute avec le plus vif intérêt. »

En réalité, elle écoutait d'assez mauvaise grâce, en tout cas avec des sentiments mitigés. La prétention et la susceptibilité de l'homme, sa fatuité et sa faiblesse, son effort de dignité impuissant l'agaçaient, suscitaient son dédain en même temps qu'une pitié assez peu bienveillante, au prime abord, mais qui l'inclina à la solidarité avec le visiteur, solidarité qui n'alla pas sans un sentiment d'apaisement ; il lui sembla que les propos de son interlocuteur l'autorisaient, – dût-elle ou non céder à son impulsion, peu importe – à s'épancher et à se soulager à son tour.

Toutefois elle fut prise de crainte devant la tournure qu'il cherchait à donner à l'entretien, comme s'il avait deviné ses pensées.

« Non, dit-il, je mets mal à profit l'amusant blocus, l'assaut de curiosité dont nous sommes victimes. Elles ne sont pas encore si loin derrière nous, les périodes de guerre, où, en pareille circonstance, nous prenions notre parti non seulement avec sang-froid mais de bonne humeur. Je veux dire : ce serait mésuser de la faveur que m'octroie cette heure, si je remplissais trop consciencieusement mon devoir, qui était de me présenter à vous. Au vrai, j'ai été poussé ici non par le désir de parler, mais par celui de regarder, d'écouter. Cette heure, je l'ai qualifiée de favorable, je devrais dire précieuse. Je me trouve devant un être qui mérite et suscite l'intérêt le plus ému, le plus déférent, la curiosité de tous les milieux, depuis le puéril milieu populaire jusqu'aux sphères intellectuelles, en présence de la femme qui se dresse au seuil, ou presque, de l'histoire du génie, celle dont le dieu de l'amour lui-nême incorpora à jamais le nom à sa propre vie, et par là à l'avenir du patrimoine intellectuel du pays, à l'*imperium* de la pensée allemande... Et moi, à qui il fut accordé de figurer également dans cette histoire, d'assister le héros sur le plan masculin, moi qui respire en quelque sorte la même atmosphère héroïque que vous... comment ne verrais-je pas en vous une sœur aînée devant qui un irrésistible élan m'a poussé à m'incliner, aussitôt que j'appris votre arrivée ?... Une sœur, une mère, si vous voulez, en tout cas une âme apparentée de près à la mienne, à qui je souhaite évidemment me faire reconnaître par mes paroles, mais que plus vivement encore je désire écouter. Je voudrais vous poser une question, – depuis longtemps je l'ai au bout de la langue. Dites-moi, bien chère madame, en échange de mes aveux, qui sont de moindre importance, il est vrai... On sait, nous savons tous, et l'humanité le comprend parfaitement, que vous et votre défunt époux... vous avez souffert de l'indiscrétion du génie, sa façon désinvolte (difficile à justifier du point de vue bourgeois) de traiter en poète vos personnes, vos rapports, et les étaler, à la lettre, inconsidérément, devant le monde, et de mêler la réalité à l'invention avec cet art dangereux qui s'entend à donner au réel une forme poétique et à l'imaginaire un cachet de vérité, de telle sorte que la différence entre les deux semble de fait abolie et nivelée... bref, vous avez souffert du défaut d'égards, du manquement à la fidélité et à la confiance, dont il s'est rendu sans contredit coupable, quand secrètement, derrière le dos de ses amis, il entreprenait de magnifier et tout à la fois de profaner ce qu'il peut y avoir de plus délicat entre trois êtres... On le sait, très honorée dame, et on y compatit. Dites-moi, je donnerais ma vie pour le savoir : comment, vous et le défunt conseiller aulique, finîtes-vous par vous accommoder de cette bouleversante expérience, de votre sort de victimes point résignées ? J'entends, comment et jusqu'à quel point réussîtes-vous à accorder la douleur de la blessure, le chagrin de voir votre existence utilisée comme instrument, à des fins égoïstes, avec les sentiments plus tardifs qu'éveillèrent fatalement en vous l'apothéose, l'immense honneur conféré à cette existence ? S'il m'était permis de solliciter un mot à ce sujet...

– Non, non, monsieur le docteur, répondit précipitamment Charlotte, qu'il ne soit pas question de moi à présent. Nous y viendrons plus tard, ou tout naturellement, une autre fois. J'ai à cœur de vous démontrer que lorsque je vous assure de mon vif intérêt, c'est plus qu'une *façon de parler*[1]. J'ai bien raison, car vos rapports avec le génie sont assurément beaucoup plus essentiels et plus dignes de retenir la pensée...

– C'est fort contestable, très honorée.

– Ne faisons pas assaut de compliments. N'est-ce pas, vous êtes originaire de l'Allemagne du Nord, monsieur le professeur ? Je le décèle à votre accent.

– Je suis silésien », dit Riemer d'un air de réserve, après une courte pause. Lui aussi éprouvait des sentiments complexes. La dérobade de Charlotte le blessait ; mais, d'autre part, il était content qu'elle l'eût engagé à parler encore de lui.

« Mes bons parents n'avaient pas été comblés des biens terrestres, poursuivit-il. Je ne saurais assez leur rendre grâce d'avoir tout mis en œuvre pour faciliter mes études et le développement des dons que Dieu m'avait départis. Mon maître, le cher conseiller intime Wolf, de Halle, faisait grand cas de moi. Je n'avais d'autre vœu que de me modeler d'après son image. Par-dessus tout m'attirait la carrière de professeur à l'Université ; elle est honorable et riche en loisirs qui permettent la délassante fréquentation des Muses, dont la faveur ne m'est pas étrangère. Mais où trouver les moyens matériels nécessaires à la période d'attente, aux années passées debout à la porte du temple ? Mon grand lexique grec (peut-être son

---

1. En français dans le texte.

renom scientifique est-il parvenu jusqu'à vous ? Je le publiai à Iéna, en 1804) m'occupait déjà à cette époque. Mérites qui ne nourrissent pas leur homme, madame. Pour les acquérir, le préceptorat que Wolf me procura auprès des enfants de M. de Humboldt qui partait précisément pour Rome, me laissait des loisirs. Nanti de cet emploi, je passai quelques années dans la Ville éternelle. Par la suite me vint une nouvelle recommandation : le diplomate, mon patron, m'introduisit auprès de son illustre ami de Weimar. C'était à l'automne de 1803, mémorable pour moi, mémorable peut-être quelque jour aussi, pour l'histoire anecdotique de la littérature allemande. Je vins, je me présentai, j'inspirai confiance ; ma première entrevue avec le héros eut pour résultat mon engagement dans la maison du Frauenplan. Comment ne l'aurais-je pas accepté ? Je n'avais pas le choix. Aucune situation meilleure ou différente ne s'offrait à moi. A tort ou à raison, je considérais le professorat dans un collège comme incompatible avec ma dignité et mes dons...

— Mais, monsieur le docteur, ai-je bien compris ?... Vous avez dû être très heureux d'une situation et d'une activité dont l'éclat et l'honneur dépassaient de loin non seulement tout emploi dans l'enseignement mais n'importe lequel.

— Je le fus, très honorée. Je fus très heureux. Heureux et fier. Songez-y, un commerce quotidien avec un homme pareil, sa fréquentation quotidienne. Un homme dont j'étais assez poète pour pouvoir mesurer l'incommensurable génie. Je lui avais soumis des spécimens de mon propre talent, dont le moins que je puisse dire, et en faisant la part de ce qui, dans son jugement, pouvait être mis au compte de son esprit conciliant, est qu'ils ne lui déplurent point. Heureux ? Je l'étais à l'extrême. A quelle situation en vue, voire enviée du monde savant et distingué, ces relations ne me haussaient-elles pas ? Toutefois, je serai franc, une épine subsistait, c'était le fait qu'il ne me restait pas d'autre alternative. L'obligation de la reconnaissance ne nous rend-elle pas aisément la gratitude un peu pénible ? Elle lui ôte de son allégresse. Soyons sincères : nous avons une propension à nous montrer susceptibles envers qui nous fait un devoir de la reconnaissance, tandis qu'il utilise à son profit notre état de contrainte. Ce n'est point sa faute. La responsabilité en incombe au destin, à l'inégale répartition des biens, mais n'empêche qu'il en profite... Il faut avoir éprouvé cela... mais chère madame, ne nous égarons pas à tirer des moralités de ce genre. Le fait, le fait pour moi si honorable et glorieux, était que notre grand ami croyait pouvoir m'utiliser. Au vrai, mes attributions officielles consistaient à enseigner le grec et le latin à son Auguste, le seul enfant survivant de tous ceux que lui avait donnés la demoiselle Vulpius. Mais encore qu'il fût fort ignorant en ces matières, je connus bientôt que mes devoirs à l'égard de mon élève s'effaçaient devant les services bien plus glorieux et plus importants que requéraient la personne et l'œuvre du père. J'avais été sans doute, dès le début, retenu à cette intention. Certes, j'eus connaissance de la lettre que le Maître écrivit à mon professeur et protecteur de Halle, et où il motivait mon engagement par son souci des lacunes que comportait le savoir de son fils dans le domaine des études classiques, un mal qu'il n'avait pas su conjurer, selon son expression. Mais ce fut là pure condescendance à l'égard du grand philologue. La vérité est que notre maître attache peu de prix à une instruction et une éducation systématiques s'inspirant des programmes ; il incline à laisser à la jeunesse le soin de satisfaire aussi librement que possible la curiosité de s'instruire qu'il lui suppose. Vous voyez là une fois de plus son insouciance, sa tolérance peut-être mitigée de bonté, je ne le nie pas, sa générosité, sa magnanimité, un parti pris d'indulgence à l'égard des jeunes, en haine de la cuistrerie et du pédantisme, je le concède ; mais peut-être d'autres éléments moins séduisants y entrent-ils aussi : un certain dédain, le mépris de cette jeunesse et de son caractère spécifique, dont il méconnaît sans doute les droits et les devoirs quand il semble croire que les enfants sont créés pour les parents et que leur rôle consiste à s'élever jusqu'à eux et les décharger peu à peu des fardeaux de la vie...

– Mon estimable docteur, interrompit Charlotte, il existe partout, à toute époque, au fond de toute tendresse, bien des malentendus et des disparates entre parents et enfants, une impatience de ceux-ci, à quoi, peut-être, correspond fâcheusement le manque de compréhension des parents pour les droits particuliers des enfants.

– Indubitablement, dit le visiteur d'un air distrait, les yeux au plafond. J'ai maintes fois causé pédagogie avec lui, soit en voiture, soit dans son cabinet de travail, causé, non discuté, car je tenais moins à exprimer mes opinions qu'à m'enquérir des siennes avec une respectueuse curiosité. Par formation de la jeunesse, il entend une maturation qui, à supposer des circonstances favorables – et pour son fils, il préjuge avec raison qu'elles le seront au maximum, évidemment, du fait qu'il est le père, car pour la mère... – enfin, dis-je, il estime qu'étant donné les conditions aussi exceptionnelles, on peut plus ou moins lui lâcher la bride sur le cou. Auguste est son fils, c'est à cette qualité que se réduisait pour lui la raison d'être de l'enfant, du jeune homme : il ne lui reconnaissait d'autre destination que d'être son fils, appelé à l'alléger plus tard des fastidieux soucis quotidiens. Ces idées lui sont venues tout naturellement, pendant que poussait l'enfant. Il s'est beaucoup moins préoccupé d'une instruction en soi, d'une éducation particulière, tendant à des fins personnelles. Dès lors, pourquoi la contrainte, pourquoi la torture d'un enseignement systématique ? N'oublions pas que la jeunesse du maître fut exempte de tout cela. Appelons les choses par leur nom : en son temps, il ne s'est jamais plié à une vraie discipline. Enfant, jeune homme, il a approfondi un nombre de matières restreint. Personne ne s'en aviserait, à moins toutefois de l'avoir fréquenté longuement, de très près, et d'avoir soi-même un fond d'érudition remarquable et exceptionnel ; car la réceptivité d'une mémoire qui emmagasine tout, l'extrême vivacité de son intellect, lui ont permis de capter au vol un grand nombre de connaissances, de se les assimiler et, grâce à des qualités qui ressortissent plutôt au domaine du trait d'esprit, du charme, de la forme, de l'éloquence, il s'entend à les faire valoir avec plus de bonheur que maint autre érudit ne tire parti d'un savoir bien plus étendu...

– Je vous suis... dit Charlotte, et elle s'efforça, avec adresse, de donner au tremblement de sa tête qui allait devenir de nouveau visible, le sens d'une rapide approbation. Je vous suis avec une très vive curiosité, que j'essaye de m'expliquer. Vous avez une grande simplicité d'expression, et pourtant elle ne laisse pas d'être émouvante ; en effet, il est émouvant d'entendre, à l'occasion, parler d'un grand homme sans aveugle enthousiasme, avec pondération et sécheresse, un certain réalisme puisé dans sa fréquentation quotidienne. Quand, à mon tour, je me souviens et j'évoque mes remarques personnelles, si anciennes soient-elles, elles se réfèrent précisément au jeune homme dont vous venez de laisser entendre qu'il s'instruisit en prenant ses aises, nonchalance qui l'a mené assez loin pour lui donner quelques motifs personnels de la préférer à des méthodes plus rigoureuses. En tout cas, ce jeune homme, je l'ai bien connu à l'âge de vingt-trois ans, longuement observé, et ne puis que confirmer vos dires : il apportait peu ou point de zèle à ses études, à son travail ou à ses fonctions. Au fond, il n'a jamais rien fait à Wetzlar. Sous ce rapport, je dois en convenir, tous ses compagnons le dépassaient de beaucoup, tous les surnuméraires et stagiaires de la Table Ronde, Kielmansegge, le secrétaire de légation Gotter, qui pourtant, lui aussi, faisait des vers. Born et tous les autres, jusqu'au pauvre Jérusalem, sans parler de Kestner, qui déjà menait une vie des plus sérieuses, des plus remplies. Kestner parfois attirait mon attention sur cette différence, en me faisant remarquer qu'il est facile de prodiguer des grâces, d'être dispos, gai, sémillant, spirituel et de se montrer aux femmes sous un jour avantageux, lorsqu'on s'affranchit de toute occupation et qu'on jouit de son entière liberté, alors que d'autres, une fois leur besogne quotidienne achevée, et harassés par le souci des affaires, ne sont plus en état de se présenter à la bien-aimée sous l'aspect souhaité. Qu'il y eût là une injustice, je l'ai toujours admis et j'en ai tenu compte en ce qui concerne mon Hans Christian, encore que je me sois demandé si la plupart de ces jeunes gens, même avec plus de loisirs, – et ils en avaient bien quelques-uns, tout de même, – auraient témoigné d'une intelligence aussi épanouie, aussi chaleureuse, d'une sensibilité aussi spirituelle, que notre ami ? Mais d'autre part, je m'appliquais à attribuer une partie de sa fougue à son oisiveté et à ce qu'il pouvait sans réserve se consacrer à l'amitié, – une partie seulement : car son ardeur prouvait, en somme, une belle puissance du cœur et – comment dire ? une vitalité éblouissante, pour laquelle mon explication me semblait insuffisante. Même les jours où il avait la mine allongée, où il semblait triste et amer, et vitupérait le monde et la société, il était toujours plus intéressant que les laborieux le dimanche. Voilà ce que ma mémoire me rappelle nettement. Souvent, il m'a fait penser à une lame damasquinée. – je ne saurais plus déterminer très bien le rapport, – ou à une bouteille de Leyde, en ceci qu'elle est chargée, – lui aussi donnait l'impression d'être chargé à bloc, – et l'on se figurait involontairement qu'en l'effleurant du doigt on recevrait une secousse pareille à celles que produisent, paraît-il, certains poissons. Quoi d'étonnant si les autres, d'excellentes gens, semblaient insipides en sa présence ou même en son absence ? En outre, il avait, si j'interroge mes souvenirs, un regard singulièrement ouvert, je dis « ouvert », non que ses yeux bruns et assez rapprochés fussent particulièrement grands, mais le regard était très grand et plein d'âme, dans la plus forte acception du mot ; et les prunelles viraient au noir lorsque, comme cela arrivait parfois, elles lançaient un éclair de tendresse. Je me demande si aujourd'hui encore il a ces yeux ?

– Les yeux, dit le docteur Riemer, les yeux sont parfois impressionnants. »

Les siens, qui étaient vitreux et proéminents, séparés par une encoche méditative, soucieuse, révélaient qu'il avait mal écouté, tant ses pensées l'absorbaient. Au surplus, il aurait eu mauvaise grâce à critiquer le branlement du chef de la vieille dame, car comme il portait sa grande main blanche à son visage pour calmer une vague démangeaison au nez, à la manière d'un homme bien élevé, en l'effleurant délicatement de la pointe de l'annulaire, il apparut avec évidence que ses doigts tremblaient aussi. Charlotte s'en aperçut et en fut si fâcheusement frappée qu'elle réprima aussitôt (elle le pouvait quand elle se surveillait) le mouvement de sa tête.

« C'est, continua le docteur poursuivant son idée, un phénomène digne d'être approfondi pendant des heures et qui pourrait suggérer beaucoup de pensées, d'ailleurs assez stériles et vaines, en sorte que cette intime réflexion devrait être qualifiée de rêverie plutôt que de véritable méditation : c'est un phénomène que ce sceau de la divinité, je veux dire de la grâce et de la forme, que la nature appose sur un esprit, avec un certain sourire, du moins on l'imagine, de façon à en faire un bel esprit. – mot, nom qu'on prononce machinalement pour désigner une catégorie d'êtres agréables aux hommes bien qu'il y ait là un mystère insondable et troublant, voire un peu mortifiant personnellement. Il a été question tantôt, d'injustice, si je ne m'abuse ? Eh bien, ici aussi, sans nul doute, il s'agit d'une injustice, naturelle et par cela respectable, une injustice séduisante, mais point dépourvue d'un dard blessant pour qui a la faveur de l'observer et la savourer tous les jours ; des transmutations de valeurs, des dévaluations et des surestimations s'opèrent, que l'on constate avec plaisir, en applaudissant malgré soi, car comment leur marchander sa joyeuse adhésion sans se rebeller contre Dieu et contre la nature ? Mais, d'autre part, en secret, et dans un silence modeste, l'équité vous fait un devoir de les réprouver. On se sait en possession d'un savoir dû à des études sérieuses, on a des connaissances appréciables que l'on s'est trouvé maintes fois en situation d'affirmer, et l'on en vient à faire cette expérience singulièrement magnifique mais d'une bouffonnerie amère : l'esprit séduisant qui a reçu en partage l'empreinte et la bénédiction auxquelles je fais allusion, en utilisant des bribes de ce savoir happé au vol, on ne sait comment – peut-être le lui avons-nous livré nous-mêmes ?... car c'est ainsi, on lui sert de fournisseur d'érudition – cet esprit, dis-je précisément par la vertu de la grâce et de la forme... – mais ce ne sont là que des mots... non, simplement parce que c'est *lui*, qu'il restitue ses emprunts comme étant de son cru, leur confère, par l'adjonction de son moi et en les marquant à son effigie, une valeur double et triple de celle que le monde et l'humanité auraient jamais attribuée à toute notre érudition de savants en chambre... D'autres peinent, forent, décantent ou mettent au jour le filon, et de tout cela, le roi frappe ses ducats. Ce droit régalien, en quoi consiste-t-il ? On parle d'individualité, lui-même en disserte volontiers. On sait qu'il l'a appelée le suprême bonheur des enfants de la terre. Ainsi a-t-il décidé et sa décision doit être valable, irrécusablement, pour l'humanité entière. Au surplus, c'est là non point une définition mais tout au plus une formule. Comment, d'ailleurs, définir un mystère ? L'homme ne saurait évidemment s'en passer : a-t-il perdu le goût du mystère chrétien, il s'édifie le mystère païen, ou le mystère de l'individualité. Des deux premiers, notre prince de l'esprit n'a cure. Le poète ou l'artiste qui s'y complaît s'expose à sa défaveur. En revanche il place très haut le troisième, qui est le sien... Le bonheur suprême. Assurément, pour nous, fils des hommes, il faut bien que ce mystère ne soit rien de moins que cela : sinon, comment expliquer que d'authentiques savants, des érudits, non seulement ne se considèrent pas comme lésés par lui, mais soient heureux et fiers de se grouper autour de ce génie séduisant, l'homme de la grâce ; de former son état-major et sa cour, lui apporter leurs connaissances, se faire ses lexiques vivants, se mettre à sa disposition afin qu'il n'ait pas à s'encombrer d'un fatras scientifique, – comment, par exemple, expliquer qu'un homme comme moi accepte, avec un sourire béat, qui parfois me semble stupide à moi-même, de lui rendre de vulgaires services de scribe, à longueur d'année...

– Permettez, cher monsieur le professeur ! interrompit Charlotte, bouleversée, qui ne perdait pas un mot de ce discours. Vous ne voulez pas dire que vous avez rempli si longtemps auprès du maître les fonctions subalternes de greffier, indignes de vous ?

– Non, répondit Riemer après un instant de recueillement. Je ne le dis pas. Si je l'ai dit, mes paroles ont dépassé ma pensée. Ne poussons rien à l'extrême. D'abord, il est impossible d'établir une hiérarchie parmi les services affectueux qu'on a l'honneur de rendre à un grand homme qui vous est cher ; minces ou importants, ils sont tous égaux. N'en parlons donc pas. En outre, écrire sous sa dictée n'est point une besogne à la portée du premier plumitif venu. Ce serait dommage. Charger de ce soin un secrétaire quelconque, un John ou un Kräuter, ou le domestique, ce serait jeter des perles aux pourceaux ; il y a là de quoi faire frémir d'horreur tout homme cultivé pourvu d'intelligence et de bon sens. C'est donc à cet homme, c'est-à-dire à un lettré comme moi, capable d'apprécier tout le charme de la situation, son étrangeté et sa dignité, que doit incomber une si haute tâche. Cette dictée, ce torrent pathétique que verse la voix sonore et chère, ce jaillissement durant des heures ininterrompu ou tout au plus ralenti par l'afflux trop pressé des vocables, les mains au dos et le regard perdu dans un lointain peuplé de visions, cette façon dominatrice et comme spontanée de capter magiquement la forme, de se mouvoir dans le monde de l'esprit avec une liberté et une hardiesse souveraines, que l'on s'efforce de suivre d'une plume fiévreuse, en usant d'abréviations, si bien qu'après il reste une difficile mise au point à effectuer... Très honorée, il faut connaître cela, il faut en avoir joui avec stupeur, pour être jaloux de ses fonctions et ne pas vouloir les abandonner à une cervelle creuse. Du reste, pour se rassurer, il convient de noter et de se rappeler qu'il ne s'agit aucunement d'une création spontanée, un miracle tombé du ciel, mais d'une œuvre méditée, couvée pendant des années, peut-être des décennies, et qu'une certaine partie de cette œuvre a été secrètement mûrie jusqu'en ses moindres détails, avant l'heure du travail en vue de la dictée. Il importe de se représenter qu'on a affaire à une nature non point improvisatrice, mais plutôt hésitante, encline aux atermoiements, et aussi à des procédés très compliqués, imprécis, décousus, sujette à de promptes lassitudes, qui ne se laisse jamais retenir longtemps par le même objet, et qui, en dépit d'une activité incessante, sollicitée de divers côtés, a besoin en général de longues années pour mener l'œuvre à bonne fin. Il s'agit d'un tempérament porté à la croissance secrète et au développement silencieux ; il lui faut réchauffer l'œuvre dans son sein, longuement, très longuement (qui sait, depuis l'adolescence ?) avant de passer à la réalisation, et son ardeur est surtout faite de patience. Je veux dire : malgré son grand besoin de diversité, il s'attache à un sujet et le creuse opiniâtrement, sans arrêt, à travers d'infinies périodes de temps. C'est ainsi, croyez-en un observateur attentif de cette vie héroïque. On a dit, et lui-même répète volontiers, qu'il garde le silence sur le fruit mûrissant à l'ombre, afin de ne pas le meurtrir ; il n'en fait confidence à personne, parce que nul autre que lui ne pourrait apprécier le charme intime de la création, ravissement pour qui en préserve le mystère. Son silence, toutefois, n'est pas aussi absolu qu'on le croirait. Notre conseiller aulique, Meyer, je parle de Kunscht-Meyer[1], comme on l'appelle en ville, par allusion à son dialecte zurichois, Meyer, dis-je, dont il se fait Dieu sait quelle idée flatteuse, se vante très haut que le maître lui raconta tout au long des passages des *Affinités électives*, à l'époque de sa gestation intellectuelle ; et je veux bien le croire, car à moi aussi il en a exposé un jour le plan, de la façon la plus émouvante, avant même de s'en être ouvert à Meyer, avec cette différence que je ne le crie pas sur les toits à toute occasion. Ce qu'à mes yeux offrent de divertissant et de réconfortant de tels accès de confiance, une telle expansion, un tel abandon, c'est le côté humain, l'irrésistible besoin d'épanchement qui s'y manifestent. Il est réconfortant et consolant jusqu'à en être comique, de constater le côté humain d'un grand homme, de surprendre les petits détours et les redites, de se rendre compte de l'économie distributrice qui régit l'ordonnance d'une activité intellectuelle, à nos yeux impossible à délimiter. A nos yeux. Il y a trois semaines, le 16 août, il m'a dit dans le courant de la conversation quelque chose sur les Allemands, quelque chose de mordant ; on sait qu'il n'est pas toujours tendre à l'égard de ses compatriotes : " Ces chers Allemands, a-t-il dit, je les connais de reste ; ils commencent par se taire ; et puis, ils vous dénigrent, et puis, ils vous mettent au rancart, ensuite, ils vous plagient, et de nouveau se taisent. " A la lettre : je notai la remarque immédiatement après notre entretien, d'abord parce qu'elle me parut excellente, ensuite parce que dans sa façon de flétrir, avec une précision aiguë, le fâcheux comportement des Allemands, je vis un éclatant exemple de son art de la parole, lucide et d'une frappe

---

1. Kunscht, corruption du mot Kunst (art). Meyer était historien d'art (N.D.L.T.)

achevée. Mais plus tard, j'ai su par Zelter, de Berlin, le musicien et directeur de chœurs, qu'il honore d'un fraternel tutoiement, ce qui ne laisse pas de déconcerter un peu, – mais il faut s'incliner devant des choix de ce genre, si tenté soit-on de répéter librement, comme la Marguerite de *Faust* : " Je ne comprends pas ce qu'il lui trouve ? " – peu importe, j'ai donc su par Zelter que cette phrase, transcrite par moi le 16, il la lui avait écrite le 9, en termes identiques, dans une lettre adressée de Bad Tennstedt, de sorte que la réflexion qui sans doute lui avait beaucoup plu, était depuis longtemps déjà couchée noir sur blanc, et parfaitement formée, alors qu'il me la servait comme un impromptu jeté dans l'entretien – petite tricherie qu'on consigne *ad notam* avec un sourire amusé. Au demeurant, l'univers où se meut un esprit d'une telle envergure, si vaste soit-il, forme un monde fermé, limité, spécial, où les motifs se répètent et où les mêmes images reparaissent à de grands intervalles. Dans *Faust*, dans l'admirable conversation au jardin, Marguerite parle de sa petite sœur, pauvre enfant que sa mère ne put nourrir au sein et qu'elle-même éleva " au lait et à l'eau ". Or, dans un passé lointain et reculé, Odile élève avec amour " au lait et à l'eau " le fils de Charlotte et d'Edouard[1]. Au lait et à l'eau. Dans ce cerveau prodigieux, l'image d'un allaitement au biberon, bleuâtre et allongé d'eau s'est conservée ineffaçable, à travers toute la vie. Du lait, de l'eau. Voulez-vous me dire comme j'en suis venu à parler de lait et d'eau, et ce qui m'a amené à mentionner des détails tout à fait oiseux, étrangers à notre sujet, à ce qu'il me semble ?

– Vous parliez, monsieur le docteur, de la dignité que vous confèrent votre aide, votre collaboration, certainement appelées à devenir historiques un jour, à l'œuvre de mon grand ami de jeunesse. Au surplus, permettez-moi de protester. Vous n'avez pas prononcé un seul mot oiseux ou inintéressant.

– Ne protestez pas, très honorée. Les propos sont toujours oiseux lorsqu'il s'agit d'un sujet trop vaste, trop brûlant, et

---

1. *Les Affinités électives*. (N.D.L.T)

l'on disserte un peu fiévreusement en marge du sujet. Il arrive que non seulement l'essentiel n'est pas abordé, mais encore on passe absurdement à côté et on se dit tout bas que les mots prononcés sont un prétexte pour écarter le thème principal, celui qui seul importe. Je ne sais quelle panique vous saisit, et la tête se perd. Il s'agit peut-être simplement d'un phénomène de refoulement : renversez prestement une bouteille pleine, le goulot tourné en bas ; le liquide ne s'écoulera pas, il demeurera en suspens dans le flacon, même s'il a le passage libre. Voilà un souvenir et une association de pensées dont je suis confus. Et pourtant ! Combien souvent des êtres bien plus grands, indiciblement plus grands que moi, ne se livrent-ils pas à des associations d'idées insignifiantes ? Pour vous donner un exemple de mon activité accessoire, au fond la plus importante : depuis l'an dernier, nous publions une nouvelle édition complète, qui comprendra vingt volumes ; Cotta, de Stuttgart, s'en est chargé et paye pour cela un joli denier, seize mille thalers, un homme à vues larges, un téméraire à qui le sacrifice ne fait pas peur, croyez-moi, car il est indéniable que le public ne veut rien savoir d'une bonne partie des écrits du maître. Eh bien, en vue de cette édition complète, nous avons parcouru de nouveau, lui et moi, les *Années d'apprentissage*. Nous les avons lues ensemble depuis A jusqu'à Z, et j'ai pu me rendre nettement utile en tranchant maint cas de grammaire délicat et douteux, ou en donnant des avis à propos de points litigieux sur lesquels on n'est pas très fixé, en matière d'orthographe et de ponctuation. Nous eûmes, en outre, quelques belles digressions relatives à son style ; je le lui ai expliqué et défini, ce qui ne laissa pas de le divertir. Car il ne sait pas grand-chose de lui-même ; du moins, de son propre aveu, à l'époque où il écrivit *Wilhelm Meister*, il travaillait encore à l'état de somnambule. Il éprouve un plaisir d'enfant à s'entendre commenter avec intelligence, ce qui n'est pas l'affaire d'un Meyer ou d'un Zelter, mais d'un philologue. Nous passâmes, Dieu m'en est témoin, des heures merveilleuses, à lire une œuvre qui fait la fierté de notre époque et offre à chaque pas des sujets de ravissement, encore qu'on soit frappé de constater le peu de place qu'y tiennent la poésie de la nature et le paysage. Et puisque nous parlons d'associations d'idées oiseuses, – ma très honorée, comme il en prend à son aise, froidement et avec prolixité, par endroits, dans ce livre ! Quel fouillis d'idées filandreuses et insignifiantes ! Trop souvent, – ne nous illusionnons pas à cet égard – le charme et le mérite résident uniquement dans la manière de formuler, avec un enjouement cinglant, un rare bonheur d'expression, des pensées depuis longtemps rabâchées, ce qui ne va d'ailleurs pas sans un trait – et un attrait – de nouveauté, une hardiesse rêveuse et une audace supérieure qui vous coupent le souffle ; oui, le contraste entre un conformisme bien sage et la témérité, voire la folie, voilà précisément la source du trouble suave où nous jette cet écrivain unique. Comme je lui exprimais un jour ma pensée, avec toute la prudence congrue, il se mit à rire et répondit : "Cher enfant, dit-il, si parfois mes breuvages vous montent à la tête, je n'y peux rien." Qu'il m'ait appelé "cher enfant", moi, un homme de quarante ans passés, capable de lui en remontrer sur beaucoup de points, peut sembler singulier, mais j'en fus attendri aussi bien que flatté ; ce fait, en tout cas, indique une familiarité qui abolit complètement la distinction entre des services élevés ou subalternes, dignes ou indignes. Une vulgaire tâche de scribe ? Laissez-moi rire. D'ailleurs, pendant de longues années, j'ai assumé le soin d'une grande partie de sa correspondance, sous sa dictée, mais tout seul aussi, pour son compte, ou, pour parler plus exactement, comme si j'étais lui, en son lieu et place, en son nom et dans son esprit. Et là, voyez-vous, on atteint à une indépendance qui se mue, dialectiquement, si l'on peut dire, en son contraire, et devient une abdication totale du moi, en sorte que ma personnalité s'effaçant, c'est lui qui parle par ma voix. Je fais usage de formules si fleuries et si enjolivées que les lettres dont je suis l'auteur sont peut-être plus goethéennes encore que celles qu'il m'a dictées ; et comme mon activité est très connue dans la société, un doute anxieux y règne souvent au sujet de savoir si la missive est de lui ou de moi, souci absurde et vain, et j'ajoute, répréhensible, puisque c'est tout un. Toutefois, j'ai, moi aussi, des doutes, quant au problème de la dignité, qui reste l'un des plus compliqués et des plus troublants. Le renoncement à notre moi d'homme comporte assurément en général quelque chose d'humiliant, du moins il m'arrive de le soupçonner. Mais si, en revanche, par ce moyen on devient Goethe et l'on écrit ses lettres, saurait-on imaginer dignité plus haute ? Et pourtant, qu'est-il ? Qu'est-il, après tout, pour que le fait de se perdre en lui et de lui sacrifier l'essence de sa vie constitue un honneur insigne, tout simplement ?... Des poèmes, de magnifiques poèmes, le ciel en est témoin. Je suis poète, moi aussi, *anch' io son poeta*, incomparablement inférieur à lui, je le déclare à ma confusion. Avoir écrit *Le cœur me battait*, ou *Ganymède*, ou *Connais-tu le pays* ?, fût-ce un seul d'entre eux, ...ô très chère, que ne donnerait-on pour cela, à supposer même qu'on eût beaucoup à donner ! Il est vrai que chez moi on ne trouve point de rimes francfortoises, comme il s'en permet fréquemment, d'abord parce que je ne suis pas de Francfort, et ensuite parce que je m'interdirais de semblables libertés... Ainsi, il fait rimer inconsidérément des mots qui ne s'accordent pas, ayant l'habitude de les prononcer à la mode de chez lui. Mais ces licences forment-elles le seul côté humain de son œuvre ? Que non. Certes, non. Après tout, c'est une œuvre humaine, point uniquement composée de chefs-d'œuvre. Au reste, il ne se fait pas d'illusions à cet égard. "Qui donc ne produit que des chefs-d'œuvre ?" dit-il volontiers, à bon droit. Un intelligent ami d'enfance à lui, Merck – vous le connaissez, d'ailleurs ? – a appelé *Clavijo* un "fatras" et lui-même ne semble pas très éloigné de partager cette opinion car il a l'habitude de répéter à propos de *Clavijo* : "Il n'est pas nécessaire que tout soit toujours digne d'être porté aux nues." Modestie, ou quoi ? Une modestie suspecte. Et pourtant, il est sincèrement modeste au fond du cœur, modeste comme un autre ne le serait peut-être pas à sa place, et même, une fois, je l'ai vu découragé. Après avoir achevé *Les Affinités électives*, il était positivement découragé ; plus tard seulement il en est venu à se former sur cette œuvre la haute opinion, qui sans nul doute s'impose. Il est très sensible à la louange et se laisse volontiers convaincre qu'il a créé un chef-d'œuvre, même s'il a nourri auparavant des doutes sérieux à cet égard. N'oublions pas, toutefois, qu'à sa modestie s'allie une conscience de sa valeur qu'on pourrait qualifier d'absolument stupéfiante. Après vous avoir parlé de la singularité de sa nature, de certaines défaillances et complications, il est capable d'ajouter ingénument : "Il faut considérer ces traits comme l'envers de mes remarquables qualités." On reste bouche bée, je vous l'affirme, en entendant ces choses, et tant de candeur ferait frémir si l'on ne s'avouait que c'est précisément l'alliance d'extraordinaires dons de l'esprit avec une naïveté semblable qui enchante le monde. Mais cela suffit-il à notre contentement ? Y a-t-il là de quoi justifier un sacrifice humain ? Pourquoi lui seul ? me demandé-je fréquemment, quand je lis d'autres poètes, le sage Claudius, le cher Hölty, le noble Mathisson. Ne perçoit-on pas chez eux aussi bien que chez lui, le pur accent de la nature, la tendresse, la mélodie allemandes, qui nous sont familiers ? "Tu peuples de nouveau les bois et la vallée..." est un joyau et je donnerais mon diplôme de docteur pour en avoir écrit seulement deux strophes. Mais *La lune s'est levée*, de Wandsbecker, est-elle inférieure, et aurait-il à rougir de la *Nuit de mai*, de Hölty : "Quand la lune d'argent brille à travers les branches..." ? Certes, non. Au contraire. Réjouissons-nous qu'à ses côtés d'autres s'affirment, qui ne se laissent pas écraser ou paralyser par sa grandeur et opposent leur naïveté à la sienne en chantant comme s'il n'existait pas. Leurs chants n'en sont que plus dignes d'estime, car il faut juger d'une production non pas uniquement d'après sa valeur intrinsèque mais selon les valeurs morales qui ont conditionné l'éclosion de l'œuvre. Je vous le demande : pourquoi lui seul ? Qu'y a-t-il chez lui qui en fasse un demi-dieu et le hausse jusqu'aux étoiles ? Un grand caractère ? Mais qu'est-ce que tous ces Edouard, Tasse, Clavijo, et même ce Meister et ce Faust ? Quand il se peint lui-même, il nous présente l'image d'anxieux, de pauvres hères, de faibles. En vérité, chère madame, il y a des instants où je songe au mot de Cassius dans le *Jules César*, de l'Anglais : "O dieux, je m'étonne qu'un homme d'une nature aussi débile ait dominé l'orgueilleux univers, et cueilli seul la palme".»

Il y eut un silence. Bien que posées sur la pomme de la canne, les grandes mains blanches de Riemer, avec la chevalière d'or à l'annulaire droit, tremblaient visiblement, et le hochement de tête précipité de la vieille dame avait repris de plus belle. Charlotte dit :

« Je serais presque tentée de prendre la défense de mon ami de jeunesse, qui fut aussi celui de mon défunt mari, le poète de *Werther*, une œuvre que vous passez sous silence, bien qu'elle serve d'assise à sa gloire et demeure, à mon avis, ce qu'il a écrit de plus beau – prendre sa défense, dis-je, contre un certain esprit frondeur que, pardonnez-moi, vous semblez manifester devant sa grandeur. Mais je repousse cette tentation, ou ce devoir, quand je me souviens que votre... je voudrais dire votre solidarité avec cette grandeur, ne le cède en rien à la mienne, que vous êtes son ami et son auxiliaire depuis treize ans et que votre critique – quel autre nom lui donner ? – bref ce que j'ai appelé le réalisme de vos remarques, présuppose une sincère admiration au regard de laquelle mon intervention, ma défense, sembleraient fort risibles et déplacées. Toute femme simple que je suis, je comprends à merveille qu'on formule certaines choses uniquement parce qu'on en est pénétré plus profondément que quiconque. Pour celui qui fait l'objet de ces critiques, c'est un jeu d'en triompher ; l'enthousiasme, en ces occasions, emprunte le langage de la malignité et le dénigrement devient une autre forme de la glorification. Ai-je touché juste ?

– Vous êtes trop bonne, répondit-il, d'accorder votre intérêt à qui en a besoin, et de rectifier avec bienveillance mes erreurs d'expression. Je ne sais plus ce que j'ai dit, je l'avoue, mais de vos paroles je déduis que la langue m'aura fourché. Elle nous joue parfois de ces tours à propos de riens et nous fait travestir si comiquement un ou deux vocables, que nous sommes obligés de faire chorus avec les rieurs. Le sujet est-il vaste, nous nous égarons sur une vaste échelle, et un démiurge déguise de telle sorte les mots tombés de nos lèvres, que nous louons croyant honnir, et blasphémons, pensant bénir. J'imagine de quel rire homérique ces défaillances doivent faire résonner les célestes lambris ! Mais sérieusement, il est vain et inadéquat de toujours s'exclamer : "Grand ! Grand !" devant ce qui est grand et presque niais de parler gracieusement de ce qui est gracieux à l'extrême. Il s'agit, en l'occurrence, de la forme la plus suave qu'ait empruntée la grandeur pour se manifester sur terre, le génie poétique. La grandeur sous l'apparence de la grâce suprême, la grâce haussée jusqu'à la grandeur. Telle elle réside parmi nous et s'exprime par une bouche angélique. Une bouche angélique, bien chère madame. Référez-vous à son œuvre, cette œuvre qui est un monde, à la page que vous voudrez : prenez par exemple l'avant-propos sur le théâtre, que je relisais ce matin, en attendant le barbier ; prenez une bagatelle aussi amusante et profonde que la parabole de la mort d'une mouche : "Elle suce avidement un perfide breuvage – sans s'arrêter, grisée dès la première gorgée. – Elle se trouve bien, mais depuis longtemps déjà – ses frêles pattes sont paralysées..." C'est d'ailleurs le hasard, un hasard risible, arbitraire, qui m'amène à choisir ceci de préférence à autre chose, dans l'infinie profusion de la précieuse substance qui s'offre à nous. Comme tout est dit avec une bouche d'ange, la bouche divine au bel arc, de la perfection ! Comme tout, théâtre, lied, narration, maxime, porte l'empreinte de la grâce la plus personnelle, la grâce d'*Egmont* ! Je la nomme ainsi, et cette pièce s'impose à ma pensée, parce qu'il y règne une unité singulièrement heureuse et une secrète correspondance, par où la grâce, point impeccable du héros, s'accorde à la grâce, point impeccable non plus, de l'œuvre où il se meut. Ou encore, prenez sa prose, récits et romans, – nous avons déjà abordé ce thème, j'ai le vague souvenir d'en avoir parlé, et de m'être mal exprimé à ce sujet. Je ne connais point de plus grande séduction, de génie plus modeste et plus enjoué. Ni pompe, ni emphase, nul étalage de grandeur, aucune parade visant à l'effet, bien qu'au-dedans tout soit d'une merveilleuse noblesse et que les autres styles, le style noble en particulier, semblent plats par comparaison ; nulle solennité, aucun geste liturgique ; ni prétention, ni redondance, point de tempête de feu ni de déchaînement orageux des passions ; dans ce murmure paisible et doux aussi, ma chère, Dieu est présent. On prononcerait le mot de sobriété, d'élégance dépouillée, si l'on ne se souvenait que ce langage exprime toujours le maximum sur la ligne médiane, avec une modération, une sagesse accomplies ; ses audaces sont discrètes, ses hardiesses magistrales, son tact poétique infaillible. Je continue peut-être à ne pas bien rendre ma pensée, mais je vous le jure – si peu de fougueux serments soient-ils compatibles avec notre sujet – je m'efforce de respecter la vérité en ce moment tout autant que lorsque j'affirmais le contraire. Je dis, j'essaye de dire : tout cela exprimé avec une force concentrée, sur un registre moyen, absolument moyen, tout à fait prosaïque, mais ce prosaïsme tient du miracle et le monde n'a jamais rien vu de semblable. Le verbe recréé revêt un sens enchanteur et souriant, il se meut dans le royaume de la sérénité et du surnaturel, un royaume doré, sublime ; agréablement discipliné, modulé avec charme, paré d'une magie puérile et intelligente, avec une hardiesse châtiée.

– Vous parlez excellemment, docteur Riemer. Je vous écoute avec toute la reconnaissance que commande votre exactitude. Cet exposé de la situation dénote qu'elle vous a occupé longuement et que vous l'avez étudiée avec une perspicacité aiguë. Et pourtant, permettez-moi un aveu : je ne suis pas certaine que votre crainte de vous tromper en parlant de ce sujet extraordinaire, soit tout à fait injustifiée. Je ne saurais nier que mon plaisir, mon adhésion, ne sont pas complets, il s'en faut de beaucoup. Votre louange garde toujours, peut-être en raison même de sa précision, comme une vague teinte de dénigrement, qui m'inquiète en secret, que mon cœur réprouve ; ce cœur est tenté d'y discerner l'erreur. Sans doute est-il absurde de toujours crier "Grand ! Grand !" devant ce qui est grand, et peut-être trouvez-vous préférable d'en disserter avec une rigueur dont, croyez-moi, je ne méconnais pas le caractère, sachant, sentant, qu'elle est dictée par l'affection. Mais, pardonnez ma question, la rigueur suffit-elle pour analyser l'œuvre jaillie de l'enthousiasme poétique ?

– L'enthousiasme », répéta Riemer. Il inclina plusieurs fois le menton, gravement, lentement, au-dessus du pommeau de la canne que serraient ses mains. Mais soudain, il s'arrêta, et son hochement de tête se changea en un grand balancement de droite à gauche. « Vous vous trompez, dit-il, il n'est pas enthousiaste. Il est autre chose, je ne sais quoi, peut-être quelque chose de plus élevé ; disons : il est illuminé, mais enthousiaste, point. Imaginez-vous le Seigneur, Dieu, s'enthousiasmant ? Cela vous est impossible. Dieu est un objet d'enthousiasme, mais lui-même demeure nécessairement étranger à ce sentiment. On ne peut s'empêcher de lui attribuer une frigidité particulière, une indifférence dissolvante. Pourquoi Dieu s'enthousiasmerait-il ? Pour qui prendrait-il parti ? Il est la Somme, et donc de son propre parti, il est de son propre côté, et il a pour attribut, évidemment, une ironie universelle. Je ne suis point théologien, très honorée dame, non plus que philosophe, mais l'expérience m'a souvent amené à réfléchir sur la parenté voire l'unité du Tout et du Rien, *du nihil* ; et s'il est permis de tirer de ce mot inquiétant un dérivé qui caractérise un état d'esprit, une attitude devant la vie, on est également en droit d'appeler l'esprit de compréhension totale "l'esprit de nihilisme" d'où il résulte qu'il serait faux de considérer Dieu et le démon comme deux principes opposés, et que plutôt, tout bien considéré, le démonique ne serait qu'un aspect, l'envers, si vous voulez - mais pourquoi l'envers ? - du divin. Comment en serait-il autrement ? Puisque Dieu est la Somme, il est aussi le démon, et l'on ne saurait manifestement approcher le divin sans frôler également le démonique ; si bien qu'au fond d'un œil on voit le ciel et l'amour, et dans l'autre, l'enfer de la plus glaciale négation et de la plus dissolvante neutralité. Mais deux yeux, très chère, qu'ils soient rapprochés ou écartés l'un de l'autre, n'ont qu'un regard unique et je vous demande : quel est le regard pour qui et en qui s'abolit l'effrayante opposition des yeux ? Je le dirai à vous et à moi. C'est le regard de l'art, l'art absolu, à la fois amour total et total anéantissement ou indifférence, et qui constitue l'effrayante mitoyenneté du divin-démonique que nous appelons "grandeur". Voilà. Tandis que je m'exprime, je m'aperçois que c'est cela précisément que je souhaitais vous dire depuis l'instant où le barbier m'a informé de votre présence ; je me suis figuré que vous y prendriez intérêt, mais j'ai, en outre, été poussé ici par un sentiment personnel, à l'effet de me soulager. Il ne s'agit pas d'une mince affaire, songez-y, il est un peu échauffant de vivre en contact quotidien avec une pareille expérience, un pareil phénomène ; cela comporte un certain surmenage auquel il serait d'ailleurs impossible de se soustraire pour aller à Rostock, où sûrement rien de semblable ne se produirait... Si vous désirez une définition plus circonstanciée (et je vois à votre mine que je ne me suis pas trompé en préjugeant de votre intérêt, et que vous me demandez d'être plus explicite) bref, s'il m'est permis de consacrer encore quelques paroles à ce fait, j'ajouterai qu'il m'a maintes fois rappelé la bénédiction de Jacob dont parle l'Ecriture à la fin de la Genèse : il est dit de Joseph – rappelez-vous – que le Tout-Puissant lui accorda "la bénédiction qui descend du ciel et celle qui monte des abîmes". Pardonnez-moi ; quand je vous cite ce passage de la Bible, ma digression n'est qu'apparente, je suis parfaitement lucide et risque moins que jamais de perdre le fil. Ne parlions-nous pas de l'union des plus puissants dons de l'esprit avec la plus stupéfiante naïveté, dans un seul et même organisme humain, et n'avons-nous pas observé que cet alliage représente pour l'humanité le comble du ravissement ? Ma citation ne se propose pas autre chose : il s'agit de la double grâce que dispensent l'esprit et la nature, et qui, à proprement parler, constitue la bénédiction – mais tout bien pesé, ne serait-ce pas aussi une malédiction et une appréhension ? – du genre humain ; car si par d'importantes parties de son être l'homme se rattache à la nature, par d'autres, que je qualifierais de plus essentielles, il est lié au monde de l'esprit ; on pourrait donc, en hasardant une comparaison un peu comique mais qui pourtant illustre assez bien la nature angoissante du cas, dire qu'un de nos pieds pose dans l'un de ces mondes et l'autre dans le monde opposé, position où l'on risque de se rompre le cou, et dont le christianisme nous a enseigné qu'elle est périlleuse. On est chrétien dans la mesure où l'on a clairement conscience de cette situation inquiétante et souvent humiliante, et où l'on franchit des entraves naturelles, pour atteindre à la pureté, à la spiritualité. Le christianisme est une aspiration nostalgique ; je ne crois pas me tromper en hasardant cette définition. J'ai l'air de m'égarer à l'infini, je vais du particulier au général, mais n'ayez crainte... Je ne perds pas de vue le point de départ et je tiens le fil, très serré, dans ma main. Nous voici arrivés au phénomène de la grandeur, du grand homme qui, de fait, est *homme* autant que *grand*, puisque cette bénédiction maudite, cette appréhensive dualité, semblent chez lui à la fois poussées à l'extrême et abolies. Je dis abolies, étant entendu qu'il ne saurait être ici question de nostalgie et autres pauvretés, et que l'amalgame des deux bénédictions – celle qui descend du ciel et celle qui monte des abîmes – est exempt de toute malédiction et devient la formule d'une harmonie et d'une béatitude terrestres, je ne dirai pas dépourvue d'humilité, mais soustraite à l'humilité, et d'une absolue noblesse. Chez le grand homme, l'élément spirituel prédomine sans s'accompagner d'hostilité à l'égard du naturel ; en lui, l'esprit revêt un caractère qui inspire confiance à la nature comme une incarnation du génie créateur, parce que, on ne sait comment, il lui est allié ; il s'apparente à l'esprit créateur, il est le frère de la nature qui volontiers lui livre ses secrets, l'élément créateur étant l'élément familier, fraternel, où s'unissent l'esprit et la nature, et où ils se fondent. Ce phénomène de l'esprit transcendant, à la fois favori et confident de la nature, ce phénomène d'une harmonie et d'une grandeur humaines, antichrétiennes, vous comprenez qu'il est susceptible de retenir quelqu'un non pas neuf ans, ni quatorze ans, mais toute une éternité ; et il n'y a pas d'ambition masculine dont la réalisation exigerait le renoncement à cette fréquentation, qui puisse prévaloir là-contre. J'ai parlé d'un honneur suave et d'un honneur amer, je me souviens d'avoir établi une distinction de ce genre. Mais quel honneur pourrait surpasser en suavité les affectueux services rendus à un tel phénomène, le privilège de vivre à ses côtés, de savourer sa présence constante, dans une perpétuelle fascination ? Ne demandiez-vous pas si l'on fait allusion à l'exceptionnelle euphorie où nous jette son approche, qui pourtant ne va pas sans appréhension ni timidité ; au point que, par moments, on ne tient plus en place sur sa chaise et l'on voudrait fuir... A présent, je me rappelle distinctement le rapport, – nous en parlâmes à propos de sa patience, de son laisser-aller, de sa tolérance, je crois bien avoir employé cette expression, mais elle nous induirait à nous égarer, parce qu'elle évoque plutôt des idées de mansuétude, de christianisme, et autres du même acabit, d'où erreur. En effet, la tolérance n'est pas un phénomène en soi, elle se rattache à l'unité du tout et du rien, à la faculté de tout englober et au nihilisme, à Dieu et au démon ; étant le résultat de cette unité, elle n'a rien de commun avec la mansuétude, elle équivaudrait plutôt à une frigidité très particulière, une équanimité dissolvante, à la neutralité et l'indifférence de l'art absolu, qui prend, bien chère madame, son propre parti et, comme il est dit dans le petit poème, "n'a cure de rien", entendez : une ironie universelle. Un jour, en voiture, il m'a dit : "L'ironie, le petit grain de sel qui relève la saveur des aliments." Non seulement j'en restai bouche bée, mais un frisson me parcourut l'échine ; car vous voyez en moi, très honorée, un individu plus apte à comprendre les causes d'un frisson que celui qui s'en fut au loin pour en faire l'expérience[1]. Je frémis facilement, je l'avoue sans ambages, et ici j'y avais, certes, amplement sujet. Songez à ce que cela signifie : rien n'est appréciable sans un grain d'ironie, *id est*, de nihilisme. Voilà bien le nihilisme à l'état pur, la négation de l'enthousiasme, excepté, bien entendu, celui qu'inspire l'art absolu, si toutefois il peut être qualifié d'enthousiasme. Je n'ai jamais oublié cette remarque ; pourtant, j'ai observé en général, constatation assez troublante, qu'on oublie facilement ce qu'il a dit. On l'oublie facilement, peut-être parce que, l'aimant, on est trop attentif à sa voix, à son air, à son expression, pour prendre suffisamment garde à ses paroles ? Ou, plus exactement, peut-être ne subsiste-t-il pas grand-chose de ses propos si l'on en défalque le regard, la voix et le geste qui en font partie intégrante. Chez lui, l'objectif

---

1. Personnage d'un conte de Grimm (N.D.L.T.)

est lié au subjectif à un degré inusité, et j'ose l'affirmer, conditionné par ce dernier jusque dans sa vérité, si bien qu'en définitive il n'en demeure plus rien de vrai, sans l'adjonction et le soutien de la personnalité. Mais tout ceci qui est plausible, je n'en disconviens pas, ne suffit pas pour expliquer entièrement la surprenante facilité avec laquelle on oublie ses assertions, il y a là une autre cause encore, qui doit tenir aux assertions mêmes. Et ici, je songe à la contradiction que souvent elles renferment, une ambiguïté sans nom qui, semble-t-il, est le propre de la nature et de l'art absolu, et empêche qu'on les retienne et les fixe dans sa mémoire. Le pauvre intellect des hommes retient seulement ce qui a une portée morale et utilitaire. Ce qui est non point moral mais élémentaire, neutre, d'une malice troublante, l'aspect lutin – souffrez que nous adoptions ce terme, je dis : lutin – ce qui vient du monde du laisser-faire et de la tolérance dissolvante, un monde sans but et sans cause, où le bien et le mal exercent pareillement un droit ironique, l'homme n'en saurait rien retenir, ne pouvant y puiser aucune confiance, abstraction faite, bien entendu, de l'infinie confiance que, nonobstant, il ressent par ailleurs et qui prouve qu'en face du contradictoire, son attitude est forcément pleine de contradictions. En effet, bien chère madame, cette confiance illimitée correspond à une infinie bienveillance qui s'apparente à l'essence du lutin et simultanément s'y oppose, en sorte qu'elle la contrarie et lui riposte : "Que sais-tu des besoins de l'homme ?" et encore : "D'un mot pur naissent de beaux actes. L'homme ne sent que trop sa détresse et, volontiers, accueille un conseil grave." Ainsi donc, par bienveillance, le caractère lutin et l'ironie universelle empruntent quand même un aspect moral ; mais à parler franc, la confiance effrayante qu'on lui témoigne n'est pas morale du tout, sinon, elle ne serait pas effrayante. Elle aussi, de son côté, est élémentaire, naturelle et universelle. C'est la confiance immorale (mais chère aux gens) en une bienveillance qui fait de notre homme un confesseur-né, un directeur de conscience omniscient, à qui l'on voudrait et pourrait tout dire, parce qu'on sent qu'il ferait volontiers quelque chose pour l'amour des humains, comme de leur rendre le monde agréable et de leur enseigner à vivre, non précisément qu'il les estime, mais par amour ou, disons mieux, par sympathie. Donnons la préférence à ce mot, il me paraît mieux s'appliquer à l'extraordinaire euphorie ressentie près de lui, et que j'ai plus d'une fois signalée – j'y reviens parce que je ne suis pas encore arrivé à m'expliquer réellement à ce sujet – ce mot, dis-je, me paraît mieux le définir que l'autre, plus pathétique. L'euphorie non plus n'est pas pathétique ; j'entends par là : elle est non pas plus spirituelle mais... excusez mon indigence verbale... plus commode, plus sensuelle. Et si, de son côté, elle renferme en soi des contraires, à savoir une angoisse et une appréhension extrêmes ; si j'ai parlé d'un siège sur lequel on ne reste pas en place, par besoin de fuite panique, cela doit tenir à sa nature, d'une euphorie privée de spiritualité, de pathétique, amorale. Constatons d'abord que le malaise n'est pas en nous, mais qu'il dérive de la même source que l'euphorie dont il procède, à savoir l'identité entre le tout et le rien, l'art absolu et l'ironie universelle. Que le bonheur soit ailleurs, chère madame, j'en ai le pressentiment si violent que, parfois, mon cœur manque d'éclater. Protée qui emprunte des formes diverses et se meut à l'aise sous toutes, toujours Protée mais à chaque instant un autre, et, au fond, "n'a cure de rien" – permettez-moi de vous demander si vous le tenez pour un être heureux ? C'est un dieu, ou quelque chose d'analogue, et nous percevons immédiatement la présence divine, dont les anciens nous ont appris qu'elle s'accompagne d'un parfum délicieux, spécifique, auquel on la décèle d'emblée. A la qualité de l'ozone que nous respirons dans son voisinage, nous reconnaissons, nous aussi, le dieu et le divin, impression indiciblement agréable. Mais en disant un dieu, nous sous-entendons quelque chose d'antichrétien, où il n'entre certainement pas une once de christianisme, aucune croyance au bien sur terre, nul parti pris à cet égard ; je veux dire, point de tendresse, point d'enthousiasme, car l'enthousiasme ressortit à l'idéal, mais l'esprit qui s'est identifié à la nature fait peu état des idées, c'est un esprit incrédule, dépourvu de sensibilité, ou plutôt elle n'apparaît chez lui que sous forme de sympathie et d'un certain dévergondage. Un scepticisme universel, le scepticisme de Protée, voilà son affaire. l'impression merveilleusement agréable que nous ressentons ne doit pas, à mon avis, nous induire à croire que le bonheur est là ; le bonheur, ou je me trompe fort, consiste uniquement dans la foi et dans l'enthousiasme, oui, dans l'adhésion à un parti, non en une ironie de lutin et une indifférence dissolvante. Un ozone divin, oh oui ! Jamais on ne s'en lasse. Mais on ne goûte pas le bonheur d'un fluide semblable pendant neuf ans plus quatre, sans faire quelques expériences et relever certaines particularités, particularités qu'on ne méconnaît assurément pas en y voyant la preuve un peu effrayante de ce que j'avançais à propos du bonheur : on constate chez lui beaucoup de hargne, de mauvaise humeur, un mutisme désespéré, dont la société est forcée de s'accommoder si la malchance s'en mêle, toutefois pas quand il reçoit chez lui, non ! Comme amphitryon il ne se le permettrait pas, mais chez les autres il s'enfonce dans une taciturnité morose, il erre de-ci, de-là, les lèvres scellées et chagrines. Imaginez la calamité et la consternation générale ? Tout le monde se tait, car, qui parlerait lorsqu'il garde le silence ? Part-il, les gens s'esquivent furtivement et, navrés, murmurent : "Il était maussade." Il l'est un peu trop souvent. Nous avons là une frigidité, une raideur, une cuirasse d'apparat, qui dissimulent une gêne mystérieuse ; une singulière propension à la lassitude et à l'épuisement, une perpétuelle giration, un tournis, Weimar, Iéna, Karlsbad, Weimar, le goût croissant de la solitude, la tendance à la pétrification, à l'intolérance tyrannique, au pédantisme et à la singularité, à un rituel magique, ma bonne chère dame, ce ne sont pas uniquement les indices de l'âge, l'âge n'y est pour rien. J'y vois, moi, j'ai appris à y voir les symptômes un peu effrayants de la parfaite incrédulité, de l'ironie totale du caractère lutin qui, à l'enthousiasme, substitue le culte du temps, la plus merveilleuse activité, l'ordre magique. Elle ne fait point cas des hommes, ce sont des bêtes, et condamnés à le rester pour l'éternité. Elle ne croit pas aux idées : liberté, patrie, mots creux, pures abstractions. Mais puisqu'elle a le sens de l'art absolu, croit-elle seulement à l'art ? Nullement, ma très honorée. Elle le prend de très haut avec lui. "Un poème", dit-il un jour, en somme ce n'est rien. Un poème, voyez-vous, c'est comme un baiser donné au monde ; mais d'un baiser il ne naît point d'enfants." Puis il n'a rien voulu ajouter. Vous vouliez faire une observation, je crois ? »

La main tendue vers elle comme pour lui donner la parole tremblait d'une façon insolite et inquiétante ; il ne semblait pourtant pas s'en apercevoir, et bien que Charlotte souhaitât vivement qu'il la retirât, il la tint assez longtemps en l'air sans prendre garde à ses doigts qui frémissaient comme par l'effet d'une secousse sismique. L'homme avait l'air complètement épuisé, ce qui n'était pas fait pour surprendre. On ne disserte pas aussi longuement, d'un trait et avec une gravité aussi tendue, de sujets qui vous tiennent d'aussi près, sans se dépenser à l'excès ni manifester les symptômes que Charlotte constatait avec une émotion et, pour employer un mot cher au visiteur, avec une appréhension où entrait un peu de répugnance. Il était blême, des gouttes de sueur perlaient sur son front, ses yeux bovins jetaient des regards aveugles et hébétés, et le pli habituellement boudeur de sa bouche ouverte s'était accentué et accusait son expression de masque tragique. Il aspirait avec difficulté, vite et bruyamment. Le halètement et le tremblement de son corps ne se calmèrent que petit à petit ; et, comme une femme délicate ne saurait trouver agréable et congru la vue d'un homme pantelant, si justifié son trouble soit-il, Charlotte essaya bravement (car son émotion et son excitation, à elle aussi, étaient grandes, voire extraordinaires) de l'apaiser par un rire amusé à propos de la boutade sur le baiser. Ce mot lui fournissait sa repartie ; en l'entendant, elle avait esquissé un mouvement que Riemer avait interprété comme un désir de prendre la parole. Il ne se trompait pas, encore qu'elle ne sût pas très bien ce qu'elle allait dire. Elle se lança, au petit bonheur :

« Que voulez-vous, mon cher docteur ? Ce n'est pas faire injure à la poésie que de la comparer au baiser. Au contraire, la comparaison est très jolie, elle restitue à la poésie son dû, autrement dit l'élément poétique, et lui assigne respectueusement une place honorable en l'opposant à la vie et à la réalité... » Tout à trac, et comme si elle avait l'esprit traversé d'une idée susceptible de distraire l'homme surexcité et de modifier le cours de ses pensées, elle demanda : « Voulez-vous savoir à combien d'enfants j'ai donné le jour ? Onze, en comptant les deux que Dieu a rappelés à lui. Excusez-moi d'en tirer vanité, je fus une mère passionnée, j'appartiens à la catégorie de celles qui aiment à briller et à se prévaloir d'avoir été bénies ; une chrétienne ne craint pas de défier le sort, comme cette reine païenne... voulez-vous venir en aide à ma mémoire, défaillante dès qu'il s'agit des noms ?... Niobé, qui s'en trouva si mal. Au surplus, ma famille est riche en enfants, ce n'est donc point là un mérite qui me soit personnel. Chez mes parents, dans la Maison de l'Ordre Teutonique, nous aurions été treize si cinq d'entre nous n'étaient morts ; la petite troupe à qui j'ai servi de mère a, d'ailleurs, acquis une certaine célébrité dans le monde et je me rappelle encore la joie de mon frère Hans, qui avait toujours été avec Goethe sur un pied de cordialité particulière quand le livre de *Werther* circula parmi nous, de main en main. Il y en avait deux exemplaires dont on déchira les feuillets de façon que tout le monde put se régaler simultanément. Rien ne saurait rendre le plaisir que prirent les plus jeunes, notamment le joyeux Hans, à voir dans un roman une description aussi fidèle de notre intérieur, si blessés et effarouchés fussions-nous, par ailleurs, mon bon Kestner et moi, devant cette exhibition de nos personnes, et devant tant de réalité accolée à tant de fiction...

– Précisément, interrompit d'un air empressé le visiteur qui commençait à se ressaisir, précisément, c'est au sujet de ces sentiments que je me proposais de vous interroger...

– Je n'en parle que fortuitement, continua Charlotte, je ne sais trop comment et ne veux pas m'y arrêter. Ce sont là des blessures fermées dont les cicatrices évoquent à peine encore de lointaines souffrances. Le mot "accolé" m'est venu à l'esprit parce qu'à l'époque il a joué un rôle dans nos explications et que notre ami s'en est vivement défendu dans ses lettres. Il semblait y être sensible par-dessus tout. "Pas accolés, fondues ensemble, écrivit-il, en dépit de vous et des autres." Soit, mettons fondues ensemble. Pour nous, cela n'y changeait rien. Il consolait Kestner en lui affirmant qu'il n'était point Albert, à Dieu ne plaise ! Mais à quoi cela nous avançait-il, si les gens en étaient persuadés ? Il n'alla pas jusqu'à soutenir que je n'étais pas Lotte, mais il chargea mon mari de me donner de sa part une chaleureuse poignée de main, et de me dire que, pour moi, le fait de savoir mon nom prononcé avec respect par des milliers de lèvres ferventes compenserait les ragots des commères ; en quoi il avait sans doute raison. D'ailleurs, dès le début, je fus moins préoccupée de moi que de l'offense infligée à mon bon Kestner. Dans mon cœur, j'ai été heureuse des satisfactions que lui a octroyées la vie en récompense de ses excellentes qualités ; et en particulier, de ce qu'il a été le père de mes onze, ou plutôt de mes neuf enfants, auxquels, d'ailleurs, l'Autre a toujours témoigné beaucoup d'intérêt, je le dis à sa louange. Il aurait souhaité, nous écrivit-il une fois, les tenir tous sur les fonts baptismaux, les sentant tout aussi proches de lui que nous ; et, de fait, nous lui avons offert d'être parrain de notre premier-né, en 74. Pourtant, nous avons préféré ne pas nommer notre fils Wolfgang, comme il le voulut absolument, aussi, à son insu, l'avons-nous appelé Georges. En 83, Kestner lui a envoyé les silhouettes découpées de tous les enfants vivants et il en a été enchanté. En outre, il y a six ans, il est intervenu en faveur de mon fils Théodore – le médecin, dont la femme est une Francfortoise, née Lippert – à l'effet de lui obtenir le droit de bourgeoisie et une chaire à l'Institut médico-chirurgical ; mais oui, je vous demande pardon, il a usé de son influence dans ce cas. Et l'année dernière, quand Théodore et son frère Auguste, le conseiller de légation, lui ont présenté leurs hommages, au Moulin du Tanneur, chez le docteur Willemer, il les a accueillis avec beaucoup de cordialité, s'est informé de ma santé, et même il a fait allusion aux silhouettes que feu leur père lui avait jadis envoyées, à l'époque où ils étaient encore de méchants gamins, en sorte qu'il les connaissait déjà. J'ai tenu à ce qu'Auguste et Théodore me relatent la visite par le menu. Il a longuement parlé silhouettes, en déplorant que cette mode, naguère si répandue, d'échanger des souvenirs, soit complètement tombée en désuétude ; car, par ce moyen, on avait la fidèle reproduction d'une ombre amie. Il se montra, paraît-il, fort aimable, mais un peu agité pendant la conversation, au jardin, où une société restreinte était rassemblée. Il allait et venait parmi les gens, une main dans sa poche, l'autre passée dans son gilet, et quand il s'arrêtait, il se balançait sur ses pieds ou cherchait un point d'appui.

– C'est bien de lui, dit Riemer. Il était maussade. Et sa réflexion au sujet de la disparition des ombres découpées ne signifie rien ; elle a été énoncée pour dire quelque chose, une banalité peu sincère. D'ailleurs, nous n'allons pas la consigner sur nos tablettes.

– Je ne sais pourtant pas, cher docteur. Peut-être appréciait-il les charmes et les avantages de l'art du découpage ? Sans les silhouettes que nous lui avions envoyées, comment se serait-il fait une idée de mes enfants, puisqu'en dépit de son attachement pour eux, il n'a jamais provoqué ou trouvé l'occasion de les connaître, pas plus que de revoir son vieux Kestner ? Les silhouettes étaient donc tout indiquées. Vous n'ignorez peut-être pas qu'à Wetzlar il en possédait une de moi aussi (j'aurais plaisir à savoir s'il l'a conservée) et qu'il se livra à de grandes effusions de joie et de reconnaissance quand Kestner la lui offrit. Il se pourrait que ce fût là l'origine de son goût pour cette mode.

– Oh, sûrement ! Je ne saurais vous dire s'il a toujours cette relique. La chose est d'importance et vous me voyez tout disposé à m'en informer auprès de lui, à un moment propice.

– J'aurais bien envie de le faire moi-même. En tout cas, je sais qu'à une certaine époque, la pauvre ombre fut l'objet d'un vrai culte. "Je la couvrais de mille et mille baisers, je lui adressais mille petits signes, en sortant de chez moi ou en entrant." Ainsi écrivit-il. Dans *Werther*, il est censé me restituer mon effigie ; mais comme, Dieu merci, lui, pour notre bonheur à tous, ne s'est point tué, elle doit être encore en sa possession, à moins que le temps ne l'ait détruite. Au reste, il n'avait pas à me la retourner puisqu'il ne la tenait pas de moi mais de Kestner. Dites-moi encore, monsieur le docteur : ne trouvez-vous pas que la joie impétueuse que lui causa ce présent qui lui venait non de moi mais de mon fiancé, par conséquent de nous deux, et le fait qu'il lui ait été si précieux, révèlent une singulière faculté à se satisfaire de peu ?

– Satisfaction de poète, dit Riemer, qui se croit supérieurement riche où d'autres se verraient dans le dénuement.

– La même, approuva Charlotte, qui l'induisit à se contenter des silhouettes de mes enfants, au lieu de faire leur connaissance en réalité, ce qui eût été facile au cours d'un voyage. Et si Auguste et Théodore n'avaient pris l'initiative hardie de lui rendre visite, en venant de Francfort au Moulin du Tanneur, il n'aurait jamais vu aucun de ces petits bonshommes que, pourtant, il disait vouloir tous tenir sur les fonts baptismaux, parce qu'ils lui étaient aussi proches que nous. Que nous. Son vieux Kestner, mon bon Hans Christian, a quitté ce monde où je suis restée seule, il y a déjà seize ans, sans l'avoir revu. Il a demandé très courtoisement de mes nouvelles à mes fils, mais n'a jamais au cours de nos deux longues existences, essayé de s'informer en personne de moi ; et si, au dernier moment, je ne prenais pas non plus l'initiative, dont je devrais peut-être me faire un scrupule... Mais c'est à ma sœur Ridel que je suis venue rendre visite, et tout le reste, on le comprend, n'est qu'un simple *à-propos*[1].

– Chère madame », et le docteur Riemer se pencha davantage vers elle, sans, d'ailleurs, la regarder ; tout au contraire, il tenait les paupières baissées, et une certaine rigidité envahit ses traits à cause de ce qu'il s'apprêtait à dire et qui lui fit baisser la voix, « bien chère madame, je respecte l'*à propos*. Je comprends, en outre, la susceptibilité, la légère amertume, qui se font jour dans vos paroles, votre douloureuse surprise devant un manque d'empressement qui peut ne pas sembler très naturel ni bienséant au regard de la sensibilité humaine. J'ose vous prier de ne pas vous en étonner ; ou plutôt, de réfléchir qu'en dépit de tant de motifs d'admiration, on a, néanmoins, toujours sujet d'être étonné, dé-

---

1. En français dans le texte.

concerté. Il ne vous a jamais rendu visite, à vous qui fûtes jadis si proche de son cœur et appelée à lui inspirer un sentiment immortel. C'est étrange. Mais vint-on à faire vibrer des cordes plus hautes encore que l'inclinaison et la gratitude, celles des liens naturels, on constaterait des faits dont la saisissante singularité pourrait vous consoler de ce que votre propre expérience offre de glaçant. Il y a là une indifférence particulière, une inqualifiable résistance de l'âme, contraires à la norme, presque odieuses. Comment s'est-il comporté sa vie durant, à l'égard de ceux auxquels il était apparenté par le sang ? Il ne s'est pas comporté du tout, il les a - si l'on se réfère aux notions de piété habituelles - coupablement négligés. Déjà dans sa jeunesse, quand ses parents et sa sœur vivaient encore, une gêne que je m'interdis de juger, le retenait d'aller les voir, de leur écrire. Il n'a jamais accordé une pensée au seul enfant survivant de cette sœur, la pauvre Cornélie, il ne le connaît pas. Encore moins s'est-il jamais soucié de ses oncles et tantes de Francfort, de ses cousins germains et cousines (Mme Melber, la vieille sœur de sa défunte mère, y réside encore avec son fils), aucun rapport ne subsiste entre eux, à moins qu'on ne considère comme tel un petit capital qu'ils lui doivent, du chef de sa mère. Et cette mère elle-même, la petite mère de qui il dit tenir sa nature enjouée, son goût de fabulation ? » Riemer se pencha plus avant et reprit d'une voix assourdie, les yeux baissés : « Très honorée dame, quand elle quitta ce monde, il y a huit ans (il venait de rentrer dans sa belle maison, après un séjour prolongé, revigorant, à Carlsbad) il ne l'avait pas revue depuis onze ans. Onze ans, j'énonce un fait, on en reste confondu. Qu'il fût accablé, profondément atteint, nous l'avons tous constaté et su, et tous nous nous sommes réjouis qu'Erfurt et la rencontre avec Napoléon aient opéré une heureuse diversion. Mais, pendant onze ans, la pensée ne lui a pas traversé l'esprit (ou il n'a pas trouvé le moyen) de revenir dans sa ville natale, dans la demeure de ses parents. Oh, certes, il a des excuses, des circonstances atténuantes : les périodes de guerre, les maladies, les indispensables voyages aux villes d'eaux ; je les mentionne pour ne rien omettre et au risque de m'infliger un démenti, car ces cures thermales, précisément auraient pu lui fournir de faciles occasions pour pousser une pointe là-bas. Il a négligé d'en profiter, ne me demandez pas pourquoi. Quand nous étions enfants, notre professeur d'histoire religieuse s'efforçait en vain de nous faire admettre une parole du Sauveur à sa Mère, qui nous semblait intolérable : "Femme, qu'y a-t-il de commun entre vous et moi ?" Il ne fallait entendre au sens propre, affirmait-il, ni l'apostrophe, en apparence irrespectueuse, ni la suite, où le Fils de Dieu met sa mission supérieure de Rédempteur du monde au-dessus des liens naturels. Peine perdue, le commentateur ne réussissait pas à nous réconcilier avec un texte si peu édifiant, selon nous, que personne n'aurait voulu avoir à le formuler. Pardonnez-moi cette réminiscence puérile. Elle m'est venue spontanément dans mon désir de vous rendre plausible ce qui est déconcertant, et de vous consoler d'un manque d'empressement manifeste. Lorsque à la fin de l'été 14, au cours de son voyage au Rhin et au Mein, il fit un séjour à Francfort, il y avait dix-sept ans que sa ville natale ne l'avait revu. Qu'est-ce que cela signifie ? Quelle gêne, quelle retenue embarrassée, quelle pudeur rétrospective conditionne l'attitude du génie par rapport à ses origines et à son lieu de départ, ces murs qui le virent chrysalide et d'où il s'évada vers l'immensité du monde ? Rougit-il d'eux ou rougit-il devant eux ? Nous en sommes réduits à interroger, à supputer. Mais sa ville natale (non plus que son admirable mère) n'a jamais témoigné la moindre susceptibilité. La *Frankfurter Oberpostamtszeitung* consacra un article à sa visite (je l'ai conservé) et, quant à sa mère, ma très honorée, l'indulgence dont elle fit preuve à l'égard de son illustre fils égala toujours sa fierté d'avoir donné au monde un prodige, et son amour infini. Du reste, tout loin d'elle qu'il fût, il lui envoyait, volume par volume, la nouvelle édition de ses œuvres complètes, dont le tome premier qui contient les poèmes ne quittait pas son chevet. Elle reçut ainsi huit volumes jusqu'au mois de juillet de l'année où elle mourut, et les fit relier en demi-chagrin...

– Mon cher docteur, interrompit Charlotte, soyez assuré que je ne me laisserai pas distancer par la ville natale ni l'amour maternel. Vous voulez, si j'ai bien compris, me les donner en exemple, comme si j'en avais besoin ! J'ai fait mes petites remarques avec le plus entier détachement, en me rendant bien compte de ce que le cas présentait de singulier mais, néanmoins, sans amertume. Au surplus, vous voyez que j'imite le prophète qui alla à la montagne, la montagne ne venant pas à lui. S'il avait été susceptible, le prophète s'en serait abstenu. D'ailleurs, il vient parce que l'occasion s'en présente, ne l'oublions pas ; il ne songe point à éviter la montagne, car c'est cela, précisément, qui ressemblerait à de la susceptibilité. Entendons-nous : je ne veux pas dire que j'approuve la maternelle résignation de la chère madame la conseillère qui repose en Dieu. Moi aussi je suis mère, j'ai mis au monde une ribambelle de fils qui ont grandi et sont devenus des hommes considérés, actifs. Mais si l'un d'eux se conduisait avec moi comme fit à l'égard de la conseillère m'sieur son fils, s'il restait onze ans sans tenir à me voir, et négligeait de s'arrêter au passage, soit en allant prendre les eaux, soit à son retour, je lui apprendrais à vivre, croyez-moi, docteur, je le tancerais vertement ! »

Charlotte semblait en proie à une animation mi-coléreuse, mi-badine. Dans son emportement, elle tapa le parquet de son ombrelle. Sous ses cheveux gris cendré, son front s'était empourpré ; une crispation, qui n'était pas un sourire, étirait sa bouche et, dans ses yeux bleus brillaient des larmes d'irritation – des larmes, quelle que fût leur cause. Le regard luisant de pleurs, elle continua :

« Non, je l'avoue, des satisfactions maternelles de ce genre ne feraient pas mon affaire, dussé-je y voir l'envers de qualités remarquables, je n'admettrais pas que mon fils soit content à si peu de frais. Vous auriez vu la prophétesse courir à la montagne et lui faire la leçon, vous m'en croyez capable, je pense, puisque même, à présent, j'accours pour régler les choses avec la montagne, non que j'aie des exigences à formuler, à Dieu ne plaise !... Je ne suis point sa mère, et il peut, en ce qui me concerne, montrer toute la tiédeur qu'il voudra ; pourtant, je ne nierai pas qu'entre moi et la montagne, un vieux compte est resté en suspens, qui n'a jamais été apuré, et que c'est peut-être lui qui m'amène ici, ce vieux compte torturant, en suspens... »

Riemer l'observait avec attention ; le mot « torturant » qu'elle venait de prononcer était le premier qui s'accordât à l'expression de sa bouche, aux larmes de ses yeux. Cet homme soucieux s'étonna et admira comme les femmes s'entendent à manœuvrer, et leur astuce en matière sentimentale ! D'avance, celle-ci avait eu la précaution de choisir, pour ses propos, un thème qui lui permît de fausser la signification du mot torture – la torture de toute une vie – et la signification de ses pleurs, de ses lèvres crispées. Ce thème autorisait une interprétation fallacieuse, de sorte que les signes extérieurs semblaient se rapporter à l'animation micoléreuse, mi-badine de tantôt et se trouvaient depuis un bon moment déjà en factice harmonie avec elle, lorsque fut prononcé le mot qui exprimait le sens véritable du discours, – tout cela pour éviter qu'on eût le droit, ni même la pensée, de lui prêter celui qu'il comportait en réalité et de le rattacher à ce qui avait été dit précédemment. Sexe plein de finesse, songea Riemer. Extraordinairement habile à feindre, capable d'enchevêtrer la dissimulation et la sincérité et créé pour la vie de société, les intrigues du cœur. Par comparaison, nous sommes, nous, les hommes, des ours et des patauds, indignes de pénétrer dans un salon. Si je lis bien dans son jeu, c'est uniquement parce que je m'y connais en tourment (un tourment apparenté au sien) et que nous sommes complices, complices dans le tourment... Il se garda de la troubler par des interruptions. De ses yeux largement écartés, il examina les lèvres crispées de Charlotte. Elle dit :

« Au cours des quarante-quatre années, mon cher docteur, qui se sont ajoutées à mes dix-neuf ans d'alors, elle m'est restée une énigme, une énigme torturante, pourquoi en ferais-je mystère ? Cette facilité à se satisfaire de silhouettes découpées, de poésie, d'un de ces baisers dont il ne naît point d'enfant, ainsi qu'il l'a dit, car les enfants, onze en comptant ceux qui sont morts, me sont venus d'ailleurs, ils sont issus du légitime et loyal amour de mon Kestner. Réfléchissez-y bien et représentez-vous cela pour comprendre comment j'ai pu n'y jamais voir clair tout le long de ma vie. Je ne sais si les circonstances vous sont... Kestner arrivait de Hanovre, il vint chez nous à Wetzlar en 68, quand s'ouvrit la Commission de contrôle de la Chambre impériale de Justice, en qualité de référendaire de Falke, Falke, l'envoyé de Brême. Il faut que vous le sachiez, car tout cela figurera un jour dans l'histoire et les érudits se piqueront d'en être informés, ne nous y trompons pas. Kestner, donc, vint en notre ville comme secrétaire de la légation de Brême ; un garçon tranquille, intègre, consciencieux, et moi, avec mes quinze ans – je n'avais que quinze ans en ce temps-là – j'éprouvai tout de suite un sentiment d'amicale confiance à son égard, quand il commença de fréquenter notre maison de l'Ordre Teutonique, dans la mesure où le lui permettait le fardeau des affaires, et à se mêler aux nombreux membres de notre famille. Un an auparavant, nous avions perdu notre chère, bien aimée, inoubliable mère (tout le monde la connaît par *Werther*) en sorte que notre père le bailli de l'Ordre, étant resté seul au milieu d'un tourbillon d'enfants, moi, sa fille cadette, encore guère plus qu'un poussin, j'eus à cœur de tenir la place de la morte dans la maison et le ménage, mouchant les petits, les nourrissant à mon idée et maintenant l'ordre de mon mieux, puisque Line, notre aînée, marquait peu de goût et d'aptitudes pour tout cela. Plus tard, en 76, elle a épousé le conseiller aulique Dietz, et lui a donné cinq bons fils, dont l'aîné, Fritzchen, est devenu à son tour conseiller aulique aux archives de la Chambre impériale ; il faut qu'on le sache, car les curieux voudront être renseignés à fond, voilà pourquoi je l'établis d'ores et déjà ; mais aussi pour vous démontrer que Caroline, notre aînée, fut par la suite, dans son genre, une femme tout à fait admirable, à qui l'histoire devra rendre également justice. Mais en ce temps, elle n'était pas admirable ; l'admirable, c'était moi, de l'avis unanime, bien que je fusse à l'époque une espèce de petit fuseau, blond de chaume et bleu ciel. C'est au cours des quatre années suivantes que je me développai un peu avec la volonté, me sembla-t-il, de plaire à Kestner qui, en raison de mes vertus de mère de famille, avait tout de suite jeté les yeux sur moi, des yeux d'amoureux, appelons les choses par leur nom. Et, comme il savait toujours ce qu'il voulait, il sut, presque d'emblée, qu'il voulait de moi, la petite Lotte, pour compagne et ménagère, sitôt qu'il serait en mesure de fonder un foyer et que sa situation et ses appointements feraient de lui un parti présentable. C'était là, naturellement, la condition posée par notre bon père, le bailli de l'Ordre Teutonique ; il fallait, avant qu'il ne nous accordât sa bénédiction, que Kestner eût d'abord une position convenable et pût subvenir aux besoins d'une famille, sans compter qu'à l'époque, avec mes quinze ans, j'étais encore un poussin maigrelet. Toutefois, ce furent déjà des accordailles, ce fut, des deux parts, un engagement tacite, ferme ; le brave garçon me voulait absolument, à cause de mes mérites, et je tenais à lui de tout mon cœur, à cause de son attachement à moi et parce que sa droiture m'inspirait confiance, bref, nous étions promis l'un à l'autre pour la vie ; si, au cours des quatre années qui suivirent je me développai un peu physiquement, et pris tournure féminine, une bien gentille tournure, ma foi, ce serait arrivé de toute façon, naturellement, l'instant étant venu pour moi de passer de l'état de poussin à celui de femme, et pour parler poétiquement, d'atteindre à mon épanouissement de jeune fille, cela, de toute façon. Mais au regard de mon imagination et de ma sensibilité, il en allait autrement, la chose s'accomplissait petit à petit selon une intention bien arrêtée, par amour pour l'homme fidèle qui me voulait, et pour lui faire honneur, afin qu'au moment où il deviendrait un parti avantageux, je fusse, moi-même, une fiancée, une future mère de famille présentable... Je ne sais si vous comprenez, je tiens à spécifier que dans ma pensée, c'était pour lui, expressément pour lui, le bon, le fidèle, que ma féminité avait fleuri et que j'étais devenue une jolie fille, ou du moins une fille plaisante ?

– Je crois bien comprendre, dit Riemer, les yeux baissés.

– Les choses en étaient donc là quand survint le tiers, l'ami, le cher associé, qui, lui, avait toujours du temps de reste ; il arrivait de l'étranger, papillon diapré, et se posa au milieu des circonstances et des conditions soigneusement préparées de notre vie. Excusez-moi de l'appeler un papillon, ce n'était assurément pas un garçon si léger que cela... je veux dire, léger, il l'était sans doute aussi, un peu fou et fat dans sa mise, un joli cœur, posant volontiers à la force juvénile et à la gaieté, le boute-en-train de son entourage, à qui la meilleure danseuse tendait la main avec joie ; il était tout cela, certes, encore que son exubérance, son chatoiement ne s'accordât pas toujours à l'air de son visage trop grave, trop empreint de sensibilité et de pensée pour qu'on pût le taxer de frivolité, mais précisément, le plaisir qu'il tirait de cette profonde sensibilité, et la fierté de ses grandes pensées, c'était là le lien entre le sérieux et la légèreté, entre la mélancolie et la fatuité, et qui formait un tout charmant, il faut l'avouer : si gentil et brave, et toujours prêt, quand il avait commis une folie, à venir loyalement de bon cœur, à résipiscence. Kestner et moi, nous le prîmes immédiatement en sympathie, tous les trois, nous éprouvions un cordial attachement réciproque. Lui, nouveau venu, était charmé par les conditions où il nous trouvait, ravi d'y participer et de butiner parmi nous, en ami et en tiers. Il avait, d'ailleurs, d'amples loisirs ; il ne se souciait guère de la Chambre de Justice ou plutôt il la considérait comme une vieille routine, enfin, ne faisait absolument rien, tandis que mon Kestner, afin de se créer au plus vite une situation, par amour pour moi, peinait au bureau, chez son ministre. Aujourd'hui encore j'en suis convaincue, je voudrais répandre ma conviction pour faciliter la tâche des fureteurs à venir et fixer le souvenir de cette histoire. De cela aussi notre ami était charmé, de ce fardeau des affaires pesant sur Kestner, mais non point parce qu'il lui laissait le champ libre et des chances auprès de moi, car il n'était pas déloyal, nul ne lui fera un pareil reproche. Au reste, pour l'instant, ce n'était pas du tout de moi qu'il était amoureux, comprenez bien, il l'était de nos fiançailles, du bonheur qui nous attendait, et mon Kestner était son frère d'élection à cause de cet amour ; il ne songeait certes pas à le trahir mais le pressait dans une étreinte affectueuse pour m'aimer conjointement avec lui et prendre sa part des circonstances qui entouraient notre solide bonheur. Le bras était passé autour du cou de Kestner mais les yeux se fixaient sur moi, de telle sorte que le bras était oublié sur l'épaule cependant que les regards se perdaient dans une contemplation d'un autre genre. Docteur, représentez-vous la situation avec moi, qui y ai si longuement réfléchi toutes ces années où je portais mes enfants dans mon sein, où je les nourrissais, et constamment encore, par la suite, jusqu'à ce jour. Mon Dieu, je remarquais bien, et je n'aurais pas été une femme si je ne l'avais remarqué, que ses yeux peu à peu étaient en désaccord avec sa fidélité et qu'il commençait à être amoureux, non plus de nos fiançailles, mais de moi, c'est-à-dire de ceci qui appartenait à mon bon ami, amoureux de la jeune fille que j'avais cherché à façonner durant quatre années à l'intention de l'homme qui me voulait pour la vie, et voulait être le père de mes enfants. Un jour, en dépit de son bras posé sur l'épaule de Kestner, l'Autre me donna à lire quelque chose qui, dans sa pensée, était destiné à me découvrir ses sentiments, quelque chose d'imprimé qu'il avait fait paraître ; car il continuait à écrire et à composer des poésies et il avait apporté avec lui, à Wetzlar, un manuscrit, une espèce de drame, *Goetz de Berlichingen à la main de fer* ; ses commensaux du "Kronprinz" en avaient connaissance, et, en son honneur, entre eux, ils l'appelaient Goetz le loyal ; il rédigeait, en outre, des articles de critique et ce fut un écrit de ce genre qu'il publia dans les *Frankfurter Gelehrten Anzeigen*. Il y traitait de poèmes qu'avait composés et publiés un Juif polonais, mais il y était peu question du Juif et de ses poèmes et tout de suite il en arrivait, comme s'il ne pouvait se retenir, à parler d'un jeune homme et d'une jeune fille qu'il avait découverte dans la paix des champs, et en laquelle il me fallut bien me reconnaître en toute confusion et modestie, tellement le texte contenait d'allusions à ma position, à ma personne, au paisible cercle de famille où s'exerçait ma tendre activité. La bonté et le charme de la jeune fille avaient fait d'elle la seconde mère des siens ; son âme débordante d'amour lui attirait irrésistiblement les cœurs (je répète ses termes) et les poètes comme les sages n'avaient plus qu'à se mettre bénévolement à l'école de cette jeune personne pour contempler avec ravissement la vertu native, l'aisance et la grâce innées. Bref, les allusions ne tarissaient pas et j'aurais été une buse si je n'avais compris de qui il s'agissait. C'était un de ces cas où la confusion et la modestie protestent en vain pour vous empêcher de vous reconnaître. Mais voici le pire, qui m'angoissa et m'épouvanta : le jeune homme offrait à la jeune fille son cœur dont il disait qu'il était juvénile et chaud comme le sien à elle, créé simultanément en vue de blandices lointaines et cachées à ce monde (ainsi s'exprimait-il) pour s'acheminer dans sa "société stimulante" (comment ne pas reconnaître la société "stimulante") vers les perspectives dorées d'une éternelle réunion (je cite textuellement) et d'un amour immortel.

– Permettez, chère madame, que dévoilez-vous là ? interrompit Riemer. Vous ne semblez pas estimer à son prix l'importance des faits que vous divulguez à l'intention des chercheurs à venir ! On ignore tout de cette critique de jadis, et tel que vous me voyez, j'en entends parler pour la première fois. Jamais le vieux, je veux dire le maître, ne m'a montré un document de ce genre. Je veux bien admettre qu'il ait oublié...

– Je ne crois pas, fit Charlotte, on n'oublie pas ces choses. "Pour s'acheminer vers les lointaines blandices, cachées à ce monde..." il a oublié cela aussi peu que moi.

– Manifestement, dit le docteur avec empressement, on voit la relation avec *Werther* et les circonstances de sa vie. Très honorée, la chose est d'une importance capitale. Avez-vous conservé le feuillet ? Il faut le rechercher, le mettre à la disposition des philologues...

– Ce me serait un honneur, répliqua Charlotte, de rendre un service aux belles-lettres, encore que je n'aie plus guère besoin de nouveaux titres à leur reconnaissance.

– Très exact, très exact.

– Je ne possède pas l'article sur le Juif, poursuivit-elle. Je regrette de vous infliger une déception. A l'époque, il me le donna seulement à lire et tint à ce que la lecture se fît sous ses yeux, à quoi je me serais refusée si je m'étais doutée qu'il en résulterait un conflit entre ma modestie et ma perspicacité. Comme je lui rendis sa feuille sans le regarder, je ne sais quelle expression avait son visage en ce moment. "Cela vous a-t-il plu ?" demanda-t-il d'une voix contenue. "Le Juif en sera peu satisfait", répondis-je froidement. "Mais vous, petite Lotte, insista-t-il, êtes-vous satisfaite ? – Je demeure indifférente", répliquai-je. Oh, plût au ciel que je pusse encore en dire autant", s'écria-t-il, comme si l'article de critique n'avait pas suffi et qu'il fallait m'apprendre que le bras passé autour du cou de Kestner était oublié et sa vie entière concentrée dans ses yeux, à contempler ce qui appartenait à Kestner et s'était épanoui sous le regard brûlant de son amour. Oui, ce que j'étais, ce que je valais, et que je peux bien nommer la séduction de mes dix-neuf ans, appartenait au bon Kestner, destiné à couronner nos loyaux projets, et ne fleurissait pas en vue des blandices secrètes d'un amour immortel, absolument pas. Mais vous comprendrez, Docteur, et tout le monde comprendra avec vous, j'espère, qu'une jeune fille est heureuse et fière quand sa grâce virginale est perçue non seulement par celui à qui elle s'adresse et je voudrais dire, qui l'a suscitée, mais aussi par des étrangers, des tiers dont les regards nous confirment notre mérite, à nous comme à celui qui a des droits sur nous. Aussi étais-je heureuse de réjouir mon bon compagnon de vie en lui faisant constater mes succès auprès d'autres, en particulier auprès du singulier et génial ami qu'il admirait, et en qui il avait confiance comme en moi – ou plutôt d'une façon un peu différente, un peu moins flatteuse, car la confiance qu'il me témoignait était basée sur l'estime en laquelle il tenait ma raison et la certitude que je savais ce que je voulais ; tandis qu'à l'égard de l'Autre, ce sentiment était provoqué par son irrésolution, parce que Kestner le savait perdu dans le bleu, amoureux en poète. Bref, voilà, docteur : Kestner nous faisait confiance, à moi parce qu'il me prenait au sérieux, à lui parce qu'il ne le prenait pas au sérieux, bien qu'il l'admirât d'être brillant et d'avoir du génie, et qu'il compatît aux peines que lui préparait son poétique amour sans issue. Moi aussi, j'avais pitié de lui, parce que j'étais la cause de sa souffrance et qu'il avait glissé de la bonne amitié dans le désarroi ; mais, d'autre part, j'étais mortifiée pour lui que Kestner ne le prît pas au sérieux et qu'il eût confiance en lui d'une manière qui n'était pas à sa gloire. De cela, j'éprouvais parfois un scrupule de conscience, car je percevais que je manquais à mon bon Kestner en me sentant vexée, dans l'âme de l'Autre, de la qualité de cette confiance ; mais, en revanche, elle me tranquillisait et me permettait de n'y pas regarder de trop près quand je constatais combien l'amitié du tiers dégénérait notablement en autre chose et qu'il oubliait le bras passé au cou de son ami. Vous m'entendez, docteur, et vous le constatez, ma mortification prouvait que, déjà, le devoir et la raison me devenaient étrangers et que la confiance et la sérénité de Kestner pouvaient m'inciter à quelque étourderie ?

– J'ai acquis, répliqua Riemer, dans l'exercice de mes hautes fonctions, l'expérience de ces subtilités et crois saisir assez bien la situation. Je ne me dissimule d'ailleurs pas les difficultés que cette situation comportait pour vous, madame la conseillère aulique.

– Je vous remercie, dit Charlotte, et tout cela a beau être très ancien, ma gratitude de votre compréhension n'en est pas diminuée. En l'occurrence, le temps joue un rôle beaucoup plus infime qu'à l'ordinaire dans la vie, et je peux dire qu'au cours de ces quarante-quatre années, l'épisode de jadis a conservé toute sa fraîcheur et une actualité sans cesse renouvelée et immédiate. Oui, si remplies de joies et de peines qu'aient été ces années, pas un jour ne s'est sans doute écoulé où je n'aie réfléchi à la situation de jadis ; du reste, les conséquences et ce qui en est résulté pour le monde intellectuel, rendent la chose très compréhensible, n'est-ce pas ?

– Parfaitement compréhensible.

– Il est beau, monsieur le docteur, votre "parfaitement compréhensible" ! Qu'il est réconfortant et encourageant ! Dans un dialogue, quel agréable partenaire, celui qui est toujours prêt à prononcer cette bonne parole. Il semble que vos "hautes fonctions", comme vous les appelez, aient vraiment un peu déteint sur vous et vous aient imparti beaucoup des qualités d'un confesseur, d'un directeur de conscience, à qui l'on voudrait et pourrait tout dire, tout lui étant " parfaitement compréhensible ". Vous me donnez le courage de vous avouer le cassement de tête que certaine expérience m'a valu alors, et plus tard aussi, j'entends le rôle et le caractère du tiers qui, dans un nid déjà fait, dépose l'œuf de coucou de son amour. Je vous en prie, ne prenez pas "œuf de coucou" en mauvaise part, songez que vous avez perdu le droit de vous en offusquer en me devançant dans l'emploi de semblables rapprochements, appelons-les, à votre gré, courageux ou déplaisants. Tout à l'heure, vous avez parlé de "lutin" ; lutin, à mon sens, n'est pas moins risqué qu'œuf de coucou. Au surplus, ce mot n'est que l'expression de ce cassement de tête qui dure depuis des années, incessant et pénible, comprenez-moi bien, je ne dis pas : son résultat. En cette qualité, il ne serait ni très beau, ni très digne, j'en conviens. Non, ces désignations indiquent simplement l'effort même, pas autre chose, pour l'instant... je ne dis et ne voudrais avoir dit rien de plus que ceci : un jeune homme convenable aime une jeune fille et lui adresse ses hommages qui sont aussi une sollicitation, et naturellement impressionnent la jeune fille, d'autant plus qu'il s'agit d'un garçon original et brillant dont le commerce est un stimulant et éveille dans un cœur virginal des sentiments de réciprocité ; ce jeune homme, je pense, devrait élire lui-même la jeune fille de son choix, la découvrir au cours du voyage de la vie, reconnaître tout seul son mérite et la tirer de l'obscurité pour l'aimer. Pourquoi ne vous demanderai-je pas ce que je me suis si souvent demandé pendant ces quarante-quatre années ? Que penser de l'honnêteté d'un jeune homme, si stimulant son commerce soit-il, qui n'a pas cette indépendance dans la découverte et l'amour, et vient aimer en tiers ce qui a fleuri pour un autre et par un autre ; qui s'affriande de fiançailles étrangères, s'y installe, et profite des dispositions prises par ces autres. De l'amour pour une fiancée, voilà mon cassement de tête à travers toutes mes années de mariage et de veuvage, un amour d'ailleurs probe envers le fiancé et qui, en dépit de la convoitise inséparable de tout amour, ne songe nullement à léser les droits du premier découvreur (tout au plus un baiser...) en lui abandonnant fraternellement tous les droits et tous les devoirs de la vie et se contentant par avance de tenir sur les fonts baptismaux les enfants appelés à naître de cette union, ou, quand cela ne se pouvait, de les connaître au moyen de découpages de papier. Comprenez-vous maintenant ce que signifie l'amour pour une fiancée, et comment il peut fournir la matière d'un casse-tête qui dure des années et tient dans un mot que je ne peux bannir de ma pensée. Malgré ma bonne volonté, en dépit de ma honte, il s'impose à moi, toujours à nouveau, le mot : parasitisme... »

Ils se turent. La tête de la vieille dame branlait. Riemer ferma les yeux et serra un instant les lèvres. Puis il dit avec un calme affecté :

« Du moment que vous eûtes le courage de prononcer ce mot, vous étiez en droit de compter que j'aurais celui de l'entendre. Vous m'approuverez si je dis que l'effroi qui, un instant, nous a réduits au silence, n'est que l'effroi qui nous saisit devant les relations et allusions divines attachées à ce mot, lesquelles, assurément, ne vous échappèrent point quand vous permîtes à vos lèvres de le proférer. Il y a, en effet, un parasitisme divin, une intrusion de la divinité dans un foyer humain, qui nous sont familiers, la participation divine au bonheur terrestre, l'élection suprême d'un être déjà élu, la passion amoureuse du prince du ciel pour l'épouse d'un mortel assez pieux et déférent pour se sentir non point frustré et diminué par le partage, mais exalté et honoré. Sa confiance, sa sérénité se fondent précisément sur la divinité de l'associé, qui, en dépit du respect et de la pieuse admiration qu'elle suscite, confère au dieu une certaine insignifiance – je la souligne parce que, tantôt, vous avez prononcé les mots : "pas prendre au sérieux". En effet, le dieu ne doit pas être pris absolument au sérieux, du moins pas en tant qu'hôte des humains. Avec raison le fiancé terrestre se dit : "Laissons faire, c'est seulement un dieu", étant entendu que ce "seulement" implique sa connaissance de la nature supérieure du tiers amoureux...

– Ce fut le cas, mon ami, il n'en était que trop pénétré. Souvent mon bon Kestner éprouvait des scrupules, des doutes ; il se demandait s'il était digne de posséder l'objet de la passion de l'Autre, d'une essence supérieure, encore qu'il ne le prît pas tout à fait au sérieux ; s'il s'entendrait comme lui à me rendre heureuse et s'il ne devrait pas choisir pour son lot la résignation, si douloureuse fût-elle. Il y eut des heures, je l'avoue, où je n'étais pas disposée de tout mon cœur et de toute ma volonté, à lui ôter ses scrupules. Et, notez-le, docteur, cela n'allait pas sans un secret pressentiment de notre part à tous deux, la conviction que cette passion, en dépit des souffrances qu'elle entraînerait, était simplement un jeu sur lequel il n'y avait à édifier rien d'humain, quelque chose comme le moyen, pour un cœur, de dépasser la réalité, et à peine osions-nous l'imaginer, d'atteindre à des fins extra-humaines.

– Très chère, dit le famulus ému, en pointant son index orné d'une bague, dans un geste à la fois avertisseur et doctoral, bien que divine, la poésie n'est pas extra-humaine. Depuis neuf ans plus quatre que je suis ici, en qualité de manœuvre littéraire et de secrétaire particulier, j'ai acquis quelque expérience à son sujet pour l'avoir intimement fréquentée ; il m'est donc permis d'en discourir. En réalité, elle est un mystère, l'incorporation du principe divin ; en effet, elle procède à la fois également de l'homme et du dieu, un phénomène qui ressortit aux plus obscures profondeurs de notre doctrine chrétienne et, en outre, du plus séduisant paganisme. Soit à cause de la dualité de sa nature divine et humaine, soit parce qu'elle est la beauté même, sous certain aspect elle est son propre moi réfléchi dans un miroir, et nous rappelle l'antique et délicieuse fable de l'adolescent penché avec ravissement sur sa propre image. Comme le langage qui, en elle, se mire avec un sourire, ainsi du sentiment, de la pensée, de la passion. Le narcissisme peut n'être pas en honneur auprès des bourgeois, mais dans les milieux plus élevés, croyez-m'en, très chère, il dépouille son fâcheux renom ; car comment la poésie, qui est beauté, pourrait-elle ne pas puiser son plaisir en soi ? Ainsi fait-elle dans les déchirements de la passion : humaine par sa souffrance, divine par sa faculté à s'y complaire. Elle jouit de certaines formes et certains caractères de l'amour, comme par exemple de s'éprendre d'une fiancée et, donc, de s'affranchir du conventionnel, de l'interdit. J'ai constaté qu'elle s'exalte quand, parée du signe tentateur décelant qu'elle est originaire d'un monde de passion étranger, anti-bourgeois, elle se met en tiers dans les rapports entre humains, s'y associe, enivrée de la faute où elle glisse et qu'elle assume. Elle a beaucoup du très grand seigneur (et réciproquement) heureux d'écarter son manteau pour se montrer dans la somptuosité de son costume de cour espagnol à la petite fille du peuple, éblouie, émerveillée de reconnaître en lui son amoureux. Voilà comment elle se complaît à elle-même.

– Il me paraît, dit Charlotte, que cette complaisance s'accompagne d'une facilité à se contenter trop excessive pour que je la trouve entièrement justifiée. Mon trouble de jadis, qui a persisté, je l'avoue, provenait du rôle lamentable dont s'accommodait l'élément divin, comme vous dites. Vous avez su, mon cher, prêter un sens noble, majestueux, au mot cru qui m'a échappé et je vous en suis reconnaissante. Mais, à vrai dire, quelle tristesse de donner asile à un dieu, et dans quelle stupeur gênée furent précipités les êtres simples, unis, que nous étions, en se voyant forcés de s'apitoyer sur cet ami en tiers dans leur association, lui dont l'éclat nous surpassait tellement, nous, mortels ! Fallait-il qu'il se posât en mendiant ? Car, en somme, qu'étaient ma silhouette découpée, mon nœud de corsage dont Kestner lui fit présent, sinon des aumônes, des charités ? Je sais bien, ils étaient en même temps quelque chose comme une offrande, une façon de s'acquitter, moi, la fiancée, je comprenais très bien cela, et ces petits cadeaux furent donnés avec mon assentiment. Pourtant, docteur, toute ma vie je n'ai cessé de réfléchir à la facilité avec laquelle le jeune homme divin se tint pour satisfait. Je vais vous raconter un menu fait auquel j'ai également réfléchi pendant quarante ans sans pouvoir y voir clair, un fait que Born m'a rapporté un jour, vous savez ? le surnuméraire Born, qui se trouvait alors à Wetzlar, chez nous, un fils du bourgmestre de Leipzig, et qui le connaissait depuis l'Université. Born lui voulait du bien, à *lui* et à nous aussi, à Kestner en particulier ; c'était un garçon excellent, très bien élevé, imbu du sentiment des convenances et que certaines choses choquaient. Il se préoccupait, je l'ai su plus tard, de l'attitude et de la conduite de son ami à mon égard ; il voyait là une amourette dangereuse pour Kestner, comme si Goethe me faisait la cour pour me détacher de mon fiancé et le supplanter. Born le lui dit et lui en fit reproche ; il me l'a confié plus tard après le départ de l'Autre. "Frère, dit-il, tu n'y songes pas, à quoi tout ceci mène-t-il, et quelle est ton intention ? Tu prêtes à jaser aux gens sur le compte de cette jeune fille et le tien, et si j'étais de Kestner, morbleu ! cela ne me plairait guère. Ressaisis-toi, frère !" Et savez-vous *sa* réponse ? "Je suis assez fou, a-t-il dit, pour considérer cette jeune fille comme une créature exceptionnelle et si elle me trompait" (si moi, je le trompais, dit-il) "si dans un dessein vulgaire, elle se servait de Kestner pour mettre plus sûrement ses charmes en valeur et que je m'en aperçusse, l'instant qui la rapprocherait de moi serait le dernier où je la connaîtrais." Qu'en pensez-vous ?

– Voilà une bien noble et délicate réponse, dit Riemer, les yeux baissés, elle prouve sa confiance en vous, la certitude que vous ne vous mépreniez pas sur le sens de ses hommages.

– Que je ne me méprenais pas. Encore aujourd'hui, je m'efforce de ne pas me méprendre, mais comment faut-il l'entendre ? Non, il pouvait être tranquille, je ne songeais aucunement à tirer parti de mes fiançailles pour faire valoir mes charmes, j'étais pour cela trop sotte, ou, s'il préférait, pas assez vulgaire. Mais, inversement, ne profitait-il pas avec usure de nos fiançailles pour exploiter une passion ayant pour objet une créature liée, à qui il était interdit de l'approcher ? N'était-ce pas lui qui me trompait et me tourmentait en exerçant sur moi une force d'attraction exaltée par le génie et exaltante pour mon âme, et à laquelle je ne devais, ni ne pouvais, ni ne voulais céder, ainsi qu'il en était persuadé ? Le grand Merck aussi, son ami, vint une fois en visite à Wetzlar. Il me déplaisait, toujours à nous regarder ironiquement, presque avec colère, d'un air hostile qui me serrait le cœur ; mais il était intelligent et il l'aimait sincèrement, à sa manière, bien qu'en général il n'aimât personne ; je m'en rendais compte et m'efforçais de lui faire bon visage. Eh bien, ce qu'il lui dit me revint plus tard aux oreilles. Un jour nous étions tous réunis pour danser et jouer aux gages, il y avait aussi Annette et Dorette, les filles du procureur Brandt qui avait loué le corps de logis principal de l'Ordre Teutonique ; mes voisines, des amies véritables. Dorette était belle et élancée, d'apparence bien plus majestueuse que moi restée toujours un peu maigrichonne, malgré mon épanouissement en l'honneur de Kestner. Elle avait des yeux comme des cerises noires ; souvent je les lui enviais, sachant qu'au fond *il* aimait les yeux noirs et les préférait aux bleus. Le grand Merck entreprit donc Goethe et lui dit : "Fou, lui dit-il, qu'as-tu à tournailler autour de cette fiancée et à perdre ton temps ? Voilà Dorothée, une Junon aux yeux noirs, occupe-toi plutôt d'elle, elle te conviendrait, elle est libre et n'a pas d'attaches. Mais toi, tu n'es pas satisfait si tu ne gâches pas ton temps !" Annette, la sœur de Dorette, entendit le propos et me le rapporta plus tard. Elle me dit qu'*il* se borna à rire aux paroles de Merck en protestant contre l'argument du temps gâché. J'avais lieu d'être flattée, si vous voulez ; il ne pensait donc pas qu'il perdait son temps avec moi, et pour lui l'indépendance de Dorothée ne constituait pas un mérite supérieur au mien. Peut-être même la considérait-il non comme un mérite mais comme un avantage inutilisable... Pourtant, il a gratifié d'yeux noirs la Lotte du livre, si tant est qu'il n'ait pensé qu'à elle. Car il se pourrait aussi qu'ils lui aient été inspirés par Maxe La Roche[1], cette Brentano de Francfort, chez qui il dînait souvent lorsqu'elle était nouvellement mariée, avant d'écrire *Werther*, jusqu'au jour où le mari lui fit une scène qui lui ôta le goût de retourner dans la maison. D'aucuns disent qu'*il* lui aurait emprunté la couleur de ses yeux, et les impudents vont jusqu'à prétendre que la Lotte de *Werther* ne ressemble pas plus à moi qu'à une autre. Que vous en semble, docteur, et quel est votre sentiment à cet égard, vous qui cultivez les belles-lettres ? N'est-ce pas un peu fort et n'ai-je pas sujet d'être profondément ulcérée qu'on me conteste d'être Lotte à cause d'un soupçon de noir dans l'iris ? »

---

1. Maximilienne de La Roche qui épousa Pierre Antoine Brentano et fut la mère de Bettina d'Arnim (N.D.L.T.)

Riemer vit avec stupeur qu'elle pleurait. Dans le visage de la vieille dame détournée pour cacher ses larmes, le petit nez avait rougi, les lèvres frémissaient ; les doigts fuselés fourrageaient fiévreusement dans le réticule pour chercher son mouchoir et arrêter le ruissellement prêt à jaillir de ses yeux clignotants, couleur de myosotis. Mais comme tantôt, le docteur remarqua que son émotion avait forgé un prétexte pour s'exprimer. Prestement, avec ruse, elle l'avait improvisé par appétit féminin de donner le change, afin d'attribuer à un motif plausible encore qu'assez absurde, des larmes embarrassées depuis longtemps prêtes à couler, des larmes que lui arrachait on ne sait quoi d'incompréhensible, dont elle avait honte. Un instant, elle tamponna ses yeux avec le petit mouchoir serré au creux de sa main.

« Voyons, chère madame, bien chère madame, dit Riemer, est-il possible ? Un doute absurde sur votre glorieuse identité peut-il même vous effleurer ? Notre présente situation, ce siège que nous subissons en victimes patientes et, j'aime à le croire, de bonne grâce, devrait suffire à vous démontrer en qui la nation reconnaît l'authentique et unique prototype de l'immortelle figure. Je dis cela, comme si un doute pouvait subsister au sujet de ce titre qui est votre bien propre, après ce que le maître a formulé – vous permettez ? – dans la troisième partie de ses souvenirs. Dois-je vous le rappeler ? De même que l'artiste, a-t-il dit, compose une Vénus en empruntant ses éléments à diverses beautés, ainsi prit-il la liberté de former sa Lotte avec des traits fournis par différentes belles enfants ; mais pour les traits essentiels, ajoute-t-il, il s'est inspiré de la préférée, la préférée, chère madame ! Et quels sont la maison, l'origine, le caractère et la joyeuse activité qu'il a décrits avec une tendre minutie, de façon à ne laisser place à aucune confusion, au tome... voyons ? ...le tome XII ? Il est oiseux d'épiloguer au sujet de savoir si la Lotte de *Werther* eut *un* ou plusieurs modèles, – en tout cas, l'héroïne d'un des plus gracieux et émouvants épisodes de la vie du héros, la Lotte du jeune Goethe, très honorée dame, est unique...

– On me l'a déjà dit une fois aujourd'hui, fit-elle, et son visage reparut, souriant et empourpré, de derrière son mouchoir. Le maître d'hôtel Mager s'est incidemment hasardé à m'en faire la remarque.

– Je n'ai aucune répugnance, répliqua Riemer d'un air réservé, à partager avec une âme simple la connaissance de la vérité.

– Au fond, dit-elle en exhalant un léger soupir, et se tapotant les yeux, cette vérité n'a pas de quoi beaucoup échauffer, je ne devrais point l'oublier. Pour un épisode, on le conçoit, il suffit d'une héroïne. Mais les épisodes furent nombreux, on dit qu'il y en a encore. Je suis entraînée dans une ronde...

– Une ronde immortelle, compléta-t-il.

– ... où, rectifia-t-elle, m'a entraînée le destin. Je ne lui en fais pas grief. Il m'a été plus clément qu'à certaines d'entre nous, m'ayant accordé une vie personnelle, remplie et utile, aux côtés d'un brave homme à qui je suis restée sagement fidèle. D'autres, plus effacées, plus tristes, se sont consumées dans une douleur solitaire et n'ont trouvé la paix que dans une mort prématurée. Mais quand *il* écrivit qu'*il* me quitta non sans chagrin, toutefois la conscience plus pure que lorsqu'il s'éloigna de Frédérique, je suis obligée de dire que dans mon cas aussi, sa conscience aurait dû lui peser un peu ; car il ne m'a pas peu obsédée, avec sa cour sans objet qui faisait fond sur ces fiançailles et tendait ma pauvre petite âme jusqu'à la rompre. Après son départ, quand nous avons lu son billet, et que nous nous sommes retrouvés seuls, nous, cœurs peu compliqués, nous avons été bien tristes et, de toute la journée il ne fut plus question que de lui. En même temps nous nous sentions allégés, soulagés, et je me rappelle encore exactement mes pensées d'alors et comment je me berçai de l'espoir que désormais nous retournerions à notre vie naturelle, rectiligne et paisible. Oui-da ! Tout ne faisait que commencer. Il y eut le livre, et je devins l'immortelle bien-aimée, pas la seule, à Dieu ne plaise ! puisque c'est une ronde ; mais la plus célèbre, celle dont les gens s'informent le plus fréquemment. Et, à présent, j'appartiens à l'histoire littéraire, je suis un sujet d'analyse, un but de pèlerinage, une figure de madone qui, dans la cathédrale de l'humanité, voit les foules affluer devant sa niche. Voilà mon sort et, avec votre permission, je me demande comment j'en suis venue là. Fallait-il que le jeune tentateur qui tout un été me troubla, devînt si grand que je dusse grandir avec lui, et pour la vie me trouver prisonnière de cette exaltation, de cette assomption douloureuse où, jadis, m'ont haussée ses vaines sollicitations ? Mes pauvres mots si niais d'alors, que sont-ils pour avoir mérité de passer à la postérité ? En ce temps-là, lorsque nous nous rendîmes au bal, en voiture, avec ma cousine, et que l'entretien roula sur les romans et ensuite sur le plaisir de la danse, je bavardai à tort et à travers à propos de mille riens, sans me douter, grands dieux, que mon babillage était destiné aux siècles à venir et serait consigné dans un livre, à jamais. Autrement, j'aurais tenu ma langue, ou du moins, essayé de dire en vue de l'éternité, des choses un peu plus séantes. Ah, je rougis, monsieur le docteur, je rougis d'être là, ainsi dans ma niche, exposée publiquement. Puisque ce garçon était poète, n'aurait-il pas dû m'arranger mes mots, les idéaliser un peu, les rendre plus intelligents pour me faire faire meilleure figure ? C'eût été son devoir, dès lors que, sans en être prié, il m'entraînait dans l'éternité... »

Elle se reprit à pleurer. A-t-on une fois commencé, les larmes viennent facilement. De nouveau, elle secoua la tête avec perplexité, en signe qu'elle n'était pas satisfaite de son sort, et pressa contre ses yeux le mouchoir toujours enfoui au creux de sa paume.

Riemer se courba sur son autre main gainée d'une mitaine, qui était posée sur ses genoux avec le réticule et le manche de l'ombrelle, et la prit délicatement dans la sienne.

« Chère, très chère madame, dit-il, toutes les âmes sensibles partageront les sentiments que vos aimables paroles de jadis suscitèrent dans le sein d'un jeune homme, il y a veillé en poète et on n'est pas à un mot près. Entrez », fit-il machinalement, sans changer d'attitude et sans se départir de son ton doux et consolant. On avait frappé à la porte.

« Acceptez avec humilité, continua-t-il, que votre nom brille à jamais parmi ces noms de femmes qui jalonnent les étapes d'œuvres insignes, dont les hommes cultivés se souviendront comme des amours de Zeus. Résignez-vous, mais depuis longtemps déjà vous l'êtes, à appartenir comme moi à l'espèce des hommes, des femmes, des jeunes filles sur qui, grâce à Lui, l'histoire, la légende, l'immortalité projettent leur lumière, comme sur ceux qui entourèrent Jésus... Qu'y a-t-il ? » demanda-t-il d'une voix toujours suave, en se redressant.

Mager était debout dans la pièce. Ayant entendu qu'on parlait du Seigneur-Jésus, il avait joint les mains.

IV

Charlotte fourra précipitamment son petit mouchoir dans son sac. Elle cligna des yeux à plusieurs reprises et ravala ses sanglots avec un rapide et léger reniflement de son petit nez rougi. Ainsi se trouva liquidée la scène que l'apparition du maître d'hôtel avait interrompue. La mine qu'elle se composa était en conformité avec la situation nouvelle, c'était une mine fort contrariée.

« Mager, vous revoilà, dit-elle d'un ton acerbe. Je croyais pourtant vous avoir dit que j'avais à causer de choses importantes avec M. le docteur Riemer et que je ne voulais pas être dérangée ? »

Mager aurait pu lui opposer un démenti mais par respect il s'en abstint.

« Madame la conseillère aulique, dit-il en levant vers la vieille dame ses mains jointes, madame la conseillère aulique voudra bien en être assurée, j'ai retardé mon intrusion autant que possible, et jusqu'au dernier moment. J'en suis inconsolable, mais à la fin il n'y a plus eu moyen de la différer. Depuis quarante et quelques minutes, une autre visite, une dame appartenant à la société de Weimar, attend d'être introduite. Je n'ai pu refuser plus longtemps de l'annoncer et m'y suis résolu, confiant dans les sentiments d'équité de monsieur le docteur et de madame la conseillère aulique. Nul doute qu'ils ne les aient habitués, comme d'autres personnes haut placées et privilégiées, à distribuer leur temps et leur bienveillance de manière à les répartir entre plusieurs, selon la justice... »

Charlotte se leva.

« C'en est trop, Mager, dit-elle. Voilà déjà trois heures, je ne sais plus, qu'après avoir cédé au sommeil, je m'apprêtais à rejoindre mes parents, qui doivent être en peine de moi, et vous me poussez à recevoir d'autres visites ? C'est vraiment trop fort. Je vous en ai voulu à cause de miss Cuzzle et aussi de M. le docteur, bien qu'évidemment il s'agît, en l'occurrence, d'une visite présentant un intérêt exceptionnel. Et voilà que vous complotez de me retarder encore. Je doute sérieusement de ce beau dévouement que vous simulez si bien, du moment où vous me livrez ainsi à la publicité.

– Madame la conseillère aulique, dit le factotum aux paupières enflammées, le mécontentement de madame la conseillère aulique déchire un cœur assez écartelé, sans cela, entre des devoirs sacrés et contradictoires. Car comment ne me serait-il pas sacré, le devoir de mettre à l'abri des importuns notre illustre visiteuse ? pourtant, avant de me condamner sans rémission, madame la conseillère aulique daignera admettre qu'un homme comme moi doit prendre aussi en considération la ferveur des personnes de qualité en qui la nouvelle de la présence chez nous de madame la conseillère suscite le désir passionné de paraître devant elle.

– Il faudrait, dit Charlotte avec un regard sévère, tirer d'abord une bonne fois au clair la question de savoir par qui cette nouvelle fut propagée.

– Le nom de la solliciteuse ? » s'enquit Riemer qui s'était également levé.

Mager répondit : « Demoiselle Schopenhauer.

– Hum, fit le docteur. Très honorée, ce brave homme ne s'est pas tellement mis dans son tort en prenant sur lui de l'annoncer. Il s'agit, s'il m'est permis de vous l'expliquer, d'Adèle Schopenhauer, une jeune fille très cultivée et possédant les plus belles relations, la fille de Mme Jeanne Schopenhauer, une riche veuve, de Dantzig, fixée en notre ville depuis dix ans, – une amie dévouée du Maître, d'ailleurs elle-même femme de lettres et qui tient bureau d'esprit ; le Maître fréquentait assidûment son salon à l'époque où il était plus enclin à sortir le soir. Vous eûtes la bonté de trouver quelque intérêt à notre échange de vues ; mais, s'il ne vous a pas trop fatiguée et si vous en avez le loisir, j'oserais vous engager à accorder quelques instants à cette demoiselle. Indépendamment de la précieuse faveur que vous dispenseriez à un jeune cœur réceptif, ce serait, je m'en porte garant, l'occasion pour vous de recueillir plus d'un aperçu fructueux sur nos situations et rapports, vous en seriez mieux informée, en tout cas, que par la conversation d'un lettré solitaire. Pour ce dernier, dit-il en souriant, il vide les lieux que, malheureusement, il s'accuse d'avoir occupés beaucoup trop longtemps...

– Votre modestie est excessive, monsieur le docteur, répliqua Charlotte. Je vous remercie pour cette heure dont ma mémoire conservera précieusement le souvenir.

– Deux, en tout cas, rectifia Mager, pendant qu'elle tendait la main à Riemer qui s'inclinait d'un air pénétré, deux heures, s'il m'est permis de le noter en marge. Et comme le déjeuner se trouve un peu retardé de ce fait, il serait assurément souhaitable que madame la conseillère aulique, avant que je n'introduise demoiselle Schopenhauer, se sustente un peu en prenant une petite collation, une tasse de bouillon avec des biscuits, ou un délectable petit verre de vin de Hongrie.

– Je n'ai pas faim, dit Charlotte, et suis d'ailleurs en pleine possession de mes forces. Adieu, monsieur le docteur. J'espère bien vous revoir un de ces jours. Et vous, Mager, au nom du ciel, priez cette demoiselle de passer chez moi, en lui faisant toutefois observer, je vous l'enjoins expressément, que je ne dispose plus que de quelques instants et qu'en les lui consacrant je commets un vol à peine justifiable au préjudice des chers miens qui m'attendent.

– Très bien, madame la conseillère aulique. M'est-il, toutefois, permis de rappeler que le manque d'appétit ne prouve pas nécessairement l'absence d'un besoin ? Si madame la conseillère aulique m'autorisait à réitérer mon conseil de se restaurer un peu... Elle s'en trouverait assurément bien, et peut-être alors mon ami le sergent de ville Ruhrig... C'est lui qui, avec un camarade, assure le service d'ordre devant notre maison et il est venu tantôt me parler dans le hall. Il est d'avis que la foule serait plus facile à disperser et s'en irait satisfaite, si elle pouvait auparavant jeter un regard sur madame la conseillère aulique ; celle-ci rendrait donc service aux autorités et à l'ordre public, en consentant à se montrer, fût-ce un instant, sur le seuil de la porte d'entrée ou même à la fenêtre ouverte...

– En aucun cas, Mager ! Sous aucun prétexte ! C'est une idée tout à fait ridicule, absurde ! Pourquoi pas aussi une harangue ? Non, je ne me montrerai pas, à aucun prix ! Je ne suis pas une souveraine...

– Davantage, madame la conseillère aulique ! Vous êtes davantage et bien plus haut ! Selon l'échelle actuelle de notre culture, ce ne sont plus les potentats qui font accourir les foules, ce sont les étoiles de la vie spirituelle !

– Des balivernes, Mager. Vous allez peut-être m'apprendre à connaître la foule et les mobiles, qui ne sont que trop grossiers, de sa curiosité, et au fond, n'ont, hélas, presque rien de commun avec les choses de l'esprit. Bêtises que tout cela. Mes visiteurs partis, je sortirai sans regarder ni à droite, ni à gauche. Mais il ne saurait être question de m'exhiber.

– Madame la conseillère aulique est seule qualifiée pour juger. Toutefois, il est navrant de se dire que si vous vous étiez un peu restaurée la situation vous serait peut-être apparue sous un autre jour... Je m'en vais. J'avertis demoiselle Schopenhauer. »

Charlotte profita des brefs instants où elle se trouva seule pour aller à la fenêtre et s'assurer, derrière le rideau de mousseline maintenu de la main, que rien n'avait changé sur la place et devant la porte d'entrée. Le nombre des assiégeants avait à peine diminué. Tandis qu'elle regardait à la dérobée, sa tête tremblait fortement. Les longues péripéties du dialogue avec le famulus avaient coloré ses joues d'une rougeur intense ; elle les palpa du revers de ses doigts pour éprouver l'onde de chaleur qui troublait sa vue. Au surplus, elle n'avait pas menti en déclarant qu'elle se sentait alerte et fraîche, encore qu'elle se rendît vaguement compte de ce que sa vivacité offrait d'un peu fébrile. Un besoin débordant d'expansion et une verbosité trépidante s'étaient emparés d'elle, le désir impatient de poursuivre de nouveaux entretiens, le sentiment exubérant d'une loquacité inaccoutumée, capable d'aborder les sujets les plus épineux. Avec une certaine curiosité elle jeta un coup d'œil vers la porte qui allait s'ouvrir sur la nouvelle visite.

Adèle Schopenhauer, introduite par Mager, fit un profond plongeon ; Charlotte la releva aimablement en lui tendant la main. Elle estima que la visiteuse avait de peu dépassé vingt ans. Point jolie, elle semblait intelligente. A lui seul, son effort pour dissimuler le strabisme évident de ses yeux d'un jaune verdâtre, tantôt par un battement précipité des paupières, tantôt par de prestes regards jetés autour d'elle ou levés au plafond, décelait la vivacité de cette intelligence ; sa bouche au fin sourire, grande et effilée, manifestement exercée à l'art des propos subtils, ne pouvait faire oublier le nez allongé, le cou également trop long, les oreilles lamentablement décollées derrière les accroche-cœur encadrant les joues, sous un chapeau de paille assez original, enguirlandé de roses pompon. La jeune fille présentait une silhouette chétive. Sa gorge blanche mais plate se perdait dans un corsage de batiste à manches courtes dont le décolleté en fronces cernait ses épaules maigres et sa nuque. A l'extrémité de ses bras grêles, des mitaines ajourées découvraient des doigts secs, un peu rouges, aux ongles blancs ; d'une main elle tenait le manche de son ombrelle, des fleurs enveloppées dans un papier de soie et un petit paquet en forme de rouleau.

Elle commença aussitôt de parler, prolixement, impeccablement, sans ménager de pause entre ses phrases, et avec toute l'aisance que Charlotte lui avait prêtée à la vue de sa bouche spirituelle. Sa salivation était assez abondante ; aussi pouvait-on vraiment dire que son discours coulait de source et comme pommadé d'une pointe d'accent saxon ; et Charlotte ne put se défendre d'une secrète inquiétude en se demandant si son propre besoin d'épanchement, sa surexcitation, y trouveraient leur compte.

« Madame la conseillère aulique, dit Adèle, combien je

vous suis reconnaissante d'avoir eu la bonté de m'accorder sans délai le bonheur de vous présenter mon respect, les mots me manquent pour l'exprimer. » Sans s'interrompre, elle enchaîna : « Je ne parle pas uniquement au nom de ma modeste personne, mais aussi au nom de notre cénacle des Muses si ce n'est de sa part, car il n'a pas encore eu la possibilité de m'investir de cette mission. Au surplus, l'esprit et la belle solidarité de notre assemblée se sont brillamment affirmés à la merveilleuse occasion de votre présence à Weimar, car c'est un de nos membres, ma chère amie la comtesse Line Egloffstein, qui, sans tarder, m'apporta l'exaltante nouvelle dont venait de l'informer sa camériste. Ma conscience me chuchote que j'aurais dû mettre Museline – pardon ! c'est le nom que, parmi nous, porte Line Egloffstein ; nous en avons toutes de semblables et vous ririez si je vous les énumérais – que j'aurais dû, dis-je, pour ne pas être en reste, mettre Line au courant de ma démarche, à laquelle elle se serait vraisemblablement associée. Mais, d'abord, je ne m'y suis décidée qu'après son départ, et ensuite, j'avais de sérieuses raisons pour vouloir être seule à vous souhaiter la bienvenue à Weimar, madame, et causer tête-à-tête avec vous... Puis-je me permettre de vous offrir ces quelques branches de pieds-d'alouette et de pétunias, ainsi que ce modeste échantillon de nos essais d'art local ?

— Ma chère enfant », répondit Charlotte égayée, car à la manière dont Adèle prononça « bédunias » un rire lui avait chatouillé le gosier et elle ne chercha pas à dissimuler son hilarité qui pouvait être mise au compte de « Museline », « ma chère enfant, c'est ravissant. Quel assemblage de couleurs plein de goût ! Nous demanderons de l'eau pour ces splendides fleurs. De si beaux pétunias »... De nouveau, elle pouffa. « Je ne me souviens pas d'en avoir jamais vu de pareils...

— Nous sommes au pays des fleurs, répliqua Adèle. Flore nous est propice. » D'un coup d'œil elle désigna la statue de plâtre dans la niche. « La culture des graines d'Erfurt jouit d'une renommée universelle, plus que séculaire.

— Ravissant ! répéta Charlotte. Et ceci, que vous appelez

un échantillon de l'industrie artistique de Weimar ?... Qu'est cela ? Je suis une vieille femme curieuse...

– Oh, ma définition était un euphémisme. Une bagatelle, madame la conseillère aulique, l'œuvre de mes mains, la plus humble des offrandes d'accueil. Puis-je vous aider à défaire le rouleau ? Dans ce sens, si vous permettez. Des silhouettes découpées, en papier glacé noir, appliquées soigneusement sur du carton blanc, un groupe, comme vous voyez. Notre cénacle des Muses, tout simplement, aussi ressemblant que j'ai pu le réussir. Voici Museline, déjà nommée, Line Egloffstein ; elle chante à ravir, c'est la dame d'honneur favorite de notre grande-duchesse, la princesse héritière. Là, Julie, sa jolie sœur qui fait de la peinture, surnommée Julemuse. Et puis moi, Adélaïde, point flattée, vous me l'accorderez ; et celle-ci qui m'enlace de son bras est Dilemuse, autrement dit Odile de Pogwisch, une gentille petite tête, n'est-ce pas ?

– Très gentille, dit Charlotte, très gentille, et l'ensemble incroyablement vivant. Je m'étonne de votre habileté, ma bien chère enfant ! Comme tout cela est minutieux, jusqu'à ces petits ruchés et ces petits boutons, les petits pieds de la table et des chaises, les bouclettes, les petits nez, et les cils ! En un mot, cela sort de l'ordinaire. J'ai de tout temps beaucoup apprécié l'art des ciseaux et toujours considéré sa disparition comme une perte déplorable pour le cœur et l'esprit. Je n'en admire que davantage l'application fervente avec laquelle vous avez cultivé et poussé à son extrême perfection un don naturel manifestement hors ligne.

– A Weimar, il faut tâcher de mettre en valeur ses talents, et surtout, en posséder quelques-uns répondit la jeune fille, autrement il serait impossible de réussir dans la société et personne ne ferait attention à vous. Ici, chacun sacrifie aux Muses, c'est de bon ton, et d'un ton vraiment *bon*, n'est-ce pas ? On pourrait facilement trouver pire. Dès l'enfance, j'ai eu un modèle admirable en la personne de ma chère maman. Déjà avant de se fixer à Weimar, du vivant de mon père, elle avait étudié la peinture, mais c'est ici qu'elle a commencé de cultiver très sérieusement ses dispositions ; en outre, elle a énergiquement prêché d'exemple pour l'étude du piano, et appris l'italien avec Fernow, mort depuis, Fernow, si artiste, qui longtemps vécut à Rome. Elle a toujours surveillé de très près mes petits essais poétiques, bien que n'étant pas tellement douée pour versifier, du moins pas en allemand, car elle a composé une fois un sonnet italien dans le goût de Pétrarque, sous la direction de Fernow. Une femme remarquable. Si mes petites silhouettes ont quelque mérite je lui en suis redevable, à elle, à son exemple, car elle excelle au découpage des fleurs ; à nos thés, le conseiller intime prenait un plaisir extrême à son travail...

– Goethe ?

– Mais oui. Il n'eut autrefois trêve ni repos que maman ne fût décidée à décorer de fleurs découpées tout un écran et il l'aida à les coller avec la plus sérieuse application. Je le vois encore, assis une bonne demi-heure devant l'écran terminé, à l'admirer...

– Goethe ?

– Mais oui. La prédilection du grand homme pour tout ce qui est fabriqué, pour les produits du zèle artistique et de l'habileté dans tous les domaines, en un mot pour tout ce qu'œuvre la main de l'homme, est vraiment touchante. On ne le connaît pas si on l'ignore sous cet aspect.

– Vous avez raison, dit Charlotte. Je l'ai connu, moi aussi, sous cet aspect, et je vois qu'il est resté toujours le vieux Goethe... je veux dire le jeune. Jadis, à Wetzlar, mes petites broderies de soies multicolores faisaient sa joie et maintes fois il m'a consciencieusement aidée à ébaucher un modèle dans mon cahier de dessin. Je me souviens d'un temple de l'Amour qui ne fut jamais achevé. Sur ses marches, une pèlerine rentrait au pays, accueillie par une amie. Il a grandement collaboré à sa composition...

– Adorable ! s'écria la visiteuse. Que me racontez-vous là, chère madame ! De grâce, continuez.

– Mais toujours pas debout, ma chère, répondit Charlotte. Il ne manquerait plus que je néglige de vous installer commodément, de vous offrir vos aises, quand vos attentions et ces aimables présents augmentent mon regret de vous avoir fait si longtemps attendre.

– J'avais pris mon parti, répondit Adèle en s'asseyant à côté de la vieille dame sur un canapé au pied duquel s'étalaient des tabourets, de n'être ni la seule, ni la première à rompre le cordon qu'établit autour de vous votre popularité. Vous étiez assurément engagée dans une conversation fort intéressante. J'ai dit bonjour à l'oncle Riemer que j'ai croisé...
– Comment, il est votre ?...
– Oh, non ! Je le nomme ainsi depuis l'enfance comme j'ai toujours appelé et j'appelle les fidèles ou même les simples assidus aux thés du dimanche et du jeudi que donne maman. Les Meyer, les Schutze, les Falk, le baron Einsiedel, qui a traduit Térence, le major de Knebel et le conseiller de légation Bertuch, fondateur de l'*Allgemeine Literaturzeitung*, Grimm et le prince Puckler, et les frères Schlegel, et les Savigny. A tous j'ai dit et je dis : mon oncle et ma tante. J'ai appelé même Wieland mon oncle.
– Et Goethe aussi ?
– Lui, pas précisément. Mais j'appelais la conseillère intime ma tante.
– La Vulpius ?
– Oui, madame de Goethe, récemment trépassée. Sitôt mariés, il l'amena à la maison, chez maman seulement car partout ailleurs il eût été malaisé de l'introduire. On peut dire que le grand homme ne fréquenta plus guère que chez nous, car si la cour et la société avaient toléré avec indulgence sa liaison, elles firent grise mine du jour où il la régularisa.
– La baronne de Stein aussi, demanda Charlotte dont les joues avaient légèrement rosi, a fait grise mine ?
– Elle surtout. Du moins, elle affecta de désapprouver expressément qu'il eût demandé la sanction de la loi, alors qu'à vrai dire, c'est la liaison elle-même qui, de tout temps, l'avait cruellement meurtrie.
– On conçoit ce qu'elle a dû ressentir.
– Oh, certes. Mais, d'autre part, en faisant de la pauvre femme son épouse légitime, le maître eut un beau geste. Elle s'était tenue fidèlement, vaillamment, à ses côtés en l'an VI, pendant la terrible tourmente française. Il a estimé que deux

êtres qui ont subi ensemble de pareilles épreuves devaient s'appartenir devant Dieu et devant les hommes.

— Est-il vrai que sa conduite laissait à désirer ?

— Oui, elle était vulgaire, dit Adèle. *De mortuis nil, nisi bene*, mais pour vulgaire, elle l'était au plus haut degré ; gloutonne, bouffie, avec des joues cramoisies, et enragée de danse : elle aimait la dive bouteille plus qu'il ne se doit, toujours entourée de cabotins et de jeunes gens, alors qu'elle n'était plus de première jeunesse, toujours à ripailler, à courir les redoutes, les parties de traîneau et les bals d'étudiants. Ceux d'Iéna en prirent prétexte pour raconter sur son compte toutes sortes de polissonneries.

— Et Goethe tolérait ses façons ?

— Il fermait les yeux et riait. Peut-être était-ce le parti le plus sage. On peut même dire que jusqu'à un certain point il encourageait les dérèglements de sa femme, du moins les considérait-il, je suppose, comme la sauvegarde de sa propre liberté sentimentale. Un génie poétique ne peut tout de même pas puiser ses inspirations littéraires exclusivement dans la vie conjugale.

— La largeur de vos vues dénote un esprit fort, ma chère enfant.

— Je suis weimarienne, dit Adèle. Cupidon est très en honneur chez nous et malgré le sentiment des convenances, on lui reconnaît des prérogatives étendues. Il faut ajouter que notre société, dans sa critique des goûts jouisseurs et grossiers de la conseillère intime, s'inspirait de motifs d'ordre esthétique plutôt que moral. Toutefois, par scrupule d'équité, convenons qu'à sa manière, elle fut pour son illustre époux une compagne parfaite, toujours soucieuse de son bien-être matériel, auquel il ne fut jamais indifférent, veillant à assurer les conditions les plus favorables à sa production. Elle n'y entendait d'ailleurs rien, pas un traître mot, le domaine intellectuel étant pour elle un jardin verrouillé à triple tour, mais dont elle concevait, avec un profond respect, l'importance aux yeux du monde. Du reste, même après son mariage il ne perdit jamais ses habitudes de garçon et continua de s'isoler une grande partie de l'année à Iéna, à

Carlsbad, ou à Teplitz. Au mois de juin dernier, elle succomba à ses attaques, entre les mains d'infirmières étrangères ; lui-même était souffrant ce jour-là et alité, et, d'ailleurs, de santé depuis longtemps compromise, alors que sa femme, au contraire, offrait l'image de la vie, il est vrai sous une forme désagréable et repoussante ; bref, quand elle fut morte, il se jeta dit-on, sur son lit, en s'écriant : "Tu ne peux pas, tu ne peux pas m'abandonner !"»

Charlotte se taisait ; la bonne éducation de la visiteuse ne souffrant pas qu'un entretien pût languir, elle s'empressa de lui donner un nouvel aliment.

« En tout cas, dit-elle, maman se montra fort avisée en recevant, seule de toute la société indigène, cette femme chez elle, et en l'aidant, par son tact très fin, à tirer de situations embarrassantes. De la sorte, le grand homme ne se trouva que plus attaché à son salon qui commençait à fleurir et dont il forma naturellement la principale attraction. Elle tint aussi à ce que j'appelasse la Vulpius ma "tante", mais à Goethe je n'ai jamais dit "mon oncle". Cela ne se pouvait pas. Il m'aimait bien cependant, et badinait avec moi. J'avais le privilège de souffler la lanterne qui l'avait éclairé en chemin, pour venir chez nous ; il se faisait montrer mes jouets et dansait une schottisch avec ma poupée favorite. Mais malgré tout, pour être traité d'oncle, il inspirait trop de respect, non seulement à moi, mais aux grandes personnes aussi ; je m'en rendais compte. Souvent, quand il arrivait, taciturne et comme un peu gêné, il allait s'asseoir à l'écart et dessinait, mais il dominait quand même le salon, du simple fait que tous se réglaient sur lui ; il tyrannisait l'assistance moins parce qu'il était tyran que parce que les autres, par leur soumission, l'obligeaient positivement à jouer au tyran. Ainsi faisait-il donc, les régentant, tapant sur sa table, décidant ceci ou cela, lisant à haute voix des ballades écossaises et ordonnant aux dames de reprendre en chœur le refrain avec lui, et malheur si l'une d'elles se mettait à rire ! Ses yeux alors lançaient des éclairs et il disait : "Je ne lis plus." Maman avait toutes les peines du monde à ramener le calme et garantissait la stricte observance de la discipline. Parfois, il s'amusait à épouvanter quelque poltronne en lui contant d'effroyables histoires de revenants jusqu'à ce qu'elle se trouvât mal. Au fond, il aimait surtout la taquinerie. Je me rappelle encore certain soir où il mit presque hors de lui le vieil oncle Wieland en le contredisant sans trêve, non par conviction, mais par espièglerie chicanière ; Wieland croyant qu'il parlait sérieusement, se fâcha très fort, sur quoi les satellites de Goethe, Meyer et Riemer, le consolèrent avec condescendance ou le morigénèrent ; "Cher Wieland, ne le prenez donc pas ainsi !" C'était inconvenant ; moi, petite fille, j'en eus la perception très nette, et d'autres aussi éprouvèrent, sans doute, une impression analogue, pas Goethe, ce qui est singulier.

– Oui, c'est singulier.

– Mon sentiment a toujours été, continua Adèle, que la société, du moins notre société allemande, par besoin d'asservissement gâte elle-même ses maîtres et ses favoris, et les oblige à mésuser de leur supériorité, de sorte qu'en fin de compte il est impossible à aucune des deux parties de s'y complaire. Un soir, Goethe tourmenta l'assistance jusqu'à complet épuisement tant la plaisanterie avait traîné en longueur. Il s'agissait de deviner, d'après quelques détails accessoires, le sujet de pièces nouvelles que nul ne connaissait, et qu'il venait de faire répéter. C'était impossible, le pensum comportait trop d'inconnues, personne n'arrivait à déterminer les rapports ; les mines s'allongeaient les bâillements devenaient de plus en plus fréquents ; mais il ne se lassa pas et tint sans répit tout son monde sur le chevalet de l'ennui, au point qu'on se demandait : ne sent-il donc pas la contrainte qu'il impose ? Non, il ne la sentait pas, la société lui en ayant fait perdre l'habitude. Mais il est à peine croyable que ce jeu cruel ne l'ait pas lui-même excédé. Le despotisme est sans contredit une affaire bien ennuyeuse.

– Vous pourriez bien avoir raison, mon enfant.

– A mon avis, ajouta Adèle, il n'est point né despote, mais plutôt ami des hommes. Cette induction m'est venue du fait qu'il aimait provoquer le rire et qu'il y excellait. On n'est certes pas un tyran quand on possède ce don ; il l'exerçait comme lecteur aussi, ou dans ses libres écrits et ses descriptions des choses et gens ridicules. Sa façon de lire n'est pas heureuse à l'ordinaire, il y a unanimité à cet égard ; néanmoins, on est toujours sensible à sa voix, d'une belle profondeur, et l'on a plaisir à regarder son visgge ému. Mais aux passages graves, il verse trop facilement dans le pathétique, la déclamation, il abuse des effets de tonnerre, cela n'est pas toujours agréable. En revanche, il rend régulièrement le comique avec une telle force, un tel naturel, un sens de l'observation si impayable, si infaillible, que tout le monde en est transporté. En particulier quand il narrait d'amusantes anecdotes ou tout simplement se perdait dans des divagations fantaisistes. A ces moments, chez nous, tout nageait littéralement dans les larmes du rire. La chose vaut d'être notée ; le ton général de ses œuvres est d'une grande retenue, d'une extrême finesse dans la peinture des caractères et peut donner prétexte au sourire – pas au rire que je sache ; mais personnellement, il n'aime rien tant que de voir les gens s'esclaffer devant ses exhibitions et j'ai assisté à ce spectacle de l'oncle Wieland se cachant la tête sous sa serviette et demandant grâce, car il n'en pouvait plus, et, d'ailleurs, la table entière était à bout de souffle. Pour sa part, il conservait d'habitude un certain sérieux en pareille situation ; mais il avait une façon à lui de regarder d'un œil chargé d'éclairs, avec une furiosité joyeuse, les rires et le déchaînement général. J'y ai souvent réfléchi et me suis demandé comment un homme aussi extraordinaire, qui a vécu tant d'événements, enduré tant de choses et tant œuvré, peut prendre un plaisir aussi grand à provoquer l'hilarité ?

– Cela prouve, dit Charlotte, que sa jeunesse a persisté à travers sa grandeur et qu'en dépit de la gravité de sa vie il a fidèlement conservé le goût du rire : je n'en serais point étonnée et l'en admirerais. Quand nous étions jeunes, nous riions souvent abondamment à deux et trois ; en particulier, aux moments où il voulait tourner au tragique avec moi et se perdre dans la mélancolie, il se ressaisissait, opérait une volte-face et nous faisait pouffer avec ses facéties, tout comme les invités aux thés de madame votre mère.

— Oh, continuez, madame, implora la jeune fille. Racontez-moi plus longuement ces immortels jours de jeunesse, à deux et à trois ! Que fais-je donc, folle que je suis ? Je savais chez qui je me rendais, vers qui me poussait un irrésistible élan. Mais voilà qu'à présent j'ai presque oublié à côté de qui je suis assise sur cette causeuse, et seules vos paroles me le rappellent avec un sursaut, à mon grand effroi. Oh, parlez-moi encore de ce temps, je vous en supplie !

— Je préfère, dit Charlotte, je préfère beaucoup vous écouter, ma chère. Votre conversation est si captivante que je ne cesse de me gourmander pour vous avoir fait longtemps attendre, et je vous remercie encore une fois de votre patience.

— Oh, pour ce qui est de la patience... Je brûlais d'impatience de vous voir, noble dame, et peut-être avec votre permission, de vous ouvrir mon cœur à certain sujet. Je ne mérite donc guère de louange pour avoir fait preuve de patience en raison de mon impatience même. Souvent, ce qui est moral n'est que le produit et l'instrument de la passion et l'on pourrait par exemple, définir l'art comme la haute école de la patience dans l'impatience.

— Hé, mais voilà qui est joli, mon enfant. Un aperçu charmant. Je vois qu'à vos autres talents vous joignez des aptitudes à la philosophie, point négligeables.

— Je suis weimarienne, répéta Adèle. Ces choses-là sont dans l'air. Il n'y aurait rien d'admirable à parler français après dix ans de séjour à Paris, n'est-ce pas ? D'ailleurs, dans notre cénacle de Muses, nos suffrages vont autant à la philosophie et à la critique qu'à la poésie. Non seulement nous nous communiquons nos poèmes, mais aussi les recherches et analyses que nous suggèrent nos lectures, toutes les nouveautés qui sont du domaine de l'esprit, comme on disait autrefois, à présent on dit : intellectualité et culture. Il est, toutefois, préférable que le vieux conseiller intime ignore nos réunions.

— Pourquoi donc ?

— Beaucoup de motifs s'y opposent. En premier lieu, il éprouve une aversion ironique pour les beaux esprits féminins, et nous aurions peur que sa verve ne s'exerce aux dépens des occupations qui nous sont chères. Voyez-vous, on ne saurait dire assurément que le grand homme se montre hostile à notre sexe ; l'assertion serait sans doute malaisée à soutenir. Et pourtant, dans son attitude à l'égard des femmes, il y a une prévention doctorale, je dirais presque grossière, un esprit partisan de mâle, qui voudrait nous interdire l'accès des sphères supérieures, de la poésie et de l'intelligence, et volontiers présenterait sous un jour comique nos plus délicates facultés. Je ne sais s'il convient ou non de nous rapporter cet infime trait : mais un jour, en voyant des dames cueillir des fleurs sur une pelouse, il déclara qu'elles lui faisaient l'effet de chèvres sentimentales. Trouvez-vous de la sensibilité au propos ?

– Pas précisément , répondit Charlotte en riant. Je ne puis m'empêcher d'en rire, expliqua-t-elle, parce que sous sa forme maligne ll a quelque chose de frappant. Mais naturellement, on devrait se garder de la malignité.

– Frappant, repartit Adèle, c'est bien cela. Un mot pareil tue positivement. Je ne peux plus me pencher, au cours d'une promenade, pour cueillir et presser contre mon sein quelques filles de Flore, sans me faire l'effet d'une chèvre sentimentale ; et même quand je consigne dans mon album un poème, soit d'une personne étrangère, soit de moi, j'éprouve cette impression.

– Vous ne devriez pas prendre la chose tellement à cœur. Mais pourquoi Goethe doit-il ignorer vos activités esthétiques, à vous et à vos amies ?

– Bien chère madame, à cause du premier commandement.

– Qu'entendez-vous par là ?

– Il y est dit, poursuivit Adèle :"Tu n'auras point d'autre Dieu que moi." Nous revoici, très honorée, au chapitre de la tyrannie, une tyrannie point obligée, ni imposée par la société, mais naturelle et sans doute inséparable d'une certaine grandeur dominatrice, qu'il convient de craindre et de ménager, sans se laisser asservir par elle. Il est grand, il est vieux et peu disposé à admettre le mérite de ceux qui viennent après lui ; cependant la vie continue, il serait impossible même au plus grand de l'arrêter, et nous sommes les enfants de la vie nouvelle, nous, Muselines et Julemuses, la génération montante, non point des chèvres sentimentales mais des cerveaux indépendants, évolués, qui ont le courage de leur époque et connaissent des lieux nouveaux. Nous connaissons et nous aimons des peintres comme par exemple le bon Cornélius, et Overbeck dont je lui ai entendu dire qu'il voudrait détruire ses tableaux à coups de pistolet, et le céleste David Gaspard Friedrich, de qui les peintures, à son avis pourraient aussi bien être regardées tournées de bas en haut. "Ces choses-là ne devraient pas avoir de succès", tonne-t-il, – un vrai tonnerre de tyran, évidemment, mais que notre cénacle de Muses laisse respectueusement se perdre au loin, tandis que nous transcrivons dans nos albums de poésie les vers d'Uhland et lisons avec ravissement, à nos réunions, les admirables contes scurriles d'Hoffmann.

– Je ne connais pas ces auteurs, dit Charlotte avec un peu de froideur. Ils ont beau être scurriles, vous ne prétendez pas qu'ils égalent le poète de *Werther* ?

– Ils ne l'égalent pas, répliqua Adèle et pourtant, excusez le paradoxe, ils le surpassent, simplement par le fait qu'ils sont plus avant dans le temps ; ils représentent un échelon nouveau, ils nous sont plus proches, plus familiers, plus apparentés, ils nous apportent un message plus neuf, plus personnel qu'une grandeur fossile, ambitieuse de dominer de haut les temps nouveaux, impérieuse aussi, prête à lancer l'interdit. De grâce, ne nous croyez pas sacrilèges. Le temps seul l'est, qui se détourne de l'ancien pour apporter le nouveau. Certes, au grand il fait succéder le moindre ; mais ce moindre est vivant, actuel, il est à sa mesure et à la mesure de ses enfants, il nous atteint directement ; sans scrupule de piété, il s'adresse aux cœurs et aux nerfs de ceux pour qui il est fait, qui sont faits pour lui et ont en quelque sorte été conçus en même temps que lui.»

Charlotte se taisait, rétractile.

« Votre famille, mademoiselle, dit-elle en changeant la conversation avec une amabilité un peu factice, est originaire de Dantzig, disiez-vous ?

En effet, madame. Du côté maternel, entièrement ; du

côté paternel, avec quelques réserves. Le grand-père de feu mon père, un négociant, s'établit dans la république de Dantzig, mais les Schopenhauer sont de souche hollandaise. Ils eussent été anglais si cela n'avait dépendu que de papa, grand ami et admirateur de tout ce qui est anglais, parfait gentleman lui-même et dont la maison de campagne, à Oliva, était bâtie et meublée tout à fait dans le goût britannique.

– On attribue une origine anglaise à notre famille, je parle des Buff, observa Charlotte. Je n'ai pas trouvé de preuves à l'appui de cette présomption, bien que pour des motifs faciles à concevoir, je me sois beaucoup occupée de l'histoire des miens ; j'ai assidûment poursuivi mes études généalogiques et rassemblé quelques documents relatifs à ce sujet, notamment après la mort de mon cher Hans Christian, quand j'ai disposé de plus de loisirs pour mes recherches. »

Un instant, le visage d'Adèle demeura vide de toute expression parce qu'elle ne discerna pas immédiatement le motif facile à concevoir, de ces études. Soudain elle comprit et s'écria avec empressement :

« Oh, comme vos efforts sont méritoires et appellent la gratitude ! Comme vos travaux rendront heureuse une postérité qui tiendra à être renseignée par le menu sur l'origine, le terreau ancestral, les antécédents familiaux d'une femme telle que vous, élue entre toutes et si marquante dans l'histoire du cœur humain.

– Justement, dit Charlotte avec dignité, c'est aussi mon avis, ou plutôt le résultat de mon expérience, car je m'aperçois que déjà les érudits cherchent à s'enquérir de mes origines, et je considère qu'il est de mon devoir de les aider de mon mieux. En fait, j'ai réussi à suivre dans le passé notre famille et ses ramifications, en remontant plus haut que la guerre de Trente Ans. Ainsi, un maître de poste, Simon-Henri Buff, vécut de 1580 à 1650, à Butzbach, dans la Wetterau. Son fils était boulanger ; mais, déjà, le fils de ce dernier, Henri, devint chapelain et, par la suite ; *pastor primarius* à Munzenberg, et, depuis, les Buff furent pour la plupart hommes d'église et de consistoire. Etablis dans des cures de campagne, à Grainfeld, Steinbach, Windhausen, Reichelsheim, Gladerbach et Niederwöllstadt.

– Voilà qui est important, voilà qui est précieux, voilà qui est extrêmement intéressant, dit Adèle d'un trait.

– Je pensais bien vous intéresser, répliqua Charlotte, en dépit de votre faible pour les petites nouveautés littéraires. En outre, j'ai réussi à redresser une erreur qui me concerne et qui risquait de se perpétuer sans jamais être rectifiée. Le 11 janvier a toujours été considéré comme le jour anniversaire de ma naissance, Goethe aussi le croyait fermement, et sans doute continue-t-il. En réalité, je suis née le 13 et fus baptisée le lendemain, le témoignage des registres de l'église de Wetzlar est irrécusable.

– Il ne faudra rien négliger, dit Adèle, et, pour ma part, je suis décidée à tout mettre en œuvre pour rétablir la vérité. Il faut d'abord éclairer le conseiller intime lui-même, et votre visite chez nous, bien chère madame, vous en fournira la meilleure occasion. Mais ces aimables travaux de vos jeunes mains, ces broderies que vous confectionnâtes sous ses yeux en des jours impérissables, ce temple d'amour resté inachevé, et l'autre, au nom du ciel, que sont devenues ces reliques ? Nous nous sommes écartées de notre sujet, à mon grand regret...

– Elles existent toujours, répondit Charlotte, et j'ai pris soin que ces objets, en soi fort insignifiants, soient conservés et placés sous bonne garde. J'ai confié cette mission à mon frère Georges qui, vers la fin de la vie de notre défunt père, assumait les fonctions de bailli de l'Ordre Teutonique et lui a succédé dans sa charge. Je lui ai chaleureusement recommandé ces souvenirs, le temple, les maximes entourées d'une guirlande, de petits sacs brodés, le cahier de dessin, diverses autres choses. L'avenir leur conférera sans doute la valeur d'objets de musée, ainsi qu'à la maison, au salon du rez-de-chaussée où si souvent nous nous sommes assis avec *lui*, comme aussi à la pièce d'angle, en haut, sur la façade, que nous appelions la belle chambre, avec les figures mythologiques de sa tapisserie, la vieille pendule murale au cadran représentant un paysage, et dont il a souvent écouté avec nous le tic tac et les coups. Selon moi, pour une salle de musée, cette belle chambre se prêterait même mieux que le salon, et, à mon avis, c'est là qu'il faudrait réunir les souvenirs, sous vitrine ou encadrés.

– La postérité, prédit Adèle, la postérité tout entière (et non seulement nos compatriotes, mais les pèlerins étrangers aussi) vous sera reconnaissante de votre sollicitude.

– Je l'espère », dit Charlotte.

L'entretien languissait, la visiteuse semblait à bout de civilités. Adèle regardait le plancher en y promenant en tous sens la pointe de son ombrelle. Charlotte attendait son départ, sans toutefois le souhaiter avec autant de vivacité que la situation pouvait le faire supposer. Même, elle fut plutôt contente quand la jeune fille reprit la parole avec volubilité.

« Bien chère conseillère aulique, ou plutôt, permettez-moi déjà de dire amie vénérée ? je m'adresse de vifs reproches, dont le plus cuisant est d'abuser de votre temps avec un tel sans-gêne ; mais il en est un autre encore qui m'accable presque autant, le remords de mettre mal à profit ce présent que vous m'octroyez... Je gâche coupablement une grande occasion, et pense malgré moi au thème du conte populaire – nous autres, les jeunes, nous goûtons beaucoup la poésie populaire : un homme avait reçu le pouvoir magique de faire trois souhaits appelés à être exaucés, et par trois fois il souhaita des choses secondaires et indifférentes, sans songer à l'essentiel. Ainsi ai-je bavardé avec une apparente insouciance, sur tel ou tel sujet, et négligé celui qui me tient à cœur et, laissez-moi vous l'avouer enfin, m'a poussée vers vous parce que j'espère en vos conseils, en votre assistance ; j'y compte. Vous devez être surprise, peut-être indignée, que j'aie osé vous entretenir d'enfantillages tels que notre petit cénacle de Muses. Et, pourtant, je ne m'en serais même pas avisée s'il n'était précisément en connexion avec le souci, l'angoisse, que j'aimerais vous confier.

– Quel est donc ce souci, mon enfant, et à propos de qui ou de quoi ?

– D'une âme qui m'est chère, madame, mon amie bien-aimée, l'unique, une parcelle de mon cœur, la plus exquise créature, la plus noble, la plus digne d'être heureuse, et que je suis navrée de voir se débattre dans une situation facile à éviter, et qui pourtant semble inextricable, en un mot, de Dilemuse.

– Dilemuse ?

– Oh, pardon, c'est le nom que dans notre petit cénacle nous donnons à la mignonne ; j'y ai déjà fait allusion tantôt, le nom de muse de mon Odile, Odile de Pogwisch.

– Ah ? Et quel est le danger qui, selon vous, menace mademoiselle de Pogwisch ?

– Elle est à la veille de se fiancer.

– Voyons, permettez... avec qui donc ?

– Avec M. de Goethe, conseiller à la Chambre des finances.

– Que m'apprenez-vous ? Avec Auguste ?

– Oui, le fils du grand homme et de la mam'zelle. La disparition de la conseillère intime rend possible une alliance qui, de son vivant, eût soulevé l'opposition de la famille d'Odile, et en général la résistance de la société.

– Et pourquoi redoutez-vous cette alliance ?

– Laissez-moi vous raconter tout, dit Adèle d'un ton de prière. Laissez-moi vous parler, soulager mon cœur oppressé et vous implorer en faveur d'un être cher en péril et qui, sans doute, m'en voudrait de mon intercession pourtant aussi nécessaire que méritée ! »

Et, tout en dissimulant son strabisme par de rapides et fréquents regards levés au plafond, tandis qu'un peu d'humidité mouillait parfois les coins de sa large bouche intelligente, demoiselle Schopenhauer commença ses confidences dans les termes suivants :

V

LE RÉCIT D'ADÈLE

« Du côté paternel, mon Odile appartient à une famille d'officiers prusso-holsteinienne. Le mariage de sa mère, une Henckel de Donnersmarck, avec M. de Pogwisch, fut l'union de deux cœurs et la raison, malheureusement, y eut trop peu de part. Telle fut, du moins, l'opinion de la grand-mère d'Odile, la comtesse Henckel, une grande dame s'il en fut, comme le siècle dernier savait en produire : un esprit pratique et résolu, s'exprimant sans ambages, d'une curiosité spirituelle et rude, à l'emporte-pièce. Elle s'était toujours montrée hostile au dénouement aussi beau qu'inconsidéré du roman de sa fille. M. de Pogwisch était pauvre, les Henckel de cette branche également. Peut-être fut-ce le motif pour lequel, deux ans avant la bataille d'Iéna, la comtesse entra au service de la cour de Weimar et devint grande maîtresse de la maison de la jeune princesse héritière, nouvellement mariée, qui nous était venue de l'Est. Elle postula une charge équivalente pour sa fille et lui fit entrevoir des chances de l'obtenir, tout en s'employant activement à la rupture d'un mariage dont le bonheur risquait de s'effondrer sous le poids des calamités matérielles, sans cesse accrues. En ce temps, la maigre solde des officiers prussiens ne leur permettait pas de mener un train de vie conforme à leur rang ; leurs efforts pour le soutenir, fût-ce médiocrement, aboutissaient à des difficultés pécuniaires qui allaient grandissant ; bref, la dislocation du ménage fit triompher les vœux de la mère : une séparation à l'amiable fut décidée provisoirement, toutefois sans ordonnance judiciaire.

Personne ne sonda le cœur de l'époux, du père, quand il dut céder à sa compagne d'infortune deux charmantes fillettes. Odile et sa sœur cadette Ulrique ; peut-être la crainte de voir se fermer la carrière militaire, traditionnelle parmi les siens, la seule qui lui fût possible et qui, d'ailleurs, lui était chère, pesa-t-elle sur sa triste détermination. Le cœur de la femme saigna ; et, sans doute, est-il permis de dire, sans exagérer, qu'elle ne connut plus une heure de bonheur après sa capitulation devant la nécessité et devant les instances d'une mère secrètement réjouie de ses malheurs. Quant aux fillettes, l'image de leur père, un bel homme chevaleresque, resta inaltérablement gravée dans leur esprit, en particulier celui de l'aînée, plus profond et plus romantique. Le souvenir du disparu conditionna, vous le verrez, la vie sentimentale d'Odile et son intime comportement devant les événements et les problèmes de notre temps.

Après la séparation, madame de Pogwisch passa quelques années avec ses filles dans une retraite silencieuse, à Dessau. Elle y vécut les jours d'humiliation et de honte : le désastre de l'armée du grand Frédéric, l'effondrement de la patrie, l'intégration des Etats allemands du sud et de l'ouest dans le système politique du terrible Corse. En 1809, la vieille comtesse ayant pu réaliser sa promesse de lui procurer une charge à la cour, elle émigra chez nous, à Weimar, en qualité de dame du palais de S.A.S. la duchesse Louise.

Odile comptait treize ans à l'époque, c'était une enfant remarquablement douée et originale. Son développement n'alla pas sans cahots ni irrégularités. Le service des princes n'est pas précisément compatible avec la direction d'un intérieur, et en l'absence de leur mère retenue à la cour, les enfants restaient souvent livrées à elles-mêmes. Au début, Odile logea à l'étage supérieur du château, puis chez sa grand-mère ; ses journées se passaient en études de toutes sortes, alternativement sous le toit de sa mère ou de la vieille comtesse, ou encore chez des amies au nombre desquelles je ne tardai pas à compter, bien qu'étant d'un peu l'aînée. Comme elle prenait la plupart de ses repas chez madame d'Egloffstein, femme du grand-maître de la cour et mère de deux filles avec qui je me trouvais sur le pied de la plus cordiale intimité, nous eûmes tôt fait de nous entendre pour fonder une ligne idéale, dont il ne nous semble pas que la portée doive se mesurer au nombre de ses années ; car elles marquèrent une évolution importante dans notre vie et d'oisillons que nous étions, attachés au nid et ignorants du vol, nous transformèrent en êtres humains riches d'expérience. Au demeurant, sous certains rapports (la tendresse me rend l'aveu facile), Odile, grâce à la singularité accusée de son caractère et la précoce maturité de ses opinions, prit la tête de notre ligue et détermina son orientation spirituelle.

Ceci joua particulièrement en matière de politique. Aujourd'hui, après les sévères épreuves et les secousses que le destin permit au génial tyran de nous infliger, le monde a plus ou moins recouvré le calme, sous la protection des saintes puissances de l'ordre ; dans la conscience publique et individuelle, les préoccupations politiques passent au second plan et s'effacent devant l'élément purement humain. Mais à l'époque elles occupaient presque exclusivement les âmes, Odile leur portait un intérêt passionné, dans un sens, dans un esprit, qui l'isolaient de son entourage sans qu'il fût permis de manifester tout haut cette antinomie à personne, sauf moi à qui elle insuffla ses sentiments, ses convictions, et qu'elle associa à ses espoirs, pour savourer ensemble les délices exaltantes du secret.

Quel secret ? Au cœur même de la Confédération du Rhin, en ce pays que le duc gouvernait en fidèle vassal du victorieux dont il avait obtenu le pardon : où tous, pleins d'une foi longtemps inébranlable dans le génie du conquérant, croyaient, sinon avec enthousiasme, du moins avec résignation, à sa mission de régulateur du monde et d'organisateur du continent, mon Odile était une ardente Prussienne. Sans se laisser troubler par l'ignominieuse défaite des armées allemandes, elles restait pénétrée de la supériorité de l'homme du Nord sur les Saxons et Thuringeois parmi lesquels elle se trouvait, disait-elle, condamnée à vivre, et qui lui inspiraient un dédain forcément réprimé, dont j'étais l'unique confidente. L'âme héroïque de la chère enfant ne connaissait qu'un idéal : l'officier prussien. Inutile d'ajouter qu'elle prêtait à l'objet de son culte, avec plus ou moins d'exactitude, les traits du père perdu, transfigurés par le souvenir. Elle tenait de son ascendance une acuité de perception, une réceptivité sympathique qui s'exerçaient dans un rayon étendu et la rendaient sensible à des événements lointains dont nous n'étions pas encore touchés, la mettaient en contact lucide avec eux et lui permettaient d'y participer d'une façon qui me parut prophétique et, en effet, s'avéra bientôt telle.

Vous devinez, sans doute, à quels événements je fais allusion : la réaction, le redressement moral qui, dans son pays d'origine, succédèrent à l'effondrement ; le mépris, le honnissement et la répudiation de tendances assurément charmantes et civilisatrices, mais dissolvantes aussi, qui peut-être avaient concouru à la défaite ; une sévère épuration de la mentalité et des mœurs populaires, qu'il fallait débarrasser de leur clinquant et de leurs oripeaux ; l'aguerrissement des masses en vue du jour de gloire futur, qui verrait la chute de la domination étrangère, l'aube de la liberté. C'était souscrire d'avance à l'inévitable conséquence, la pauvreté ; et le vœu de pauvreté impliquait les deux autres vertus ascétiques : la chasteté et l'obéissance ; il impliquait, en outre, le renoncement, l'esprit de sacrifice, de discipline collective, l'immolation à la patrie.

De cette évolution morale qui s'accomplissait en silence, aussi ignorée de l'oppresseur que la secrète réorganisation militaire qui s'opérait parallèlement, peu d'échos parvenaient jusqu'à notre petit monde, ralliée au vainqueur sans trop de peine, voire avec conviction, encore qu'on y exhalât, à l'occasion, quelques soupirs au sujet des exigences et des obligation imposées par le tyran. Dans notre cercle, Odile seule se tenait en contact enthousiaste et silencieux avec l'esprit nouveau. D'ailleurs, de-ci, de-là, il se trouvait quand même quelque lettré chargé de cours, appartenant aux nouvelles couches, un affilié au mouvement de la renaissance :

aussitôt, mon amie se mettait en rapports avec lui, en vue d'un échange fervent de pensées et de sentiments.

A Iéna, c'était le professeur d'histoire Henri Luden, un excellent homme, animé du plus noble patriotisme. Tout ce qu'il possédait ainsi que ses appareils scientifiques, avait été détruit en ce jour de honte et de ruine que vous savez ; il avait ramené sa jeune femme dans une demeure dévastée, glaciale, pleine d'affreuses ordures ; néanmoins, il ne se laissait point abattre et proclamait très haut que, si la bataille avait été gagnée, il eût supporté joyeusement ses pertes et, même réduit à l'état de va-nu-pieds, eût poursuivi avec allégresse l'ennemi en fuite. Il garda intacte sa foi et sut la communiquer à ses étudiants. Ici, à Weimar, nous avions le professeur de gymnase Passow, un Mecklembourgeois à la parole entraînante et énergique, à peine âgé de vingt et un ans, extrêmement cultivé et, en même temps, d'une remarquable élévation de pensée, féru de patriotisme et de liberté. Il enseignait le grec (il y initia aussi, à titre privé, mon frère Arthur qui à cette époquer vivait chez lui), l'esthétique et la philosophie de la langue. La nouveauté, l'originalité de son enseignement consistaient à jeter une passerelle entre la science et la vie, entre le culte de l'antiquité et une mentalité s'inspirant d'un germanisme patriotique et bourgeoisement libéral en d'autres termes, à interpréter et utiliser de façon vivante l'hellénisme au profit de l'actualité politique.

Voilà avec quels hommes Odile entretenait sous main un accord secret, je dirais une conspiration. Mais, conjointement elle menait l'existence d'un membre élégant de notre haute société francophile inféodée à l'Imperator, et je n'ai jamais pu me défendre de penser que cette vie double, à laquelle j'étais associée en qualité d'amie et de confidente, lui faisait savourer des jouissances raffinées, un charme romanesque : le charme des contrastes qui, selon moi, joua un rôle important, fâcheux, dans l'aventure sentimentale où je vois ma toute chérie engagée depuis bientôt quatre ans, cette situation inextricable à laquelle je voudrais l'arracher à tout prix.

Au début de l'année qui vit la campagne de Russie, Auguste de Goethe commença de rechercher Odile. Un an auparavant, à son retour de Heidelberg, il était entré au service du prince et de l'Etat en qualité de gentilhomme de la cour et assesseur titulaire auprès du Conseil de la Chambre des finances grand-ducale ; mais les devoirs attachés à ses fonctions avaient été soigneusement restreints, d'ordre de Son Altesse Sérénissime ; . car il importait de les concilier avec le concours qu'Auguste prêtait à son illustre père. En effet, il le déchargeait de toutes sortes de tracas quotidiens, soucis d'affaires, corvées mondaines ; même, il entreprenait à sa place des tournées d'inspection à Iéna et faisait à la fois office de conservateur de ses collections et de secrétaire particulier ; d'autant que le docteur Riemer quitta vers cette époque le toit de Goethe pour épouser Caroline Ulrich, demoiselle de compagnie de la conseillère intime.

Le jeune Auguste s'acquittait ponctuellement de ses obligations (en particulier celles qui concernaient l'administration de la maison paternelle) avec une minutie vétilleuse et liardeuse, en y apportant de la sécheresse, – pour l'instant je me bornerai à dire sécheresse, mais je suis tentée d'ajouter : la sécheresse voulue et marquée de son caractère. A parler franc, je n'éprouve nulle hâte d'approfondir le mystère de ce caractère, j'en retarde l'instant par un sentiment de gêne singulièrement mitigé de pitié et d'aversion. Je n'étais, ni ne suis, la seule à qui ce jeune homme inspira de tels sentiments : ainsi Riemer (il me l'a avoué) éprouvait déjà, alors une véritable terreur à la vue d'Auguste, et le retour de son ancien élève chez ses parents hâta sa décision de fonder un foyer à lui.

A cette époque, Odile avait commencé de paraître à la cour : peut-être est-ce là qu'Auguste fit sa connaissance, à moins que ce n'ait été au Frauenplan, aux concerts dominicaux que le conseiller intime donna pendant quelques années, ou aux répétitions. Car, entre autres séductions et parures naturelles, mon amie possède une voix charmante et limpide que je vuodrais appeler le moyen d'expression physique, l'instrument de son âme musicale. Je lui dois d'avoir fait partie du petit chœur qui, une fois par semaine, s'exerçait chez Goethe et se produisait l'après-midi du dimanche, d'abord pendant le repas et ensuite devant les invités.

De ce privilège un autre découlait : celui d'approcher personnellement le grand poète dont on peut dire que, dès le début, il eut l'œil sur Odile ; il causait et plaisantait volontiers avec elle et ne dissimulait aucunement sa paternelle bienveillance pour la "petite personne", comme il l'appelait... Je n'ai pas encore essayé, je crois, de vous dépeindre l'aspect enchanteur d'Odile, comment l'aurais-je pu ? On ne saurait l'évoquer par des mots et, pourtant, la singularité de son charme juvénile joue ici un rôle capital, il est d'une importance décisive. Un œil bleu, expressif, la plus riche chevelure blonde, une silhouette plutôt menue, rien d'une Junon, mais de la grâce, de la légèreté, de la gentillesse, bref, un de ces types qui, de tout temps, eurent l'heur de flatter certain goût qui put valoir à l'élue les honneurs suprêmes au royaume du sentiment et de la poésie. Je n'insiste pas. Tout au plus rappellerai-je qu'une fois déjà, une très charmante variante mondaine de ce type[1] donna lieu, nul ne l'ignore, à des fiançailles célèbres, qui n'eurent point de suite, mais passent pour avoir irrité tous les gardiens des distances sociales.

Donc, quand le fils de ce fiancé fugitif de jadis commença à rechercher la délicieuse Odile (lui, rameau bâtard d'une noblesse de fraîche date, courtisant une Pogwisch-Henckel-Donnersmarck !) l'exclusivisme aristocratique eut évidemment sujet de s'indigner, comme autrefois à Francfort ; sauf que le mécontement ne pouvait se manifester trop haut, en raison du caractère spécial du cas, des prétentions particulières que cette majestueuse noblesse, si récente fût-elle, était en droit d'élever et que, peut-être, dans son orgueilleuse conscience, elle songeait à formuler en faveur du fils. Je n'exprime qu'une opinion personnelle, mais elle s'appuie sur des observations douloureuses et précises et ne saurait s'égarer. Selon moi, le père fut le premier à s'intéresser à Odile et sa faveur marquée aiguilla vers elle l'attention du fils, vite dégé-

1. Allusion à Lilz Schönemann. (N.D.L.T.)

nérée en passion, et par quoi il témoigna des mêmes goûts que son père. Il les partage, d'ailleurs, sur bien d'autres points encore, du moins en apparence, car au fond, c'est simple affaire de dépendance et d'acceptation ; entre nous, il manque complètement de goût et son attitude à l'égard des femmes l'a d'ailleurs très clairement prouvé. Mais nous y reviendrons plus tard et toujours trop tôt. Je préfère vous parler d'Odile.

Pour caractériser l'état de la chère créature à l'époque de sa première rencontre avec M. de Goethe, le mot "attente" me semble le plus exact. Déjà en son âge tendre on lui avait fait la cour, elle avait reçu maint hommage, à moitié accueilli par badinage. Elle n'avait jamais vraiment aimé et attendait son prmemier amour. Son cœur était un autel orné pour recevoir le dieu triomphant. Elle crut reconnaître un effet de sa puissance dans les sentiments que lui inspira ce soupirant si singulier, d'une irrégulière et haute naissance. Sa vénération pour le grand poète était, il va sans dire, des plus profondes ; la bienveillance dont il l'honorait la flattait infiniment. Quoi d'étonnant si l'empressement du fils, ouvertement approuvé par le père et, pour ainsi dire, agissant en son nom, lui sembla irrésistible. C'était comme si, à travers la jeunesse de son fils, refleuri en lui, le père lui-même la recherchait. Elle aima le "jeune Goethe" et n'hésita pas à voir en lui l'éveilleur, l'homme de son destin, sans douter un instant qu'elle partageait son amour.

Elle en fut, je crois, d'autant plus persuadée, que ses propres sentiments et le visage du destin lui parurent invraisemblables. Elle savait que l'amour était une force capricieuse, imprévisible, souveraine, qui volontiers se gaussait du bon sens et affirmait ses droits sans se soucier des arrêts de la raison. Elle s'était figuré tout autrement le jeune homme de son choix ; sans doute plus pareil à elle, plus enjoué, plus léger, plus joyeux, d'une nature moins sombre qu'Auguste. Qu'il correspondît si peu à l'image rêvée, lui sembla la preuve romantique de l'authenticité de son penchant. Auguste n'avait pas été un enfant très agréable, ni un garçon qui promettait beaucoup. On ne pensait pas qu'il vivrait vieux. Quant à ses aptitudes intellectuelles, les amis de la maison n'en avaient pas auguré grand-chose. Plutôt malingre dans son enfance, il s'était fortifié en grandissant et était devenu un jeune homme imposant et de forte carrure, d'aspect un peu grave et farouche, un peu terne, dirai-je en pensant surtout à ses yeux qui étaient beaux, ou l'eussent été avec un regard plus expressif. Je parle de lui au passé pour avoir le recul voulu et le juger tout à l'aise ; mais ce portrait ressemble davantage à l'homme de vingt-sept ans qu'au très jeune homme qu'il était quand il fit la connaissance d'Odile. En société, il ne se montrait ni agréable, ni brillant. Son esprit semblait entravé par la maussaderie, la répugnance à s'exercer : et une mélancolie qu'on qualifierait plus justement d'absence de tout espoir, créait autour de lui une sorte de solitude. Que son défaut d'entrain, son morne renoncement dérivât de sa condition de "fils", de la perpétuelle crainte d'une comparaison désobligeante, avec son père, la chose est manifeste.

Le fils d'un grand homme, bonheur rare, privilège précieux, mais aussi fardeau accablant, dépréciation constante de son propre moi. Encore enfant, il avait reçu de son père un album à lui dédié, qui au cours des ans, à Weimar, partout où ils passaient ensemble, à Halle comme à Iéna, à Helmstadt, Pyrmont et Carlsbad, s'enrichit des autographes de toutes les célébrités allemandes ou étrangères. Pas une qui ne mît l'accent sur celle des qualités du jeune homme à laquelle il avait le moins de part mais qui était l'idée fixe de chacun : sa filiation. Pour une jeune sensibilité, il était peut-être exaltant, mais aussi intimidant, que le professeur Fichte, le philologue, écrivît : "La nation attend beaucoup de vous, fils unique de l'Unique de notre temps." Et imagine-t-on l'effet que dut produire sur cette sensibilité la sentence dont un fonctionnaire français gratifia l'album : "Rarement fils de grand homme compta aux yeux de la postérité" ? Fallait-il y voir une invite à faire exception à la règle ? Cela aussi ne laissait pas d'être accablant. Mais il semblait plus plausible de l'interpréter au sens de l'inscription que Dante a placée à l'entrée de l'Enfer.

Auguste parut farouchement décidé à ne pas donner lieu à

la mortelle comparaison. Il répudia avec amertume, voire avec grossièreté, toute ambition poétique, tout commerce avec le bel esprit : manifestement, il ne voulait point passer pour autre chose que pour un homme ordinaire et pratique, un homme du monde, un prosaïque homme d'affaires, d'intelligence moyenne. Vous m'objecterez que ce renoncement résolu et hautain à des ambitions auxquelles il lui était interdit de prétendre s'il voulait éviter tout fatal rapprochement, ces aspirations qu'il s'efforçait de nier et d'étouffer, à supposer qu'elles aient existé à l'état latent, décèlent une fierté digne d'estime et commandent la sympathie. Mais sa méfiance de soi, son mécontentement, sa hargne, sa mauvaise humeur, son irritabilité n'étaient pas de nature à lui gagner les cœurs et permettaient difficilement qu'on lui trouvât de la fierté. Il faut bien le dire : il n'en avait plus, il saignait dans son orgueil brisé. Sa situation présente, il la devait aux facilités que lui valait son origine ou plutôt qu'elle lui imposait. Il en prenait son parti sans y souscrire et sans pouvoir s'empêcher d'être atteint dans son amour-propre, son orgueil viril. Son éducation avait été très libre, très relâchée et commanda de grands ménagements. Les fonctions qu'il remplissait lui étaient échues avant même qu'il eût donné des gages patents de ses capacités ; il était conscient de les devoir non à ses mérites mais au favoritisme. Un autre se fût complu à se sentir ainsi porté ; lui était fait pour en souffrir. Scrupule honorable en tout point, sauf en cela qu'il ne déclinait pas les avantages offerts.

N'oublions pas autre chose. N'oublions pas qu'Auguste n'était pas seulement le fils de son père, mais aussi de sa mère, le fils de la mam'zelle ; il en résultait fatalement une certaine faille dans son attitude à l'égard de la société, comme dans le sentiment qu'il avait de sa dignité, une opposition de caractéristiques qui s'excluaient, de noblesse et d'irrégularité dues à sa naissance hybride. N'empêche que le duc, à la demande du père, son ami, signa en faveur de l'enfant, quand il eut onze ans, un décret de légitimation, *propter natales,* auquel fut attaché le titre de noblesse, et que sept ans plus tard le mariage des parents eut lieu. "L'enfant de l'amour", une définition tout aussi enracinée dans les esprits (dans le sien également, sans doute) que le "Fils de l'Unique". Une fois, il provoqua une sorte de scandale, alors que, charmant comme on l'est à treize ans, déguisé en Eros, à une redoute en l'honneur de la grande-duchesse, il avait eu la faveur d'offrir des fleurs et des vers à la noble dame. Des protestations s'étaient élévées. L'enfant de l'amour, disait-on, n'aurait pas dû être admis parmi les honnêtes gens, travesti en Eros. Eut-il vent des critiques ? Je l'ignore. Mais il se peut que, plus tard, dans la vie, il se soit fréquemment heurté à des résistances analogues. Sa situation s'étayait sur la gloire, le prestige de son père, la faveur que le duc témoignait à ce dernier ; mais elle n'en demeurait pas moins équivoque. Il avait des amis, ou ce qu'on est convenu d'appeler ainsi, d'anciens camarades du gymnase, des collègues qu'avaient rapprochés de lui ses emplois ou son service à la cour. Il n'avait pas un ami. Il était pour cela trop méfiant, trop renfermé, trop pénétré de la singularité de sa situation au sens à la fois élevé et ambigu du terme. Ses fréquentations avaient toujours été bigarrées, celles qui lui venaient de sa mère, un peu bohèmes : beaucoup de cabotins, de gins lurons ; lui-même, d'ailleurs, marquait un précoce pencahnt pour l'alcool. notre chère baronne de Stein m'a conté qu'à onze ans, dans un joyeux club dont les membres se recrutaient dans la catégorie sociale de sa mère, il n'avait pas vidé moins de dix-sept verres de champagne ; elle avait toutes les peines du monde à l'empêcher de boire quand il lui rendait visite. Elle attribuait ce goût, si étrange que semble un pareil jugement à propos d'un enfant, au besoin angoissé de noyer son chagrin, d'ailleurs déterminé par un motif précis, le choc qu'il ressentait quand son père pleurait à sa vue. La grave maladie du maître, en 1800, une toux convulsive, la variole, l'avaient conduit aux portes du tombeau. Sa convalescence s'effectuait péniblement et la faiblesse lui arrachait d'abondantes larmes ; en particulier dès qu'il apercevait l'enfant ; celui-ci alors, puisait du réconfort dans ses dix-sept verres. Son père n'y aurait sans doute pas trouvé grand-chose à redire, car de tout temps il entretint avec le vin, ce présent de Dieu, des rapports agréables et enjoués et de bonne heure il en permit l'usage à son fils. Nous, de notre côté, ne pouvions nous défendre d'attribuer toutes les ombres fâcheuses du caractère d'Auguste, son irascibilité, sa sauvage hypocondrie, sa rudesse, à un penchant précoce et malheureusement toujours croissant pour Bacchus...

Dans ce jeune homme, donc, qui lui apportait son hommage peu gracieux, peu récréatif, la charmante Odile crut reconnaître celui pour qui elle était marquée, l'homme de son destin. Elle crut partager ses sentiments, en dépit de toute vraisemblance ou plutôt à cause même de l'invraisemblance. Sa générosité, sa poétique compréhension du côté tragique et inquiétant d'Auguste fortifièrent cette croyance. Elle rêva de l'exorciser, d'être son bon ange. J'ai parlé du charme romantique qu'elle trouvait à sa double vie de femme du monde weimarienne, patriote ardente en secret. Son amour pour Auguste lui permit de goûter ce plaisir sous une forme nouvelle, poétisée. Entre ses opinions et celles de la maison dont le fils l'avait subjuguée, il y avait une antinomie qui faisait de sa passion le comble du paradoxe, et, par cela même, lui donnait tout lieu de la tenir pour authentique.

Nul n'oserait affirmer que devant l'écroulement de la patrie, notre héros de la pensée, l'orgueil de l'Allemagne, lui par qui fut si magnifiquement accru notre patrimoine de gloire, se soit associé au deuil des nobles causes, – non plus qu'à l'enthousiasme qui, à l'heure de la lutte libératrice, fit presque éclater nos âmes. Dans les deux circonstances, il se montra tiède ; en face de l'ennemi on peut dire qu'il nous lâcha. Il n'y a pas d'autre mot. Oublions cet épisode, prenons-en notre parti, ensevelissons-le sous l'admiration qu'inspire son génie, l'amour que l'on ressent pour son insigne personne. Du reste, le désastre d'Iéna lui valut, à lui aussi, de gros ennuis, point imputables, il est vrai, aux Français victorieux, car déjà avant la bataille, les Prussiens campés dans Weimar avaient envahi sa villa et défoncé portes et meubles pour alimenter leurs feux ; il eut également sa part des tristesses qui suivirent. On dit que ses tribulations lui ont coûté bel et bien deux mille écus – et, rien qu'en vin, douze barriques.

Des maraudeurs allèrent jusqu'à le molester presque au seuil de sa chambre. Sa maison, néanmoins, échappa au pillage, une sauvegarde fut placée à la porte, des maréchaux logèrent sous son toit, Ney, Augereau, Lannes, et, à la fin, M. Denon qu'il avait beaucoup connu à Venise, inspecteur général des musées impériaux et le conseiller artistique de Napoléon, c'est-à-dire en matière d'approbation des œuvres d'art dans les pays vaincus.

Il fut agréable au Maître que cet homme prît chez lui ses quartiers d'hiver. Plus tard, il mit une sorte de coquetterie à n'avoir été que peu touché par les événements. Le professeur Luden, qu'ils avaient durement éprouvé, m'a raconté que quatre semaines après la catastrophe, il le rencontra chez Knebel ; l'on parla de la grande misère des temps et M. de Knebel s'étant écrié à plusieurs reprises : "C'est affreux ! C'est monstrueux !" Goethe se borna à murmurer quelques mots incompréhensibles ; et, comme Luden lui demandait comment Son Excellence avait traversé les jours d'ignominie et de malheur, il répondit : "Je n'ai absolument pas à me plaindre, tel celui qui, du haut d'un roc solide, comtemple la mer en furie, sans être, il est vrai, en mesure de porter secours aux naufragés, mais aussi hors des atteintes du ressac. Ce spectacle, à en croire je ne sais plus quel ancien, inspire un sentiment de bien-être." Là-dessus, il chercha dans sa mémoire le nom de l'ancien ; Luden, qui se le rappelait fort bien, se garda de le lui souffler, mais Knebel, en dépit de ses précédentes exclamations, intervint en disant : "Lucrèce." "C'est cela, selon Lucrèce", dit Goethe, et, en guise de conclusion : "Ainsi je suis resté à l'abri et j'ai laissé passer le sauvage tumulte". Luden m'a affirmé qu'à ces mots, proférés avec une certaine satisfaction, un frisson lui avait glacé le cœur. La suite du colloque lui donna d'autres occasions encore de frémir. Comme il exprimait en termes véhéments la honte et la détresse de la patrie et sa croyance sacrée en un relèvement national, Knebel s'était à diverses reprises écrié : "Bravo ! Très bien !" Mais Goethe, lui, resta muet, sans broncher, si bien que le major ayant épuisé son indignation orienta l'entretien vers un sujet littéraire, tandis que Luden s'empressait de prendre congé.

Voilà ce que me raconta l'excellent homme. Quant à la manière dont le maître admonesta notre docteur Passow, le professeur du gymnase, à cause de ses opinions, j'ai entendu la semonce de mes propres oreilles, car la scène eut lieu dans le salon de ma mère et j'y assistai, encore adolescente, Passow, qui parle très bien, avait exposé avec émotion comment il caressait l'ardent espoir qu'en révélant l'antiquité grecque, en developpant l'esprit hellénique, il pourrait ranimer, tout au moins dans le cerveau de quelques particuliers, ce que les Allemands en général avaient ignominieusement perdu, l'enthousisame pour la liberté et pour la patrie. Notons incidemment la candeur et l'absence de retenue avec laquelle ces hommes s'épanchaient devant l'Illustre, à mille lieues de se douter qu'on pût critiquer leurs idées si saines, si estimables. Il leur fallut beaucoup de temps pour comprendre que le grand homme se refusait à faire cause commune avec eux, et qu'ils devaient éviter d'aborder ce sujet en sa présence, "Ecoutez, dit-il, je me figure avoir, moi aussi, quelques clartés sur les anciens, mais le sentiment de la liberté et le patriotisme qu'on croirait puiser chez eux, risqueraient à chaque instant de tourner à la pitrerie." Jamais je n'oublierai la froideur amère avec laquelle il prononça le mot "pitrerie", l'injure la plus terrible dont il dispose. "Notre système de vie bourgeois, continua-t-il, diffère beaucoup de celui des anciens, nos rapports avec l'Etat sont tout autres. Au lieu de se circonscrire en soi, l'Allemand devrait s'ouvrir au monde pour exercer une action sur lui. Il ne faut pas que, nous visions à nous isoler hostilement des autres peuples, mais, au contraire, à entretenir des relations amicales avec tous, à cultiver nos vertus sociales, fût-ce au prix de nos sentiments innés, et même de nos droits. "Cette péroraison, il la prononça d'une voix haute et autoritaire, en tapotant de l'index sur le guéridon placé devant lui, et il ajouta : "Résister aux supérieurs, faire au vainqueur une opposition têtue, simplement parce que nous sommes bourrés de grec et de latin alors que lui n'y entend pas grand-chose, sinon rien, c'est puéril et de mauvais goût, un orgueil de cuistre qui tout à la fois rend son homme ridicule et lui est nuisible." Puis, ménageant une pause, il se tourna vers le jeune Passow qui était assis, pantois, et acheva d'un ton plus chaleureux, mais angoissé : "Rien n'est plus loin de ma pensée, monsieur le docteur, que de vous froisser. Vos intentions sont bonnes, je le sais. Mais les intentions bonnes et pures ne suffisent pas ; il faut aussi savoir envisager les conséquences de notre attitude. La vôtre m'effraie, parce que, sous une forme encore noble, encore inoffensive, elle annonce quelque chose d'effroyable qui se manifestera un jour chez les Allemands, accompagné des plus grossières folies, et qui, si le moindre écho vous en parvenait, vous ferait vous retourner dans votre tombe. "

Vous voyez d'ici l'embarras général ; un ange traversa la pièce ! Maman eut bien de la peine à donner un tour indifférent à la conversation. Mais voilà comment il était, voilà comment il se comporta à l'époque, et tant par son langage que par son silence, offensa nos convictions les plus sacrées. Sans doute faut-il attribuer sa conduite à son admiration pour l'empereur Napoléon qui, en 1808, le distingua expressément à Erfurt et lui conféra la croix de la Légion d'honneur ; notre poète a toujours déclaré que c'était sa décoration préférée. En l'empereur il voyait Jupiter, le cerveau constructeur du monde ; son organisation des Etats allemands, sa fusion des territoires du sud, spécifiquement germaniques, en une Confédération rhénane, lui semblait constituer un élément neuf, frais, un sujet d'espoir dont il se promettait d'heureux résultats pour l'élévation et l'épuration de la vie intellectuelle allemande, par voie d'échanges féconds avec la culture française dont il se disait le tributaire. Songez que Napoléon avait demandé avec instance et même exigé, qu'il s'établît à Paris. Pendant un assez long temps Goethe envisagea sérieusement cette émigration et s'enquit à diverses reprises des modalités pratiques. Depuis Erfurt, des relations personnelles s'étaient établies entre lui et César ; celui-ci l'avait en quelque sorte mis sur un pied d'égalité, et notre Maître avait sans doute reçu l'assurance que son royaume spirituel, sa germanité, n'aurait rien à craindre, que le génie de Napoléon n'était pas hostile au sien

– quelque raison qu'eût le reste du monde de trembler devant lui.

Appelez cela, si vous voulez, une certitude et une amitié égoïstes, toutefois il convient d'abord d'observer que l'égoïsme d'un tel homme n'est pas une affaire privée et peut se justifier d'un point de vue plus élevé, plus général ; et puis, était-il le seul à avoir ces convictions et cette vision des choses ? Nullement, malgré le poids des charges que le terrible protecteur imposait à notre petit pays. Ainsi, le chef de notre cabinet, le ministre d'Etat, S. E. M. de Voigt a toujours pensé que Napoléon ne tarderait pas à terrasser son dernier adversaire, après quoi une Europe unie sous son sceptre pourrait jouir des bienfaits de la paix. Je le lui ai entendu proclamer maintes fois en société et me rappelle en outre fort exactement que, vers 1813, il désapprouva les mouvements insurrectionnels dont le seul résultat serait de faire de la Prusse une nouvelle Espagne *invito rege.* "Le bon roi ! s'écriait-il. Il est bien à plaindre, et qu'en résultera-t-il pour lui, malgré son innocence ? Pour nous, nous n'aurons pas trop de toute notre habileté et de notre circonspection pour rester tranquillement et impartialement fidèles à l'empereur Napoléon, si nous ne voulons pas sombrer aussi !" Ainsi parla ce sage et consciencieux homme d'Etat, qui nous gouverne encore aujourd'hui. Et S. A. le duc lui-même ? Après Moscou, quand l'Empereur eut promptement levé de nouvelles armées, notre prince lui fit un bout de conduite d'ici vers l'Elbe où il se rendait pour battre les Prussiens et les Russes, lesquels, à notre vive surprise, s'étaient ligués contre lui, alors que, peu de temps auparavant, nous pensions encore que le roi de Prusse marcherait de nouveau avec Napoléon, contre les Barbares. Charles-Auguste rentra enthousiasmé de cette chevauchée, transporté par l'«homme vraiment extraordinaire», selon son expression, qui lui était apparu comme un inspiré de Dieu, un Mahomet. Mais après Lutzen vint Leipzig, et c'en fut fait de l'inspiration divine. A l'enthousiasme pour le héros, un autre succéda, l'enthousiasme pour la liberté de la patrie, celui de Passow ; et il est pour le moins étrange de constater par expérience le prompt et facile revirement qu'opèrent, dans l'esprit des humains, les événements extérieurs et l'infortune de celui en qui ils ont cru. Il est encore plus singulier et pénible pour la pensée, de voir le démenti que les événements infligent à un grand homme, de beaucoup supérieur aux autres, au profit d'individus infimes et modestes, qui, comme il apparut par la suite, ont vu plus clair que lui. Goethe était toujours allé répétant : "Bonnes gens, vous avez beau secouer vos chaînes, l'homme est trop grand pour vous." Et voilà que les chaînes tombaient, le duc revêtait l'uniforme russe, nous refoulions Napoléon au-delà du Rhin et ceux que le Maître avait appelés avec compassion "Bonnes gens", les Luden et les Passow, se trouvaient avoir raison contre lui. Car l'année 1813 marqua le triomphe de Luden sur Goethe, il n'est pas d'autre mot... Il accusa le coup, humilié et repentant, et écrivit à l'intention de Berlin une pièce de circonstance, *Epiménide* où figurent ces vers : "Cependant j'ai honte des heures de calme. – Souffrir avec vous eût été un enrichissement, – car la souffrance que vous avez soufferte – vous a faits plus grands que moi." Et aussi : "Mais ce qui audacieusement de l'abîme jaillit – quand même un sort d'airain lui aurait soumis la moitié de la terre, – devra faire retour à l'abîme." Oui, voyez-vous, il rejetait à l'abîme son empereur, l'ordonnateur du monde, son pair – du moins dans sa pièce – car, pour le reste, et dans son for intérieur, il doit continuer à penser : "Bonnes gens..."

Auguste, son fils, l'amoureux d'Odile, calquait exactement les opinions politiques du père. Il était son reflet ; il se posait en chaud partisan de la Confédération du Rhin, pour lui l'image d'une Allemagne unie, la seule pouvant compter au regard de la culture, et il affichait le mépris des Barbares du Nord et de l'Est ; attitude qui lui seyait moins qu'au plus âgé des Goethe, car lui-même avait dans sa personne quelque chose de barbare, de déréglé, je dirais de grossier, joint à une tristesse qui ne semblait point noble, mais revêche. En 1811, l'Empereur délégua à Weimar le baron de Saint-Aignan, un gentilhomme charmant, un humaniste, il faut en convenir, et grand admirateur de Goethe, qui noua avec lui des rapports fort amicaux. Auguste, de son côté, n'eut rien de plus pressé que de se lier avec le secrétaire du baron, M. de Wolbock ; je le relate ici, d'abord pour vous indiquer dans quels milieux le jeune homme recrutait ses amis, et ensuite parce que ce fut ce M. de Wolbock [je le relate ici, d'abord pour vous indiquer dans quels milieux le jeune homme recrutait ses amis, et ensuite parce que ce fut ce M. de Wolbock] qui, le 12 décembre, quand Napoléon, au retour de Moscou, traversa Erfurt, transmit à Goethe le salut de l'Empereur. Auguste aussi se montra fort sensible au message, ayant de tout temps rendu à la personne du tyran un vrai culte, assez déplacé à mon sens, car son adoration ne s'inspirait point de motifs d'ordre spirituel. D'ailleurs il possède, aujourd'hui encore, une collection de portraits et reliques de Napoléon, pour laquelle son père lui a donné sa croix de la Légion d'honneur qu'il ne peut décemment plus porter.

Rarement liens d'amour unirent deux cœurs battant à un rythme aussi différent. Auguste adorait Odile comme il adorait Napoléon, ce rapprochement s'impose à moi, si étrange semble-t-il ; et ma pauvre chérie, je le constatai avec stupeur, avec épouvante, accueillait tendrement ses soins maladroits, convaincue de la toute-puissance du petit dieu qui ne tient compte d'aucun obstacle et se rit des opinions et des croyances. Elle se heurtait à plus de difficultés qu'Auguste, libre de proclamer tout haut ses convictions, tandis qu'elle était obligée de dissimuler les siennes. Mais de son amour comme elle l'appelait, son aventure sentimentale et paradoxale avec le fils du grand poète, elle ne fit point mystère ; d'ailleurs, elle n'avait pas lieu de s'en cacher dans notre petit monde où les choses du cœur (et tout ce qui s'y rapporte) sont tendrement honorées et jouissent de la sympathie générale. Confidente angoissée, je parcourais fidèlement avec elle les diverses étapes et les épisodes de son aventure ; à sa mère aussi elle s'en ouvrit, avec d'autant moins de gêne que madame de Pogwisch, elle-même depuis assez longtemps engagée dans une situation analogue, put répondre à la confession de sa fille par un échange amical de confidences féminines. Elle était tout occupée du beau comte Edling, un Allemand du Sud, maréchal de la cour et ministre d'Etat, en outre tuteur et vice-petit-papa d'Odile, un ami de la maison, sans doute appelé à être bientôt davantage. Car elle comptait l'épouser, avait tout motif de l'espérer, et attendait le mot décisif qui, à la vérité, tardait à venir. Ainsi Cupidon donnait à la mère et à la fille ample matière à des épanchements réciproques au sujet des joies quotidiennes, des ravissements, des espoirs et des déceptions dont il est prodigue.

Auguste et Odile se voyaient à la cour, à la Comédie, chez le père d'Auguste, à des fêtes privées ; mais ils se rencontraient aussi en dehors du monde, secrètement. Les deux jardins proches de l'Ilm, avec leurs pavillons, dont l'un appartenait à Goethe et l'autre à la grand-mère d'Odile, leur offraient un refuge propice, à l'abri de tout danger. A ces rendez-vous j'accompagnais toujours ma chérie ; je m'étonnais de la voir s'en arracher avec des soupirs d'extase et m'étreindre en rougissant, pour me remercier de mon appui. Il me semblait peu croyable que seul mon rôle ingrat de chaperon et de comparse me fît trouver la rencontre si dépourvue d'intérêt, les propos si vides, si contraints. Morne et stagnant, l'entretien roulait sur un cotillon, un potin de cour, un voyage en perspective ou passé, et ne s'animait un peu que lorsqu'il était question du service d'Auguste auprès de son père ; mais Odile ne s'avouait pas son malaise, son ennui. Elle faisait comme si, à ces tristes moments passés à se promener ou à rester assis, leurs âmes s'étaient mutuellement trouvées ; et sans doute est-ce sous cet aspect qu'elle décrivait les entrevues à sa mère, pour apprendre, en retour, que selon tous les indices, la demande en mariage du comte était imminente.

Telle était donc la situation, quand dans la vie de la chère enfant un événement se produisit dont je ne puis parler sans que mon cœur ne vibre à l'unisson du sien car, pour nous, il résuma toute la beauté et la grandeur de notre époque et l'incarna sous une apparence humaine.

L'aube de 1813 venait de poindre. Le merveilleux élan de la Prusse, le soulèvement des patriotes venus à bout des hésitations du roi, la levée d'un corps de volontaires où bientôt afflua la jeune noblesse du pays, prête à tout sacrifier – raffinement, bien-être, existence – à la patrie – de cela, je l'ai dit, nous ne perçûmes au début que de lointains échos. J'ai déjà fait allusion aux rapports d'amitié psychiques qu'entretenait mon amie avec le milieu de son père disparu, et que, peut-être, fortifiaient des rapports plus concrets, par l'intermédiaire de ses parents prussiens. L'aimable Odile frémissait et s'exaltait à la pensée de ce qui se préparait, de ce qui déjà s'accomplissait, et qu'elle, vivant dans notre milieu édénique, avait cependant depuis longtemps rêvé, depuis longtemps pressenti. Le peuple héroïque auquel elle se sentait unie par le sang et par l'esprit, se dressait pour secouer l'opprobre de la tyrannie welsche. Un souffle d'enthousiasme la soulevait. A l'exemple de la nation prussienne qui avait enflammé l'Allemagne en faveur de la lutte pour l'honneur et la liberté, Odile m'entraîna avec elle et me fit partager sa haine et son ardent espoir. A présent, elle n'était plus aussi seule que naguère à éprouver ces sentiments. Ici aussi la conspiration patriotique couvait, sous le semblant de la fidélité à la Confédération rhénane et de l'attachement à Napoléon ; de jeunes nobles, comme le chambellan de Spiegel et le conseiller d'Etat de Voigt, établissaient en sous-main avec les Prussiens, à Iéna, des rapports périlleux, pour leur signaler ce qui se passait à Weimar. odile s'était bientôt jointe à eux et prenait part à leur action, avec une passion effrénée. Elle y jouait sa vie. Un peu pour la retenir, un peu par entraînement, je devins sa complice et partageai son secret politique comme j'avais déjà été la confidente de son cœur virginal pendant les rendez-vous avec Auguste de Goethe. Je ne saurais dire lequel des deux secrets tint davantage en éveil mes inquiétudes et ma préoccupation à son sujet.

Pour le premier, on sait la tournure assez fâcheuse que prirent au début les événements militaires. Odile eut, il est vrai, le bonheur de voir les uniformes prussiens à Weimar : à la mi-avril, le 16, je m'en souviens comme si c'était aujourd'hui, un détachement de hussards et de chasseurs à cheval tenta un coup de main sur Weimar et se replia en faisant prisonniers une poignée de soldats français qui étaient ici. Alertée, la cavalerie impériale accourut d'Erfurt et ne trouvant plus les Prussiens, regagna sa garnison. Départ prématuré car, le lendemain matin, imaginez le ravissement d'Odile, les troupes montées du jeune Blücher, ainsi que d'autres hussards et chasseurs verts, firent leur apparition, accueillis par la population avec des transports de joie. Il y eut des danses et des bombances, un débordement insouciant qui, pour tout esprit réfléchi, ne laissait pas d'être inquiétant. Le châtiment, d'ailleurs sévère, se manifesta quelques heures plus tard. Un cri retentit : les Français ! et nos libérateurs durent quitter le festin pour courir aux armes. Les troupes du général Souchon étant numériquement supérieures, la lutte fut brève et les Français redevinrent maîtres de Weimar. Tremblantes pour les héros que l'instant d'auparavant nous avions joyeusement régalés de vin et de mets, nous étions dans nos chambres à épier derrière nos rideaux, à guetter le son strident du clairon, le crépitement des détonations, le tumulte de la rue d'où bientôt le combat s'étendit dans le parc et devant la ville. L'ennemi remporta la victoire. Hélas, il n'en avait que trop l'habitude et l'on ne put se défendre de la considérer comme un triomphe de l'ordre sur la rébellion, équipée puérile et folle, comme le démontra notre défaite.

D'où qu'ils viennent, le calme et l'ordre sont bienfaisants. Il nous fallut pourvoir au logement des Français dont les cantonnements occupèrent aussitôt la ville jusqu'à la limite de sa capacité d'endurance, occupation militaire qui devait longtemps peser sur elle. Néanmoins la paix nous était rendue, la circulation rétablie sur la voie publique jusqu'au coucher du soleil, et les citadins, sous l'égide, certes pesante, du vainqueur, purent de nouveaux vaquer à leurs affaires.

Je ne sais quelle impulsion mystérieuse, quel pressentiment, poussa le lendemain matin Odile à venir me chercher aussitôt après le déjeuner, pour une promenade. Succédant à une nuit pluvieuse, cette journée d'avril séduisait par sa délicate sérénité. L'air ensoleillé était chargé d'une douce promesse de printemps. Curieuses, nous errions en sécurité par les rues où, la veille encore, grondait la bataille ; nous relevions les traces de la lutte, les maisons meurtries par les balles, les éclaboussures de sang sur un mur ; nous contemplions ce spectacle avec le frémissement d'horreur auquel se mêle, chez nous, femmes, tant de craintive admiration, je dirais d'enthousiasme, pour le courage inflexible et sauvage de l'autre sexe.

Pour gagner la pleine campagne, le verdoiement des prés, nous avions pris la route du Château et du Marché, puis dépassé l'Ackerwand dans la direction de l'Ilm ; à une petite distance de la rive, nous nous engageâmes dans des sentiers à travers champs, et des allées bordées de buissons, laissant derrière nous le Pavillon de bois et toujours nous acheminant vers la Maison romaine. Le sol piétiné, les débris d'armes ou d'uniformes qui traînaient çà et là, attestaient que la bataille, la fuite et la poursuite, s'étaient étendues jusqu'ici. Nous commentions les heures vécues et ce qui peut-être nous attendait, l'occupation annoncée des villes saxonnes par les populations de l'Est, l'inquiétante situation de Weimar, coincé entre la forteresse impériale d'Erfurt et les armées prussiennes et russes qui avançaient, l'embarras de S. A. S. le duc, le départ du grand-duc pour la Bohême restée neutre, et celui de l'envoyé français pour Gotha. Nous devisions aussi, je m'en souviens, d'Auguste et de son père qui, cédant aux instances des siens, avait quitté la ville menacée ; la veille au matin, il était parti pour Carlsbad dans son carrosse, peu de temps avant l'entrée des troupes de Blücher, qu'il avait même dû croiser sur la grand-route.

Il semblait hasardeux de se risquer plus loin dans la solitude ; nous nous apprêtions donc à rebrousser chemin, quand un son, moitié cri, moitié gémissement, interrompit notre entretien et nous cloua au sol. Debout, l'oreille au guet, nous tremblions. Du fourré bordant le chemin, la même plainte monta, le même appel. Terrifiée, Odile avait saisi ma main : puis elle la lâcha, et le cœur battant à rompre, nous répétâmes à plusieurs reprises : "Qui est là ?" Nous nous frayâmes un passage à travers les buissons bourgeonnants. Comment décrire notre stupeur, notre émoi, notre désarroi ? Dans le taillis, sur l'herbe humide, gisait le plus beau jeune homme du monde, un soldat blessé, un de ceux de l'héroïque troupe mise en déroute, avec des boucles blondes en désordre collées aux tempes, un visage d'une noble coupe encadré d'une barbe naissante. La rougeur fébrile des pommettes contrastait affreusement avec la pâleur cireuse du front ; l'uniforme trempé, à moitié séché, couvert de terre et de sang, surtout dans le bas, était tout raidi. Plus affreux mais aussi plus exaltant était le regard, un regard profondément émouvant. Vous imaginez les questions anxieuses, frémissantes de sympathie dont nous l'assaillîmes sur son état, sa blessure. "C'est le ciel qui vous envoie", répondit-il avec l'âpre accent des Allemands du Nord. Il claquait des dents et, après chaque mouvement, il aspirait l'air avec une crispation douloureuse de son beau visage. "J'en ai attrapé une en pleine cuisse, à la partie de plaisir d'hier. Elle est ressortie du même coup, mais pour l'instant je dois renoncer à l'habitude généralement répandue de marcher dans la position verticale. J'ai pu tout juste ramper jusqu'ici, un coin charmant, d'ailleurs, bien qu'un peu humide quand il pleut, comme la nuit dernière. Depuis hier matin, je n'ai pas bougé et ferais sans doute mieux de me mettre au lit, car j'ai un peu de fièvre, je crois."

C'est sur ce ton cavalier d'étudiant que s'exprima le héros en détresse. Etudiant, il l'était en effet, ainsi qu'il nous l'expliqua : "Heinke Ferdinand, dit-il en grelottant, étudiant en droit à Breslau, engagé volontaire aux chasseurs. Mais qu'est-ce que ces dames comptent faire de moi ?" Il avait raison de le demander, car rarement on se trouva plus en peine d'un conseil judicieux. Cette aventure qui soudain nous montrait notre idole, le guerrier idéal, comme une réalité tangible et charnelle, au parler relâché, affublé du nom plébéien de Heinke, nous embarrassait au point de nous ôter toute présence d'esprit et force de décision. Que faire ? Vous concevez l'effarouchement de deux jeunes filles à la pensée de toucher un vrai jeune homme, blessé à la cuisse, et par surcroît, si beau. Devions-nous le relever, le porter ? Où ? Toujours pas jusqu'à la ville, pleine de Français. Tout autre abri plus proche et provisoire, comme par exemple le Pavillon, était aussi inaccessible à nos faibles forces qu'aux siennes. Sa blessure, disait-il, avait cessé de saigner, mais sa jambe très douloureuse le mettait hors d'état de marcher, fût-ce avec notre aide. Il ne restait donc qu'à le laisser (lui-même fut de cet avis) étendu sous l'abri précaire des broussailles, rentrer en ville pour faire part de notre précieuse trouvaille à des personnes de confiance et délibérer ensemble sur les mesures à prendre qui, d'ailleurs, devraient être exécutées en silence et dans le plus grand mystère. Car Ferdinand détestait la pensée d'une captivité et n'aspirait qu'à reprendre du service sitôt rétabli, pour retourner au combat, taper sur "Nöppel" comme il appelait le Corse, sauver la patrie et réduire Paris en cendres.

Il énonçait ces résolutions en claquant des dents, indifférent aux difficultés que présentait son sauvetage. Pour apaiser sa soif torturante, Odile tira d'un petit sac quelques bonbons à la menthe dont il se délecta. Il repoussa avec une mâle ironie mon flacon de sels mais souffrit que nous lui laissions nos écharpes pour s'en faire un oreiller et une bien légère couverture, puis nous congédia en nous disant : "Ma foi, mesdames, avisez au moyen de me tirer de ce maudit pétrin. Je regrette d'être privé si tôt de votre précieuse compagnie. Elle me fut, parole d'honneur ! une agréable diversion dans ma solitude." Voilà comment il parla, avec une héroïque désinvolture, alors qu'il se débattait entre la vie et la mort. Nous lui fîmes donc une révérence à laquelle il répondit en esquissant le geste de joindre les talons pour un salut, et partîmes précipitamment...

Comment nous avons regagné la ville, je ne saurais le dire. Soulevées par l'enthousiasme, l'angoisse et le ravissement ; et, pourtant, il fallait éviter de laisser voir qu'il nous avait poussé des ailes. Hors d'état de combiner un plan pour assurer un abri à cet être admirable, nous étions obsédées par l'idée fixe que Heinke ne pouvait passer une seconde nuit à la belle étoile, privé de secours, qu'il importait de le conduire en lieu sûr et de le confier à des mains expertes. Tout aussi impérieusement nous possédait le désir d'être appelées à le soigner. Mettre nos mères dans le secret ? Nous en fûmes tentées ; nous ne doutions pas de leur sympathie, mais sauraient-elles nous conseiller, nous aider ? Un appui masculin était indispensable, nous résolûmes donc de nous en ouvrir à M. de Spiegel, le chambellan, dont nous savions qu'il partageait nos convictions. Ayant été un des promoteurs de la fatale avance des Prussiens, il aurait toutes les raisons de prêter assistance à une victime de ce mouvement. Pour l'instant, il était en liberté, lui et son ami de Voigt ne devant être arrêtés que quelques jours plus tard, sur la dénonciation d'un concitoyen désireux de se faire bien venir. Tous deux auraient, d'ailleurs, payé leur patriotisme de leur vie si Napoléon, quand il revint à Weimar, ne les avait graciés par courtoisie pour la duchesse.

Ceci dit en passant ; je ne veux pas m'égarer dans les détails. Toujours est-il que M. de Spiegel ne déçut pas notre espoir, et se mit aussitôt à l'œuvre avec activité et énergie, pour procéder au nécessaire, en usant de la plus heureuse circonspection. Une civière fut portée en secret, et même pièce par pièce, dans le parc ; des vêtements secs et un cordial se trouvèrent bien vite à la portée du malheureux ; un chirurgien soulagea ses souffrances et, à la tombée du crépuscule, déguisé en civil, il fut amené sans difficulté à l'entrée de la ville, au Château, où avec la complicité de l'intendance, le chambellan lui avait fait préparer une cachette, une mansarde sous les combles, dans la partie ancienne qu'on appelait la bastille.

Là, dissimulé à tous les yeux, notre intrépide ami garda le lit pendant quelques semaines. Son séjour nocturne dans le parc humide compliqua la suppuration de la cuisse d'une bronchite accompagnée de grands accès de toux qui firent monter la température, accrurent les douleurs ; et le médecin se fût inquiété si la jeunesse et la constitution saine du patient, sa constante égalité d'humeur et son enjouement, qu'agitait seulement l'impatience de retourner au combat, n'avaient été les meilleurs garants de sa résurrection. Avec le docteur qui venait régulièrement et le vieux portier qui apportait au malade ses repas, nous nous partagions, Odile et moi, les soins à donner. Tous les jours, nous montions l'escalier vermoulu jusqu'à la mansarde enchantée, chargées de vin, de confitures, de menues friandises ou de quelque livre divertissant, pour bavarder avec lui aussitôt que son état le permit, lui faire la lecture et écrire des lettres sous sa dictée. Il nous appelait des anges ; sous les allures terre-à-terre et cavalières qu'il affectait, se dissimulait beaucoup de délicate sensibilité. Il ne portait pas au bel esprit le même intérêt que nous ; il écartait de lui ces curiosités en riant, et, hormis sa jurisprudence, n'avait en tête que le relèvement de la patrie, auquel il avait sacrifié l'étude du droit ; néanmoins, nous admîmes qu'il est permis de mépriser la poésie et de n'y rien entendre lorsqu'on se trouve l'incarner ; et vraiment, cet être beau, bon et noble, nous apparaissait comme la poésie même, comme la matérialisation de nos rêves. Il arriva donc qu'après une visite, Odile, en descendant l'escalier, me serra silencieusement dans ses bras, mais son mutisme en disait long ; et pour ne pas être en reste, je lui rendis son baiser avec tendresse, échange qui, étant donné l'état vétuste des marches, faillit nous faire perdre l'équilibre.

Ce furent des semaines de sensibilité et d'exaltation ; nos existences de jeunes filles y puisaient la plus riche matière. Après une brève période d'inquiétude, quel bonheur, à chaque revoir, de constater une amélioration marquée dans l'état du valeureux guerrier que nous avions eu le mérite de conserver au pays ! Nous nous communiquions fraternellement notre joie, comme aussi les sentiments que nous inspirait notre admirable malade. Il s'y mêlait, dans nos deux cœurs, quelque chose de plus tendre et d'inexprimable, vous l'avez déjà pressenti ; mais, là aussi, je me bornai à fidèlement emboîter le pas à la délicieuse Odile et m'effaçai devant elle ; c'était dans l'ordre. Sans doute, à moi aussi, fille sans beauté, Ferdinand dispensait la part de gratitude congrue ; mais étant donné la simplicité de son esprit qui s'accordait si bien, si merveilleusement à l'air de son visage, et sa complète indifférence aux mérites dont j'aurais peut-être pu me prévaloir à défaut d'éclat extérieur, j'agis sagement dès le début, en n'espérant rien de plus et en acceptant de tenir, dans ce roman, le rôle de confidente. Ma nature m'y inclinait ; en outre, j'étais préservée de la jalousie, d'abord par mon affection pour mon amie, ma tendre fierté de sa grâce, ensuite parce que Ferdinand observait à notre égard à toutes deux une attitude absolument identique et, je le constatai avec un brin de satisfaction assez humaine et pardonnable, ne se départait jamais, avec ma chère Odile, d'un ton de camaraderie cordiale, et aussi parce qu'un troisième facteur entra en jeu, l'espoir que cette aventure nouvelle et imprévue détournerait efficacement Odile d'Auguste, de cette liaison qui, pour moi, s'annonçait sous de sombres et malheureux auspices. Je ne cachai donc pas mon contentement, quand, ses bras noués autour de mon cou, elle m'avoua que ses sentiments pour Ferdinand différaient totalement des expériences sentimentales vécues jusqu'à ce jour, et que la vie venait de lui apprendre à distinguer entre une affection toujours sur le qui-vive et le véritable amour. Une considération, toutefois, tempérait ma joie : Heinke, point noble, fils d'un simple pelletier de Silésie, n'était pas un parti pour Odile de Pogwisch. Quant à savoir si seule la conscience qu'il avait de son obscure condition le maintenait dans les strictes limites d'une camaraderie désinvolte à l'égard d'Odile, c'était là une autre question.

Cependant que Heinke guérissait, les mondanités de la saison touchaient à leur fin ; la Comédie, il est vrai, était encore ouverte, mais les réceptions à la cour avaient cessé. Les invitations et les bals dont récemment encore, les officiers français étaient les lions, se firent plus rares, les rencontres avec Auguste s'espacèrent plus qu'en hiver ; toutefois, les entrevues, les promenades et les rendez-vous au jardin n'avaient pas été complètement interrompus, bien que l'absence de son père accrût le fardeau de ses affaires. L'histoire de Ferdinand était un secret bien gardé et personne, hormis les initiés et les complices, ne se doutait du séjour de notre enfant trouvé dans sa chambrette de Belle-au-Bois-Dormant. Pourtant, Odile se crut tenue d'en informer l'assesseur, d'abord par scrupule d'amitié et de confiance, certes, et aussi, me sembla-t-il, un peu par curiosité de voir comment il prendrait la nouvelle de notre aventure et quelles seraient ses réactions. Il se montra indifférent, presque railleur, en particulier lorsque, s'étant comme par hasard enquis de la famille de Heinke il apprit qu'elle était de souche roturière. Devant son médiocre désir d'en savoir plus long, son peu d'intérêt, et sa volonté carrément marquée d'être tenu à l'écart de l'affaire, nous n'y fîmes plus dorénavant, en sa présence, que de rares et rapides allusions. Auguste demeura donc dans une ignorance voulue et ne connut qu'à moitié l'heureuse guérison de notre héros, son séjour en ville, d'ailleurs bref, et sa disparition momentanée.

Mais j'ai anticipé sur les événements. Ferdinand quitta le lit plus tôt que nous l'espérions, et dans sa chambrette haut perchée, en clopinant sur son bâton d'invalide, il s'exerçait à recouvrer l'élasticité de sa jambe. L'aimable saison qui, d'ailleurs, n'avait accès dans sa prison protectrice que par une fenêtre mansardée, contribua à le revigorer ; même, pour nous permettre de le voir plus librement, il fut transféré dans un autre quartier. Le portier du Château avait un cousin, cordonnier à la Kegelplatz, derrière les écuries princières, qui s'offrit à héberger le convalescent dans une chambre au rez-de-chaussée. Aux premiers jours de juin, celui-ci, solidement soutenu, quitta donc sa cachette romantique pour émigrer dans sa nouvelle résidence où il lui fut plus loisible de se chauffer au soleil, assis sur un banc, au bord du fleuve tout proche, ou, le pont traversé, de gagner sans difficulté le gazon et le plein-air du petit bois entourant le pavillon de tir, l'allée de Tiefurt.

Ce moment de l'année coïncida avec un répit dans les affaires du monde, une trêve qui ne devait durer que jusqu'au gros de l'été, je ne dirai pas : malheureusement, car ce qui suivit bientôt aboutit, à travers des horreurs et d'infinies souffrances, à la gloire et à la libération. La vie était redevenue normale, malgré l'obligation permanente d'avoir à loger les troupes, de quoi nous avions fini par nous accommoder. Une certaine activité mondaine reprit au début de l'été, et notre guerrier, dont les joues s'arrondissaient et rosissaient à vue d'œil, y participa avec toute la prudence requise, en costume de simple civil. Chez ma mère, chez celle d'Odile, chez les Egloffstein, dans le salon de madame de Wolzogen et ailleurs, nous passions maintes heures enjouées et enivrantes en la compagnie du jeune héros, partout reçu avec la cordiale sympathie et l'admiration que commandaient sa beauté juvénile et sa chevaleresque simplicité. Le docteur Passow, notamment, jetait feu et flamme pour celui en qui il voyait, selon son idéal éducatif, l'incarnation de l'esthétique grecque unie à l'héroïsme luttant pour la liberté et la patrie.

Il avait raison, sauf qu'à mon gré, pour un homme, il se laissait entraîner un peu loin dans son adoration de notre jeune ami. J'en infère – ce n'est, ni la première, ni la dernière fois – que le nationalisme belliciste a sa source dans l'exaltation du mâle pour le mâle, de quoi, nous, femmes, n'avons pas lieu de nous réjouir outre mesure, ainsi du reste qu'il appert des mœurs rudes et déconcertantes en usage à Sparte.

Ferdinand conservait avec chacun le maintien, l'égalité d'humeur rayonnante déjà décrits, et sa conduite à notre égard, c'est-à-dire à l'égard d'Odile, n'eût fourni à M. de Goethe nul motif de jalousie, au cas où ces deux jeunes gens, aussi différents que le jour et la nuit, se fussent jamais rencontrés ; mais Odile s'arrangeait pour éviter de les mettre en présence. Le sentiment qu'elle éprouvait pour le héros lui semblait un manquement à ses devoirs envers son taciturne soupirant. Comme elle croyait le frustrer dans ses droits d'ami, elle aurait eu des scrupules de conscience à se trouver entre eux deux. Tout en admirant son raffinement moral, j'étais obligée de constater, non sans trouble, l'inanité de mon espoir que l'aventure avec Heinke dénouerait les liens, inquiétants à mon sens, qui l'attachaient au fils du grand homme. "Oui, Adèle, me dit-elle un jour, et ses yeux bleus se voilèrent dans l'ombre, j'aurai connu le bonheur, la lumière et l'harmonie en la personne de notre Ferdinand ; mais si vif que soit leur attrait, plus vives encore sont les exigences que proposent à notre générosité les ténèbres et la souffrance, et au fond de mon âme, je connais mon destin". "Le ciel te garde, ma chérie", fut tout ce que je pus répondre, le cœur glacé comme lorsqu'on s'est heurté au regard immuable de la fatalité.

Heinke disparut. Nous étions appelées à le revoir ; pour cette fois, il nous quitta après un séjour de sept semaines parmi nous. Il allait dans son pays natal, la Silésie, rendre visite aux siens, la famille du pelletier. Il voulait attendre chez eux la guérison complète de sa jambe, et sitôt rétabli, rejoindre l'armée. La perte de sa présence nous arracha, à mon Odile et à moi, des larmes jaillies du cœur, mais nous nous consolâmes en nous faisant mutuellement le serment que, désormais, notre amitié se vouerait uniquement au culte de son héroïque souvenir. Il nous avait présenté en chair et en os la figure idéale du jeune et ardent patriote, tel que l'annonçait le barde de *Lyre et Epée*[1] ; et comme la chair et les os contrastent toujours un peu avec le rêve et provoquent fatalement un certain désenchantement, j'avouerai, pour être tout à fait franche, qu'il n'est pas mauvais que l'absence les transfigure et les replace sur le plan de l'irréel. Ce Ferdinand qui, les derniers temps, se montrait à nous vêtu en bourgeois, notre pensée, à présent, nous le représentait sous sa tunique glorieuse, avantage inappréciable si l'on considère à quel point l'uniforme rehausse le prestige masculin. Bref, lui parti, son image nous apparut de jour en jour plus lumineuse, alors que, simultanément, comme vous le verrez, le silhouette de l'autre, d'Auguste, s'embrumait à mesure.

Le 10 août marqua le fin de la trêve que la Prusse, la Russie, l'Autriche et l'Angleterre avaient mise à profit pour sceller leur coalition contre l'empereur des Français. A Weimar, nous n'étions que peu et vaguement informés des victoires des généraux prussiens, les Blücher et Bulow, les Kleist, York, Marwitz et Tauentzien. Que notre Ferdinand, quelque part, y contribuait certainement nous remplissait d'orgueil. Nous frémissions à la pensée de son jeune sang offert en holocauste à la patrie, peut-être teignant déjà la plaine verte. Nous ne savions presque rien sinon que les Barbares du Nord et de l'Est avançaient. Mais plus ils se rapprochaient, moins on les désignait, chez nous, de ce nom, plus les sympathies et les espoirs de notre population et de notre société se détournaient des Français pour se reporter vers eux ; un peu, sans doute, simplement parce qu'on commençait à voir en

1. Körner (N.D.L.T.).

eux des vainqueurs que de loin on tenait déjà à se concilier par la soumission ; mais surtout parce que les hommes sont serviles, désireux de vivre en accord intime avec les événements, avec les puissants, et qu'à ce moment le destin lui-même semblait leur faire signe et les inviter aux palinodies. Ainsi donc, ces "sauvages" en rupture de civilisation devinrent rapidement des "libérateurs" dont les succès et l'avance déchaînaient l'enthousiasme général à l'égard du peuple et de la patrie, et la haine de l'oppresseur.

Peu après la mi-octobre, nous vîmes pour la première fois, avec une admiration terrifiée, les Cosaques à Weimar. L'envoyé français prit la fuite, et s'il ne fut pas molesté avant de partir, il le dut uniquement au fait qu'on ne connaissait pas encore avec une absolue certitude les arrêts du sort et l'attitude à observer pour se trouver sûrement aux côtés de la force et de la réussite. Dans la nuit du 20 au 21, cinq cents de ces cavaliers firent leur entrée chez nous ; cette même nuit leur colonnel (il se nommait von Geismar) se rendit au Château, surprit le duc au lit, et, le bonnet enfoncé de travers sur l'oreille, lui notifia la grande victoire des Alliés à Leipzig. Le tsar Alexandre l'avait, déclara-t-il, envoyé pour veiller sur la famille ducale. Aussitôt Son Altesse Sérénissime connut d'où soufflait le vent et comment doit se comporter un prince avisé pour se concilier le sort et la faveur des événements.

Très chère, quelles journées ! Remplies du tumulte effroyable des combats qui grondaient tout autour de la ville et jusque dans les rues : Français, Rhénans, Cosaques, Prussiens, Magyars, Croates, Slavons, un défilé incessant de visages nouveaux, farouches. La retraite des Français avait livré Weimar aux Alliés ; ils y affluèrent bientôt et un flot de billets de logement nous submergea qui, à tous les foyers, grands ou petits, imposa les pires exigences, souvent impossibles à satisfaire. La ville, surpeuplée, fut témoin de beaucoup de splendeur et de grandeur. Deux empereurs, le russe et l'autrichien, plus le kronprinz prussien, y établirent momentanément leur cour ; le chancelier Metternich arriva aussi. Ce fut un grouillement de dignitaires et de généraux, spectacle dont les miséreux seuls purent s'offrir le luxe, car pour nous, cantonnés dans un minimum d'espace, nous n'avions licence que de servir et encore servir, avec de la besogne par-dessus la tête. Le constant souci de faire face à nos obligations nous tint tous en haleine jusqu'à la fin et nous ôta la forced'âme, nécessaire de surcroît, pour nous occuper du voisin, de sorte que nous ne sûmes qu'après coup comment chacun avait traversé la tourmente.

Toutefois, au milieu de cette détresse et de ces fatigues, les maux, en dépit d'une apparente égalité, comportaient une différence foncière : ceux que leur joie sincère de voir triompher la cause nationale (fût-ce avec le concours d'amis un peu rudes et insolents, Cosaques, Bashkires et housards de l'Est) dédommageaient de leurs peines et soutenaient dans l'épreuve, les supportaient plus légèrement, plus allégrement. La mère d'Odile et la mienne eurent à héberger et à entretenir de grands chefs, ainsi que leurs aides-de-camp et ordonnances ; nous, les jeunes filles, fûmes littéralement ravalées au rang des servantes de ces hôtes de marque. Mais ma chère Odile rayonnait, enfin libérée de toute contrainte, elle ne cessa de me communiquer, à moi plus portée au découragement, l'enthousiasme que lui inspirait cette grande et splendide époque qui, pour nous deux, empruntait les traits aimés, magnifiés dans le secret de nos cœurs, ceux du jeune héros que nous avions sauvé ; à présent, où qu'il se trouvât il contribuait à l'œuvre sanglante de la libération.

Voilà donc quels étaient nos sentiments, notre situation ; à part quelques touches personnelles et qui nous étaient propres, ils ne différaient guère de l'état d'esprit général et public, de la mentalité populaire. Tout autre était l'atmosphère de l'illustre maison à laquelle des liens singuliers, selon moi inquiétants, rattachaient mon Odile. En ce temps-là, le grand poète de l'Allemagne fut l'homme le plus malheureux de la ville, du duché, vraisemblablement de sa patrie tout entière soulevée par un noble élan. En 1806, il n'avait pas été moitié aussi malheureux. Notre chère madame de Stein trouvait qu'il sombrait dans le marasme. Elle détournait un chacun d'aborder avec lui des sujets politiques, car, pour ne rien dire de plus, il ne semblait point partager notre enthousiasme.

L'année de notre relèvement, qui se détache, rouge et splendide, dans notre histoire, il ne la nommait pas autrement que l'année "triste" et "terrible". Pourtant, ses indéniables horreurs lui avaient été épargnées plus qu'à nous tous. En avril, quand le théâtre de la guerre menaça de s'étendre jusqu'à Weimar, quand Prussiens et Russes occupèrent les collines environnantes, et qu'on put prévoir, aux abords de la ville, une bataille suivie de pillage et d'incendie, les siens, Auguste et la conseillère intime, ne tolérèrent pas que le sexagénaire, solide, il est vrai, mais toujours souffreteux et depuis longtemps esclave de manies invétérées auxquelles il ne pouvait renoncer, s'exposât à des rigueurs qui s'annonçaient pires qu'en 1806. Ils le décidèrent donc à gagner promptement sa chère Bohême, Teplitz, où il pourrait se consacrer paisiblement à son travail, achever le troisième tome de ses Souvenirs, tandis que mère et fils, restés au foyer, affrontaient les épouvantes de l'heure. C'était dans l'ordre, je n'ai rien à redire. Toutefois, je ne vous célerai point que d'aucuns blâmèrent son départ et y virent un égocentrisme de grand seigneur. Les soldats de Blücher que sa voiture croisa à sa sortie de Weimar et qui reconnurent le poète de *Faust,* furent évidemment d'un avis différent ou peut-être se figurèrent-ils qu'il était simplement en promenade ; ils l'entourèrent et avec une audacieuse naïveté, à mille lieues de rien soupçonner, le prièrent de bénir leurs armes, ce qu'il fit en termes bienveillants, après s'être quelque peu défendu – une jolie scène, n'est-ce pas ? mais d'un caractère un peu spécieux, un peu accablant, à cause du candide malentendu sur quoi elle repose.

Jusqu'au gros de l'été, le Maître resta en Bohême ; puis, la sécurité étant venue à y manquer aussi, il rentra, pour peu de temps, car on eut l'impression que les Autrichiens du Sud-Est marchaient sur Weimar ; Auguste le décida à repartir, cette fois pour Ilmenau qu'il quitta au début de septembre pour revenir parmi nous, et ses amis estimeront qu'il eut quand même sa large, trop large part de nos vicissitudes. En effet, c'était l'époque où les billets de logement pleuvaient le plus dru ; sa belle demeure à laquelle on eût souhaité la tranquillité et des ménagements, devint par nécessité une vraie auberge. Pendant une semaine environ, il eut chaque jour vingt-quatre personnes à sa table. Le général d'artillerie autrichien, le comte Collorado, prit ses quartiers chez lui, – vous en aurez certainement entendu parler, car l'incident fit grand bruit. Par une singulière inconscience – entêtement ou conviction que deux personnages tels que le comte et lui se mouvaient dans une sphère particulière, au-dessus des passions populaires ? – le maître alla à sa rencontre, la croix de la Légion d'honneur épinglée sur son habit de parade. "Fi donc, s'écria Collorado assez grossièrement, comment peut-on porter cela ?" Un pareil langage, à lui ! Il ne comprit pas et ne répondit rien au général d'artillerie ; par la suite, on l'entendit dire à d'autres ; "Comment ? parce que l'Empereur a perdu une bataille, je ne dois plus porter sa croix ?" Ses plus anciens amis lui devenaient incompréhensibles et il n'était plus compris d'eux. A l'Autrichien succéda le ministre M. de Humboldt (auquel, depuis vingt ans, l'attachaient des liens intellectuels), un parfait cosmopolite depuis toujours, sans doute plus encore que notre poète, et qui passait sa vie à l'étranger. Mais depuis 1806 il était devenu Prussien, un bon Prussien comme on dit, entendez qu'il n'était plus rien d'autre. Ce résultat était dû à Napoléon ; concédons-lui qu'il a beaucoup changé les Allemands. Il infusa un venin effervescent dans le lait de leurs pensées pieuses et douces[1] et transforma le versatile humaniste Humboldt en un farouche patriote, un partisan de la guerre libératrice. Faut-il faire grief ou mérite à César de nous avoir métamorphosés et révélés à nous-mêmes ? Je m'abstiens de me prononcer.

Une grande partie des propos qu'échangèrent le ministre prussien et le Maître transpira et, de bouche en bouche, fit le tour des salons. Humboldt, imprégné de l'atmosphère de Berlin, s'était attendu dès le printemps à ce que les fils de Schiller et de Goethe prissent les armes en faveur de la cause nationale, à l'exemple du jeune Körner. Une fois à Weimar, il sonda son vieil ami et chercha à pénétrer les intentions d'Au-

1. Schiller *Guillaume Tell* (N.D.L.T.)

guste. Il se heurta chez celui-ci à une morne indifférence, chez celui-là à une incrédulité chagrine et désapprobatrice à l'égard de ce qui semblait à tous si grand, si magnifique. "Libération ?" s'entendit-il demander avec amertume. Une libération qui conduirait au naufrage, le remède étant pire que le mal. Napoléon vaincu ? Il ne l'était pas encore, il s'en fallait de beaucoup. Certes, il était comme le cerf traqué, mais cela l'amusait et il se pouvait encore qu'il terrassât la meute. Mais supposé qu'il soit défait ? Et après ? Le peuple était-il sorti de la léthargie et savait-il ce qu'il voulait ? Savait-on ce qu'il adviendrait après la chute du grand homme ? L'hégémonie russe substituée à la française ? Les Cosaques à Weimar, ce n'est pas précisément cela que le Maître eût souhaité. – Se conduisaient-ils donc avec plus d'aménité que les Français ? Nous n'avions pas été moins rançonnés par nos amis que, précédemment, par nos ennemis. Même, à présent, on volait à nos soldats les moyens de transport qu'ils s'étaient péniblement procurés, et sur le champ de bataille nos blessés étaient détroussés par leurs propres alliés. Voilà la vérité, que l'on essayait d'embellir au moyen de fictions sentimentales. Le peuple, y compris ses poètes qui se perdaient à faire de la politique, se trouvait dans un état d'excitation répugnant, tout à fait scandaleux. En bref, c'était une abomination.

Une abomination, ma très chère ; en effet, le malheur, ce qu'il y avait d'humiliant pour nos enthousiasmes, était que les événements immédiats et présents, la situation matérielle, justifiaient les craintes du Maître. Car il est certain que la retraite des Français et leur poursuite entraînèrent les plus terribles bouleversements, les pires exactions. Notre ville où un colonel de la Landwehr prussienne, un vrai fier-à-bras, et, en outre, deux commandants d'étape, un Russe et un Autrichien, régnaient en maîtres, était molestée par les troupes des divers pays, soit de passage, soit en permanence chez nous. D'Erfurt investi, les blessés, les mutilés, les dysentériques, les typhiques, affluaient vers nos lazarets et, bientôt, les épidémies consécutives aux guerres ravagèrent la ville. En novembre, sur une population de six mille âmes nous eûmes cinq cents cas de typhus. Point de médecins, tous nos docteurs ayant dû également s'aliter. L'écrivain Johannès Falk perdit quatre enfants en un mois, ses cheveux en devinrent blancs. Dans certaines maisons personne n'en réchappa. L'effroi, l'angoisse de la contagion étouffaient tout semblant de vie. Deux fois par jour, des fumigations à la poix blanche étaient promenées à travers la ville ; la terrifiante activité du fourgon des morts et du corbillard ne chômait point. La difficulté de se procurer de la nourriture provoqua de nombreux suicides.

Voilà l'aspect extérieur des choses, leur réalité, si vous voulez, et quiconque fut incapable de se hausser au-delà jusqu'aux idées de liberté et de patrie, se trouva en bien triste position. D'aucuns, pourtant, accomplirent l'effort nécessaire, les professeurs Luden et Passow en première ligne, et avec eux, Odile. Le prince de nos poètes ne put s'y résoudre, ou tout au moins il s'y refusa ; de tous nos chagrins, ce fut peut-être le plus amer. L'attitude de son fils n'était que trop révélatrice de la sienne, Auguste se faisant toujours l'écho de son père ; et si, d'une part, cette étroite adhésion aux opinions paternelles était assez touchante, elle présentait, d'autre part, quelque chose d'un peu anormal qui nous serrait le cœur plus encore que la douleur causée par les propos mêmes. La tête baissée, levant parfois vers lui son regard bleu et brillant embué de larmes, Odile supportait avec patience que, d'un ton tranchant, il répétât, comme étant de son cru, les critiques dont l'auteur de ses jours, devant Humboldt et d'autres, stigmatisait le malheur des temps et leur égarement ; et leur absurdité ainsi que leur ridicule. Il est évident qu'on pouvait sans peine taxer d'imbéciles les agissements de gens grisés surexcités par une passion exclusive, et intellectuellement diminués. A Berlin, Fichte, Schleiermacher et Iffland armés jusqu'aux dents, faisaient sonner leur sabre sur le pavé. M. de Kotzebue, notre célèbre dramaturge, voulait organiser un corps d'amazones, et je ne doute pas que s'il y avait réussi, Odile eût été capable de s'enrôler ; sans doute m'aurait-elle entraînée à sa suite, si extravagante que l'idée semble aujourd'hui, à tête reposée. Le bon goût ne régnait pas précisément, non ; et quiconque en prenait souci, ainsi que de la culture, de la réflexion, de l'autocritique restrictive, en était pour ses frais, notamment en ce qui concerne les poésies que produisit cette époque troublée ; nous les trouverions aujourd'hui rebutantes, bien que, naguère, elles nous aient fait monter aux yeux de faciles larmes d'attendrissement. Le peuple tout entier était devenu poète, il nageait dans les apocalypses, les visions prophétiques, les rêves de sang, de haine et de vengeance. Un pasteur composa sur la retraite de la Grande Armée en Russie, un pamphlet rimé qui, dans le détail comme dans l'ensemble, était proprement odieux. Belle chose que l'enthousiasme, ma très chère, mais quand il se fait par trop obtus, quand les petits bourgeois et les épiciers en délire se vautrent dans le sang fumant de l'ennemi, simplement parce que l'heure fatidique a déchaîné leurs plus bas instincts, le spectacle devient pénible. Il faut en convenir, les effusions versifiées qui submergèrent le pays, dénigrant, abaissant, insultant l'homme devant qui, naguère encore, les énergumènes se mouraient de peur parce qu'ils le croyaient invincible, ces vilenies passèrent toutes les bornes de la plaisanterie et du sérieux, de la raison et de la décence ; d'autant plus que, très souvent, l'outrage se proposait de salir, non le tyran, mais le parvenu, le fils du peuple et de la Révolution, le messager des temps nouveaux. Jusqu'à mon Odile, je le remarquai, qui, secrètement, était gênée par les odes maladroites et impudentes, les diffamations qu'on répandait sur Napoléon. Comment, dès lors, le prince de la culture et de la pensée allemandes, le poète d'*Iphigénie*, n'eût-il pas été attristé de la mentalité de son peuple ? "Ce qui ne ressemble pas à la chasse sauvage de Lutzow, gémissait-il – et son fils nous transmettait sa plainte – personne n'y prend goût". Nous nous en affligions pour lui. Peut-être aurions-nous dû comprendre qu'en même temps que les produits des bousilleurs altérés de sang, il rejetait également les chants d'aèdes de talent qui prônaient la liberté, un Kleist, un Arndt, n'y voyant qu'un fâcheux exemple et ne prévoyant plus, après la chute de son héros, que le règne du chaos et de la barbarie.

Vous constaterez que je m'efforce, si bizarre cela semble-t-il de ma part, de prendre la défense du grand homme, d'excuser sa froideur et l'indifférence qu'il nous témoigna à l'époque, – je le fais volontiers car il a dû, lui aussi, beaucoup souffrir de son isolement moral, quelque habitué qu'il fût, jusqu'à un certain point, et depuis longtemps, à l'éloignement des masses, à la distance qui, dans le domaine littéraire, sépare l'art classique du populaire. Mais jamais, au grand jamais, je ne lui pardonnerai le préjudice qu'il causa à son fils et qui fut gros de conséquences graves, douloureuses, pour l'âme déjà bien assombrie d'Auguste et, par ricochet, pour l'amour d'Odile.

Fin novembre de la terrible année, le duc, suivant l'exemple venu de Prusse, voulut lever un corps de volontaires ; il y avait été poussé par le vœu public, notamment l'ardeur belliqueuse des professeurs et des étudiants d'Iéna, qui brûlaient de porter le mousquet et avaient trouvé un vibrant intercesseur en la personne de la favorite de S. A. S., la belle madame de Heigendorf, de son vrai nom Jagemann. D'autres conseillers du prince marquèrent de l'opposition. Le ministre, M. de Voigt, estima qu'il serait sage de tempérer les fougues juvéniles. Selon lui, il n'était point nécessaire, ni souhaitable, que la classe cultivée allât se battre quand les fils des paysans s'acquittaient de ce soin aussi bien et même mieux qu'elle. Tous ces étudiants accourus en foule représentaient en somme l'élite intellectuelle de l'Université d'Iéna, celle qui semblait promise au plus brillant avenir. Il importait donc de refréner leur élan.

L'illustre Maître aussi partageait cet avis. On l'entendit commenter très défavorablement la question des volontaires et parler de la favorite en termes que je n'ose répéter. Il respectait, dit-il, l'état de conscrit, mais celui de volontaire, les guérillas de francs-tireurs en marge des troupes régulières, constituaient une impertinence, un scandale. Au printemps, pendant son séjour à Dresde, chez les Körner, leur jeune fils s'était enrôlé dans les cavaliers de Lutzow, sans le consentement, en tout cas sans l'agrément de l'Electeur, qu'une fidèle admiration liait à l'Empereur. C'était faire acte de rebelle, et toute cette agitation de soldats amateurs, ce gâchis, n'était propre qu'à créer des ennuis aux autorités. Ainsi parla le grand homme ; certes, sa discrimination entre le service régulier et le volontariat était un peu factice, un peu arbitraire, car en son cœur il se désintéressait de la chose publique. Il faut néanmoins convenir qu'en ce qui concerne les volontaires, du point de vue réaliste, sinon théorique, il avait entièrement raison. Leur instruction était sommaire, ils ne rendaient guère de services ou si peu que rien, et s'avérèrent pratiquement inutiles. Leurs officiers étaient des incapables, de nombreuses désertions se produisirent et le plus souvent leur drapeau restait au dépôt. Au lendemain de la victoire en France, le duc les renvoya dans leurs foyers avec un rescrit de remerciements qui s'adressait plutôt à la poétique image populaire qu'on s'était faite de leur valeur guerrière. L'année dernière, avant Waterloo, ils n'ont point été rappelés ; mais ceci est une digression. Dépourvu d'enthousiasme comme il était, notre poète put juger l'affaire avec lucidité et sang-froid ; et si, dès le début, il se prononça contre le volontariat et critiqua la lubricité et la folie guerrière de la Heigendorf (voilà que m'échappent quelques-unes de ses mordantes expressions !), c'est qu'au fond du cœur il réprouvait résolument la guerre de libération et les bouleversements qui en dérivaient, avouons-le avec un chagrin sans cesse renouvelé.

Toujours est-il que le duc ayant lancé sa proclamation, les enrôlements commencèrent. On rassembla cinquante-sept chasseurs à cheval et jusqu'à quatre-vingt-dix-sept fantassins. Tous nos cavaliers, tous les fils de famille se firent inscrire, sans oublier le gentilhomme de la chambre, M. de Gross, le surintendant de la maison du duc, M. de Seebach, MM. de Helldorf, de Hässlar, le landrat d'Egloffstein, le chambellan de Poseck, le vice-président de Gersdorf, tous enfin. C'était de bon ton, c'était de rigueur, mais précisément, il était beau et grand qu'il en fût ainsi et que le devoir patriotique revêtît un caractère de chic indispensable. Auguste de Goethe ne pouvait se dérober. Il ne s'agissait plus de conviction personnelle, mais de chic, de point d'honneur. Auguste s'inscrivit donc, assez tardivement, comme cinquantième chasseur à pied, sans y être autorisé par son père, qui, devant le fait accompli, se répandit, paraît-il, en invectives violentes. Il lui dit que sa démarche dénotait un cerveau débile, lui reprocha d'oublier ses devoirs, et, de dépit, n'adressa plus la parole pendant des jours au pauvre garçon qui, pourtant, n'avait point cédé à un entraînement enthousiaste.

A vrai dire, il souffrait d'être privé de son fils et il n'y avait rien en lui pour le soutenir et l'aider à surmonter cette contrariété. Le docteur Riemer avait quitté la maison pour se marier (l'attitude arrogante, voire grossière d'Auguste, à l'égard de cet homme sensible, n'avait pas peu contribué à l'y déterminer) ; depuis, un certain John que, d'ailleurs, on regardait de travers, servait de secrétaire au poète ; mais, conjointement, le père employait son fils à des travaux d'écriture et à mille commissions. La perspective d'avoir à se passer de lui le jeta dans un désarroi tout à fait disproportionné et il est certain que cette émotion exagérée fortifia son animosité contre l'idée du volontariat, et quelques autres, dont celle-ci n'était que l'expression, le prétexte. A aucun prix il ne voulut admettre qu'Auguste partît pour le front et il mit tout en œuvre pour l'en empêcher. A cet effet, il recourut au ministre de Voigt et à S. A. le duc en personne. Les lettres qu'il leur adressa et dont nous sûmes la teneur par Auguste, auraient pu être rédigées par le Tasse, il n'y a pas d'autre nom. Elles avaient l'outrance désespérée et déréglée de cet autre lui-même. La perte de son fils, disait-il, l'obligation d'avoir à introduire un étranger dans l'intimité de sa correspondance, de sa production, de tout ce qui le touchait, lui créeraient une situation intolérable, lui rendraient la vie impossible. Hyperbole manifeste ; mais du moment où il jetait sa vie dans la balance, une vie insigne, le plateau qui la recueillait ne pouvait que lourdement pencher ; aussi, ministre et duc se hâtèrent-ils de lui donner satisfaction. Le nom d'Auguste ne fut pas rayé de la liste des volontaires, c'était impossible, il y allait de l'honneur et de la décence. Voigt proposa (et Son Altesse Sérénissime ratifia la mesure non sans une grimace devant l'acceptation empressée d'Auguste) que le jeune homme fût envoyé d'abord à Francfort, quartier général des Alliés, avec le conseiller à la Chambre des finances Ruhlmann, pour prendre part aux délibérations concernant les frais d'entretien des troupes ; et, ensuite, rappelé à Weimar et attaché au prince héritier Charles-Frédéric, chef nominal des volontaires, en qualité d'aide de camp également nominal, afin de rester à la disposition de son père.

Ainsi fit-on et plût au ciel qu'il en eût été autrement. Au nouvel an, Auguste gagna Francfort pour ne pas se trouver à Weimar le jour où, fin janvier 1814, ses camarades, les chasseurs à pied et montés, auraient à prêter serment en l'église métropolitaine. Il revint une semaine après leur départ pour les Flandres et prit son service d'aide de camp auprès du prince, revêtu comme lui de l'uniforme de chasseur. Son père appela cela "suivre l'appel du cor de chasse". "Mon fils a suivi l'appel du cor", expliquait-il en feignant de croire que tout s'était passé selon les règles ; il n'en était malheureusement rien. Ce fut à qui hausserait les épaules devant ce garçon de vingt-quatre ans, resté au foyer, et tout le monde blâma un père qui non seulement refusait de s'associer à la nouvelle vie nationale, mais par surcroît, obligeait son fils aussi à se singulariser. Il était facile de prévoir d'avance la fausseté de sa situation vis-à-vis de ses camarades, les autres engagés, ceux qui couraient des dangers au loin et qui, une fois rentrés, redeviendraient ses collègues, ses compagnons tout au long de l'existence. Comment imaginer désormais entre eux et lui des rapports francs ? Lui accorderaient-ils leur estime, l'accepteraient-ils pour un des leurs ? L'accusation de lâcheté planait dans l'air... Ici, il me faut intercaler une réflexion sur l'injustice de la vie qui trouve normal et bon chez les uns ce qu'elle interdit et fait expier aux autres ; ces différences tiennent peut-être à la diversité des hommes et à ce fait que les raisons profondes, personnelles, conditionnent nos jugements en matière d'éthique et d'esthétique. A l'un nous contestons tel droit que nous concédons à l'autre ; et ce qui, chez le premier est considéré comme une fâcheuse anomalie, semble tout naturel chez le second. Ainsi, très honorée dame, j'ai un frère nommé Arthur, un jeune savant, un philosophe ; il n'était pas destiné à cet état car on voulait le pousser vers la carrière des affaires et il a eu par conséquent du mal à se rattraper. J'ai déjà dit incidemment qu'il suivait les cours de grec du docteur Passow. Un cerveau bien organisé, sans contredit, bien qu'un peu amer dans ses appréciations du monde et des hommes ; on lui prédit un bel avenir, et lui-même s'en prédit un encore plus beau. Eh bien, mon frère aussi est de la génération qui lâcha les études pour se jeter dans la mêlée patriotique, mais personne ne s'y attendait de sa part, personne n'a même songé qu'il pût le faire, parce que celui qui y songea le moins, ou plutôt pas du tout, ce fut Arthur Schopenhauer. Il donna de l'argent pour l'équipement des volontaires ; mais l'idée de partir avec eux ne lui traversa pas l'esprit ; très naturellement il abandonna ce soin à la catégorie d'hommes qu'il a coutume d'appeler le "matériel humain". Et nul n'en marqua de surprise. Son attitude fut admise avec une indifférence absolue que rien ne distingua de l'approbation, et jamais je n'ai plus clairement compris que ce qui nous satisfait du point de vue moral et esthétique, ce qui emporte notre adhésion, c'est l'harmonie, l'accord de la personne avec ses actes.

Mais le cas d'Auguste, identique, n'en finissait pas de susciter les commentaires scandalisés. J'entends encore notre chère Mme de Stein : "Goethe n'a pas voulu laisser partir son fils avec les volontaires. Qu'en dites-vous ? Le seul jeune homme de qualité qui soit resté !" J'entends aussi Mme de Schiller : "A aucun prix, pour rien au monde, je n'aurais empêché mon Charles de s'engager. Toute son existence, toute sa personne en auraient été gâchées ; il aurait tourné à l'hypocondre." Hypocondre, notre malheureux ami ne le devint-il pas ? Il l'avait toujours été ; mais à partir de ce fatal moment, la tristesse de sa pauvre âme alla augmentant et prit des formes qui permirent à certains penchants déréglés, auxquels sa nature avait toujours été encline, de se donner librement cours : le goût immodéré du vin, la fréquentation (je crains de blesser vos oreilles !) des mauvaises femmes. Sous ce rapport, il a toujours eu de grandes exigences dont un esprit sain se demande seulement comment elles se conciliaient avec son mélancolique amour pour Odile. Si vous me posez la question, car je me ferais scrupule de m'expliquer à ce sujet sans y être invitée, je vous dirais que ses débauches se proposaient de démontrer des capacités viriles mises en doute, en les affirmant sur un autre terrain, moins noble, il est vrai.

Mes sentiments en l'occurrence, s'il m'est permis d'y faire allusion, étaient des plus complexes. La pitié pour Auguste et l'antipathie se combattaient dans mon cœur. Malgré mon admiration pour son illustre père, je désapprouvais, comme beaucoup de personnes, l'interdiction dédaigneuse lancée du haut de la tour d'ivoire à un fils trop docile, la défense de suivre le grand élan de sa génération. A tout cela se mêlait l'espoir secret que le rôle avilissant d'Auguste, sa réputation compromise, sa dérobade connue de toute la ville, détourneraient de lui mon amie chérie. Peut-être, me disais-je, serai-je enfin libérée de mon souci ; ces relations indignes d'elle, dangereuses, provoqueront sa rupture avec un jeune homme dont la conduite froisse ses sentiments les plus sacrés et dont l'hommage, en ce moment, n'est plus qu'un honneur douteux. Ma très chère, mon espoir fut déçu. Odile, la patriote, l'admiratrice de Ferdinand Heinke, demeura fidèle à Auguste, à son amitié pour lui ; elle l'excusa, et même prit sa défense dans le monde, à toute occasion. Elle refusait de croire le mal qu'on lui rapportait sur son compte, ou l'attribuait avec magnanimité à une tristesse romantique et satanique, dont la chère enfant se sentait appelée à le sauver. "Adèle, disait-elle, crois-moi, il n'est pas mauvais, en aucune façon. Les gens le honniront tant qu'ils voudront, je les dédaigne et je voudrais qu'il partageât mon mépris, car il donnerait moins de prise à leur malignité. Dans une lutte qui oppose les insensibles et les hypocrites à une âme solitaire, tu trouveras toujours ton Odile du parti de l'isolé. Comment douter que le fils d'un tel père ait l'âme noble au fond ? Au reste, il m'aime, Adèle, et moi, vois-tu, je suis sa débitrice en amour. J'ai eu un grand bonheur, notre grand bonheur avec Ferdinand, et tout en continuant à le savourer par le souvenir, je ne puis me dispenser de l'inscrire au crédit d'Auguste, comme une faute dont son regard sombre me rappelle que je lui dois réparation. Oui, je suis coupable envers lui. Et si ce qu'on raconte est vrai – d'ailleurs, j'en frissonne – ne serait-ce pas le désespoir où je l'ai jeté qui l'y a poussé ? Car, enfin, Adèle, aussi longtemps qu'il a cru en moi, il était différent !"

Ainsi me parla-t-elle plus d'une fois, et en cela aussi mes sentiments étaient mitigés et complexes. J'étais désolée de voir qu'elle ne se détachait pas du malheureux, et que la pensée de se lier à lui pour la vie, selon le vœu de l'illustre père, était ancrée dans son âme ; mais, d'autre part, ses paroles m'inspiraient un doux réconfort et un apaisement. En effet, parfois son "prussianisme", son patriotisme belliqueux, m'avaient inquiétée en secret et je m'étais demandé si ce corps fragile et lumineux n'était pas l'enveloppe d'une petite âme rude et barbare ; mais son attitude à l'égard d'Auguste, le scrupule qu'elle se faisait de son inclination pour notre Heinke, garçon héroïque, beau et simple, me prouvaient la noblesse raffinée, la délicatesse de son âme, et je l'en aimais deux fois plus, ce qui, d'ailleurs, redoublait mon souci.

Le mois de mai de cette année 1814 marqua l'apogée de la calamité. La campagne terminée, Paris conquis, le 21 du mois les volontaires de Weimar rentrèrent dans leurs foyers. Ils n'avaient pas précisément été les artisans de la victoire, mais enfin la gloire auréolait leurs fronts et ils furent partout fêtés. J'avais toujours redouté le moment de leur retour et, en effet, il s'avéra fort pénible. Ces messieurs ne se firent pas faute de marquer, sans ambages, cruellement, leur ironique mépris pour les embusqués du même rang social qu'eux. Une fois de plus, je constatai mon scepticisme en la pureté des sentiments dont les hommes feignent de s'inspirer. Ils agissent non de leur propre initiative, mais selon des données définies, conformes à un cliché conventionnel. Si la situation comporte la cruauté, tant mieux, ils usent inconsidérément, et à fond, de la licence qui leur est accordée, et en font un usage tellement immodéré, qu'on n'en peut douter : la plupart guettaient l'occasion de manifester sans retenue leur rudesse et leur cruauté, d'être brutaux à cœur joie. Soit naïveté, soit défi, Auguste se présenta à ses camarades dans l'uniforme de chasseur volontaire qu'il avait d'ailleurs le droit de porter en qualité d'aide de camp du prince, chef honoraire. Mais, par là, il provoqua tout particulièrement, on le conçoit, les sarcasmes des combattants et leurs insultes. Théodore Körner n'avait pas composé en vain son poème : "Honte au garçon assis au chaud, parmi les vils courtisans, en arrière des filles ! Vaurien pitoyable et sans honneur !" Ces vers trouvaient une merveilleuse application et ils furent cités assez haut. Un capitaine de cavalerie, M. de Werthern-Wiese, se distingua par sa brutalité à exprimer tout le suc de la situation. Il fit allusion à la naissance et au sang d'Auguste qui expliquait, dit-il, la couardise de sa conduite, indigne d'un cavalier. M. de Goethe se serait jeté sur lui en brandissant son sabre encore inutilisé, si l'on ne l'avait retenu. L'incident s'acheva par une provocation en duel, à des conditions très sévères.

A cette époque, le conseiller intime se trouvait aux eaux de Berka, près d'ici, tout occupé à son *Epiménide*. L'intendant berlinois Iffland lui ayant demandé une pièce de circonstance pour célébrer le retour du roi de Prusse, la proposition lui sembla si flatteuse et séduisante qu'il mit de côté d'autres travaux poétiques pour se consacrer à la composition de son allégorie des *Sept Dormeurs*, d'une étrangeté ambiguë, riche en interprétations multiples et marquée d'un trait personnel qui la différencie de toutes les autres pièces similaires connues. Il écrivait : "Mais j'ai honte des heures de repos... " et "Il faut pourtant qu'il fasse retour à l'abîme." Sur ces entrefaites une lettre d'une de ses admiratrices, une dame de la cour, Mme de Wedel, lui apprit la situation d'Auguste, l'algarade du capitaine de cavalerie et ses conséquences. Aussitôt, l'illustre père prit les mesures défensives : mettre en branle ses relations ; jeter dans la balance son prestige, pour sauver son fils du duel comme naguère du service armé, tout cela lui procura, si je le connais bien, un certain contentement, indépendamment de ses craintes pour la vie d'Auguste ; car il a toujours pris plaisir aux exceptions aristocratiques, à l'injustice distinguée. Il sollicita l'intervention de son informatrice, écrivit au premier ministre. Un haut fonctionnaire, le conseiller intime de Muller, vint à Berka. Le prince héritier et le duc en personne furent saisis de l'affaire, le capitaine de cavalerie fut sommé de faire des excuses et l'incident clos ; couvert en haut lieu, Auguste devint intangible. Les critiques baissèrent le ton mais ne se turent point. Le duel manqué renforça plutôt le mépris dans lequel on tenait son honneur viril. On haussa les épaules, on l'évita ; il fut impossible d'imaginer des rapports exempts d'arrière-pensées avec ses camarades, et bien que la grossière algarade de M. de Werthern eût valu à son auteur une semonce de ses supérieurs, et même les arrêts, le souvenir de la naissance illégitime d'Auguste, de son métissage, si l'on peut dire, à peu près oublié jusque-là, se raviva dans les esprits et eut sa part du blâme qui flétrit sa conduite. "On s'en aperçoit", disaient les gens et "sinon, de qui tiendrait-il cela ?" Il faut bien ajouter que dans sa vie privée la conseillère intime avait fort peu tenu compte de la gravité de l'époque et son goût des plaisirs avait toujours prêté à la médisance, non qu'elle se conduisît mal, mais de façon ridicule et sans dignité aucune.

Au fond, le fait que le morose amoureux d'Odile prît la chose tellement à cœur attestait son sentiment de l'honneur. Il nous l'apprit, il est vrai, en usant d'un moyen singulièrement détourné : son admiration croissante, passionnée, pénétrée, pour le héros vaincu, l'homme d'Elbe. Dans la fidélité exaltée qu'il lui avait vouée, dans son mépris des "apostats" qui ne voulaient pas s'entendre rappeler que naguère encore l'anniversaire de Napoléon était pour eux le plus beau jour de l'année, il mettait son obstination et sa fierté, et cela se conçoit : ne souffrait-il pas avec lui, pour lui, n'endurait-il pas les sarcasmes et la honte pour n'avoir pas, comme les autres, pris les armes contre lui ? Devant un père planant au-dessus des humeurs et des engouements de la mêlée, son chagrin du blâme unanime qui pesait sur lui pouvait s'exprimer ouvertement sous la forme d'un attachement enthousiaste à l'Empereur ; mais, vis-à-vis de nous aussi, il le manifestait sans retenue, poussé par un élan têtu, peu soucieux de fouler aux pieds, par ses discours, les sentiments d'Odile. Elle subissait patiemment ces outrances verbales, avec des larmes dans ses beaux yeux, il est vrai. Pour Auguste, indifférent à la souffrance qu'il provoquait chez autrui, peut-être cette souffrance le stimulait-elle ? Il sembla que mes vœux secrets dussent être exaucés ; car, selon les apparences, la scrupuleuse tendresse de mon amie pouvait d'autant moins résister aux mauvais traitements du jeune homme que cet obstiné culte napoléonien dissimulait un autre sentiment, soudain apparu dans sa nudité, la jalousie de Heinke, revenu parmi nous. Il ne cessait de le ridiculiser en le représentant comme l'archétype du Teutomane allié aux barbares, stupidement hostile au plan de salut continental de César.

Oui, notre enfant trouvé était de nouveau à Weimar où d'ailleurs il revenait pour la seconde fois. Après la bataille de Leipzig, il avait été durant quelques semaines attaché au commandant prussien de Weimar en qualité d'adjudant, et à ce titre avait refait son apparition dans les salons où il jouissait de la sympathie générale. A présent, après la chute de Paris, il rentrait de France, décoré de la Croix de Fer ; et vous comprenez que la vue de cet insigne guerrier sur la poitrine du valeureux garçon enflamma plus que jamais nos jeunes cœurs, celui d'Odile tout particulièrement. Néanmoins, une contrainte subsistait entre nous : l'égalité de son humeur rayonnante, amicale, l'attitude toujours reconnaissante mais un peu réservée dont il ne se départait point à notre égard au cours de nos nombreuses rencontres, ainsi d'ailleurs qu'au début de nos relations. Nous convenions qu'elle ne cadrait guère avec nos propres sentiments. Nous eûmes bientôt le mot de l'énigme, très naturel, mais avouons-le, un peu décevant. Ferdinand nous révéla ce qu'il nous avait tu jusque-là, on ne sait pour quel motif, mais qu'il jugeait de son devoir de nous annoncer enfin : en Silésie prussienne, une fiancée très chère l'attendait, et il comptait l'épouser prochainement.

On comprendra la petite gêne qui, pour ses amies, résulta de cette confidence. Les mots douleur, déception, ne seraient toutefois pas de mise. Nous entretenions avec lui des rapports d'enthousiasme, d'admiration, maintenus sur le plan idéal, qui n'excluaient pas, il est vrai, la conscience des droits que nous détenions sur son aimable personne du fait que nous lui avions sauvé la vie. Au fond, à nos yeux, il était moins une personne qu'une personnification, si malaisé qu'il soit parfois de distinguer entre les deux, car, en somme, c'est à ses vertus que la personne doit d'atteindre à la personnification. En tout cas, nos sentiments pour le jeune Heinke, ou plutôt, puisque aussi bien je m'efface raisonnablement, les sentiments d'Odile n'avaient jamais pu prendre la forme d'espoirs et de désirs concrets, étant donné la modeste extraction de Ferdinand, fils d'un pelletier. Quand j'examinais la situation sous cet angle, je me disais que c'est plutôt moi qui aurais pu caresser de semblables pensées ; à mes heures de faiblesse, je rêvais que le charme de mon amie, puisque le jeune homme ne pouvait prétendre à elle, opérerait pour mon compte et le déciderait à me rechercher en vue d'une union dont les conséquences effroyables me faisaient d'ailleurs aussitôt frissonner d'horreur... non sans que je les eusse envisagées avec un certain intérêt d'ordre littéraire ; car je me figurais que ma chimère méritait peut-être qu'un Goethe la prît pour thème d'une délicate analyse, à la fois morale et voluptueuse.

Bref, nous n'éprouvions aucune déception et ne songions point à nous croire trahies par l'ami très cher : nous n'en avions pas le droit. Nous accueillîmes son aveu le plus cordialement du monde et le félicitâmes, non sans quelque confusion, des ménagements dont il avait cru devoir user si longtemps et dont nous aurions d'ailleurs volontiers continué à nous accommoder. Néanmoins, la nouvelle que Ferdinand se trouvait lié et pourvu entraîna quand même un certain désarroi, une surprise, une souffrance inavouée, quelque chose d'impondérable, d'impossible à préciser. Un peu de rêve et d'espoir s'effaçait, qui, jusqu'à ce jour, avait fait la douceur de nos amicaux rapports. Mais sans nous donner le mot et par une entente tacite, nous cherchâmes à nous soustraire à ce léger malaise en les confondant, sa fiancée et lui, dans notre admiration, notre exaltation, qui désormais se muèrent en un culte voué au jeune héros et à son accordée, cette jeune fille inconnue dont nous ne doutions pas qu'elle était digne de lui et que nous nous représentions un peu comme

Thusnelda[1], un peu, et même davantage, sous les traits de la Dorothée de Goethe, bien entendu avec des yeux bleus, non noirs.

Comment expliquer que nous tûmes à Auguste les fiançailles de Heinke, de même que ce dernier nous les avait si longtemps passées sous silence ? Odile en décida ainsi et nous ne nous formulâmes pas tout haut les motifs de sa réticence. Je dois convenir qu'elle me surprit. Car enfin, puisque son patriotique penchant pour le jeune militaire lui semblait un tort à l'égard du mélancolique soupirant, pourquoi refuser de l'informer que, même en faisant abstraction du point de vue mondain, ce penchant n'avait pas de quoi l'inquiéter, qu'il était sans but et sans espoir ? La nouvelle aurait sans doute rassuré Auguste, l'aurait peut-être rendu plus indifférent et plus aimable à l'égard de Ferdinand. Néanmoins, je me conformai aux décisions d'Odile : la jalousie de l'assesseur à la Chambre des finances, son odieuse façon de dénigrer Ferdinand, ne méritaient ni consolation, ni satisfaction. Et puis, qui sait ? son agacement pourrait tourner à l'exaspération et peut-être, ce jour-là, le perpétuel froissement des sentiments d'Odile aboutirait à la rupture que je souhaitais en silence, pour son salut.

Ainsi en alla-t-il, ma vénérée auditrice. Au début tout au moins, il sembla que mes vœux secrets étaient appelés à se réaliser. Nos rencontres et rendez-vous avec M. de Goethe prirent, environ à cette époque, un caractère de plus en plus précaire et orageux. Les scènes se succédaient. A la fois accablé par la réprobation générale et atteint dans sa jalousie, le morne Auguste se répandait en reproches et se plaignait que nous trahissions notre amitié pour lui avec un bellâtre, un Teuton lourdaud. Odile, obstinée à lui taire les attaches de Heinke en Silésie, fondait en larmes et se suspendait à mon cou. Enfin, l'éclat se produisit et comme toujours, les éléments politiques et personnels y intervinrent. Un après-midi que dans le parc de la comtesse Henckel, Auguste entamait de nouveau une apologie frénétique de Napoléon,

---

1. Femme d'Arminius (N.D.L.T.)

les expressions dont il se servit pour flétrir ses adversaires visèrent si manifestement Ferdinand qu'Odile riposta en donnant libre cours à son horreur pour ce fléau du genre humain et en prêtant à la jeunesse qui s'était glorieusement dressée contre lui, les traits de notre héros. Je fis chorus. Blême de fureur, Auguste déclara d'une voix suffoquée que tout était rompu entre nous, qu'il ne nous connaissait plus, que nous n'étions plus pour lui que des bulles d'air, et là-dessus, il quitta rageusement le jardin.

En dépit de mon émotion, je me crus enfin au comble de mes vœux. Je l'avouai franchement à Odile et employai toute mon éloquence à la consoler de sa brouille avec M. de Goethe, en lui représentant qu'une union avec lui n'aurait mené à rien de bon. Je parlais en vain. Ma chérie se trouvait dans une situation des plus pénibles et m'affligeait indiciblement. Songez-y : le jeune homme qu'elle aimait d'enthousiasme appartenait à une autre, et celui à qui, dans un bel élan charitable, elle était prête à sacrifier sa vie, lui tournait le dos après avoir en termes brutaux bafoué leur amitié. Elle n'était pas au bout de ses peines. Quand sa détresse la précipita contre le cœur de sa mère, elle se heurta, là aussi, à un mécompte effroyable, à une souffrance qui, elle-même, avait trop besoin de réconfort pour pouvoir en prodiguer à autrui. Après la scène bouleversante avec Auguste, Odile, sur mon conseil, était allée passer quelques semaines chez des parents à Dessau, mais elle dut rentrer en toute hâte, rappelée d'urgence par un émissaire. Une catastrophe s'était produite : le comte Edling, le tendre ami de la maison, le tuteur, le petit vice-papa, le plus bel homme du duché, dont madame de Pogwisch attendait de pied ferme la demande en mariage qu'elle avait tout lieu d'espérer, avait épousé sans tambour ni trompette, sans souffler mot, une princesse Stourdza, de Moldavie, de passage à Weimar !

Quel automne et quel hiver, ma très chère ! Et je ne le dis pas seulement parce qu'en février, Napoléon s'étant évadé de l'île d'Elbe, il fallut le réduire de nouveau ; je pense aux exigences que le sort imposa à la mère et à la fille, aux épreuves assez identiques auxquelles il soumit la force et la dignité de leurs âmes. Mme de Pogwich obligée de rencontrer le comte presque chaque jour à la cour, souvent en compagnie de sa nouvelle femme, se contraignit, la mort dans l'âme, à conserver un maintien amical et souriant ; par surcroît il lui fallut surveiller son attitude sous les yeux d'une société très informée, heureuse de sa déconvenue. Odile, appelée à l'assister dans cette tâche presque surhumaine, dut en outre supporter, en faisant bonne contenance, la curiosité de toute la ville qui n'ignorait pas sa propre rupture avec M. de Goethe. Auguste mettait à la blesser une morose ostentation, en affectant de ne pas la voir. Coincée entre ces divers malentendus, j'avais moi aussi le cœur serré et désolé ; car peu avant Noël, Ferdinand nous avait quittées. Il allait en Silésie pour en ramener à son foyer sa Thusnelda ou Dorothée, elle s'appelait Fanny en réalité, et bien que la nature m'eût interdit le moindre espoir et toujours confinée dans le rôle de confidente, je souffris cruellement de le perdre, encore qu'à ma souffrance se mêlât un certain soulagement, quelque chose comme une douce satisfaction. Car il est plus facile pour une laide de rendre, conjointement avec une jolie fille, un culte au souvenir du héros disparu de leurs rêves, comme nous le fîmes, que de goûter avec elle le bonheur, inégalement réparti, de sa présence charnelle.

En dépit de mes regrets, le départ de notre jeune ami et son union avec une autre m'apportèrent un agréable apaisement, et j'augurais que la fâcherie d'Odile avec Auguste aboutirait à un résultat identique. Oui, malgré les difficultés de la situation, Odile m'avoua qu'elle éprouvait du bien-être ; elle se sentait heureuse, affranchie, à présent que tout était fini entre elle et lui ; après les énervants tiraillements de leur liaison, son cœur s'engourdissait dans une paisible indifférence. Elle n'en serait que plus libre pour se consacrer au sublime souvenir de Ferdinand et prodiguer des consolations à sa déplorable mère. Propos agréables à entendre ; mais mes doutes au sujet de savoir si vraiment je n'avais plus lieu de m'inquiéter ne furent pas tout à fait levés. Auguste était le Fils, c'était là son caractère spécifique. A travers lui, il y avait son auguste père qui de toute évidence n'approuvait pas la brouille avec la "petite personne" ; elle avait certainement été consommée sans sa permission et tout aussi certainement, il chercherait à la raccommoder, en pesant de toute son autorité. Cette alliance qui m'épouvantait je savais qu'il la souhaitait, qu'il travaillait à la conclure. La sombre passion de son fils pour Odile n'était que l'expression, le résultat de ce vœu, de cette volonté. En elle, Auguste avait aimé le type cher à son père. Son amour était une imitation, une transmission, une soumission ; le reniement de cet amour, un acte d'indépendance factice, une rébellion dont je prévis qu'elle serait malheureusement sans durée et sans résistance. Et Odile ? S'était-elle vraiment affranchie du fils d'un tel père ? Pouvais-je vraiment la considérer comme sauvée ? J'étais sceptique et à bon droit.

Son émotion en apprenant les bruits qui circulèrent sur le genre de vie d'Auguste me permit de reconnaître le bien-fondé de mon scepticisme. De trop nombreux motifs concouraient à priver le jeune homme de tout soutien moral, le poussaient à s'étourdir et le rejetaient au vice pour lequel sa nature d'une robustesse trouble, d'une sensualité inquiétante, avait toujours marqué du penchant. Il y avait eu le scandale mondain consécutif à sa malencontreuse histoire du volontariat, puis sa dispute avec Odile et le conflit intérieur et probablement extérieur aussi, que sans doute elle lui valut avec son père et plus encore, avec lui-même. J'énumère ces faits non pour excuser la vie de débauche à laquelle il s'adonna, selon la rumeur publique, mais pour l'expliquer. Les échos nous en parvinrent de divers côtés, entre autres par la fille de Schiller, Caroline, et son frère Ernest, ainsi que des plaintes sur ses façons intolérables, sa violence querelleuse et ses éclats grossiers. Il buvait immodérément, nous dit-on ; une nuit, en état d'ébriété, il avait été impliqué dans une rixe scandaleuse qui l'avait conduit au poste de police, où, eu égard à son nom, il avait été aussitôt relaxé. Cette méchante affaire fut étouffée mais toute la ville connut ses relations avec des femmes qu'on ne saurait qualifier autrement que de créatures. Le pavillon du jardin que le conseiller intime lui avait cédé pour y installer ses collections de minéraux et de fossiles (Auguste avait repris à son compte l'ardeur collectionneuse de son père), servait, paraît-il, de théâtre à ses turpitudes. Nul n'ignora sa passion pour la femme d'un hussard, dont le mari se montrait complaisant parce que l'épouse volage rapportait des cadeaux au foyer conjugal. C'était une grande bringue, anguleuse, pas précisément laide, et on se gaussait d'Auguste qui était censé lui avoir dit des fadeurs dans le genre de "Tu es la lumière de ma vie !" qu'elle colportait avec vanité. On riait aussi d'une histoire mi-choquante, mi-sympathique : le vieux poète ayant à l'improviste rencontré le couple dans son jardin, à la tombée du crépuscule, aurait simplement dit : "Mes enfants, surtout ne vous dérangez pas !" et se serait éclipsé. Je ne garantis pas l'authenticité du fait, mais je le tiens pour vrai, car il cadre avec une certaine bienveillance, pour ne pas employer un autre terme, du grand homme, en matière de morale. D'aucuns lui en font grief, pour ma part je m'abstiens de la juger.

Je voudrais pourtant vous dire encore une chose à laquelle j'ai souvent réfléchi, parfois avec une conscience inquiète en me demandant s'il était séant pour moi ou pour tout autre, de céder à de pareilles pensées. Voilà, j'ai cru m'apercevoir que certaines particularités qui chez le fils s'expriment de façon malheureuse et funeste, existent en puissance chez l'illustre père, bien qu'il soit difficile de les identifier et qu'au surplus le respect et la piété nous l'interdisent. Dans le cas du père, elles se maintiennent à l'état d'heureuse latence, aimable et féconde, et contribuent à la joie du monde, alors que chez le fils elles empruntent une forme néfaste, grossière, dépourvue de toute spiritualité, et s'étalent ouvertement au grand jour, avec une impudeur, une immoralité rebutantes. Tenez, une œuvre aussi magnifique et séduisante, oui, séduisante du point de vue moral aussi, que le roman des *Affinités électives*... Les philistins ont souvent crié à l'amoralité à propos de ce poème génial et quintessencié de l'adultère, mais pour qui a le sens de l'esprit classique, leur réprobation n'est qu'un indice d'obscurantisme et mérite tout juste un haussement d'épaules. Et pourtant, ma chère, il y aurait beaucoup à dire. Comment nier, la main sur la conscience, que cette œuvre sublime contient effectivement un élément d'une moralité douteuse, certaines complaisances et même, pardonnez-moi le terme, un peu d'hypocrisie, un inquiétant jeu de cache-cache avec la sainteté du mariage, un laxisme corrupteur et fataliste pour tout ce qui touche à la mystique de la loi naturelle... Même la mort, sans doute considérée comme le moyen, pour une nature morale, de sauvegarder sa liberté, n'est-elle pas au fond imaginée et représentée pour servir de prétexte, de suprême et suave refuge à la concupiscence ? Ah, je sais l'inconvenance absurdité qu'il y aurait à voir dans les débordements d'Auguste, dans son libertinage, la déviation déplaisante de propriétés auxquelles nous sommes redevables d'une œuvre romanesque comme celle-là, ce cadeau à l'humanité. Au reste, j'ai déjà parlé des scrupules qui parfois s'associent à la recherche critique de la vérité ; le problème se pose de savoir si la vérité vaut d'être recherchée à tout prix, si nous avons le devoir de nous efforcer à sa connaissance, ou s'il existe des vérités interdites.

Odile se montrait beaucoup trop émue et douloureusement bouleversée de la conduite de M. de Goethe, pour que je pusse croire qu'elle se désintéressait vraiment de lui. Sa haine pour l'épouse du hussard éclatait au grand jour, une haine qu'on aurait pu qualifier d'un nom plus exact. Comment sonder les sentiments d'une femme pure à l'égard de ces créatures sur qui l'homme de son choix a reporté une ardeur sensuelle, et qui, par rapport à elle, se trouvent détenir un avantage aussi vil que factice ? Son mépris et son horreur ne sauraient ravaler assez bas l'infâme rivale, ni assez l'écraser sous la dignité de sa propre vie ; mais d'autre part, cette forme terrible et spéciale de l'envie qu'on appelle jalousie, élève involontairement, jusqu'à son niveau, l'objet de sa haine, devenu son égal par le pouvoir du sexe. Admettons en outre, que le dérèglement de l'homme, malgré le dégoût qu'il inspire, exerce sur une telle âme une attraction profonde et affreuse, au point de ranimer la passion expirante ; et comme une nature noble ennoblit tout ce qui l'entoure, cette passion prend la forme de l'abnégation, elle aspire au sacrifice pour restituer à l'homme ce qu'il a de meilleur en lui.

Bref, je n'étais pas certaine que mon Odile repousserait une tentative de rapprochement d'Auguste ; et à lui, ne serait-elle pas imposée, tôt ou tard, par la volonté supérieure qui étayait la sienne et contre laquelle il avait vainement tenté de s'insurger ? Mon attente, mes craintes n'avaient que trop de fondement. En juin dernier, je me rappelle comme si c'était hier, un soir que nous nous trouvions à la cour, dans la galerie des Glaces, Odile, moi, notre amie Caroline de Harstall et un M. de Gross, Auguste que je voyais rôder autour de nous depuis un bon moment s'approcha à pas de loup, se joignit à notre groupe et se mêla à la conversation. Au début, il ne parla à aucun de nous en particulier, puis ce fut un instant chargé de tension et qui de la part des personnes présentes requit beaucoup de maîtrise de soi) il adressa quelques phrases et quelques remarques directes à Odile. L'entretien ne se départit pas du ton mondain ; il roula sur la guerre et la paix, les nécrologies, les Souvenirs qu'écrivait son père, le bal prussien et son suberbe cotillon. Mais le regard d'Auguste, levé vers le ciel, contrastait avec l'indifférence formaliste de nos propos, et au moment de prendre congé, quand nous lui fîmes notre révérence (car de toute façon nous étions sur le point de partir), ses yeux se révulsèrent violemment.

"As-tu vu sn regard ?" demandai-je à Odile dans l'escalier." Je l'ai vu, répondit-elle, et il m'inquiète. Crois-moi, Adèle, je ne souhaite point un regain d'amour de sa part, ce serait troquer contre mes anciens tourments une indifférence dont je m'accommode fort bien." Telles furent ses paroles. Mais la glace était rompue, les hostilités avaient pris fin.

Au théâtre et ailleurs aussi, dans le monde, M. de Goethe rechercha de nouveau Odile. Elle évitait le tête-à-tête, cependant elle m'avoua que ce regard qui lui rappelait le passé l'émouvait singulièrement ; l'expression infiniment triste qu'il avait parfois en se posant sur elle réveillait en son cœur le sentiment de sa culpabilité. Si je lui objectais ma crainte de son rapprochement avec un homme violent, destructeur, qui rendait impossible toute amitié parce qu'il exigeait sans cesse davantage, elle me répondait : "Rassure-toi, mon cœur, je suis libre et le resterai. Vois, il m'a prêté un livre, *L'Etrange Voyage autour du Monde en 21 jours*, de Pinto, je n'y ai même pas encore jeté un coup d'œil. S'il m'était venu de Ferdinand, je le saurais déjà par cœur." C'était exact. Qu'elle ne l'aimât pas, je le croyais sans peine ; mais était-ce là un réconfort, une garantie ? Je voyais bien qu'elle était fascinée par lui et par la pensée de devenir sienne, comme le petit oiseau par le serpent.

Je perdais la tête quand je l'imaginais la femme d'Auguste ; pourtant, à quoi tout cela devait-il aboutir ? Des choses se passaient, qui me déchiraient le cœur, des choses incompréhensibles. Ma conviction que ce malheureux la briserait semblait justifiée d'avance, car l'automne dernier, mon amie chérie tomba sérieusement malade, sans doute par suite de la lutte intérieure qu'elle soutenait. Elle resta couchée trois semaines avec la jaunisse et comme il est bon, dit-on, de se mirer dans le goudron en pareil cas, elle en eut une pleine cuve sous son lit. Quand, une fois remise, elle rencontra de nouveau Auguste en société, il ne parut aucunement avoir souffert de son absence ni même l'avoir remarquée. Pas un mot, pas une syllabe ne témoignèrent du contraire.

Odile, hors d'elle, eut une rechute qui l'obligea à se mirer huit jours de plus dans le goudron. "Dire que j'aurais, sanglotait-elle contre mon sein, renoncé au ciel pour lui, et il me trompait." Le croirez-vous ? Une quinzaine plus tard, la pauvre créature vint me trouver, pâle comme une morte et m'annonça, l'œil fixe, qu'Auguste lui avait parlé de leur prochaine union le plus tranquillement du monde, comme d'une affaire entendue. Que vous en semble-t-il ? Peut-on rien imaginer de plus troublant ? Il ne s'était pas déclaré, n'avait pas sollicité son amour, et on ne saurait dire non plus qu'il lui ait *parlé* mariage ; il en avait plutôt *fait mention*, avec une désinvolture effrayante, incidemment. "Et toi ? m'écriai-je. Je t'en conjure, Dilemuse, mon cœur, que lui as-tu répondu ?" Madame très honorée, elle m'avoua que les mots lui avaient manqué.

Vous concevez que je sois indignée de la sinistre imperturbabilité du destin ? Du moins un dernier obstacle subsistait-il en la personne dont l'existence constituerait assurément un sérieux empêchement, le jour où M. de Goethe, comme les convenances en fin de compte l'exigeaient, demanderait la main d'Odile à sa mère et à sa grand'mère : c'était la conseillère intime Christiane, la "mam'zelle". Ma très chère, elle est morte en juin dernier ! Cette pierre d'achoppement n'existe plus ; et sa disparition a dangereusement modifié la situation, Auguste étant tenu, à présent, d'amener une nouvelle maîtresse de maison au foyer paternel. Empêché par son deuil, et aussi parce que la saison mondaine était plus calme, il n'a vu, il est vrai, Odile, que rarement au cours de l'été. En revanche, un incident se produisit, dont je ne saurais vous rendre un compte exact attendu qu'il s'entoura d'un mystère mi-joyeux, mi-pénible, mais aucun doute ne saurait subsister quant à sa fatale importance : au début d'août, Odile eut une entrevue avec le conseiller intime, le grand poète de l'Allemagne.

Je répète qu'il m'est impossible d'en relater les particularités, n'en connaissant aucune. Avec une humeur taquine, mais dépourvue d'allégresse, Odile se dérobe ; il lui plaît de faire de l'événement une sorte de secret solennel et badin. "Lui-même, me répond-elle en souriant, quand je la presse de questions, ne s'est jamais exprimé très nettement sur son entretien avec l'empereur Napoléon et se refuse à en évoquer le souvenir devant le monde, comme un bien jalousement préservé. Pardonne-moi, Adèle, si en cela je le prends pour modèle et contente-toi de savoir qu'il s'est montré délicieux pour moi."

Il s'est montré délicieux pour elle, je vous transmets le renseignement, très chère madame. Et là-dessus je termine mon petit roman qui, vous le voyez, est du genre gracieux, puisqu'il s'achève sur des fiançailles, ou tout au moins leur proclamation imminente. Car à moins d'un miracle et si le ciel ne se met en travers, la cour et la ville peuvent s'attendre à l'événement pour la Noël, en tout cas pour la Saint-Sylvestre. »

VI

Le récit de Mlle Schopenhauer a été rapporté ici d'un seul trait. Mais en réalité, le flot verbal, teinté d'accent saxon, qui s'écoulait de la grande bouche exercée, fut interrompu à deux reprises, au milieu et vers la fin. Les deux fois, le maître d'hôtel Mager, visiblement malheureux de remplir un devoir pénible, entra au *parlour-room* et avec force excuses véhémentes, annonça de nouveaux visiteurs.

D'abord, la femme de chambre de madame la conseillère intime Ridel. La messagère était, dit-il, en bas ; elle s'enquérait avec insistance de la santé de madame la conseillère aulique et de son retard, au sujet duquel une vive anxiété régnait à l'Esplanade, où le déjeuner refroidissait. En vain Mager s'était-il évertué à lui expliquer que l'arrivée de l'illustre voyageuse de l'Eléphant chez Mme sa sœur se trouvait différée en raison d'importantes audiences, qu'il n'était point homme à troubler. Après une brève attente, mam'zelle l'avait quand même obligé à cette intrusion, en s'obstinant pour qu'il signalât sa présence, car elle avait reçu la consigne de s'emparer de madame la conseillère aulique et de la ramener à la maison où l'inquiétude et la faim atteignaient au paroxysme.

Charlotte s'était levée, les joues empourprées, avec une mine, un geste, qui semblaient exprimer catégoriquement : « Oui, c'est impardonnable ! Quelle heure est-il donc ? Je dois partir ! Il faut cette fois, mettre fin à l'entretien. » Mais, fait surprenant, elle se rassit aussitôt après cette velléité et dit le contraire de ce qu'on aurait pu croire :

« Bien, Mager, fit-elle. Votre nouvelle irruption vous coûte, je le sais. Dites à cette jeune personne de prendre patience ou de s'en aller, le mieux serait qu'elle parte et avertisse de ma part madame la conseillère à la Chambre des finances qu'il ne faut pas m'attendre pour déjeuner, j'irai dès que je pourrai et il n'y a pas lieu de se tourmenter à mon propos. Naturellement, les Ridel sont inquiets, qui ne le serait à leur place ? je le suis aussi, car j'ai depuis longtemps perdu la notion de l'heure, et ne me représentais pas du tout les choses ainsi. Mais elles sont ce qu'elles sont, et puis je ne suis pas une personne ayant un caractère privé, je dois me soumettre à des exigences qui importent plus qu'un déjeuner retardé. Dites-le à la mam'zelle ; je lui demande aussi d'avertir qu'il m'a fallu poser pour un portrait, et ensuite délibérer d'affaires importantes avec M. le docteur Riemer ; à présent j'écoute le récit de cette dame et ne peux vraiment pas m'en aller au beau milieu. Répétez-lui cela, ainsi que mon allusion à des exigences qui priment le reste, et l'inquiétude que je ressens de mon côté ; mais je suis obligée d'en prendre mon parti et je prie les miens d'en faire autant.

– Très bien, merci », avait répondu Mager, satisfait et plein de compréhension, en s'éloignant ; sur quoi Mlle Schopenhauer, d'une bouche reposée, avait repris le fil de son discours à peu près à l'endroit où les jeunes filles, après leur découverte dans le parc, étaient rentrées en ville sur les ailes de l'enthousiasme.

La seconde fois, le maître d'hôtel cogna à la porte au moment où il était question de la « femme du hussard » et des *Affinités électives.* Il avait frappé un coup plus énergique que précédemment et son air, quand il entra, prouvait qu'il considérait cette fois l'intrusion comme fort légitime et ne donnant plus lieu à aucun scrupule, aucune hésitation. Sûr de son fait, il annonça :

« M. de Goethe, conseiller à la Chambre des finances. »

Ce fut Adèle qui, à ces mots, bondit du sofa où Charlotte restait assise, non par affectation de sang-froid mais plutôt parce que les forces commençaient à lui manquer.

« *Lupus in fabula !* s'écria Mlle Schopenhauer. Grands dieux, que devenir ? Mager, il ne faut pas que je rencontre M. le conseiller à la Chambre des finances ! Arrangez-vous pour cela, mon brave homme ! D'une façon ou d'une autre, vous devez m'escamoter ! Je m'en remets à votre sagacité.

– Avec raison, mademoiselle, avait répondu Mager, avec raison. A tout hasard j'avais prévu ce désir, je connais la délicatesse des relations mondaines et je sais qu'on ne peut jamais savoir. J'ai donc informé M. le conseiller à la Chambre des finances que madame la conseillère aulique était occupée pour l'instant et l'ai prié d'entrer à la taverne, en bas. Il est en train de siroter un peti verre de madère et j'ai mis la bouteille à côté de lui. J'engage donc ces dames à aller jusqu'au bout de leur conversation ; après quoi, mademoiselle voudra bien me permettre de lui faire traverser le vestibule, inaperçue, avant que je n'aie introduit M. le conseiller à la Chambre des finances auprès de madame la conseillère aulique »

Les deux dames avaient loué Mager de ses dispositions et il s'était retiré. Adèle avait dit :

«Très chère madame, j'ai conscience de la solennité de cet instant. Le fils est là, sans doute porteur d'un message du père. Il est déjà averti de votre présence, lui à qui elle importe le plus ; et, au surplus, comment l'ignorerait-il ? Elle a produit une sensation immense et la Renommée de Weimar est une déesse aux pieds légers. Il vous envoie un émissaire, il se présente à vous en la personne de son rejeton. Je suis toute bouleversée, j'ai peine à retenir mes larmes, émue que j'étais déjà par le sujet dont il m'a été permi de vous entretenir. Cette visite a un caractère plus impérieux et plus urgent que la mienne, au point que je ne songe même pas à invoquer le fait que le conseiller à la Chambre des finances étant amplement pourvu de madère, je pourrais vous prier de m'écouter jusqu'au bout avant de lui donner audience. Je n'y songe pas, très honorée, et vous prouve, en m'éclipsant...

– Restez, mon enfant, avait répondu Charlotte avec fermeté, et, s'il vous plaît, reprenez votre place. » Une rougeur de pastel colorait les joues de la vieille dame et ses doux yeux bleus brillaient d'un éclat fébrile, mais elle se tenait étonnamment droite sur son sofa, calme et maîtresse de ses nerfs. Le visiteur, poursuivit-elle, patientera un peu. Au reste, c'est de lui que je m'occupe en vous écoutant, et je suis accoutumée à avoir de l'ordre et de la suite dans les idées. Continuez, je vous prie. Vous parliez d'héritage filial, d'aimable latence...

– En effet. Mlle Schopenhauer s'en était souvenue et se rasseyait avec enpressement. Prenez une œuvre aussi admirable que le roman... » Et à une allure accélérée, à la cadence la plus rapide, avec une incroyable vélocité verbale, Adèlemuse avait achevé son récit sans d'ailleurs s'accorder, après le dernier mot, plus qu'une brève inspiration. Ou plutôt, sans ménager une pause et en changeant seulement d'intonation, elle enchaîna :

« Voilà la situation que je fus irrésistiblement poussée à vous exposer, très chère madame, aussitôt que j'appris votre présence. Ce désir se confondait avec celui de vous voir, de vous offrir mon hommage, et pour ce motif, je me suis rendue coupable envers Line Egloffstein, en lui faisant mystère de mon projet et en ne l'associant pas à ma visite. Très chère ! Très honorée ! Le miracle dont je parlais, je l'espère de vous. Si, comme je le disais, le ciel veut encore intervenir au dernier moment pour empêcher une alliance dont l'absurdité et les dangers accablent mon âme, j'ai idée qu'il pourrait se servir de vous et peut-être vous a-t-il amenée ici à cet effet. Dans quelques minutes, vous verrez le fils, et dans quelques heures, je suppose, l'illustre père. Vous pouvez prendre de l'influence, conseiller, cela vous est permis. Vous auriez pu être la mère d'Auguste, vous ne l'êtes point parce que votre célèbre histoire a suivi un cours différent, parce que vous l'avez voulue et dirigée autrement. La raison pure, le sens sacré de la justice et de la convenance qui vous ont guidée, mettez-les également en œuvre ici. Sauvez Odile ! Elle aurait pu être votre fille, elle semble l'être ; voilà précisément pourquoi elle se trouve aujourd'hui exposée à un péril auquel vous-même, jadis, avez su résister avec la plus respectable circonspection. Soyez une mère pour l'image fidèle de votre jeunesse, car c'est cela qu'elle est, c'est comme telle qu'elle est aimée, par un fils, à travers un fils. Protégez la "petite personne" comme la nomme le père et, forte de ce qu'autrefois vous fûtes pour le père, préservez-la de céder à une fascination qui me remplit d'un indicible effroi. L'homme que dans votre sagesse vous avez suivi n'est plus ; la femme qui fut la mère d'Auguste est également disparue. Vous restez seule avec le père, avec celui qui aurait pu être votre fils, et l'être charmant qui est l'image de votre jeunesse. Vos paroles auront une autorité maternelle. Opposez-les à la fausseté, au péril. Je vous en prie, je vous en conjure...

– Ma bien chère enfant ! dit Charlotte, que me demandez-vous là ? De quoi voulez-vous que je me mêle ? En écoutant votre récit, avec des sentiments mitigés, il est vrai, mais aussi avec le plus vif intérêt, je ne soupçonnais pas qu'il comportait une telle confiance, pour ne pas dire de telles exigences. Je suis troublée, non seulement par votre requête mais aussi vos arguments. Vous m'impliquez dans... vous voulez engager ma responsabilité en mettant la vieille femme que je suis devant une réplique de mon moi de jadis... Vous semblez estimer que la disparition de la conseillère intime a modifié ma situation par rapport au grand homme que je n'ai pas revu pendant la durée de toute une vie... et qu'elle me confère des droits maternels sur son fils... Avouez l'absurdité et le caractère effrayant d'une telle conception. On pourrait donc supposer que mon voyage... Je vous ai probablement mal comprise. Pardonnez-moi. Je suis lasse après les impressions et les fatigues de cette journée qui, vous le savez, m'en réserve quelques autres encore. Adieu, mon enfant, et merci de votre belle expansivité. Mais de ce que je vous congédie, n'inférez pas que je vous éconduis. L'attention avec laquelle je vous ai écoutée vous garantit que nous ne vous êtes pas adressée à une indifférente. Peut-être aurai-je l'occasion de conseiller, de secourir. Vous comprenez qu'avant d'avoir pris connaissance du message que j'attends, je ne puis savoir si je serai en mesure de vous être utile... »

Elle restait assise et, avec un sourire bienveillant, tendait la main à Adèle qui s'était levée pour exécuter une révérence de cour. Sa tête reprise d'un tremblement se pencha au-dessus de celle de la jeune fille également émue, qui s'inclina sur sa main pour la baiser avec respect. Puis Adèle sortit. Charlotte attendit quelques instants seule, le front baissé, immobile sur son sofa, jusqu'à ce que Mager reparut en répétant :

« M. de Goethe, conseiller à la Chambre des finances. »

Auguste entra ; ses yeux bruns, rapprochés, brillants de curiosité mais éclairés d'un timide sourire, fixèrent Charlotte. Elle aussi le regarda avec une insistance qu'elle essaya de dissimuler sous un sourire. Son cœur battait à grands coups, ce qui, joint à la rougeur de ses joues (fût-elle en partie attribuable à l'excès de fatigue), était sans contredit risible, et cependant charmant, pour peu qu'on eût affaire à un spectateur bienveillant. Une pensionnaire de soixante-trois ans, sans doute n'en existait-il point d'autre. Lui en comptait vingt-sept (quatre de plus qu'au temps passé) et elle eut l'impression confuse qu'elle n'était séparée de certain été lointain que par les quatre années que le jeune homme actuel comptait de plus que le jeune Goethe de jadis. Encore une fois, c'était risible. Quarante-quatre ans s'étaient écoulés depuis : un laps de temps immense, la vie même, une vie longue, uniforme mais mouvementée, riche en procréations : onze pénibles grossesses, onze couches, onze périodes d'alaitement, son sein resté deux fois à l'abandon, inutile, parce qu'il avait fallu restituer à la terre le trop fragile nourrisson. Puis la survie à Kestner – déjà seize ans ! – la période de veuvage et de maturité où elle s'était défleurie, digne et solitaire : l'époque oisive, affranchie de l'activité ménagère et des enfantements, dégagée d'une présence plus forte que le passé, d'une réalité capable de conjurer la pensée de ce qui aurait pu être, l'époque où disposant de plus de loisirs et de puissance imaginative qu'au temps des gestations, elle avait pu se souvenir, évoquer l'inaccompli, le « et-si-pourtant ? » de la vie, prendre conscience de son autre dignité, l'extra-bourgeoise, la spirituelle, étrangère aux prosaïsmes et aux maternités, celle de la renommée et de la légende, dont le rôle était allé grandissant dans l'imagination des hommes.

Ah, le temps, et nous, ses enfants ! Nous nous défaisons en lui et nous descendons la côte, mais la vie et la jeunesse sont toujours en haut, la vie est toujours jeune, la jeunesse est toujours vivante, avec nous, à côté de nous, les épuisés : elle et nous, sommes inclus dans la même portion de temps qui est encore la nôtre et déjà la sienne, nous pouvons encore la contempler, baiser son front encore pur de rides, à cette réplique de notre jeunesse, issue de nous... Ce garçon n'était pas né de Charlotte, mais il aurait pu l'être, présomption plausible maintenant qu'avait disparu celle dont la présence lui eût infligé un démenti, maintenant que, non seulement la place était vide à son côté à elle, mais aussi aux côtés du père, le jeune homme de jadis. Elle salua d'un regard le produit de l'autre, – d'un regard critique, malveillant, le toisa pour voir si elle-même ne l'aurait pas mieux réussi. Allons, la demoiselle avait passablement fait les choses. Il était de stature imposante, et même beau, si l'on voulait. Lui ressemblait-il ? Elle n'avait jamais vu la mère, le trésor d'alcôve[1]. Peut-être tenait-il d'elle sa tendance à l'obésité – il était trop replet pour son âge, encore que sa taille développée compensât un peu son embonpoint. Le père avait été plus élancé, au temps de Charlotte, au temps passé qui façonnait et costumait ses fils d'une manière toute différente, avec à la fois plus de contrainte bienséante dans la mise – rouleau de cheveux poudrés, nœud du catogan sur la nuque, et plus de laisser-aller aussi : cou génialement dégagé dans la chemise ornée de dentelles. Or la chevelure du nouvel arrivant, selon une mode consécutive à la Révolution, lui recouvrait la moitié du front et, descendant des tempes pour former des favoris frisés, disparaissait dans le col en pointe, où le menton juvénile et mou se perdait avec une dignité presque comique. Assurément, le jeune homme actuel, avec sa cravate à plusieurs tours remplissant l'échancrure du col, affectait un maintien plus gourmé, une réserve plus mondaine, disons plus officielle. Le paletot marron à la mode, largement ouvert, aux épaules remontées, l'une des

---

[1]. Gœthe appelait Christiane son *Bettschatz*.

manches cerclée d'un brassard de deuil, moulait strictement, avec correction, la silhouette un peu lourde. En un geste élégant, le coude collé au corps, il tenait devant lui son haut-de-forme, la coiffe apparente. Et cependant, cette impeccabilité cérémonieuse qui excluait toute fantaisie, semblait contredite par un trait un peu inquiétant, pas tout à fait irréprochable du point de vue bourgeois, mais qui risquait de la faire oublier malgré sa séduction : c'étaient les yeux doux et mélancoliques, d'un éclat humide dont on eût été tenté de dire qu'il était indécent : les yeux de l'Eros de jadis, autorisé, scandale ! à remettre à la duchesse un poème à l'occasion de son anniversaire, les yeux d'un enfant de l'amour...

Ce fut la nuance brun foncé, transmise par héritage, de ces yeux, et leur rapprochement, qui, durant les quelques secondes qu'il fallut au jeune homme pour entrer, s'incliner une première fois et s'avancer, lui fit soudain percevoir la ressemblance d'Auguste avec son père. Ressemblance certaine, aussi frappante que malaisée à déterminer si l'on analysait les détails ; toutefois indiscutable, malgré le front plus bas, le nez moins accusé, la bouche plus petite et plus féminine, une ressemblance timidement portée, consciente de son infériorité, teintée d'un rien de tristesse et qui semblait pour ainsi dire s'excuser ; elle s'affirmait dans le maintien, les épaules rejetées en arrière, le ventre bombé soit par artifice d'imitation, soit par atavisme. Charlotte fut profondément émue. L'épreuve modifiée et manquée qu'elle avait sous les yeux, cette tentative de la vie cherchant à se renouveler, à redevenir le présent, cet essai évocateur qui, d'ailleurs, n'égalait le passé que parce qu'il empruntait le visage de la jeunesse et de l'actualité, bouleversa la vieille dame au point que, tandis que le fils de Christiane s'inclinait sur sa main, en dégageant une odeur de vin et d'eau de Cologne, son souffle se mua en un bref et pénible sanglot oppressé.

En même temps, elle se rappela que sous sa forme présente, l'actuel jeune homme était de noblesse.

« Monsieur de Goethe, dit-elle, soyez le bienvenu. Je suis sensible à votre attention, et me réjouis de connaître, à peine arrivée à Weimar, le fils d'un cher ami de jeunesse.

arrivé de frôler la mort, par instants ou par périodes. En disant "périodes", je pense à l'époque de *Werther*. »

Il s'arrêta, un peu troublé, et ajouta : « Mon esprit se reporte plutôt aux crises physiques, à l'hémoptysie de son adolescence, aux graves maladies de la cinquantaine, sans parler des attaques de goutte, des coliques néphrétiques et de la lithiase, qui, de bonne heure, le conduisirent aux eaux de Bohême, ni des moments où, bien que ne souffrant d'aucun mal définissable, il semblait ne tenir qu'à un fil, au point que la société s'attendait chaque jour à le perdre. Il y a onze ans, tous les yeux étaient fixés avec inquiétude sur lui, et ce fut Schiller qui mourut. A côté de lui, cacochyme, ma mère sembla toujours florissante, épanouie, pourtant, elle n'est plus, et il vit. Il vit intensément, malgré sa santé délabrée, et, souvent, je me dis qu'il nous enterrera tous. Il veut ignorer la mort, n'en rien savoir, il regarde en silence au-delà. Je suis convaincu que, si je mourais avant lui... Cela pourrait arriver, je suis jeune, il est vrai, lui âgé, mais qu'est ma jeunesse au regard de sa vieillesse ? Je ne suis qu'un surgeon adventice, peu marquant, et si je mourais, à mon sujet aussi il se tairait, s'abstiendrait de rien témoigner et n'appellerait jamais ma mort par son nom. Ainsi ferait-il, je le connais. Il entretient avec la vie, si j'ose dire, une amitié précaire et, sans doute est-ce pour ce motif qu'il évite avec soin les images funèbres, les agonies, les inhumations. Il n'a jamais aimé aller aux enterrements et n'a voulu voir dans leur cercueil ni Herder, ni Wieland, ni notre pauvre duchesse Amélie, à laquelle il était pourtant fort attaché. Il y a trois ans, aux obsèques de Wieland, à Osmannstaedt, j'eus l'honneur de le représenter.

— Hum », fit-elle avec une révolte de l'esprit qui était presque un sursaut de son humanité. » Dans mon carnet, dit-elle après avoir un peu battu des paupières, j'ai noté, entre autres, une réflexion que j'aime. Il y est dit : « Depuis quand redoutes-tu d'affronter la mort, alors qu'avec insouciance tu vécus parmi ses images changeantes comme parmi les autres formes familières de la terre ? » C'est dans *Egmont*.

– Oui, *Egmont* », se borna-t-il à répéter. Il baissa les paupières, les releva aussitôt et regarda Charlotte avec de grands yeux scrutateurs que, de nouveau, il baissa. Après coup, elle eut l'impression qu'il avait voulu éveiller en elle précisément les sentiments contre lesquels elle luttait, et que ce regard en coup de sonde lui avait donné la certitude de sa réussite. Mais après, il eut comme une velléité de se reprendre et d'atténuer, de justifier l'effet de ses paroles, car il dit :

« Naturellement, mon père a vu ma mère quand elle a été morte et lui a fait les plus émouvants adieux. Nous possédons, en outre, un poème que lui a inspiré son trépas, il l'a fait transcrire peu d'heures après la fin, pas par moi, malheureusement ; il l'a dicté à son valet de chambre car j'étais occupé ailleurs. Ce ne sont que quelques vers, mais très expressifs : "En vain tu essayes, soleil, – de percer les sombres nuées. – Le seul avantage que j'ai de vivre – consiste à pleurer cette perte."

– Hum », fit-elle de nouveau, et elle hocha la tête en signe d'acquiescement indécis. Elle s'avouait qu'au fond le quatrain lui semblait tout à la fois médiocre et hyperbolique. Elle eut le soupçon dont elle crut déchiffrer assez nettement la confirmation dans le regard d'Auguste posé sur elle, qu'il avait voulu provoquer ce jugement, non, certes pour qu'elle l'exprimât, mais afin qu'il fût dans sa pensée, et que chacun d'eux pût réciproquement le lire dans les yeux de l'autre. Elle baissa donc les siens en murmurant une vague louange.

« N'est-ce pas ? » fit-il, bien qu'il n'eût pas compris. « Ce poème, continua-t-il, est de la plus haute importance, je m'en réjouis tous les jours et je l'ai répandu dans la société à de nombreux exemplaires. Elle constatera, sans doute avec dépit et peut-être aussi à sa confusion et pour son édification finale, combien mon père, malgré son indépendance et son quant-à-soi, qu'il lui fallait, bien entendu, sauvegarder, était tendrement attaché à ma mère et avec quelle émotion profonde il honore sa mémoire, la mémoire d'une femme que le monde a toujours poursuivie de sa haine, de sa malignité et de ses médisances. Et pourquoi ? demanda-t-il en s'échauffant. Parce qu'en ses jours de santé elle avait plaisir à se distraire un peu, à faire un tour de danse ou à vider un petit verre en joyeuse compagnie. Belle raison ! Père s'en amusait et, parfois, plaisantait avec moi la joie de vivre, un peu drue, de ma mère ; il a même composé à ce sujet quelques vers où il dit comment le cercle de la gaieté se parfait toujours par elle, mais il l'entendait dans une intention cordiale et plutôt élogieuse. Lui d'ailleurs tirait de son côté, et il était plus souvent loin de nous, soit à Iéna, soit aux eaux, qu'à la maison. Il est même arrivé qu'un jour de Noël qui, pourtant, est aussi la date de mon anniversaire de naissance, il est resté à travailler au château d'Iéna, et s'est borné à nous envoyer nos étrennes. Mais de loin comme de près, ma mère veillait à son bien-être matériel, elle a porté tout le poids des soucis domestiques et lui a épargné tout ce qui aurait pu le déranger dans son délicat travail, qu'elle n'avait point la prétention de comprendre (les autres, d'ailleurs, le comprennent-ils ?) mais qui lui inspirait la plus pure vénération. Père le savait et il lui en marquait de la gratitude ; la société aussi aurait dû lui être reconnaissante si vraiment elle avait le respect d'une grande œuvre ; mais c'est cela précisément qui fait défaut à son âme vile ; les gens préféraient dénigrer ma mère et jaser sur son compte, parce qu'elle n'avait rien d'un sylphe, qu'elle était non pas éthérée mais bien en chair, avec des joues rouges, et qu'elle ignorait le français. C'était de l'envie, rien d'autre, la basse envie : elle avait eu la chance, sans trop savoir comment, de devenir l'esprit tutélaire, l'épouse du grand poète et du personnage en vue de l'Etat. Pure envie, pure envie ! Voilà pourquoi je suis heureux de ce poème sur la mort de ma mère ; notre société en éprouvera une colère bleue, de ce qu'il est tellement beau et significatif », vociféra-t-il avec fureur, le poing crispé, les yeux sombres, les veines du front gonflées.

Charlotte connut qu'elle avait devant elle un jeune homme emporté, prompt aux excès.

« Cher monsieur, dit-elle, et, se penchant vers lui, elle prit le poing qui tremblait sur les genoux d'Auguste et desserra délicatement ses doigts, cher monsieur, je suis de cœur avec vous, d'autant plus volontiers que je trouve très touchante votre volonté de vous solidariser avec votre chère défunte mère, et de ne pas vous réclamer uniquement d'un père illustre dont vous pouvez tirer un légitime orgueil. Avec un tel père, il n'est pas difficile de se montrer bon fils. Mais que, chevaleresquement, et même envers et contre tous, vous honoriez le souvenir d'une mère faite davantage à la commune mesure, voilà ce qui en vous me plaît le plus, à moi qui suis aussi une mère et pourrais, par l'âge, être la vôtre. Quant à l'envie ! Mon Dieu, je suis sur ce point entièrement d'accord avec vous. Je l'ai toujours méprisée et m'en suis toujours tenue à l'écart autant que je le pouvais, peut-être m'est-il permis d'ajouter que j'y ai réussi sans peine. Envier le sort d'une autre, quelle folie ! Comme si nous n'étions pas tous soumis aux épreuves humaines et comme si ce n'était pas une erreur et un leurre d'envier autrui. Et, par surcroît, un sentiment lamentablement stérile. Nous devons forger avec vaillance notre propre destin et ne pas nous énerver à jeter autour de nous des regards chargés de vaine convoitise. »

Avec un sourire embarrassé et une petite courbette en remerciement des maternelles attentions qu'elle lui témoignait, Auguste retira sa main aux doigts dénoués.

« Madame, vous avez raison, dit-il. Mère a assez souffert comme cela. Paix à son âme. Mais ce n'est point uniquement à cause d'elle que je ressens de l'amertume, c'est à cause de mon père aussi. A présent, tout cela est du passé, puisque aussi bien la vie passe et que tout s'apaise. Le scandale est enfoui sous terre. Mais quel sujet de réprobation jadis, et, jusqu'aujourd'hui encore, pour les justes, les pharisiens et les gardiens de la morale ! Comme ils ont critiqué mon père et l'ont blâmé parce qu'il osait renâcler sous l'aiguillon et contre le code du savoir-vivre, en choisissant une simple fille du peuple et en vivant librement avec elle, sous leurs yeux. Comme ils me l'ont fait sentir, à l'occasion, en me regardant de travers, ironiquement, en haussant les épaules avec une pitié chargée de blâme, moi qui dois le jour à ce dédain du qu'en-dira-t-on. Un homme tel que mon père n'avait-il pas le droit de vivre selon sa propre loi et selon le principe classique de l'indépendance morale ?... Mais ils ne voulaient rien concéder, eux, les patriotes chrétiens, les civilisateurs, et ils déploraient l'antagonisme qui dresse le génie contre la morale, alors que la loi de la beauté libre et autonome est une affaire de vie et point uniquement une affaire d'art – ceci, ils ne l'admettaient pas, et allaient vaticinant, parlant de contradictions et de mauvais exemple. Quels commérages ! Et à défaut de l'homme, ont-ils du moins accepté le poète ? Dieu préserve ! *Wilhelm Meister* était une maison close, les *Elégies romaines* un bourbier de corruption, *Le Dieu et la Bayadère* ainsi que *La Fiancée de Corinthe*, une obscénité priapique. Il n'y avait d'ailleurs pas lieu d'en être surpris, puisque déjà les *Souffrances de Werther* représentaient la plus pernicieuse immoralité.

– J'apprends pour la première fois, monsieur, qu'on a eu l'audace...

– On l'a eue, madame la conseillère aulique, on l'a eue. Pour les *Affinités électives* aussi, on a eu cette audace, on les a taxées de licencieuses. Vous connaissez vraiment bien mal les hommes pour les supposer à court d'audace. Et si encore il ne s'était agi que des gens, de la tourbe imbécile. Mais tous ceux qui étaient contre le classique et l'indépendance en matière d'esthétique, feu Klopstock, feu Herder, et Bürger, et Stolberg, et Nicolaï, toute la séquelle, tous critiquaient mon père et regardaient ma mère de travers, parce qu'il pliait la loi à sa guise et vivait en union libre. Et non seulement Herder, son vieil ami, le président du consistoire se conduisit ainsi, bien que j'aie été confirmé par lui, mais feu Schiller aussi qui publia avec mon père les *Xénies,* fit la grimace, je le sais, à propos de ma mère, et secrètement blâma mon père, sans doute de ce qu'il n'avait pas comme lui épousé une demoiselle noble et avait pris femme dans une classe au-dessous de la sienne. Une classe au-dessous de la sienne ! Comme si un homme tel que mon père appartenait à une classe déterminée, lui, l'unique ! De toute manière, sur le plan intellectuel, un homme comme lui est obligé de s'abaisser à un niveau inférieur au sien, alors pourquoi pas aussi sur le plan social ? Schiller a pourtant affirmé un des premiers la prééminence de l'aristocratie du mérite sur la noblesse de la naissance, et même il a soutenu cette opinion avec plus de chaleur que mon père. Pourquoi dès lors faisait-il la petite bouche à propos de ma mère qui s'est, assurément, acquis des titres de noblesse en entourant mon père de ses soins ?

– Mon cher monsieur, dit Charlotte, du point de vue humain, j'approuve votre raisonnement, bien que j'avoue ne pas très bien savoir ce qu'est l'indépendance en matière d'esthétique et que je craindrais, en donnant une trop prompte adhésion à des choses pour moi un peu vagues, de me trouver en contradiction avec des hommes aussi éminents que Klopstock, Herder et Bürger, ou même avec la morale tout court et le patriotisme, ce dont je me garderais. Mais ma circonspection ne m'empêche pas, je crois, de me ranger absolument à vos côtés, contre ceux qui voudraient égratigner notre cher conseiller intime, et attenter à sa gloire de grand poète national. »

Il n'écoutait pas. Ses yeux sombres, gonflés par un nouvel accès de fureur qui leur ôtait leur beauté et leur tendresse, roulaient en tous sens.

« Tout, d'ailleurs, n'a-t-il pas été réglé pour le mieux, le plus dignement ? continua-t-il d'une voix étouffée. Mon père n'a-t-il pas conduit ma mère à l'autel, n'a-t-il pas fait d'elle son épouse devant la loi, et n'avais-je pas été précédemment, en vertu d'un rescrit émanant de haut lieu, légitimé et déclaré l'hoir authentique du titre de noblesse que mon père doit à son mérite ? Mais voilà, les nobles de naissance crèvent, au fond, d'animosité à l'égard de la noblesse due au mérite ; et sans doute est-ce pour cela qu'un freluquet de cavalier a saisi la première et la plus méchante occasion pour me décocher des sottises, des allusions à ma mère, simplement parce que, cédant à la persuasion et en complet accord avec mon père, je n'ai pas voulu prendre part à la campagne contre le grand monarque d'Europe. Pour châtier un insolent qui ne peut opposer à l'aristocratie du génie, que sa naissance, son sang bleu, la nature, les arrêts furent une peine trop légère. Il eût fallu le bourreau, le geôlier, il eût fallu le fer rouge !... »

Hors de lui, le visage écarlate, de son poing crispé il tambourinait sur son genou.

« Bien cher monsieur », dit Charlotte appliquée de nouveau à l'apaiser, et elle se pencha vers lui, mais eut aussitôt un mouvement de recul, en percevant l'odeur de vin et d'eau de Cologne que la rage semblait avoir avivée. Elle attendit que le poing tremblant fût retombé et posa dessus, doucement, sa main recouverte d'une mitaine. « Pourquoi s'exalter ainsi ? Voyons, je sais à peine de quoi vous parlez, mais il me semble que nous nous égarons à propos de chimères. Nous nous sommes écartés de notre sujet. Vous, du moins. Car, pour moi, j'en suis restée à votre allusion à un accident dont aurait été victime le cher conseiller intime, ou plutôt, auquel il aurait échappé, si j'ai bien compris ; si je ne l'avais pas entendu ainsi, il y a longtemps que j'aurais insisté pour obtenir des éclaircissements. Que s'est-il donc passé ? »

Il souffla à plusieurs reprises et sourit de sa bonté.

« L'accident ? demanda-t-il. Oh, ce n'était rien, rassurez-vous : un incident de voyage... Voilà : mon père ne savait où aller, cet été. Il semble excédé des stations thermales de Bohême ; il s'y est rendu pour la dernière fois (à Töplitz) en 1813, l'année la plus triste, et n'y est plus retourné depuis, ce qui est bien fâcheux, la cure à domicile ne pouvant suppléer à leur efficacité non plus que Berka et Tennstadt. Carlsbad serait sans doute préférable, plus indiqué pour son rhumatisme au bras, que les eaux sulfureuses de Tennstadt auxquelles il vient de recourir encore ; mais il se méfie de la source de Carlsbad, parce qu'il a eu sur place, en 1812, une crise néphrétique, la plus grave dont il eût souffert depuis longtemps. Il a fini par découvrir Wiesbaden. L'été de 1814, il s'est donc rendu dans la région du Rhin, du Mein et du Neckar, le voyage l'a charmé et fortifié bien au-delà de son attente. Pour la première fois depuis bien longtemps, il revenait dans sa ville natale...

– Je sais, Charlotte acquiesça de la tête. Combien il est regrettable qu'il n'ait plus retrouvé en vie sa chère, inoubliable mère, notre bonne madame la conseillère. Je sais aussi que la *Frankfurter Oberpostzeitung* a consacré un bel article à l'illustre fils de la cité.

– Parfaitement. C'est-à-dire, ce fut à son retour de Wiesbaden où il avait agréablement passé le temps avec Zelter et le conseiller général des mines Cramer. De là, il était allé visiter la chapelle de Saint-Roch pour laquelle, une fois rentré chez nous, il imagina un plaisant tableau d'autel : saint Roch, jeune pèlerin, quittant le château de ses pères, et distribuant libéralement ses biens et son or à des enfants. C'est tout à fait délicat et intime. Le professeur Meyer et notre amie Louise Seidler, d'Iéna, l'ont exécuté.

– Une artiste de profession ?

– En effet. Très liée avec la maison Fromann, la maison du libraire, et grande amie de Minna Herzlieb...

– Un nom suave[1]. Vous le mentionnez sans plus. Cette Herzlieb... Qui est-ce ?

– Oh, pardon ! C'est la fille adoptive de Fromann chez qui mon père fréquentait assidûment à Iéna, à l'époque où il écrivit les *Affinités électives*.

– Vraiment ? dit Charlotte. Il me semble, en effet, avoir déjà entendu ce nom. Les *Affinités électives*. Une œuvre qui révèle les plus délicats dons d'observation. Il faut déplorer qu'elle n'ait pas suscité dans le monde la même sensation que les *Souffrances de Werther*. Mais je ne voudrais pas vous interrompre. Comment se poursuivit le voyage ?

– Très gaiement, très heureusement, comme je l'ai déjà dit. Il détermina un véritable renouveau chez mon père qui, d'ailleurs, semblait l'avoir pressenti quand il l'entreprit. Il a fait un séjour charmant chez les Brentano, à Winkel sur le Rhin, chez Franz Brentano...

– Je sais. Le beau-fils de Maximilienne. Un des cinq enfants d'un premier lit que lui a légués le bon vieux Pierre Brentano. Je suis au courant. On dit qu'elle avait des yeux noirs d'une beauté exceptionnelle ; mais elle a passé bien des heures solitaires, la pauvre, dans la grande vieille maison de commerce de son mari. Je me réjouis d'apprendre que son fils Franz est en meilleurs termes avec Goethe, que ne le fut jadis son mari.

– En aussi bons termes que la sœur de Franz, Bettina qui,

---

1. Herzlieb : bien-aimée, mignonne.

à Francfort, eut le grand mérite de recueillir et de noter, jour après jour, à l'intention de mon père, des souvenirs sur sa jeunesse qu'elle arrachait, avec force détails, à ma défunte grand-mère. Il est consolant qu'en dépit des prodigieux changements qui se sont opérés dans la mentalité de la nouvelle génération, une vaste élite ait hérité de la précédente, ses sentiments d'amour et de respect à l'égard de mon père. »

Elle ne put s'empêcher de sourire de sa façon distante de juger une génération qui était la sienne ; mais il ne s'en aperçut pas.

« A Francfort, la seconde fois, continua-t-il, il logea chez les Schlosser (madame l'échevine Schlosser, vous devez savoir, une sœur de Georges qui avait épousé ma pauvre tante Cornélie) et ses fils Fritz et Christian, de braves garçons qui illustrent excellemment ma remarque ; soumis à l'absurdité de leur temps, et d'un romantisme incurable, ils rêvent de ressusciter le moyen âge, comme s'il n'avait pas déjà connu une renaissance, et Christian est retourné dans le giron de l'Eglise catholique qui, sans doute, n'aura plus longtemps à attendre Fritz et son épouse. Toutefois, leur affection, leur admiration pour mon père, qui leur furent transmises par héritage, n'ont jamais souffert de ces faiblesses à la mode, et voilà peut-être la raison pour laquelle il les leur passe et s'est senti fort à l'aise chez ces bonnes gens.

– Un esprit comme le sien, dit Charlotte, est apte à comprendre toutes les convictions, pour peu qu'elles émanent d'hommes de mérite.

– Parfaitement, répliqua Auguste en s'inclinant. Pourtant, ajouta-t-il, il a été tout de même content, je pense, d'émigrer au Moulin du Tanneur, la propriété de campagne des Willemer, près de Francfort, dans le haut Mein.

– Ah oui. C'est là que mes fils sont allés le trouver, qu'il fit enfin leur connaissance et leur réserva un accueil plein de bonté.

– Je crois. Il y alla une première fois le 14 septembre et y retourna le mois suivant, de Heidelberg. Dans ce court intervalle avait eu lieu le mariage du conseiller intime Willemer avec Marianne Jung, sa fille adoptive.

– On dirait un roman.
– Tout comme. Veuf et père de deux fillettes encore en bas âge, Willemer, un excellent homme, économiste, pédagogue et politicien, un philanthrope, voire un poète et ami militant de la muse dramatique, bref, il avait, quelque dix ans auparavant, ou davantage, recueilli chez lui pour la préserver des dangers de la scène la jeune Marianne, une actrice de Linz, une enfant de la balle. Pure philanthropie. L'adolescente de seize ans aux boucles brunes parachève son éducation de façon charmante avec les jeunes filles de la maison ; elle chante à ravir, s'entend à diriger une soirée avec grâce et autorité, si bien que le philanthrope, le pédagogue, se change un beau jour en amoureux.
– C'est humain. Au reste, l'un n'empêche pas l'autre.
– Quoi qu'il en soit, leurs rapports étaient équivoques, et qui sait combien de temps la chose aurait traîné sans l'arrivée de mon père et son influence régulatrice à laquelle il faut sans doute attribuer le fait que, lorsqu'il revint de Heidelberg, au début d'octobre, le père adoptif avait épousé sa pupille, quelques jours auparavant, en toute hâte. »
Ils se regardèrent. Une expression un peu hésitante et douloureuse crispa le visage échauffé et las de Charlotte, quand elle dit :
« Vous semblez insinuer que ce changement d'état comporta une déception pour votre père ?
– Pas le moins du monde, répondit-il, surpris. Tout au contraire, pouvant tabler désormais sur une situation ainsi régularisée, épurée, clarifiée, son contentement de se trouver dans ce beau coin de terre ne put que s'en augmenter. Il y avait une terrasse superbe, un jardin ombreux, la forêt proche, une vue reposante qui s'étendait sur l'eau et la montagne, tout cela joint à la plus large, la plus généreuse hospitalité. Rarement père s'est senti aussi heureux. Des mois après, il parlait encore avec enthousiasme des soirées tièdes et embaumées, où le large flot du Mein rougeoyait aux lueurs du crépuscule et où la jeune hôtesse lui chantait sa *Mignon*, son lied du *Clair de lune*, sa *Bayadère*. Imaginez le plaisir du nouvel époux à constater qu'une telle amitié honorait la jeune

femme qu'il avait découverte. Il tirait de cette amitié, je pense, une fierté joyeuse qui n'eût pas été possible sans la régularisation préalable de ses rapports avec Marianne. Mon père rappelait tout particulièrement la soirée du 18 octobre, où tous ensemble, du haut de la tourelle de Willemer, ils avaient joui du spectacle des feux allumés sur les collines pour commémorer l'anniversaire de la bataille de Leipzig.

– Sa joie, dit Charlotte, infirme certains racontars qui me sont revenus sur la tiédeur patriotique de votre père, mon cher conseiller. Le jour de ce noble anniversaire, on ne prévoyait pas que quelques mois plus tard, Napoléon s'évaderait de l'île d'Elbe et précipiterait le monde à de nouvelles catastrophes.

– Cette évasion (Auguste opina du geste) faillit bouleverser les projets que mon père formait pour l'été suivant. De tout l'hiver il ne parla que de recommencer, à la première occasion, son voyage dans ces charmantes contrées. D'ailleurs, de l'avis général, Wiesbaden lui avait mieux réussi que Carlsbad. Il y avait longtemps qu'il n'avait supporté aussi allégrement la mauvaise saison à Weimar. A part quatre semaines pendant lesquelles il souffrit d'un violent catarrhe, il fut merveilleux de santé et d'entrain, sans doute aussi parce que, depuis la néfaste année 1813, un nouveau champ d'étude et de poésie s'était ouvert à son activité : la poésie orientale, et notamment persane, dans laquelle il se plongea de plus en plus, à sa manière féconde et assimilatrice, en sorte qu'une quantité de maximes ou de chants d'une saveur toute particulière, étrangers à sa veine habituelle se sont accumulés dans son buvard, dont plusieurs sont censés être adressés par un poète d'Orient, Hatem, à la belle Suleïka.

– L'excellente nouvelle ! Tous les amis des lettres l'accueilleront avec bonheur et admireront cette persévérance, cette faculté de renouvellement de la force créatrice, qu'on peut proprement appeler une grâce du ciel. En tant que femme et mère, je considère avec envie, ou du moins avec ébahissement la persistance de l'activité masculine ; de combien sa fécondité cérébrale l'emporte sur la capacité reproductrice des femmes ! Quand j'y songe... il n'y a pas moins de vingt et un ans que j'ai mis au monde mon dernier enfant, Fritzchen, mon huitième fils.

— Père m'a confié, dit Auguste, que le nom de Hatem, le poète bachique sous le masque duquel il a composé ces chants, signifie "qui donne et dispense généreusement". Vous aussi, madame, j'ose en faire la remarque, fûtes une dispensatrice généreuse.

— Oui, mais voilà, dit-elle, il y a déjà, hélas, bien longtemps ! Continuez, je vous prie. Le dieu de la guerre faillit donc déranger les projets de Hatem ?

— Il fut mis en déroute, répliqua Auguste, de sorte qu'après une courte période d'attente anxieuse, tout marcha à souhait. L'an dernier, fin mai, mon père se rendit à Wiesbaden, et tandis qu'il y prolongeait sa cure jusqu'en juillet, la tornade se dissipa, peu importe comment, mais enfin elle se dissipa. L'horizon politique s'étant rasséréné, mon père put goûter sur les bords du Rhin la fin de l'été.

— Du Mein ?

— Du Rhin et du Mein. Au Burg de Nassau, il fut l'hôte du ministre de Stein, qu'il accompagna à Cologne pour étudier la cathédrale dont l'architecture l'intéresse depuis peu. Le voyage du retour fut des plus agréables à en juger par la description qu'il nous en fit. On passa par Bonn et Coblence, la ville de M. Görres et de son *Mercure rhénan* qui s'emploie à faire de la propagande aux projets constitutionnels de M. de Stein. Je serais surpris qu'il les ait approuvés, plus encore que de l'intérêt pour l'achèvement de la cathédrale, qu'on a su lui inspirer. J'attribue l'heureuse disposition d'esprit qui, à cette époque, fut la sienne plutôt au beau temps et au plaisir d'avoir sous les yeux un paysage aimable. Il retourna à Wiesbaden, puis à Mayence, et enfin, en août, à Francfort. La confortable propriété de campagne où la situation avait été depuis longtemps réglée au mieux, l'accueillit de nouveau. Durant cinq semaines, il retrouva, comme il l'avait rêvé, le bien-être de l'année précédente, résultat d'une libérale hospitalité. Il est venu au monde en août. Peut-être un lien sympathique unit-il l'homme à la saison qui le vit naître, et son retour provoque-t-il une recrudescence de vitalité ? Pour moi, je ne puis m'empêcher de penser que l'anniversaire de naissance de l'empereur Napoléon, naguère encore si pompeusement célébré dans l'Allemagne entière, tombe également en août et je m'étonne, ou plutôt, je me réjouis de constater combien les héros de la pensée l'emportent sur les héros de l'action. La sanglante tragédie de Waterloo rouvrit à mon père les chemins qui conduisaient à l'hospitalier Moulin du Tanneur, un sort aimable permit au poète de savourer la faveur de l'instant, tandis que celui qui, à Erfurt, s'entretenait avec lui, était enchaîné à un rocher, en plein océan.

– La justice immanente, dit Charlotte. Notre cher Goethe n'a fait que du bien aux hommes, et ce puissant de la terre les a frappés avec des scorpions.

– Pourtant, répliqua Auguste, en rejetant la tête en arrière, on ne m'ôtera pas de l'esprit que mon père aussi est un puissant et un souverain.

– Personne ne vous le conteste, pas plus qu'à lui. Mais c'est comme dans l'Histoire romaine, où l'on vous enseigne qu'il y a eu de bons et mauvais empereurs. Votre père, mon ami, fut un empereur plein de bonté et de mansuétude, l'autre, a contraire, un sanguinaire, échappé de la géhenne. Cela ressort de la différence de leurs destins, à laquelle vous avez fait spirituellement allusion. Alors, Goethe a passé cinq semaines avec les nouveaux mariés ?

– Oui, jusqu'en septembre et jusqu'à son départ pour Carlsruhe où Son Altesse Sérénissime l'avait chargé de visiter le célèbre cabinet de minéralogie. Il espérait y rencontrer madame de Turckheim, je veux dire Lili Schönemann, de Francfort, qui, parfois, venait d'Alsace chez ses parents.

– Comment, lui et son ancienne fiancée se sont donc revus, après tant d'années ?

– Non. La baronne ne vint pas. Il se peut qu'elle ait été empêchée par des raisons de santé. Entre nous, elle souffre de consomption.

– Pauvre Lili, fit Charlotte, il n'est pas résulté grand-chose de leurs relations. Quelques chants, mais aucune œuvre qui ait bouleversé le monde.

– C'est, dit M. de Gothe achevant sa remarque, de cette même maladie que mourut la pauvre Frédérique Brion de Sesenheim : mon père, quand il était au pays de Bade, passa tout près de sa tombe refermée depuis trois ans déjà. Sa vie s'est tristement dévidée après qu'elle eut trouvé chez son beau-frère, le pasteur Marx, une paisible retraite. Je me demande si mon père a pensé à cette tombe si proche et s'il fut tenté de la visiter, mais j'en doute et je me suis abstenu de le questionner car, dans ses confessions, il déclare n'avoir conservé aucun souvenir des jours qui précédèrent le suprême adieu, en raison de leur caractère pénible.

– Je plains cette femme, dit Charlotte, à qui fit défaut l'énergie de s'édifier un honnête bonheur et d'aimer, en la personne d'un brave campagnard, le père de ses enfants. Vivre de souvenirs est bon pour la vieillesse, pour la trêve vespérale, une fois accomplie la tâche quotidienne. Commencer par là quand on est jeune, c'est la mort.

– Soyez assurée, répondit Auguste, que ce que vous dites de l'énergie rentre tout à fait dans les idées de mon père. Ainsi il a fait observer à ce propos que dans la jeunesse on guérit vite des blessures ou des maladies parmi lesquelles il convient sans doute de ranger le remords et les souvenirs pénibles. Il préconise les exercices du corps, l'équitation, l'escrime, le patinage, comme des moyens propres à recouvrer la vitalité. Mais pour oublier ses peines et s'absoudre, rien de tel que le talent poétique, la confession du poète à travers quoi le souvenir s'immatérialise, se libère et, passant sur le plan humain, général, devient une œuvre admirée et durable. »

Le jeune homme avait rejoint les pointes de ses dix doigts et, les coudes serrés au corps, il agitait machinalement, tout en parlant, ses mains devant sa poitrine. Le sourire forcé de sa bouche contrastait avec les plis creusés entre ses sourcils ; son front s'était marbré de rouge.

« Singulière chose que le souvenir, poursuivit-il. J'y ai parfois réfléchi, le fait de vivre par droit de naissance dans l'entourage d'un être comme mon père incitant à maintes réflexions congrues ou incongrues. Certes, le souvenir joue un rôle important dans l'œuvre et la vie du poète, parce qu'elles se confondent ; en défiinitive qui dit l'une dit l'autre. Ce n'est pas l'œuvre seule qui est conditionnée par le souvenir, qui en porte l'empreinte, et ce n'est pas seulement dans Faust et les Maries de *Goetz et de Clavijo*, ni dans les piètres fiigures de leurs amoureux respectifs qu'il reparaît comme une hantise. Dans sa vie aussi, le souvenir devient, si je vois juste, une obsession qui tend à toujours se répéter. Par exemple la résignation, la douleur du renoncement, ou ce que le poète, dans ses confessions, flétrit du nom d'inconstance, voire de trahison, forme le thème primordial, décisif et déterminant de son destin : il devient, si je peux dire, le motif général, le patron sur lequel sa vie se décalque ; et toutes les renonciations, les abdications et les résignations qui se succèdent par la suite, n'en sont que la conséquence, le rappel. Oh, j'y ai bien réfléchi, mon âme s'est dilatée d'effroi, car l'effroi aussi peut dilater l'âme, en songeant que le grand poète est un souverain dont la destinée, les décisions, l'orientation qu'il a imprimée à son œuvre et à sa vie, ont des prolongements qui dépassent de beaucoup son cas particulier et déterminant la formation, le caractère, l'avenir de la nation. Ainsi j'ai éprouvé une grande angoisse en évoquant la scène, à jamais mémorable, bien que nous n'en ayons pas été témoins et qu'elle n'ait eu pour acteurs fatidiques que deux êtres, cette scène où le jeune homme du haut de sa selle tend la main à la jeune fille qui l'aime de toute son âme, la fille du peuple aux yeux ruisselants de larmes, que son démon l'oblige à quitter ? Ces larmes, madame... Même aux instants où mon âme est le plus dilatée d'effroi, je n'ai pas fini d'en approfondir le sens.

– Pour ma part, répliqua Charlotte, je me dis avec un peu d'impatience, que cette brave petite, cette fille du peuple, n'aurait été digne de l'aimé que si elle avait eu assez de décision pour se créer une vie raisonnable après son départ, au lieu de se consumer. Mon ami, rien de pire que de céder au désespoir. Que ceux qui ont su l'éviter en rendent grâce au ciel. Et si le jugement que nous émettrons ne devait pas être taxé d'orgueilleux, qu'il nous soit permis d'infliger un blâme à ceux qui s'abandonnent. Vous parliez de renoncement : la petite, là-bas, sous son tertre, a mal su renoncer. Pour elle, le renoncement aboutit à la consomption, à rien d'autre.

– Les deux, dit le jeune Goethe, tantôt écartant et tantôt rejoignant les pointes de ses dix doigts, les deux se touchent sans doute et peut-être est-il malaisé de les dissocier, dans la vie comme dans l'œuvre. Parfois, aux heures où la signification de ces larmes me dilatait si peureusement l'âme, ma songerie se portait... réussirai-je à m'exprimer ?... à la réalité connue, telle qu'elle s'est accomplie, et aux virtualités que nous ignorons et ne pouvons que pressentir, avec une tristesse que, par un insurmontable respect de ce qui est, nous dissimulons à nous et à autrui, et refoulons tout au fonds du cœur. Qu'est le possible au regard du réel, et qui se permettrait un mot en faveur de celui-là, au risque de se montrer irrévérencieux envers celui-ci ? Et pourtant ; ici aussi, je crois discerner comme une injustice, inexplicable du fait (oh, oui, parlons-en !) que le réel accaparant toute la place et attirant toute l'admiration, le possible, l'inaccompli, reste à l'état d'ébauche, de pressentiment du "et si, pourtant ?..." Comment avec des "et si pourtant ?" de ce genre, ne pas craindre de manquer au respect qu'on doit au réel, respect fait, en partie, de notre croyance que toute œuvre et toute vie sont, par essence, fondées sur le renoncement ? Mais que le possible existe, ne fût-ce que par un effet de notre prescience et de notre aspiration, en tant que : "ah, si ç'avait été !..." et comme un timide chuchotement de ce qui aurait pu être, c'est ce qui provoque la consomption.

– Je suis et reste, répondit Charlotte en protestant d'un hochement de tête, pour la décision et pour qu'on s'en tienne bravement au réel, sans s'inquiéter du possible.

– A cet instant où j'ai l'honneur d'être à vos côtés, reprit le conseiller à la Chambre des finances, je ne suis pas absolument persuadé que vous non plus n'êtes pas parfois tentée d'imaginer le possible. Propension bien compréhensible, semble-t-il, car la grandeur du réel, de l'accompli, nous incite à évoquer aussi, rétrospectivement les virtualités avortées. Certes, la réalité a de la grandeur, et comment n'en serait-il pas ainsi ? Avec un potentiel pareil, les choses devaient s'arranger en tout cas. Comme cela aussi elles se sont arrangées, et même assez admirablement, puisqu'il n'est pas jusqu'au renoncement et à l'inconstance dont on n'ait tiré parti. Mais, ah, si ç'avait été !... se dit-on, et à bon droit, en raison de la répercussion souveraine de cette œuvre et de cette vie sur chaque vie et dans les temps à venir. Que serait-il advenu, et combien plus heureux nous eussions peut-être tous été, si l'idée du renoncement n'avait pas prévalu et que la scène de la séparation du début n'eût pas eu lieu, avec la main tendue du haut de la selle et les inoubliables larmes de l'adieu. Voilà pourquoi je me suis demandé si, à Carlsruhe, mon père avait pensé au tertre tout proche, encore fraîchement remué, du pays de Bade.

— J'apprécie, dit Charlotte, une magnanimité qui plaide la cause du possible contre le réel, alors que (et justement parce que) celui-ci offre tellement plus d'avantages. Quant à savoir à laquelle, de la magnanimité ou de la décision, il convient d'assigner la prééminence dans l'ordre moral, abstenons-nous de résoudre la question. Nous risquerions de manquer d'équité, car si la grandeur d'âme est infiniment plus séduisante, d'autre part la volonté représente peut-être un degré d'évolution supérieur. Mais que dis-je ? Mes paroles coulent de source aujourd'hui. D'habitude, le rôle des femmes consiste à s'ébahir de tout ce qui peut germer dans la tête d'un homme pareil. Mais vous pourriez être mon fils par l'âge et une mère vaillante ne laisse pas son fils dans l'embarras : d'où une loquacité qui est un manquement à la modestie féminine. Voulez-vous que nous laissions le possible reposer en paix sous son tertre, pour retourner au réel, je veux dire au revigorant voyage de votre père aux bords du Rhin et du Mein ? J'aimerais que vous me parliez plus longuement du Moulin du Tanneur, où Goethe fit la connaissance de deux de mes enfants.

— Je ne puis malheureusement vous fournir aucune précision au sujet de cette rencontre, répondit Auguste. En revanche, je sais que ce second séjour procura à mon père, et même plus vivement, fait assez rare dans la vie, le bien-être qu'il avait déjà goûté la première fois, grâce, en particulier, aux talents de société d'une gracieuse hôtesse et à la parfaite liberté que lui laissait son hôte, avec, à l'arrière-plan, une situation parfaitement nette. De nouveau, le flot du Mein flamboya par les soirs embaumés, de nouveau la jolie Marianne chanta en s'accompagnant au piano-forte les lieder de mon père. Mais à présent, il ne se bornait plus à recevoir, il donnait généreusement ; car cédant aux instances, il accepta, peut-être même offrit-il, de lire des poèmes puisés dans son trésor sans cesse accru des chants pour Suleïka, que Hatem dédiait à cette rose d'Orient, honneur auquel les époux furent assurément sensibles. La jeune hôtesse ne semble point appartenir à la catégorie des femmes prêtes à s'ébahir de tout ce qui peut germer dans la tête d'un homme comme lui ; aussi, non contente d'accueillir l'hommage, elle en vint à un point de réceptivité tel qu'elle se mit à répondre au nom de Suleïka, et avec un lyrisme égal, à ces épanchements passionnés, tandis que le mari, charmé, écoutait ce chant alterné, avec la plus accueillante bienveillance.

– Un intrépide, certes, dit Charlotte, un esprit lucide, conscient des avantages et des droits que lui conférait la réalité. Tout cela, que j'ai l'impression de connaître déjà, me semble illustrer à merveille ce que vous avez dit à propos du souvenir qui tend à se répéter. Et le dénouement ? Car les cinq semaines ayant pris fin, l'insigne visiteur disparut ?

– Oui, après une soirée d'adieux, au clair de lune où de nombreux chants se firent écho et qui se termina tard ; j'ai su que la jeune hôtesse elle-même pressa le départ de façon presque inhospitalière. Mais une fois de plus et comme toujours, s'affirma la volonté de répétition, car à Heidelberg où mon père se rendit, il y eut un nouveau revoir : le couple s'y trouva inopinément, et pendant une ultime soirée d'adieux, à la pleine lune, la petite femme, jugez de la joyeuse surprise de l'époux et de l'ami, se révéla l'auteur d'un poème si beau qu'il aurait pu être de mon père[1]. Peut-être devrions-nous réfléchir à deux fois avant de reconnaître au réel des avanta-

---

1. L'Ode au Vent d'Ouest que Gœthe inséra dans son *Divan* (N.D.L.T.).

ges concrets, des droits primant ceux de la poésie. Ces chants que mon père composa à Heidelberg et par la suite aussi, pour son *Divan* persan, ne sont-ils pas le comble du réel, l'essence même de la réalité ? J'ai ce privilège qu'ils m'ont été communiqués confidentiellement, avant tout le monde. Chère madame, ils sont extraordinairement, indiciblement merveilleux. Il n'y a jamais rien eu de tel. C'est tout à fait mon père, mais c'est Lui sous un aspect entièrement nouveau, je le répète, insoupçonné. Dirai-je qu'ils sont mystérieux, j'ajouterai aussitôt qu'ils sont d'une simplicité enfantine. C'est... réussirai-je à m'expliquer...? l'ésotérisme de la nature ; ce qu'il y a de plus personnel, mais comparable à la voûte stellaire, de sorte que l'univers prend un visage humain et que le moi vous regarde avec des yeux étoilés. Comment dire... Deux vers d'un de ces poèmes chantent toujours dans ma mémoire. Ecoutez : »

D'une voix timide et voilée, comme effrayée, il récita :

« "Tu me fais rougir comme l'aurore – rougit l'austère paroi de ces monts..." Qu'en pensez-vous, demanda-t-il, toujours de la même voix craintive. Ne dites rien avant que je n'aie ajouté qu'«aurore»[1] rime avec son nom béni ; au vrai, il a écrit "Hatem" mais à travers la faible assonance, la rime perce malicieusement, toute pleine de lui : "Et une fois encore, le cœur de Hatem – s'émeut aux souffles du printemps..." Que vous en semble ? Que pensez-vous de cette grandeur gravement consciente de soi, baisée par la jeunesse, troublée par la jeunesse ? » Il répéta les vers : « Quelle douceur, mon Dieu, et quelle majesté ! » s'écria-t-il. Et, penché en avant, le jeune Goethe pressa son front contre sa main à plat, les doigts enfoncés dans ses boucles.

– Nul doute, dit Charlotte d'un air rétractile, car le mouvement passionné d'Auguste l'avait choquée plus encore que la brusquerie de sa récente colère, nul doute que le public ne partage votre admiration quand ce recueil verra le jour. Evidemment, des poèmes, si malicieux et si importants soient-

---

1. Morgenröte (aurore) et Gœthe *(N.D.L.T.)*.

ils, ne pourront jamais exercer une influence universelle aussi émouvante que le roman ailé de sa jeunesse. Peut-être faut-il le déplorer. Et les recommencements de la destinée ? Vous avez dérangé votre coiffure. Voulez-vous mon petit peigne ? Non, il me semble que les doigts qui ont causé le désordre sauront aussi le réparer. Ainsi donc finirent les répétitions du destin ?

– Elles devaient fatalement finir, répondit Auguste. Cet été après la mort de ma mère, mon père marqua beaucoup d'hésitation au sujet de l'endroit où il ferait sa cure. Wiesbaden ? Töplitz ? Carlsbad ? On remarquait bien qu'il se sentait très attiré vers l'Ouest, vers le pays rhénan ; ce fut comme s'il attendait un signe de la divinité propice qui, la dernière fois, avait paralysé le démon de la guerre, à seules fins de lui permettre de suivre son penchant. Il en fut ainsi. Son ami, l'amusant Zelter qui était parti pour Wiesbaden l'engageait à l'y rejoindre, mais mon père se refusait à reconnaître l'évidence du signe. "Va pour le Rhin, dit-il, mais pas Wiesbaden, plutôt Baden-Baden, où la route passe par Wurzbourg, non par Francfort." Soit ; il n'était pas nécessaire que l'itinéraire comprît obligatoirement Francfort pour y conduire, au besoin. Bref, le 20 juillet, mon père partit. Il décida que Meyer, le professeur d'art, l'accompagnerait, de quoi ce dernier ne se montra pas peu fier et glorieux. La divinité propice fut-elle piquée et voulut-elle lui jouer un bon tour ? Toujours est-il qu'à deux heures de Weimar la voiture verse...

– Miséricorde !

– Et les deux occupants font la culbute sur cette route dont le choix avait requis une si grande maîtrise de soi. Meyer, blessé au nez, perdait beaucoup de sang. Toutefois, je ne songe pas à lui que les joies de la vanité ont sans doute amplement dédommagé. Mais n'est-il pas humiliant (encore qu'on ne puisse retenir un sourire gêné) de se figurer la grandeur consciente de sa solennité, de longue date habituée à ne se mouvoir qu'avec une pondération mesurée, gigotant dans le fossé, au revers de la route, les vêtements crottés, la cravate défaite.

– Mon Dieu ! s'exclama Charlotte.

— Ce ne fut rien, dit Auguste. La mésaventure, la farce, comment la désigner ? s'acheva sans encombre. Mon père, indemne, ramena à Weimar Meyer, à qui il avait amicalement prêté son mouchoir et abandonna son projet de voyage, non seulement de tout l'été, mais il semble que le présage l'ait fait renoncer une fois pour toutes au pays rhénan ; ses déclarations me le font supposer.
— Et le recueil de chants ?
— Quel besoin d'un nouveau stimulant puisé au pays rhénan ? Sans lui, peut-être même mieux qu'avec lui, depuis beau temps il s'accroît et se développe, pour former une œuvre prodigieuse et remarquable, ce dont l'aimable divinité espiègle se doutait au fond. Peut-être voulait-elle enseigner que certaines choses ne sont licites et justifiées que comme moyen pour atteindre au but.
— Comme moyen pour atteindre au but, répéta Charlotte. Voilà une expression que je ne puis entendre sans un serrement de cœur. L'élément respectable s'y confond avec l'avilissant, au point que nul ne peut les dissocier et nul ne sait quel visage leur faire.
— Et pourtant, répliqua Auguste, dans la courbe de la vie d'un souverain, qu'il soit bon ou mauvais, il y a toujours bien des choses que l'on est obligé de ranger dans cette catégorie hybride.
— En effet, dit-elle ; mais, à ce compte, il n'est rien qu'on ne puisse classer sous telle ou telle rubrique. Tout dépend du point de vue. Et tout moyen énergique entendra se proposer soi-même comme un but. Mais, ajouta-t-elle, comment ne pas vous envier, cher monsieur, de connaître, avant sa publication, ce remarquable trésor lyrique ? Voilà un privilège à donner le vertige. Votre père se confie beaucoup à vous ?
— On peut le dire, répondit-il avec un rire bref qui découvrit ses petites dents blanches. Les Riemer et les Meyer se figurent Dieu sait quoi et voudraient faire croire qu'ils sont, eux, les vrais initiés, mais il en va tout de même autrement avec un fils qu'avec des auxiliaires de hasard ; un fils se trouvant, par droit de naissance, et par état, appelé à être un collaborateur et un mandataire. Alors, aussitôt qu'il a l'âge, il est

chargé des tractations et des soucis domestiques qu'il convient d'épargner à la majesté du génie et de la vieillesse. Les comptes de ménage courants, le contact avec les fournisseurs, les remplacements, qu'il s'agisse de rendre ou de recevoir une visite, et autres circonstances opportunes et obligations de ce genre, comme par exemple les enterrements. Il y a la conservation des collections privées, rangées selon un ordre méticuleux et sans cesse accrues ; notre cabinet de minéralogie et de médailles, les intailles et les gravures, un régal pour les yeux. Et puis, subitement, il faut courir à l'autre bout du pays parce que quelque part, dans une carrière, un fragment de quartz important, parfois un fossile, a été mis au jour. Oh oui, on ne sait où donner de la tête. Savez-vous, madame, comment fonctionne l'administration de notre théâtre de cour ? Je vais être nommé coadjuteur...

– Coadjuteur ?... répéta-t-elle, presque avec épouvante.

– Certes, mon père est, il est vrai, par le rang, le doyen des ministres, mais depuis bien des années, à proprement parler depuis son retour d'Italie, il n'assume plus la direction d'aucun département. Tout juste s'il consent à donner un peu régulièrement des directives à l'Université d'Iéna ; mais le titre seul et les devoirs d'un curateur lui pèseraient. Au fond, il n'y a que deux fonctions qu'il ait assumées d'une façon permanente jusqu'à naguère : la direction du théâtre de la cour et la surveillance générale des Etablissements artistiques et scientifiques, je veux dire les bibliothèques, les écoles de dessin, le jardin botanique, l'Observatoire et les cabinets d'histoire naturelle. A l'origine, ils furent fondés et entretenus par le duc de Weimar, vous le savez sans doute, et mon père tient toujours à établir une stricte distinction entre eux et les propriétés nationales. Il refuse, même théoriquement, de rendre des comptes à ce sujet à tout autre qu'à Son Altesse Sérénissime dont il déclare relever seul ; bref, vous le voyez, sa méthode de surveillance générale s'inspire un peu des temps passés ; c'est une manière de protestation contre le nouvel état constitutionnel dont, j'emploie cette expression en pesant mes termes, il ne veut rien savoir. Il l'ignore, vous comprenez.

– Je n'ai pas de peine à comprendre. Il demeure attaché à l'ancien régime. Par tempérament et par habitude, il considère ses fonctions au service du duc comme un service d'homme à homme.

– Très vrai. Une attitude qui d'ailleurs, selon moi, lui sied à merveille. Mais ce qui parfois me préoccupe, je vous étonne sans doute en m'ouvrant à vous avec tant de confiance, c'est la figure que je fais en ces circonstances, moi, son collaborateur né. Car je suis obligé de voyager à sa place, d'exécuter certaines commissions, d'aller à cheval à Iéna, lorsqu'on y élève une construction, d'écouter les doléances des professeurs, je ne sais quoi encore... Je ne suis pas trop jeune pour remplir ces missions, j'ai vingt-sept ans, je suis à l'âge d'homme ; mais je me trouve trop jeune pour l'esprit dans lequel il me faut agir. Comprenez-moi bien : Je crains parfois de me trouver sous un faux jour, du fait que je coopère à une surveillance générale, à l'ancienne mode, qui peut-être ne devrait pas se transmettre héréditairement, puisqu'elle a l'air de dresser, de façon choquante, l'héritier en antagoniste du nouvel esprit politique...

– Vous êtes trop scrupuleux, mon cher monsieur. Je voudrais bien voir qu'on se permît des pensées insidieuses devant des services aussi naturellement rendus. Ainsi donc, vous serez par surcroît adjoint à la direction du théâtre de la cour ?

– En effet. Mon rôle d'intermédiaire est ici des plus nécessaires. Vous n'imaginez pas les ennuis que ces fonctions en apparence frivoles ont de tout temps valu à mon père. Il y a les lubies et les prétentions des comédiens, des auteurs et, j'ajoute, du public. Il y a les ménagements que comportent les caprices et exigences des personnes de la cour, et, dans les cas les plus scabreux, de celles qui sont attachées à la fois à la cour et au théâtre, je songe, soit dit respectueusement, à la belle Jagemann, madame de Heygendorf, dont l'influence risquait à tout moment de contre-balancer celle de mon père auprès du maître. Bref, une situation compliquée. Car, de son côté, mon père, il faut l'avouer, n'a jamais eu beaucoup de constance sous aucun rapport, et pas davantage sous celui-ci. Tous les ans, au cours de la saison théâtrale, il s'absentait

pendant des semaines, en voyage, aux eaux, en se désintéressant complètement de la pièce. Il y eut, il y a en lui, à l'égard du théâtre, un singulier mélange d'ardeur et d'indifférence, de passion et de dédain ; ce n'est pas un homme de théâtre, croyez-moi. Quand on le connaît, on comprend qu'il lui est impossible d'entretenir des rapports avec le monde des comédiens. Pour que l'existence et l'entente soient possibles avec eux, il faut, si haut placé soit-on au-dessus de ces bonnes gens, se sentir de leur espèce et de leur race. Or, de la meilleure volonté du monde, mon père ne pourrait vraiment... mais assez sur ce sujet. Il m'est aussi pénible d'en parler que d'y penser. Pour ma mère, c'était différent ; elle savait le ton qui convenait, elle comptait parmi eux des amis des deux sexes, et j'ai, dès l'enfance, beaucoup fréquenté ces milieux. Mère et moi, nous servions de tampon entre lui et la troupe, nous lui fournissions des informations et tenions le rôle d'intermédiaires. De bonne heure, d'ailleurs, il s'adjoignit un remplaçant, un fonctionnaire du maréchalat de la cour, le conseiller à la Chambre des finances Kirms, et tous deux ont fait, en outre, appel à d'autres encore, pour mieux se couvrir. Ils ont établi une sorte d'administration collégiale qui, à présent que notre Etat se trouve érigé en grand-duché, est devenue l'intendance du théâtre de la cour. A part mon père, en font donc partie Kirms, le conseiller Kruse et le comte Edling.
– Le comte Edling n'a-t-il pas épousé une princesse moldave ?
– Oh, mais vous êtes très renseignée, je vois. Toutefois, mon père, croyez-moi, gêne souvent les trois autres. C'est assez risible, ils sont obligés de subir une autorité dont, à la rigueur, ils s'accommoderaient s'ils ne sentaient qu'elle se considère comme trop supérieure pour s'exercer. Lui, de son côté, se prétend trop vieux pour l'emploi. Il voudrait s'en débarrasser. Son besoin d'indépendance son goût du quant-à-soi, ont toujours été plus forts que tout, mais, d'autre part, il n'a pas envie de renoncer. Alors on a pensé à me mettre entre les autres et lui. L'initiative est venue de Son Altesse Sérénissime en personne. "Aie recours à Auguste, a-t-elle dit. Ainsi, tu en seras toujours, mon vieux camarade, tout en ayant la paix !"

– Le grand-duc lui dit "mon vieux camarade" ?
– Hé oui.
– Et comment Goethe l'appelle-t-il ?
– Il dit "Monseigneur" et "je présente mes respectueux hommages à Son Altesse Sérénissime". Il pourrait s'en dispenser, souvent le duc le plaisante un peu à ce propos. Par une association d'idées, d'ailleurs déplacée, je le sais bien, il me vient à l'esprit (et peut-être serez-vous intéressée de l'apprendre) que ma mère disait toujours "vous" à mon père qui en retour la tutoyait. »

Charlotte se tut. « Permettez, dit-elle enfin, que ce détail curieux, bien qu'en même temps touchant et, au fond, très compréhensible, ne me fasse pas oublier de vous féliciter de votre nouvelle nomination d'adjoint.

– Ma position, observa-t-il, sera un peu délicate. L'écart d'âge entre ces messieurs de l'intendance et moi est considérable. Et pourtant, j'aurai à représenter à leurs yeux la férule d'un homme trop conscient de sa supériorité pour vouloir l'exercer.

– Je suis convaincue que votre tact, votre habitude du monde vous permettront de dominer la situation.

– Vous êtes trop bonne. Est-ce que je vous ennuie en énumérant mes emplois ?

– Rien ne me serait plus agréable à entendre.

– Je suis donc chargé de toute une paperasserie incompatible avec la dignité de mon père : par exemple, la correspondance à l'effet de lutter contre d'affreuses réimpressions qui font concurrence à notre édition des œuvres complètes en vingt volumes. De plus, voyez-vous, en ce moment justement, mon père aimerait bien, par point d'honneur, être exonéré de l'impôt qu'il devrait acquitter s'il faisait transférer à Weimar, en renonçant à ses droits de citoyen de Francfort, un capital provenant du chef de ma grand-mère, pour des propriétés immobilières qu'il possède là-bas, et pour lesquelles il est astreint à payer des taxes. Diantre, il ne s'agit de lui retenir rien de moins que trois mille florins. Mon père demande donc que la ville de Francfort se désiste de ses revendications, d'autant plus que, naguère encore, il lui fit l'honneur de parler d'elle en termes très affectueux, dans ses *Mémoires*. C'est vrai qu'il renoncerait à ses droits de citoyen mais n'at-il pas, précédemment, honoré et immortalisé sa ville natale ? Comme il ne peut, bien entendu, faire sonner cette gracieuseté ni la rappeler, il m'en laisse le soin, c'est moi qui m'occupe des tractations épistolaires, je les poursuis avec patience et rigueur, et n'en ai pas récolté peu de contrariétés. En effet, que répond-on, à moi, et donc à lui par personne interposée ? La ville nous signifie que si elle accordait la remise sollicitée, elle frusterait les autres citoyens ! Que vous en semble ? N'est-ce pas là un odieux déni de justice ? Je suis heureux de ne pas avoir à négocier de vive voix ; devant de pareils procédés, je ne répondrais pas de mon sang-froid ni de ma courtoisie. Néanmoins, l'affaire sera poursuivie, rira bien qui rira le dernier. Avec rigueur et persévérance, je reviendrai à la charge, et finalement nous obtiendrons aussi bien le privilège de l'exclusivité d'impression que l'exonération de l'impôt. Je ne me tiendrai pas pour satisfait à moins. Les revenus de mon père ne correspondent pas à son génie. Non qu'ils soient toujours négligeables, évidemment ; Cotta paye seize mille écus pour l'édition complète, prix convenable. Mais la situation, la gloire de mon père, devraient se monnayer dans d'autres proportions. Une humanité aussi libéralement comblée a le devoir de s'acquitter envers le donateur par un tribut autrement important ; et le plus grand devrait être aussi le plus riche. En Angleterre...

– En femme pratique et vieille mère de famille, je ne puis que louer votre zèle, cher monsieur. Mais considérons que si l'on établissait partout une relation exacte entre les dons du génie et une indemnité matérielle, il s'en faut d'ailleurs, le beau terme d'humanité comblée ne serait plus de mise.

– Je reconnais l'incongruité d'un parallèle. Au demeurant, les gens n'aiment guère que les grands hommes fassent comme eux ; ils exigent qu'à l'égard des biens matériels, le génie adopte une noble attitude de détachement. Ils sont ridicules avec leur égoïste frénésie de vénération. Moi qui ai pour ainsi dire vécu depuis l'enfance parmi des personnalités éminentes, je trouve que les cerveaux de génie ne sont pas organisés comme on les imagine. Au contraire, l'esprit qui vole haut a de hautes visées en affaires aussi. Schiller avait toujours le crâne bourré de spéculations financières ; ce n'est d'ailleurs pas le cas de mon père, peut-être parce qu'il n'a pas autant d'envolée et puis aussi parce qu'il ne s'est pas trouvé dans le besoin, comme son ami. Mais au lendemain du beau succès populaire de *Hermann et Dorothée*, il a dit à Schiller qu'on devrait écrire une fois une pièce de théâtre en s'inspirant de cette même veine familière, susceptible de triompher sur des scènes nombreuses et de rapporter beaucoup d'argent sans que son auteur eût à la prendre très au sérieux.

– Pas au sérieux ?

– Pas au sérieux. Schiller improvisa aussitôt l'ébauche d'une pièce de ce genre et mon père le seconda allégrement. Mais le résultat fut nul.

– Sans doute parce que le sérieux était absent.

– Il se peut. J'ai recopié récemment la minute d'une lettre à Cotta, lui exposant qu'il faudrait mettre à profit le mouvement patriotique auquel nous assistons, pour entreprendre une active propagande de librairie en faveur d'un poème s'accordant aussi parfaitement avec l'actualité que *Hermann et Dorothée*.

– Une lettre de Goethe ? » Charlotte garda un instant le silence. « Voilà qui prouve aussi, dit-elle avec véhémence, combien on se trompe en lui reprochant de se détourner de l'esprit du temps.

– Oh, l'esprit du temps, reprit Auguste, dédaigneux. Mon père ne s'en détourne pas plus qu'il n'est son partisan et son esclave. Il plane au-dessus de lui et le regarde de haut, ce qui, à l'occasion lui permet de le considérer du point de vue mercantile. Depuis longtemps il s'est élevé du temporel, de l'individuel et du national, à l'éternel humain, à ce qui est universellement valable, voilà où les Klopstock et Herder et Bürger n'ont pu le suivre. D'ailleurs, ne pas pouvoir suivre, le mal n'est pas moitié aussi grand que de se figurer qu'on est en avance, qu'on a laissé derrière soi ce qui est valable pour tous les temps. Voilà qu'à présent nos romantiques, songe-creux néo-chrétiens et néo-patriotes, se flattent d'avoir dépassé mon père et de représenter la dernière nouveauté dans le domaine de l'esprit, à quoi il est censé ne rien comprendre. Dans le public aussi, plus d'un âne en est persuadé. Y a-t-il rien de plus mesquin que l'esprit actuel, qui prétend avoir surpassé l'éternel et le classique ? Oh, mon père le leur rend bien, soyez-en assurée, il le leur rend sans avoir l'air d'y toucher et tout en affectant de ne pas faire cas des offenses. Bien entendu, il a trop de sagesse et de distinction pour s'abaisser à des chicaneries littéraires. Mais en sous-main et en vue de l'avenir, il prépare sa revanche, non seulement sur ses adversaires et le goût du jour, mais aussi en travaillant à se grandir encore. Voyez-vous, il n'a jamais aimé blesser et troubler la "masse des braves gens" comme il condescend à dire. Mais dans son for intérieur, il a toujours été différent du grand conformiste pour lequel le public l'a tenu. Il est non point timoré et prompt aux concessions, mais incroyablement libre et audacieux. Je vous dirai ceci : on voit en lui le ministre, le courtisan, mais il est aussi l'audace même, comment ne le serait-il pas ? Aurait-il risqué *Werther*, le *Tasse*, *Wilhelm Meister*, et tout le nouveau, l'insoupçonné, s'il n'avait en lui un trait fondamental, ce goût et ce pouvoir de la hardiesse, dont je l'ai plus d'une fois entendu dire qu'en eux réside à proprement parler ce qu'on nomme le talent. Il a toujours eu des archives secrètes où figurent des œuvres surprenantes. Autrefois, on y voyait l'ébauche de *Faust*, ainsi que les *Noces de Hanswurst*, et *Le Juif errant* ; aujourd'hui, encore, on y trouverait le butin d'une nuit de Walpurgis, hardi et choquant à plus d'un égard, par exemple certain poème, un journal intime que je conserve, écrit d'après un modèle italien et joliment osé, avec son mélange de morale érotique et, sauf votre respect, d'obscénité. J'ai serré tout cela avec soin, la postérité peut être tranquille, je veille à tout, il faut bien qu'elle s'en remette à moi, car on ne saurait compter sur mon père. Il est d'une coupable négligence à l'égard de ses manuscrits. Peu lui chaut, dirait-on, qu'ils se perdent, il les livre au hasard et si je ne l'en empêchais, il expédierait à Stuttgart un exemplaire unique. L'inédit, l'inoubliable, les pièces secrètes et libres, les vérités sur ses chers Allemands, les polémiques, les diatribes contre des adversaires intellectuels et contre tout l'absurde qui sévit dans le domaine de la politique, de la religion et de l'art...

– Un bon, un fidèle fils, dit Charlotte. Je me réjouissais de faire votre connaissance, cher Auguste, j'avais à cela plus de motifs encore que je n'en soupçonnais. La mère, la vieille femme que je suis, est fort agréablement touchée de cette belle soumission d'un jeune homme à son père, cette indissoluble solidarité qui le ligue avec lui contre l'irrévérence de la génération montante, votre génération. On ne peut que vous en louer et vous remercier...

– Je n'y ai aucun mérite, répondit le conseiller à la Chambre des finances. Qu'est-ce que je représente pour mon père ? Je suis un homme médiocre, aux visées pratiques et dépourvu de l'intelligence et de la culture nécessaires pour le distraire. En fait, nous ne sommes pas beaucoup ensemble. Tout ce que je peux c'est lui apporter mon intime adhésion et défendre ses intérêts ; les louanges à ce propos me couvrent de confusion. Notre chère madame de Schiller aussi est d'une bonté et d'une amabilité qui me confondent, parce que je partage les opinions littéraires de mon père, comme si j'y avais quelque mérite, comme si ma propre fierté, tout simplement, ne me commandait pas de rester fidèle à Schiller et à Goethe, alors que d'autres jeunes gens se complaisent à des modes plus récentes.

– Je ne sais, répliqua Charlotte, presque rien de ces modes plus récentes, et je suppose que mon âge m'empêcherait de les comprendre. Il existe, paraît-il, des peintres pieux, des écrivains scurriles... il suffit, je ne les connais pas et mon ignorance ne me pèse guère, car je suis certaine que leurs élucubrations ne sont pas à la hauteur des œuvres qui ont paru au temps de ma jeunesse et conquis l'univers. On pourrait m'objecter qu'il n'est pas nécessaire d'égaler ce qu'il y eut de grand pour le surpasser d'une certaine façon. Entendez-moi bien, je ne suis pas femme à cultiver le paradoxe, je dis "surpasser", simplement parce que ces nouveautés ayant pour elles l'époque et l'actualité dont elles sont l'expression, s'adressent plus directement à la jeunesse issue de cette époque, et lui apportent plus de bonheur. Car il s'agit après tout d'être heureux.

— Et de savoir, répliqua Auguste, où réside le bonheur. Il en est qui ne le cherchent et ne le trouvent que dans la fierté, dans l'honneur et le devoir.

— Bien, excellent. Et pourtant, je sais pour l'avoir constaté, qu'une vie de devoir, toute consacrée au prochain, provoque fréquemment une certaine dureté et n'est pas très compatible avec la bienveillance. Il existe, me semble-t-il, entre vous et madame de Schiller, des rapports de confiance et d'amitié ?

— Je ne veux pas tirer vanité d'une bonté dont je suis redevable non à mes qualités mais à mes opinions.

— Oh, les unes vont souvent de pair avec les autres. J'éprouve presque un sentiment de jalousie, à trouver occupée la place de mère adoptive que j'ambitionne un peu. Pardonnez-moi si, malgré tout, je ne m'interdis pas complètement tout intérêt maternel et si je vous demande : avez-vous aussi, parmi des personnes plus proches de vous par l'âge que la veuve de Schiller, quelque ami ou confident ? »

En prononçant ces mots, elle se pencha vers lui. Auguste posa sur elle un regard où la gratitude se nuançait d'une timide gêne. Un regard tendre, sombre et triste.

« Les circonstances ne l'ont pas permis, répondit-il. Nous avons déjà mentionné que, parmi mes contemporains, certains courants d'opinion se dessinent, certaines tendances, qui s'opposent à l'entente parfaite et amèneraient de perpétuelles frictions, n'était la réserve que je m'impose. Notre temps, à mon avis, devrait prendre pour devise l'adage latin : la victoire fut chère aux dieux, mais la défaite agréable à Caton. Je ne nie pas la très vive sympathie que depuis longtemps ce vers m'inspire, à cause de la sereine fermeté avec laquelle la raison y sauvegarde son prestige, en dépit des arrêts de l'aveugle destin. Rien de plus rare sur terre ; une scandaleuse infidélité aux causes perdues et la capitulation devant le succès, sont de règle. J'en éprouve une amertume infinie. Les hommes, ah, quel mépris notre époque a pu nous inspirer pour leurs âmes de laquais ! Il y a trois ans, en 1813, l'été où nous avions décidé mon père à se rendre à Töplitz, je me trouvais à Dresde pendant l'occupation française. Pour célébrer l'anniversaire de Napoléon, les habitants illuminaient leurs fenêtres et tiraient des feux d'artifice. Au mois d'avril précédent, ils avaient rendu hommage à Leurs Majestés de Prusse et de Russie avec force lampions et cortèges de jeunes filles vêtues de blanc. Mais il avait suffi que la girouette tourne de nouveau... Quelle pitié ! Comment un jeune homme conserverait-il sa foi en l'humanité, après qu'il a été témoin de la trahison des princes allemands, la félonie des fameux maréchaux français abandonnant leur empereur dans l'adversité...

— A quoi bon l'amertume, mon ami, à propos de ce qu'on ne saurait changer, et pourquoi jeter aussitôt par-dessus bord notre foi en l'humanité, sous prétexte que les hommes se conduisent en hommes, et qui plus est, à l'égard d'un inhumain ? La fidélité est une belle chose, et il n'est certes pas beau de courir après le succès ; mais un homme comme Bonaparte ne se maintient ou ne tombe qu'en fonction de ses réussites. Vous êtes bien jeune, mais je vous souhaite maternellement de prendre exemple sur votre illustre père qui, naguère, fut-ce sur les bords du Rhin ou du Mein ? se complut allégrement à voir les feux de joie commémorant la bataille de Leipzig, et trouva tout naturel que ce qui était audacieusement sorti de l'abîme y fît retour ?

— Mais il n'a tout de même point toléré que je prenne les armes contre l'homme de l'abîme. Et, laissez-moi ajouter qu'en agissant ainsi, il me faisait honneur en vrai père, car l'espèce de jeunes gens qui n'est propre qu'à cela, je la connais et je la méprise du fond du cœur, des freluquets membres du Tugendbund prussien, des ânes enthousiastes, des êtres nuls avec leur mâle jactance en série, dont je ne puis entendre le trivial jargon d'étudiant, sans trembler de rage...

— Mon ami, je me tiens à l'écart des débats politiques de ce temps. Mais laissez-moi avouer que vos propos m'attristent un peu. Je devrais peut-être me réjouir, comme la chère Mme de Schiller, que vous fassiez cause commune avec nous, gens d'âge, et pourtant je suis douloureusement émue, effrayée, de voir combien la fâcheuse politique vous isole de vos contemporains, de votre génération.

— Mais la politique, elle non plus, répliqua Auguste, n'est pas isolée, elle est engagée dans de multiples engrenages avec lesquels elle forme un bloc indissoluble en matière d'opinion, de croyances et de profession de foi. Elle est contenue dans tout le reste, liée à la morale, à l'esthétique, qui n'ont d'intellectuel et de philosophique que l'apparence. Heureuses les époques où, s'ignorant elle-même, confinée dans un état d'innocence, personne, hormis ses plus proches adeptes, ne parla sa langue. Dans ces périodes soi-disant étrangères à elle, je voudrais les appeler des périodes de latence politique, il est possible d'aimer et d'admirer librement le Beau, indépendamment de la chose publique, malgré des correspondances silencieuses mais indissolubles. Le sort ne nous a malheureusement pas permis de vivre dans une ère de calme, de tolérance. La nôtre s'éclaire d'un jour cru, d'une impitoyable précision, et laisse éclater et se manifester en chaque chose, chaque être humain, chaque beauté, la politique qui lui est inhérente. Je suis le dernier à contester qu'il en résulte parfois mainte tristesse et privation, maintes scissions amères.

— J'en infère que ces amertumes ne vous ont pas été épargnées ?

— Certes, dit le jeune Goethe après un bref silence, en baissant les yeux vers la pointe de ses bottines.

— Et voudriez-vous m'en parler, comme un fils à sa mère ?

— Votre bonté, répondit-il, m'a déjà arraché des considérations générales ; pourquoi n'y ajouterais-je pas des considérations particulières ? J'ai connu un jeune homme un peu plus âgé que moi, dont j'aurais souhaité de faire mon ami. Il se nommait Arnim, Achim d'Arnim, et appartenait à la noblesse de Prusse ; il était fort beau de sa personne ; son image chevaleresque et joyeusement enthousiaste se grava de bonne heure dans mon âme et lui demeurait présente, bien que je ne le visse que par intermittence, à d'assez longs intervalles. La première fois qu'il m'apparut, j'étais encore un enfant. C'était à Gottingue ; j'avais été autorisé à accompagner mon père, et notre attention fut attirée par un étudiant qui criait vivat ! sur son passage, dans la rue, le soir de notre arrivée. L'aspect d'Arnim produisit la plus forte, la plus agréable impression sur nous et le garçon de douze ans que j'étais ne l'oublia plus, ni en rêve, ni à l'état de veille.

« Quatre ans plus tard, il vint à Weimar ; il n'était déjà plus un inconnu dans le domaine poétique. Féru d'enthousiasme pour le moyen âge allemand, il s'était orienté, de tout son esprit et toute sa sensibilité, vers le romantisme à la mode ; à Heidelberg, avec Clément Brentano, il avait rassemblé et publié un recueil de chants populaires intitulé le *Cor enchanté* qui, à l'époque, fut accueilli avec émotion et reconnaissance – car cette compilation répondait aux plus intimes aspirations générales. L'auteur rendit visite à mon père, qui les félicita cordialement, lui et son collaborateur, de leur œuvre charmante, et nous nous liâmes. Ce furent des semaines de bonheur. Jamais je ne me suis davantage réjoui d'être le fils de mon père qu'à cet instant et à cause de lui, car ma naissance compensait la disproportion, pour moi défavorable, entre nos âges, notre instruction et nos mérites, et me valait son attention, son estime et son amitié. C'était l'hiver. Habile à tous les exercices du corps (en cela aussi fort supérieur à son cadet) sur un point cependant il pouvait, à ma grande joie, recevoir de moi un enseignement : comme il ne savait pas patiner, je lui donnai des leçons, et ces heures de vive animation où il m'était loisible de surpasser l'ami que j'admirais, de le guider, furent les plus heureuses que la vie m'ait apportées, à parler franc, je n'en attends pas de meilleures.

« Trois années s'écoulèrent encore jusqu'à une nouvelle rencontre à Heidelberg où j'étais allé en 1808 pour étudier le droit, dûment recommandé à d'éminentes personnalités du monde des lettres, en particulier au célèbre Johann Heinrich Voss, l'homéride, avec qui mon père était lié depuis les jours d'Iéna et dont le fils, Henri, avait autrefois remplacé le docteur Riemer chez nous, en qualité de précepteur. J'avoue que je n'aimais guère le jeune Voss ; le dévouement, l'adoration qu'il affichait à l'égard de mon père m'agaçaient plutôt qu'ils ne me le rendaient sympathique. Il avait une nature à la fois enthousiaste et ennuyeuse (mélange possible) et une affection à la lèvre qui, lorsque j'arrivai à Heidelberg, l'empêchait encore de faire son cours à l'Académie et ne contribuait pas à le rendre attrayant. Dans le caractère de son père, le recteur d'Eutin, le poète de *Louise*, d'autres éléments se combinaient : l'idylle et la polémique. L'être le plus accomodant à son foyer, soigné et choyé par la plus active des épouses et des mères de famille, devenait en public, lorsque la science et les lettres étaient en cause, un coq de combat, féru de joutes littéraires, de chicane, d'articles pointus, toujours à ferrailler avec une colère allègre et rajeunie, contre les opinions qui choquaient son protestantisme éclairé, son amour de l'antiquité. La maison de Voss, très liée avec celle de mon père, était pour moi, à Heidelberg, un second foyer où j'étais comme le second fils.

« Je n'éprouvai donc pas seulement un effroi joyeux, mais aussi un sentiment de trouble et d'inquiétude quand dans la rue, presque au lendemain de mon arrivée, je tombai dans les bras de l'objet de mon enthousiasme juvénile, le compagnon des frais plaisirs d'hiver. Je devais pourtant m'attendre à la rencontre, et tout au fond de l'âme je l'espérais, sachant qu'Arnim habitait Heidelberg et qu'il y publiait son *Journal pour les anachorètes*, un organe plein de rêve et d'esprit, tourné vers le passé, le porte-parole de la nouvelle génération romantique. Si je m'étais analysé, j'aurais reconnu que ç'avait été précisément là ma secrète pensée quand on m'avait assigné Heidelberg comme résidence pour mon premier semestre d'étudiant. En voyant mon ami devant moi, le bonheur et la gêne m'oppressèrent et je crois bien que je rougis et pâlis tour à tour. Le poids m'accabla des discordes et dissensions de notre temps, entre générations qui se côtoient. Je savais comment les Voss jugeaient le pieux culte du passé allemand et chrétien, dont Arnim s'était institué de plus en plus le célébrant. Je sentis aussi que la période de ma libre enfance, où j'avais pu en toute candeur me mouvoir entre les deux camps, était révolue. La cordialité avec laquelle Arnim, plus beau et plus chevaleresque que jamais, renoua connaissance avec moi, me comblait de ravissement et, tout à la fois, me bouleversait. Il me prit par le bras et m'emmena chez le libraire Zimmer, où il avait son couvert mis ; mais bien que j'eusse au début certaines choses à lui apprendre au sujet de Bettina Brentano, que j'avais récemment rencontrée à diverses reprises chez ma grand-mère, la conversation languit et traîna péniblement, et je souffris beaucoup de lui faire l'effet d'un esprit obtus, vieillot, impression que ses regards, son involontaire hochement de tête, finirent par manifester clairement, à mon vif désespoir.

« Dans la poignée de main que je lui donnai en prenant congé de lui, j'essayai de faire passer un peu de ma détresse et de mon désir de pouvoir lui conserver l'affection que mon cœur d'enfant lui avait vouée. Mais le soir même, chez les Voss où je ne pus m'empêcher de parler de ma rencontre, la situation m'apparut pire encore que je ne l'avais envisagée. Le vieux était à la veille de dégainer (au figuré) contre ce "gaillard", comme il disait, "ce corrupteur de la jeunesse, cet ignorantin, prôneur du moyen âge", en l'attaquant dans un ouvrage de polémique qui (du moins il l'espérait) le dégoûterait de son séjour et de son activité à Heidelberg. Sa haine des manigances perfides, séductrices et hostiles des littératures romantiques, s'exhala en paroles orageuses. Il les traita de charlatans, leur déniant tout vrai sens historique, toute conscience philosophique, et taxant d'hypocrisie leur piété qui dénaturait impudemment les vieux textes qu'elle exhumait sous couleur de les rajeunir. En vain objectai-je que mon père avait accueilli naguère avec beaucoup de bienveillance le *Cor enchanté*. Voss me rétorqua que même en faisant abstraction de son impavide bonté, mon père respectait et estimait le folklore et toutes les manifestations populaires, dans un sentiment et un esprit tout autres que ces poèteraux ivres de germanité. Au surplus, dit-il, la situation de son vieil ami et protecteur était identique à la sienne par rapport à ces dévôts patriotes, ces néo-catholiques qui pratiquaient le culte du passé pour dénigrer plus perfidement le présent et qui témoignaient au grand homme une vénération fort suspecte, dans le seul dessein de l'exploiter à leur profit. Bref, si je tenais un peu à sa paternelle amitié, à son affection et à sa sollicitude, je me déroberais carrément à toute fréquentation, à toute nouvelle entrevue avec Arnim.

« Que vous dire de plus ? Sommé de choisir entre le digne homme, les vieux amis de mon père qui m'avaient offert un foyer à l'étranger, et le bonheur hasardeux d'une amitié interdite, je me résignai. J'écrivis donc à Arnim que la position que m'assignaient ma naissance et mes convictions dans le champ clos des divisions actuelles, m'empêchait de le revoir. La larme d'enfant qui mouilla mon papier à lettre me démontra que l'amitié à laquelle je renonçais faisait partie d'une époque que j'avais laissée derrière moi en grandissant. Je cherchai donc et trouvai des compensations dans mes rapports fraternels avec Henri, le jeune Voss ; et la certitude que son culte pour mon père était exempt de toute embûche m'aida à passer par-dessus l'ennui qu'il dégageait et l'abcès de sa lèvre. »

Charlotte remercia le narrateur de sa petite confession et l'assura de sa sympathie à propos d'une épreuve dont on pouvait dire qu'il l'avait surmontée en homme. « En homme, répéta-t-elle. C'est une histoire bien mâle que vous m'avez confiée là, elle ressortit au monde viril, j'entends par là un monde régi par des principes et une inflexibilité devant lesquels nous, femmes, avons toujours un hochement de tête mi-respectueux, mi-souriant. Comparées à vous, si sévères, nous sommes les enfants de la nature et de la tolérance, ce pourquoi je crains que nous vous fassions parfois l'effet de créatures inconsistantes. Une bonne partie de l'attrait qu'exerce sur vous notre pauvre sexe, ne s'explique-t-elle pas du fait qu'auprès de nous votre rigorisme consent à désarmer ? Pour peu que nous vous plaisions, votre intransigeance ferme volontiers les yeux, elle se montre moins vétilleuse, et l'histoire de la sensibilité nous enseigne que de vieilles brouilles de famille et d'honneur, des divergences d'opinion transmises avec le sang, n'empêchent aucunement la formation de liens affectifs indissolubles et passionnés entre les héritiers des traditions ennemies ; même, les obstacles incitent les cœurs à les narguer, et à suivre leur propre inclination.

– Voilà sans doute en quoi, dit Auguste, l'amour diffère de l'amitié.

– Certes. Et à présent, laissez-moi vous demander... Je

vous pose une question maternelle. Vous m'avez parlé d'une amitié contrariée. Mais n'avez-vous jamais... aimé ? »

Le conseiller à la Chambre des finances regarda à terre, puis releva les yeux vers elle.

« J'aime », dit-il doucement.

Charlotte se tut et son visage exprima l'émotion.

« Votre confiance, reprit-elle, me touche autant que la nouvelle que vous me donnez. Franchise pour franchise. Je vais vous avouer pourquoi je me suis décidée à vous interroger. Auguste, vous m'avez raconté votre vie, votre vie de fils, si méritoire, si privilégiée, si dévouée, vous êtes le fidèle auxiliaire de votre cher et illustre père, vous entreprenez des démarches pour lui, vous veillez sur ses écrits, vous servez de tampon entre lui et le monde des affaires. Ne me croyez pas incapable, moi qui, après tout, m'y connais aussi en sacrifice et en renoncement, d'apprécier la valeur morale d'une telle vie, riche de dévouement et d'abnégation. Et pourtant, les sentiments que j'éprouvais en vous écoutant n'étaient pas purs de tout alliage. Quelque chose s'y insinuait, une espèce d'inquiétude, une insatisfaction, une révolte comme on en ressent devant ce qui n'est pas très normal ni tout à fait voulu par Dieu, je veux dire que Dieu ne nous a pas créés, ne nous a pas donné la vie pour que nous nous en dépouillions et que nous nous laissions entièrement absorber par une autre, fût-elle la plus chère et la plus auguste. Nous devons vivre notre propre vie, sans égoïsme et sans considérer les autres comme de simples instruments, c'est entendu, mais aussi en toute indépendance et selon notre pente, dans un raisonnable équilibre de nos devoirs envers autrui et envers nous-même. N'ai-je pas raison ? Il n'est pas salutaire à l'âme, pas plus qu'à la bonté et à la douceur, de se vouer exclusivement aux autres. Pour parler sans détours, je serais plus heureuse si j'avais pu déceler dans vos confidences l'indice d'une prochaine émancipation et d'un affranchissement du foyer paternel, comme il sied à votre âge. Vous devriez fonder un foyer, vous devriez vous marier, Auguste.

— Je songe à contracter mariage », dit le conseiller à la Chambre des finances, en s'inclinant.

– Parfait, s'écria-t-elle. Je parle donc à un fiancé ?
– C'est peut-être trop dire. La nouvelle n'est du moins pas encore officielle.
– En tout cas, vous m'en voyez ravie, et vraiment je devrais vous gronder de ne m'avoir pas permis de vous féliciter plus tôt. Puis-je savoir le nom de l'élue ?
– Mademoiselle de Pogwisch.
– Son prénom ?
– Odile.
– Charmant ! Comme dans le roman[1]. Et moi, je suis la tante Charlotte.
– Ne dites pas tante ; elle pourrait être votre fille », répondit Auguste tandis que son regard posé sur elle se fit singulièrement fixe et vitreux.

Elle eut peur et rougit : « Ma fille... Quelle idée ! » balbutia-t-elle et elle éprouva comme une fascination à ces mots déjà entendus et devant le regard dont ils s'accompagnaient et qui donnait l'impression qu'ils avaient été prononcés involontairement, inconsciemment, comme jaillis des profondeurs.

« Mais oui, confirma-t-il avec enjouement. Je ne plaisante pas, ou si peu ! Au surplus, je ne parle pas d'une ressemblance qui serait, à vrai dire, mystérieuse, mais d'affinités, comme il s'en produit des millions dans le monde. Au vrai, madame, vous êtes de ces personnes que les années ne changent guère ou plutôt de celles en qui la maturité laisse transparaître l'image de leur jeunesse. Je n'aurai pas l'impertinence de vous dire que vous ressemblez à une jeune fille, mais point n'est besoin d'être doué de seconde vue pour discerner aisément, à travers votre enveloppe de dignité, la jeune fille, presque la pensionnaire que vous fûtes jadis et dont je soutiens qu'elle pourrait être la sœur d'Odile, d'où ce résultat mathématique, ou plutôt cette coïncidence que je signalais précédemment, qu'elle pourrait être votre fille. Qu'est-ce que la ressemblance ? Je ne garantis pas l'analogie de vos traits respectifs pris isolément, mais la fraternité de l'en-

1. *Les Affinités électives* (N.D.L.T.).

semble, l'identité d'un type opposé au type Junon, cette légèreté, ce charme, cette grâce, cette tendresse, voilà ce que j'appelle l'élément fraternel, filial. »

Fut-ce imitation, contagion ? Charlotte regarda le jeune Goethe du même regard fixe, un peu vitreux, qu'il avait peu auparavant posé sur elle.

« Pogwisch... Pogwisch... » répéta-t-elle machinalement. Puis elle s'avisa qu'elle pouvait être censée réfléchir au caractère et à l'origine du nom. « Noblesse prussienne, noblesse d'épée, noblesse militaire, n'est-ce pas ? demanda-t-elle. Ce sera donc un peu l'alliance de la lyre et du glaive. J'estime sincèrement l'esprit militaire prussien. Par esprit, j'entends les opinions, la discipline, le culte de l'honneur, le patriotisme. Nous devons à ces qualités d'être délivrés du joug étranger. C'est donc dans cet esprit, nourrie de ces traditions, que votre fiancée, s'il m'est permis de la désigner ainsi, a grandi.Mais alors, elle ne serait pas précisément une **admiratrice de la Confédération Rhénane, une fervente de Bonaparte ?**

— Les événements, répliqua Auguste, rétractile, ont déjà posé et résolu la question.

— Dieu merci ! dit-elle. Et cette alliance a le bonheur d'obtenir l'agrément, le consentement de Goethe ?

— Entièrement. Il est d'avis qu'elle ouvre les plus **grandes perspectives de bonheur.**

— Pourtant, il vous perdra, du moins, en grande partie. Rappelez-vous, je vous ai conseillé, tantôt, de vous créer une vie personnelle. Mais si je me mets à la place de mon vieil ami de jeunesse, il se trouvera privé de son intime collaborateur, de son excellent commissionnaire, lorsque vous aurez quitté la maison.

— Personne n'y songe, répliqua Auguste, et, soit dit pour vous rassurer, le changement ne sera pas de nature à porter préjudice à mon père. Il ne perd pas son fils en gagnant une fille. Il est entendu que nous occuperons en haut, au second étage, les chambres réservées jusqu'à présent aux visites, des pièces tout à fait charmantes, avec vue sur le Frauenplan. Bien entendu, le domaine d'Odile s'étendra au-delà de leurs limites ; elle régnera aussi dans les salons de l'étage inférieur, en qualité de dame de la maison. La maison réclame de nouveau une direction féminine, elle a besoin d'une maîtresse, voilà une des raisons, et non la moindre, qui rendent mon mariage souhaitable.

– Je comprends, et ne puis que m'étonner de mon inconséquence. A l'instant même, j'étais préoccupée pour le père, et voilà qu'à présent mon inquiétude va au fils. Les vœux que je forme pour ce dernier se trouvent exaucés d'une façon qui, j'en conviens, ressemble à une déception, une non-réalisation, justement parce qu'elle s'accompagne d'un apaisement au sujet du père. Je ne suis pas certaine de vous avoir bien compris : vous avez la parole de l'élue de votre cœur ?

– Il s'agit, répondit Auguste, d'un de ces cas où en fin de compte, les paroles importent peu.

– Peu ? Les paroles,... les paroles. Mon ami, vous ôtez de sa valeur à un mot grave en le mettant au pluriel. La parole, mon cher, c'est encore autre chose que les paroles ; elle doit être donnée après qu'on a mûrement réfléchi, après une judicieuse hésitation. Aussi convient-il de s'analyser quand on se lie pour toujours. Vous aimez et m'en avez fait l'aveu, de quoi je reste profondément émue, moi vieille femme qui pourrais être votre mère. Vous êtes aimé en retour, je n'en doute point. Les mérites que vous tenez de naissance m'en sont les plus sûrs garants. Mais avec une certaine jalousie maternelle, je me demande si vous êtes aimé vraiment et uniquement pour vos qualités strictement personnelles, et pour vous-même ? Quand j'étais jeune, je me mettais souvent, avec effroi, à la place des jeunes filles plus riches, et par conséquent beaucoup plus recherchées, qui sont dans l'heureuse situation de choisir à leur gré parmi les jeunes gens du pays, mais ne peuvent jamais savoir absolument si les hommages s'adressent à elles ou à leur argent. Prenez par exemple, un défaut physique, un léger strabisme, une claudication, que sais-je, une petite difformité, et imaginez la tragédie qui se joue dans l'âme de la pauvre disgraciée, la tragédie de l'incertitude entre le désir passionné de croire et le doute rongeur. Je frissonnais en songeant que ces êtres ont la vanité de considérer leur richesse comme une qualité personnelle et de se dire : "Dût-il n'aimer en moi que mon argent, cet argent est inséparable de moi et compense ma boiterie. Il m'aime donc en dépit d'elle." Ah, pardonnez-moi, ces pensées, ce dilemme inimaginable sont une vieille hantise, mon perpétuel cauchemar de jeune fille apitoyée, si bien qu'aujourd'hui encore, je m'égare en bavardages à ce sujet, mais je l'aborde uniquement parce que vous, cher Auguste, me faites l'effet du jeune homme fortuné, qui a, il est vrai, le bonheur de pouvoir choisir, mais aussi tout lieu d'analyser les motifs pour lesquels il est choisi : est-ce vraiment pour lui ou pour ses qualités adventices ? Cette petite personne... ne m'en veuillez pas d'une désignation aussi désinvolte, qui m'a été suggérée par votre description imagée de la jeune fille et me décide à l'appeler une petite personne ; d'ailleurs, le fait que vous établissiez un certain rapport, filial et sororal, entre elle et moi, me donne le droit d'en parler négligemment, comme s'il s'agissait de moi... pardonnez-moi, je m'aperçois que je ne sais plus très bien où j'en suis. Cette journée m'a apporté de grandes fatigues cérébrales et émotives, je ne me souviens pas d'en avoir vécu de pareille ; mais il faut que j'achève ce que j'avais commencé à dire. Bref, cette petite personne, Odile, vous aime-t-elle comme vous êtes, indépendamment des circonstances, ou aime-t-elle les circonstances de votre vie, qui sont celles d'un fils célèbre, en sorte qu'au fond, c'est votre père qu'elle se trouverait aimer ? Avec quel soin il convient d'examiner une chose pareille avant de se lier. A moi qui pourrais être votre mère, il incombe, il est de mon devoir, de vous signaler les risques. Car à en juger par son portrait, je pourrais être également la mère de la petite personne, et si, aux yeux de Goethe, cette union ouvre les plus belles perspectives de bonheur, pour employer votre expression ou plutôt la sienne, cela tient peut-être à ce que moi, la petite personne de jadis, j'ai autrefois plu à ces yeux, d'où il s'ensuit que j'aurais pu être votre mère. Il convient donc d'examiner de très près si c'est vraiment vous qui l'aimez ou si, là aussi, vous n'êtes que le représentant et le mandataire de votre père ? Que vous ayez eu de l'affection pour le chevalier d'Arnim, et souhaité d'être son ami, si vous aviez pu suivre la pente de votre cœur, voyez-vous, c'était là une affaire personnelle, une affaire entre jeunes gens de votre génération, mais ce qui se passe ici, est peut-être une affaire entre nous, les vieux, me semble-t-il. De là mon souci. Ne croyez pas que je méconnaisse l'attrait d'une alliance par laquelle, si j'ose dire, ce que les vieux se sont interdit, ont négligé, se trouve réparé et réalisé par les jeunes. Et pourtant, je me dois encore de vous mettre carrément en garde contre le caractère risqué du projet, puisqu'il s'agit, en quelque sorte, d'un frère et d'une sœur... »

Elle posa sur ses yeux sa main gantée d'une mitaine au crochet.

« Non, dit-elle, pardonnez-moi, mon enfant ; comme j'ai dû vous l'avouer, je ne suis plus tout à fait maîtresse de mes paroles, non plus, à vrai dire, que de mes pensées. Excusez une vieille femme. Je le répète, je ne me souviens pas d'une journée qui m'ait demandé un effort aussi grand. Je suis vraiment prise de vertige... »

A ces mots, le conseiller à la Chambre des finances qui, durant les dernières minutes s'était tenu très droit, rigide sur sa chaise, se leva précipitamment.

« Grand Dieu, s'écria-t-il, je me reproche... je vous ai fatiguée, je suis impardonnable ! Nous avons parlé de mon père, voilà ma seule excuse, car ce thème, bien qu'on ne puisse espérer de l'épuiser, ne vous permet pas facilement de... Je me retire ; et j'ai... (du poignet il se frappa le front) j'ai failli prendre congé sans m'acquitter de la commission qui seule justifiait mon importunité. » Il se ressaisit et dit doucement, un peu penché en avant : « J'ai l'honneur de transmettre à madame la conseillère aulique les souhaits de bienvenue de mon père ainsi que son regret de ne pouvoir se présenter de sitôt. Un rhumatisme au bras gauche gêne un peu la liberté de ses mouvements mais ce lui serait un honneur et un plaisir si madame la conseillère aulique ainsi que les chers siens, le conseiller à la Chambre des finances Ridel et madame avec mesdemoiselles leurs filles respectives, acceptaient de déjeuner en petit comité, vendredi prochain, c'est-à-dire d'ici trois jours, à deux heures et demie. »

Charlotte s'était levée à son tour, légèrement chancelante :

« Bien volontiers, dit-elle, pour peu que mes parents soient libres ce jour-là.

– Permettez-moi de me retirer », dit-il, avec une inclination impeccable et en tendant la main.

D'un pas mal assuré, elle s'avança vers lui, prit entre ses mains la jeune tête aux petits favoris et à la chevelure en désordre et ses lèvres délicates posèrent un baiser sur son front, ce qui ne fut pas très malaisé en raison de l'attitude d'Auguste, courbé devant elle.

« Au revoir, Goethe, dit-elle. Si j'ai parlé à tort et à travers, oubliez-le, car je me sens fatiguée. Avant vous, j'avais eu Rose Cuzzle, le docteur Riemer, Mlle Schopenhauer ; et puis, il y a eu Mager et le public de Weimar ; et tout cela fut excessivement intéressant. Allez, mon fils. Dans trois jours, je viendrai déjeuner, pourquoi pas ? Chez nous aussi, dans la maison de l'Ordre Teutonique, il lui arrivait de prendre son lait caillé. Puisque vous vous plaisez, jeunes gens, mariez-vous, faites cela pour l'amour de lui et soyez heureux dans vos chambres de l'étage supérieur. Il ne m'appartient pas de vous en dissuader. Dieu soit avec vous, Goethe ; Dieu soit avec vous, mon enfant.

VII

« Oh, pourquoi disparaît-elle ? Pourquoi faut-il que la sereine vision des profondeurs s'efface en un instant, comme au signal d'un démon capricieux qui accorde ou retire, qu'elle se dissolve et que je remonte à la surface ? Elle était si séduisante ! Et maintenant ? Où te trouves-tu ? A Iéna ? A Berka ? A Tennstädt ? Non, voilà ma soyeuse courtepointe capitonnée de Weimar, la tenture familière du mur, le cordon de sonnette... Quoi ? des transports violents ? De sublimes extases ? Compliments, mon vieux. Ne t'assombris donc point, joyeux vieillard... Fut-ce un prodige ? Les membres admirables ! Comme les seins de la déesse s'écrasaient avec souplesse contre l'épaule du beau chasseur, son menton appuyé au cou et à la joue du jeune homme tiédie par le sommeil, sa petite main d'ambroisie crispée sur le poignet du bras en fleur prêt à l'enlacer virilement, son petit nez et sa bouche en quête du souffle exhalé des lèvres que disjoint le rêve ! A leurs côtés, l'enfant Eros, mi-indigné, mi-triomphant, brandissait son arc avec des Oho! et des Halte-là ! et, à droite, les chiens de chasse bondissants regardaient d'un air intelligent. – Tu avais le cœur en fête devant cette merveilleuse composition. Où as-tu été chercher cela ? Mais, au fait, c'était l'Orbetto, le Turchi de la Galerie de Dresde, *Vénus et Adonis*. Ils se proposent de restaurer les tableaux de Dresde ? Gare, mes petits ! Ce serait un malheur si vous gâchiez la besogne en la bâclant. Assez de gâchis sur terre, le diable vous emporte ! Ils ignorent la difficulté, la perfection et veulent se la couler douce. Nulle exigence. Dès lors, qu'espérer ? Il faut que je leur signale l'Académie de restauration de Venise, un directeur et douze professeurs qui se sont cloîtrés pour mener à bien un travail des plus délicats : *Vénus et Adonis*. Depuis longtemps déjà, il y aurait un *Amour et Psyché* à faire. Parfois, un de mes fidèles me le rappelle, selon mes recommandations ; mais ils seraient bien embarrassés de me dire où j'en prendrais le temps. Va donc revoir de près, dans le Salon Jaune, la Psyché gravée par Dorigny, pour rafraîchir ton idée, après quoi tu pourras toujours en ajourner l'exécution. Il est bon d'attendre et de différer ; l'œuvre se parachève et nul ne te ravira ton bien le plus secret et le plus personnel ; nul ne te dépassera? fit-il la même chose.

Au fond, le sujet, qu'est-ce ? Il court les rues, le sujet. Prenez-le, mes enfants, je n'ai pas besoin de vous le donner, comme j'ai donné Tell à Schiller pour son théâtre tout frémissant d'une généreuse révolte, encore que j'aie gardé pour moi ce qui est réalité, ironie, la partie épique, le démos herculéen indifférent aux questions de souveraineté, et le tyran repu qui lutine les femmes du pays. Attendez, je vais certainement en composer un à mon tour et mon hexamètre aura plus de maturité et d'unité de langue que dans *Reinicke* et dans *Hermann*. Accroissement, accroissement. Aussi longtemps qu'on croit et que s'élargit le faîte, on est jeune et, à notre stade actuel, avec un si bel épanouissement de notre personnalité, nous devrions nous attaquer à Psyché. D'une vieillesse en pleine maîtrise, enrichie de dignité et d'expérience, devrait jaillir ce qu'il y a de plus léger, de plus charmant. Jusqu'à ce que l'œuvre éclose, nul n'en soupçonne la future beauté. Sous forme de stances, peut-être ? Mais hélas ! Comment suffire à tout, avec le souci des affaires ; bien des choses se trouvent condamnées à périr. Parions que ta cantate de la Réforme non plus ne verra pas le jour. Le tonnerre du Sinaï... Le parfum matinal des vastes solitudes, de cela je suis sûr. Pour les chœurs des bergers, des guerriers, utiliser *Pandore*. La Sulamite, la lointaine bien-aimée... "J'ai pour plaisir unique – nuit et jour, son amour." Voilà qui serait amusant.

Mais ce qui compte, c'est Lui et son enseignement spirituel, toujours plus élevé, toujours méconnu des masses ; l'abandon, les souffrances de l'âme, les pires tourments ; et avec cela, consoler, fortifier. Montrons-leur, vieux païen, que nous connaissons le christianisme comme pas un. Mais qui composera la musique ? Qui m'encouragera ? Qui comprendra et approuvera l'œuvre avant son éclosion ? Prenez garde que j'en perde le caprice faute d'encouragement et vous verrez alors où vous en serez. Ah, que n'est-il encore là, Lui[1] qui depuis si longtemps (déjà dix ans) s'est détourné de nous. S'Il y était encore pour aiguillonner, exiger et stimuler l'intellect ! N'ai-je pas abandonné son *Démétrius* à cause des absurdes difficultés que vous m'avez suscitées quand je voulais et pouvais l'achever pour en faire la plus belle commémoration funèbre qu'oncques ne vit jamais au théâtre ? A vous la faute avec votre entêtement de tous les instants, si, furieux, je me décourageai et si, pour moi comme pour vous il mourut une seconde fois, définitivement, lorsque je renonçai à le continuer en mettant à son service ma connaissance de lui. Que je fus malheureux ! Plus malheureux, à vrai dire, qu'on ne saurait l'être par la faute d'autrui. L'enthousiasme t'avait-il leurré ? Ne fus-tu pas rebuté par le secret désir de ton cœur, son intime propos ? Les obstacles extérieurs te servirent-ils de prétexte pour te retirer sous ta tente ? Lui, il aurait été capable, si j'étais mort le premier, de terminer le *Faust*. Miséricorde ! On devrait prendre des dispositions testamentaires. Mais ç'a été quand même une douleur amère et qui l'est restée, un renoncement pénible, une abominable défaite. Et là-dessus, le persévérant ami, quinaud, s'en fut prendre du repos.

Quelle heure est-il ? M'éveillé-je en pleine nuit ? Non, à travers les persiennes j'entends tinter déjà la sonnette du jardin. Il doit être sept heures ou pas loin, conformément à mes habitudes et mes intentions. Aucun démon n'effaça le beau tableau ; c'est ma volonté-de-sept-heures qui m'a appelé au travail quotidien, ma volonté demeurée vigilante là-bas, dans

[1]. Schiller.

la vallée féconde, comme le chien de chasse bien dressé qui assistait aux amours de Vénus en ouvrant tout grands ses yeux à la fois compréhensifs et lointains. Attention, c'est là bel et bien le chien du Gothard qui, pour ranimer saint Roch épuisé, dérobe le pain sur la table de son maître. Il faudrait, aujourd'hui, introduire les adages rustiques du paysan dans la fête de saint Roch. Où donc est mon agenda ? Dans le tiroir du secrétaire, à gauche. En avril sécheresse – au paysan tristesse. Quand la fauvette chante avant que ne bourgeonne la vigne – poème. Et le foie du brochet. Un présage tiré des entrailles, remontant à la plus haute antiquité. Ah, le peuple ! Elément de la nature, confiant et païen par atavisme, terreau nourricier de l'inconscient et du rajeunissement. Se mêler à lui, au Tir aux Oiseaux et à la fête des fontaines, ou comme à Bingen, sous la tonnelle, à siroter le vin, dans l'exhalaison de la graisse qui mijote à petit feu, du pain frais, des saucisses rôties sur les cendres chaudes ! Le basset errant qui saignait, comme ils l'ont impitoyablement étranglé, le jour de la plus chrétienne d'entre les fêtes ! L'homme ne saurait demeurer longtemps dans le conscient, il lui faut parfois s'évader dans l'inconscient, c'est là que ses racines sont vivaces. Maxime. Cela, le défunt l'ignorait et n'en voulait rien savoir, lui, malade orgueilleux, aristocrate de l'esprit et de la conscience, grand, touchant fol épris de liberté ; aussi l'a-t-on tenu assez absurdement pour un plébéien (et moi pour un laquais stylé) alors qu'il n'entendait rien au peuple, pas plus d'ailleurs qu'à la germanité, ce pourquoi du reste je l'aimais. Aucune symbiose n'est possible avec les Allemands, ni dans la victoire, ni dans la défaite ; il opposait toujours l'intransigeance de sa pureté délicate, morbide, incapable de courbettes, toujours plutôt enclin, par douceur, à considérer le petit comme son égal, à le hausser jusqu'à lui et jusqu'à la spiritualité, sur ses bras de rédempteur. Oui, il avait beaucoup de celui dont je veux m'occuper dans ma cantate, et par surcroît, dans sa puérile grandeur, la prétention d'être un homme d'affaires inventif. Puérile ? Ma foi, il était très homme, homme à l'excès et jusqu'à l'anormal, car ce qui est uniquement viril, l'esprit, la liberté, la volonté, est en dehors de la norme, alors qu'en présence de l'élément féminin, il se montrait tout simplement absurde. Ses femmes prêtent à rire, et avec cela l'aiguillon cruel de la sensualité. Terrible, terrible et insupportable. Et pourtant, un talent, une audace de haut vol, la science du bien, à cent coudées au-dessus de la valetaille et de la racaille, mon seul pair, le seul à qui je m'apparentais ; jamais je ne retrouverai son pareil. Le goût dans l'absence de goût, le sentiment infaillible de la beauté, la fière présence de toutes les facultés, la facilité et l'aisance du langage mystérieusement indépendant des conditions, au service de la liberté, – comprenant à demi-mot, répondant avec la plus lucide intelligence, vous rappelant à l'ordre, vous éclairant sur vous-même, toujours à se comparer, à s'affirmer du point de vue critique, – au fond, assez embêtant. L'esprit spéculatif, l'esprit intuitif, air connu, archiconnu, tous deux ayant du génie, finiront à mi-chemin par se... On le sait de reste. Il s'agissait de démontrer que celui qui est étranger à la nature, le rien-qu'un-homme, pouvait être lui aussi un génie, qu'Il en était un et devait figurer à mes côtés ; ce qui lui importait, c'était la première place, et la parité, et aussi de sortir de la gêne et de pouvoir disposer d'une année par drame. Déplaisant, diplomate arriviste. M'a-t-il jamais plu ? Jamais. Je n'aimais pas sa démarche de cigogne, sa rougeur, ses taches de rousseur, ses joues maladives, ni son dos arqué, ni le crochet pincé du nez. Mais aussi longtemps que je vivrai, je n'oublierai pas ses yeux bleus, profonds, doux et hardis, des yeux de rédempteur... Christ et spéculateur. M'en suis-je assez méfié. Je le voyais venir, il voulait m'exploiter. Il m'écrivit une lettre débordante d'intelligence en vue d'obtenir *Wilhelm Meister* pour les *Heures* qu'il avait fondées, quand, flairant la mèche, j'avais déjà conclu un accord secret avec Unger. Ensuite, il a insisté au sujet de *Faust*, pour les *Heures* et pour Cotta, de façon exaspérante, car enfin il comprenait, seul parmi eux tous, ce qu'il en était advenu de mon style objectif depuis l'Italie. Il devait savoir que j'étais à présent un autre et que la glaise était séchée. Embêtant, embêtant. Il me talonnait, parce qu'il n'avait pas, lui, de temps à perdre. Mais l'éclosion ne se fait qu'à la longue.

Il faut le temps. Le temps est une faveur ; il est sans héroïsme, toutefois bienveillant à qui sait l'honorer, l'employer diligemment. Il remplit son office en silence, il provoque l'intervention démonique... J'attends, autour de moi court le temps. Evidemment, il irait plus vite en besogne, s'il était encore là, Lui. Avec qui m'entretenir de *Faust,* depuis que cet homme est hors du temps ? Tous mes soucis, toutes mes impossibilités, il les connaissait, et les moyens et les voies aussi, sans doute. D'une intelligence infinie, patient et libre, il avait la compréhension hardie de la grande bouffonnerie, il admettait l'émancipation de la gravité anti-poétique ; après la scène d'Hélène, il m'encouragea en me démontrant que le croisement de la sorcellerie et de la caricature avec la beauté grecque et la tragédie, l'union de la pureté et de l'aventure, pourraient donner naissance à une espèce de tragélaphe poétique, peut-être point méprisable. Il a vécu assez pour voir Hélène, entendre ses premiers trimètres et me communiquer son avis autorisé et compétent, voilà un réconfort. Il l'a connue, ainsi que l'infatigable Chiron que je veux interroger sur elle. Il a souri à l'audition, en voyant que j'avais réussi à imprégner d'esprit antique chaque vocable. "J'ai beaucoup enduré, bien que les boucles – ondulent juvénilement autour de mes tempes. – Dans la mêlée confuse et poudreuse – des guerriers aux prises, j'ai entendu – l'appel terrible des dieux, entendu la voix d'airain de la discorde – retentir à travers la campagne – vers les murs." Il a souri et opiné du menton : "Excellent." Ce passage-là est sanctionné, je suis donc rassuré à son égard, il ne faudra pas y toucher, il l'a trouvé excellent, et il a souri, si bien que malgré moi je l'imitai, et ma lecture ne fut que sourires. Non, en cela aussi, il ne se montrait pas Allemand, puisqu'il souriait de ce qui est excellent. Aucun Allemand n'en serait capable. Ils regardent d'un air renfrogné, ignorant que la culture est parodie, amour et parodie... Il a également opiné et souri quand le chœur a appelé Phœbus "le connaisseur". "Avance toujours. – Il ne voit pas la laideur pas plus que son œil divin n'a jamais vu l'ombre." Cela lui plut, il y découvrait une allusion à sa personne. Puis, il éleva un blâme, une objection : "Il n'est pas exact de dire que Pudeur et Beauté ne vont jamais de pair. La beauté est pudique. "J'ai riposté : "Pourquoi le serait-elle ?" Et lui : "Parce qu'elle a conscience d'exciter le désir de l'esprit qu'elle représente." J'ai dit : "Ce serait au désir d'avoir honte. Mais lui non plus n'y songe pas, conscient qu'il est de représenter l'aspiration vers l'esprit." Ensemble nous avons ri. Avec qui rire à présent ? Il m'a laissé ici-bas, confiant que je saurais trouver un moyen, le lien qui unit en faisceau tous les matériaux nécessaires à l'entreprise. Il voyait tout. Il a vu que Faust doit être introduit dans la vie active, ce qui est plus facile à dire qu'à faire, mais vous figuriez-vous, mon bon ami, m'apprendre du nouveau ? Alors que tout était encore confus, puéril et obscur, ne lui ai-je pas, dans la traduction de l'œuvre de Luther, fait substituer à "verbe", "pensée" et "force", l'Action ?[1].

Dunque! Dunque! Qu'ai-je à faire aujourd'hui ? Hardi, joyeusement au travail ! Se hausser jusqu'à l'action – après la douceur du repos à l'ombre – revenir à la vie rapide – et au devoir, ô joie. Drelin-drelin. C'est le « petit Faust », – la flûte enchantée, où Homonculus et son fils ne font encore qu'un, dans la fiole lumineuse. Voyons, qu'y a-t-il ? Quelles sont les exigences du jour ? O misère, la pire des calamités, rédiger pour Son Altesse Sérénissime le rapport sur le scandale de l'« Isis ». Comme on oublie, là-bas, dans les profondeurs ! Voilà que l'envoûtement du jour vous reprend, l'engrenage. En outre, un projet de poème commémoratif pour l'anniversaire de S. E. M. de Voigt ; ciel ! Il me reste à le composer et le mettre au net ; son anniversaire tombe le 27, et je n'ai pas grand-chose d'achevé, à peine quelques vers dont un seul est bon : "Si Nature, à la fin, nous livrait son secret ?" Ça, c'est bien, cela peut aller, c'est digne de moi, cela fera passer tout le fatras, car ce sera, bien entendu, un fatras de circonstance, comme tant d'autres ; mais il convient que le talent poétique se manifeste en société, on s'y attend. Au diable le talent poétique ! Les gens croient qu'il consiste en cela. Comme si l'on pouvait continur à vivre et à pro-

1. Premier Faust.

gresser depuis quarante-quatre ans, après avoir à vingt-quatre ans écrit *Werther,* sans dépasser le stade de la poésie ! Comme si, pour mon calibre actuel, la poésie suffisait ! Savetier, tiens-t'en à ta chaussure. Oui, si l'on est savetier. Mais ils vont radotant qu'on trahit la poésie et qu'on se disperse en marottes. Qui vous dit que la poésie n'est pas une marotte et que la gravité n'est pas autre chose, c'est-à-dire qu'elle ne réside pas dans l'ensemble des choses ? Coassements stupides ! Coassements stupides ! Ils ne savent pas, ces abrutis, qu'un grand poète est tenu d'être grand, d'abord, et n'est poète qu'à cette condition, et peu importe qu'il fasse des vers ou livre les batailles de Celui qui, à Erfurt, me regarda, le sourire aux lèvres et l'œil sombre, et dit à dessein, très haut, derrière moi : "Voilà un homme", et non "Voilà un poète." Mais la foule imbécile croit qu'on peut être grand quand on a fait le *Divan,* et qu'avec la *Théorie des couleurs* on cesse de l'être...

Diantre, qu'était-ce ? Qu'est-ce qui remonte en moi, depuis hier ? Le livre de Pfaff, l'opuscule du professeur contre la *Théorie des couleurs.* Le crétin s'appelle Pfaff, il m'envoie ses impertinentes objections, il a le front de me les envoyer chez moi, manque de tact, indiscrétion allemande, dirais-je. Il faudrait mettre au ban de la société une pareille engeance. Mais pourquoi ne chieraient-ils pas sur mon étude scientifique, quand ils ont vidé sur ma poésie tout le contenu de leurs boyaux ? Ils ont si longtemps comparé mon *Iphigénie* à celle d'Euripide qu'ils me l'ont toute fripée, ils m'ont défiguré le *Tasse,* et leurs radotages à propos de son "poli marmoréen, de sa froideur marmoréenne" m'ont fait prendre en grippe *Eugénie.* Schiller aussi, Herder aussi, et cette bavarde de Staël, sans parler de la Niedertracht. La scribouilleuse Niedertracht s'appelle Dyck. Humiliation de penser à elle, de savoir son nom. Dans quinze ans, qui s'en souviendra ? Il sera aussi mort qu'il l'est déjà aujourd'hui, mais je suis tenu de le connaître parce que nous sommes contemporains. "Dire qu'ils ont le droit d'émettre un jugement ! Que tout le monde a le droit de juger ! Il faudrait que ce fût interdit. A mon avis, cela devrait être du ressort de la police, comme l'«Isis» d'Oken. Vous avez entendu leurs jugements et vous me demandez d'être pour les états provinciaux, le droit de vote, la liberté de la presse, la *Némésis* de Luden, et les *Cahiers de l'étudiant teuton*, et *l'Ami du peuple* de Wieland fils. Horreur, horreur ! Dans l'action, la foule est respectable, ses jugements sont misérables. A noter et tenir secret. Surtout tenir secret. Pourquoi l'ai-je divulgué et livré au public ? On ne peut aimer que ce qu'on a chez soi et pour soi ; ce qui est défloré par le bavardage, comment lui donner un développement ? Je vous aurais troussé une remarquable suite à *Eugénie*, mais vous ne voulez pas d'un bienfait, si disposé y soit-on. On consentirait à les amuser, si seulement ils étaient amusables. Race revêche et morose, qui ne comprend pas la vie. Elle ne sait pas que rien n'en subsisterait sans un brin de bonhomie et d'indulgence, sans qu'on ne ferme un œil et qu'on ne laisse aller les choses. Que serait tout le travail humain, action et poésie, si l'amour ne lui venait en aide et si une partialité enthousiaste ne le soutenait ? Du fumier. Eux, ils se croient sur un plan qui leur permet d'exiger l'absolu, comme s'ils avaient l'ordre de réquisition en poche. Sacrés trouble-fêtes. Plus stupides ils sont, plus ils ont la dent dure. Et pourtant, on finit toujours par leur exhiber son étalage, avec confiance : "Puisse-t-il ne pas trop vous déplaire."

Voilà mes aimables dispositions du réveil assombries et exaspérées par ces agaçantes réflexions. Comment va le reste ? Mon bras ? Il me fait toujours bien gentiment mal quand je le renverse. On se figure qu'une bonne nuit apportera de l'amélioration, mais le sommeil n'a plus l'ancienne vertu guérisseuse, sans doute faut-il en prendre son parti. Et cet eczéma à la cuisse ? Il se porte présent et vous souhaite respectueusement le bonjour. La peau pas plus que l'articulation ne veut remplir son office. Ah ! j'aspire à Tennstädt et aux bains sulfureux. Autrefois, j'avais la nostalgie de l'Italie, à présent j'ai celle de la source chaude qui dénouera mes membres roidis : ainsi l'âge modifie les désirs et nous abat. Il faut que l'homme se dégrade à nouveau. Mais c'est quand même une grande et merveilleuse chose que cette dégradation et que l'âge. Il y a là une souriante invention de l'éternelle bonté : l'homme s'accommode de ses divers états en sorte qu'un accord s'établissant entre eux et lui, ils sont interdépendants. On prend de l'âge, on devient un vieillard et on regarde de haut, avec bienveillance, certes, mais dédaigneusement, les jeunes, cette bande de pierrots francs. Voudrais-je redevenir jeune, le pierrot de jadis ? Il a écrit *Werther*, ce pierrot-là, avec une prestesse risible et ce n'était évidemment pas mal, étant donné son âge. Mais après cela vivre et vieillir, voilà le chiendent. Tout l'héroïsme consiste à durer : la volonté de vivre et de ne point mourir, voilà, il n'est de grandeur que dans la vieillesse. Le jeune homme peut être génial, point grand. La grandeur est dans la puissance, dans le poids que confère la durée et dans l'illumination de l'esprit par la vieillesse. Puissance, esprit. C'est cela qui fait la vieillesse et la grandeur – et l'amour. Qu'est-ce que les amours juvéniles, au regard de la puissance d'aimer spirituelle que confère l'âge ? Quelle fête de pierrots, l'amour d'un jeune, comparé à la griserie de celle qu'un auguste vieillard élit et hausse à soi ; il pare la fragilité d'un violent sentiment cérébral, et ce bonheur couleur de rose, cette fierté de l'homme âgé, assuré de vivre quand il se sent aimé par la jeunesse. Louée sois-tu, bonté éternelle ! Tout devient de plus en plus beau, significatif, imposant et auguste. Ainsi soit-il.

Voilà ce que j'appelle se remonter. Le sommeil a-t-il cessé d'être créateur, vient le tour de l'esprit. Sonnons pour que Charles m'apporte mon café. Si l'on ne s'est réchauffé et ranimé, impossible d'évaluer la journée à son prix ni de dire comment se porte le bonhomme et ce qu'il lui plaira d'accomplir aujourd'hui.

J'avais tantôt comme une velléité d'école buissonnière, une envie de rester au lit et tout laisser en plan. C'était la faute à Pfaff et parce qu'ils n'ont pas voulu tolérer mon nom dans l'histoire de la Physique. Mais elle a su tout de même retrouver son aplomb, notre chère âme, et le breuvage désaltérant fera le reste... J'y songe chaque matin en sonnant, la poignée dorée du cordon de sonnette n'est guère à sa place ici. Etrange petit objet de luxe, il conviendrait plutôt aux pièces de réception qu'à nous, ascètes de l'esprit, en un lieu réservé au sommeil, l'antre du souci. Il est heureux que j'aie fait installer ces chambres, ce royaume silencieux et strict de la gravité. Il est heureux que la petite aussi l'ait vu ; l'arrière-maison lui a convenu, comme une agréable retraite pour elle et les siens, et non seulement à elle, mais à moi aussi, encore que pour d'autres raisons. C'était, voyons ? l'été de quatre-vingt-quatorze, deux ans après le nouvel emménagement dans la maison reçue en cadeau, et les réfections. L'époque de mes contributions à l'Optique, oh ! mille excuses, messieurs de la Guilde, à la Chromatique seule, bien entendu, car comment aborderait-il l'Optique, celui qui n'est pas de la partie, et oserait-il contredire Newton, le faux, le captieux, le maître ès mensonges et patron de l'erreur scolastique, le contempteur de la lumière céleste, qui voulait que la plus grande pureté soit faite d'obscurités et que la suprême clarté se compose d'éléments plus sombres qu'elle-même. Ce fou malfaisant, obstiné professeur d'erreurs, par qui le monde fut assombri ! On ne saurait se lasser de le poursuivre. Quand j'eus compris le milieu trouble et que même la plus grande transparence forme déjà le premier degré de l'obscurité, quand j'eus imaginé que la couleur est une lumière atténuée, la *Théorie des couleurs* allait marcher toute seule, la pierre angulaire était posée, et je n'avais plus à m'inquiéter du prisme. Comme s'il n'était pas un milieu trouble, le prisme ! Te rappelles-tu, quand, dans la pièce badigeonnée de blanc, tu fixas des yeux l'objet et que, contrairement à l'enseignement conformiste, la paroi demeura blanche ; pas une once de couleur n'apparaissait dehors, au ciel gris clair, et la lumière ne jaillit qu'aux endroits où une ombre heurtait la clarté, de sorte que la croisée se bigarra des teintes les plus gaies. Je tenais le coquin, et pour la première fois je proclamai : "Son enseignement est faux !" et la joie me tordit les entrailles comme le jour où je découvris de façon irréfutable, conformément à mes prévisions en accord avec la nature, le petit os inter-maxillaire. Ils ne voulaient pas l'admettre, non plus qu'à présent ma théorie des couleurs. Heureuse époque, pénible, amère. On faisait figure d'importun, ma parole, et d'ergoteur obstiné. N'avais-tu pas démontré, à propos du petit os et de la métamorphose des plantes, que la Nature te permettait parfois un furtif regard dans son laboratoire ? Mais ils te déniaient la vocation, ils prenaient des mines scandalisées en haussant les épaules, ils s'irritaient, tu étais le trouble-fête. Et tu le resteras. Ils te présentent leurs salutations distinguées et te haïssent à mort. Pour les princes, ce fut différent. N'oublions pas comme ils ont respecté et encouragé ma nouvelle passion. S.A. le duc, gentil comme toujours, m'a immédiatement donné le local ainsi que les loisirs pour développer mes aperçus. Quant à ceux de Gotha, Ernest et Auguste, l'un m'a laissé travailler dans son laboratoire de physique, l'autre m'a fait venir d'Angleterre les beaux prismes achromatiques juxtaposés. Des seigneurs, des seigneurs. Les cuistres m'ont éconduit comme un charlatan et un chicaneur, quand le prince-primat d'Erfurt, lui, a suivi mes expériences avec une bienveillante curiosité ; et l'article que je lui envoyai, il l'honora d'annotations autographes dans la marge. Les seigneurs, des dilettantes par goût. Il est noble d'avoir des marottes et en tout homme de qualité il y a un amateur. En revanche, tout ce qui est de la partie, de la corporation et du métier est vulgaire. Dilettantisme ? Philistins ! Avez-vous jamais pressenti que le dilettantisme s'apparente de près au démonique et au génie, parce qu'il est sans entraves et créé pour avoir une vision neuve des choses, pour percevoir l'objet à l'état pur, tel qu'il est, non selon la tradition, non à la façon de la foule, laquelle n'a jamais des choses physiques ou morales que des impressions de seconde main ? Parce que je suis venu de la poésie aux arts, et de ceux-ci à la science, et que bientôt l'art de l'architecte, du sculpteur et du peintre me sont devenus aussi familiers que la minéralogie, la botanique et la zoologie, on me traite de dilettante. Soit. Jeune homme, la cathédrale de Strasbourg m'a appris que cinq pointes avaient été prévues pour couronner la tour, et le plan l'a confirmé. Et je ne saurais rien apprendre de la Nature ? Comme si tout n'était pas une même chose ! Comme si qui possède en soi l'unité n'était pas seul à pouvoir la saisir, comme si la Nature ne prenait pour seul confident celui-là qui, lui-même, est une nature.

Les princes – et Schiller. Car lui aussi était un aristocrate de la tête aux pieds, bien qu'il en tînt pour la liberté ; il avait le naturel du génie, encore qu'il affichât à l'égard de la Nature un orgueil agaçant et coupable. Oui ; il sympathisait, il avait foi et me stimulait, comme toujours, avec son pouvoir de réfraction ; et quand je lui envoyai la première ébauche de ma *Théorie des couleurs,* son grand regard y reconnut le symbole d'une histoire des sciences, le roman de la pensée humaine, qu'elle est devenue en dix-huit ans. Hélas, hélas, il observait, lui, il comprenait, parce qu'il avait la classe, l'œil, l'envolée ; s'il était encore là, il m'entraînerait à faire une histoire du Cosmos, l'histoire universelle de la Nature, que je devrais écrire, vers laquelle j'ai toujours incliné, avec la géologie. Qui donc en serait capable comme moi ? Je le dis de tout et je ne peux pourtant tout faire, étant donné les circonstances, qui à la fois forment la trame de mon existence et me la dérobent. Le temps, donne-moi le temps, Bonne Mère, et je ferai tout. Dans ma jeunesse, quelqu'un m'a dit : "Tu te comportes toujours comme si nous étions appelés à vivre cent vingt ans." Donne-le moi, Bonne Nature, donne-moi un tout petit peu du temps dont tu disposes, Nonchalante, et je déchargerai tous les autres de la besogne que tu voudrais voir accomplir et dont je m'acquitterais mieux que personne...

Depuis vingt-deux ans que j'occupe ces pièces rien n'y a bougé, sauf que le canapé a été enlevé du cabinet de travail parce que j'avais besoin des armoires, à cause des dossiers qui s'accumulaient ; et en plus il y a, au chevet du lit, le fauteuil que m'a donné la grande-maîtresse de la garde-robe, l'Egloffstein. Ce fut là tout le changement. Mais quand on songe à tout ce qui a traversé le trantran quotidien, tout ce qui a fermenté là-dedans, travail, gestations, tourments. Si grande est la peine que Dieu a imposée à l'homme. – Que tes efforts furent loyaux, quoi qu'il advienne, Dieu est témoin. Mais le temps, le temps a coulé là-dessus. Tu sens monter en toi une onde brûlante chaque fois que tu y penses. Vingt-deux ans, il s'en est passé des choses, nous avons abattu un peu de besogne dans l'intervalle, mais c'est déjà presque la vie, une vie humaine. Arrête le temps. Veillesy, sur chaque heure, chaque minute. S'il n'est surveillé, il fuit, tel un lézard, glissant et volage, une ondine. Que chaque instant te soit sacré. Donne-lui de la clarté, un sens, du poids par la conscience que tu en as, par un accomplissement sincère et digne. Tiens le livre du temps, justifie de son moindre emploi. "Le temps est le seul dont l'avarice soit louable[1]." Il y a la musique. Elle est un danger pour la lucidité de l'esprit, mais aussi un sortilège pour retenir le temps, le prolonger, le charger d'une signification particulière. La petite femme chantait *"Le Dieu et la Bayadère"*, elle n'aurait pas dû chanter, c'était presque sa propre histoire. Chantait-elle, "Connais-tu le pays...", j'en avais les larmes aux yeux, elle aussi, l'aimable bien-aimée que j'ai parée du turban et du châle, et elle et moi nous resplendissions de larmes, au milieu de nos amis. Elle dit, la très chère, l'intelligente, de cette voix qui venait de chanter : "Comme la musique ralentit la marche des heures, et que de multiples événements et impressions elle concentre en un bref instant, alors que l'intérêt de l'audition ferait croire qu'un long moment s'est écoulé. Qu'est-ce que l'instant et la durée ?" Je la louai de son aperçu et du fond de l'âme lui donnai raison. Elle dit : "L'amour et la musique, tous deux sont brefs et éternels – des folies." Je lus les *Sept Dormants, la Danse macabre*, et puis : *Seul ce cœur a la durée*, et puis : *Je veux ne jamais te perdre* ; et puis : *Dis, maîtresse, qu'est-ce qu'un murmure ?* et enfin, *Sur les ailes de l'aurore, je fus jeté contre ta bouche*. La nuit de pleine lune était avancée. Albert s'endormit, il s'endormit, Willemer, les mains croisées sur l'estomac, le brave homme, et fut bafoué. Nous nous quittâmes à une heure du matin. J'étais de si belle humeur que j'ai absolument voulu faire à Boisserée, sur mon balcon, à la chandelle, ma démonstration de l'ombre colorée. Elle était sur sa terrasse à nous épier, je l'ai bien vue. "De vous saluer à la pleine lune – vous fîtes le serment sacré."

---

1. En français dans le texte.

Allons, bon, il aurait pu attendre encore un peu.
Avanti.
« Bien le bonjour à Son Excellence.

– Oui, hum. Bonjour. Pose ça là. A toi aussi, une bonne journée, Charles.

– Grand merci, Excellence. Pour moi, ça n'a pas autant d'importance ; Son Excellence a bien reposé ?

– Passablement, passablement. C'est curieux, par une vieille habitude, je viens encore de penser, quand tu es entré, que tu étais Stadelmann, le Charles que j'ai eu plusieurs années à mon service ; tu as hérité de son nom. Ce doit être singulier d'être appelé Charles quand en réalité... je veux dire, quand en réalité on s'appelle Ferdinand.

– Je n'y fais même plus attention, Excellence. Dans notre condition, on en a l'habitude. Une autre fois déjà j'ai porté le nom de Frédéric. Et même, pendant un certain temps, de Battista.

– *Accidente !* Voilà bien une vie mouvementée. Battista Schreiber[1] ? Mais ne te laisse pas ravir ton patronyme, Charles, tu lui fais honneur, tu as une écriture jolie et nette.

– Je remercie respectueusement Son Excellence. A ses ordres, comme toujours. Son Excellence veut peut-être me dicter quelque chose avant de se lever ?

– Sais pas encore ; laisse-moi boire d'abord. Commence par pousser la persienne, pour qu'on voie ce qu'apporte le jour. Le jour nouveau. Je n'ai pas dormi trop tard ?

– Nullement, Excellence. Il est sept heures, tout juste passées.

– Ainsi, passées tout de même ? Cela tient à ce que je suis resté couché encore un peu, à tisser des pensées. Charles ?

– Excellence ?

– Avons-nous une provision suffisante de biscottes d'Offenbach ?

– Heu, Excellence, qu'entend Son Excellence par "suffisante". Suffisante pour combien de temps ? Il y en a pour quelques jours enco+e.

---

1. Schreiber, scribe (N.D.L.T.).

— Tu as raison, je ne me suis pas exprimé comme il fallait. Mais j'avais mis l'accent sur "provision". Quelques jours, ce n'est pas là une provision.

— En effet, Excellence. Ou du moins une provision près de s'épuiser.

— Oui, tu vois bien. En d'autres termes, pour une provision, il n'y en a plus assez.

— Précisément, Excellence. Son Excellence sait tout cela mieux que personne.

— Oui, en dernier ressort, c'est généralement le cas. Mais une provision qui touche à sa fin et dont on voit déjà le fond, a quelque chose d'effrayant, d'inadmissible. Il faut prendre des dispositions à l'avance, pour ne jamais manquer de réserves. Prévoir est très important, dans tous les domaines.

— Son Excellence dit vrai.

— Je suis heureux que nous soyons d'accord. Nous allons donc écrire à madame l'échevine Schlosser, à Francfort, de nous en envoyer une bonne caisse, j'ai la franchise postale. N'oublie pas de me rappeler cette lettre urgente. J'aime beaucoup ces biscottes d'Offenbach. Au fond, la seule chose que je goûte vraiment à cette heure-ci. Vois-tu, les biscottes fraîches flattent les vieilles gens ; elles sont crissantes et crissant équivaut à dur, mais étant en même temps friables et faciles à entamer, elles donnent l'illusion qu'on mord aisément dans une substance dure, comme les jeunes.

— Mais Votre Excellence peut se passer d'illusions. Si quelqu'un a des réserves, c'est bien Son Excellence, sauf son respect.

— Oui, tu dis cela. Ah, tu as bien fait, voilà l'air suave qui entre, l'air du matin, doux et virginal ; comme il vous caresse aimablement, familièrement. Merveille toujours renouvelée, le rajeunissement du monde jailli de la nuit, pour tous, vieux et jeunes. On prétend que la jeunesse est faite pour la jeunesse, mais la juvénile nature va tout naturellement vers la vieillesse aussi : es-tu capable de jouir, je suis à toi, plus encore qu'à la jeunesse. Car celle-ci n'a pas conscience de sa valeur, la vieillesse est seule à l'avoir. Il serait d'ailleurs épouvantable que la vieillesse seule vînt vers la vieillesse. Qu'elle reste à l'écart, qu'elle reste dans son coin... A quoi ressemble le jour ? Plutôt couvert ?

— Un peu couvert, Excellence. Le soleil est voilé, et là-haut, nous avons çà et là un pan de...

— Attends. Va consulter le baromètre et le thermomètre qui sont dehors, à la fenêtre. Ouvre bien les yeux.

— Tout de suite, Excellence. Le baromètre marque 722 millimètres, Excellence, et treize degrés Réaumur, température extérieure.

— Tiens, tiens, je peux déjà imaginer l'atmosphère des Tropiques. La brise me paraît assez humide quand elle entre par bouffées, ouest-sud-ouest, je suppose, et mon bras aussi dit son mot. Des groupes de nuages, cinq ou six ; ce matin, le voile de brume gris devait annoncer la pluie ; mais à présent le vent souffle plus fort ainsi que le prouvent les nuages accourus assez vite du nord-ouest, comme hier soir, et il se prépare à crever le plafond, à le disloquer furtivement. Il y a des cumulus allongés, des agglomérations nuageuses dans la région inférieure, est-ce exact ? et plus haut, de légers cirrus, des arbres que dessine le vent et comme des coups de balai sur l'azur qui, par endroits perce, est-ce à peu près cela ?

— Admirablement, Excellence. Les balayures, là-haut, je les reconnais à la description, bien éparpillées...

— Je suppose, en effet, que le vent supérieur souffle de l'est, et même si celui d'en bas reste à l'ouest, les cumulus se dénoueront peu à peu en avançant, et à leur place il y aura les plus beaux moutons, par stries et par rangées. Il se peut que le ciel s'éclaircisse à midi, quitte à s'assombrir ensuite. Un jour hésitant, incertain, aux tendances contradictoires... Vois-tu, il me reste encore à apprendre, d'après l'état du baromètre, à déterminer parfaitement la forme des nuages. Autrefois, on ne s'intéressait guère aux mouvements de là-haut, mais de nos jours un érudit leur a consacré tout un bouquin et dressé une belle nomenclature, j'y ai apporté ma contribution : la *paries,* la paroi de nuages, je lui ai donné un nom et ainsi, il nous est loisible d'apostropher l'inconsistant, et de lui dire à quelle classe et catégorie il appartient. C'est le privilège de l'homme sur terre, de nommer les choses par leur nom et de les faire entrer dans un système. Ainsi, elles se soumettent à lui quand il les appelle. Nommer c'est dominer.

– Ne devrais-je pas le noter, Excellence, ou Son Excellence l'a-t-elle déjà dit à M. le docteur Riemer, pour qu'il le consigne sur ses tablettes.

– Voyons, vous n'avez pas besoin de tout noter.

– Il ne faut rien laisser perdre, Excellence, même dans une maison où l'abondance règne. Le livre sur les nuages, je crois bien l'avoir vu traîner quelque part, à côté ; combien de sujets sollicitent l'attention de Son Excellence, on en est ébahi ! Du cercle qu'englobe l'intérêt de Son Excellence, on peut dire qu'il est universel.

– Imbécile, où vas-tu pêcher de pareilles expressions ?

– Pourtant, c'est la vérité, Excellence. Faut-il aller voir ce que fait la chenille, le bel exemplaire de chenille d'euphorbe, et si elle mange ?

– Elle ne mange plus, elle a assez mangé, d'abord dehors, puis chez moi, en observation. Elle a déjà commencé à filer son cocon ; si tu veux y jeter un coup d'œil, vas-y, on la voit nettement sécréter le suc de sa glande, bientôt elle sera enveloppée dans sa gaine ; je me demande si nous verrons la métamorphose s'accomplir et Psyché s'évader pour vivre sa brève et légère vie de papillon, en vue de laquelle elle dévora gloutonnement à l'état de ver.

– Oui, Excellence, voilà bien les miracles de la nature. Et notre dictée ?

– Bon. Soit. Je dois rédiger un rapport pour S.A. le grand-duc, au sujet de ce maudit périodique. Emporte ceci, s'il te plaît, et donne-moi le bloc-notes et le crayon que j'ai préparés hier.

– Voici, Excellence. J'aime mieux dire toute la vérité à Son Excellence ; M. le secrétaire John est déjà là et demande s'il n'y a rien pour lui. Mais je serais heureux de rester et d'écrire le rapport sous la dictée de Son Excellence. Pour M. le Secrétaire-bibliothécaire, il y aura encore bien assez de travail après le lever.

– Oui, reste donc et tiens-toi prêt. John arrive toujours trop tôt à mon gré, encore qu'il soit généralement en retard. Il entrera quand nous aurons fini.

– Je remercie Son Excellence du fond du cœur. »

Un gentil garçon, de tournure passable. Il est adroit dans son service et pour les soins particuliers de ma personne, et ses flatteries ne sont pas calculées, ou du moins pas toutes. Elles dérivent d'un dévouement sincère, joint à un brin de vanité et à un besoin naturel d'affection. Une âme tendre, bonne et sensuelle ; il court après les jupons. Je crois qu'il prend des drogues de charlatan, parce qu'il a attrapé quelque chose après notre retour de Tennstadt. Si mes suppositions sont fondées, je ne pourrai pas le garder. Lui parlerai, ou en chargerai Auguste, non, pas lui, plutôt le médecin de la cour, Rehbein. Au bordel, le jeune homme retrouve la fille qu'il a aimée, qui l'a asservi et torturé de mille façons, et il use de représailles. Belle vengeance. Il y aurait là quelque chose de comique à faire, de dur et pénétrant à la fois, sous une forme très soignée. Ah, tout ce qu'on servirait de vigoureux, de remarquable, à une société qui serait libre et spirituelle ! Comme des scrupules mesquins ligotent, entravent la hardiesse naturelle de l'art ! Peut-être, après tout, est-ce un bien pour lui ; il demeure plus mystérieusement puissant, plus redouté et plus aimé, lorsqu'il ne s'en va pas tout nu mais décemment voilé, et ne révèle que par intermittence son audace native qui effraye et ravit. La cruauté est un des principaux ingrédients de l'amour, elle est assez également répartie entre les sexes : cruauté de la volupté, cruauté de l'ingratitude, de l'insensibilité, de l'asservissement et des mauvais traitements. Tout comme la volupté de souffrir et l'acceptation de la cruauté. Et cinq ou six autres perversions encore, si perversion il y a, mais il se pourrait que ce fût là un préjugé moral qui, en un alliage chimique, sans autre adjonction, constitue l'amour. Et si l'amour était fait de turpitudes, et la plus pure clarté de ténèbres inavouables ? *Nil luce obscurius ?* Newton aurait-il raison en fin de compte ? Ma foi, laissons aller les choses, en tout cas le roman de la pensée européenne est sorti de là.

Au surplus, on ne saurait dire que la lumière ait jamais provoqué autant d'erreurs, de désordres, de troubles, que ne le fait partout et quotidiennement l'amour, ni qu'elle ait davantage jeté la simple décence en pâture à la malignité.

Le faux ménage de Charles-Auguste, les enfants, – cet Oken attaque le prince à propos de la chose publique. Si on le pousse à bout, manquera-t-il l'occasion de mettre en cause sa vie privée ? Il faut que je dise cela à Monseigneur, sans mâcher mes mots. Je lui signifierai que l'interdiction de la feuille, l'intervention chirurgicale, est le seul parti efficace et raisonnable, de préférence au blâme ou la menace ; évitons d'agiter le spectre du procureur général, ou de traduire en justice l'insolent auteur de la catilinaire, comme le conseille le digne président de la Direction du Territoire. Ils veulent s'en prendre à l'esprit, ces braves gens feraient mieux de se tenir cois. Ils ne soupçonnent pas ce que c'est. Ce gaillard-là met à s'exprimer autant d'aisance et d'effronterie qu'à se faire imprimer ; s'il se dérange et qu'il se rende à la convocation, il ripostera beaucoup mieux qu'on ne saurait parer ses coups ; et alors, on n'a plus le choix qu'entre la prison ou l'acquittement triomphal. D'autre part, il est tout à fait indécent, insupportable, de morigéner un écrivain comme un simple collégien. L'Etat n'en retire aucun avantage et la culture en pâtit. Voilà un homme de tête, de mérite ; s'il sape l'autorité, il faut lui retirer son instrument, un point, c'est tout, et non le menacer pour le faire rentrer en lui-même et qu'il se tienne mieux à l'avenir. Condamnez donc un nègre à se blanchir, en guise de châtiment ! D'où viendra le frein, la modération, si l'insolence et l'audace veulent s'affirmer ? S'il ne continue pas comme par le passé, il se cantonnera dans l'ironie, et devant elle, vous êtes tout à fait impuissants. Vous ignorez les détours de l'esprit. Par des demi-mesures, vous le contraignez à un surcroît de subtilité, dont il est seul à bénéficier. Il ferait beau voir un magistrat cherchant à dépister ses ruses, lorsqu'il se répand en charades et logographes, et se faire l'Œdipe d'un tel sphynx ! J'en rougirais pour lui.

Et l'accusation du procureur général ? On veut le traîner devant le sanhédrin – pour quel motif ? Haute trahison, disent-ils. Où diable y-a-t-il là un cas de haute trahison ? Peut-on qualifier ainsi ce qui s'étale au grand jour ? Commencez par établir l'ordre dans vos cervelles, avant de vous en prendre, au nom de l'ordre, à un destructeur intelligent. Il publiera votre dossier d'accusation en le commentant, et dans sa déposition se fera fort de prouver ce qu'il a écrit, puisque nul ne saurait être puni pour avoir proclamé la vérité. Et à quel tribunal vous fierez-vous pour une affaire pareille, à notre époque de dissensions ? Les gens qui siègent dans les facultés et les prétoires ne sont-ils pas animés du même esprit révolutionnaire que le fauteur ; voulez-vous donc qu'il quitte la salle avec un acquittement et, par surcroît, des louanges ? Il ne manquerait plus qu'un prince souverain soumette ses affaires privées aux décisions d'un tribunal ébranlé par les idées du jour. Ceci n'a jamais été du ressort de la justice et ne devra pas l'être. Il faut prendre les mesures policières en sous-main, sans agiter l'opinion. Ignorer complètement le gérant, s'en tenir à l'imprimeur, et en l'incarcérant, empêcher la publication de la feuille. Une extirpation silencieuse du mal, non une vengeance. Ils parlent sérieusement de vengeance personnelle, sans sentir l'odieux d'un tel aveu. Voulez-vous, en servant faussement l'ordre, ajouter aux horreurs actuelles, et que la brutalité puisse s'en donner à cœur-joie ? Qui garantit que la bêtise, une fois déchaînée, n'infligera pas un traitement affreux à un homme toujours digne de tenir une place brillante dans la science ? Nous en préservent le ciel, et mon rapport pathétique !

« C'est toi, Charles ?
– C'est moi, Excellence.
– « De tout temps, j'ai considéré comme mon premier devoir d'exécuter les ordres augustes de Votre Altesse Royale, aussi promptement et fidèlement qu'il était en mon pouvoir...
– Un peu moins vite, s'il plaît à Son Excellence !
– Vas-y, andouille, et use d'abréviations comme tu peux, sinon j'appelle John !

"Et cœtera. De Votre Altesse Royale, le très respectueux et très obéissant." Ca y est. As-tu biffé à mesure tout ce que j'avais noté ? Mets-le provisoirement au net. Ce n'est pas achevé, c'est encore trop expressif et pas assez composé.

Quand je l'aurai sous les yeux, il me faudra l'atténuer et l'ordonner. Copie lisiblement. Si tu peux, finis avant le déjeuner. Maintenant, je vais me lever. Impossible de dicter d'autres lettres, non. Je n'ai déjà perdu que trop de temps et il me reste encore des masses de choses à faire ce matin. *Une mer à boire*[1] et on arrive tout juste à n'avaler que quelques gorgées par jour. A midi, la voiture, tu as compris ? Dis-le à l'écurie. Pas de nimbus en perspective aujourd'hui, il ne pleuvra donc pas. J'irai inspecter les nouvelles constructions du parc, avec M. Coudray, l'architecte général des bâtiments. Il se pourrait que je le ramène à déjeuner, et M. de Ziegesar aussi. Quel est le menu ?

– Rôti d'oie et pudding, Excellence.

– Que l'oie soit bien farcie de marrons, cela rassasie.

– J'y veillerai, Excellence.

– Peut-être l'un des professeurs de l'école de dessin se joindra-t-il à nous. Une partie de l'école doit quitter l'Esplanade pour le Pavillon de Chasse. Il va falloir que j'aille l'inspecter. Pose ma robe de chambre là, sur la chaise. Je te sonnerai quand j'aurai besoin de toi pour me coiffer. Va. Dis-donc, Charles ? Fais-moi préparer ma collation pour un peu avant dix heures, en tout cas, pas une minute plus tard. Je prendrai du perdreau froid et un bon verre de Madère. On ne se sent pas un homme tant qu'on n'a pas quelque chose de revigorant dans le corps. Le café du matin est plutôt pour la tête ; pour remonter le cœur, rien de tel que le Madère.

- Bien entendu, Excellence ; et pour la poésie, il faut les deux.

– Veux-tu déguerpir ? »

«... Eau sacrée, fraîche et pure, non moins sacrée dans ton insipidité que l'alliage de soleil et de feu, le vin divin ! Gloire à l'eau ! Gloire au feu ! Gloire au cœur fort et candide, ou plutôt à la candeur spontanée à qui il est possible de revivre chaque jour, comme une aventure étrange, le déjà connu, le pur, le primordial, le fastidieux, non dégrossi ! Gloire à l'affinement où la candeur s'intègre avec une joyeuse vigueur !

---

1. En français dans le texte.

Lui seul est civilisation, lui seul est grandeur. "Eau, coule ! Terre, reste ferme ! Affluez, joie, et vous lumière ! Feu, embrase-toi !" Déjà, dans *Pandore*, il y avait la fête des Eléments, ce pourquoi je l'ai appelée une pièce de fête. Nous aurons une nouvelle fête, intensifiée, dans la Seconde Nuit de Walpurgis. La vie est progression. Le déjà vécu est faible, il faut le revivre, renforcé par l'esprit. Gloire à vous ici, ô vous les quatre Eléments ! C'est décidé, ceci formera le chœur final du ballet mytho-biologique, le satyrique mystère de la Nature. Légèreté, légèreté – suprême et ultime effet de l'art, sentiment de la grâce. Foin du sublime sourcilleux qui, fût-il éclatant et diapré, se présente dans un épuisement tragique, comme un produit de la morale ! Il faut que la profondeur soit souriante... Elle doit, d'ailleurs, se glisser à la faveur du reste, ne se livrer sereinement qu'à l'initié – ainsi le veut l'ésotérisme de l'art. Des images bariolées pour le peuple ; et derrière, pour ceux qui savent, le mystère. Vous fûtes un démocrate, mon bon ami, en vous figurant qu'on pouvait offrir aux foules ce qu'il y a de plus élevé – noblement, benoîtement. Mais les masses et la culture ne vont pas de pair. La culture s'adresse à l'élite, à ceux qui, avec un sourire discret s'entendent sur ce qu'il y a de plus élevé. Le sourire des augures s'adresse à cette parodie malicieuse qu'est l'art, lequel exprime l'audace sous une forme décente, et la difficulté comme un nonchalant badinage...

Voilà longtemps que pour mon bain, j'ai cette éponge, spécimen maniable de l'animalité à son stade originel, dans l'humidité primordiale des mers. Il lui faudra du temps pour atteindre au stade de l'homme. Dans quel abîme te formas-tu, bizarre ébauche de la vie, à qui fut retirée sa petite âme molle ? Fut-ce dans la mer Egée ? Adhérais-tu au trône de coquillages irisés de Cypris ? Mes yeux aveuglés par le flux que j'exprime de tes pores, voient le triomphe de Neptune, la mêlée ruisselante des hippocampes et des dragons marins, les nymphes, les Néréides et les Tritons qui soufflent dans leurs conques autour du char diapré de Galatée éclaboussant de vives couleurs le royaume des ondes... Bonne habitude que de la presser ainsi sur la nuque ; le corps s'en trouve fortifié, aussi longtemps qu'avec un effroi délicieux, on peut supporter la coulée froide sans que la respiration vienne à vous manquer. Si ta névralgie au bras te le permettait, tu n'hésiterais pas à prendre des bains de rivière, comme jadis, lorsque, fou à la longue chevelure trempée d'eau, tu épouvantais, par ton tapage nocturne, les bourgeois attardés. A ceux qu'ils aiment, les dieux, les immortels donnent sans compter. Elle est loin, la nuit de lune où, sortant de l'onde, tout excité et dans le pur bruissement de ta peau, tu te pris, soulevé par l'enthousiasme, à parler dans l'air argenté. Ainsi, tout à l'heure, le jet sur ta nuque te suggéra la vision de Galatée. L'invention, l'inspiration, l'idée résultent d'un stimulant physique, d'une saine activité, d'une heureuse circulation, du contact d'Antée avec les éléments et la nature. Esprit, produit de la vie, qui à son tour ne vit vraiment qu'en lui. Ils sont réciproquement tributaires. L'un vit de l'autre. Peu importe si, en pensée, la joie de vivre se croit plus belle qu'elle n'est, l'essentiel, c'est la joie, et sa complaisance pour soi en fait un poème. Certes, le souci doit s'allier à la joie, le souci du bien. D'ailleurs, la pensée est aussi le tourment de la vie. Le bien serait donc fils du tourment et de la joie. "De ma petite mère, la nature enjouée..." Tout ce qui est grave dérive de la mort, du respect qu'elle inspire. Mais la crainte de la mort implique le renoncement à l'idée, parce qu'il y a défaillance de la vie. Nous sombrons tous dans le désespoir. Honore donc le désespoir aussi ! Il sera ton ultime pensée. L'ultime ? La religion nous inciterait à croire que la joie d'une vie plus haute illuminera un jour le sombre renoncement de l'esprit privé de vie.

L'esprit n'est pas anéanti avec la poussière.

Je serais porté à la dévotion, n'étaient les dévots. Elle aurait du bon, tout de même que la révérence du mystère, silencieuse, pleine d'espoir, voire confiante, si les imbéciles, dans leur présomption n'y voulaient voir une tendance et un mouvement arrogant propres à notre époque, un audacieux atout aux mains de la jeunesse, néo-religiosité, néo-christianisme, foi nouvelle, avec assaisonnement de mômeries, de chauvinisme et de bigoterie hostile et moisie, pour établir une conception générale du monde à l'usage de sinistres blancs-becs... Hum, hum, nous aussi, avec Herder, jadis, à Strasbourg, nous avons fait fi du passé, quand tu chantais Erwin et sa cathédrale, et refusais d'affadir ton goût de la rigueur et du caractère en le soumettant aux mols enseignements d'une beauté plus moderne et frivole. Voilà qui sans doute, serait selon le cœur de ces messieurs d'aujourd'hui ; les prôneurs de gothique ne se tiendraient pas d'aise. Aussi as-tu supprimé ce passage dans ton édition complète, quand Sulpice, mon bon et bienfaisant familier, mon intelligent Boisserée, a fait appel à ta conscience pour en obtenir la suppression, le désaveu ; ce qui d'ailleurs t'a assuré une position de tout repos par rapport à l'ancien-nouveau et à ta propre jeunesse. Rends grâces à la bienveillance du ciel, la faveur dont tu fus l'objet : l'élément redoutable, exaspérant, se présenta à toi sous la forme la plus fine et la plus honnête, civile et respectueuse, sous les traits de cet excellent Colonais à la fois fidèle à la dignité, à la religion de son terroir, comme à la vieille architecture et à la peinture allemandes. Il t'a ouvert les yeux sur bien des choses que tu t'obstinais à ne pas voir, Van Eyck et ceux qui furent entre lui et Dürer, et le byzantinisme des Bas-Rhénans. Sur ses vieux jours, par instinct de conservation, pour se garer des assauts des jeunes contre la vieillesse, comme des impressions neuves et troublantes, on s'était péniblement mis à l'écart et tout à coup, là-bas, à Heidelberg, chez les Boisserée, dans la salle, voilà qu'un nouveau monde de couleurs et de formes s'ouvre à toi, t'arrache à tes jugements routiniers, la jeunesse dans l'ancien, l'ancien en tant que jeune, et tu sens combien la capitulation est une bonne chose quand elle est une conquête, tout de même que la soumission lorsqu'elle donne la liberté, parce qu'elle est librement consentie. Je l'ai dit à Sulpice. Je l'ai remercié d'être venu avec son amitié sûre et modeste (pour m'embrigader, bien entendu, puisque c'est dans ce dessein qu'ils viennent tous), me gagner à ses plans relatifs à l'achèvement de la cathédrale de Cologne. Il s'est appliqué à me montrer dans les vieux édifices allemands la part d'invention personnelle, autochtone, et que le gothique avait été plus qu'un simple fruit de la décadence des architectures romaine et grecque. "Ici en général, la caricature grimaçante, créée par une sombre démence, doit passer pour ce qu'il y a de plus haut." Mais ce garçon s'en tira avec tant d'adresse et d'intelligence, tant de précision et de déférence, et en dépit de sa diplomatie, tout cela décelait une si absolue sincérité, que je les pris en sympathie, lui et sa cause. Il est beau que l'homme ait une cause à chérir. Il en est embelli et sa cause aussi, fût-elle une grimace. Je ris tout seul quand je me rappelle sa première visite, en l'an II ; nous travaillions ici-même, penchés sur ses gravures du Bas-Rhin, les plans de Strasbourg et de Cologne et les illustrations du *Faust* par Cornélius, quand Meyer nous surprend à cette besogne suspecte. Il entre, jette un coup d'œil sur la table, et je m'écrie : "Voyez donc, Meyer, les temps anciens ressuscitent !" Il n'en croit pas ses yeux en découvrant à quoi je m'occupais. Il grogne, marmonne des critiques au sujet des fautes que le jeune Cornélius a pieusement empruntées au style vieil-allemand, et pose sur moi à une ou deux reprises un œil ébahi en constatant mon indifférence à ses objections ; là-dessus je loue le Blocksberg, la taverne d'Auerbach, et je déclare que le mouvement du bras de Faust offert à la petite, est d'une heureuse inspiration. Complètement interloqué, le souffle lui manque. Est-il possible ? Au lieu de balayer de la table la barbare architecture chrétienne, je trouve étonnants les plans des tours, et la grandeur de la nef à colonnes m'émerveille. Il se ravise, ronronne, opine, regarde les épures, me regarde, se rend, joue les Polonius : *It is back'd like a camel* – enfin, un disciple abandonné, trahi. Trahir ses disciples, quoi de plus amusant ? Quel plus malin plaisir que de leur échapper, ne pas se laisser retenir par eux, les mystifier, quelle meilleure plaisanterie que de les voir bouche bée, lorsqu'on a triomphé de soi et qu'on s'est affranchi ? Au vrai, il est facile de s'y méprendre : on a facilement l'air de passer du mauvais côté, et les cafards s'imaginent qu'on cafarde avec eux, alors que l'absurdité seule nous divertirait, si nous voulions nous expliquer là-dessus. Les folies sont intéressantes et rien ne devrait nous être étranger. J'ai demandé à Sulpice ce qu'il en est au juste des protestants fraîchement convertis au catholicisme. Je voudrais être mieux informé, savoir par quel chemin ils y viennent. A son avis, Herder y a pour beaucoup contribué, avec sa philosophie de l'*Histoire de l'Humanité* ; mais le présent aussi intervient, l'orientation historique du monde. Ma foi, je devrais connaître cela, c'est un sentiment collectif, d'ailleurs on a toujours un sentiment en commun avec quelqu'un, même avec les fous, mais il se traduit différemment et détermine des effets différents. L'orientation historique du monde, des trônes qui croulent, des empires qui s'ébranlent, je devrais m'y connaître, car, sauf erreur, j'ai vu cela aussi, seulement, tel se trouve pénétré de l'esprit millénaire, familiarisé avec la grandeur, et tel autre se convertit au catholicisme. L'esprit millénaire aussi, il est vrai, dérive d'une tradition, si seulement on savait la comprendre. Ils voudraient que l'érudition et l'histoire étayent la tradition, les fous ! comme si tout cela n'était pas à l'encontre de toute tradition. L'accepte-t-on, on y ajoute ; la rejette-t-on, on est un parfait Philistin. Les protestants (disais-je à Sulpice) ont le sentiment du vide et voudraient fabriquer un mysticisme, alors que si quelque chose est appelé à naître spontanément et ne saurait être fabriqué, c'est bien le mysticisme. Engeance absurde, incapable même de comprendre comment la messe s'est créée, elle fait comme si la messe pouvait se fabriquer. Qui en rit témoigne de plus de pitié qu'eux ; mais ils se figureront que tu te répands en pieuses simagrées avec eux. Ton petit livre vieil-allemand, le cahier du Rhin et du Mein sur l'évolution de l'art à travers les périodes obscures, ils s'en serviront pour leurs propres fins, et feront prestement main basse sur ta moisson pour pouvoir se parer de tes gerbes à la fête patriotique du blé. Laisse-les, ils n'entendent rien à la liberté. Renoncer à l'existence pour exister, évidemment, il faudrait être capable de ce tour de force ; plus que le "caractère", il y faut l'esprit et le don de renouveler la vie par l'esprit. La bête a la vie brève. L'homme connaît la répétition de ses états, la jeunesse dans l'ancien, et inversement ; il a le privilège de revivre le déjà-vécu, fortifié par l'esprit ; à lui le rajeunissement supérieur, qui est la victoire sur la peur de la jeunesse, sur l'impuissance et le défaut d'amour, à lui l'achèvement du cercle qui bannit la mort...

Je dois tout au bon Sulpice, si prévenant, si gentiment plein de son sujet. Son seul dessein était de m'enrôler, il ignorait tout ce qu'il m'apportait et que je n'aurais certes pu accueillir si la lampe n'avait été impatiente de la flamme, si je n'avais été préparé à une intervention qui fut l'origine de bien des choses, et en a mis sur mon chemin d'autres encore que le petit livre vieil-allemand. En l'an II, il était ici chez moi. Un an plus tard, jour pour jour, me vint la traduction de Hammer avec son avant-propos sur l'homme de Chiraz ; la grâce de l'enthousiasme, la joie de se reconnaître en un miroir, le jeu rêveur, le jeu serein et mystique de la métempsychose enveloppé dans l'esprit millénaire que suscita en moi mon puissant et sombre ami, le Tamerlan méditerranéen. Plongée dans la jeunesse du monde, quand la foi était vaste et la pensée circonscrite, descente fructueuse vers les patriarches. Après, ce fut l'autre voyage, au pays maternel, entrepris dans un état de réceptivité prémonitoire : tu aimeras, et Marianne vint. Il n'a pas besoin de savoir comment tout s'est enchaîné du jour où il m'approcha, il y a cinq ans, ce ne serait d'ailleurs pas bien, il se monterait la tête, il n'a été, en somme, qu'un instrument et un renfort, alors qu'il voulait faire de moi, très respectueusement, une recrue. Même, un jour, voulant s'initier à l'art d'écrire afin de mieux servir sa cause, il décida de passer l'hiver à Weimar pour surprendre furtivement ma manière et me demander des recettes littéraires. N'y songez pas, lui dis-je, mon travail, ce sont mes mécréants qui me le font, car j'en suis un, moi aussi, et souvent de la pire espèce. Cela ne vous vaudrait rien ; vous en seriez réduit à ma seule personne, et ce serait peu, car je ne pourrais être toujours avec vous. Parole affectueuse. Je lui en prodiguai d'autres encore. Je louai ses petites descriptions : elles sont bonnes et justes, lui dis-je, car elles ont le ton juste et c'est l'essentiel ; sans doute n'aurais-je pu les réussir moitié aussi bien, parce que je n'ai pas, moi, l'esprit de dévotion. Puis je lui ai lu un fragment du *Voyage en Italie* où, célébrant

Palladio à cœur joie, je maudissais le climat et l'architecture de l'Allemagne. Le bon garçon en eut les larmes aux yeux et pour lui montrer que j'étais un bon bougre, je lui promis incontinent de biffer le passage virulent. Toujours pour lui faire plaisir, j'ai expurgé le *Divan* de la diatribe contre la croix ; la croix d'ambre, la folie occidentale nordique ; il la trouvait trop âpre et dure et me supplia de la supprimer. Soit, dis-je, parce que c'est vous. Je la donnerai à mon fils, avec quelques autres pièces qui auraient risqué de scandaliser. Il les conserve pieusement, laissons-lui donc ce plaisir, c'est là un moyen terme entre brûler et scandaliser... Mais il m'aime aussi. Il a été heureux que je m'intéresse à ses pieuses vétilles, et non seulement pour sa cause, non, mais pour moi. Un auditeur *comme il faut*[1]. Combien il fut charmé par *La Nuit la plus brève* et le halètement d'amour d'Aurore vers Hespérus, que je lui lus à Neckarelz, en voyage, dans une pièce glacée. Ame d'élite. Il m'a dit sur les affinités du *Divan* avec *Faust* les plus jolies choses du monde, les plus intuitives ; et tout le temps, il fut un aimable compagnon et confident de voyage, auquel on s'ouvrait volontiers sur les histoires de la vie, dans la voiture comme au retour. Te souviens-tu du trajet de Francfort à Heidelberg, où tu lui parlas d'Odile à l'heure où s'allumaient les étoiles ? Tu lui dis comment tu l'avais aimée, tu avais souffert pour elle, tu tins des propos confus et mystérieux, sous l'action du froid, du sommeil et de l'excitation. Je crois qu'il prit peur. La belle route de Neckarelz, en montant la rampe ! Dans la montagne calcaire, nous trouvâmes des fossiles et des ammonites... Oberschaflenz, Buchen... A Hardtheim, nous avons déjeuné dans le jardin de l'auberge. Il y avait une jeune servante dont les yeux énamourés me charmèrent. A son propos, je démontrai à Boisserée comment Cupidon et la jeunesse peuvent très bien tenir lieu de beauté, car elle n'était point jolie, mais très attrayante, et le devint davantage encore, dans une exaltation pudique et narquoise, en remarquant que le monsieur parlait d'elle, ce que, d'ailleurs, il fallait qu'elle remarquât ;

---

1. En français dans le texte.

et lui à son tour remarqua que je parlais uniquement pour me faire remarquer d'elle ; mais son attitude fut exemplaire, ni gêne, ni indélicatesse, voilà bien la civilisation catholique, et toujours serein et bienveillant, il fut témoin du baiser que je lui donnai, un baiser sur les lèvres.

Framboises au soleil. Chaude odeur fruitée, impossible à méconnaître. Serait-ce qu'ils font des confitures, en bas ? Ce n'est pourtant pas la saison. Je l'avais dans les narines. Parfum exquis de la framboise gonflée de suc sous sa sécheresse veloutée, chaude du feu vital comme les lèvres des femmes. Si l'amour est le meilleur de la vie, le baiser est le meilleur de l'amour ; le baiser, poésie de l'amour, sceau de la passion, sensuel et platonique, à mi-chemin du sacrement entre la spiritualité du début et le dénouement charnel, doux acte qui s'accomplit en une sphère plus haute que celui-ci, au moyen des organes plus purs du souffle et du langage, spirituel, parce qu'encore individuel et noblement conscient. Entre tes mains, la tête unique se renverse, sous les cils le regard souriant et grave se perd dans le tien, et ton baiser lui dit : "C'est toi que j'aime et que je désire, toi, douceur unique, don du ciel, dans toute la nature c'est toi», alors que la copulation, créatrice anonyme, au fond ne choisit point et s'enveloppe de nuit. Le baiser est extase, la procréation volupté, et Dieu en a doté les vers mêmes ; ma foi, tu "vermifias" pas mal en ton temps, mais c'est plutôt dans le bonheur et le baiser que tu te sens à l'aise, dans la visitation fugace de l'éphémère beauté par la passion lucide. Voilà la différence entre l'art et la vie ; car la plénitude de la vie, de l'humanité, l'engendrement, ne sont point le fait de la poésie, d'un baiser immatériel sur les lèvres de framboise du monde. Le jeu de lèvres de Lotte avec son canari, la façon charmante dont l'oiseau les becquette puis de sa bouche vole à celle de l'aimé, sont simultanément indécents et d'une innocence trouble. Joliment réussi, blanc-bec de talent, qui en savait aussi long sur l'art que sur l'amour, et en secret pensait à celui-là quand il s'adonnait à celui-ci, jeune pierrot, déjà prêt à trahir l'amour, la vie et l'humanité au profit de l'art. O mes chers amis, ô vous que j'ai courroucés, les jeux sont faits, pardonnez-moi si vous pouvez. Il faut, par surcroît, mes chers, que je reste votre débiteur, à vous et à vos enfants, pour les mauvaises heures que vous valut ma... donnez-lui le nom que vous voudrez. Faites-vous une raison, de grâce ! La saison où je l'écrivis, c'était en ma lointaine époque de pierrot. Je me suis très exactement rappelé la lettre, quand, ce printemps, l'édition originale me tomba de nouveau sous la main, et j'ai relu, après tant d'années, le récit de cette crise de rut. Un hasard ? Non pas. Cela devait arriver : ma lecture est le dernier maillon qui se raccorde à tout le reste dont la visite de Sulpice fut le prélude ; elle fait partie de la phase de la répétition, le renouveau de la vie fortifiée par l'esprit, pour la fête auguste et joyeuse du recommencement. L'exploit, au demeurant, fut de qualité. Compliments, mon garçon. Excellentes, la trame psychologique, la profusion des apports psychiques. Bon, le tableau automnal du fou en quête de fleurs. Charmant, l'épisode où l'aimable femme, passant mentalement en revue ses amies à l'intention de son ami, trouve à redire à toutes et ne consent à le céder à aucune. Voilà qui pourrait déjà figurer dans les *Affinités électives*. Tant de minutie intelligente jointe à tant d'égarement sentimental et de révolte passionnée pour briser les entraves de l'individu, les murs de la geôle humaine. On comprend que le livre ait fait sensation et celui qui sut se ménager un tel départ n'est certes pas un imbécile. Comment une œuvre est légère, celui-là seul le sait qui l'imagina et la réalisa. Légère, heureuse comme l'art, elle l'est par la composition épistolaire, la spontanéité, l'élan, un système universel d'apports entre des entités lyriques. Le talent consiste à compliquer sa tâche, et aussi à savoir la simplifier. Tout à fait comme pour le *Divan*. Curieux, à quel point tout se répète toujours ; pour le *Divan*, c'est entendu ; mais le lien fraternel existe plus encore entre le *Divan* et *Werther*, ou, pour mieux dire, ils sont la même œuvre à un étage différent, une progression, un renouvellement épuré de la vie. Puisse-t-il en aller toujours ainsi et le bénéfice de l'expiation te hausser jusqu'à l'éternité. Dans le chant du matin comme dans le chant du soir, il est abondamment parlé du baiser. Lotte au piano, et ses lèvres charmantes qui semblaient s'ouvrir, altérées, pour humer les sons suaves, ne préfigurait-elle pas déjà Marianne ? Ou plus exactement, celle-ci ne réincarnait-elle pas l'autre, quand elle chantait *Mignon*, Albert assis à côté de nous, somnolent et débonnaire ? Cette fois ce fut comme un rite, un cérémonial, le retour d'une tradition, un accomplissement solennel, un jeu du souvenir affranchi du temps, moins de vie qu'à la précédente fois, et pourtant davantage, une vie plus sublimée. Soit. Finie la grande époque, je ne reverrai plus cette réincarnation. Je l'aurais voulu mais il est dit que je ne le pourrai pas ; renonçons donc, en attendant avec persévérance un regain nouveau. Durons. La bien-aimée revient s'offrir au baiser, toujours jeune (on a d'ailleurs quelque appréhension à la pensée que sous sa forme périssable, elle aussi vit quelque part, en marge, vieillie, plus tout à fait aussi agréable, de même que *Werther* continue d'exister à côté du *Divan*).

Celui-ci d'ailleurs est mieux, mûri, évadé du domaine pathologique ; et le couple devenu légendaire a accédé aux sphères supérieures. Le sang te monte à la tête quand tu penses à tout ce que le blanc-bec d'alors se permit dans sa manie d'ergoter : Rébellion contre la société, haine de la noblesse, susceptibilité de bourgeois offensé, avais-tu besoin, lourdaud, d'introduire là-dedans une fusée incendiaire, subversive, qui diminue tout ? L'Empereur eut bien raison de critiquer : "Pourquoi avez-vous fait cela ?" Quelle chance qu'on n'y ait pas pris garde. La chose a passé avec les autres excès passionnés du livre et tout le monde a eu la conviction qu'il n'escomptait aucun effet immédiat. Absurdité trop verte, et, par surcroît, subjectivement fausse. En effet, ma position à l'égard des classes supérieures était très favorable, n'oublions pas de dicter, dans la quatrième partie de mes mémoires, que, grâce à mon *Goetz*, encore qu'il pût heurter, par endroits, le conformisme de la littérature qui le précédait, ma situation par rapport aux sphères supérieures était même excellente. Où est ma robe de chambre ? Sonnons Charles pour qu'il me frise. *The readiness is all*, un visiteur n'aurait qu'à survenir. Agréable et moelleuse flanelle, sur laquelle on a plaisir à se croiser les mains dans le dos. Ainsi vêtu, le matin, je déambulais dans l'allée vers le Rhin à Winkel, chez les Brentano, et sur la terrasse chez les Willemer, au Moulin. Nul n'osait m'adresser la parole, de crainte de troubler mes pensées, quand parfois je ne pensais à rien ! Très commode d'être vieux et grand, le respect est de rigueur. Hé oui, où ma tiède houppelande ne m'a-t-elle pas accompagné ? Habitude familière, qu'on emporte en voyage, pour préserver ainsi l'intégrité de son moi et comme un défi à l'étranger. De même la coupe d'argent qui me suit partout, et aussi le vin éprouvé, afin qu'il ne me manque nulle part et que le pays nouveau, d'ailleurs source d'enseignement et de jouissance, ne prenne pas barre sur moi et sur mes habitudes. On tient à soi, on se fixe en soi, et quelqu'un vous jette à la tête le mot de fossile ? La critique est sotte, car il n'existe aucune antinomie entre la fixité, l'effort vers l'unité de vie, le maintien du moi, et le renouvellement, le rajeunissement : *all'incontro,* ces choses n'existent que dans l'unité, dans le cercle qui se referme, le signe qui met la mort en fuite... »

« Fais-moi beau, Figaro, Battista, enfin, peu importe ton nom ! Occupe-toi de mes cheveux, j'ai déjà rasé moi-même mon poil vieux de deux jours – car tu m'empoignes le nez quand tu es arrivé à la lèvre, une habitude paysanne, insupportable. Connais-tu l'histoire de cet étudiant, ce mauvais sujet, qui se fit fort, devant son compère, de tirer le nez au vieux seigneur ? Il s'introduisit chez lui comme barbier, saisit son pif sous les yeux des assistants et tiralla en tous sens le digne visage ; mais le tour découvert, le vieux seigneur, de male rage, eut une attaque, et son fils accommoda en duel le mauvais sujet, pour le restant de ses jours.

– Je ne la connaissais pas, Excellence. Mais tout dépend de l'intention et de l'esprit dans lequel on attrape quelqu'un par le nez et Son Excellence peut être assurée...

– Entendu, mais je préfère m'en charger. Au reste, mon poil ne pousse pas très vite du jour au lendemain. Soigne la chevelure, poudre-la et donne-lui en outre un coup de fer par endroits ; on est un tout autre homme quand les cheveux dégagent le front et les tempes et sont bien disposés ; alors, la frégate est prête au combat, la tête est claire, car entre la chevelure et le cerveau il y a une relation ; que vaut une tête dépeignée ? La coiffure la plus agréable, vois-tu, c'était dans mon jeune temps, le catogan et les cheveux en bourse ; mais tu n'en sais rien, tu as fait ton apparition à l'époque de la tête à la suédoise ; moi, je viens de loin, j'ai vécu bien des lustres, j'ai porté la natte longue, puis courte, les boucles de côté, raides, flottantes, on finit par se faire l'effet du Juif Errant qui rôde à travers les âges, toujours pareil, sans presque s'apercevoir des changements que coutumes et costumes subissent sur sa personne.

– L'habit brodé, la natte et le rouleau sur les oreilles devaient avantager Son Excellence.

– Je vais te dire, c'était une époque gentille, décente, et les folies dans la coulisse y avaient plus de prix qu'aujourd'hui. Qu'est-ce d'ailleurs que la liberté, dis-moi, sinon un affranchissement ? Ne vous figurez pas qu'en ces temps-là le droit humain n'existait pas ; il y avait des maîtres et des serviteurs, évidemment, mais c'étaient là des états créés par Dieu, chacun digne à sa façon, et le maître avait de la considération pour ce qu'il n'était pas, pour l'état, créé par Dieu, du valet. Surtout à l'époque, l'opinion était encore plus générale que, grand ou petit, on doit toujours supporter la peine de la condition humaine.

– Ma foi, Excellence, m'est avis qu'en fin de compte, c'est nous, les petits, qui avions le plus à supporter ; il est plus sûr de ne pas uniquement s'en remettre à la considération de l'état noble, institué par Dieu, à l'égard des petites gens également créées par Dieu.

– Sans doute as-tu raison. Puis-je discuter ? Tu me tiens, moi, ton maître, sous le peigne et le fer chaud, tu n'aurais qu'à me pincer et me brûler si je te contredisais ; alors je reste sagement bouche close.

– Son Excellence a le cheveu fin.

– Tu veux dire rare.

– Bah, à peine commence-t-il à se raréfier sur le front ; je dis fin, souple et soyeux comme il est peu commun d'en voir aux hommes.

– Bon. Je suis du bois dont Dieu m'a taillé. »

« L'ai-je dit avec assez d'indifférence, d'humeur ? D'un air assez détaché de mes avantages physiques ? Dans tout perruquier il y a un flatteur, et l'homme prend le pli de sa profession. Il veut donner du sucre à ma vanité. Il ne s'avise pas que la vanité aussi est d'un format différent, qu'elle procède d'une impulsion différente. Elle peut se traduire par l'étude approfondie de soi, l'introspection méditative, la fureur autobiographique, l'insistante curiosité de ton être physique et moral et de ses fluctuations, des voies vastes et détournées, du travail obscur de la nature aboutissant à l'être que tu es et qui émerveille le monde ; par conséquent, un mot flatteur comme le sien, sur notre physique, n'exerce pas une action simplement superficielle, il ne nous chatouille pas à la façon dont il l'entend, il nous émeut en rappelant d'heureux, de lourds secrets. Je suis du bois dont la nature m'a taillé. Un point. Je suis comme je suis et je vis en me souvenant que, sans nous en douter, nous pénétrons toujours plus avant dans l'azur. Tout cela est bel et bon. Et l'activité biographique ? Elle ne cadre guère avec le principe énoncé. D'ailleurs, n'eût-elle trait qu'à la genèse, à l'exposé didactique, la formation du génie (toujours la vanité scientifique !) on retrouve à sa base notre curiosité du devenir, de l'être, qui est à la fois un composé du déjà vécu et du futur. Le penseur approfondit la pensée, comment alors l'ouvrier ne penserait-il pas au créateur de l'œuvre, quand une œuvre nouvelle est appelée à sortir de sa méditation et que toute œuvre n'est peut-être qu'un approfondissement orgueilleux du phénomène créateur, une œuvre égocentrique ? Cheveux fins-fins. Ma main sur le peignoir à poudre. Elle ne s'accorde pas à cette finesse capillaire, ce n'est pas une petite main éthérée, elle est large et ferme, une main d'ouvrier transmise par des générations de forgerons et de bouchers. Que de délicatesses et de capacités, de faiblesses et de caractères, d'infirmités et de rudesses, de démence et de raison, d'impossibilités rendues possibles, ont dû se croiser par un heureux hasard, se fondre familièrement à travers les siècles, pour obtenir à la fin le talent, ce phénomène. A la fin. Il a fallu une série de mauvais sujets, ou de bons, pour produire la terreur et la joie du monde. Demi-dieu et monstre, ne les ai-je pas confondus dans ma pensée quand j'écrivais cela, n'ai-je pas assimilé l'un à l'autre, ne savais-je pas qu'il entre un peu d'effroi dans la joie et de monstrueux dans le demi-dieu ? Bon ou mauvais, qu'importe à la nature, elle fait à peine la différence entre la maladie et la santé, et de l'élément morbide elle tire joie et vie. Nature ! tu me fus d'abord donnée par moi-même, c'est à travers moi que je t'ai le plus profondément pressentie. Tu m'as instruit à cet égard : une lignée qui s'est longtemps maintenue a produit, avant de s'éteindre, un individu qui résume en soi les qualités de ses aïeux, tous leurs dons, jusque-là éparpillés, à peine indiqués, et il les exprime tout entiers. Formule claire, observation subtile, instructive, qui contribue à améliorer notre connaissance de l'homme, science de la nature, lucidement déduite de l'anormalité de notre propre être. Egocentrique ?... Comment ne le serait-on pas quand on se sait le but de la nature, la synthèse, le parachèvement, l'apothéose, l'aboutissement suprême, créé par elle au prix de longs détours. Mais cette forcerie, cette couvée bourgeoise, ce croisement, ces appariements de familles à travers les siècles, où, selon l'usage, l'ouvrier venu de la campagne voisine épousait la fille du patron, où la fille du laquais du comte ou du cultivateur s'accouplait à l'arpenteur juré ou au régisseur affiné, l'amalgame de tous ces atavismes fut-il particulièrement heureux et béni du ciel ? Le monde répondra par l'affirmative, puisque tout cela aboutit à moi, en qui les dispositions les plus dangereuses, domptées par des tendances opposées, furent utilisées, épurées, policées, détournées et forcées vers le bien et le grand. Moi, prodige d'exacte pesée, heureux hasard naturel à l'extrême limite de l'équilibre, moi en qui la difficulté et l'amour de la facilité jonglent sur la pointe de couteaux, miracle du tout-juste-possible qui se trouve être le génie, car après tout, le génie est peut-être tout-juste-possible. Ils rendent hommage à l'œuvre quand elle atteint les cimes, personne ne rend hommage à la vie. Je vous le dis en vérité, qu'un de vous essaye de l'imiter sans se rompre le cou !

Qu'en fut-il de ta crainte du mariage, ta fuite panique, ton inadhésion à l'union bourgeoise, durable, sur le patron ancestral, ton désir de dépasser le but sans t'y arrêter ? Mon fils, fruit d'un lien assez lâche, d'un compagnonnage de couche libertin et honni, n'est là que par raccroc, un épilogue, ne le sais-je point ? A peine la nature l'a-t-elle gratifié d'un regard ; et moi, pris de caprice, comme si je devais et pouvais encore recommencer à travers lui, je l'unis à la petite personne, parce qu'elle représente le type de celles que j'ai fuies, je nous inocule du sang prussien pour que l'épilogue ait encore quelque résonance, cependant que la nature, en bâillant et haussant les épaules, se retire du jeu. J'y vois clair. Mais la clairvoyance est une chose et le sentiment une autre. Le sentiment revendique ses droits, quand même, en dépit du froid savoir. D'abord, il y aura dans la maison une présence aimable et décorative, une Lili y régnera, avec qui le vieillard sera en galant marivaudage, et s'il plaît à Dieu, on aura des petits-enfants, des petits-enfants bouclés, des ombres de petits-enfants, avec, au cœur, le germe du néant. On les aimera sans foi et sans espoir, pour des raisons purement sentimentales.

Elle était sans foi, sans amour, sans espoir. Cornélie, ce cœur fraternel, ma réplique féminine, point créée pour la féminité. Son horreur de l'époux n'était-elle pas la contrepartie physique de ta fuite devant l'entrave conjugale ? Etre indéfinissable, amer, étranger à la terre, incompréhensible à soi et aux autres, rigide abbesse qui se consuma singulièrement et mourut à ses premières couches anormales et exécrées. Ta sœur consanguine – la seule des quatre qui, avec toi, pour son malheur, survécut. Où sont-ils, ces autres, la fillette trop belle, le garçon silencieux, bizarre, d'aspect étrange, qui fut mon frère ? Depuis longtemps partis, tout de suite disparus et guère pleurés, autant qu'il m'en souvienne. Rêve fraternel presque effacé, aux trois quarts oublié. Elus, moi pour rester, vous pour partir, vous m'avez précédé, affranchis de la souffrance. Je vis pour vous, à vos dépens, je roule le rocher **pour** cinq. Suis-je si égoïste, si avide de vie, que j'ai aimanté vers moi, criminellement, ce qui aurait pu être votre élément vital ? Il est des fautes plus profondes, plus obscures que celles dont nous nous chargeons sciemment, empiriquement. Ou bien ces singuliers enfantements qui d'une part produisirent *une* vie remarquable et, d'autre part, la mort, tiennent-ils à ce que mon père, quand il l'épousa, avait le double de l'âge de ma mère ? Couple béni, prédestiné à doter d'un génie le monde. Couple infortuné. Ma petite mère, nature enjouée, vécut ses plus belles années en infirmière d'un tyran décrépit. Cornélie le détestait, peut-être uniquement parce qu'elle lui devait le jour. Mais le demi-fou morose, le désœuvré, le capricieux et lourd pédant, dont le moindre courant d'air troublait l'équilibre péniblement établi, l'hypocondre querelleur, n'était-il pas haïssable pour d'autres motifs aussi ? De lui tu tiens ta stature, maints traits. En plus relevé, son goût des collections, du cérémonial et des entreprises, tu as renchéri sur son pédantisme. Plus tu avances en âge, plus reparaît en toi le vieux fantôme et tu le reconnais, tu pactises avec lui, consciemment et avec une fidélité obstinée tu le réincarnes, le modèle paternel que nous révérons. Sentiment, sentiment, je le crois et je le veux. La vie serait impossible sans un peu d'illusion sentimentale pour l'embellir et la réchauffer, mais tout de suite au-dessous, c'est la glace. La froide vérité nous fait grand et haïssable et dans les intervalles, les mensonges sentimentaux, joyeux et charitables nous réconcilient avec le monde. Mon père était un brave homme obscur, je veux dire le tardillon d'un couple âgé. Il avait un frère manifestement fou et qui mourut gâteux, comme lui-même, d'ailleurs. Mon bisaïeul courtisait les belles, oh oui, il était sentimental et folâtre. Textor, le père de ma mère, un débauché, à le juger sans parti pris, un coureur de cotillons scandaleusement pris en flagrant délit par les maris furibonds, mais aussi un voyant doué de divination. Singulier mélange. Sans doute fallait-il que je tue tous mes frères et sœurs, pour le recomposer sous une forme plus séduisante et agréable, plus captivante, mais il subsiste en moi pas mal de démence, tout un sous-sol que recouvre ma splendeur ; et si je n'avais hérité de lui l'art de maintenir l'ordre, l'art des prudents ménagements, tout un système de barrières préservatrices, où en serais-je ? Combien je hais la vésanie, l'insanité, le génie et le demi-génie désordonnés, à commencer par le pathos, les gestes excentriques, les brailleries, combien je les évite de toute mon âme, je ne saurais le dire, c'est inexprimable. L'audace est ce qu'il y a de meilleur, d'unique, d'inévitable, mais en douce, avec des formes, et très ironique, enrobée de convention, voilà comment je la veux, comment je suis. Voyons, ce garçon, je ne sais plus son nom, on l'appelait le Cimbre, il venait de la part de Klopstock, un sauvage aux gestes frénétiques, encore qu'au fond il eût bon cœur. Sa grande affaire était un poème sur le Jugement Dernier, entreprise folle, œuvre insane, non policée, monstre apocalyptique, déclamation d'énergumène. J'en eus mal au cœur, comme en écoutant le *Pauvre Heinrich*. A la fin, le génie se jette par la fenêtre. S'en garer, s'en garer. Ouste !

Bien. Il m'a accommodé convenablement : élégance digne, un peu surannée. S'il vient un visiteur, je parlerai de choses indifférentes d'une voix mesurée, pour sa plus grande tranquillité et la mienne, et je n'aurai l'air de rien moins que de l'homme de génie en sa tour d'ivoire, de quoi sa chère médiocrité sera à la fois impressionnée et amusée. Après, ils auront toujours mille choses à se raconter sur mon masque, ce front, ces yeux si souvent décrits. A en juger par les portraits, ils me viennent tout simplement, ainsi que mon port de tête et ma bouche, de mon aïeule maternelle, la défunte Lyndheimer, épouse Textor. Qu'en est-il de notre physionomie ? Tout cela existait déjà il y a cent ans et n'était que l'expression d'une femme alerte et intelligente, brune et souple. Ces traits qui sommeillèrent en ma mère, d'un type tout différent, sont devenus chez moi le signe distinctif, la *persona*, l'apparence de ce que je suis, ils ont acquis un caractère représentatif d'intellectualité, qu'ils ne possédaient aucunement et dont ils n'avaient pas besoin. Pourquoi mon physique refléterait-il mon intellect ? N'aurais-je pu avoir mes yeux sans que ce soient forcément les yeux de Goethe ? Mais je tiens aux Lyndheimer ; sans doute sont-ils ce que j'ai de meilleur en moi. Je me plais à penser que le berceau de leur famille, dont ils tirent leur nom, est tout près des remparts romains, dans la Wettersenke, où de tout temps se mélangèrent les sangs antique et barbare. Voilà l'origine de ton teint, de tes yeux, de ce qui te sépare de l'Allemand, et pourquoi sa grossièreté te frappe ; voilà l'origine de ton antipathie pour ce sacré peuple où plongent tes racines, ce peuple auquel tu t'opposes et que tu dois former au prix d'une vie indiciblement précaire et pénible, isolé que tu es, non seulement par le rang, mais aussi l'instinct, et par cette renommée conquise de haute lutte, concédée de mauvais cœur, où ils cherchent toujours une paille. Au fond, je vous suis un fardeau, ne le sais-je point ? Comment se les concilier ? A certaines heures, je le voudrais. La chose devrait être faisable, et parfois elle se fit, car enfin il y a aussi en toi beaucoup de leur moelle, saxonne ou luthérienne, tu t'en réjouis dans ton entêtement, mais tu ne peux t'empêcher de la sublimer, de l'épurer dans la clarté, la grâce et l'ironie, selon la forme et l'empreinte de ton esprit. Pour cela, ils se méfient de ta germanité, ils ont l'impression que tu en fais un mauvais usage et ta gloire est pour eux comme une haine, comme une peine. Triste existence, la lutte et l'opposition contre une nationalité qui d'autre part porte le nageur. Peut-être faut-il qu'il en soit ainsi ; ne soyons pas geignard. Ils haïssent la clarté, cela n'est pas bien. Ils ignorent l'attrait de la vérité, c'est déplorable. L'encens, la fumée et toutes les frénésies leur sont chers, c'est répugnant ; ils font confiance au premier gredin en transe, l'excitateur de leurs plus bas instincts, qui les fortifie dans leurs vices et leur enseigne à entendre le mot nationalité au sens d'isolement et de brutalité. Leur dignité perdue, ils se croient grands et magnifiques, ils considèrent avec une rage fielleuse ceux en qui l'étranger voit et honore l'Allemagne, c'est misérable. Je ne veux pas me les concilier. Ils ne m'aiment point, parfait, je ne les aime pas non plus, nous sommes quittes. J'ai ma germanité pour moi, le diable les emporte, eux et la méchante philistinerie qu'ils nomment ainsi. Ils croient qu'ils sont l'Allemagne, l'Allemagne c'est moi, et dût-elle sombrer corps et biens, elle se perpétuerait en moi. Faites ce que vous voudrez pour m'ôter ce qui est mien, malgré tout, je vous représente. Voilà précisément, je suis né pour la conciliation plutôt que pour la tragédie. La conciliation, la compensation, n'est-ce pas là mon but et mon domaine ? L'adhésion, la tolérance, la mise en valeur d'éléments qui semblent s'exclure, l'équilibre, l'harmonie ? Seule la conjonction des forces diverses forme le monde, chacune ayant son importance, chacune méritant d'être développée, et chacune restant autonome. Individualité et société, conscience et naïveté, romanesque et sens pratique, les deux conjointement, toujours également parfaits, les accueillir, se les incorporer, être la somme, faire honte aux partisans du principe isolé en le complétant, tout comme son contraire... L'humanité, ubiquité universelle, le plus haut, le plus séduisant des modèles comme la secrète parodie de soi-même ; l'empire du monde envisagé sous l'angle de l'ironie et comme une allègre trahison de l'un à l'égard de l'autre, avec cela on dépasse de loin la tragédie. Elle se déroule là où la maîtrise n'est point encore, non plus que *ma* germanité dont se composent, symboliquement, cette puissance et cette maîtrise ; germanité est liberté, culture, esprit à facettes, amour, et leur incompréhension n'y change rien. De la tragédie entre moi et ce peuple ? Allons donc ! On se dispute, mais là, sur les sommets, je célébrerai, par un badinage léger et profond, une réconciliation exemplaire ; je marierai, pour engendrer le génie, la sensibilité du Nord brumeux s'exprimant en rimes magiques, avec l'esprit trimétrique de l'azur éternel. Dis-moi donc d'où vient que je parle si bien ? C'est très facile, il faut que cela parte du cœur... »

« Son Excellence m'a parlé ?

— Comment ? Non ? J'ai dit quelque chose ? Ce n'était pas à toi. Je parlais tout seul. Effet de l'âge, vois-tu. On commence à marmonner avec soi-même.

— Pas de l'âge, Excellence, mais de la vivacité de pensée. En sa jeunesse aussi, Son Excellence devait sûrement se parler à elle-même.

— Tu as raison. Et plus souvent qu'aujourd'hui où je suis d'âge rassis. Il est un peu fou de parler seul ; passe encore si l'on est jeune, mais plus tard, c'est inconvenant. Je courais au hasard, quelque chose palpitait en moi, je proférais des phrases à demi insensées, et c'était un poème.

– Oh, Excellence, voilà précisément ce qu'on appelle l'inspiration du génie.

– Possible. Ainsi l'appellent ceux qui en sont dépourvus. Plus tard, l'intention et le caractère doivent suppléer à la folle nature et leur action est, au fond, plus raisonnée, plus précieuse. Vas-tu me lâcher ? Il faut en finir. A ton point de vue, tu as raison de tenir tes fonctions pour les plus importantes, mais il convient d'observer une juste proportion entre la vie et les apprêts dont on l'entoure.

– Je comprends, Excellence. Pourtant, il faut bien que tout soit avenant. On sait qui on a entre les mains. Voici le miroir.

– Bon, bon. Donne-moi l'eau de Cologne pour mon mouchoir. Ah oui, ah, bon ! Une invention charmante, vivifiante, qui existait déjà au temps des bourses à cheveux ; toute ma vie, j'y ai fourré le nez. L'empereur Napoléon aussi en était parfumé de la tête aux pieds. Espérons qu'il n'en manque pas à Sainte-Hélène. Les menus adjuvants et bienfaits de la vie, sache-le, deviennent l'essentiel quand c'en est fait de la vie même et de l'héroïsme. Quel homme ! Quel homme ! Lui, l'Irréductible, ils l'ont circonscrit au milieu d'océans infranchissables, pour que le monde soit en paix et que l'on puisse un peu cultiver tranquillement, par ici... Ce n'est d'ailleurs que justice, car l'ère des épopées et des guerres est passée, les rois se sauvent, les bourgeois triomphent, un âge utilitaire monte ; vous verrez que, dorénavant, il ne sera plus question que d'argent, d'échanges de pays à pays, d'intelligence, de commerce et de confort ; il est donc permis de croire et de souhaiter que la bonne nature elle-même, rendue à la raison, renoncera aux bouleversements fébriles, insensés, pour assurer à jamais la paix et le bien-être. Idée bien réconfortante, j'y souscris volontiers. Mais quand on songe à ce qu'il doit éprouver, Lui, presque un élément, Lui dont les forces sont étouffées dans le silence, entre des déserts d'eau, un titan ligoté, un Etna obstrué où le feu crépite et bouillonne sans trouver d'issue ; et tu sais que si la lave détruit, elle fertilise aussi, le cœur se serre, on s'apitoie, encore que la pitié ne soit point un sentiment de mise en l'occurence. Mais souhaitons du moins qu'il ait toujours son eau de Cologne. Je vais en face, Charles, préviens M. John, qu'il se montre. »

« Hélène, Sainte-Hélène, dire qu'Il est là, dire que l'endroit s'appelle ainsi ; et que je la poursuis, elle , mon unique désir, elle, aussi belle que charmante, aussi convoitée que belle, elle a ce nom en commun avec le rocher où agonise Prométhée, ma fille et ma bien-aimée qui est tout à moi et n'appartient ni à la vie ni au temps, seule inspiratrice vers qui me pousse le désir poétique de cette œuvre grise comme la vie, insurmontable, étrange chose que l'enchevêtrement des destinées. Vois ton cabinet de travail au repos, éclairé par le jour matinal et prosaïque, dans l'attente d'une nouvelle prise de possession. Voici les réserves, les sources où tu puises, les stimulants, les moyens de conquérir à ton profit des mondes de science. Curiosité brûlante de connaître tout ce qui peut enrichir une œuvre, la soutenir, servir notre jeu. Devant ce qui est sans rapport avec lui, l'esprit se ferme. Mais le domaine familier s'accroît au fur et à mesure qu'on prend de l'âge, qu'on s'élargit, et pour peu que l'on continue, plus rien ne devrait nous rester étranger. Il faut que je reprenne ma lecture sur les difformités des végétaux et leurs maladies, cet après-midi même, si j'en trouve le temps, ou ce soir. Pour un ami de la vie, les malformations et le monstrueux sont fort significatifs ; peut-être est-ce la pathologie qui nous instruit le mieux sur la norme, et tu pressens parfois que c'est du côté de la maladie qu'il y aurait à faire les plus audacieux sondages dans les ténèbres vitales... Vois, plus d'un morceau littéraire attend que s'exerce sur lui ta verve critique, le *Corsaire* de Byron, et son *Lara*, fier et beau talent, lecture à poursuivre, tout comme la traduction grecque de Calderon ; et l'œuvre de Ruckstuhl *Sur la langue allemande* pose maint problème. Décidément, je devrais continuer à étudier la *Technologia Rhetorica*, d'Ernesti. Ce sont choses qui aiguisent la lucidité et créent un courant d'air. La bibliothèque ducale attend toujours que je lui restitue ses textes orientaux. Voilà beau temps que les délais sont expirés. Mais je ne les rends pas, pas un

---

1. Hélène de Sparte, second *Faust*.

seul, je ne puis me dépouiller de mes outils aussi longtemps que je vis dans le *Divan*. Je les sabre, d'ailleurs, de coups de crayon, personne n'y trouvera à redire. *Carmen panegyricum in laudem Muhammedis;* au diable, encore une fois, le poème commémoratif ! Début : "Environné du souffle des montagnes, tel l'éther aux cimes rocheuses des gouffres sylvestres..." Association un peu hasardée : les cimes des gouffres, il faudra qu'on me passe l'image, elle est audacieuse, mais ils l'avaleront. "L'austère paroi de ces monts" était déjà un peu du même goût. Ensuite, on aura le jardin du poète, lieu dangereux à cause des traits que les amours lancent à travers les airs ; troisièmement, la réunion des beaux esprits que Mars anéantit, et enfin, après l'heureux retour de la paix, notre esprit se retourne, il y a deux fois retourner, faisons de la nécessité une vertu, notre esprit donc se retourne fidèlement vers les anciens *jours,* rime à *toujours ;* et pensons aussi aux foules que chacun prétend diriger à son *tour*... Bien, si tu t'y mets après la dictée, tu auras terminé tes strophes en vingt minutes.

Cette substructure, ces matériaux bruts ne se croyaient pas bruts du tout, ils pensaient être quelque chose en soi, se suffire ; ils ne se savaient pas là à seule fin que quelqu'un dût venir extraire d'eux un petit flacon d'essence de rose, après quoi le fatras tout entier pourrait être jeté au rebut. Où prend-on l'outrecuidance de se croire un dieu entouré de marmousets maniables à volonté, soi – étant le foyer unique qui réfléchit tout dans le grand tout de la nature, et considérant ses amis, ou ce qui arrive, comme le papier sur lequel on écrit ? Audace et Hybris ? Que non, mais plutôt personnalité imposée et portée au nom de Dieu, – ainsi, donc, pardonnez et jouissez, car il n'y a ici que motif de joie... Très utile, le *Voyage à Chiraz,* de Waring ; les *Souvenirs d'Orient,* par Augusti, m'ont été de quelque aide ; la *Revue asiatique* de Kaproth, mine de découvertes orientales, publication due à une société d'amateurs : pour le travail plus pressant de certain amateur, ce fut, certes, une mine de découvertes, ô mes fourriers mondains ! Revoir les rimes redoublées du cheikh Djelaleddine Roumi et aussi les radieuses Pléiades du firmament arabe ; pour les Notes, le répertoire de littérature biblique et orientale rendra des services incontestables. Et aussi le manuel de conversation arabe. Il faut que je recommence à m'exercer à l'écriture décorative, afin de mieux prendre contact. Prendre contact, mot profond, qui en dit long sur notre manière, cette façon de s'absorber, de sonder les sphères et les matières, sans laquelle on n'en viendrait pas à bout, cette plongée, ce flair né d'une obsession sympathique, qui t'initie au monde que tu as capté amoureusement, de telle sorte que tu parles sa langue avec aisance et liberté et que nul ne pourrait distinguer le détail étudié du trait de caractère inventé. Drôle de corps. Les gens s'étonneraient qu'on doive se nourrir et s'aider d'un si grand nombre de descriptions et tableaux de mœurs, pour mettre sur pied un petit recueil de poèmes et sentences, ils auraient peine à trouver la chose géniale. Dans ma jeunesse, à l'époque où *Werther* faisait fureur, quelqu'un, Bretschneider, un grossier personnage, avait à cœur de m'apprendre l'humilité. Il m'a dit les pires vérités, ou qu'il considérait comme telles. Ne t'en fais pas accroire, vieux frère, va, tu n'es pas aussi important que pourrait te le faire supposer la rumeur que suscite ton petit roman. Après tout, qu'as-tu dans la cervelle ? Je te connais, va. Ton jugement est faux, d'ordinaire ; quant à ton raisonnement, tu sais que tu ne peux t'y fier si tu n'as longuement réfléchi au préalable ; du reste, tu es assez avisé pour donner tout de suite raison aux gens compétents, plutôt que de risquer une discussion qui dévoilerait tes lacunes. Voilà comment tu es. Un esprit versatile qui ne se laisse retenir par aucun système et saute d'un extrême à l'autre, un esprit dont on pourrait aussi bien faire un frère morave qu'un libre-penseur, car tu es influençable, quelle pitié ! Avec cela, une scandaleuse dose d'orgueil, une tendance à ne voir partout, toi excepté, que des faibles, alors qu'il n'y a pas plus faible que toi. Car incapable de contrôler par toi-même les assertions des rares élus dont tu prises l'intelligence, tu préfères adopter l'opinion courante. Aujourd'hui, je te dirai enfin tes quatre vérités. Tu possèdes certaines aptitudes, un génie poétique qui opère lorsque tu as très longtemps porté une matière en toi, que tu y as travaillé mentalement, que tu as rassemblé tous les matériaux pouvant servir à ton œuvre, en ce cas, évidemment, il est possible d'en tirer quelque chose. Une idée te vient-elle, elle reste en suspens dans ta sensibilité ou dans ton cerveau, et tout ce que tu rencontres, tu ne cherches plus qu'à le malaxer avec le bloc d'argile que tu as sur le chantier, tu rumines ton idée et ne rêves à rien d'autre. Voilà tout le secret de ta réussite. Ne te laisse pas griser par ta popularité. – Je l'entends encore, l'animal, un de ces enragés de vérité, un passionné de la cognition, point méchant, d'ailleurs, souffrant sans doute lui-même de son acuité critique, un âne, l'âne intelligent, l'âne mélancolique, perspicace ; n'avait-il pas raison ? N'avait-il pas trois fois raison, ou du moins deux fois et demie, avec tout ce qu'il m'a corné aux oreilles sur l'inconsistance, le manque d'indépendance, l'influençabilité, et le génie qui se borne à accueillir, à porter longtemps, à faire un tri parmi les apports et à les utiliser ? Aurais-tu trouvé tes instruments de travail tout façonnés si, déjà avant ta venue, l'époque n'avait eu un faible et de la curiosité pour l'orientalisme ? Est-ce toi qui as découvert Hafiz ? C'est Von Hammer qui te l'a découvert et bien gentiment traduit. Quand tu le lus, l'année de la campagne de Russie, tu fus empoigné, captivé par ce livre qui se trouvait à la mode intellectuelle de ce temps et comme tu ne peux rien lire sans en être influencé, fécondé et transformé, sans avoir l'envie d'en faire autant, et que les circonstances de ta vie n'aient leur répercussion sur ton œuvre, tu t'es mis aux poèmes persans et tu as tiré à toi, diligemment et sans trêve, tout ce qui pouvait concourir à ta nouvelle et charmante occupation, ta mascarade. L'indépendance, je voudrais bien savoir ce que c'est. "Il était un original qui par originalité imitait d'autres fous." A vingt ans déjà, j'avais lâché mes partisans et me gaussais des grimaces d'originalité chères à l'école du génie. J'avais mes raisons. L'originalité, mais c'est l'horreur, la démence, l'art sans le métier, l'orgueil stérile, un esprit vaniteux de vieille fille et de vieux garçon, une vaine folie. Je la méprise parce que je veux le productif, l'union de la féminité et de la virilité, l'engendrement et la conception, l'impressionnabilité personnelle. Ce n'est pas pour rien que, sous une forme masculine, je ressemble à cette vaillante, la brune Lyndheimer ; je suis le sein et la semence, l'art androgyne ouvert à toutes les influences, mais conditionné par moi, et qui enrichit la terre de ce qu'il a reçu. Voilà comment devraient être les Allemands ; en cela je suis leur image et leur modèle. Tout recevoir et tout donner, le cœur ouvert à toute admiration féconde, grand par la compréhension et l'amour, par la médiation, par l'esprit, car la médiation est esprit, tels devraient-ils être ; telle est leur fonction, et non de viser obstinément à l'originalité, s'abêtir en une contemplation et une glorification de soi absurdes, et régner sur le monde dans la bêtise, par la bêtise. Peuple infortuné, je n'en augure rien de bon car il s'ignore et cette méconnaissance ne suscite pas uniquement le rire, elle provoquera la haine universelle et l'exposera aux pires dangers. Qu'y faire, le destin les frappera parce qu'ils se seront trahis en refusant d'être ce qu'ils sont. Il les essaimera à travers le globe comme les Juifs, avec raison, car les meilleurs d'entre eux ont toujours vécu en exil ; c'est dans l'exil seulement, dans la dispersion, que la somme de leurs qualités se développera pour le salut des peuples et deviendra le sel de la terre... On toussote et on frappe. C'est cet emphysémateux... »

« Entrez. Allons, entrez donc, bonté divine !

– Votre très humble serviteur, monsieur le conseiller intime.

– C'est vous, John. Vous êtes le bienvenu, approchez. Levé de bonne heure, aujourd'hui.

– Oui, Son Excellence est toujours pressée de se mettre au travail.

– Mais non. Je parle de vous. Vous êtes matinal aujourd'hui.

– Oh, pardon, je ne pensais pas qu'il pouvait être question de moi.

– Pourquoi donc, voilà un malentendu qui dérive d'un excès de modestie. Le compagnon d'études de mon fils, intrépide latiniste, juriste érudit, calligraphe diligent, ne mérite-t-il pas qu'on parle de lui ?

– Je remercie respectueusement Son Excellence ; mais en ce cas, je ne me serais pas attendu à ce que la première parole sortie d'une bouche aussi vénérée, fût un reproche. Car je ne saurais entendre autrement votre précieuse remarque sur le fait que je me suis présenté *aujourd'hui* de bonne heure. Si l'état de ma poitrine et de fréquentes quintes de toux avant de m'endormir me font trouver assez tard le sommeil et me condamnent parfois à un repos plus prolongé, je me croyais en droit d'espérer que les nobles sentiments d'humanité de monsieur le conseiller intime... D'ailleurs, et bien que je me sois fait annoncer, je vois que pour la dictée du matin les services de Charles ont été préférés aux miens.

– Allons, mon garçon, quelle mine ! et pourquoi commencer la journée en vous assombrissant inutilement ? Vous insinuez que je ne vous ai pas parlé avec assez d'égards et, en même temps, vous êtes amer parce que j'en aurais trop mis dans mes actes. J'avais Charles sous la main, je lui ai dicté quelque chose, de mon lit. Un simple texte administratif ; vous aurez mieux. Et puis, vraiment, je ne pensais pas à mal, tout à l'heure, et n'avais point l'intention de vous piquer. Comment n'aurais-je pas le respect de votre pénible infirmité et n'en tiendrais-je pas compte ? On est des chrétiens. Vous êtes étiré tout en hauteur ; debout, je suis obligé de lever les yeux pour vous parler – alors toutes ces longues heures à rester penché sur le papier, parmi les livres poudreux... Une jeune poitrine en arrive facilement à devenir poussive, c'est une affection de jeunesse dont on triomphe à l'âge mûr. Moi aussi j'ai craché le sang à vingt ans et je suis quand même solidement campé sur mes vieilles jambes, aujourd'hui encore ; je croise volontiers les mains dans le dos, en rejetant les épaules en arrière pour bomber le torse – tenez, comme cela, voyez-vous. Tandis que vous laissez, vous, vos épaules s'affaisser, et se creuser votre poitrine, vous ne réagissez pas, soit dit par charité chrétienne. Vous devriez chercher un antidote à la poussière, John ; videz les lieux chaque fois que vous pouvez, courez les champs et les bois, promenez-vous, montez à cheval. C'est en m'y prenant ainsi que je me suis remis d'aplomb. L'homme est fait pour le grand air, il lui faut sentir, sous ses semelles, la terre nue, avec ses sucs et ses forces qui montent en lui, et au-dessus de sa tête les oiseaux planant dans l'espace. Bonnes choses, grandes choses que la civilisation et l'intellectualité, mais si elles n'ont pas la compensation d'Antée, comme nous dirons, elles sont nuisibles à l'homme et créent un état morbide dont il finit par tirer orgueil et auquel il s'attache comme à une condition honorable et même avantageuse. Car la maladie aussi comporte des avantages, elle est une dispense et un affranchissement, on est obligé de lui passer beaucoup de choses, par esprit chrétien. Et si l'on a en face de soi un prétentieux qui fait son renchéri, un gourmet amateur de boisson, qui vit pour soi plutôt que pour son maître et travaille rarement aux heures voulues, il peut être assuré qu'on y regardera à deux fois avant de laisser nos lèvres chrétiennes articuler un blâme lorsque, par exemple, il irrite sa poitrine avec son tabac dont la fumée s'échappe parfois de sa chambre et envahit la maison, au risque d'incommoder ceux qui ne le peuvent souffrir. Je parle du tabac, non de vous, car vous me voulez du bien malgré tout, je le sais, et ma mercuriale vous est pénible.

– Très, Excellence, monsieur le conseiller intime. Amèrement, soyez-en certain. Je suis consterné d'apprendre que les bouffées de ma pipe d'étudiant se coulent à travers les fissures, en dépit de mes précautions. Je connais l'aversion de monsieur le conseiller intime...

– L'aversion. Et une aversion est une faiblesse. Vous mettez sur le tapis mes faiblesses, quand il s'agit des vôtres.

– Exclusivement, très honoré monsieur le conseiller intime. Je n'en conteste aucune ni ne cherche à les excuser. Ayez la bonté de me croire ; si je n'arrive pas à en triompher, ce n'est pas que je veuille insister sur ma maladie, je n'ai aucun sujet de mettre l'accent sur l'état de ma poitrine, mais bien plutôt de me la frapper... je suis profondément sérieux, encore qu'il plaise à Son Excellence de sourire. Mes faiblesses, je dirais mes vices, sont impardonnables. Toutefois, si je m'y abandonne, ce n'est pas en excipant de mes souffrances physiques, mais du bouleversement de ma pauvre âme meurtrie. Y aurait-il une audace excessive à rappeler à mon bienfaiteur, en invoquant sa vaste connaissance des hommes, que la conduite, la ponctualité domestique d'un jeune homme peuvent avoir à souffrir quand, dans une ambiance nouvelle, il traverse une crise morale, qu'il assiste à l'écroulement de ses convictions et de ses opinions, sous une influence, je dirai presque une pression, importante et impérieuse, et qu'il en vient à se demander s'il est sur le point de se perdre ou de se trouver ?

– Ma foi, mon enfant, jusqu'à ce jour, vous ne m'avez guère fait part des changements critiques qui s'accomplissent en vous. En quoi ils consistent, à quoi visent vos allusions, je le soupçonne. Parlons franc, ami John. Je n'ai rien su de votre vol d'Icare politique, de la passion de perfectionnement que vous vécûtes en votre jeune temps. C'est vous qui avez mis au jour un libelle très osé qui distillait la haine du prince, protestait contre la corvée des paysans et plaidait en faveur d'une constitution ultra-radicale. Je n'en avais pas connaissance, sinon, malgré votre belle écriture et votre savoir, je ne vous aurais pas accueilli en ma maison, ce qui m'aurait épargné en haut lieu, en très haut lieu, maintes petites remarques étonnées, voire désapprobatrices. Si j'ai bien compris, et mon fils aussi m'a fait quelques allusions à ce propos, vous êtes sur le point de renoncer à vos idées fuligineuses, d'abjurer vos erreurs subversives et d'adopter, en matière de raison d'Etat et de régime terrestre, des opinions saines et conservatrices. Toutefois, j'estime que ce processus d'épuration et de mûrissement dont vous devriez être fier, est attribuable à vous-même, à votre parfaite intelligence et à votre cœur, non à des influences ou à une pression quelconques ; j'estime, dis-je, qu'il ne saurait motiver le dérèglement des habitudes et le désordre de la conduite, alors qu'il manifeste un retour à la santé et qu'il est appelé à avoir, sur l'âme comme sur le corps, les plus heureux effets. Or, tous deux sont si étroitement liés et solidaires, qu'aucune action ne s'exerce sur l'un sans avoir sur l'autre une répercussion bienfaisante ou néfaste. Croyez-vous que vos chimères et vos excès révolutionnaires ont été étrangers à ce que j'ai appelé l'absence de compensation "antéenne" de la culture et de l'esprit, l'absence d'une vie saine et fraîche au sein de la nature ? Croyez-vous que votre morbidité et votre emphysème n'étaient pas, dans le domaine physique, la contrepartie de ces chimères dans le domaine moral ? Tout cela ne fait qu'un. Remuez-vous, aérez votre corps, épargnez-lui l'eau-de-vie et la corrosion du tabac, et votre cerveau aussi nourrira des pensées justes en harmonie avec l'ordre et l'autorité ; votre fâcheux esprit de contradiction, cet élan antinaturel qui vous porte à vouloir amender la condition humaine, vous abandonnera. Cultivez votre jardin, essayez de réussir dans ce qui est naturel et durable, et vous verrez votre enveloppe physique se fortifier, atteindre à une sereine vigueur et se raffermir, pour devenir un solide réceptacle des agréments de la vie. Voilà mon avis, si toutefois vous en voulez.

– Oh, Excellence, comment n'en voudrais-je pas ? Comment ne pas accueillir avec une attention reconnaissante et émue un conseil aussi avisé, des directives aussi sages ? Les réconfortantes assurances que j'eus la faveur de recevoir se vérifieront à la longue et se réaliseront, j'en suis convaincu. Mais présentement, je l'avoue, dans l'auguste atmosphère de cette demeure où mes idées et mes opinions se modifient à la suite d'un pénible travail de critique, en ce moment de transition entre un monde de pensées et un autre, je suis encore bien troublé, comme il est naturel, et point libéré du tourment, de la souffrance que laisse l'adieu ; peut-être alors puis-je prétendre à quelques indulgents égards ? Que dis-je, prétendre ? De quel droit prétendrais-je à quoi que ce soit ? Mais qu'il me soit du moins humblement permis de l'espérer. Mon changement, ma conversion, n'allèrent pas sans le renoncement à un espoir plus vaste, à une croyance plus pure, encore que pas mûris et puérils, lesquels à vrai dire, engendraient souffrances et haines, dressaient l'homme dans une douloureuse révolte contre la vie pratique, mais aussi le consolaient, soulevaient son âme, l'accordaient aux vérités supérieures. Perdre sa foi en l'ennoblissement des peuples par la révolution, en une humanité haussée jusqu'à la liberté et au droit, bref en un royaume de bonheur universel et de concorde, sous le sceptre de la raison – et puis se retrouver dans la fortifiante mais dure réalité ; savoir que toujours les forces injustes et aveugles auront le dessus, qu'impitoyablement l'une s'imposera à l'autre, cela n'est point aisé, cela provoque en vous un amer et angoissant conflit intérieur. Si donc, dans cette crise de croissance, un jeune homme demande un peu de réconfort à sa bouteille de kummel ou s'il enveloppe ses pensées lasses dans la fumée bienfaisante de sa pipe, ne peut-il compter sur la mansuétude de ses supérieurs, dont l'imposante autorité ne fut point étrangère à ces bouleversements ?

– Allons, allons, voilà de la rhétorique ! Il y avait en vous un avocat pathétique et subtil, peut-être même y est-il toujours ? Vous vous entendez à divertir avec vos souffrances, en quoi vous vous révélez non seulement orateur mais aussi poète, bien que l'ire politique ne s'accorde guère avec ce titre, politiques et patriotes faisant de piètres poètes et la liberté n'étant pas un thème de poésie. Mais votre éloquence innée, vos dons de littérateur et de tribun, m'éclairent d'un jour fâcheux, quand vous prétendez que ma fréquentation vous a ôté toute foi en l'humanité et vous a jeté dans un désespoir cynique au sujet de son avenir ; écoutez, vous avez tort. Ne suis-je pas bien disposé pour vous, et me ferez-vous grief de ce que mes conseils ont en vue votre bien personnel plutôt que celui de l'humanité ? Suis-je donc un Timon ? Ne vous méprenez pas sur mes paroles. Il est très possible et vraisemblable que notre XIXe siècle ne prenne pas tout uniment la suite du précédent, et qu'il voie poindre une ère nouvelle, où nous aurons le spectacle réconfortant d'une humanité évoluée vers la pureté. D'autre part, il est évident qu'une culture moyenne, pour ne pas dire médiocre, va se généralisant ; elle est caractérisée par le souci de la chose publique que témoignent nombre de gens qui n'ont rien à y voir. En bas, l'illusion présomptueuse des jeunes qui voudraient participer aux plus importantes affaires de l'Etat ; en haut, la tendance à céder plus que de juste, soit par faiblesse, soit par exagération de libéralisme. On ne m'apprendra pas les difficultés et les dangers du libéralisme à outrance ; il provoque les revendications d'un chacun, de telle sorte qu'en présence de toutes les exigences formulées, on ne sait plus laquelle satisfaire. A la longue, ceux d'en haut finiront par s'apercevoir que l'excès de bonté, de mansuétude et de délicatesse morale est impuissant à maintenir dans l'ordre et le respect un monde composite et parfois corrompu. Il est indispensable d'appliquer la loi avec rigueur. N'a-t-on pas déjà commencé à faire preuve de mollesse envers les criminels, en matière de responsabilité ? Souvent, les attestations et les rapports médicaux ne se proposent-ils pas de soustraire le malfaiteur au châtiment mérité ? Il faut de l'énergie pour rester ferme au milieu de l'attendrissement général, et je loue ce jeune médecin cantonal qu'on m'a récemment recommandé, un nommé Striegelmann, qui, en pareil cas, montre toujours du caractère ; naguère encore, comme un tribunal se demandait si certaine infanticide devait être tenue pour responsable, son rapport a conclu par l'affirmative.

— Combien j'envie le médecin cantonal Striegelmann d'avoir mérité la louange de Votre Excellence ! Il hantera mes songes, je le sais, et sa fermeté m'exaltera, m'enivrera en quelque sorte. Oui, elle m'enivrera. Ah, quand j'ai parlé à mon protecteur des difficultés que comporte mon évolution, je ne lui ai pas tout dit.

« Je me sens poussé à vous faire des aveux comme à un père, un confesseur. Ce n'est pas seulement le tourment, la souffrance de renoncer à un vague rêve, qui influe sur le changement survenu dans mes idées, sur mes rapports nouveaux avec l'ordre, l'esprit conservateur et la règle ; ce n'est pas seulement à cela qu'il faut dire adieu, mais à autre chose encore, *id est*, c'est pénible à formuler, à une ambition ignorée, vertigineuse, qui fait battre mon cœur, qui me jette à la bouteille, à la pipe, un peu pour essayer de m'étourdir, un peu aussi pour pouvoir, grâce à leur griserie, m'enfoncer avec plus d'ardeur, dans les rêves nouveaux que me suggère cette ambition.

— Hum. Une ambition ? De quelle sorte ?

— Elle m'est venue en réfléchissant aux avantages que l'adhésion à la puissance et à la règle ont sur l'esprit d'insubordination. Celui-ci mène au martyre, tandis que les zélateurs du pouvoir sont appelés à le servir, à participer à ses joies. Tels sont les nouveaux rêves exaltants qui, grâce à ma maturation, ont remplacé les anciens. *Item*, comme l'adhésion à l'autorité implique qu'on est disposé à la servir dans l'ordre intellectuel aussi, Son Excellence comprendra que ma jeunesse éprouve l'irrésistible besoin de mettre la théorie en pratique ; et je me trouve ainsi amené à présenter la requête dont cet entretien privé, inespéré, me fournit l'occasion souhaitée.

– A savoir ?

– Je trouve superflu de dire combien je suis attaché à ma condition et à mes fonctions actuelles, dont je suis redevable au fait d'avoir travaillé avec M. votre fils, et combien j'apprécie le bénéfice de ce séjour de deux ans dans une maison aussi chère à mon cœur qu'elle l'est au monde entier. Néanmoins, je ne commettrai pas l'absurdité de me croire indispensable. Je ne suis qu'un parmi tous ceux qui se tiennent à la disposition de Votre Excellence pour ses travaux auxiliaires, c'est-à-dire M. le conseiller à la Chambre des finances lui-même, M. le docteur Riemer, M. le bibliothécaire Kräuter, sans parler du valet de chambre. D'autre part, je n'ignore pas que ces derniers temps j'ai donné des sujets de mécontentement à Votre Excellence, précisément à cause de mon désarroi moral et de mon asthme. Je n'ai pas non plus l'impression que Votre Excellence attache à ma présence une importance particulière ; il se pourrait d'ailleurs qu'entre autres imperfections la longueur exagérée de ma personne, mes lunettes et mon visage fâcheusement grêlé y soient pour quelque chose.

– Voyons, voyons, quant à cela...

– Mon idée, mon ardent désir seraient de passer du service de Votre Excellence à celui de l'Etat, et ce, en entrant dans un département qui offre à mes convictions nouvellement épurées un champ d'activité favorable. A Dresde, un ami et protecteur de mes parents, ils sont pauvres mais honorables, M. le capitaine Verlohren, est en rapports personnels avec quelques-uns des chefs de la Censure. Oserai-je solliciter respectueusement de Son Excellence un mot d'introduction pour le capitaine Verlohren, avec un commentaire élogieux de ma conversion politico-morale ? Il me prendrait quelque temps avec lui et me recommanderait ensuite à qui de droit. Ainsi se réaliserait mon vœu le plus ardent et le plus passionné : mettre le pied à l'échelle qui mène au département de la Censure. Je vouerais à Son Excellence, comme toujours, un sentiment de gratitude, cette fois impérissable.

– Eh bien, John, la chose sera faite. Qu'à cela ne tienne, c'est entendu pour la lettre de Dresde, je serais heureux si, en dépit de vos manquements de jadis, je puis fléchir en votre faveur ceux dont la mission est de refréner le désordre. Toutefois, cette ambition dont vous avouez qu'elle se rattache à votre changement d'opinions ne me satisfait pas entièrement. Mais je suis habitué à ne pas être satisfait par tout ce que vous faites. Réjouissez-vous, car je n'en suis que plus disposé à vous pousser. J'écrirai... voyons, comment rédiger cela ? Que je serais charmé qu'on facilite à un homme capable le rachat de ses erreurs, en lui donnant le moyen de s'y soustraire désormais et de les effacer par une activité pure ; et, ajouterai-je, je ne peux que souhaiter la réussite d'une tentative qui constituera un encouragement pour de futurs essais de ce genre. Cela peut aller ?

– Merveilleux, Excellence. Je succombe en vérité sous la...

– Et maintenant, ne pensez-vous pas que nous pourrions passer de vos affaires aux miennes ?

– Oh, Excellence, ma conduite est impardonnable...

– Je suis en train de feuilleter les poèmes du *Divan* qui s'est augmenté dernièrement de quelques petits morceaux fort réussis. J'ai comblé des lacunes et mis un peu d'ordre. Le tout, au reste, était assez important pour être divisé en livres ; voyez, livre des *Paraboles*, livre de *Zuleïka*, livre de *l'Echanson ;* il me faut détacher quelques morceaux pour *l'Almanach des Dames,* ce qui, au fond, m'ennuie. Je n'aime pas dessertir les pierres précieuses de la couronne pour les montrer entre le pouce et l'index. Je doute, d'ailleurs, si chacune, prise isolément, a de la valeur. Seul l'ensemble compte, non le fragment. C'est une voûte tournante, un planétarium, et j'hésite à présenter à un public non averti ces subtilités, sans les notes et commentaires didactiques que je prépare pour familiariser les lecteurs avec les tendances, mœurs et locutions historiques de l'Orient, et les mettre à même de goûter à fond le charme du régal offert. D'autre part, je ne voudrais pas non plus afficher un excès de rigorisme ; le désir d'exhiber en toute confiance nos petites nouveautés et mes badinages bien sentis, ne va pas sans une certaine curiosité à l'égard de ce qui se passe en dehors. Que devrais-je, selon vous, publier dans *l'Almanach ?*

— Ceci, peut-être, Excellence : "Ne le dites à personne, sauf aux sages." Quel mystère, là-dedans !

— Non, pas cela. Ce serait dommage. Il y a là un sous-entendu singulier, des perles aux pourceaux. Bon pour figurer en volume, pas dans *l'Almanach*. J'estime avec Hafiz, qu'on plaît aux gens en leur chantant un petit air agréable et facile, à la faveur duquel on leur glisse à l'occasion quelque chose d'ardu, de difficile et de pénible. Même en art, impossible de négliger la diplomatie. Il s'agit d'ailleurs d'un almanach de dames. "Traitez les femmes avec égard" irait à la rigueur, mais ce n'est tout de même pas possible, à cause de la côte tordue : "Veux-tu la ployer, elle se rompt. La laisses-tu tranquille, elle se tord davantage." Cela aussi serait une offense à la diplomatie et ne pourra passer que dans le livre, avec le reste. "Puissent de mon roseau de scribe – jaillir d'agréables propos." Il faudrait quelque chose de ce genre, ou telle pensée enjouée, gentille ou tendre, dans le genre de "Père Adam était un bloc de terre" ou à propos de ceci peut-être, la triste goutte, à qui sont dévolues la force et la durée, pour qu'elle scintille d'un éclat de perle sur la couronne impériale, – ou ceci encore qui date de l'année dernière : "Au clair de lune, au Paradis", deux des plus gracieuses pensées de Dieu. Qu'en dites-vous ?

— Très bien, très beau, Excellence. Un peu plus loin, peut-être cet admirable : "Je veux ne te perdre jamais" ? Ils sont si beaux, ces vers ! "Veux-tu parer ma jeunesse – du prestige de ta passion ?"

— Hum. Non. C'est la voix des femmes. Les dames, je suppose, écoutent plus volontiers l'homme et le poète. Par conséquent, choisissons plutôt le précédent : "Trouve-t-elle un petit tas de cendres – elle dit : il a brûlé pour moi."

– Très bien. J'avoue que j'eusse été heureux si une de mes suggestions avait prévalu. Il ne me reste plus qu'à approuver avec le sourire. Je voudrais vous mettre en garde contre un passage : "Le soleil, Hélios des Hellènes" qui me semble discutable. "Hélios des Hellènes" et "dompter l'univers même" sont des rimes incorrectes et risquées.

– Hé, l'ours grogne comme il est d'usage dans sa tanière. Laissons cela. On verra. Asseyez-vous, s'il vous plaît. Je vais dicter mes souvenirs.

– A vos ordres, Excellence.

– Cher ami, relevez-vous donc, vous êtes assis sur les pans de votre habit. Au bout d'une heure, il sera en piteux état, écrasé et chiffonné, et c'est à mon service que vous vous serez ainsi fripé. Laissez pendre librement les deux pans, de chaque côté de la chaise, je vous prie.

– Grand merci de votre sollicitude, Excellence.

– Alors, nous pouvons commencer, ou plutôt continuer. Car il est plus difficile de commencer.

« En ce temps-là... mes rapports avec les sphères supérieures... étaient excellents... Encore que dans *Werther*, les désagréments au terme de deux situations définies... »

« Il est heureux qu'il soit parti, que l'arrivée de mon déjeuner nous ait interrompus. Dieu me pardonne, je ne puis souffrir ce garçon. Sa tournure de pensée m'impatiente, quelle qu'elle soit, et sa nouvelle orientation m'est encore plus antipathique que l'ancienne. Si la dictée ne m'avait été facilitée aujourd'hui grâce à la lettre de Hutten à Pirskheimer que j'avais conservée dans mes papiers, grâce aux louables dispositions de notre aristocratie d'alors et à la situation qui prévalait à Francfort, je n'aurais pu tolérer le type jusqu'au bout. Prenons, pour accompagner une bouchée de cet oiseau, quelques âpres gorgées de ce don du soleil, afin de pallier la déplaisante saveur que le gaillard m'a laissée. En somme, pourquoi lui ai-je promis d'écrire à Dresde ? Je le regrette. Je fus simplement séduit par l'agrément de la rédaction. Dangereux de céder au plaisir de l'expression et au charme du style. Ils risquent de nous faire négliger la modération dans nos propos et l'on en vient à formuler dramatiquement des opinions pour le compte de quelqu'un dont on n'est même pas sûr qu'il les a. Devais-je promettre d'appuyer sa peu ragoûtante ambition ? A quoi bon ? Il deviendra le zélateur de l'ordre, le Torquemada de la légalité. Il persécutera des jeunes gens qui, eux aussi, un jour rêvèrent de liberté. Il m'a fallu sauver les apparences et louer sa conversion, mais c'est assez lamentable et niais. Pourquoi suis-je hostile à la liberté de la presse ? Parce qu'elle n'engendre que la médiocrité. La règle qui lui assigne des limites est bienfaisante, parce qu'une opposition non circonscrite verserait dans la platitude. La contrainte l'oblige à devenir intelligente, avantage considérable. Ne peut se permettre d'être franc et grossier que celui qui a absolument raison. Mais un parti n'a pas absolument raison, sans quoi il ne serait pas un parti. La manière indirecte lui sied, où les Français sont passés maîtres et modèles ; les Allemands, eux, croiraient qu'ils ont le cœur mal placé s'ils ne vous assénaient tout de go leur digne opinion. Avec ces façons, on ne réussit pas très bien dans le genre allusif. Civilisation, civilisation. La contrainte excite l'esprit, je n'entends rien dire de plus et ce John poussif est un âne bâté. Gouvernemental ou dans l'opposition, sitôt dit, sitôt fait, et par surcroît il se figure que sa palinodie d'imbécile est un événement sensationnel...

Mon entretien avec cet individu fut tout bonnement répugnant et pénible, je m'en rends compte après coup. Il m'a gâté mon repas avec ses crottes de harpie. Que pense-t-il de moi ? Quelles pensées me prête-t-il ? S'imagine-t-il qu'il pense à présent comme moi ? L'âne, l'âne, mais pourquoi m'énerver ainsi à son propos ? Serait-ce qu'il servit de prétexte à une colère qui ressemble davantage à un tourment, ou tout au moins à un profond souci, celui de l'introspection, provoqué non par un être comme lui, mais par mon œuvre seule, et qui comporte toutes les nuances de l'inquiétude et du doute anxieux, puisque cette œuvre, l'objectivité de la conscience ?... La joie de l'action, c'est cela. La belle, la grande action, c'est cela. (Que pense celui-là de moi ?) Il faut que Faust passe par la vie active, la vie politique, utile à l'humanité ; il faut que son effort, au nom duquel il sera sauvé, prenne une forme hautement politique. Il l'avait bien vu et dit, l'Autre, le Grand Poussif, et il ne m'a d'ailleurs rien appris ; mais tel qu'il était déjà, cela lui était facile à dire, car ce mot "politique" ne faisant pas grimacer sa bouche et son âme comme un fruit acide, à lui pas... Mais pourquoi ai-je Méphistophélès ? Pour compenser le fait qu'aux yeux de Faust les esprits de la Gloire semblent être ceux de l'Action. "Honte à toi qui aspires à la gloire !" Les notes sont dans mon pupitre, voyons un peu. "Jamais, au grand jamais ! Ce globe terrestre – offre encore assez d'espace pour de grandes actions. – Il faut qu'une œuvre digne d'admiration réussisse. – Je me sens assez de force pour une activité audacieuse..." Bien. Activité audacieuse serait excellent, si malheureusement elle ne s'appliquait au mal. Il arrivera ceci et c'est fatal, que cet être orageux, ce désenchanté, passera de la spéculation métaphysique à l'idéal pratique, il devra étudier à l'école de l'humanité, guidé par le diable. Qu'était-il, et qu'étais-je moi-même, quand, tapi dans sa caverne, il montait à l'assaut philosophique des cieux, après quoi il eut son aventure étriquée et lamentable avec sa mie ? Mon chant et mon personnage tendent à dépasser le stade de l'enfance et mon personnage tendent à dépasser le stade de l'enfance morne, l'œuvrette géniale, pour atteindre à l'objectif, à l'esprit universel agissant, à l'esprit viril. De l'antre du savant, de la caverne aux méditations, à la cour de l'Empereur... Rebelle aux entraves, ambitieux des suprêmes impossibilités, il faut qu'ici aussi l'éternel quêteur fasse ses preuves. Seulement, je me demande comment l'esprit universel et la maturité virile se concilieront avec le vieil esprit indompté ? Idéalisme politique, plans de bonheur universel, est-il resté le meurt-de-faim nostalgique qui aspire à l'irréalisable ? Tiens, voilà une idée. Des meurt-de-faim nostalgiques, notons cela, nous l'enchâsserons à l'endroit qui convient. Tout un monde de réalisme aristocratique tient là-dedans, et rien n'est plus spécifiquement allemand que d'amender l'allemand par l'allemand... Ainsi donc, une alliance avec la puissance, afin d'établir sur terre, au moyen d'un marché, un état meilleur, souhaitable pour des raisons nobles. bien entendu, il échouera, ses effusions feront bâiller à mourir le souverain et sa cour, et le diable interviendra pour sauver la situation en pérorant effrontément. Le politique enthousiaste se trouve aussitôt ramené au rang d'un *maître de plaisir, physicien de la cour,* et artificier magique. La perspective du Carnaval me réjouit. Il donnera prétexte à un somptueux cortège de masques avec figures mythologiques et spirituelles bouffonneries dont la réalisation serait toutefois trop coûteuse pour l'anniversaire de Son Altesse Sérénissime ou la visite de l'Empereur. Tout aboutira à ces plaisanteries, de façon satirique et amère. Mais il doit commencer par être sérieux ; il voudra gouverner pour le bonheur des hommes. Ici, il convient de trouver les accents de la foi ; c'est de cette poitrine qu'il faudra les tirer. Et où les prendrai-je ? "Les hommes ont l'ouïe fine. Un mot pur suscite de belles actions. L'homme ne sent que trop son indigence et écoute volontiers un conseil sérieux." Voilà qui peut aller. Dieu en personne, le Positif, la Bonté créatrice, pourrait répondre en ces termes au diable, dans le prologue, et je suis de son côté, j'en tiens pour le positif, je n'ai pas le malheur de faire partie de l'opposition. D'ailleurs, il n'est pas question que Méphisto prenne la parole dans le palais de l'Empereur. Faust n'admet pas qu'il franchisse le seuil de la salle d'audience. En présence de Sa Majesté, il s'interdit toute pratique d'illusionnisme et de charlatanisme. La magie et le leurre diabolique doivent enfin s'écarter de son chemin, ici comme dans l'épisode d'Hélène. Car à elle aussi, Perséphone ne permet le retour qu'à une condition : tout se passera honnêtement, humainement, et l'amoureux obtiendra son amour en toute pureté, par la force de sa passion. Concordance remarquable. Je connais quelqu'un qui aurait veillé à l'exécution de la clause, s'il pouvait encore veiller. Et pourtant, il y a aussi une autre condition à laquelle tout est subordonné, qui seule permettrait de ressusciter l'ancienne aventure toujours jeune mais encore imprécise : c'est la légèreté, le badinage absolu. Le salut est dans le jeu seul, dans la féerie d'opéra ;

je n'en viendrai à bout que si je peux penser : "ces farces".
Et vous aussi, mon bon ami, quel argument auriez-vous invoqué contre le jeu, contre une insouciance supérieure, vous à qui les mots "sérieux antipoétique" venaient si facilement aux lèvres et qui, dans vos lettres instructives en accord avec votre esprit de philosophe, avez célébré le jeu esthétique avec un didactisme presque exagéré. Pourtant il est aisé, mais l'aisé est malaisé ! Et si l'on considère malaisément l'aisé, on est fondé à considérer avec aisance le malaisé.

C'est le lieu ou jamais de placer mon poème. La Nuit de Walpurgis classique... (mes pensées s'écartent de la scène politique et sans regret, je m'en aperçois, et je sens qu'au fond je ferais mieux de la supprimer... je m'en suis douté tantôt, en causant avec la bourrique poussive, et j'en ai été contrarié, ne fût-ce que parce qu'il serait dommage de laisser perdre les vers préparés...) La Nuit de Walpurgis classique – penser à quelque chose de plaisant, qui donne de l'espoir – oh, ce me sera une récréation grandiose ; elle dépassera de beaucoup la mascarade de cour – un jeu chargé d'idées, de mystère vital, une définition spirituelle et rêveuse de la naissance de l'homme, à la manière d'Ovide – tout cela sans rien de solennel, d'un style pimpant, allégrement troussé, quelque chose comme la *Satire Ménippée*... Y a-t-il un Lucain dans la maison ? Oui, là, à côté, je sais où... un adjuvant, je m'en vais le relire.

Quand je songe au parti que, par une invention fantaisiste, j'ai tiré d'Homonculus, je sens des tiraillements au creux de l'estomac. Qui donc se serait avisé qu'un rapport extraordinaire, mystico-vital, pouvait exister entre lui et elle, la Toute Belle, qu'il servirait à un plaisant exposé scientifique, neptunien et thalassique, à une argumentation sur l'extrême beauté sensuelle de l'être humain ? "Le bel humain est le suprême produit de la nature dans son ascension." Il s'y connaissait en beauté, Winkelmann, et en humanisme sensuel. Il aurait prisé la hardiesse qu'il y a d'accueillir, dès son apparition, la préhistoire biologique du beau et à imaginer que la puissance amoureuse de la monade concourt à l'entéléchie... A l'origine, viscosité organique dans l'océan, elle accomplit, au cours d'incalculables stades, sa suave métamorphose, pour réaliser la forme la plus noble et la plus aimable. L'esprit et l'intelligence du drame atteignent leur point culminant dans l'exposition. Vous ne l'aimiez pas, vous, mon bon ami, vous lui déniiez la grandeur et mettiez votre audace à la mépriser. Mais il existe, voyez-vous, une audace de l'exposition qui échappe à tout reproche de mesquinerie. Quelle entrée d'un personnage dramatique fut préparée de la sorte ? Evidemment, il s'agit ici de la beauté même, et des mesures spéciales sont indiquées et requises. En outre, bien entendu, tout cela sera dit à demi-mot, allusif. Il faudra tout transposer en humour mythologique, travestir ; l'insinuation s'opposera, profonde, philosophique, naturelle, à la légèreté de la forme, tout de même que dans l'acte d'Hélène, une sévère splendeur du style, empruntée à la tragédie, formera un contraste satirique avec l'intrigue mystificatrice... La parodie... mon thème de méditation favori. Il y a beaucoup à penser, beaucoup à réfléchir sur le fil délicat de la vie : de tous les dosages dont l'art s'accompagne, celui-ci est le plus étrangement amusant et le plus délicat. Trouble édifiant, souriants adieux... Continuité de la tradition, mais qui déjà est un divertissement, une satire. Recommencer le passé chéri, sacré, le noble modèle, sur un plan et dans une attitude qui le marquent du sceau de la parodie et le rapprochent des formes dissoutes, déjà ironiques, comme de la comédie postérieure à Euripide... Curieuse existence que la sienne, solitaire, incomprise, sans compagnon, froide ; chez un peuple encore grossier, il résumait en lui la culture du monde, depuis la crédulité des origines jusqu'à la cognition de la décadence.

Winckelmann... "Tout bien considéré, on peut dire qu'il n'y a qu'un seul instant où le bel humain est beau." Phrase singulière. En métaphysique, nous captons l'instant du beau lorsque, beaucoup loué et beaucoup blâmé, il apparaît dans sa perfection mélancolique, – éternité de l'instant auquel l'ami disparu rendait en chacune de ses paroles un culte tourmenté. Cher amant passionné, d'une clairvoyance douloureuse, plongé en esprit dans la sensualité ! Ai-je surpris ton secret ? Le génie inspirateur de toute ta science, l'enthousiasme, impossible à avouer de nos jours, qui t'unissait à l'Hellade ? Car ton aperçu ne vaut en somme que pour la virilité pré-virile, l'instant éphémère où la beauté de l'adolescent ne peut être fixée que dans le marbre. N'importe. Tu as eu cette chance que l' "humain" étant du genre masculin, tu pouvais masculiniser la beauté, selon le désir de ton cœur. A moi elle est apparue sous la forme juvénile d'une femme... mais pas fatalement, et j'ai percé à jour ton stratagème. Je pense avec une franchise amusée au gentil et blond sommelier de l'été dernier, là-haut sur le Geisberg, à la taverne. Cette fois encore, Boisserée en était, avec sa discrétion de catholique. Fais pour les autres les chansons, et tais-toi avec l'Echanson...

Si dans le domaine moral et sensuel, au cours de ma vie, une chose a sollicité ma rêverie joyeuse et épouvantée, c'est bien la tentation, soufferte ou infligée, le suave et terrible effleurement venu d'en haut, lorsqu'il plaît aux dieux : c'est le péché dont nous nous rendons innocemment coupables, coupables parce que nous sommes son instrument et aussi sa victime, attendu que résister à la tentation ne signifie pas qu'on cesse de la subir, c'est l'épreuve que nul ne surmonte, car elle est douce, et même en tant qu'épreuve, elle reste insurmontée... Il plaît donc aux dieux de nous induire en une douce tentation, de nous l'imposer, de la faire émaner de nous comme un exemple de toute séduction et de toute faute, l'un étant déjà l'autre. Je n'ai jamais entendu parler d'un crime dont je n'eusse pu être l'auteur... Le fait qu'on n'a pas perpétré l'acte vous soustrait au juge terrestre, non à celui d'en haut, car on l'a consommé dans son cœur... L'attrait exercé sur nous par notre propre sexe peut être considéré comme des représailles, une revanche ironique à l'égard d'une auto-tentation – c'est l'éternelle griserie de Narcisse devant le reflet de son image. La vengeance est à jamais inséparable de la tentation et de l'insurmontable épreuve, ainsi l'a voulu Brahma. De là le plaisir et l'épouvante que je ressens à y penser. De là l'effroi fécond que suscite en moi le poème depuis longtemps rêvé, toujours différé et destiné à l'être encore, de la femme du brahmane, la déesse paria, où je veux célébrer la tentation dans un chant terrifiant. Ce poème, je le préserve, j'en ajourne toujours l'exécution, je lui octroie des décennies de gestation ; voilà qui m'atteste son importance. Je ne veux pas m'en défaire, je le garde en moi jusqu'à supermaturation, je le porte à travers les âges de ma vie, – puisse cette conception de ma jeunesse se manifester un jour comme un produit tardif, lourd de mystère, décanté, condensé par le temps, dépouillé, telle une lame d'acier damasquinée ; ainsi me la représenté-je sous sa forme définitive.

La source de mon inspiration m'est très exactement connue, j'y puisai également, il y a d'innombrables années, *le dieu et la bayadère*, c'est la version allemande du *Voyage aux Indes Occidentales et en Chine*, un vieux bouquin instructif, qui doit moisir quelque part parmi le fatras livresque de la maison. Je ne sais plus trop à quoi elle ressemblait, mais je me rappelle seulement la vision qui se forma en moi, l'image d'une bienheureuse et pure femme. Elle allait chaque jour au fleuve pour en rapporter de quoi se désaltérer, et n'avait point besoin de jarres ni de seaux, car dans ses pieuses mains le flot se solidifiait en boules magnifiques. J'aime ces boules précieuses que la Pure épouse du Pur rapporte quotidiennement à son foyer avec une dévotion sereine, ce symbole froid et tangible de la clarté et de la limpidité, de l'innocence tranquille, forte de sa candeur. Que puise la pure main du poète et l'eau se condensera en boule... Oui, je veux durcir en un globe cristallin ce poème de la tentation, car le poète souvent tenté, souvent séducteur et séduit, en a le pouvoir, ayant conservé le don qui est le signe de la pureté. Il n'en va pas de même pour la femme. Quand l'onde lui apporte le reflet du céleste jeune homme, elle se perd en sa contemplation et comme l'image divine, unique, l'a troublée jusqu'en ses intimes profondeurs, le flot refuse de se solidifier et elle rentre chez elle en chancelant ; son noble époux devine la vérité ; la vengeance, la vengeance gronde, il traîne l'éprouvée, l'innocente-coupable, à la colline de mort et tranche cette tête qui s'est complue à la vue de charmes immortels ; mais le fils du vengeur le menace de suivre sa mère en se jetant sur l'épée, comme la veuve suit l'époux sur le bûcher. Pas ainsi, pas ainsi ! Le sang, il est vrai, ne s'est point figé sur la lame, il coule comme d'une blessure fraîche. Vite ! Soude la tête au corps, prononce une prière, bénis de l'épée cet assemblage, et la voilà ressuscitée. Spectacle affreux. Deux corps étendus en croix, le noble corps de la mère et la dépouille de la criminelle, celle-là, une paria. Fils, ô fils, quelle hâte est la tienne ? Au cadavre de la réprouvée il ajuste la tête de sa mère, la guérit en la touchant du glaive justicier et une géante se dresse, une déesse, la déesse de l'Impureté. Fais-en un poème ! Cristallise ceci en mots, sous ta plume ! Rien n'importe davantage ! La voilà déesse parmi les dieux, avec une volonté de sagesse et un comportement de violence. Aux yeux de la Pure, la vision tentatrice, la bienheureuse image du jeune homme planera dans la suavité de l'éther ; mais envahit-elle le cœur de l'Impure, elle y suscite une convoitise sensuelle, une frénésie désespérée. Tentation éternelle. Eternellement elle reviendra, la trouble apparition divine, qui l'effleure au passage, toujours montant, toujours descendant, tantôt obscurcie, tantôt claire, – ainsi le voulut Brahma. Devant Brahma elle se tient, effrayante, lui prodiguant amicalement des avertissements ou lui criant les reproches furieux qu'exhale son cœur troublé, lourd de mystère ; et toute créature qui souffre voit sa peine allégée par la compassion du Tout-Puissant.

Je crois que Brahma craint cette femme car elle me fait peur : à l'égal de la conscience, je redoute sa présence amicale et irritée, sa volonté de sagesse et son comportement de violence ; et de même, j'ai peur de ce poème, j'en diffère l'exécution depuis des décennies, tout en sachant que je finirai par l'écrire. Je ferais bien de remanier le poème commémoratif et de continuer à rassembler les matériaux du *Voyage en Italie* ; mais je veux mettre à profit ma solitude devant mon pupitre, et la bonne chaleur du madère, pour un travail plus curieux et intime. Que puise la pure main du poète... »

« Qui est là ?
– Je te souhaite une heureuse journée, père.

– C'est toi, Auguste ? Bon. Sois le bienvenu.

– Je te dérange ? J'espère que non. Tu serres si précipitamment tes papiers...

– Mon enfant, que signifie déranger ? Tout est dérangement. Il s'agit de savoir si le dérangement est agréable ou désagréable à l'homme.

– Voilà justement la question. Et j'hésite à répondre, car ce n'est pas à moi que je dois l'adresser, mais à ce que j'apporte. Sinon, je n'aurais pas fait irruption à une heure aussi indue.

– Je suis content de te voir, quoi que tu apportes. Qu'est-ce que c'est ?

– Ma première pensée quand je suis auprès de toi, as-tu bien dormi ?

– Merci, je me sens reposé.

– As-tu bien déjeuné ?

– Avec appétit. Tu m'interroges tout à fait comme Rehbein.

– Laisse donc, je t'interroge au nom de toute la terre. Pardon, mais qu'avais-tu là d'intéressant ? L'histoire de ta vie ?

– Pas précisément. C'est toujours l'histoire de la vie... Mais que m'apportes-tu ? Faut-il te l'arracher par force ?

– Il est arrivé une visite, père. Oui, une visite, elle vient de l'étranger et du passé. Descendue à l'Eléphant. J'en ai été informé avant même de recevoir ce billet. La ville est en effervescence. Une vieille connaissance.

– Une connaissance ? Vieille ? Pas tant de circonlocutions !

– Voici le billet.

– Weimar, le vingt-deux... revoir une figure... pris une importance aussi considérable... née... Heu... heu... heu. Curieux. Voilà ce que j'appelle une singulière aventure. Tu n'es pas de mon avis ? Mais attends, moi aussi, j'ai quelque chose pour toi, qui va t'ébahir et dont j'espère bien que tu me complimenteras. Tiens-toi bien. Là ! Comment le trouves-tu ?

– Oh !

– Aha, tu ouvres de grands yeux, il y a de quoi, c'est un objet de lumière, fait pour les longues contemplations. Un cadeau que je reçois de Francfort pour ma collection en même temps que des minéraux de Westerwald et du Rhin. Mais celui-ci les surpasse tous. Que crois-tu que c'est ?

– Du cristal ?

– Penses-tu ! C'est une hyalite, une opale de verre, mais un exemplaire splendide par ses dimensions et sa limpidité. As-tu jamais vu pièce pareille ? Je ne me lasse pas de la regarder et de méditer à son propos. Lumière, précision, clarté, hein ? Une œuvre d'art, ou plutôt une œuvre et une révélation de la nature, du cosmos, de l'espace spirituel, qui y projette sa géométrie éternelle et lui confère une matérialisation spatiale. Vois la régularité des arêtes, le chatoiement des facettes : voilà ce que j'appelle la structure interne idéale. Car cet objet n'a qu'une forme unique, sans cesse renouvelée, qui le pénètre entièrement, le compose du dedans au dehors et détermine ses axes, son treillis de cristal. Et c'est tout cela justement qui fait sa transparence, les affinités de cette matérialisation avec la lumière et le regard. A mon avis, la géométrie des pyramides égyptiennes avec leurs arêtes et leurs surfaces colossales et fermes, s'inspirait du même sens hermétique : la relation avec la lumière, avec le soleil. Ce sont des monuments solaires, des cristaux géants, c'est la reproduction démesurée, par la main de l'homme, de l'imagination spirituelle et cosmique.

– Comme c'est intéressant, père.

– Pardi ! Elles ont aussi une relation avec la durée, avec le temps, la mort et l'éternité ; nous nous apercevons que la simple durée est une fausse victoire sur le temps et la mort ; car, étant morte par essence, elle n'est plus un devenir depuis son origine, parce qu'en elle, la mort rejoint la conception. Ainsi les pyramides cristallines durent à travers les âges et les millénaires, toutefois privées de vie et de signification ; c'est une éternité morte, sans développement ; or, le développement importe plus que tout ; l'histoire de ce qui trop vite acquiert sa forme définitive est brève et indigente. Vois-tu, un *sal*, un sel de ce genre, comme les alchimistes désignaient tous les cristaux, y compris les flocons de neige (en l'occurrence il s'agit non d'un sel, mais d'acide silicique), un sel de ce genre, dis-je, n'a qu'un instant unique pour naître et se développer, c'est celui où la lamelle de cristal jaillie de l'eau mère, forme le point où se déposeront d'autres lamelles, par quoi le corps géométrique croîtra plus ou moins vite et atteindra à une grandeur plus ou moins considérable, peu importe, la moindre de ces formations est aussi parfaite que la plus grande, et l'histoire de sa vie s'est achevée avec la naissance de la lamelle ; toutefois elle continue à durer à travers le temps, comme les Pyramides, des millions d'années, peut-être, le temps est extérieur et non inclus en elle, je veux dire, elle ne vieillit pas, ce qui ne serait d'ailleurs pas un mal ; c'est une pérennité morte, du moment où elle n'est pas douée de vie temporelle et qu'il lui manque, pour se construire, la capacité de se détruire, et pour se former, la faculté de se dissoudre ; autrement dit, elle n'est pas organique. Au vrai, les minuscules embryons de cristal ne sont point déjà géométriques, ils n'ont point d'arêtes vives ni de surfaces planes ; ils sont ronds et semblables à des embryons organiques. Mais l'analogie n'est qu'apparente car le cristal est tout structure à son origine, et la structure en est lumineuse, diaphane, belle à regarder. Seulement, il y a une paille : elle est la mort, ou l'acheminement vers la mort, qui pour le cristal va de pair avec la naissance. Suppression de la mort, jeunesse éternelle, voilà ce qu'on verrait si la balance gardait l'équilibre entre la structure et la ruine, entre la construction et la dissolution. Mais la balance ne s'immobilise point ; et dès le début, dans l'organisme aussi, c'est la construction qui l'emporte. Nous nous cristallisons et ne durons plus qu'à travers le temps, telles les Pyramides. Durée stérile, survie dans le temps extérieur, sans évolution intérieure et sans biographie. Certains animaux aussi durent de la sorte, une fois achevés leur structure et leur développement. Les phénomènes de la nutrition et de la reproduction ne se répètent plus alors que mécaniquement, toujours identiques, comme les dépôts du cristal, tout le temps qu'il leur reste à vivre, ils ont atteint leur but. Aussi meurent-ils de bonne heure, les animaux, probablement parce qu'ils trouvent le temps long. Ils ne supportent pas longtemps l'achèvement de l'évolution et l'arrivée au but, état par trop ennuyeux. Stérile et ennuyeuse à mourir, mon cher, est l'existence qui s'intègre dans le temps au lieu d'intégrer le temps en soi et de modeler son propre temps, lequel ne court pas tout droit vers l'aboutissement mais forme un cercle refermé sur soi, – toujours au but et toujours au début ; ce serait là une existence efficiente et agissante en soi et sur soi, si bien que le devenir et l'être, l'effort et l'œuvre, le passé et le présent, ne feraient qu'un et ainsi se créerait une durée qui serait à la fois ascension continue, élévation et perfection. Voilà un commentaire en marge de cette vision lumineuse, excuse ce discours didactique. Où en est la fenaison du grand jardin ?

– Terminée, père. Je suis en difficulté avec le cultivateur ; de nouveau il refuse de payer, sous prétexte que le fauchage et l'enlèvement dans sa charrette représentent un remboursement suffisant et que c'est plutôt lui qui serait fondé à exiger quelque chose. Je ne lâcherai pas le drôle, sois tranquille, il te paiera comme il convient le bon regain qu'il a emporté, dussé-je le traîner devant les tribunaux.

– Bravo. Tu as raison. Il faut se défendre. *A corsaire, corsaire et demi.*[1] As-tu déjà écrit à Francfort au sujet du dégrèvement ?

– Pas encore *de facto*, père. Je rumine divers projets de rédaction, mais j'hésite encore à m'occuper du rescrit. Quelle lettre que celle par laquelle nous réfuterons cette sottise, le reproche de léser les autres citoyens! Il faudra allier la dignité à l'ironie d'une façon cinglante qui les fasse réfléchir. Il convient de ne rien brusquer...

– Tu as raison, je suis aussi pour qu'on diffère. Il faut attendre le moment propice. J'ai toujours bon espoir au sujet de la dispense. S'il y avait moyen d'écrire directement, personnellement, mais je ne le puis, je ne dois point paraître.

– Sous aucun prétexte, père ! Dans des affaires de ce genre, tu as besoin d'une couverture, d'un paravent. J'ai l'honneur d'être né pour satisfaire à cette haute exigence. Qu'écrit donc madame la conseillère aulique ?

– Et à la cour, quoi de neuf ?

---

1. En français dans le texte.

– Ah, les cervelles y sont à l'envers à propos de la première redoute chez le prince et du quadrille que nous devons répéter de nouveau cet après-midi. On n'est pas encore très fixé quant au choix des costumes ; ils feront d'abord leur effet dans la polonaise ; on se demande si celle-ci sera une parade bigarrée *ad libitum*, ou si elle devra correspondre à un plan arrêté. Pour l'instant, sans doute aussi à cause des éléments dont on peut pratiquement disposer, les souhaits sont très personnels. Le prince insiste pour être en sauvage, Staff en Turc, Marschall en paysan français, Stein en Savoyard, Mme Schumann tient absolument à un costume grec et la Rentsch, la femme de l'actuaire, veut être en jardinière.
– Ecoute, ce serait du *dernier ridicule*[1]. La Rentsch en jardinière ? Elle devrait se rappeler son âge, il faut l'empêcher. Tout au plus la tolérerait-on en matrone romaine. Si le prince prétend figurer un sauvage, on sait son idée de derrière la tête. Il voudra se permettre avec la jardinière ratatinée des plaisanteries qui tourneraient au scandale. Sérieusement, Auguste, j'aurais bien envie de prendre moi-même la chose en main, du moins la polonaise. Selon moi, la fantaisie et l'arbitraire n'y doivent point intervenir ; elle aurait besoin d'un dénominateur commun, ou à la rigueur d'une ordonnance judicieuse. Il en va partout comme pour la poésie persane : seule l'autorité suprême, bref ce que nous autres Allemands appelons "l'Esprit", apporte une vraie satisfaction. J'ai en tête un gracieux cortège de masques dont j'aimerais être l'ordonnateur ou même le héraut, l'appariteur, car le tout serait accompagné de commentaires ingénieux et brefs et d'une musique de mandolines, guitares et théorbes. Des jardinières, soit, on aurait de gentilles jardinières florentines, qui, sous des berceaux de verdure, attireraient les clients avec le scintillement bigarré de leurs fleurs artificielles. Des jardiniers au visage bistré formeraient des couples avec ces mignonnes et apporteraient au marché une profusion de fruits, si bien que sous les tonnelles ornées toutes les richesses de l'année, boutons, feuilles, fleurs et fruits sol-

1. En français dans le texte.

liciteraient les sens charmés. En outre, quelques pêcheurs et oiseleurs, munis de filets, de lignes et d'appeaux, se mêleraient aux belles enfants ; et il y aurait un échange réciproque, des fuites et des captures du plus joli style, interrompu par l'arrivée de bûcherons hirsutes, qui mettraient dans ce raffinement la touche de rudesse indispensable. Puis, à l'appel du héraut surgiront les divinités de la mythologie grecque ; aux Grâces qui parent la vie de grâces succéderont les Parques, Atropos, Clotho et Lachésis, avec la quenouille, les ciseaux et la navette ; à peine passées les trois Furies qui, comprends-moi bien, auront l'aspect non point sauvage et repoussant, mais les traits de jeunes femmes séduisantes, bien qu'assez ophidiennes et perverses, on verra se traîner pesamment une véritable montagne, un colosse vivant caparaçonné de tapis, couronné d'une tour, un vrai éléphant, portant sur sa nuque une mignonne femme qui tient un bâton pointu, cependant qu'en haut, sur les créneaux, la plus auguste des déesses...

– Voyons, père ! Où prendrions-nous un éléphant, et, comment au château, une bête pareille pourrait-elle...

– Allons, ne sois pas un trouble-fête ! Cela se trouvera, on aurait recours à un stratagème : une sorte d'édifice présentant l'apparence d'un animal pourvu d'une trompe et de défenses, et qui au besoin évoluerait sur des roues, dans une lumière de féerie. La déesse ailée du sommet serait la Victoire, reine de toutes les activités. A ses côtés, enchaînées, deux nobles silhouettes féminines cheminent, dont le récitant dégagerait le symbole : la Crainte et l'Espérance, chargées de fers par la Prudence qui les dénoncerait au public comme les pires ennemies de l'humanité.

– L'Espérance aussi ?

– Certes. Au moins avec autant de raison que la Crainte. Songe donc comment, doucereuse et énervante, niaisement, elle illusionne les humains en leur soufflant qu'ils peuvent vivre à leur guise, libérés de tout souci, et que le bonheur se trouve sûrement quelque part. Quant à la glorieuse Victoire, Thersite lui lance un jet de sa bave hideuse et insultante, sur quoi le héraut révolté administre, de son gourdin, une correction au misérable nain qui se convulse dans des hurlements et se roule en boule ; la boule à son tour se change en un œuf qui enfle et crève, donnant naissance à d'affreuses jumelles, la vipère et la chauve-souris, dont l'une rampe et disparaît dans la poussière, tandis que l'autre, toute noire, fuit au plafond...

– Mais cher père, comment représenter cette scène, lui donner fût-ce un semblant de véracité, l'œuf qui crève, la vipère, la chauve-souris !...

– Hé, avec un brin de fantaisie et le goût de l'ingéniosité, on en viendrait à bout. Mais ma série de surprises ne serait pas close pour cela : arrive un char de parade, tout rutilant, traîné par quatre chevaux et conduit par le plus charmant adolescent ; un roi y est assis, au frais visage de pleine lune sous son turban. Le héraut les présente tous deux : la pleine lune serait le roi Plutus, la richesse. Et dans le ravissant aurige à la chevelure noire ornée d'un diadème étincelant, tous reconnaîtront la poésie, avec son caractère spécifique, c'est-à-dire la noble prodigalité, par quoi richesse, fête et festin royal, se parent de beauté. A un claquement de doigts du fripon, on verrait scintiller et miroiter des agrafes d'or, des colliers de perles, des peignes, des petites couronnes et des bagues de pierres précieuses, que les gens se disputeraient à l'envi.

– Tu es bon, père ! Des agrafes, des joyaux et des colliers de perles ! Tu te dis, sans doute : "Je n'ai qu'à me gratter la tête, à me frotter les mains."

– Ce pourrait n'être qu'une vulgaire pacotille, des jetons. Je veux seulement établir une relation allégorique entre la poésie, prodigue et gaspilleuse et la richesse. A ce propos on évoquerait Venise, où l'art put croître comme une tulipe, dans le luxuriant terreau des profits marchands. Le Plutus enturbanné dirait au ravissant gamin : "Mon fils, ta vue me délecte."

– Mais il ne pourrait aucunement s'exprimer ainsi, père. Ce serait...

– Et même, sur telle ou telle tête apparaîtraient de petites flammes distribuées par le beau conducteur, comme le plus précieux de ses dons, les petites flammes de l'esprit ; elles s'accrocheraient à l'un, fuieraient l'autre, vite allumées mais de peu de durée et s'éteignant tristement sur la plupart des fronts. Ainsi aurions-nous le Père, le Fils et le Saint Esprit.

– Cela ne se pourrait absolument pas, père, sans même parler de l'impossibilité technique d'une pareille réalisation, la cour en serait tout émue ; un spectacle contraire à la piété et nettement sacrilège.

– Pourquoi ? Comment peux-tu qualifier de sacrilèges ces hommages et ces gracieuses allusions ? La religion et son trésor d'évocations sont un des éléments de la culture ; il en faut faire un usage badin et significatif pour rendre tangible et sensible une spirituelle généralisation dans un tableau agréable et familier.

– Mais tout de même pas un élément comme un autre, père. La religion est peut-être tout cela, de ton point de vue, mais non pour le spectateur moyen ni la cour ; ou tout au moins plus aujourd'hui. La ville, il est vrai, se règle sur la cour, mais inversement aussi, la cour sur la ville ; et aujourd'hui où dans la jeunesse et la société, la religion est de nouveau en honneur...

– Alors, *basta*, je remballe mon petit théâtre avec les petites flammes de l'esprit, et je vous dis comme les Pharisiens à Judas : "Pourvoyez-y." Il y aurait eu de plus, il est vrai, toutes sortes d'agréables mouvements de foule, le cortège du grand Pan, la horde tumultueuse des faunes aux oreilles pointues, des satyres perchés sur leurs jambes maigres, et des gnomes bien intentionnés, et des nymphes, et des sauvages du Harz, mais je renonce à tout cela et je tâcherai de caser mes imaginations ailleurs, là où on me laissera en paix avec vos scrupules assujettis à la mode car, dès lors que vous êtes fermés à la plaisanterie, je ne suis plus votre homme. Mais quel était donc le sujet dont nous nous sommes écartés ?

– Nous nous sommes écartés du billet qu'on a apporté tantôt, père, et au sujet duquel nous aurions à nous concerter et à nous mettre d'accord. Que t'écrit donc madame la conseillère Kestner ?

– Ah oui, le billet. Le billet doux que tu m'as apporté. Ce qu'elle écrit ? Moi aussi j'ai écrit quelque chose. Prends-en connaissance d'abord, *un momentino*, tiens, c'est pour le *Divan*.

On dit que bêtes sont les oies
Oh, n'en croyez rien,
Car une tout au moins s'emploie
A me faire rebrousser chemin.

« Oui, oui, bien gentil, père, bien gracieux, ou malgracieux, comme on le prend, et pas particulièrement indiqué pour la réponse.

– Non ? Je croyais. En ce cas, il nous faut en imaginer une autre, et qui soit d'ordre prosaïque, je pense, celle que, d'habitude, on adresse aux personnes de distinction qui font le pèlerinage de Weimar : une invitation à déjeuner.

– Cela va de soi. La petite lettre est très bien tournée.

– Oh, très. Combien de temps, selon toi, la pauvre âme s'est-elle évertuée à la rédiger ?

– Il est permis de choisir ses termes quand c'est à toi qu'on écrit.

– Sentiment désagréable.

– Tu soumets les gens à une discipline de haute culture.

– Et quand je serai mort ils diront ouf ! et recommenceront à s'exprimer comme des cochons.

– C'est à craindre.

– Ne dis pas : craindre. Tu devrais tenir compte de leur nature. Ce n'est pas pour le plaisir que je les opprime, va !

– Pourquoi parler d'oppression ? Et de mort ? Longtemps encore tu seras parmi nous le maître souverain qui nous exhorte au bon et au beau.

– Tu crois ? Aujourd'hui je ne me sens pas en train. J'ai mal au bras. Et puis j'ai eu de nouveaux ennuis avec le poussif ; et après cette contrariété, j'ai dicté longtemps encore. Tout cela retentit fatalement sur le système nerveux.

– Autrement dit, tu n'iras pas présenter tes devoirs à la dame du billet ; et tu préfères différer la décision à prendre.

– Autrement dit, autrement dit. Tu as une façon point très délicate de tirer des déductions. Tu vous les arraches, les déductions.

– Pardon, je tâtonne à l'aveuglette dans le noir, pour deviner tes sentiments et tes désirs.

– Moi aussi. Et dans le noir, on entend chuchoter les revenants. Si le passé ne fait qu'un avec le présent, ce que semblerait confirmer la pente de ma vie, mon présent prend un aspect fantomatique dans la réalité. Alors, l'événement fait du bruit en ville ?

– Plutôt, père. Comment en serait-il autrement ? Les gens se battent devant l'hôtel. Ils veulent voir l'héroïne des *Souffrances de Werther*. La police maintient l'ordre à grand-peine.

– Les gens sont fous. La culture tiendrait donc une place incroyable en Allemagne, pour qu'une telle sensation puisse être suscitée, et une telle curiosité. Pénible, fils. Une affaire pénible et même terrible. Le passé et la démence se liguent contre moi pour engendrer le trouble et le désordre. Elle ne pouvait pas se contenir, la vieille, et m'épargner cela ?

– Tu m'en demandes trop, père. Madame la conseillère est dans son droit, tu vois. Elle vient visiter de chers parents, les Ridel.

– Evidemment, elle les visite, elle est en appétit ; c'est de gloire qu'elle serait friande, sans considérer combien la gloire et le tam-tam s'accordent mal. Et nous n'avons encore affaire qu'à un attroupement de badauds. Mais ce que les gens du monde vont s'exciter et ironiser, et tendre le cou et chuchoter, et échanger des coups d'œil ! En bref, il s'agit d'empêcher et de circonscrire, d'adopter l'attitude la plus raisonnable, la plus ferme, la plus apte à refréner. Nous donnerons un déjeuner en petit comité, auquel seront également conviés ses parents ; d'une façon générale, nous nous tiendrons sur la réserve et ne nous jetterons pas en pâture à la fringale d'émotion des gens...

– Pour quand, père ?

– D'ici un ou deux jours. Prochainement. La juste mesure, la distance congrue. Il faut, d'une part, prendre le temps d'envisager les choses et s'y habituer de loin. D'autre part, ne pas les avoir trop longtemps en perspective, et les rejeter derrière soi. La cuisinière et la domestique ont d'ailleurs en ce moment une lessive en train ?

– Après-demain, tout sera rangé dans les armoires.

– Bon. Va donc pour d'ici trois jours.

- Et les autres convives ?
– Des intimes, avec une petite adjonction d'étrangers. Une intimité pas trop restreinte est de mise en la circonstance, *Item :* la mère, la fille, le ménage du beau-frère, Meyer et Riemer avec leurs femmes. Coudray ou Rehbein à la rigueur, le conseiller à la chambre des Finances et la conseillère Kirms – et puis qui encore ?
– L'oncle Vulpius ?
– Exclu. Tu perds la tête !
– Tante Charlotte ?
– Charlotte ? Mme de Stein ? Tu as des idées impossibles. Deux Charlotte, ce serait un peu beaucoup. N'ai-je donc pas parlé de doigté, de réflexion ? Si elle venait, la situation serait épineuse. Si elle refusait il y aurait matière à potins.
– Et parmi nos voisins : M. Stéphen Schutze ?
– Bien, invite cet écrivain. M. Werner, le conseiller des mines de Fribourg, le géodésien, se trouve aussi en notre ville. On le priera de venir en lui disant que j'ai une communication à faire.
– Nous serions donc seize.
– Il y aura peut-être des personnes qui s'excuseront.
– Non, père, pas de danger ! Et la tenue ?
– De parade. Les messieurs en habit et décorations.
– Comme tu l'ordonnes. La réunion aura un caractère amical mais le nombre justifiera quelque cérémonial. Sans compter que les étrangers seront sensibles à l'attention.
– C'est bien ma pensée.
– En outre, on aura le plaisir de te voir de nouveau paré du Faucon Blanc, j'allais presque dire la Toison d'or.
– C'eût été un étrange lapsus, trop flatteur pour désigner notre récente distinction.
– Mais j'ai bien failli le commettre, sans doute parce que cette rencontre me fait penser à une scène à retardement d'*Egmont.* Aux jours de Wetzlar, tu n'avais encore aucune magnificence espagnole à exhiber à ta Clairette.
– Tu es d'humeur badine mais ton goût ne s'en trouve guère amélioré.
– L'excessif raffinement du goût semble indiquer quelque humeur.

– Je pense que ce matin nous avons d'autres occupations encore.

– Pour toi, la plus urgente serait d'envoyer un mot là-bas.

– Non. Tu iras la saluer de ma part. Ce sera moins et davantage. Tu présenteras mes respects, mon compliment de bienvenue. Tu diras que j'aurai sous peu le grand honneur de la recevoir à déjeuner.

– Pour moi l'honneur sera très grand, de te représenter. Il m'est rarement échu en des circonstances plus importantes. Je n'en vois d'exemple qu'aux obsèques de Wieland.

– Je te reverrai à table. »

VIII

Charlotte Kestner n'avait pas eu de peine à se faire pardonner et à motiver le retard insolite avec lequel elle se présenta, le 22, chez les Ridel, à l'Esplanade. Une fois là, enfin dans les bras de sa plus jeune sœur, sous l'œil attendri de l'époux debout à côté d'elle, elle avait été dispensée d'un compte rendu plus précis des événements qui lui avaient pris toute la matinée et une partie de l'après-midi. Ce ne fut que les jours suivants, et tout à fait fortuitement, de fil en aiguille, tantôt interrogée, tantôt questionnant elle-même, qu'elle reparla de ses récentes entrevues. Même l'invitation pour le surlendemain, transmise par son dernier visiteur, ne lui revint en mémoire qu'au bout de plusieurs heures – ah, tiens, au fait ! – non sans qu'elle mît une certaine insistance à quêter l'approbation des siens au sujet du billet qu'à peine arrivée elle avait dépêché à l'illustre demeure.

« Ce faisant, j'ai pensé à toi, non pas en dernier lieu, mais peut-être en premier, dit-elle à son beau-frère. Je ne vois pas pourquoi on n'utiliserait pas des relations qui, si anciennes soient-elles, pourraient être profitables à de chers parents. »

Le conseiller privé de la Chambre des finances avait eu un sourire de gratitude ; il ambitionnait le poste de directeur de la Trésorerie du Grand-Duc, emploi propre à relever sensiblement son traitement, sa seule ressource depuis les pertes subies pendant l'occupation française. Ce ne serait d'ailleurs pas la première fois que l'ami de jeunesse de sa belle-sœur favoriserait sa carrière. Goethe le tenait en estime.

Au jeune Hambourgeois, précepteur dans la famille d'un comte, il avait procuré la situation de gouverneur du prince héritier de Weimar, que le docteur Ridel avait occupée pendant quelques années. Il lui était souvent arrivé de rencontrer le poète aux soirées de madame Schopenhauer mais il ne fréquentait pas chez lui, et il lui fut fort agréable que la venue de Charlotte lui ouvrît sa porte.

Les jours suivants, il ne fut plus question du prochain déjeuner au Frauenplan (auquel, d'ailleurs, les Ridel avaient reçu, le soir même, une invitation par écrit) sauf incidemment, comme si la famille en avait perdu jusqu'au souvenir, et avec une sorte de précipitation qui coupait court à tout commentaire. Le fait que, seuls, le conseiller et madame Ridel étaient conviés, sans leurs filles, et aussi la tenue prescrite (l'habit) impliquaient que le caractère de la réunion dépassait le cadre de l'intimité, ainsi que le fit observer quelqu'un. Il y eut un silence pendant lequel on sembla peser ce que la constatation avait de plaisant ou de déplaisant, puis l'entretien prit un autre cours.

Après une longue séparation, difficilement comblée par le commerce épistolaire, que de choses restaient à raconter, à rappeler, à échanger ! Il fallait parler du sort et de l'état des enfants, des frères et sœurs et de leur progéniture. On déplorait, hélas ! la perte de plus d'un membre du petit groupe dont l'image, avec Charlotte distribuant ses tartines, était entrée dans la poésie et devenue la propriété du public universel, charmé. Déjà quatre sœurs reposaient dans l'éternité, à commencer par Frédérique, l'aînée, la conseillère aulique Dietz, dont les cinq fils remplissaient d'importants emplois auprès des tribunaux ou dans la magistrature. Seule, la quatrième, Sophie, était restée célibataire, d'ailleurs morte, elle aussi, depuis huit ans, chez son frère Georges, le bel homme dont Charlotte, contrairement à certains vœux, avait donné le nom à son fils aîné ; marié à une riche Hanovrienne, il avait succédé à feu son père, le vieux Buff, et remplissait à Wetzlar les fonctions de bailli, à la satisfaction de tous et à la sienne.

Au demeurant, l'élément masculin du groupe légendaire s'était montré nettement plus apte à vivre, plus capable de durée, que la partie féminine, à l'exception des deux vieilles dames qui, dans la chambre d'Amélie Ridel, par-dessus leurs ouvrages, devisaient du passé et du présent. Le frère aîné Hans, – celui-là même qui jadis était en termes si cordiaux avec le docteur Goethe et s'était si puérilement et éperdument réjoui à la réception du volume de *Werther*, Hans, déployait en qualité de directeur de la Chambre des domaines, auprès des comtes de Solms-Rodelheim, une activité appréciée et lucrative. Wilhelm, le second, était avocat ; un autre, Fritz, capitaine dans l'armée des Pays-Bas. Cependant que couraient et cliquetaient les aiguilles de bois : et les filles Brandt, Annette, et Dorette, la Junon ? Avait-on de leurs nouvelles ? Parfois. Dorette, les yeux noirs, n'avait pas épousé le conseiller aulique Cella, dont la cour compassée excitait la verve caustique du joyeux cercle d'alors, en particulier de certain référendaire, un désœuvré que les yeux noirs ne laissaient pas insensible, lui non plus ; elle était devenue la femme du docteur en médecine Hessler, mort prématurément, et voilà longtemps déjà qu'elle tenait l'intérieur d'un sien frère à Bamberg. Annette s'appelait depuis trente-cinq ans madame la conseillère Werner, et Thécla, la troisième, avait passé aux côtés de Wilhelm Buff, le procureur, une vie satisfaisante.

Tous furent évoqués, les vivants et les morts. Mais Charlotte ne s'animait vraiment que lorsqu'il était question de ses enfants, de ses fils, à présent des hommes aux approches de la quarantaine, exerçant des fonctions imposantes : Théodore, professeur de médecine ; Auguste, secrétaire de légation. A ces moments, la délicate couleur de pastel qui lui seyait si bien et la rajeunissait lui montait aux joues, et en se rengorgeant avec dignité, elle s'appliquait à raffermir le tremblement de sa tête. De nouveau, il fut question de leur visite au Moulin du Tanneur. Au reste, le nom du grand homme, leur proche voisin, dont l'existence, si haut qu'elle se fût élevée au-dessus de la leur, demeurait pourtant entrelacée à toutes ces vies et ces destinées, se glissait toujours dans l'entretien des sœurs, encore qu'on l'évitât un peu. Par exemple, Charlotte se souvint d'un voyage qu'elle avait fait avec Kestner, il y avait plus de quarante ans, de Wetzlar au Hanovre, au cours duquel ils avaient visité, à Francfort, la mère de l'ami fugitif. Ils s'étaient pris de sympathie mutuelle, le jeune couple et la conseillère, si bien que, par la suite, elle s'était proposée comme marraine de la dernière-née des Kestner. Celui qui, à l'en croire, eût aimé tenir tous leurs enfants sur les fonts baptismaux, se trouvait alors à Rome. Sa mère venait de recevoir de lui une brève, une surprenante notification de son grand séjour et elle s'était répandue sur son génial enfant en discours tendres et orgueilleux, dont Lotte avait fidèlement conservé le souvenir et qu'elle répéta à sa sœur. Combien fécond, stimulant et hautement profitable, s'était-elle écriée, un tel voyage sera pour un homme au regard d'aigle prompt à découvrir tout ce qui est beau et grand. Quel bienfait, non seulement pour lui mais pour tous ceux qui ont le bonheur de se mouvoir dans son orbite. Oui, cette mère favorisée qualifiait ouvertement de fortunés ceux qui, par chance, se trouvaient englobés dans la vie de son enfant. Elle avait cité le mot d'une amie, la défunte madame Klettenberg : « Quand son Wolfgang allait à Mayence, il en rapportait plus que d'autres qui reviennent de Londres et de Paris. » Dans sa lettre, il promettait à l'heureuse femme de venir la voir à son retour. Elle comptait se faire tout raconter par le menu et convier en son honneur ses amis et connaissances qu'elle se proposait de traiter avec magnificence : venaisons, rôtis, volailles abonderaient comme le sable sur les grèves. Amélie Ridel doutait que tout cela se fût réalisé, et sa sœur qui pensait comme elle, ramena la conversation sur ses propres fils dont l'attachement et les visites à intervalles congrus donnèrent prétexte à quelque ostentation maternelle.

Que ses récits ennuyaient un peu sa sœur, elle aurait pu s'en apercevoir. Comme, d'autre part, il fallait discuter de la toilette qu'on mettrait au fameux déjeuner. Charlotte confia entre quatre yeux, à la conseillère à la Chambre des finances, la plaisanterie allusive qu'elle méditait, l'idée symbolique et amusante, la robe de bal de Volpertshausen, avec le nœud rose manquant. Elle s'arrangea pour interroger d'abord sa cadette sur ses propres intentions, puis, questionnée à son tour, sourit et commença par s'envelopper dans un silence hésitant et confus ; enfin, elle avoua en rougissant son intention littéraire, évocatrice d'un souvenir personnel. Au surplus, elle avait pris les devants et en quelque sorte aiguillé le jugement de sa sœur, en l'incitant à blâmer l'attitude glaciale et ironique que la jeune Lotte opposait à sa fantaisie. L'approbation charmée d'Amélie ne signifia donc pas grand-chose, d'autant moins que sa mine contredisait ses paroles, et qu'elle ajouta, comme en guise de consolation, que si leur hôte ne saisissait pas l'allusion, un des siens s'en apercevrait certainement et la lui signalerait. Après quoi, elle n'avait plus abordé le sujet.

Voilà donc les conversations des sœurs enfin réunies. Il est établi que ces premiers jours de Charlotte Buff à Weimar furent exclusivement consacrés à sa famille. Si elle imposa une attente à la curiosité des salons, en revanche le public la vit au cours des petites promenades qu'elle entreprit avec la conseillère à la Chambre des finances, soit aux environs de la ville et dans le parc, soit à la maison des Templiers, ou au Lauterbrunnen et à l'Ermitage. Le soir, quand sa camériste venait la chercher, elle quittait l'Esplanade et regagnait l'hôtel, accompagnée de sa fille et parfois du docteur Ridel. Souvent on la reconnaissait, sinon précisément par elle-même, du moins par les déductions qu'on tirait de son escorte et ramenait à sa personne. Ses doux yeux bleus fixés droit devant elle surprirent maint attroupement de gens qui, après l'avoir dépassée, se retournaient en haussant brusquement les sourcils ou même en lui souriant. Sa façon digne et affable, un peu majestueuse, de répondre aux saluts qui s'adressaient à ses parents (connus de toute la ville) et dans lesquels on l'englobait avec satisfaction, fut très remarquée.

Vint l'heure méridienne, ou plutôt post-méridienne, de la flatteuse invitation, mentionnée avec réticence et attendue dans un silence chargé de tension intérieure. Devant la maison, une voiture de remise s'arrêta, que Ridel avait commandée un peu pour ménager les toilettes d'apparat de ces dames et ses propres chaussures, car en ce fatidique 25 septembre le temps était à la pluie, un peu aussi eu égard à la circonstance. La famille qui n'avait guère fait honneur à un petit déjeuner froid, servi tard dans la matinée, y monta vers deux heures et demie, sous l'œil des curieux de la petite ville, une demi-douzaine, irrésistiblement rassemblés autour du véhicule, comme pour une noce ou un enterrement, et que le cocher avait renseignés sur le lieu de destination. En pareil cas, l'admiration des badauds pour ceux qui prennent part à une cérémonie se heurte généralement au sentiment d'envie que suscite chez ces derniers la vue des passants dans leurs vêtements habituels, étrangers à la solennité, insoucieux et même secrètement conscients de leur avantage ; ainsi se confondent, chez les uns, le dédain et la pensée de « Vous n'aurez pas à vous gêner, vous ! » et chez les autres la considération et la joie maligne de l'embarras d'autrui.

Charlotte et sa sœur s'assirent dans le fond. Sanglé dans son frac aux épaules rembourrées à la mode, le docteur Ridel en cravate blanche, la poitrine ornée d'une petite croix et de deux médailles, son chapeau de soie sur les genoux, occupa avec sa nièce la dure banquette de devant. A peine si une parole fut échangée pendant le court trajet par l'Esplanade et la Frauenthorstrasse jusqu'au Frauenplan. Dans ces occasions, il est d'usage que chacun témoigne d'une certaine économie de vivacité, une préparation intérieure, comme dans les coulisses, en vue du futur déploiement d'activité mondaine ; et ici le caractère exceptionnel de la circonstance invitait à la rêverie, provoquait même un malaise.

Les Ridel respectaient le silence de Charlotte. Quarante-quatre ans. Ils la suivaient en pensée, avec sympathie, adressant de temps en temps à la chère femme un petit signe et un sourire, ou lui effleurant d'une caresse le genou, ce qui permettait à Charlotte de transformer un touchant indice d'âge, le branlement de sa tête, parfois intermittent, parfois disparu et d'autres fois très perceptible, en un aimable geste de remerciement qui le justifiait.

Ils observaient aussi à la dérobée leur nièce ; son attitude lointaine, étrangère à cette aventure, exprimait ouvertement le blâme. Par le sérieux d'une vie toute de vertu et de dévouement, la jeune Lotte était une personne respectable dont le contentement ou le déplaisir comptait ; et le pli hostile, fermé, de sa bouche contribuait à alourdir cette atmosphère de silence. Que sa sévérité visât en premier la toilette de sa mère, à présent dissimulée sous un vêtement noir, chacun le savait, et mieux que personne Charlotte. L'approbation, d'ailleurs non renouvelée, de sa sœur, ne l'avait pas tout à fait rassurée sur l'opportunité de son badinage. Même elle en avait presque perdu l'envie et ne s'était obstinée que parce que sa décision se trouvait prise une fois pour toutes. Elle cherchait à se tranquilliser en pensant qu'après tout, il avait fallu peu de chose pour lui restituer son apparence de jadis. Le blanc étant sa couleur notoirement préférée, elle y avait droit ; la farce d'écolière ne consistait donc que dans le choix des nœuds roses, surtout dans celui qui manquait au corsage. Et pourtant, telle qu'elle était là, avec sa haute coiffure cendrée, ceinte d'un voile, et ses boucles rondes qui lui tombaient jusqu'au cou, elle ne pouvait se défendre, tout en enviant un peu la toilette neutre des deux autres, de ressentir un battement de cœur, une joie têtue, furtive et pleine d'attente.

Voilà la petite place irrégulière avec ses pavés en tête de chat qui grincèrent sous les roues, la Seifengasse, la maison allongée aux ailes légèrement écartées, devant laquelle Charlotte et Amélie avaient souvent passé : un rez-de-chaussée, un premier étage, un toit modérément haut aux fenêtres mansardées ; des portes cochères à bandes jaunes, un perron à marches plates et basses aboutissant à l'entrée centrale. Pendant que la famille descendait de voiture, d'autres invités venus à pied de directions opposées, se saluaient déjà devant le perron : deux messieurs mûrs en haut-de-forme et paletot à cape, en l'un d'eux Charlotte reconnut le docteur Riemer, serraient la main à un troisième, plus jeune, sans pardessus, en simple habit et son parapluie sous le bras, sans doute un voisin. C'était M. Stephen Schutze, « notre excellent lettré **et** éditeur d'almanachs », comme l'apprit Charlotte, quand les piétons s'étant tournés vers les occupants de la voiture, et dans un échange d'amabilités, parmi les arabesques des hauts-de-forme brandis de côté, les souhaits de bienvenue furent échangés, ainsi que les présentations d'usage. Riemer refusa avec une emphase humoristique qu'on le nommât à Charlotte, en exprimant l'espoir que madame la conseillère se souviendrait d'une amitié déjà vieille de trois jours, et tapota paternellement la main de la jeune Lotte. Son compagnon l'imita : c'était un quinquagénaire un peu courbé aux traits empreints de douceur, aux cheveux longs parsemés de mèches pâlies, – rien de moins que le conseiller aulique Meyer, le professeur d'art. Lui et Riemer arrivaient de leur bureau en droite ligne et mesdames leurs épouses devaient venir les rejoindre par leurs propres voies et moyens.

On entra dans la maison.

« Espérons, dit Meyer en détachant, à la mode de son pays, ses mots où les intonations du vieil-allemand se mâtinaient d'un accent étranger, à demi français, espérons que nous aurons la *chance* de trouver le maître en bonne *condition,* enjoué et point taciturne et las, afin que nous soit épargné le pénible sentiment de lui être importuns. »

Il le dit tourné vers Charlotte, posément, sans paraître se douter que ces paroles d'un familier de la maison étaient propres à déconcerter tout nouveau venu. Elle ne put s'empêcher de répondre :

« Je connais le maître de céans depuis plus longtemps encore que vous, monsieur le professeur, et j'ai quelque expérience des sautes de son humeur de poète.

– Une connaissance plus récente est tout de même plus avertie », répliqua-t-il sans se démonter, en détachant chaque adjectif.

Charlotte ne l'écoutait plus, impressionnée par la noble cage de l'escalier où elle s'engageait, la large rampe de marbre, les marches qui s'élevaient avec une magnifique lenteur, les antiquités partout distribuées avec une harmonieuse mesure. Sur le palier, de gracieux bronzes grecs se dressaient dans des niches blanches et devant eux, sur un socle de marbre, un chien de chasse, lui aussi en bronze, se retournait dans un mouvement admirablement observé. Là, Auguste de

Goethe, avec le laquais, accueillait les invités, très à son avantage malgré l'empâtement de sa silhouette et de ses traits, les boucles séparées par une raie, l'habit orné de décorations, en cravate de soie et gilet de damas. Il monta quelques marches avec eux et les accompagna jusqu'à la pièce de réception puis rebroussa chemin pour se porter au-devant de nouveaux arrivants.

Ce fut donc le domestique, lui aussi de grand style, avenant et digne, bien que jeune, dans une livrée bleue à boutons dorés sur un gilet rayé de jaune, qui conduisit à l'étage supérieur les Ridel et les Kestner ainsi que les trois familiers de la maison, pour les débarrasser de leurs manteaux. Sur le dernier palier de l'escalier d'honneur tout était également noble, somptueux, et dénotait un goût d'artiste. A côté de l'entrée, un groupe luisant s'érigeait, sombre sur la surface claire du mur. Il représentait deux adolescents dont l'un posait la main sur l'épaule de l'autre ; Charlotte, de tout temps, l'avait entendu désigner comme *Le Sommeil et la Mort*. Un bas-relief blanc surmontait l'imposte de la porte ; devant, un *Salve* d'émail blanc était enchâssé dans le parquet. « Tiens, se dit Charlotte qui reprit courage, mais alors, on est donc bien accueilli ? Taciturne et las, qu'est-ce à dire ? Le garçon a joliment fait son chemin ! Au Marché-au-Blé, à Wetzlar, il était plus modestement logé. Il avait au mur ma silhouette découpée, donnée par bonté, par amitié et pitié, et matin et soir, il la saluait des yeux et des lèvres, comme il est dit dans le livre. Ai-je un droit particulier à considérer que ce *Salve* se rapporte à moi, ou non ? »

Aux côtés de sa sœur, elle pénétra dans le salon grand ouvert, un peu effarée de ce que le laquais criait solennellement le nom des arrivants et aussi le sien – madame la conseillère aulique Kestner – à quoi elle n'était pas accoutumée. Bien qu'assez élégant, le salon de réception, où il y avait un piano, décevait un peu par ses proportions moyennes qui contrastaient avec les vastes dimensions de l'entrée ; par des portes sans battants, il communiquait avec une enfilade d'autres pièces. Quelques personnes s'y trouvaient déjà, deux messieurs et une dame, près d'un buste monumental de Junon ; elles interrompirent leur conversation pour observer attentivement les nouveaux venus, ou plutôt Charlotte, qui s'en rendit bien compte, et se préparèrent aux présentations. Mais au même instant, l'homme en livrée annonça d'autres invités : M. le conseiller à la Chambre des finances de la cour Kirms et son épouse entraient avec le fils de la maison, suivis de près par Mmes Meyer et Riemer ; et, comme il arrive dans les réunions restreintes, tout le monde se trouvant réuni en même temps, les présentations devinrent générales. A Charlotte qui était au centre d'un petit groupe pressé autour d'elle, le docteur Riemer et le jeune M. de Goethe nommèrent simultanément les personnes encore inconnues, les Kirms, le conseiller supérieur des bâtiments Coudray et Mme, ainsi que M. le conseiller des mines Werner, de Fribourg, descendu au Prince-Héritier, et Mmes Riemer et Meyer.

Elle se sentait l'objet d'une curiosité non exempte de malveillance, tout au moins de la part des femmes ; mais elle l'affronta avec un sentiment de dignité que lui imposait d'ailleurs le souci de rEfréner le branlement de sa tête, très aggravé par la circonstance. Cette infirmité dont la vue suscita des sentiments divers contrastait singulièrement avec son aspect juvénile, sa souple robe blanche arrêtée aux chevilles, son corsage drapé retenu par une agrafe et garni de nœuds rose pâle, toute sa silhouette gracieuse et étrange perchée sur de petites bottines à boutons étroites et noires et couronnée d'une chevelure cendrée qui dégageait un front pur. Le visage, il est vrai, était irrémédiablement flétri mais entre les bajoues la bouche mignonne souriait non sans un peu de malice ; elle avait un petit nez naïvement rougi, et le doux regard des yeux de myosotis exprimait une lassitude distinguée... Ainsi accueillit-elle les présentations des autres invités ; ils lui dirent leur ravissement de l'avoir pour quelque temps en leur ville et combien ils appréciaient l'honneur d'assister à un revoir aussi important, aussi mémorable.

Près d'elle, plongeant de temps à autre dans une révérence, se tenait sa conscience critique, si l'on peut appeler ainsi la jeune Lotte ; c'était de beaucoup la benjamine de l'assistance, composée de personnes d'un certain âge, car l'écrivain

Schutze lui-même devait bien compter quarante-cinq ans. L'infirmière de frère Charles semblait revêche avec ses cheveux plats tirés sur les tempes et partagés par une raie, et sa robe toute simple, d'un violet foncé fermée sous le menton par un rabat empesé, presque conventuel. Elle souriait d'un air distant et fronçait le sourcil aux civilités qu'on lui débitait et plus encore à sa mère ; elle les ressentait comme des insolences provoquées. Elle souffrait, et Charlotte ressentait le choc en retour de sa peine, encore qu'elle se défendît bravement contre cette influence. Lotte souffrait de l'accoutrement juvénile de sa mère, non point tant à cause de la robe dont la couleur pouvait à la rigueur être mise au compte d'une prédilection pour le blanc, mais à cause des maudits nœuds roses. Elle était déchirée entre le souhait que les gens comprissent le sous-entendu de cet ajustement juvénile, afin de ne le point trouver scandaleux, et la crainte que – bonté du ciel !– ils ne découvrissent son vrai sens.

Bref, l'aversion morose de Lotte à l'égard de tout confinait au désespoir : Charlotte, avertie par ses antennes sensitives, était bien obligée de partager les impressions de sa fille et avait peine à conserver sa foi en l'excellence de son mélancolique badinage. Du reste, dans un milieu comme celui-là, aucune femme n'avait à se faire scrupule d'une fantaisie vestimentaire, pas plus que d'encourir le reproche d'excentricité. Les toilettes des dames présentes s'inspiraient d'une certaine liberté esthétique, un peu théâtrale, à l'opposé de ces messieurs, qui, sauf Schutze, portaient tous à la boutonnière quelque insigne honorifique, médaille, ruban ou petite croix. Seule la conseillère à la Chambre des finances Kirms constituait une exception. En sa qualité d'épouse d'un très haut fonctionnaire, elle se croyait évidemment tenue à une austère décence, abstraction faite de son bonnet de soie aux ailes démesurées, d'un effet fantastique. Mme Riemer aussi – l'orpheline que l'érudit avait prise pour femme sous ce toit – tout comme la conseillère aulique Meyer née von Kuppenfeld, apportaient à leur mise une touche artiste, personnelle et osée ; l'une par son goût intellectuel un peu ténébreux, un col de dentelle jaunie tranchant sur le velours noir de la robe, le visage ivoirin au profil de vautour, d'une sombre spiritualité, encadré d'une chevelure couleur de nuit, retombante et striée de fils blancs, dont une boucle retournée obscurcissait le front ; l'autre, Mme Meyer, Iphigénie stylisée, à vrai dire plus que mûrissante, arborait un croissant sur sa ceinture placée très haut au-dessous de sa gorge flasque, dans une robe citron ourlée à l'antique, de chute classique, sur laquelle retombait le voile foncé drapé autour de sa tête. Les gants longs qui accompagnaient les manches courtes représentaient la note moderne.

Mme Coudray, l'épouse du conseiller supérieur des bâtiments, se distinguait, outre sa robe bouffante, par son grand chapeau à la Corona Schröter ennuagé de tulle ; posé sur ses boucles en tire-bouchons, par derrière il s'incurvait vers le dos. Même Amélie Ridel, qui avait un peu un profil de canard, s'était donné une apparence étrange et pittoresque, au moyen de fronces compliquées aux emmanchures et d'un court mantelet de cygne sur ses épaules. Au fond, Charlotte était de toutes la plus simplement vêtue, et pourtant, dans sa puérilité vieillotte, avec son maintien digne où le branlement de sa tête mettait comme une fêlure, elle était la plus frappante, la plus touchante aussi, celle qu'on remarquait et qui incitait à la raillerie ou à la rêverie, plutôt à la raillerie, comme le craignait Petite-Lotte torturée. Elle eut l'amère conviction qu'entre les dames de Weimar une entente maligne s'établissait à ce sujet, quand, les premières présentations achevées, la petite société se fut disloquée en groupes isolés.

Aux Kestner, mère et fille, le fils de la maison fit les honneurs du tableau qui surmontait le sofa, en écartant les rideaux de soie verte destinés à le garantir ; c'était une copie des *Noces Aldobrandines*, que le professeur Meyer, expliqua-t-il, avait eu l'amabilité d'exécuter jadis. Comme celui-ci s'approchait, Auguste se consacra aux autres invités. Meyer avait échangé le haut-de-forme avec lequel il était arrivé contre une petite calotte de velours dont le négligé familier contrastait singulièrement avec son frac ; au point que Charlotte baissa involontairement les yeux pour voir s'il n'avait pas chaussé des pantoufles de feutre. Ce n'était point le cas, encore que l'historien d'art, dans ses larges bottes, traînât les pieds comme si la supposition eût été justifiée. Les mains commodément croisées dans le dos, la tête inclinée de côté avec abandon, toute son attitude proclamait sa qualité d'ami de la maison, insouciant, désireux d'encourager les nouveaux venus en leur communiquant sa propre sérénité.

« Nous voilà au complet, dit-il avec son débit posé et uniformément hésitant importé de Stäfa, sur les bords du lac de Zurich, et conservé à travers les nombreuses années de Rome et de Weimar, sans accompagnement d'aucun jeu de physionomie, nous voilà au complet ; nous sommes donc fondés à espérer que notre hôte se joindra bientôt à nous. Il est bien compréhensible qu'aux nouveaux visiteurs ces dernières minutes semblent un peu longues, à cause de l'anxiété de l'attente. Ils devraient se féliciter de pouvoir, au préalable, se familiariser un peu avec les aîtres et l'ambiance. Je me fais volontiers un devoir de donner par avance quelques conseils à ces personnes, pour leur faciliter une *expérience* qui demeure toujours assez impressionnante, et pour la leur rendre plus agréable. »

Il accentua la première syllabe du mot français, et poursuivit, le visage placide : « Le mieux – il martela "le mieux" à la manière de chez lui – est de ne rien trahir, ou le moins possible, de l'état de tension où l'on se trouve inévitablement, et de l'aborder en toute ingénuité, sans aucun signe de trouble. Ainsi l'on facilite la situation aux deux parties – au maître et à soi. Car avec sa sensibilité si réceptive, la timidité des convives, avec laquelle il lui faut composer, se communique à lui par avance ; il en subit en quelque sorte la contagion de loin ; alors, de son côté, il éprouve une contrainte qui doit forcément provoquer sur autrui un contrecoup intolérable. Le plus sage serait d'avoir l'air parfaitement naturel et de ne pas se croire obligé de l'entretenir tout de go de sujets élevés et spirituels, fût-ce de ses propres œuvres. Rien n'est davantage à déconseiller. Au contraire, il serait plus indiqué de lui parler de choses simples et concrètes, puisées dans l'expérience personnelle ; et lui qui ne se lasse jamais de l'humain et du réel, se dégèle aussitôt et donne libre cours à sa bienveillante sympathie. Inutile d'ajouter que je n'entends point préconiser une familiarité oublieuse des distances, familiarité à laquelle – maint exemple nous en a instruits – il sait mettre promptement un terme. »

Pendant ce discours, Charlotte regardait en cillant le dogmatique fidèle et restait perplexe. Elle se disait que l'étranger atteint de trac – dont elle se représentait sans effort les sentiments – aurait eu peine à tirer d'une semblable invite à la spontanéité, quelque motif d'être rassuré. Tout au contraire. De plus, elle se sentit froissée de l'ingérence qu'impliquaient ces avertissements.

« Grand merci, dit-elle enfin, monsieur le conseiller aulique, pour vos avis. Plus d'une personne a dû vous en savoir gré. N'oublions pas toutefois, en ce qui me concerne, qu'il s'agit du renouvellement de relations vieilles de quarante-quatre ans.

– Un homme, répliqua-t-il sèchement, qui chaque jour, je dirais chaque heure, varie, aura varié au bout de quarante-quatre ans aussi. Eh bien, Charles (il se tournait vers le domestique qui traversait l'enfilade de pièces) de quelle humeur est-on aujourd'hui ?

– Assez joviale, monsieur le conseiller aulique », répondit le jeune homme. Un instant à peine s'était écoulé que, devant la porte dont les battants à glissières (Charlotte en voyait pour la première fois de sa vie) rentrèrent dans le mur, il annonça, sans excès de solennité, plutôt en baissant la voix avec bonhomie : « Son Excellence. »

Meyer s'était rapproché des autres invités qui avaient cessé leur conversation à bâtons rompus et se tenaient un peu à l'écart des dames Kestner. Goethe entra d'un pas décidé et bref, un peu saccadé, les épaules rejetées en arrière, le ventre légèrement proéminent, en habit à deux rangs de boutons et bas de soie. Une étoile d'argent artistement ouvragée scintillait assez haut sur sa poitrine et une épingle d'améthyste retenait sa cravate croisée en batiste blanche. Ses cheveux bouclés sur les tempes, déjà clairsemés au-dessus d'un front très élevé et bombé, étaient poudrés. Charlotte le reconnut et ne le reconnut pas, et ces deux impressions l'émurent également. Tout d'abord, elle reconnut les yeux largement écarquillés, pas très grands, miroitants et sombres dans le visage bistré, le droit sensiblement plus bas que le gauche, ce grand regard naïf qu'accentuait en ce moment le haussement des sourcils finement arqués, avec une expression quasi interrogative : « Qu'est-ce que ces gens ? » Mon Dieu, comme à travers toute une vie elle reconnaissait les yeux du jeune homme, des yeux bruns à parler exactement, et un peu rapprochés, mais qui passaient en général pour noirs parce qu'à chaque frémissement de sa sensibilité, – et quand sa sensibilité ne frémissait-elle pas ? – les pupilles se dilataient tellement que leur noirceur l'emportait sur le brun de l'iris. C'était lui et ce n'était pas lui. Ce front de roc, jadis il ne l'avait pas. Evidemment, sa hauteur tenait à ce que les cheveux, d'ailleurs très bien plantés, se faisaient rares et reculaient ; effet du temps dévastateur, se disait-on pour se rassurer, sans toutefois y parvenir. Car le temps, c'était la vie, l'œuvre qui à travers des décennies, avait sculpté le marbre de ce front, modelé ces traits autrefois lisses et les avait creusés de façon saisissante. Le temps, l'âge, n'étaient pas ici le signe de la décrépitude, du dépouillement, l'injure naturelle susceptible d'émouvoir et d'inciter à la mélancolie. Ce masque significatif était esprit, maîtrise, histoire, et sa flétrissure, loin d'apitoyer, faisait battre d'un effroi joyeux le cœur méditatif.

Goethe avait alors soixante-sept ans. Charlotte devait s'estimer heureuse de le revoir maintenant et non point quinze ans plus tôt, au début du siècle, où le lourd embonpoint, qui déjà commençait à se manifester en Italie, avait atteint son extrême développement. Depuis longtemps, il avait perdu cette apparence. Malgré la raideur de sa démarche, qui, d'ailleurs, le caractérisait jadis aussi, ses membres semblaient juvéniles sous le drap remarquablement fin et brillant de l'habit noir. Au cours des dernières années, sa silhouette s'était davantage rapprochée de celle du jeune homme. La bonne Charlotte avait ignoré certaines transformations, notamment en ce qui concernait le visage, plus différent de celui de jadis qu'elle ne s'en rendait compte, car il avait passé par des phases qu'elle ne connaissait pas. Naguère, une adiposité bougonne, à bajoues, l'avait métamorphosé au point que son amie de jeunesse aurait eu bien plus de peine à s'y retrouver qu'en l'état actuel. Au surplus, il y avait en lui quelque chose d'étudié dont on se demandait le motif : cet air de fausse ingénuité qu'il avait simulée pour mimer un étonnement difficile à expliquer, à la vue de ses invités. La bouche au dessin large, parfaitement belle, ni trop étroite ni trop grande, aux commissures profondes qui se perdaient dans le bas des joues pétries par l'âge, semblait souffrir d'une mobilité excessive, d'une surabondance nerveuse de possibilités d'expression se succédant rapidement, et oscillait entre elles, avec un manque de sincérité dans le choix. Un contraste entre la dignité ciselée, la signification de ces traits, et l'hésitation puérile, une certaine coquetterie, une ambiguïté qui se peignaient dans le mouvement de la tête inclinée, un peu oblique, étaient impossibles à méconnaître.

A son entrée, Goethe avait saisi de sa main droite son bras gauche, le bras rhumatisant. Après quelques pas dans la pièce, il le lâcha, fit à la ronde une courbette aimable et cérémonieuse, puis s'avança vers les femmes les plus rapprochées de lui.

La voix, – elle était restée la même. Le baryton mélodieux qu'avait le mince jeune homme en parlant et en riant, quelle surprise de le retrouver, un peu plus traînant peut-être et plus mesuré (mais déjà jadis il avait un timbre un peu grave) quelle étrangeté de l'entendre jaillir de la forme vieillie.

« Mes chères dames, dit-il en tendant la main droite à Charlotte et la gauche à Petite-Lotte, puis il rassembla leurs deux mains et les tint dans les siennes, je puis donc enfin, de ma propre bouche, vous souhaiter la bienvenue à Weimar. Vous voyez devant vous quelqu'un à qui le temps a semblé long jusqu'à cet instant. Voilà ce que j'appelle une excellente, une stimulante surprise. Notre bon conseiller à la Chambre des finances et les siens ont dû bien se réjouir d'une visite si chère et souhaitée. N'est-ce pas, point n'est besoin de dire combien nous sommes sensibles au fait qu'une fois dans ces murs, vous ne soyez pas passées devant notre porte sans vous arrêter. »

Il avait dit « chère et souhaitée » ; grâce à l'expression mi-confuse, mi-jouisseuse, de sa bouche souriante, la délicate improvisation sembla ravissante. Que ce sortilège s'alliât à de la diplomatie, à une dérobade préméditée et qui, dès les premiers mots, entendait déterminer les limites voulues, Charlotte en eut la conscience aiguë ; le choix circonspect et réfléchi des mots était révélateur. Pour fixer ces limites, il tirait parti de ce qu'elle n'était pas seule en face de lui, mais avec sa fille, il réunissait les quatre mains, usait du pluriel et ne parlant pas en son nom personnel, en disant « nous », il se retranchait derrière sa maison, en constatant avec reconnaissance que les visiteuses n'étaient pas passées devant « notre porte » sans entrer. D'ailleurs, le charmant « chère et souhaitée » avait été formulé à l'intention des Ridel. Ses yeux erraient, un peu incertains, de la mère à la fille, mais aussi, par-dessus elles, vers les fenêtres. Charlotte n'eut pas l'impression qu'il la voyait réellement ; toutefois, elle ne se dissimula pas qu'en un éclair il avait remarqué le branlement de sa tête, à présent impossible à refréner. Un instant, il ferma les yeux avec une mortelle gravité, d'un air de commisération, puis il sortit aussitôt de sa réserve affligée pour regagner l'aimable présent, comme si de rien n'était.

« Et la jeunesse, continua-t-il, tourné vers Petite-Lotte, tombe comme un rayon d'or dans la maison assombrie... »

Charlotte jusqu'ici s'était bornée à exprimer par une mimique qu'il était tout naturel qu'elle ne fût pas passée devant sa porte sans entrer ; mais elle jugea bon d'intervenir pour faire la présentation d'usage qui, de toute évidence, s'imposait. C'était son vœu le plus cher, dit-elle, de lui amener sa fille Charlotte, l'avant-dernière de ses enfants, venue d'Alsace en visite pour quelques semaines. Elle l'appelait « Excellence », bien que très vite et dans un murmure confus, sans qu'il la reprît ni la priât de lui donner un autre nom, peut-être parce qu'il était occupé à examiner la jeune fille.

« La mignonne, la mignonne, la mignonne, dit-il. Voilà des yeux qui ont dû causer des ravages dans les cœurs masculins. »

Le compliment était si conventionnel et seyait si peu à l'infirmière de frère Charles, que c'en était criant. La revêche Petite-Lotte se mordit de biais les lèvres avec un sourire tourmenté et dédaigneux, sur quoi Goethe se décida à commencer sa phrase suivante par un « Quoi qu'il en soit » remettant les choses au point.

« Quoi qu'il en soit, dit-il, il est bien beau, bien beau, que j'aie une fois le privilège de voir en chair et en os un des membres du brave petit groupe dont feu notre cher conseiller aulique m'envoya jadis l'ombre découpée. Il n'est que d'attendre, le temps apporte tout. »

Voilà qui pouvait passer pour un aveu. La mention des silhouettes et de Hans Christian était comme une dérogation à la règle générale imposée. Charlotte le sentit, et sans doute eut-elle tort de lui rappeler que, déjà, il avait fait la connaissance de deux de ses enfants, Auguste et Théodore, lorsqu'ils avaient pris la liberté de lui rendre visite au Moulin du Tanneur. Elle n'aurait précisément pas dû prononcer le nom de cette résidence campagnarde ; car à peine fut-il sorti de ses lèvres que Goethe la regarda un instant d'un air pétrifié, trop effrayant pour qu'on pût le mettre au compte d'un simple retour de mémoire à propos de la rencontre.

« Eh, mais oui ! s'écria-t-il enfin. Comment ai-je pu l'oublier ? Excusez ma vieille tête. » Et au lieu de désigner du geste la tête oublieuse, il se caressa de la main droite le bras gauche, comme lorsqu'il était entré, manifestement pour attirer l'attention sur son état souffreteux. « Comment vont ces magnifiques jeunes gens ? Bien, je m'en doutais. La santé fait partie de leur excellente nature, ils l'ont de naissance. Quoi d'étonnant avec de tels parents ? Et ces dames ont fait un voyage agréable ? demanda-t-il encore. Je le croirais volontiers. La région entre Hildesheim, Nordhausen, Erfurt, est cultivée et privilégiée, – de bons chevaux la plupart du temps, des relais nombreux où l'on fait bonne chère, et pour un prix modéré ; vous n'aurez guère payé plus de cinquante thalers net. »

Là-dessus il termina l'aparté, se mit en mouvement et, par une adroite manœuvre, aiguilla les dames Kestner vers le reste de la société.

» Je suppose, dit-il, que notre excellent jouvenceau (il entendait désigner Auguste) vous a déjà fait faire la connaissance des quelques personnes de mérite ici présentes. Ces dames toutes également belles, sont vos amies, ces hommes pleins de valeur, vos admirateurs... » L'une après l'autre, il salua Mme Kirms surmontée de son bonnet, la conseillère des bâtiments Coudray, sous son vaste chapeau, l'intellectuelle Riemer, la classique Meyer et Amélie Ridel à qui il avait déjà adressé de loin un regard expressif en parlant de la visite « chère et souhaitée » ; puis il serra la main des messieurs dans l'ordre où ils se trouvaient; en distinguant plus spécialement le conseiller des mines Werner, de passage à Weimar. C'était un quinquagénaire aimable et trapu aux petits yeux frais, avec une calvitie frangée de cheveux blancs et bouclés sur la nuque et des joues glabres, commodément enfoncées dans son col rigide, entouré d'une cravate blanche qui laissait le menton libre. Il le regarda avec un petit mouvement de la tête en arrière et de biais, un air d'entente excédé, comme si, laissant tomber le masque du formalisme, il se disait : « Ah que de balivernes, voilà enfin quelqu'un de bien ! » geste qui provoqua sur le visage de Meyer et de Riemer une expression approbatrice et magnanime où grimaçait la jalousie ; puis ayant expédié rapidement les autres, de nouveau il s'empressa auprès du géognoste, tandis que les dames entouraient Charlotte et lui demandaient, en chuchotant derrière leur éventail, si elle trouvait Goethe très échangé.

Un moment encore on se tint au salon où trônait la Junon. Les murs s'ornaient de panneaux brodés, d'aquarelles, de gravures et de peintures à l'huile que dominait le buste monumental. Les sièges de forme simple s'alignaient symétriquement contre les parois, à côté des portes encadrées de blanc et des fenêtres, entre des vitrines également laquées de blanc. Les nombreux bibelots et les petites antiquités exposées, les coupes de calcédoine sur des guéridons de marbre, la *Victoire ailée* qui décorait la table du sofa recouvert d'un tapis, au-dessous des *Noces Aldobrandines*, les antiques statuettes de dieux, les masques et les faunes sous verre surmontant les commodes, donnaient à la pièce l'aspect d'un cabinet de curiosités. Charlotte ne quittait pas des yeux le maître de maison. Debout, les jambes écartées, raide et rejeté en arrière, les mains au dos, dans son habit fin et soyeux sur lequel l'étoile d'argent jetait des feux au moindre mouvement, il causait tour à tour avec ses invités masculins, Werner, Kirms, Coudray, et non avec elle. Elle trouva doux et agréable de l'observer à la dérobée et de n'avoir pas à lui parler, bien qu'elle brûlât de renouer l'entretien ; elle en éprouvait la pressante nécessité, et en même temps en perdait un peu l'envie ; à le voir dans l'exercice de ses fonctions de société elle acquérait la certitude que ceux qu'il honorait de son attention ne devaient pas se sentir très à l'aise.

Son ami de jeunesse avait incontestablement un air d'extrême distinction. Sa vêture, jadis d'une excentricité voulue, était à présent du meilleur goût ; elle se maintenait avec modération en deçà de la dernière mode, et ce qu'elle offrait d'un peu désuet s'accordait à la raideur de l'attitude et de la démarche, et concourait à l'impression de dignité. Toutefois, bien qu'il fût solidement campé et portât haut sa belle tête, il semblait que cette dignité ne reposait pas sur des jambes très fermes. Quelle que fût la personne à qui il s'adressait, il avait, dans son maintien, on ne sait quoi d'hésitant, de contraint, de perplexe, dont l'absurdité troublait l'observateur tout comme l'interlocuteur, qui en ressentait un étrange embarras. On sait que la liberté naturelle et la spontanéité reposent sur l'aisance, l'oubli de soi ; cette gêne semblait donc révéler un défaut de sympathie pour les hommes et les choses, elle était de nature à faire perdre le fil du discours au partenaire déconcerté. Les yeux avaient l'habitude de fixer attentivement leur vis-à-vis tout le temps que celui-ci ne le regardait pas en parlant ; mais aussitôt que les regards se rencontraient, Goethe détournait les siens et les laissait errer dans la pièce, par-dessus la tête de l'interlocuteur.

La pénétration féminine de Charlotte lui découvrit tout cela et, répétons-le, elle ressentait autant la terreur de renouer l'entretien avec l'ami de jadis, que l'impérieux besoin de s'y livrer. Au surplus, quelques particularités de son attitude pouvaient être mises au compte d'une inanition pour lui trop prolongée. Déjà à diverses reprises, les sourcils levés en point d'interrogation, il avait regardé du côté de son fils qui semblait investi des responsabilités d'un maréchal de palais.

Enfin le laquais s'approcha de lui, avec l'annonce attendue, et coupant court, il en fit part au groupe.

« Chers amis, nous sommes priés de passer à table », dit-il. Il s'avança vers Charlotte et sa fille, les prit par la main avec des grâces de menuet et ouvrit avec elles la marche vers la Salle Jaune contiguë, où le couvert avait été dressé, la petite salle à manger, plus éloignée, étant insuffisante pour seize convives.

Le mot « salle » était un peu exagéré pour qualifier la pièce où se trouva réunie la société ; toutefois plus longue que le salon d'où l'on venait, elle contenait également deux bustes blancs de dimension colossale : un Antinoüs mélancolique à force d'être beau et un majestueux Jupiter. Une suite de gravures en couleurs de sujets mythologiques et une copie de *L'Amour sacré* du Titien décoraient les murs. Ici aussi, des portes ouvertes ménageaient des échappées sur d'autres dégagements ; la partie étroite du mur s'ouvrait sur une perspective particulièrement jolie. Par une salle ornée de bustes, elle laissait voir la terrasse ombragée de frondaisons et l'escalier qui descendait au jardin. L'élégance de la table dépassait les limites du cadre bourgeois : damas fin, fleurs, candélabres d'argent, porcelaine dorée et trois verres différents devant chaque couvert. Le service était assuré par le jeune laquais en livrée et une fille de la campagne, rougeaude, en bonnet, corselet, manches bouffantes blanches et grosse robe taillée à la maison.

Goethe s'assit au centre de la table, dans le sens de la longueur, entre Charlotte et sa sœur, qui avaient à leur droite et à leur gauche le conseiller à la Chambre des finances Kirms et le professeur Meyer ; plus loin se trouvaient, d'un côté Mme Meyer, et de l'autre Mme Riemer. Les hommes étant en surnombre, Auguste n'avait pu observer strictement le principe de l'alternance. Il avait placé le conseiller des mines en face de son père en lui donnant pour voisin de droite le docteur Riemer, avec qui il partageait la société de la jeune Lotte. A gauche de Werner, vis-à-vis de Charlotte, se trouvait madame Coudray, encadrée du docteur Ridel et de madame Kirms. M. Stéphen Schutze et le conseiller supérieur des bâtiments occupaient les bas bouts de la table.

La soupe très épaisse, avec des quenelles de moelle, était déjà servie quand on se mit à table. L'amphitryon rompit le pain au-dessus de son assiette avec un geste presque de consécration. Assis, il était à son avantage et se montrait plus dégagé que debout ou marchant ; on pouvait le croire plus grand que lorsqu'il apparaissait en pied. Sans doute était-ce la situation en soi, la présidence de la table, la qualité d'hôte et patriarche qui lui conférait de l'aisance et du laisser-aller. Il semblait dans son élément. De ses grands yeux où pétillait une lueur malicieuse, il regarda le cercle encore muet et, de même qu'en rompant le pain il avait donné le signal du repas, il parut vouloir amorcer la conversation en disant à la ronde, de sa voix posée, bien articulée, au débit méthodique d'Allemand du Sud formé par l'Allemagne du Nord :

« Rendons grâce aux puissances célestes, chers amis, pour cette agréable réunion qu'elles nous accordent en une circonstance si joyeuse et qui a si grand prix, et goûtons au modeste repas préparé avec sollicitude. »

Puis il avala une cuillerée et tous l'imitèrent, non sans échanger des regards, des hochements de tête et des sourires extasiés sur la perfection du petit discours comme pour se confier de proche en proche : « Que voulez-vous ? Il trouve toujours la formule la plus heureuse. »

Enveloppée dans le parfum d'eau de Cologne qu'exhalait son voisin de gauche, Charlotte pensa involontairement à l'odeur suave qui, au dire de Riemer, permettait de reconnaître la divinité. En une sorte de méditation rêveuse, cette senteur d'eau de Cologne, si fraîche, lui sembla la réalité prosaïque de ce que l'on appelait l'ozone des dieux. Tandis que son sens averti de maîtresse de maison ne pouvait s'empêcher de constater que les quenelles à la moelle étaient en effet « préparées avec sollicitude », c'est-à-dire qu'elles étaient onctueuses à souhait et d'une matière fine, tout son être se tendait dans une attente obstinément insurgée contre certaine réglementation, et point résignée. Cet espoir qu'il lui eût d'ailleurs été difficile de définir de façon plus précise, se trouvait confirmé par l'attitude de son voisin, plus empreinte d'aisance et de bonhomie depuis qu'il présidait le repas ; mais, d'autre part, une inquiétude l'envahit parce qu'elle était placée à côté de lui, comme il se devait, et non vis-à-vis ; combien il eût été plus conforme à ses visées intimes de l'avoir en face d'elle, son regard plongeant dans le sien, et combien elle aurait eu plus de chances de lui ouvrir les yeux sur la toilette symbolique chargée de traduire ses intentions. Elle envia la place du souriant Werner, elle qui faisait effort pour accueillir les paroles qui l'atteignaient de côté alors qu'elle eût préféré les recevoir de front, directement. Son voisin ne se tournait d'ailleurs pas particulièrement vers elle, il s'adressait à la table en général. Après quelques cuillerées de soupe, il prit dans leurs soucoupes d'argent, successivement, les deux bouteilles de vin placées devant lui, dont une autre paire se trouvait également à chaque bout de la table, et les tint de biais, pour lire l'étiquette.

« Mon fils, je le vois, dit-il, a bien fait les choses, et nous a servi deux grands crus propres à revigorer le cœur, car les cuvées indigènes peuvent soutenir la comparaison avec celles de l'étranger. Nous sommes resté fidèle à l'usage patriarcal qui consiste à se verser soi-même à boire. Il est préférable aux présentations qu'en font les esprits domestiques et à la préciosité de leurs gestes en remplissant les verres à la ronde, que je ne puis souffrir. Avec notre système, on a les mains libres et l'on voit où on en est avec sa bouteille. Qu'en pensez-vous, mesdames, et vous, mon cher conseiller des mines ? Je veux dire : le cru allemand d'abord, puis le français avec le rôti, ou préférez-vous commencer par ce dernier à cause de ses chauds effluves ? Je vous le garantis, ce Laffite de huitième récolte s'insinue avec douceur dans la sensibilité, et pour ma part, je ne réponds pas que je n'y reviendrai pas. Il est vrai que la Goutte d'Or de Piesport, ici présente, de l'an XI, est faite pour incliner à la monogamie, une fois qu'on a noué des rapports avec elle. Nos chers Teutons sont un sacré peuple ; il a toujours donné à ses prophètes autant de fil à retordre que jadis les Juifs aux leurs, mais leurs vins sont le plus noble présent des dieux. »

Werner se borna à rire d'un air interloqué, mais Kirms, un homme aux paupières lourdes, dont les cheveux bouclés et grisonnants recouvraient le sommet d'un crâne étroit, riposta :

« Votre Excellence oublie de mettre à l'actif des vilains Allemands qu'elle est leur produit. »

Le rire d'approbation de Meyer à gauche et de Riemer placé en face, obliquement, révéla qu'ils étaient tout à la conversation du maître de maison et n'écoutaient pas leurs voisins immédiats.

Goethe aussi rit, sans desserrer les lèvres, peut-être pour ne pas laisser voir ses dents.

» Tolérons ce trait passable, dit-il. Puis il s'enquit de ce que Charlotte désirait boire.

– Je n'ai pas l'habitude du vin, répondit-elle. Il me porte trop facilement à la tête, je me bornerai à y tremper les lèvres, au nom de l'amitié. Au fond, je voudrais vous demander de cette source-ci. »

Du menton, elle désigna une des carafes également disposées sur la table. « Qu'est-ce que cela peut être ?

– Oh, mon eau d'Eger, répondit Goethe. Vous avez été bien inspirée, cette eau ne nous fait jamais défaut ; parmi toutes les choses insipides de la terre, c'est encore à elle que je dois ma meilleure expérience. Je vous en verserai, mais à la condition que vous goûterez aussi à cet esprit d'or et ne confondrez pas les différentes sphères en mettant de l'eau dans votre vin, une vraie hérésie. »

De sa place, il versait à boire, tandis qu'aux bas bouts de la table, son fils d'un côté, et le docteur Ridel de l'autre, s'acquittaient également de cet office. Entre-temps, les assiettes avaient été changées et l'on servait un ragoût de poisson gratiné, avec des coquilles aux champignons, dont Charlotte, bien qu'elle manquât d'appétit, dut convenir, en toute impartialité, qu'il était d'une saveur exceptionnelle. Avidement curieuse de tout, attentive, elle observait en silence ; elle trouva cette haute perfection culinaire fort intéressante et l'attribua aux exigences du maître de maison ; d'autant plus qu'à ce moment et par la suite aussi, elle remarqua qu'Auguste, soucieux de quêter son approbation, le regardait à travers la largeur de la table, d'un air d'interrogation presque craintive, de ses yeux qui étaient ceux du père, mais voilés d'une douceur mélancolique, et d'une acuité moins puissante ; seul de tous les convives, Goethe avait pris deux coquilles, mais il ne toucha presque pas à la seconde. De lui, on pouvait dire qu'il avait les yeux plus grands que l'estomac ; il en donna une nouvelle preuve quand un succulent filet jardinière ayant été présenté dans des plats ovales, il se servit une portion si copieuse, que la moitié en resta sur son assiette. En revanche, il buvait à longs traits le vin du Rhin aussi bien que le Bordeaux, et sa façon de verser à boire, comme tantôt de rompre le pain, avait chaque fois quelque chose de rituel, encore que le plus souvent il remplît son propre verre. La bouteille de Piesport dut bientôt être remplacée par une autre. Pendant le repas, son visage, fortement coloré d'habitude, fit ressortir plus encore la pâleur des cheveux.

Avec l'attention insistante et un peu intimidée dont elle ne devait pas se départir durant ces heures, Charlotte ne cessait de regarder la main aux ongles courts, bien taillés, qui sortait d'une manchette à fronces et versait à boire. Malgré sa largeur et sa robustesse, elle conservait une sorte de spiritualité, tandis que d'un geste gracieux et ferme, elle encerclait la panse de la bouteille. A diverses reprises, il remplit d'eau d'Eger le verre de sa voisine et s'étendit tout de suite sur ce sujet, de sa voix lente sans monotonie, basse, très articulée, qui parfois laissait tomber les finales selon une coutume atavique. Il lui dit comment il avait connu cette source salutaire ; tous les ans, il faisait venir à Weimar, par l'intermédiaire des porteurs d'eau de Franzensdorf, comme on les appelait, la provision nécessaire ; même, ces dernières années, éloigné des bains de Bohême, il s'était efforcé de suivre méthodiquement la cure à domicile. Peut-être était-ce à cause de son débit d'une précision et d'une netteté extraordinaires, la mobilité séduisante de sa bouche à demi souriante, avec on ne sait quoi d'involontairement pénétrant et de dominateur ; toujours est-il que la table n'avait d'oreilles que pour lui. D'ailleurs, pendant le repas, les conversations isolées restèrent peu fournies, fragmentaires, et dès qu'il prenait la parole, l'attention générale se tournait vers l'amphitryon. Il ne pouvait guère l'empêcher ; tout au plus se penchait-il avec une discrétion accentuée vers l'un de ses voisins et lui parlait-il à mi-voix, mais même alors, on continuait à l'écouter.

Ainsi, après le mot qu'avait risqué le conseiller à la Chambre des finances Kirms, en faveur du peuple allemand, il se mit à entretenir Charlotte, en aparté, de la personne et du mérite de son voisin de droite ; un homme, dit-il, qui s'était distingué au service de l'Etat, un économiste remarquable et réalisateur, l'âme du maréchalat du palais ; par surcroît, ami des Muses, fin connaisseur en art dramatique, n'ayant pas son pareil comme membre de l'intendance du théâtre de la cour, fondée cette année. On eût pu croire qu'il s'appliquait à la cantonner dans la société de Kirms, à la rejeter en quelque sorte vers lui, si, en outre, il ne lui avait demandé son sentiment en matière de théâtre et émis la supposition qu'elle profiterait de son séjour pour se faire une idée des ressources qu'offrait la scène de Weimar. Sa loge serait à la disposition de Charlotte, chaque fois qu'elle aurait envie de s'en servir. Elle se confondit en remerciements et répondit qu'elle avait toujours pris beaucoup de plaisir à la comédie ; mais dans son milieu on ne s'y intéressait guère et d'ailleurs le théâtre de Hanovre n'était pas fait pour en développer le goût ; aussi, toujours absorbée par les mille devoirs que lui imposait la vie, elle s'était trouvée un peu privée de cette jouissance ; il lui serait donc très agréable de connaître le célèbre ensemble de Weimar formé par ses soins et elle y prendrait un plaisir extrême.

Tandis qu'elle exprimait tout cela d'une petite voix, il écoutait, la tête inclinée vers l'assiette de Charlotte, faisant du menton signe qu'il comprenait. A la grande confusion de sa voisine, il recueillit avec l'annulaire le pain que, perdue dans ses pensées, elle avait émietté et réduit en boulettes, et il en fit un petit tas très convenable ; puis réitéra son invitation pour la loge et formula l'espoir que les circonstances permettraient de lui montrer *Wallenstein* qui, avec Wolf dans le rôle du protagoniste, constituait un spectacle attachant dont maint étranger avait été impressionné. Après quoi, il trouva drôle, par un double enchaînement d'idées avec la pièce de Schiller et avec l'eau de table, de passer au vieux burg d'Eger en Bohême, où les principaux partisans de Wallenstein avaient été défaits. Comme l'architecture de ce burg l'intéressait beaucoup, il se prit à en disserter ; et il lui suffit de se détourner de l'assiette de Charlotte et d'élever de nouveau sa voix qu'il avait mise en sourdine, pour que toute la table recommençât à l'écouter. La Tour Noire, comme on l'appelait, vue de l'ancien pont-levis, dit-il, était un édifice grandiose dont la pierre provenait sans doute du Kammerberg. Il s'adressait au conseiller des mines, d'un air d'entente d'homme du métier. Ses pierres, expliqua-t-il, taillées et ajustées avec un art extrême, pour mieux résister aux intempéries, affectent un peu la forme de certains cristaux qu'on découvre dans les champs, près d'Elbogen. Et cette similitude de forme l'amena à parler d'une trouvaille minéralogique faite en Bohême au cours d'une promenade en voiture, d'Eger à Liebenstein, où l'attiraient non seulement le remarquable château des Chevaliers, mais aussi le Plattenberg, qui se dressait en face du Kammerberg, et présentait un grand intérêt géologique.

Avec infiniment de verve et de pittoresque, il décrivit la route, un vrai casse-cou semé de grandes fondrières pleines d'eau, d'une profondeur incalculable. Son compagnon de voiture, un fonctionnaire local, avait souffert mille morts, censément à cause de lui, Goethe, mais en réalité pour son propre compte ; il avait donc fallu tout le temps le calmer et lui rappeler l'habileté du cocher, expert au point que Napoléon, s'il l'avait connu, l'aurait sûrement nommé son fourrier particulier. L'homme faisait rouler avec précaution le véhicule juste au milieu des fondrières, – la meilleure façon d'éviter d'y verser. « Et alors, poursuivit-il, comme nous avancions au pas, cahin-caha, au bord de la route, ascendante par surcroît, j'aperçois à terre quelque chose qui me décide à descendre de voiture pour l'examiner de plus près. Comment es-tu là ? Oui, mais comment es-tu là ? lui demandai-je. En effet, qu'est-ce qui me regardait en scintillant dans la boue : un cristal de feldspath jumelé !

– Ah, fichtre », s'écria Werner ; mais bien qu'il fût sans doute le seul de l'assistance – Charlotte le supposa, elle l'espéra presque – qui sût exactement ce qu'était un cristal de feldspath jumelé, tous se montrèrent ravis de cette rencontre du conteur avec un caprice de la nature, ravissement d'ailleurs sincère ; car la forme du récit était si plaisamment dramatique, en particulier l'apostrophe stupéfaite, joyeusement cordiale, à la trouvaille, avait été si charmante, cette nouveauté d'un homme – et quel homme ! – tutoyant un minéral sembla si émouvante et digne d'un conte de fées, que le conseiller des mines ne fut point le seul à la priser. Charlotte, qui observait avec une égale tension le narrateur et les auditeurs, vit l'amour et la joie peints sur tous les visages, notamment sur celui de Riemer, où ils formaient un singulier mélange avec le trait boudeur qui le marquait toujours ; mais sur le visage d'Auguste aussi et même de Petite-Lotte ; et en particulier, dans l'expression habituellement sèche et impénétrable de Meyer, penché vers Goethe par-devant Amélie Ridel, et suspendu à ses lèvres, elle vit se refléter une si profonde tendresse, qu'elle en eut les larmes aux yeux, sans trop savoir comment.

Il lui déplaisait qu'après leur court entretien privé, son ami de jeunesse s'adressât finalement à la table entière, un peu parce que celle-ci le réclamait, un peu aussi – Charlotte ne se le dissimula pas – pour « réglementer » leurs rapports. Et pourtant, elle n'avait pu se défendre d'une satisfaction caractéristique, on pourrait dire mystique, en écoutant le monologue patriarcal de celui qui présidait aux destinées de la maison. Une vieille association de mots, un obscur souvenir, lui revint à la mémoire et s'y ancra obstinément. « Les propos de table de Luther » pensa-t-elle, et elle chercha des raisons de confirmer son impression, en dépit de la dissemblance des physionomies.

Tout en mangeant, buvant et versant à boire, ou, appuyé dans l'intervalle au dossier de son siège, et les mains jointes sur sa serviette, il continuait de parler ; le plus souvent avec lenteur, d'une voix basse, cherchant consciencieusement ses mots, mais parfois aussi de façon plus relâchée et plus rapide ; alors les mains se dénouaient en gestes gracieux et légers, et Charlotte se rappelait qu'il avait l'habitude de préparer pour les acteurs des discalies sur le goût et la séduction au théâtre. Ses yeux, aux coins bizarrement tombants, enveloppaient la table entière d'un pétillement cordial, tandis que sa bouche s'agitait, dans un mouvement parfois agréable. Alors, les lèvres s'étiraient sous l'influence d'une mystérieuse contrainte qui causait un malaise et transformait en trouble apitoyé le plaisir qu'on prenait à ses paroles. Mais en général, l'impression se dissipait très vite et la bouche au beau dessin se mouvait avec une si réconfortante amabilité, qu'on admirait combien l'épithète homérique d'« ambroisienne » caractérisait cette grâce exactement et sans exagération, bien qu'on ne la lui eût jamais appliquée.

Il disserta ainsi de la Bohême, de Franzensbrunn, d'Eger et du charme de sa vallée cultivée ; décrivit une fête de la moisson, une cérémonie religieuse dont il avait été témoin, où la procession aux bannières bigarrées, les francs-tireurs, les corporations et les indigènes, sous la conduite des membres du clergé chargés d'ornements et de reliques, s'étaient rendus de l'église principale, sur le Ring. Puis, baissant la voix, les lèvres avancées avec une expression sinistre qui avait à la fois quelque chose d'épique et de badin, comme lorsqu'on fait à des enfants un récit terrifiant, il raconta une nuit sanglante que cette ville remarquable avait vécue vers la fin du moyen âge, un massacre de Juifs auquel la population s'était laissée entraîner brusquement, comme en état de transe, et dont le récit se trouvait consigné aux pages des vieilles chroniques. En effet, à cette époque, de nombreux enfants d'Israël vivaient à Eger, dans des rues qui leur étaient affectées et où s'élevait une de leurs plus fameuses synagogues, ainsi que l'Ecole supérieure israélite, la seule de toute l'Allemagne. Un jour, un moine déchaussé, doué d'une fatale éloquence avait du haut de la chaire, décrit en termes déchirants la Passion du Christ et, avec une indignation communicative, dénoncé les Juifs comme les fauteurs de tout mal ; sur quoi, un guerrier prompt à l'action et mis hors de lui par le prêche, avait bondi jusqu'au maître-autel, saisi le crucifix et au cri de « Tout chrétien me suive ! » soulevé la foule en délire. Dehors, une racaille de la pire espèce se joignit à eux et un pillage commença dans les rues juives, un massacre inouï. Les malheureux habitants, traînés dans une venelle resserrée entre les deux principales artères y avaient été abattus si sauvagement que l'endroit s'appelait encore la rue du Meurtre. Des ruisseaux de sang coulèrent. A cette tuerie un unique Juif avait échappé, en s'introduisant dans une cheminée où il était resté caché. Le calme rétabli, la ville, prise de remords, et que, par ailleurs, le roi régnant, Charles IV, avait admonestée, lui décerna solennellement le titre de bourgeois d'Eger.

» Bourgeois d'Eger ! s'exclama Goethe. Il était devenu quelqu'un, dédommagement magnifique ! Sans doute avait-il perdu dans la bagarre femme et enfants, biens, amis et parents, tout son entourage, sans parler de son séjour asphyxiant dans la cheminée où il avait passé des heures affreuses. Il se retrouvait nu et dépouillé mais il était à présent bourgeois d'Eger, et même en concevait quelque orgueil. Reconnaissez-vous les hommes à ce trait ? Les voilà bien. Ils prennent plaisir à perpétrer le pire, puis une fois tombée leur belle ardeur, ils s'offrent le luxe des remords et d'un geste magnanime, par quoi ils croient expier l'acte scandaleux, ce qui est aussi touchant que comique. Car on ne saurait dire d'une collectivité qu'elle agit, mais plutôt qu'elle est régie par l'événement, et il convient de considérer semblables déchaînements comme des phénomènes imprévisibles de la nature, comme le produit de la mentalité d'une époque. Et dût-elle se manifester tardivement, la sanction qui s'inspire d'un sentiment de justice n'en est pas moins un bienfait : en l'occurrence. Sa Majesté romaine sauva tant bien que mal l'honneur de l'humanité en ordonnant une enquête sur le cas et en infligeant une amende aux autorités responsables. »

Impossible de commenter l'effroyable événement avec plus d'objectivité, une froideur plus conciliante ; et Charlotte se dit que c'était sans doute la meilleure façon de traiter un tel sujet, si tant est qu'on pût le rendre supportable pendant un repas. Un instant encore il parla du caractère et du destin des Juifs, saisissant au passage et incorporant à son discours les observations incidentes d'un des convives, Kirms, Coudray ou Meyer tout effaré. Sur la singularité de ce peuple remarquable, il disserta avec une sérénité distante et une considération légèrement amusée. « Les Juifs, dit-il, sont pathétiques sans être héroïques. A l'ancienneté de leur race et de leur sang chargé d'expérience, ils doivent leur sagesse et leur scepticisme qui sont précisément à l'opposé de l'héroïsme ; et l'on rencontre, en vérité, une certaine sagesse, un peu d'ironie, dans les intonations du Juif le plus simple, jointes à une indéniable tendance au pathos. Il importe, toutefois, de bien saisir le mot et l'entendre ici au sens de souffrance. Le pathos juif est une emphase douloureuse qui souvent nous semble grotesque et nous éloigne, nous rebute, de même que devant les stigmates et les tares physiques infligées par Dieu, tout noble esprit éprouve un sentiment rétractile et doit toujours surmonter une aversion naturelle. Il est très malaisé de démêler au juste les réactions d'un bon Allemand, partagé entre l'envie de rire et un respect secret, quand le colporteur que de rudes mains ancillaires ont jeté dehors à cause de son importunité, lève les bras au ciel en hurlant : "Le valet m'a martyrisé et flagellé !" L'autochtone moyen, lui, ne dispose pas d'un vocabulaire remontant aux époques antérieures et sublimes, alors que le fils de la Vieille Alliance resté en rapports directs et suivis avec la sphère du pathos, n'hésite point à lui emprunter pompeusement son langage pour les besoins d'une prosaïque mésaventure. »

L'histoire fut jugée charmante et la société s'esclaffa, un peu trop bruyamment au goût de Charlotte, sur la jérémiade du colporteur, dont Goethe avait imité à s'y méprendre la pittoresque gesticulation méditerranéenne, ou du moins l'avait indiquée par une agile mimique. Charlotte elle-même ne put s'empêcher de sourire ; mais elle n'était guère à la conversation ; trop de pensées se croisaient dans son esprit pour que son amusement se traduisît autrement que par un sourire un peu forcé. La dévotion et la complaisance qu'exprimait l'hilarité approbative de la table lui inspira un mépris impatienté, parce qu'il s'adressait à son ami de jeunesse, mais, d'autre part, et pour le même motif, elle se sentit personnellement flattée. L'assistance, sans contredit, était émue par l'amabilité avec laquelle il lui prodiguait ses richesses, une amabilité point toujours exempte de contrainte, comme le trahissait sa bouche. Derrière le récit destiné à divertir, il y avait la grande œuvre de sa vie ; elle conférait à ses saillies une résonance qui justifiait une gratitude disproportionnée. En outre, phénomène singulier, l'élément spirituel se confondait dans son cas avec l'élément officiel et mondain, d'une façon inusitée qui ne permettait pas au respect de les dissocier. En effet, par un hasard qui n'en était pas un, le grand poète se trouvait être également un grand personnage, et l'on considérait en lui cette seconde qualité non point comme distincte de son génie, mais comme son expression représentative et mondaine. Le titre d'Excellence qui créait une distance et donnait un caractère cérémonieux à toutes les apostrophes, était, à l'origine, aussi étranger à son essence de poète que l'étoile sur sa poitrine, c'étaient les attributs du favori et du ministre. Mais ces distinctions symbolisaient si bien sa grandeur spirituelle, qu'à plonger plus profondément, on découvrait qu'elles lui étaient inhérentes ; et, peut-être, songea Charlotte, l'étaient-elles en effet par l'intime conscience qu'il avait de soi.

Elle médita l'idée sans trop savoir si elle méritait qu'on s'y attardât. En tout cas, le rire servile des autres traduisait leur joie de voir ainsi conjugués le spirituel et le temporel, ils en éprouvaient de la fierté, un enthousiasme soumis. Elle trouva la chose injuste, jusqu'à un certain point révoltante.

Si un examen plus approfondi pouvait démontrer que leur fierté, leur enthousiasme était un sentiment d'esclaves flattés, la préoccupation de Charlotte et un certain souci qui s'y rattachait se trouveraient fondés. Il était bien facile aux gens de s'incliner devant le spirituel, quand il se présentait paré d'un titre et d'une décoration, dans une demeure artistique à l'escalier d'apparat, sous les traits d'un vieillard élégant à l'œil brillant, aux fins cheveux plantés comme ceux du Jupiter, là-bas, et qui parlait avec des lèvres d'ambroisie. Le spirituel, pensa-t-elle, devrait être pauvre, laid et dépouillé des honneurs terrestres, afin de mettre à l'épreuve l'aptitude des hommes à le reconnaître. Elle regarda Riemer à travers la table, car un mot qu'il avait dit lui était resté dans l'oreille et résonnait en elle : « Dans tout cela, point de christianisme. » Non, précisément, point de christianisme. Elle s'abstint de tout jugement et n'eut nulle envie de faire sienne aucune des critiques revêches que l'homme aigri avait mêlées à ses laudes au seigneur et maître : mais elle le regardait, qui lui aussi riait en témoignage d'approbation subjuguée, tandis qu'un petit pli de rêverie, de rébellion, de chagrin, bref, de hargne, se creusait entre ses yeux bovins et fatigués... Puis le doux, mais pénétrant regard de Charlotte alla se poser, deux places plus loin, par-dessus Lotte, sur Auguste, le fils tenu à l'ombre, l'embusqué, qui portait la honte de n'être pas parti comme volontaire aux armées, et qui devait épouser la petite personne. Ce n'était pas la première fois qu'elle l'observait depuis le commencement du repas.

Déjà tantôt, quand son père contait l'histoire de l'habile cocher qui avait évité à la voiture une culbute dans les fondrières, les yeux de Charlotte s'étaient fixés sur le conseiller à la Chambre des finances. Elle se rappelait son singulier récit de ce voyage manqué, l'accident de Goethe avec Meyer, la chute de la grandeur, solennellement consciente de soi, dans un fossé, au revers de la route. A présent, tandis que ses regards erraient entre le famulus et lui, un soupçon lui vint tout à coup, une peur lancinante, non au sujet de ces deux-là seulement, mais de l'assistance entière ; elle eut un instant l'affreuse impression que la dévotion outrancière, le rire général se proposaient de couvrir et de dissimuler autre chose, une chose d'autant plus inquiétante qu'elle lui fit l'effet d'une menace personnelle dirigée contre elle et à laquelle elle était conviée à s'associer en alliée.

Dieu merci, la tentation était absurde, n'avait pas de nom.

Autour de la table, l'amour, l'amour seul vibrait dans les rires et s'exprimait dans tous les regards suspendus aux lèvres enjouées, prudentes et volubiles, de son ami. On attendait toujours davantage et l'espoir n'était point déçu. Les « Propos de table patriarcaux de Luther », la causerie sonore et spirituelle, continuaient après qu'il eut développé un moment encore le thème du Juif, – d'ailleurs avec une équité hautaine dont on sentait qu'elle aussi aurait infligé aux autorités d'Eger la sanction d'une amende. Goethe loua les aptitudes génériques de ce peuple singulier, son goût de la musique et ses dispositions pour la médecine. Pendant tout le moyen âge, les médecins juifs et arabes avaient su inspirer une confiance universelle. En outre, il y avait la littérature, avec laquelle cette race, semblable en cela aux Français, entretenait un commerce particulier ; le Juif, même moyen, quand il écrivait, usait habituellement d'un style plus pur et serré que l'Allemand spécifiquement national, qui, à la différence des peuples méridionaux, n'en avait cure et ne polissait pas le sien avec soin. Les Juifs étaient vraiment le peuple du Livre, et à cela on reconnaissait que les qualités humaines et les convictions morales devaient être considérées comme les formes sécularisées de la religion. Un trait caractéristique de la leur, c'était qu'elle se cantonnait aux choses de ce monde ; leur tendance, leur faculté de conférer aux affaires d'ici-bas un dynamisme religieux, permettaient d'induire qu'ils étaient encore appelés à jouer un rôle marquant dans la configuration de l'avenir terrestre. L'antipathie venue du fond des âges, enracinée chez les peuples, à l'égard des Hébreux, et toujours prête à se déchaîner en haine militante, comme le prouvaient abondamment les troubles d'Eger, était fort étrange et difficile à motiver, étant donné les services éminents qu'ils avaient rendus à la civilisation. A cette antipathie, renforcée par l'estime, une seule autre était comparable : celle qu'inspiraient les Allemands, dont le destin et la situation dans le cadre intérieur et extérieur des nations, offraient avec les leurs de grandes affinités. Il ne voulait pas s'étendre sur ce sujet et s'attirer des ennuis en tenant des propos inconsidérés, mais il avouait que, parfois, une an–

goisse lui coupait le souffle à la pensée qu'un jour la haine universelle, libérée de ses entraves, se dresserait contre cet autre sel de la terre, la germanité, dans un sursaut historique dont la nuit sanglante du moyen âge n'aurait été que la préfiguration en miniature... Au surplus, il fallait l'abandonner à ses soucis, rester en belle humeur et lui pardonner des comparaisons et des rapprochements aussi osés de peuple à peuple. Mais d'autres encore restaient à formuler, qui surprenaient davantage. A la bibliothèque grand-ducale, un vieux globe terrestre indiquait, en inscriptions frappantes et lapidaires, les particularités des différents habitants de notre sphère. Au-dessus de l'Allemagne, il y avait écrit : « Les Allemands offrent une grande analogie avec les Chinois. » N'était-ce pas très drôle et assez saisissant, si l'on songeait au plaisir que les Allemands prennent aux titres et à leur respect invétéré de l'érudition ? Ces aperçus sur la psychologie des peuples étaient toujours quelque peu arbitraires, il est vrai, et la comparaison aurait pu s'appliquer tout aussi bien, sinon mieux, aux Français dont la propension à se suffire en matière culturelle et le rigoureux esprit d'examen, le mandarinisme critique, avaient quelque chose de très chinois. En outre, leur pente démocratique les rapprochait des fils du Céleste Empire, encore qu'ils ne pratiquassent pas un radicalisme aussi absolu. Car c'était aux compatriotes de Confucius qu'on devait l'axiome : « Un grand homme est un malheur public. »

Les rires fusèrent, encore plus bruyants que précédemment. Le mot, dans une pareille bouche, suscita une vraie tempête d'hilarité. Les uns se renversaient sur leur chaise, les autres s'accoudaient à la table, ou la frappaient du plat de la main, choqués par cette extravagance jusqu'à en négliger les belles manières, pour mieux marquer à l'amphitryon combien on appréciait qu'il eût pris sur lui de la citer, et lui signifier quelle absurdité monstrueuse et impie elle semblait à chacun. Seule Charlotte, toute droite, figée, restait sur la défensive, ses yeux de myosotis peureusement écarquillés. Elle avait froid. Elle était devenue pâle et un douloureux frémissement du coin de sa bouche fut sa seule façon de s'associer à la gaieté générale. Une vision fantomatique l'obsédait : sous des tours aux toits multiples, où pendaient des clochettes, des gens rendus vésaniques par l'âge, affreusement intelligents, leurs cheveux nattés en queue, avec des chapeaux en entonnoir et des vestes bariolées, sautillaient à cloche-pied ; ils levaient alternativement leurs index desséchés aux ongles allongés et stridulaient des vérités mortellement révoltantes. Mais pendant que cette folle vision la torturait, la même terreur que tantôt lui fit courir un frisson dans le dos : le rire trop bruyant de la table ne dissimulait-il pas une malignité qui, brusquement, éclaterait à un instant terrible, par exemple si quelqu'un, d'un bond, renversait la table en criant : « Les Chinois ont raison ! »

On voit combien elle était nerveuse. Mais un peu de cette nervosité se produit fatalement, une certaine tension angoissée au sujet de savoir si tout se passera bien, quand l'élément humain se répartit entre Un et plusieurs, et que l'individu se trouve isolé en face de la collectivité, quels que soient leurs rapports respectifs. Le vieil ami de Charlotte occupait à table une place égale à celle de ses invités mais le fait qu'à lui seul il dirigeait l'entretien, tandis que les autres formaient l'auditoire, avait créé cette situation, toujours un peu anormale et dont le charme consiste peut-être en cela même. De ses grands yeux sombres, l'Unique observait autour de lui la gaieté qu'avait déchaînée sa citation, et son visage, son maintien, exprimaient de nouveau la fausse naïveté, la surprise qu'il avait simulées au début, quand il avait fait son entrée. Mais déjà les lèvres d'« ambroisie » s'agitaient en vue d'un discours approprié. Lorsque le calme se fut un peu rétabli, il dit :

« Un trait de ce genre ne démontre évidemment pas la sagesse de notre globe. L'affinité entre Chinois et Allemands s'arrête, d'ailleurs, à l'anti-individualisme décidé d'un tel aveu. A nous Allemands, l'individu est cher à juste titre, car en lui seul nous sommes grands. Mais le fait qu'il en soit ainsi chez nous plus que chez les autres, rend quelque peu pénibles et déplaisants les rapports entre la collectivité et l'homme, en dépit des possibilités d'expansion accordées à celui-ci. Ce fut, certes, plus qu'un hasard si le naturel *taedium vitae* de l'âge se traduisit, chez Frédéric II, par la sentence : « Je suis las de régner sur des esclaves ! »

Charlotte n'osait lever les yeux. Elle n'aurait pourtant vu autour de la table que mines attentives, visages approbateurs égayés par cette nouvelle saillie ; sous les paupières baissées des assistants, son imagination surexcitée pressentait des regards perfides et elle avait une peur affreuse de les constater en réalité. Absente, perdue dans une douloureuse rêverie, longtemps isolée de l'entretien elle se sentait incapable d'en suivre les enchaînements. Elle n'aurait su dire comment il en était venu au point où elle le retrouvait de temps à autre. Peu s'en fallut qu'elle ne laissât passer inaperçue une nouvelle attention personnelle de son voisin : il l'engageait à reprendre un « minimum » (ainsi dit-il) de cette compote, et presque automatiquement, elle obéit. Puis elle l'entendit traiter de la Théorie de la lumière à propos de certaines coupes en cristal de Bohême qu'il promit de montrer après le repas, et dont les irisations présentaient, selon l'éclairage, la plus singulière diversité de nuances. Il glissa un commentaire désagréable et même péjoratif à l'égard du système de Newton, se moqua du rayon de soleil filtrant par le trou du volet sur un prisme de verre et parla d'un bout de papier qu'il conservait en mémoire de ses premières études sur ce sujet. On y percevait encore les traces de la pluie qui l'avait mouillé à travers la tente trop mince, pendant le siège de Mayence. Il avait le culte de ces petites reliques, ces souvenirs du passé, et ne les conservait que trop soigneusement, car ainsi s'accumulait à l'excès un délicat bric-à-brac, le résidu de toute une longue vie.

A ces mots, le cœur de Charlotte se mit à battre violemment sous le corsage blanc auquel manquait un nœud. Il lui parut qu'elle devrait intervenir au plus vite pour s'enquérir de quoi encore se composait ce résidu d'une vie. Mais elle en vit l'impossibilité, renonça, et de nouveau perdit le fil de la conversation.

Le rôti servi, quand on changea les assiettes pour l'entremets, elle se retrouva au milieu d'un récit dont elle ignorait comment il était venu sur le tapis, mais que leur hôte racontait avec beaucoup de verve : l'histoire singulière, gracieusement morale, d'une carrière d'artiste. Il s'agissait d'une cantatrice italienne qui n'avait consenti à affirmer en public ses dons extraordinaires que pour subvenir aux besoins de son père. Celui-ci vivait à Rome, receveur au mont-de-piété, et sa faiblesse de caractère l'avait précipité dans la misère. Au cours d'un concert d'amateurs où s'était révélé le merveilleux talent de la jeune personne, le directeur d'une troupe théâtrale l'engagea sur-le-champ. L'engouement fut si vif qu'à Florence, à sa première apparition sur la scène, un mélomane enthousiaste paya sa place cent sequins au lieu du scudo demandé ; elle ne manqua d'ailleurs pas de donner incontinent aux siens une large part de cette première aubaine. Sa carrière suivit une courbe ascendante, les richesses affluèrent, elle devint l'étoile du firmament musical, sans que la quittât jamais le souci de procurer à ses vieux parents tout le bien-être imaginable. Comment ne pas songer à l'embarras d'un père dont l'incapacité se trouvait heureusement compensée par l'énergie et la tendresse de sa brillante fille ? Là ne s'arrêtèrent toutefois pas les fluctuations de cette vie. Un riche banquier de Vienne, très épris, lui ayant demandé sa main, elle dit adieu à la gloire pour l'épouser, et son bonheur ressembla désormais au havre le plus abrité ; mais le banquier fit banqueroute et mourut gueux. Cette femme qui avait connu une série d'années magnifiques et prospères, se trouva, sa jeunesse déjà flétrie, dans l'obligation de revenir au théâtre. Le plus grand triomphe de sa vie l'y attendait. Le public salua sa réapparition, ce tour de force renouvelé, par des acclamations qui lui firent enfin comprendre à quoi elle avait renoncé, quelle privation elle avait infligée aux hommes en considérant la demande en mariage du Crésus comme le couronnement et le terme de sa carrière. Ses nouveaux débuts, au milieu de la jubilation générale, après l'épisode des fastes bourgeois et mondains, marquèrent le jour le plus heureux de sa vie ; il fit d'elle, pour la première fois, une artiste totale, corps et âme, mais elle n'y survécut que peu d'années.

Le narrateur commenta la singulière mollesse, l'indifférence inconsciente de l'étrange personne à l'égard de sa vocation artistique ; avec des gestes légers et souverains, il sembla vouloir éveiller l'intérêt des auditeurs pour cette sorte d'insouciance. Drôle de paroissienne ! Il était évident que, malgré des dons hors ligne, elle n'avait jamais pris très au sérieux son art, ni l'art en général. L'amour filial seul l'avait décidée à mettre en valeur un talent jusque-là passé inaperçu de tous et d'elle-même. Elle avait témoigné d'un remarquable empressement à quitter le chemin de la gloire, à la première occasion prosaïquement avantageuse – sans aucun doute au grand dam des impresarii – et à se retirer dans la vie privée ; on était fondé à croire que, dans son palais viennois elle n'avait point regretté l'exercice de la musique, l'odeur des coulisses poussiéreuses et qu'elle s'était facilement passée du tribut floral offert en hommage à ses roulades et à ses *staccati*. Contrainte par la dureté des temps, elle était, il est vrai, revenue à son ancienne carrière. Mais une remarque saisissante s'imposait : quand la faveur du public lui eut révélé que l'art, auquel elle n'avait jamais attaché grande importance, et qu'elle considérait comme un moyen plutôt qu'un but, avait toujours été sa véritable vocation, elle ne supporta plus de vivre longtemps ; sa mort suivit de près le retour triomphal au royaume enchanté des sons. Cet avertissement de la vie, la tardive découverte qu'elle était destinée à s'identifier avec le beau, n'avaient sans doute pas été à sa mesure ; une existence de prêtresse consciente lui avait semblé intolérable, impossible. La tragédie exempte de tragique des rapports de l'être privilégié avec l'art, ces rapports où la modestie et la supériorité étaient très difficiles à dissocier, avait toujours singulièrement attiré Goethe, et il eût aimé connaître la dame.

Les auditeurs laissèrent entendre qu'ils partageaient son sentiment. La pauvre Charlotte s'en souciait moins. Quelque chose l'affligeait et la troublait dans l'histoire ou plutôt dans le commentaire. Au nom de sa propre sensibilité mais pour son ami aussi, elle avait espéré qu'un attendrissement édifiant se dégagerait d'un pareil exemple d'amour filial ; Goethe, toutefois, par un tour décevant, avait fait dévier l'élément sentimental et l'avait présenté comme un trait tout au plus intéressant ; il avait tout transposé sur le terrain psychologique et sanctionné le dédain du génie à l'égard de l'art en termes qui glacèrent Charlotte et l'effrayèrent, toujours autant pour son compte que pour celui de son voisin. Et, de nouveau, elle retomba dans une méditation absente.

L'entremets était une crème aux framboises, très parfumée, décorée de mousse fouettée, avec appoint de biscuits à la cuiller. En même temps, on servit le champagne, la bouteille roulée dans une serviette. Et bien que Goethe eût déjà fait honneur aux vins précédents, il vida d'un trait deux flûtes, coup sur coup, comme s'il était altéré, en tendant, par-dessus l'épaule, son verre au domestique. Après quoi, ses yeux rapprochés restèrent quelques minutes perdus dans le vide, occupé qu'il était à suivre un souvenir plaisant, ainsi qu'il apparut par la suite, tandis que Meyer et l'assistance l'observaient, le premier avec une tendresse silencieuse, les autres avec un sourire d'attente. Enfin, il se tourna, à travers la table, vers le conseiller des mines Werner, en annonçant qu'il avait quelque chose à lui raconter.

« Ah, je vas vous raconter quelque chose », dit-il littéralement, et ce lapsus – ou quoi ? – surprit, après le langage châtié et précis auquel il avait accoutumé les oreilles. Il ajouta que ceux de ses hôtes qui habitaient la ville avaient sans doute gardé la mémoire d'un incident déjà ancien, mais les autres l'ignoraient certainement et il était si charmant qu'on aurait plaisir à se le rappeler.

Avec une expression qui, dès le début, trahit le goût intime qu'il y prenait, il raconta une exposition organisée treize ans auparavant par les Amis weimariens de l'Art, où figuraient de très beaux envois de l'étranger. Un des clous consistait en la copie, d'ailleurs fort habile, de la tête de *La Charite,* du Vinci, « vous savez bien, la Charite de la Galerie de Cassel, et le copiste aussi vous est connu : M. Rieppenhausen, un charmant artiste, dont le talent est particulièrement délicat et digne de louange. La tête à l'aquarelle avait conservé les nuances amorties de l'original, et l'expression langoureuse des yeux, l'inclinaison douce et comme implorante du visage, en particulier la suave tristesse de la bouche, étaient reproduites à merveille. Cette vision suscitait un plaisir délicieux. Or, notre exposition ayant eu lieu en une saison avancée, l'empressement du public nous décida à la prolonger plus qu'il n'est d'usage. La température avait baissé et par souci d'économie, on ne chauffa plus qu'aux heures d'ouverture. Le prix modique de l'entrée était surtout acquitté par les étrangers ; pour les indigènes, un abonnement avait été prévu, qui leur permettait l'accès des salles même aux heures où le chauffage ne fonctionnait pas.

« Ici se place mon histoire. Un beau jour, donc, on nous appelle en riant devant l'exquise petite tête de *La Charite* pour constater de nos yeux un phénomène d'un charme discret : sur la bouche de l'image, j'entends le verre à l'endroit où il recouvre la bouche, nous trouvons l'empreinte irrécusable, le fac-similé, bien formé par d'agréables lèvres, d'un... baiser.

« Vous imaginez notre amusement. Vous pensez avec quel intérêt égayé de criminologiste nous menâmes en sous-main une enquête aux fins d'identifier le délinquant. Il devait être jeune selon les présomptions mais en outre, les traits fixés sur le verre l'attestaient. Il avait dû se trouver seul ; en effet, comment se risquer en présence de tiers ? Sans doute quelqu'un du pays, muni d'un abonnement, et qui, pour accomplir son acte nostalgique, s'y était pris de bon matin, avant que les pièces fussent chauffées ? Il avait effleuré de son souffle le verre froid, et imprimé son baiser dans sa propre haleine qui, aussitôt solidifiée, s'était figée. Peu de personnes eurent vent de l'incident, mais il ne fut pas difficile d'établir qui s'était trouvé seul de bonne heure, dans les salles encore sans feu. Les soupçons, je dirai une quasi-certitude, finirent donc par s'arrêter sur un jeune homme que je m'abstiendrai de nommer et même de désigner plus explicitement. Il n'a jamais su comment on avait dépisté sa manœuvre amoureuse, mais nous, les initiés, eûmes plus d'une fois, par la suite, l'occasion de saluer ses lèvres vraiment faites pour le baiser. »

Telle fut l'histoire commencée par un lapsus, et dont non seulement le conseiller des mines, mais aussi tous les assistants se délectèrent, émerveillés. Charlotte était devenue toute rouge. Elle s'était empourprée jusqu'au front – jusqu'à la racine de ses cheveux gris savamment disposés – d'un pourpre aussi sombre que pouvait le comporter son teint délicat. Dans cet afflux de sang tranchait l'étrange pâleur de ses yeux bleus. Elle s'était écartée, même carrément détournée du narrateur, vers son autre voisin, le conseiller à la Chambre des finances Kirms, un peu comme si elle cherchait un refuge près de lui, de quoi il ne s'aperçut d'ailleurs point, car l'histoire le divertissait à l'extrême. La pauvre femme tremblait que le maître de maison ne s'étendît davantage sur la fixation dans le néant de ce baiser secret et sur ses conditions physiques ; le commentaire, d'ailleurs, ne manqua point, une fois l'hilarité calmée. Néanmoins il s'attacha davantage à la philosophie de la beauté qu'à une leçon sur le calorique. Goethe parla des moineaux qui becquetaient les cerises d'Apelle, et de l'effet de mystification que l'art peut exercer sur la raison, – seul entre tous les phénomènes, et pour ce motif, le plus séduisant de tous – non seulement en créant l'illusion, car l'art n'est nullement un trompe-l'œil, mais de façon plus profonde : par les liens qui l'unissent à la sphère céleste comme à la sphère terrestre, étant à la fois spirituel et sensuel, ou pour employer le langage platonicien, divin et visuel en même temps, et s'adressant à l'esprit par l'intermédiaire des sens. De là la nostalgie singulièrement tendre et nuancée que suscitait le beau, et qui dans le geste intime du jeune ami de l'art avait trouvé son expression, une expression dérivée de la chaleur et du froid. D'autre part, le caractère égaré, inadéquat, de l'acte accompli en secret prêtait à rire ; on éprouvait une sorte de chagrin comique à se représenter les sentiments du jeune homme tenté, quand ses lèvres s'étaient trouvées en contact avec le verre froid et lisse. Mais, au fond, comment évoquer une image plus émouvante et significative que cette matérialisation fortuite d'une effusion brûlante, sans réciprocité, dédiée à la froideur ? Il y avait vraiment là comme une bouffonnerie cosmique, etc., etc...

On servit le café à table. Goethe n'en prit point ; il le remplaça, au dessert qui suivit les fruits et qui se composait de toutes sortes de friandises, craquelins à l'adragant, pastilles et raisins secs, par un autre petit verre d'un vin du Midi appelé Tiñto Rosso. sur quoi, il leva la séance et la société regagna la salle de Junon ainsi que la pièce voisine, que les amis de la maison appelaient la chambre d'Urbin, à cause du portrait d'un duc d'Urbin de la Renaissance, qui y figurait. L'heure suivante, au vrai, plutôt trois quarts d'heure, fut ennuyeuse au point que Charlotte se demanda si elle la préférait aux agitations et aux angoisses du repas. Volontiers aurait-elle dispensé le maître du souci de trouver une occupation à ses invités. Ses efforts en ce sens s'adressaient en particulier aux hôtes étrangers et à ceux qui venaient chez lui pour la première fois, à Charlotte et aux siens tout de même qu'au conseiller des mines Werner, à qui il présentait constamment « une curiosité d'importance », selon son expression. De ses mains, mais aussi avec l'aide d'Auguste et du domestique, il prenait sur les tablettes de volumineux portefeuilles bourrés d'eaux-fortes, d'un maniement difficile, qu'il ouvrait sous les yeux des dames assises et des messieurs debout derrière elles, pour leur montrer les choses « dignes d'être vues » comme il appelait les images baroques. Mais il s'attardait si longtemps à celle du dessus qu'on avait tout juste le temps de parcourir les dernières. Une suite de grandes estampes, *Bataille de Constantin*, fut l'objet d'explications très minutieuses ; il y promenait le doigt, commentait la répartition et le groupement des figures, faisait ressortir le dessin correct des hommes et des chevaux et cherchait à bien convaincreses auditeurs du talent et du raffinement qu'il fallait pour composer une semblable image et l'exécuter heureusement. La collection de numismatique, apportée en partie de la pièce au portrait, dans des caisses, fut aussi l'objet d'un examen ; à ceux qui étaient à même de s'y intéresser, elle offrait un spectacle étonnamment complet et riche. On y trouvait les monnaies de tous les papes depuis le XVe siècle jusqu'à ce jour, et il expliqua, sans doute en connaissance de cause, quels heureux aperçus sur l'histoire de l'art une pareille vue d'ensemble pouvait permettre. Il cita le nom de tous les graveurs, fournit des détails sur les événements historiques que ces médailles commémoraient et égrena des anecdotes empruntées à la vie des hommes en l'honneur de qui elles avaient été frappées.

Les coupes en cristal de Bohême ne furent pas oubliées. Le maître de maison ordonna qu'on allât les quérir et, en effet, lorsqu'on les mania à la lumière, elles révélèrent de ravissantes irisations virant du jaune au bleu et du rouge au vert, phénomène que Goethe expliqua abondamment en s'aidant d'un petit appareil dont Charlotte crut comprendre qu'il l'avait lui-même fabriqué, et que son fils dut apporter : un châssis de bois dans lequel on glissait, sur un fond noir et blanc, des plaques de verre faiblement teintées, qui permettaient de renouveler l'expérience des coupes...

Entre temps, quand il croyait sa corvée achevée, et que pour un moment il avait fourni à ses hôtes un sujet d'occupation, il errait à travers la pièce, les mains au dos, en respirant profondément avec un petit bruit qui accompagnait l'exhalaison de son souffle et le faisait ressembler un peu à un gémissement. Il s'entretenait aussi, debout, en divers coins de la pièce ou dans le couloir qui menait au cabinet de travail, avec ceux des invités qui, connaissant les collections, restaient désœuvrés. Sa conversation avec M. Stéphen Schutze frappa Charlotte au point qu'elle ne l'oublia plus. Penchée avec sa sœur sur l'appareil d'optique, et tout en manœuvrant les petites plaques de verre, elle observait les deux hommes, le plus âgé et le plus jeune, debout à quelques pas d'elle, et, à la dérobée, son attention se partageait entre les effets de couleur et eux. Schutze avait ôté ses lunettes et les tenait un peu dissimulées ; ses yeux proéminents, privés des verres dont ils avaient l'habitude, et las de leur tension, regardaient, mi-aveugles, mi-hébétés, le visage bistré et musclé, à l'expression fugace, qu'ils avaient devant eux. Entre les deux écrivains, il était question d'un *Almanach de l'amour et de l'amitié*, que Schutze publiait depuis quelques années et dont son hôte venait de l'entretenir. Goethe loua grandement l'*Almanach*, l'esprit et la variété qui présidaient à sa composition. Les mains croisées au bas du dos, les jambes écartées et le menton haut, il expliqua qu'il y trouvait toujours une source d'amusement et d'enseignement, et suggéra que les récits humoristiques dont l'auteur n'était autre que Schutze lui-même, méritaient d'être publiés en recueil ; Schutze, tout rouge, avoua, en écarquillant davantage encore les yeux, qu'il avait parfois caressé cette idée, mais il doutait qu'elle valût la peine d'être réalisée ; Goethe s'éleva contre ce scrupule, avec des hochements de tête ; toutefois, il motiva sa protestation, non en invoquant la valeur des historiettes, mais par des raisons purement humaines, pour ainsi dire canoniques. Il fallait toujours recueillir, déclara-t-il ; le temps venait, l'automne de la vie, où il convenait d'engranger la moisson, de rentrer les épis dispersés, de les mettre à l'abri sous le toit, faute de quoi on s'en allait inquiet et l'on n'avait pas vécu une vie bonne et exemplaire. Il ne s'agissait plus que de trouver pour le recueil un titre approprié. Le regard de ses yeux rapprochés errait au plafond, sans d'ailleurs grand espoir de réussite, comme le craignait Charlotte aux aguets, qui eut nettement l'impression qu'il ne connaissait pas le premier mot de ces historiettes. Ici il apparut que M. Schutze était déjà avancé dans ses hésitations, car il tenait un titre tout prêt, *Heures enjouées* ; ainsi songeait-il à nommer, à l'occasion, son livre. Goethe approuva beaucoup. Lui-même n'aurait su imaginer rien de mieux. A la fois plein de bonhomie, et non dépourvu d'une finesse relevée. Il séduirait l'éditeur, attirerait le public, et, ce qui était l'essentiel, il convenait merveilleusement à l'ouvrage. C'était d'ailleurs fatal. Tout bon livre naissait avec son titre, et s'il ne donnait à cet égard aucune matière au doute ou au souci, c'était précisément la preuve de sa santé intime et de sa raison d'être. « Excusez-moi », dit-il, car le conseiller des bâtiments Coudray s'approchait de lui. Aussitôt le docteur Riemer s'élança vers Schutze qui rajustait ses lunettes, manifestement pour s'enquérir du sujet de l'entretien.

Vers la fin de la réunion, Goethe s'avisa de remettre sous les yeux de Charlotte les traits de jeunesse de ses enfants, tels qu'il les avait jadis reçus en présent du vaillant couple. Parmi les gravures, les monnaies et les jeux de couleurs délaissés, il promenait les dames Kestner et Ridel à travers la pièce en leur montrant certaines curiosités, des statuettes de divinités sous verre, une serrure ancienne avec sa clef suspendue à la fenêtre, un petit Napoléon en or avec son chapeau et son épée dans la partie fermée, renflée, d'un tube de baromètre, quand, subitement, l'idée lui vint. « J'y suis, s'écria-t-il, et tout à coup, il se servit d'une apostrophe familière, voilà ce qu'il faut que je vous fasse voir, mes petits enfants ! Le cadeau de jadis, les ombres découpées de vos personnes et de vos glorieux produits. Vous constaterez que je les ai fidèlement conservées à travers les années et tenues en honneur. Auguste, apporte-moi, s'il te plaît, le cartable aux silhouettes », dit-il en exagérant son accent francfortois ; et, pendant qu'on examinait encore le Napoléon si curieusement captif, le conseiller à la Chambre des finances apporta, on ne sait d'où, le cartable que, faute de place sur le guéridon, il posa sur le piano à queue, puis il pria son père et l'entourage de l'y suivre.

Goethe dénoua lui-même les rubans et défit les fermoirs. Il y avait là un fouillis jauni et moisi d'images, documents et souvenirs, des découpages, des poèmes commémoratifs d'une encre pâlie, encadrés de guirlandes ; et aussi des dessins, des rochers et sites, des rivages, des types de pâtres, que leur possesseur avait esquissés en quelques traits pour fixer ses souvenirs, au cours de voyages anciens. Le vieux monsieur ne s'y retrouvait plus et ne put découvrir ce qu'il cherchait. « Le diable s'en mêle ! Où donc est la chose ? » dit-il, pris d'humeur, et ses mains brouillaient davantage encore et plus nerveusement les feuillets. Les assistants déploraient ses efforts, et avec une insistance croissante se déclaraient tout prêts à renoncer, car, quel besoin de prendre tant de peine, quand, déjà, la seule pensée de revoir ce souvenir le leur remettait nettement sous les yeux ? A la fin, Charlotte elle-même le découvrit dans le tas et l'exhuma. « Je l'ai, Excellence, dit-elle. Nous voici. » Et tandis qu'il considérait d'un air un peu déconcerté, presque incrédule, le papier aux profils collés, il répondit d'une voix où vibrait encore un reste de contrariété : « Oui, en vérité, il vous était réservé de le retrouver. Vous voilà, ma chère, soigneusement découpée, et le défunt secrétaire aux archives, et vos cinq aînés. La jolie demoiselle n'y figure pas encore. Quels sont ceux que je connais ? Ceux-ci ? Hé oui, hé oui, les enfants deviennent des hommes. »

Meyer et Riemer s'étaient rapprochés ; ils esquissèrent simultanément un geste discret en fermant les yeux sous leurs sourcils rejoints et en penchant légèrement la tête. Sans doute estimaient-ils que la séance avait assez duré ; et tout le monde leur donna raison quand ils parlèrent d'épargner au maître un excès de fatigue. On s'apprêta à prendre congé ; ceux qui bavardaient dans la chambre d'Urbin vinrent se joindre à eux.

« Ainsi, vous voulez donc m'abandonner, mes petits enfants, tous à la fois ? demanda l'hôte. Eh bien, si c'est pour courir à des devoirs et à des plaisirs, nul ne saurait vous en blâmer. Adieu, adieu. Notre conseiller des mines restera bien un moment encore. N'est-ce pas, très cher Werner, c'est entendu. J'ai là-bas, chez moi, quelque chose d'intéressant à vous montrer, intéressant pour vous qui n'êtes pas d'ici, et nous allons nous en délecter entre vieux augures, pour clôturer la fête : des limaces d'eau douce pétrifiées, de Libnitz, dans les parages d'Elbogen. Amie vénérée, dit-il à Charlotte, adieu. Je pense que Weimar et les chers vôtres sauront vous retenir quelques semaines. La vie nous a trop longtemps séparés pour que je ne lui demande pas la faveur de vous revoir plus d'une fois, pendant votre séjour. Ne me remerciez pas. En attendant, très honorée... Adieu, mesdames. Adieu, messieurs. »

De nouveau, Auguste escorta les Ridel et les Kestner par le bel escalier jusqu'à la porte de la maison où, en dehors de la voiture de louage des Ridel, deux véhicules stationnaient, l'un pour les Coudray et l'autre pour le ménage Kirms. Une grosse pluie tombait. Quelques invités dont ils venaient de prendre congé les dépassèrent en les saluant.

« Votre présence a mis mon père très en verve, dit Auguste. Il semblait en avoir oublié sa douleur au bras.

– Il a été délicieux », repartit madame Ridel, et son époux approuva avec force. Charlotte dit :

« S'il souffrait, son esprit et son agilité n'en ont été que plus admirables. On se sent tout confus quand on y pense, et je me reproche de ne pas du tout m'être enquise de son mal. J'aurais dû lui proposer mon opodeldoch. Après un revoir, quand la séparation fut très longue, on a toujours des omissions à déplorer.

– Quelles qu'elles soient, répliqua Auguste, elles pourront être réparées, toutefois, pas à très bref délai, car mon père sera forcé, je crois, de se reposer un peu à présent, et de s'interdire de prochaines rencontres. Surtout quand il s'est excusé à la cour, il lui est impossible de prendre part à aucune mondanité. Permettez-moi cette précaution oratoire.

– Pour Dieu, dit-elle, mais cela va de soi ! Encore une fois, nos salutations et nos remerciements. »

Ainsi se retrouvèrent-ils assis tous les quatre dans leur haute calèche qui, par les rues mouillées, les brinqueballait vers la maison. Toute droite sur le siège de devant, les ailes de son petit nez dilatées, la jeune Lotte regardait le fond de la voiture, par-delà l'oreille de sa mère dont le manteau noir dissimulait de nouveau la parure de nœuds roses.

« Un grand homme, et bon », dit Amélie Ridel ; et son mari confirma : « En effet. »

Charlotte pensait ou rêvait :

« Il est grand et c'est vous qui êtes bons. Mais moi aussi je suis bonne, foncièrement bonne et je veux l'être. Car les bons seuls savent apprécier la grandeur. Les Chinois qui sautillent et stridulent sous leurs toits à clochettes sont de vilains magots. »

Tout haut, elle dit au docteur Ridel :

« Je me sens très, très coupable à ton égard, beau-frère, j'aime mieux te l'avouer spontanément. Je parlais d'omissions – je ne savais que trop à quoi je faisais allusion, je rentre bien déçue, bien mécontente de moi. Le fait est que je ne suis pas parvenue, pas plus à table qu'ensuite, à parler de tes aspirations et de tes désirs à Goethe, et à l'y intéresser un peu, comme j'en avais le ferme dessein. Je ne sais comment cela s'est fait, mais l'occasion ne s'est pas présentée. Il y a de ma faute et tout de même il n'y a pas de ma faute. Pardonne-moi.

– Peu importe, répondit Ridel. Chère Lotte, n'aie pas d'inquiétude. Il n'était pas absolument indispensable que tu lui en parles ; par ta seule présence et du fait que nous avons déjeuné chez Son Excellence, tu nous as déjà été assez utile ; il en résultera toujours quelque avantage pour nous. »

IX

Charlotte resta à Weimar jusqu'à la mi-octobre ; tout le temps, elle logea avec sa fille à l'hôtel de l'Eléphant dont la propriétaire, Mme Elmenreich, par sagacité naturelle et aussi sur les instances de son factotum Mager, lui avait consenti un prix de faveur pour sa chambre. Nous ne savons pas grand-chose du séjour de l'illustre femme dans la non moins illustre cité ; il semble avoir eu le caractère d'une retraite conforme à la dignité de son âge mais point absolue. Car s'il est exact qu'elle consacra le plus clair de son temps à ses chers parents, nous savons aussi qu'elle accepta des invitations en petit comité, ou même se rendit à des réunions plus étendues, en divers salons de la Résidence. Une de ces réceptions eut lieu, comme il se devait, chez les Ridel, d'autres chez des personnes appartenant à leur milieu de fonctionnaires. En outre, le conseiller aulique Meyer et son épouse, née von Koppenfeld, ainsi que le conseiller des bâtiments et Mme Kirms, reçurent une fois chez eux l'amie de jeunesse du poète. On la vit aussi dans les milieux officiels, notamment chez le comte Edling, membre de l'intendance du Théâtre de la cour, et sa belle épouse, la princesse Stourdza de Moldavie, qui donnèrent au début d'octobre une soirée rehaussée d'auditions musicales et de récitations. Ce fut sans doute à cette occasion que Charlotte fit la connaissance de Mme de Schiller ; celle-ci, dans une lettre à une amie lointaine, nous a laissé une description critique et sympathique de son aspect et de sa personne. Incidemment, cette autre Charlotte parle aussi de Mme Ridel, à propos du « caractère éphémère des choses de ce monde » et raconte comment l'« impertinente blondinette » du roman, assise parmi les autres dames, faisait à présent figure de femme mûre et posée.

En toutes ces circonstances, Charlotte, on le conçoit, fut entourée de beaucoup de respect. Elle accueillait les hommages avec une dignité gracieuse et calme ; d'ailleurs, bientôt ils ne s'adressèrent plus à sa situation littéraire, mais à sa personne, à l'être humain, dont une douce mélancolie n'était pas le moindre charme. Avec une fermeté paisible, elle se dérobait aux transports que suscitait son apparition. On raconte qu'au cours d'une réunion, sans doute fut-ce chez le comte Edling, une exaltée s'était jetée sur elle, les bras grands ouverts, en criant : « Lotte ! Lotte ! » Madame Kestner avait eu un mouvement de recul et avait ramené cette folle à la raison avec un « modérez-vous donc, ma chère », après quoi elle l'avait affablement entretenue de sujets d'un intérêt local ou général.

La malignité, les commérages et les pointes ne l'épargnèrent certes pas complètement, mais la bienveillance de l'élite y mit bon ordre ; et lorsque après coup, sans doute par une indiscrétion de sa sœur Amélie, le bruit se répandit que la vieille était allée chez Goethe dans un acccoutrement où perçaient des allusions de mauvais goût à la passion de Werther, sa position était déjà trop assurée pour que les racontars pussent beaucoup l'ébranler. A aucune de ces sorties elle ne revit l'ami de Wetzlar. On le savait incommodé par un accès de goutte au bras et, en outre, très absorbé par la révision des deux nouveaux tomes de ses *Œuvres complètes*. Nous avons sous les yeux une lettre de Charlotte à son fils, le secrétaire de légation, où se trouve relaté le déjeuner au Frauenplan que nous racontons plus haut. De cette lettre on peut dire qu'elle reflète l'humeur du moment et ne marque aucun effort d'équité à l'égard de l'événement ; on y verrait plutôt le contraire. Charlotte écrit :

« Peut-être ne vous ai-je pas encore parlé de mon entrevue avec le grand homme ? Je n'ai d'ailleurs pas grand-chose à vous en dire. Simplement, j'ai refait la connaissance d'un vieil homme qui, si je ne savais que c'est Goethe – et même le sachant – n'a pas produit sur moi une impression agréable. Tu sais combien je me promettais peu de ce revoir ou plutôt de cette nouvelle connaissance, j'étais donc très à l'aise ; lui aussi, à sa façon raide, s'est montré aimable au possible. Il s'est souvenu de toi et de Théodore avec intérêt. Ta mère, Charlotte Kestner, née Buff. »

A comparer ces lignes avec celles qui furent adressées à Goethe et que nous avons reproduites au début de notre récit, on est obligé de constater que la forme de l'autre billet trahissait une préparation intérieure beaucoup plus étudiée.

Il arriva cependant qu'au cours de ces semaines l'ami de jeunesse aussi lui écrivit une fois, et ce lui fut presque une surprise. Le 9 octobre, à l'Eléphant, de bon matin, comme elle était à sa toilette, Charlotte reçut une petite carte des mains de Mager, qu'il ne fut pas facile de faire ensuite sortir de la chambre. Elle lut :

« Si vous voulez, amie vénérée, user de ma loge ce soir, ma voiture ira vous chercher. Des billets d'entrée ne sont pas nécessaires. Mon serviteur vous guidera pour traverser le parterre. Pardonnez-moi si je n'y suis pas moi-même et si je n'ai pas paru jusqu'à présent, bien que j'aie souvent été auprès de vous en pensée. Avec mes meilleurs vœux bien cordiaux, Goethe. »

Le pardon que lui demandait l'écrivain parce qu'il lui faussait compagnie et n'avait pas encore paru, lui fut silencieusement accordé, car Charlotte accepta l'invitation, d'ailleurs pour son compte seul. Thalie inspirait à la jeune Lotte une aversion puritaine, et sœur Amélie, ainsi que son époux, avaient déjà disposé de leur soirée. Aussi l'équipage de Goethe, un confortable landau, capitonné de drap bleu, et attelé de deux chevaux bais à robe lustrée, la conduisit-il toute seule au spectacle. Mme Kestner, point de mire de toutes les lorgnettes et très enviée, ne se laissa point troubler par la curiosité du public ; elle s'installa à la place d'honneur qu'une femme bien différente, Christiane Vulpius, la mam'zelle, occupait naguère encore, et de toute la soirée ne quitta

pas son avant-scène, même pas durant le grand entracte.
 On donnait la tragédie historique de Théodore Körner, *Rosemonde*. Représentation soignée et sans heurts ; Charlotte, comme toujours de blanc vêtue, mais cette fois avec une garniture de nœuds violet foncé, la suivit avec un vif intérêt d'un bout à l'autre. Une langue pure, de fières sentences, les cris de la passion proférés par des voix exercées et caressantes montraient l'humanité sous un jour flatteur, et s'accompagnaient de gestes noblement mesurés. Paroxysmes de l'action, agonies sublimes où le mourant jusqu'au bout s'exprimait en rimes, dans un langage idéal, scènes cruelles et déchirantes comme la tragédie les aime, où, au dénouement, même le personnage ténébreux se trouvait contraint d'avouer : « L'enfer est anéanti », tout se déroulait selon une savante ordonnance. On pleurait beaucoup au parterre ; les yeux de Charlotte aussi laissèrent échapper quelques larmes, bien qu'elle s'autorisât de la jeunesse notoire du poète pour formuler, à part soi, certaines réserves. Il lui déplut que l'héroïne, Rosemonde, dans un monologue poétique, s'apostrophât, en s'appelant « Rosa ». De plus, Charlotte avait trop l'expérience des enfants pour n'être pas offusquée par l'attitude des gamins qui figuraient dans la pièce. Après qu'on leur avait mis le couteau sur la gorge pour forcer leur mère à absorber du poison, ils lui disaient : « Mère, comme tu es pâle ! Sois donc gaie ! Nous voudrions bien l'être aussi ! » Sur quoi, ils désignaient le cercueil devant lequel la scène avait lieu et s'écriaient : « Vois de quel éclat joyeux toutes ces bougies scintillent ! » Le parterre sanglota, mais les yeux de Charlotte restèrent secs. Les enfants, se dit-elle, ne sont tout de même pas tellement niais, et l'on doit être un bien jeune défenseur de la liberté, pour se figurer sous cet aspect la naïveté des petits.
 Les sentences non plus, au service desquelles les acteurs mettaient leur diction exercée et leur autorité personnelle si appréciée, ne lui semblèrent point irréprochables ni du meilleur goût. Elles aussi, malgré la chaleur et l'adresse de la présentation, trahissaient le défaut d'expérience et de réelle connaissance de la vie, d'ailleurs assez difficiles à acquérir

pour un chasseur en campagne. Il y avait dans la pièce une certaine tirade dont elle ne parvenait pas à prendre son parti ; sa pensée y revenait sans cesse, critique et songeuse, jusqu'à ce qu'elle s'aperçût qu'elle avait manqué quelques-unes des scènes suivantes. Au moment de quitter le théâtre, elle en était encore fâcheusement obsédée. Un personnage du drame ayant qualifié la témérité de noble, un autre, au jugement plus mûri, avait blâmé la tendance qu'ont les hommes à confondre effronterie et noblesse. Quiconque avait le courage de porter une main hardie sur les valeurs consacrées, se voyait aussitôt traité de héros, de grand homme, et figurait parmi les étoiles de l'histoire. Mais l'impudence ne fait pas le héros, disait le porte-parole du poète. La limite de l'humanité qui confine à l'enfer est facile à franchir, il y suffit d'une certaine audace très compatible avec la vulgaire perversité ; l'autre limite, celle qui touche au ciel, ne peut être dépassée que par un suprême élan de l'âme, en cheminant dans les voies de la pureté. Soit ; la spectatrice solitaire avait néanmoins l'impression que l'auteur, le chasseur volontaire, établissait, avec ses deux limites, une carte de la morale par trop défectueuse et sommaire. L'humanité, songea Charlotte, n'a peut-être qu'une frontière unique, et la zone en delà n'est ni le ciel, ni l'enfer, elle serait plutôt le ciel et l'enfer à la fois. Qui sait si la grandeur capable de franchir cette frontière n'est pas, elle aussi, d'une essence unique, où perversité et pureté se confondraient d'une manière à laquelle la belliqueuse inexpérience du poète n'entend rien, non plus qu'à la sagacité des enfants et à leur acuité de perception ? Mais peut-être s'en doute-t-il et pense-t-il qu'en poésie les choses doivent se passer ainsi, qu'il convient de représenter les enfants comme de touchants idiots, et de statuer sur les différentes frontières de l'humanité ? Du talent, certes ; mais le talent s'était appliqué à confectionner une pièce strictement conventionnelle où le poète n'avait pas plus dépassé la limite de l'humanité dans un sens que dans l'autre. Eh oui, la jeune génération d'écrivains, malgré une certaine habileté était piteuse au fond, et les grands anciens n'avaient somme toute pas lieu de beaucoup la redouter.

Ainsi protestait-elle et se débattait-elle avec ses objections intimes, quand, après les derniers baissers du rideau, parmi les applaudissements et les départs, le serviteur du Frauenplan reparut respectueusement et lui mit sa mantille sur les épaules.

« Eh bien, Charles, dit-elle (il l'avait informée qu'on l'appelait Charles), le spectacle était très beau. J'y ai pris grand plaisir.

– Son Excellence s'en réjouira », répondit-il ; et à sa voix, premier écho prosaïque et non rythmé du trantran quotidien et de la réalité, qui lui parvenait après son incursion au pays du sublime, elle connut que ses critiques s'étaient surtout proposé de calmer la disposition solitaire, orgueilleuse et un peu pleurarde où le commerce du beau nous plonge fréquemment. Ce n'est pas sans regret qu'on s'en éloigne de nouveau et les acclamations obstinées des spectateurs restés debout à l'orchestre, en témoignaient ; elles étaient moins un hommage aux acteurs qu'un moyen de se cramponner un instant encore à la sphère enchantée avant de laisser retomber ses mains et de réintégrer la vie ordinaire. Charlotte aussi, en chapeau et en manteau, resta quelques minutes appuyée au rebord de la loge, cependant que le domestique attendait, et applaudit de ses mains gantées de mitaines de soie. Puis, le long de l'escalier, elle suivit Charles qui arbora de nouveau le haut-de-forme à cocarde. Ses yeux brillaient malgré leur fatigue d'avoir, du fond de l'obscurité, contemplé la lumière ; ils regardaient non point droit devant elle mais vers le plafond, en signe qu'elle avait goûté le drame, encore que la théorie des deux frontières fût contestable.

Le landau, avec sa capote relevée, son haut siège encadré de deux lanternes, s'arrêta de nouveau devant le portail. Le domestique aida Charlotte à monter ; il étendit avec sollicitude une couverture sur ses genoux, referma la portière et, d'un bond adroit, s'élança à côté du cocher. Celui-ci claqua de la langue, les chevaux se mirent en marche et la voiture s'ébranla.

L'intérieur en était confortable. Rien d'étonnant ; elle avait servi et était appelée à servir encore à des voyages en Bohême, au Rhin et au Mein. Le drap capitonné, bleu foncé, produisait une impression d'élégance et de bien-être. Dans un angle, il y avait une bougie protégée par un verre et même tout ce qu'il fallait pour écrire ; du côté où Charlotte était entrée et où elle avait pris place, une pochette de cuir contenait un bloc-notes et un crayon.

Elle s'était assise en silence dans son coin, les mains croisées sur son réticule. Par les petites fenêtres de l'écran qui séparait le cocher de l'intérieur, la lueur mouvante des lanternes tomba jusqu'à elle ; à la faveur de cette lumière, elle s'aperçut qu'elle avait bien fait de prendre place du côté où elle était montée, car elle n'était pas seule, comme tantôt dans la loge. Goethe était là.

Elle ne s'effraya point. On ne s'effraye pas de pareille aventure. Elle se rencogna un peu plus profondément, un peu plus en retrait, regarda l'apparition confusément éclairée et prêta l'oreille.

Il portait un ample manteau à col droit, doublé de rouge et tenait son chapeau sur ses genoux. Sous le marbre du front et la chevelure jupitérienne, aujourd'hui sans poudre et presque encore brune et juvénile, bien qu'un peu clairsemée, ses yeux noirs la regardaient, grands ouverts, avec une expression malicieuse.

« Bonsoir, ma chère, dit-il de la voix qui, jadis, lisait à la fiancée Ossian et Klopstock. Ayant dû m'interdire d'être à vos côtés ce soir, et resté invisible tous ces jours-ci, je n'ai du moins pas voulu renoncer à vous reconduire chez vous après cette jouissance artistique.

– C'est fort aimable, Excellence, répondit-elle, et je m'en réjouis d'autant plus que votre décision et la surprise que vous me faites révèlent une certaine harmonie entre nos âmes ; si toutefois il peut en être question entre un grand homme et une humble femme. Car j'en infère que vous aussi auriez trouvé insuffisant, insuffisant jusqu'à la tristesse, que notre récent adieu, après notre bien instructif examen de vos collections, dut être le dernier, et si un autre revoir ne l'avait suivi, que je suis prête à considérer comme le dernier pour l'éternité, pour peu qu'il apporte à cette histoire un épilogue apaisant.

– Une coupure, l'entendit-elle dire de son coin. La séparation forme une coupure. Le revoir : un petit chapitre.

– Je ne sais ce que tu dis, Goethe, répliqua-t-elle, et je ne sais comment l'entendre, mais je ne m'étonne pas et tu ne dois pas t'étonner non plus, car je ne le cède en rien à la petite femme avec qui naguère tu faisais de la poésie au bord du Mein en feu, et dont ton pauvre fils m'a conté qu'elle s'était intégrée en toi et à ton chant, et qu'elle faisait les vers aussi bien que toi. Eh oui, elle est une enfant de la balle et sans doute de sang vif. Mais une femme est une femme, et toutes, quand il le faut, nous nous intégrons dans l'homme et dans son chant... Le Revoir, un petit chapitre épisodique ? Mais tu as trouvé toi-même qu'il ne devait pas être épisodique au point que je doive m'en retourner à ma solitude de veuve en emportant le sentiment d'un échec complet.

– N'as-tu pas, dit-il, embrassé ta chère sœur, après une longue séparation ? Comment peux-tu parler d'échec complet de ton voyage ?

– Ah, ne te moque donc pas, répondit-elle. Ma sœur n'a été qu'un prétexte pour réaliser un désir qui depuis longtemps m'a ôté le repos : venir dans ta ville, te voir dans ta grandeur où le destin enchevêtra ma propre existence, et trouver à cette histoire épisodique un dénouement qui puisse m'apaiser au soir de ma vie. Dis, t'ai-je vraiment beaucoup déplu avec ma niche d'écolière, d'une sottise lamentable ?

– Nous ne la qualifierons point de telle, répondit-il, bien qu'il ne soit pas bon d'alimenter la curiosité, la sentimentalité et la malveillance des gens. Mais en ce qui vous concerne, ma bonne amie, je comprends très bien l'impulsion qui vous a poussée à ce voyage ; et à moi aussi, l'aspect sous lequel vous m'apparûtes ne m'a point trop déplu, en un sens plus profond, tout au moins. Je lui ai trouvé de l'agrément et de la spiritualité, si tant est que l'esprit, principe directeur d'en-haut, en art et dans la vie prête aux choses une signification et nous invite à voir, dans ce qui s'adresse aux sens, le symbole de rapports plus hauts. Dans l'unité d'une vie importante, il n'y a point de place pour le hasard, et ce n'est pas en vain que récemment, au début de l'année, notre petit livre,

Werther, m'est tombé sous la main, pour que votre ami puisse de nouveau plonger dans le passé, pour qu'il se sache dans une période de renouveau et de recommencement, régie d'ailleurs par la possibilité plus transcendante de transférer la passion sur le plan spirituel. Mais quand le présent nous apparaît spirituellement comme un passé rajeuni, quoi d'étonnant si dans l'ondoiement significatif des apparitions, le passé non rajeuni vient à son tour me rendre visite en me mettant sous les yeux des allusions pâlies et en me faisant remarquer de façon touchante, par le branlement de sa tête, qu'il est soumis au temps.

– Ce n'est pas beau à toi, Goethe, de formuler aussi crûment ta remarque ; tu ne l'atténues guère en la qualifiant de touchante, car l'émotion n'est pas ton fort, et là où, nous, simples mortels, nous serions émus, tu envisages la chose froidement, sous l'angle de l'intérêt qu'elle peut offrir. J'ai bien vu que ma petite infirmité ne t'échappait pas, mais elle n'a rien à voir avec mon état général, et tient beaucoup moins aux atteintes de l'âge qu'au fait d'avoir été englobée dans ta vie, ta vie surhumaine, ce qui me fut une source de trouble et d'effroi, voilà tout ce que j'en peux dire. Mais je ne savais pas que les allusions pâlies de ma robe ne t'avaient pas échappé, – eh oui, évidemment, tu observes plus que ton regard errant ne laisse supposer et après tout, il fallait que tu fisses ces remarques ; car c'est bien pour cela, en comptant sur ton sens de l'humour, que j'avais imaginé un badinage dont je m'aperçois à présent qu'il ne fut pas particulièrement humoristique. Pour en revenir à la dégradation que m'a infligée le temps, je te dirai qu'il ne te sied guère de t'y appesantir, Excellence, car en dépit du renouveau et du rajeunissement poétique, ton allure et ta démarche sont devenues d'une raideur pitoyable, et ta solennelle courtoisie m'a tout l'air de requérir, elle aussi, l'opodeldoch.

– Ma remarque incidente vous a fâchée, ma bonne amie, dit avec douceur la voix de basse. N'oubliez pourtant pas que je l'ai faite pour justifier votre apparition et en expliquant pourquoi je trouvais bon et judicieux que vous aussi figuriez dans le cortège des ombres.

– C'est drôle, interrompit-elle. Auguste, le fiancé réticent, m'a raconté que tu tutoyais sa mère, la mam'zelle, et qu'elle te disait "vous". Je m'aperçois que dans notre cas, c'est le contraire.

– Le tu et le vous, répondit-il, sont toujours restés en suspens entre nous, de ton temps, et du reste l'usage que nous en faisons actuellement tient sans doute à nos dispositions réciproques.

– Fort bien. Mais tu parles de mon temps, au lieu de dire "le nôtre", car enfin, il fut le tien aussi ? Or, voilà ton temps revenu, renouvelé et rajeuni sous la forme d'un présent spirituel, alors que, jadis, ce fut le mien exclusivement. Et comment n'être pas ulcérée de ta désinvolte allusion à mon insignifiante petite infirmité, alors qu'elle prouve que, par malheur, le passé fut précisément mon temps à moi seule ?

– Mon amie, répliqua-t-il, votre apparence temporelle peut-elle vous causer du souci, et une allusion à son sujet vous blesser, quand le sort vous a favorisée entre des millions d'êtres et vous a dispensé, en poésie, la jeunesse éternelle ? Ce qu'il y a de périssable, mon chant le préservera.

– J'ai plaisir à l'entendre, dit-elle, et j'en accepte l'augure avec gratitude, malgré la lourdeur du fardeau et l'émotion que j'en éprouve, pauvre de moi ! Je préfère ajouter tout de suite, car tu le passes sous silence, sans doute par courtoisie cérémonieuse, mais j'ai été sotte en parant ma forme temporelle des emblèmes du passé qui, dans ton poème, appartiennent à ma forme durable. Car, enfin, tu n'as pas, toi, le mauvais goût de te promener en habit bleu barbeau, gilet jaune et culotte, comme les garçons dissipés de jadis ; ton habit est à présent noir et fin comme la soie, et je dois convenir que l'étoile d'argent dont il s'orne te sied aussi bien que la Toison d'or à Egmont. Oui, Egmont, soupira-t-elle. Egmont et la fille du peuple. Tu as bien fait, Goethe, d'immortaliser aussi, dans un poème, la forme du jeune homme que tu fus, afin de pouvoir à présent, Excellence ankylosée, bénir avec toute l'onction du renoncement la soupe de tes parasites.

– Je le vois, reprit-il après un silence, d'une voix profonde et émue, mon amie me garde un peu rancune et pas seulement de mon allusion en apparence indélicate, et pourtant affectueuse, à la griffe du temps. Sa colère, ou sa peine qui s'exprime sous une forme coléreuse, dérive d'une cause plus justifiée, trop respectable ; et ne l'ai-je pas attendue dans la voiture parce que j'ai senti la nécessité de m'exposer à cette irritation chagrine, de reconnaître sa justesse et sa dignité et peut-être de l'apaiser en lui demandant de tout cœur pardon ?

— Mon Dieu, dit-elle saisie, à quoi Votre Excellence condescend-elle ? Je n'ai pas voulu cela et je rougis comme quand j'écoutais l'histoire que vous avez racontée avec la crème aux framboises. Pardon ? Ma fierté, mon bonheur, ils auraient à pardonner ? Quel homme peut se... comparer à mon ami ? De même que l'honore le monde entier, ainsi l'honorera la postérité.

— Ni l'humilité d'une part, ni la candeur de l'autre, répliqua-t-il, n'ôteraient sa cruauté au refus du pardon sollicité. Dire : je n'ai rien à pardonner, c'est se montrer irréductible envers quelqu'un dont ce fut peut-être toujours le destin de se mouvoir dans la faute innocente. Où il y a urgence de pardon, la modestie ne doit point se récuser. Ou alors c'est qu'elle ne connaîtrait pas le tourment secret de l'âme, le sentiment cuisant qui pénètre l'homme, quand un reproche justifié l'atteint tout à coup dans les ténèbres de sa confiance en soi, comme ces coquilles brûlantes que l'on met en tas, çà et là, dans les constructions, en guise de chaux.

— Mon ami, dit-elle, il me serait affreusement pénible que ma pensée pût, fût-ce un instant, troubler ton intime confiance en toi, dont tant de choses dépendent pour le monde. Je présume d'ailleurs que cette brûlure occasionnelle, tu l'as ressentie d'abord à cause de la Première, celle pour qui fut institué un renoncement appelé à se répéter : la fille du peuple à qui, au départ, tu tendis la main du haut de ton cheval ; car en ce qui me concerne, on est soulagé de lire que tu t'es séparé de moi avec un moindre sentiment de culpabilité que lorsque tu la quittas, elle. La malheureuse, sous son tertre, au pays de Bade ! Elle ne m'inspire pas beaucoup de sympathie, je l'avoue, car elle n'a pas très bien agi et elle s'est laissé miner par la consomption, alors qu'il s'agit de faire résolument de soi un but, même si l'on n'est qu'un moyen. La voilà qui gît à présent au pays de Bade quand d'autres, après une vie féconde, jouissent du digne état de veuve vaillante, au regard duquel un soupçon de branlement de la tête est peu de chose. Au reste, je suis celle qui a réussi, l'héroïne certaine, indiscutable, de ton petit livre immortel, irrécusable dans les moindres détails, malgré la petite confusion à propos des yeux noirs ; et les Chinois mêmes, si bizarres que soient leurs imaginations, me peignent sur verre d'une main tremblante, avec Werther, – moi, et nulle autre. Voilà de quoi je me targue, et je ne m'inquiète pas que celle qui est sous le tertre ait peut-être été en jeu, elle aussi, qu'elle ait été ton point de départ et – qui sait ? – t'ait élargi le cœur pour accueillir la passion de Werther, car cela, nul ne le sait, et ce sont mes traits à moi et les circonstances de ma vie qu'on se représente. Ma seule crainte est que la vérité n'éclate un jour, et que les gens, en découvrant qu'elle fut en somme la Véritable, celle qui, aux champs élyséens, figurera à ton côté, comme Laure avec Pétrarque, ne me déposent et n'arrachent ma statue de la niche où elle se dresse, dans la cathédrale de l'humanité. Voilà qui, parfois, me bouleverse jusqu'aux larmes.

– Jalouse ? demanda-t-il en souriant. Le nom de Laure est-il le seul qui doive résonner sur des lèvres délicates ? Jalouse de qui ? De ta sœur, non, de ton image dans un miroir, d'une autre toi-même ? Quand le nuage, en se formant, brouille sa figure, cesse-t-il d'être lui ? Et les cent noms de Dieu ne désignent-ils pas l'Unique, Lui seul – et vous, enfants bien-aimées ? Cette vie n'est que mutation de la forme, unité dans la pluralité, durée dans la métamorphose. Toi, elles, vous toutes ne faites qu'un dans mon amour – et dans ma faute. Est-ce donc pour t'en convaincre que tu as entrepris ton voyage ?

– Non, Goethe, dit-elle. Je suis venue pour m'occuper du Possible, dont les désavantages au regard du Réel sautent aux yeux, et qui néanmoins, en tant que "et si pourtant" et "oh, combien ç'eût été", subsiste dans le monde conjointement avec lui et mérite que nous nous interrogions à son propos. N'es-tu pas de mon avis, vieil ami, et dans les splendeurs de ta réalité, ne t'arrive-t-il pas parfois d'interroger le Possible ? Cette réalité est l'œuvre du renoncement, je le sais, et aussi de la consomption, les deux allant de pair et toute œuvre n'étant qu'un Possible qui s'est flétri. La consomption est chose effrayante, je te le dis ; nous, fretin, devons l'éviter et lui résister de toutes nos forces, dût notre tête branler sous l'effort, sinon rien ne resterait de nous qu'un tertre au pays de Bade. Pour toi, il en alla autrement. Tu avais de quoi faire l'appoint. Ta réalité fait bonne figure, elle n'évoque pas l'idée de renoncement et d'inconstance, mais de réalisation et de suprême fidélité, elle en impose au point que nul, devant elle, ne se permet de s'interroger sur ce qui eût été possible. Mes compliments.

— Tu t'autorises de ce que ta vie fut tissée dans la trame de la mienne, chère enfant, pour exprimer ton approbation sous une forme bizarre.

— Du moins suis-je autorisée à dire mon mot et à te célébrer un peu plus familièrement que ne le fait la foule étrangère. Mais permets-moi encore ceci, Goethe ; sache-le, je ne me suis sentie ni très bien, ni très à l'aise dans ta réalité, dans ta maison-musée et dans ton milieu. On y éprouve une sorte de trouble et de crainte, laisse-moi te l'avouer ; il y flotte un peu trop une odeur de sacrifice, je ne dis pas d'encens ; non, je l'accepterais volontiers, Iphigénie aussi l'accepte pour la Diane des Scythes ; mais quand il s'agit de victimes humaines, elle s'interpose avec miséricorde et c'est malheureusement ce parfum-là qu'on respire autour de toi. On dirait presque un champ de bataille, ou le royaume d'un mauvais empereur. Ces Riemer, toujours à bougonner et à bouder, et dont l'honneur viril se débat sur une glu suave, et ton malheureux fils avec ses dix-sept verres de champagne, et la petite personne qui doit l'épouser au nouvel an et qui volera vers tes pièces de l'étage supérieur comme le moucheron vers la lumière, sans parler des Marie Beaumarchais qui n'ont pas su se tenir comme moi et que la consomption a conduites sous le tertre. Que sont-ils, sinon les victimes expiatoires de ta grandeur ? Ah, il est merveilleux de consommer un sacrifice, mais c'est un amer destin que d'être sacrifié. »

Sur l'homme au manteau, des lumières incertaines dansaient et vacillaient. Il dit :

« Chère âme, laisse-moi te répondre tendrement en signe d'adieu et de réconciliation. Tu parles de sacrifice, mais il y a là un mystère et une auguste unité, comme pour le monde, la vie, la personne, l'œuvre, et tout est transmutation. On sacrifiait aux dieux, et à la fin, la victime est devenue dieu. Tu as fait la comparaison entre toutes chère et familière, qui m'a toujours obsédé, du moucheron et de la flamme attirante et mortelle. Si tu dis que je suis celle-là, vers laquelle le phalène s'élance chargé de désir, je suis également, par une mutation et une permutation des choses, le flambeau embrasé qui se sacrifie pour qu'arde la lumière ; puis de nouveau le papillon enivré, victime de la flamme, symbole du sacrifice total de la vie et du corps en vue de la transmutation spirituelle Chère âme puérile, je suis à la fois le sacrifice et le sacrificateur. Je te brûlai jadis et je te brûle à jamais pour que tu deviennes esprit et lumière. La métamorphose, sache-le, est ce que ton ami a de plus cher et de plus intime, son grand espoir et son plus profond désir, le jeu des mutations, des visions changeantes par quoi le vieillard se transforme en jeune homme, l'enfant devient adolescent, bref le visage humain qui confond les âges, et par magie substitue la jeunesse à la vieillesse, la vieillesse à la jeunesse. Voilà pourquoi il me fut doux et familier, rassure-toi, que tu aies eu ton idée et sois venue à moi en parant des attributs de la jeunesse, ta forme flétrie. L'Unité, bien-aimée, la mutuelle permutation, l'échange, la substitution des choses, et comment la vie nous montre un visage tantôt naturel, tantôt composé, comment le passé se mue en présent, celui-ci faisant un retour vers celui-là et préludant à l'avenir, que tous deux contenaient déjà en puissance. Sentiment tardif, pressentiment, tout est sentiment. Que notre regard se dilate et nos yeux s'ouvrent sur l'unité du monde, s'ouvrent tout grands, sereins et conscients. Tu veux une expiation ? Laisse donc, je la vois qui, en robe grise, s'en vient à cheval au-devant de moi. Alors sonnera de nouveau l'heure de Werther et du Tasse, tout de même que les coups de minuit sonnent pareils à ceux de midi ; et qu'un dieu m'ait accordé d'exprimer ce que je souffre, cela seul me restera, ce premier bien, le dernier. Alors il n'y aura plus que l'adieu du départ, l'adieu à jamais, la lutte mortelle du sentiment, l'heure pleine d'affres épouvantables, d'affres comme celles qui, sans doute, précèdent la mort, et qui sont l'agonie, sinon déjà la mort. La mort, ultime vol vers la flamme. Dans le grand Tout, comment ne serait-elle pas, elle aussi, une métamorphose ? Dans mon cœur pacifié, images chères, puissiez-vous reposer, et quel instant d'allégresse, celui où ensemble nous nous réveillerons. »

La voix se tut. « Paix à ta vieillesse », murmura-t-elle encore. La voiture s'arrêtait. Ses lumières se confondirent avec celles des lanternes qui de chaque côté éclairaient l'entrée de l'Eléphant. Debout entre elles, Mager, les mains au dos, le nez levé, avait humé la nuit d'automne brumeuse et piquée d'étoiles, et à présent, dans ses chaussons feutrés, il courait sur le trottoir pour ouvrir la portière avant le domestique. Bien entendu, il ne courait pas n'importe comment, mais en homme qui a un peu perdu l'habitude de la course, dans un digne envolement de ses basques, les mains levées vers les épaules, les doigts écartés avec préciosité.

« Madame la conseillère aulique, dit-il, soyez comme toujours la bienvenue. Puisse madame la conseillère aulique avoir passé dans notre temple des muses une soirée exaltante. M'est-il permis de vous offrir le ferme appui de mon bras ? Bonté du ciel, madame la conseillère aulique, il faut en convenir : aider la Lotte de *Werther* à descendre du carrosse de Goethe, c'est là une aventure, – comment dire ? – digne de figurer dans un livre. »

NOTE DE LA TRADUCTRICE

Au moment où se situe l'action de Lotte à Weimar, Goethe a déjà décrit et publié la première partie de son Faust *et il travaille au* Second Faust.
La chronologie très sommaire qui suit éclaire bien faiblement la structure interne de l'ouvrage de Thomas Mann : mais pour le présenter sous son vrai jour, il eût fallu alourdir les pages de notes et renvois qui eussent rebuté le lecteur. En effet, les citations empruntées à Faust, *au* Divan, *à* Pandore, *etc., émaillent le texte, parfois sous une forme si voilée qu'elles sont à peine discernables et proposent tout un petit jeu de prospection littéraire. La vision du Carnaval, le Char de Galatée du chapitre septième, figureront respectivement dans la scène chez l'Empereur* (Second Faust,t)é acte I), *dans la Fête de la Mer qui fait suite à la nuit du Walpurgis classique* (Second Faust, *acte II*), *et l'épisode d'Hélène se placera à l'acte III.*
Parfois l'allusion est reproduite sous sa forme définitive, mais parfois aussi elle est plutôt suggérée qu'indiquée. Nous assistons en quelque sorte à l'éclosion de l'idée à l'état pur, avant même qu'elle n'ait trouvé son expression verbale.
Voici simplement, à titre de repère, quelques dates de la vie de Goethe :

28 août 1749. – Naissance à Francfort-sur-le-Main de Johann-Wolfgang Goethe, fils du conseiller aulique Johann-Kaspar Goethe et de son épouse Elisabeth Textor dont il dira plus tard : « De ma petite mère (je tiens) ma nature enjouée et le goût de conter. » Kaspar Goethe était le fils d'un tailleur devenu aubergiste, et petit-fils d'un maréchal-ferrant. Elisabeth Textor était la fille d'un bourgmestre de Francfort.
Des quatre frères et sœurs du poète, seule devait survivre Cornélie, née en 1748. Elle épousa Georges Schlosser et mourut en couches.
13 septembre 1753. – Naissance de Charlotte Buff, fille du bailli de l'Ordre Teutonique, à Wetzlar. Goethe va à l'école, rue de la Plume, à Francfort.

1er janvier 1759. – La ville est occupée par les Français.
1764. – Il fait imprimer un poème : *Pensées poétiques sur la descente de Jésus-Christ aux Enfers.*
1765. – Goethe à l'Université de Leipzig. – Amourettes avec Catherinette (Annette) Schönkopf et avec Frédérique Oeser.
1766. – Transfert à Wetzlar de la cour du Saint Empire qui jugeait en dernier ressort les procès litigieux.
28 août 1768. – Goethe, malade, interrompt ses études de droit et quitte Leipzig pour Francfort.
30 mars 1770. – Il part pour Strasbourg où il doit achever ses études. Il y fait la connaissance de Herder qui exerce sur lui une profonde influence.
Octobre 1770. – Idylle avec Frédérique Brion, fille du pasteur de Sesenheim qui lui inspire – entre autres – le poème : « Mon cœur battait. Vite à cheval... »
Juillet 1771. – Il quitte Frédérique qui manque en mourir, et retourne à Strasbourg.
6 août 1771. – Il passe sa licence de droit à Strasbourg et renonce au doctorat, sa thèse n'ayant pas eu la faveur de plaire à la Faculté. Le titre de docteur qu'on lui donnait par la suite était donc un titre de complaisance.
Août 1771. – Retour à Francfort. Il se fait inscrire au barreau de la ville. Il achève son *Goetz de Berlichingen à la main de fer.*
Mai 1772. – Arrivée de Goethe à Wetzlar, où il fait la connaissance de Hans-Christian Kestner, secrétaire de la légation de Brême près de la cour du Saint Empire, et fiancé, bien que pas officiellement, à Charlotte Buff.
9 juin 1772. – Goethe, à un bal au pavillon de chasse de Volpertshausen, voit pour la première fois Charlotte et en tombe amoureux.
10 septembre 1772. – Après avoir écrit une lettre d'adieux à Charlotte et à Kestner, il quitte Wetzlar, où il ne reviendra qu'une fois, de passage.
30 octobre 1772. – Suicide de Jérusalem dont il s'inspirera pour la fin de *Werther.*
4 avril 1773. – Mariage de Charlotte Buff avec Hans-Christian Kestner, d'où onze enfants sont issus.
De retour à Francfort, Goethe s'éprend de Maxe (Maximilienne) de La Roche, femme de Pierre Brentano. Maxe sera la mère de Bettina qui a écrit les *Conversations de Goethe avec une enfant* et qui deviendra la femme d'Achim d'Arnim, l'écrivain romantique, l'ami d'Auguste de Goethe. Bettina était également la demi-sœur de Clément Brentano.
1773. – Publication de *Goetz,* de *L'Architecture allemande, Prométhée,* poème inachevé.

1774. – Publication de *Werther*, qui fait de lui l'un des chefs du mouvement de Sturm und Drang.

1774. – *Stella*, *Clavijo*, écrit en huit jours, et dont le sujet est emprunté aux *Mémoires* de Beaumarchais, et une série de comédies : *Les Noces de Hans-Wurst*, *Satyros*, etc., *Les Dieux, les héros et Wieland*, parodie de l'*Alceste* de ce poète.

1775. – En janvier, fiançailles avec Lili Schönemann, fille d'un riche banquier calviniste.– Voyage en Suisse avec les frères von Stolberg, dont la sœur Augusta entretint avec Goethe une longue correspondance sans jamais le connaître. Il y retrouve Lavater, qu'il avait déjà rencontré sur le Rhin. Rentré à Francfort, il décide d'accepter l'invitation du jeune duc de Saxe-Weimar et quitte la ville sans revoir Lili. Par la suite elle épousera le baron de Turckheim.

Novembre 1775. – Il se fixe à Weimar, à la demande du duc Charles-Auguste qui, par sa mère, la duchesse Amélie, est le petit-neveu de Frédéric II de Prusse. Influence de Charlotte de Stein, femme du baron de Stein, grand écuyer du duc, qu'il immortalisera dans *Iphigénie en Tauride* et dans *Torquato Tasso*. Elle le police, l'affine et l'initie à la vie de la petite cour.

1776. – Charles-Auguste le nomme conseiller de légation.

1777. – Président de la commission d'architecture pour la reconstitution du château.

1779. – Directeur des départements de la Guerre et des Ponts et Chaussées, et conseiller intime.

1781. – Goethe s'installe au Frauenplan dans la maison dont le duc lui fera présent plus tard.

1782. – Il est directeur des Finances. Le duc lui confère des lettres de noblesse. – Mort de Johann-Kaspar Goethe.

1784. – Etudes scientifiques, découverte et étude de l'os intermaxillaire, qui ne fut publiée que dans le deuxième *Cahier de morphologie*, en 1820.

1786. – Voyage en Italie, Rome. Goethe achève *Egmont*, *Iphigénie en Tauride*, dont la première version (en prose) fut jouée par la belle actrice Corona Schröter à Weimar, avec Goethe dans le rôle d'oreste. – Il travaille à *Torquato Tasso* et aux *Années d'apprentissage de Wilhelm Meister*.

1787. – Goethe arrive à Naples.

1788. – Liaison avec Faustina. Après deux ans de séjour en Italie, Goethe rentre à Weimar. Malgré sa tendre intimité avec Mme de Stein, intimité dont le caractère n'a jamais été bien défini, il installe chez lui la jeune Christiane Vulpius, ouvrière en fleurs artificielles. Elle appartenait à une famille bourgeoise ruinée et n'avait reçu aucune instruction. Son frère fut l'auteur de romans d'aventures.

1789. – 25 octobre, naissance d'Auguste, le seul enfant de Goethe et de Christiane qui ait véu. Tous les autres moururent en bas âge. *Métamorphose des plantes.*

1790. – Goethe prend la direction du théâtre. Publication d'un fragment de *Faust*. Le *Premier Faust* fut composé entre 1771 et 1775. Le *Second Faust* fut écrit de 1823 à 1831 et parut après la mort de Goethe, à part quelques fragments publiés de son vivant. Il compose et rédige les *Elégies romines*. En mars 1790, Goethe se rend à Venise, à la rencontre de la duchesse Amélie qui revient de Rome. Ce voyage lui inspire les *Epigrammes vénitiennes.*

1792. – Campagne de France. Le duc de Saxe-Weimar suit le duc de Brunswick et emmène avec lui Goethe qui assiste au siège de Mayence en écrivant *Reinecke le Renard*. Goethe traverse Francfort et revoit sa mère après treize ans de séparation. – Naissance à Winser (Hanovre) d'Eckermann qui recueillera, à la fin de la vie de Goethe, les célèbres Entretiens.

1793. – Publication de *Reinecke le Renard.*

1794. – Le 24 juin, à la demande de Schiller, il accepte de collaborer aux *Heures*, revue littéraire. Deux mois plus tard (le 23 août) Schiller lui envoya une lettre qui marqua le début d'une étroite amitié. Dans le monologue intérieur du présent ouvrage, le souvenir de Schiller est évoqué fréquemment : le bon ami, Lui, etc. C'est pendant la période de son intimité avec Schiller que Goethe écrit ses principales ballades.

1795. – Etude préliminaire à un essai d'*Anatomie comparée*. – *Années d'apprentissage de Wilhelm Meister.*

1796. – Voyage en Suisse avec le duc. – Traduction des *Mémoires de Benvenuto Cellini*. – Les *Xénies*. – Correspondance suivie avec Schiller au sujet de *Faust.*

1797. – *Hermann et Dorothée.*

1799. – Poème de l'*Achilléide.*

1803. – Il fait jouer à Weimar son *Eugénie ou la Fille naturelle*, et le *Wallenstein*, de Schiller. – Entrevue avec Mme de Staël. – Arrivée à Weimar de Riemer, le futur secrétaire de Goethe.

1804-1805. – *Winkelmann et son siècle.*

1805. – Grave crise néphrétique. – Mort de Schiller. – Goethe entreprend d'achever le *Démétrius*, de Schiller, puis abandonne son projet

1806. – Bataille d'Iéna. Occupation française.

1806 (19 octobre). – Mariage de Goethe avec Christiane.

1807. – Goethe s'intéresse à Minna Herzlieb, fille adoptive du libraire Fromann, – dont il s'inspirera pour les *Affinités électives*. Il a écrit pour elle 17 sonnets que Bettina Brentano, lors de sa visite à Goethe en 1807, s'est appropriés et qu'elle a transposés en prose et puliée dans sa *Cor-

respondance avec une enfant. – Le 19 novembre, il lit à Riemer le commencement de *Pandore*, drame inachevé.
1807. – Mort de la duchesse Amélie.
1807 à 1821. – Les *Années de voyage de Wilhelm Meister.*
1808. – Mort de sa mère. – Le 2 octobre, entrevue avec Napoléon, à Erfurt. – Le 6 octobre, Napoléon vient à Weimar. – Le 14 octobre, Goethe est décoré de la Légion d'honneur. – La Comédie-Française joue la *Mort de César* sur le théâtre de Goethe. – La première partie de la *Tragédie de Faust* paraît chez Cotta. – Cette même année, Mme de Stein consent enfin à fréquenter Mme de Goethe.
1809. – Les *Affinités électives.*
1810. – *La Théorie des couleurs.*
1811. – *Poésie et Vérité.*
1812. – Il rencontre Beethoven à Teplitz.
1813. – Goethe commence le *Divan* qui paraît en 1819. – Les Français se rapprochent de Weimar, il part pour les eaux de Teplitz. – Mort de Frédérique Brion.
1814. – Pour fêter le retour du roi de Prusse, la cour de Berlin commande à Goethe un poème de circonstance, le *Réveil d'Epiménide.* Goethe s'exécuta vraisemblablement à contrecœur. Il y fait dire au Démon de la Guerre de nobles paroles que, dans sa pensée, il prêtait à Napoléon. – Voyage du Rhin et du Mein. Il séjourne au Moulin du Tanneur, chez le banquier Willemer et s'éprend de Marianne de Willemer, la Suleïka du *Divan.* On sait que Marianne adressa à Goethe, en retour des siens, quelques très beaux poèmes qu'il ne jugea pas indignes de figurer dans son *Divan,* notamment l'Ode au vent d'Ouest.
1815. – Malgré ses occupations politiques (de 1815 à 1828, Goethe est Premier ministre de Saxe-Weimar), il fonde le journal *Art et Antiquité.*
1816 (juillet). – Mort de Christiane. *Septembre* : Charlotte Kestner arrive à Weimar et revoir Goethe.
1817. – Auguste de Goethe épouse Odile de Pogwisch dont il eut trois enfants, une petite fille morte en bas âge et deux fils. – Mort de la baronne de Turckheim (Lili Schönemann).
1823. – Goethe, à 74 ans, s'éprend d'Ulrique de Levetzow qui en a 18 et la demande en mariage. Le projet n'aboutit pas. *Elégie de Marienbad.*
1824. – Il écrit la tragédie d'*Hélène.*
1827. – Mort de Mme de Stein qui demanda que son convoi ne passe pas sous les fenêtres de Goethe. – Visite de J.-J. Ampère qui est charmé par l'accueil de Goethe et trouve que dans sa robe de chambre blanche, il a l'air « d'un gros mouton ».

14 juin 1828. – *Mort du duc Charles-Auguste.* – *La même année, mort de Charlotte Kestner.*

28 octobre 1830. – Auguste de Goethe meurt à Rome. La nouvelle en est transmise à Goethe par le ministre plénipotentiaire de Hanovre à Rome, le propre fils de Charlotte.

Janvier 1832. – Il rédige sa théorie de l'Arc-en-ciel.

22 mars 1832. – Mort de Goethe.

DU MÊME AUTEUR

Aux Éditions Gallimard

LES HISTOIRES DE JACOB (Joseph et ses Frères, I).
LE JEUNE JOSEPH (Joseph et ses Frères, II).
AVERTISSEMENT À L'EUROPE.
JOSEPH EN ÉGYPTE (Joseph et ses Frères, III).
LA VICTOIRE FINALE DE LA DÉMOCRATIE.
JOSEPH LE NOURRICIER (Joseph et ses Frères, IV).
ESQUISSE DE MA VIE. ESSAI SUR KLEIST. ESSAI SUR TCHEKHOV.
LETTRES, 1889-1936.
LETTRES, 1937-1942.
LETTRES, 1943-1947.
LETTRES, 1948-1955.
JOURNAL, 1918-1921 — 1933-1939.
TONIO KRÖGER/TONIO GRÖGER, *version bilingue.*
ÊTRE ÉCRIVAIN ALLEMAND À NOTRE ÉPOQUE.

Les traductions qui précèdent sont de Louise Servicen, sauf Avertissement à l'Europe *et* La victoire finale de la démocratie, *traduits par Rainer Bremel,* Tonio Kröger *traduit et annoté par Nicole Taubes et* Être écrivain allemand à notre époque *présenté par André Gisselbrecht et traduit par Denise Daun.*

*Ouvrage reproduit
par procédé photomécanique.
Impression Société Nouvelle Firmin-Didot
à Mesnil-sur-l'Estrée, le 2 février 2007.
Dépôt légal : février 2007.
Premier dépôt légal : mars 1989.
Numéro d'imprimeur : 83535.*

ISBN 978-2-07-071518-3/Imprimé en France.

149398